Rayuela

Letras Hispánicas

Julio Cortázar

Rayuela

Edición de Andrés Amorós

DÉCIMA EDICIÓN

CATEDRA

LETRAS HISPANICAS

© Julio Cortázar, Sudamericana de Buenos Aires, 1963
Ediciones Cátedra, S. A., 1996
Juan Ignacio Luca de Tena, 15. 28027 Madrid
Depósito legal: M. 17.927-1996
ISBN: 84-376-0457-5
Printed in Spain
Impreso en Gráficas Rógar, S. A.
Navalcarnero (Madrid)

Índice

Introducción

En 1963, una novela de Julio Cortázar se incorpora a la serie de grandes obras que están publicando los autores hispanoamericanos. Es un libro relativamente difícil que exhibe una serie de técnicas renovadoras y se inscribe dentro del espíritu de la vanguardia. Sin embargo, obtiene una amplia resonancia, sobre todo entre los jóvenes: se lee, se discute, influye en muchos narradores.

Veinte años despúes, esa obra, *Rayuela*, se incorpora a una colección de clásicos hispánicos. ¿Qué sentido tiene esto? Simplemente, consagrar la realidad de los hechos: *Rayuela* es, ya, un clásico, si sabemos entender adecuadamente este término. No es la flor de un día, ni el *best seller* ocasional que pasa, dejando sólo el reguero de un escándalo más o menos sincero. No es la flor de un día, ni el *best seller* ocasional que pasa, *Rayuela* es, ya, un clásico de la novela contemporánea en lengua española, como *Cien años de soledad*, *Paradiso*, *La familia de Pascual Duarte*, *Pedro Páramo*, *La saga/fuga de J. B...* Por su calidad, por su difusión, por su influencia, supone un punto de referencia inexcusable. Es un clásico *vivo*, que sigue suscitando reacciones de todo signo. A la vez, se ha incorporado de modo habitual a los cursos universitarios —¡hasta en las universidades españolas!— y ha dado lugar a tesis, estudios y disertaciones académicas sin cuento.

Vuelvo a preguntarme: ¿para qué se incorpora *Rayuela* a una colección de clásicos como ésta? Aparte de confirmar la apertura de criterio de los que la orientan (ha publicado también *Paradiso*, por ejemplo, y buena parte del teatro español de vanguardia), creo que tiene un sentido muy claro: en esta colección, *Rayuela* puede llegar a un público muy amplio que todavía no la conoce. Pienso, naturalmente, en los estudiantes universitarios y de Bachillerato. (Felizmente, los planes de estudio españoles se van abriendo, poco a poco, a la literatura hispanoamericana contemporánea.) Me ha tocado hablarles muchas veces de esta novela. He podido comprobar que les interesaba, pero también que no pocos de ellos seguían encontrando dificultades para entenderla adecuadamente. Con toda sinceridad, creo que esta edición puede ayudarles a disfrutar más con esta novela.

Se han publicado numerosas ediciones de *Rayuela*. Sin embargo, en cuanto yo sé, ésta es la primera vez que se edita con una amplia introducción y numerosas notas, a pie de página. Si siempre soy partidario de este tipo de ediciones —los sufridos lectores de Pérez de Ayala lo pueden decir—, su utilidad me parece muy evidente en una obra de la complejidad de *Rayuela*. Ante todo, cabe aclarar con sencillez algunas peculiaridades técnicas que pueden constituir un obstáculo para no pocos lectores. Además, el texto de la novela está plagado de referencias a lugares, personas, obras literarias, plásticas, musicales... Al anotar algunas de estas cosas —no todas, por supuesto—, no me guía ningún propósito de exhibir erudición pedante. En este caso concreto, tendría, para mí, menos sentido que nunca. Lo único que pretendo es ganar nuevos lectores para *Rayuela* y que éstos sean —como quiere Cortázar— lectores «activos»: que participan, se compenetran y contribuyen a crear la novela. Espero, simplemente, que, entendiéndola un poco mejor, puedan disfrutar más.

La bibliografía sobre *Rayuela* y su autor es verdaderamente aterradora: sin ser gran especialista, he ido reuniendo, a lo largo de los años, unos cuarenta libros, además de artículos de revista, estudios de conjunto... Una marea de letra impresa. Si en esta introducción respetara los cauces habituales del trabajo académico, señalando en cada punto quién lo ha estudiado, qué lectura me ha influido o de cuál discrepo, las referencias bibliográficas serían tantas que producirían un resultado absolutamente indigesto.

He decidido prescindir de todas. Espero que el lector de buena fe me conceda el beneficio de que no lo hago por ignorancia o falta de honestidad. (El lector de mala fe, si es que existe, no me importa lo que diga.) Disculpe el estudioso al no ver citado su nombre junto a una idea o interpretación que él ha sostenido. Todo lo que voy a decir lo debe de haber dicho ya alguien antes, lo sepa yo o no. Comprenda, en todo caso, que este tipo de edición va dirigido a un tipo de lectores para quienes esas precisiones eruditas resultarían, sin duda, ociosas.

Prescindiendo por completo de la bibliografía crítica, voy

a seguir constantemente, en cambio, al propio Cortázar. En *Rayuela* están contenidas —me parece— todas las claves necesarias para entenderla. Quisiera ofrecer una especie de *Rayuela par elle-même*. Más sencillamente: un repertorio de citas bien elegidas y ordenadas serían la mejor introducción, creo, a esta novela. (Poco más puede hacer el crítico, quizá, en cualquier caso.)

Mi relación con este libro no es demasiado académica, espero. Ni siquiera soy profesor de literatura hispanoamericana. Sin embargo, he hablado y escrito mucho sobre *Rayuela*: en España, quizá más que nadie. La razón, además de muy simple, es, para mí, la única que debería contar en estos casos: simplemente, me gusta este libro. Me gustó. Me sigue gustando.

Hace una veintena de años, recién salido de la Facultad de Letras madrileña —en la que no pasábamos de Rubén Darío—, leí con pasión a los nuevos novelistas hispanoamericanos. Era el momento del lanzamiento publicitario del llamado *boom* y yo también participé en ciclos de conferencias, polémicas, coloquios... Pero eso no importa demasiado. Lo que sí importa es que un joven se emocionaba leyendo unos libros, descubría con ellos nuevas formas de escribir, los unía a su vida.

He creído siempre en eso que suele llamarse *las afinidades electivas*. Sin eso, no sé cómo puede un crítico *decir algo*, de verdad, sobre una obra. Hay libros que me gustan, con los que conecto fácilmente; otros, en cambio, nunca podré entenderlos, por mucho que aplique sobre ellos las técnicas de análisis literario que me han enseñado... Creo que entiendo *Rayuela*: lo que ha hecho su autor, lo que ha querido hacer, la corriente de humor y de inteligencia que corre por debajo de estas páginas. Cuando he conocido a Julio Cortázar —hemos charlado, nos hemos escrito— lo he confirmado.

Por eso vuelvo, al cabo de los años, sobre esta novela: un trabajo no pequeño y que ni siquiera tiene que ver con mi dedicación académica. *Ah, les amours d'antan...*, canta Georges Brassens.

A veces, una lectura te llega en el momento justo. (Por lo general, como tantas cosas, suele llegar demasiado pronto o ya tarde, irremediablemente.) Así me ocurrió a mí, me parece, con *Rayuela* —con Pérez de Ayala, con Virginia Woolf... El joven que yo era entonces se entusiasmó, intentó transmitir a los demás esa fiebre. Animé a mucha gente a leerla. Algunos me conocieron —y hasta se hicieron amigos míos— oyéndome hablar de *Rayuela*. Por eso hago ahora esta edición, recordándolos, para que hoy sean más.

DATOS PREVIOS [1]

En 1963, cuando se publica *Rayuela*, Julio Cortázar está a punto de cumplir cincuenta años. Nacido en Bruselas en 1914, había vivido desde niño en Argentina [2]. No fue un escritor precoz; al menos, tardó bastante en publicar. Después de un juvenil libro de poemas, *Presencia*, publicado con pseudónimo, y una recreación mitológica, *Los Reyes*, su talento de narrador comienza a manifestarse en *Bestiario*, cuando tiene treinta y siete años. Después, publica libros de relatos cortos tan memorables como *Final del juego* (1956), *Las armas secretas* (1959) y las divertidas *Historias de cronopios y famas* (1962). Ha ensayado la novela larga con *Los premios* (1960).

La obra de Cortázar tiene poco que ver con la línea realista, castiza y telúrica que ha sido la tradicional —para algunos críticos, la única— en la narrativa hispanoamericana. Su búsqueda puede compararse a la de los demás integrantes del llamado *boom*. En resumen telegráfico:

— Asimilación natural de las técnicas renovadoras de la novela contemporánea.
— Profundización en las raíces del mundo hispanoamericano.
— La fantasía creadora no se opone al realismo, sino que lo potencia.
— Intento, como dice Carlos Fuentes, de conducir con una sola mano dos caballos: el estético y el político. (Y quizá son, en el fondo, un solo caballo.)

Dentro de eso, pertenece Cortázar al ambiente narrativo rioplatense: mundo culto, urbano, con habitual dedicación a lo humorístico y lo fantástico. Detrás están, por ejemplo, Roberto Arlt y Leopoldo Marechal; y, por supuesto, Jorge Luis Borges. No es ésta la novela de la pampa, la sabana o la

---

[1] Imitando a Cortázar diría que el lector algo enterado tiene la obligación moral de saltar la lectura de estos datos, necesarios, quizás, para otros lectores.

[2] Prescindo de los datos biográficos. El lector los puede hallar en la introducción de Susana Jakfalvi a su edición de *Las armas secretas*, en esta misma colección (Madrid, 1981, 3.ª ed.).

selva: es la narración de Buenos Aires, la gran metrópoli, con su industria editorial, sus revistas de gran prestigio y su ambiente cultural comparable al de cualquier ciudad europea.

Es Cortázar un gran lector, una persona de muy amplia cultura. Nadie más lejos que él, en principio, del «ingenuo», del «buen salvaje». Es un narrador intelectual, con todas las ventajas y los inconvenientes que eso pueda suponer. Le divierten los juegos de la inteligencia; le apasionan las incursiones en el mundo fantástico... que es nuestro mundo, el de todos los días, si sabemos verlo.

Llama la atención en los relatos de Cortázar, desde el primer libro, la sorprendente madurez, la perfección. Parece evidente que el narrador domina todos los recursos del *oficio de escribir*: el lenguaje, la técnica, el juego de las perspectivas, la estructura simétrica, «redonda»; sobre todo, la apertura al misterio, con toda naturalidad, desde una realidad cotidiana que todos podemos conocer.

Años más tarde, Cortázar declarará a Luis Harss que «por ese entonces había llegado a la plena conciencia de la peligrosa perfección del cuentista que, alcanzando cierto nivel de realización, sigue así invariablemente». La quiebra en esa carrera se produce con un relato, *El perseguidor*, incluido en el volumen *Las armas secretas*: «En *El perseguidor* quise renunciar a toda invención y ponerme dentro de mi propio terreno personal, es decir, mirarme un poco a mí mismo. Y mirarme a mí mismo era mirar al hombre, mirar también a mi prójimo. Yo había mirado muy poco al género humano hasta que escribí *El perseguidor*»[3].

Con *El perseguidor*, Cortázar encuentra su voz definitiva. A partir de Johnny Carter, los protagonistas de sus relatos serán, todos, *perseguidores*, buscadores de algo que dé sentido a nuestra vida sobre este mundo.

Rayuela es la consecuencia de todo esto: un salto hacia delante. En 1951, Cortázar va a París, con una beca del gobierno francés. Allí se queda. Desde el año siguiente, trabaja como traductor en la UNESCO. Vive en su carne, ahora, la realidad del ser escindido entre «los dos lados»: París y Buenos Aires. Vivir en Europa puede significar el peligro del desarraigo, pero también la posibilidad de entender mejor la realidad hispanoamericana: sin provincianismos, sin árboles que tapen el bosque.

---

[3] Las declaraciones de Cortázar que cito están tomadas de sus libros de ensayos y entrevistas. (Véase la Bibliografía.)

Cerca ya de los cincuenta años —insisto—, Cortázar aborda la «gran novela»: además de un relato, *Rayuela* es un intento de entender el mundo, una interrogación hecha obra de arte, una ventana abierta.

La escribió en París, en un par de casas: «Hubo un primer apartamento muy pequeño, en el séptimo distrito, donde empecé *Rayuela* y escribí muchos cuentos. Luego hubo lo que los franceses llaman *pavillón*, es una pequeña casa en lo alto de un viejo depósito que formó una casita independiente, muy linda, por cierto, en la que viví diez años. Allí terminé *Rayuela*...»

Comenzó a redactarla por la mitad y sin un plan preciso: «lo primero que yo escribí de *Rayuela* fue el capítulo del tablón [el 41], sin tener la menor idea de todo lo que iba a escribir, antes y después».

Escribió durante varios años, sin prisas. Salvo el final, muy rápido: «El final de *Rayuela* lo escribí todo en el manicomio, en cuarenta y ocho horas, realmente en un estado (...) casi de alucinación (...). Yo me acuerdo que mi mujer venía y me tocaba en el hombro y me decía "ven a comer", o me alcanzaba un sandwich. Yo comía y seguía escribiendo; no, no podía separarme del libro hasta que lo terminé.»

En otra ocasión añade más datos: «No se imagina en qué estado escribí yo ese diálogo [el final de Traveler y Horacio]. Ese, la muerte de Rocamadour, el concierto de Berthe Trépat, los capítulos patéticos del libro (...). Yo había perdido completamente la noción del tiempo (...). Ahí sí se puede hablar de posesión, esa cosa maravillosa que tiene la literatura. Yo estaba totalmente dominado: era Oliveira, era Traveler y era los dos al mismo tiempo. Ir a comer, tomarme una sopa eran actividades "literarias", artificiales; lo otro, la literatura, era lo verdadero.»

¿Qué historia cuenta *Rayuela?* En la primera parte, «Del lado de allá» (París), Horacio Oliveira vive con la Maga y rodeado de amigos que forman el Club. Muere Rocamadour, el hijo de la Maga, y Horacio, después de varias crisis, se separa de ella. En la segunda parte, «Del lado de acá», Horacio ha vuelto a Buenos Aires: vive con su antigua novia, Gekrepten, que le esperó; en realidad, se pasa la vida con sus amigos Traveler y Talita, trabaja con ellos en un circo, primero, y luego en un manicomio. En Talita cree ver de nuevo a la Maga y eso le conduce a otra crisis.

Este sería, más o menos, el telegrama. A eso hay que añadir una tercera parte, «De otros lados», que agrupa materiales heterogéneos: complementos de la historia anterior, recortes de periódico, citas de libros y textos autocríticos atribuidos a Morelli, un viejo escritor al que Horacio visita después de un accidente de tráfico.

Aunque no sea una novela psicológica, existen en *Rayuela* personajes bien dibujados; sobre todo uno, la Maga, que ha fascinado a muchísimos lectores. Como tantos personajes de novelas clásicas —o menos clásicas— posee un fundamento real: «la Maga existió sin ser exactamente como en el libro. Hay una modificación de su estructura en el libro. Pero fundamentalmente la mujer que dio el personaje de la Maga tuvo mucha importancia en mi vida personal, en mis primeros años en París. Era como ella, no es ninguna creación ideal, no, en absoluto».

No cuenta *Rayuela* una anécdota ajena a su autor; el libro es, también, una aventura personal, una búsqueda autobiográfica: «si yo no hubiera escrito *Rayuela*, probablemente me habría tirado al Sena».

No se asuste el lector si ha oído alguna vez que *Rayuela* es una novela filosófica o metafísica, muy complicada. Piense, simplemente, que es una historia de amor y humor. Así me gustaría definirla —si hubiera que entrar en ese peligroso juego—: amores apasionados, separaciones dolorosísimas, bromas y chistes que le harán soltar la carcajada...

Después de ésta, Cortázar ha publicado algunas novelas: *62. Modelo para armar* (1968), *Libro de Manuel* (1973). Desde hace años, participa activamente en campañas a favor de los pueblos hispanoamericanos y sólo le queda tiempo para escribir cuentos. Si no me equivoco, siente nostalgia de otra gran novela —sus lectores, también. En todo caso, sólo una vez en la vida, quizá, se logra ir saltando, casilla a casilla, y empujar la piedrecita desde la tierra hasta el cielo.

UN LIBRO QUE ES MUCHOS LIBROS

Abre *Rayuela* un lector desprevenido y se encuentra, antes de nada, con la sorpresa de un «tablero de dirección». (Es, desde luego, una de las peculiaridades que ha atraído más la atención —y las críticas— sobre esta novela.) No se desanime por la aparente excentricidad. Tómela, ante todo, como un rasgo de humor, una gigantesca broma. Lo es, desde luego, pero eso no quita que, a la vez, contenga elementos de notable importancia. (En Cortázar, es habitual que lo más serio se nos presente bajo ropaje humorístico. Más aún: la forma irónica debería alertarnos —si hiciera falta— sobre la seriedad e importancia de un fragmento.)

Detengámonos, pues, en esta página, porque, además de ser la primera, contiene varias pistas que nos pueden ayudar a entender todo el libro[4].

Auto-reflexión

Como cualquier novela, *Rayuela* contiene varios elementos: una historia, unos personajes, una estructura, un estilo, una visión del mundo. Además, incluye también otros dos planos, muy evidentes:

   a) Una teoría de la literatura y, en concreto, de la novela contemporánea.

   b) La aplicación de eso a la práctica narrativa; es decir, una reflexión sobre cómo se va escribiendo *Rayuela*.

Estas reflexiones suelen estar puestas en boca de Oliveira o aparecen en los papeles del filósofo Morelli. Me escribía una vez Cortázar: «Digamos, para mejor definir esto que siento, que usted habla de Horacio como Horacio hablaba de Morelli, y ambos de sus libros respectivos (puesto que Oliveira escribe conmigo *Rayuela* mientras piensa en la obra de Morelli de la que sólo conoce fragmentos).»

Conecta en esto Cortázar —como en tantas cosas— con corrientes renovadoras propias de nuestro siglo. Si André Gide publica *Los monederos falsos* y *El diario de los monederos falsos*, Cortázar nos ofrece las dos cosas, a la vez, en *Rayuela*.

Es éste uno de los aspectos que más ha interesado, lógicamente, a los estudiosos de la literatura. Conténtese el lector normal con recordar que Cortázar es todo lo contrario de un ingenuo y que este libro es como una máquina que, además de funcionar bien, contiene todas las herramientas necesarias para desmontarla y comprobar cómo funciona, sin necesidad de llamar al mecánico del taller de la esquina.

---

[4] De acuerdo con la estructura de *Rayuela*, dividiré esta introducción en muchos cortos apartados, y, para evitar el problema de la distinta paginación según las ediciones, daré solamente, entre paréntesis, el número del capítulo citado.

Anota Morelli, con laconismo y claridad: «Inevitable que una parte de su obra fuese una reflexión sobre el problema de escribirla» (99). En este tablón se balancea Cortázar, sin que —a mi modo de ver— la reflexión y la autocrítica sequen su espontaneidad creadora.

Pluralidad de lecturas

Hoy lo sabemos de sobra: todo libro —sea *El Quijote*, *Los tres mosqueteros* o *Eres una pecadora*— permite y postula una pluralidad de lecturas.

Con *Rayuela* no sucede solamente eso: está proponiendo al lector, desde la primera página, más de una lectura.

El truco —aparente— en la disposición tipográfica de los capítulos tiene un sentido más amplio. Como vio Carlos Fuentes, «esta segunda lectura abre la puerta a una tercera y, sospechamos, al infinito de la verdadera lectura».

El contusionado Morelli propone a los amigos del Club que ordenen sus papeles y los preparen para la edición. Teme Horacio que, sin querer, alteren el orden de las papeletas, los cuadernillos, las carpetas... Morelli le tranquiliza: «Ninguna importancia. Mi libro se puede leer como a uno le dé la gana (...). Lo más que hago es ponerlo como a mí me gustaría releerlo. Y, en el peor de los casos, si se equivocan, a lo mejor queda perfecto.»

Ese libro —«orden desordenado», estructura abierta, lectura creadora, margen de indeterminación...»—, obviamente, es *Rayuela*.

El «lector hembra»

Ya en su primera novela, *Los premios*, se burla Cortázar del lector pasivo, cómodo, apegado a la rutina: el que está interesado solamente por «qué-va-a-pasar-al-final»; al que le gusta que le lleven, cogido de la nariz, y le den la novela ya digerida, como una papilla.

(Por cierto, utilizó pronto Cortázar una fórmula, «lector hembra», que se hizo popular. Varias veces ha pedido disculpas: «me di cuenta de que había hecho una tontería. Yo debí poner "lector pasivo" y no "lector hembra", porque la hembra no tiene por qué ser pasiva continuamente; lo es en ciertas circunstancias, pero no en otras, lo mismo que un macho». Quede constancia para tranquilidad de feministas.

Toda la renovación de la novela contemporánea ha ido unida a la búsqueda de ese lector activo, colaborador en la recreación que supone cualquier auténtica lectura. Entre nosotros, José María Castellet divulgó esa noción, hace años, anunciando que había sonado *la hora del lector*.

No sólo el «tablero de dirección»: toda la estructura de *Rayuela* está basada en la complicidad de ese lector activo.

A Morelli, «el verdadero y único personaje que me interesa es el lector» (97). En una nota que Cortázar califica de «pedantísima» (como irónica autocrítica y cautela frente a otros posibles juicios), formula así su objetivo: «Intentar en cambio un texto que no agarre al lector pero que lo vuelva obligadamente cómplice al murmurarle, por debajo del desarrollo convencional, otros rumbos más esotéricos» (79).

Esta apelación al lector nace, por supuesto, de una determinada concepción de la obra literaria. El escritor no debe ofrecer una obra «acabada», perfecta; lo que nos dará serán fragmentos, destellos, «un comienzo de moldeado...». A partir de esas pistas, el lector activo irá creando el laberinto significativo, al recorrerlo. Los dos, autor y lector, se salvarán o se perderán, juntos: «¿Para qué sirve un escritor sino para destruir la literatura? Y nosotros, que no queremos ser lectores-hembra, ¿para qué servimos sino para ayudar en lo posible a esa destrucción?» (99).

Destruir la literatura... haciendo literatura: es una contradicción básica con la que nos toparemos varias veces. Por el momento, baste con decir que el libro tendrá que ser un compromiso entre dos tipos de escritura. Cortázar no prescindirá de los fragmentos brillantes, magníficamente escritos (aquí, el planto por Rocamadour, el concierto de Berthe Trépat...) pero sin concentrarse en ellos; al revés, tratando de romper la ilusión dramática justo en el momento en que el lector ingenuo —todos lo somos, en definitiva— está más emocionado... ¿Para qué toda esta labor de tejer y destejer? Simplemente, para romper moldes habituales, prescindir de fáciles efectismos y *abrir* la novela.

Los «capítulos prescindibles»

Según el «tablero de dirección», después del capítulo 56, «tres vistosas estrellitas equivalen a la palabra *Fin*». Ahí concluye uno de los libros que es *Rayuela*. «Por consiguiente, el lector prescindirá sin remordimientos de lo que sigue.»

Ya he aludido antes a su contenido: además de completar la historia, añaden reflexiones autocríticas y perspectivas insólitas. Su origen está claro: «Yo hacía fichas cada vez que encontraba algo que me interesaba, las tenía allí conmigo y luego eran los capítulos prescindibles, por fin.»

Algunos críticos han censurado esta tercera parte de *Rayuela*, considerándola una especie de «cajón de sastre» donde Cortázar mete esos textos que todo escritor guarda en su carpeta. Creo, sencillamente, que no es así. Su sentido, dentro del conjunto de la obra, me parece evidente —luego insistiré en algunas conexiones.

En otro escritor por el que siento debilidad, Ramón Pérez de Ayala, he encontrado numerosos ejemplos de esta técnica. En casi todas sus novelas, desde comienzos de siglo, existen estos «capítulos prescindibles»: aclara el narrador, al comienzo de cada uno de ellos, que no aportan nada esencial para el argumento de la novela, así que el lector apresurado hará bien en saltarlos. (En Jardiel Poncela, por la vía humorística, podríamos hallar antecedentes paralelos.)

En las novelas de Pérez de Ayala, como en *Rayuela*, no importa saber, en la última página, quién fue el asesino. Por eso, baste con una afirmación rotunda: estos capítulos son, en realidad, los menos «prescindibles» de la novela. El que quiera penetrar de veras en ese mundo, hallará en ellos las claves fundamentales.

En el conjunto de la obra, además, poseen una finalidad musical muy clara: son armónicos que refuerzan —por armonía o contraste— las melodías básicas. Y de vez en cuando nos hacen sentir la delicia: como el «solo» de un saxo; como la «cadenza», en un concierto de piano y orquesta.

El «rayuel-o-matic»

Como estamos viendo, no es incomprensible este «Tablero de dirección», ni siquiera resulta difícil entenderlo. Sin embargo, no cabe negarlo, puede ser visto como un aparatoso «mecanismo». El propio Cortázar se vacuna contra esta posible impresión. En *La vuelta al día en ochenta mundos*, describe un invento que puede hacer más fácil y grata la lectura de *Rayuela*: el «rayuel-o-matic», un aparato al estilo de los de Duchamp.

Se trata de «un auténtico triclinio, puesto que comprendió desde un comienzo que *Rayuela* es un libro para leer en la cama, a fin de no dormirse en otras posiciones de luctuosas consecuencias». Apretando los botones, van saliendo las gavetas de los capítulos correspondientes. «No faltan ni el mate ni el porrón de ginebra (juraría que también hay una tostadora eléctrica, lo que me parece una pituquería).»

Algunos se han tomado totalmente en serio esta broma, relacionándola con los objetos artísticos «ready-made», de inspiración surrealista...

En realidad, no cabe duda alguna de que se trata de una broma más de un gran «cronopio». Si alguien se lo toma verdaderamente en serio es que la broma ha tenido más éxito... El quiebro final lo confirma: «En una referencia complementaria se alude a un botón G, que el lector apretará en caso extremo, y que tiene por función hacer saltar todo el aparato.»

Una vez más, el humor atenúa la posible rigidez de algo, evitando su esclerosis. En Cortázar, el humor no destruye sino que confirma: la carcajada es la gran prueba, la piedra de toque definitiva.

La Biblia en prosa

«De la Argentina —ha escrito Cortázar— nació un escritor para quien la realidad, como la imaginaba Mallarmé, debía culminar en un libro...» Ese libro, desde luego, es *Rayuela* (al que también se le puede aplicar la segunda parte de la frase, como luego veremos).

En efecto, hay libros que nacen con vocación de totalidad. Su narrador no se limita a contar una historia sino que pretende crear un mundo, expresar toda una experiencia vital, encerrar el océano en un hoyo de arena... Empresa fallida por definición, por supuesto, pero, también, una tarea a la que vale la pena dedicar el tiempo, el talento, el esfuerzo.

Los tratadistas del género hablan, para estos casos, de la «novela total», la novela «summa», como el tratado de Santo Tomás. *El Quijote* sería, sin duda, el primer gran ejemplo.

Es ésta una noción básica para entender adecuadamente *Rayuela*: «novela total». Este es sólo, por supuesto, el propósito ambicioso, la diana a la que apunta el arco del novelista; a cada lector le tocará opinar en qué medida lo consigue, a su juicio. Lo que está claro es la ambición de *extender* los ámbitos de la novela, de *ampliarla*, de no dejarla dentro de los límites de *una* historia, por interesante y bien contada que esté. Pretende Morelli «trasgredir el hecho literario total, el libro, si querés» (99).

El primer lema —irónico, por supuesto— de la novela alude también a esa ambición, pues el presunto moralista dieciochesco se dirige a «todos los hombres de cualquier edad, estado y condición que sean», a los que habitan en «cualquier república o gobierno que los filósofos más especulativos y profundos del orbe quieran discurrir». Este libro puede servirles para «la reforma de las costumbres en general» y ayudarles a conseguir nada menos que «la felicidad espiritual y temporal»: irrisión con vetas de verdad, como tantas veces.

No anda solo Cortázar en este empeño, por supuesto. Su propósito es común, en gran medida, a buena parte de los escritores de nuestro siglo que han intentado ensanchar el campo concedido tradicionalmente a la novela. Recordaré, sólo, dos testimonios paralelos. Afirma André Gide: «Mi novela no tendrá *un* asunto, *un* tema (...). Yo quisiera que *todo* entrara en mi novela.» Y Virginia Woolf: «Hay que *meter todo* en la novela.» Una bolsa sin fondo, un armario lleno de misterios, una chistera de la que siguen saliendo, siempre, los objetos más inesperados: en esa línea se .inscribe *Rayuela*.

Recurramos a la prueba (cuasi-matemática) del humor. En la línea inferior del tablero de dirección, el capítulo 58 nos remite al 131, con el que concluye la lista. Pero, si leemos el 131, éste nos remitirá al 58, que nos enviará de nuevo al 131, etcétera. Es la broma final, que nos certifica que la operación ha sido bien hecha: un libro abierto, inacabable, para deleite —o espanto— del lector. «La novela como caja de Pandora», definió Carlos Fuentes.

Para ponderar algo, algunos castizos recurren a esta expresión: «¡la Biblia en verso!». Y, en algunos países, existe la costumbre de acudir a la Biblia como fuente cotidiana de luz y consuelo. Ante una tribulación, los devotos abren la Biblia por cualquier página, sin necesidad de «tablero de dirección».

Rayuela: la Biblia en prosa, un libro que quiere ser —que es— muchos libros.

EL PARAÍSO PERDIDO

La ló(gi)ca

¿Qué es lo que no funciona, en este mundo? ¡Tantas cosas!...
Ante todo, la razón no le sirve a Oliveira para captar la verdadera vida: «como siempre, me costaba mucho menos pensar que
ser». El racionalismo de Descartes ya no satisface al hombre
de nuestro siglo: «en mi caso el *ergo* de la frasecita [*cogito
ergo sum*] no era tan ergo ni cosa parecida» (2).

Habría que intentar otro camino —reflexiona Oliveira—,
utilizando la inteligencia de otro modo... La vida bohemia de
los personajes supone, obviamente, barrer las convenciones
del orden burgués: un bidé, simbólicamente, se va convirtiendo
en discoteca y archivo de correspondencia... Pero ese aparente
caos puede ser el comienzo de un nuevo orden: «por la locura
se podía acaso llegar a una razón que no fuera esa razón cuya
falencia es la locura» (18). De ahí el interés de Morelli, al margen de modas pasajeras, por el pensamiento oriental; en concreto, por el budismo Zen: «Esa violenta irracionalidad le
parecía *natural*, en el sentido de que abolía las estructuras que
constituyen la especialidad del Occidente...» (95).

La novela, según eso, también habrá de prescindir de los
esquemas habituales (principio de causalidad, racionalismo,
coherencia psicológica) para instaurar un orden más abierto.

Suele utilizar Cortázar el paréntesis dentro de algunas palabras, jugando con el significado. (Es éste un «tic» habitual
en la prosa de Guillermo Cabrera Infante.) Por ejemplo, en
el título de su siguiente novela: *62. Modelo para a(r)mar.*

En el caso de *Rayuela*, parece un guiño destinado a reve-
larnos la verdadera identidad: la lógica es solamente una loca
y los párrafos más atractivos de la obra de Morelli, aquellos
en que muestra su «intención espeleológica» (bucea a mayor
profundidad) son «los pasajes donde la ló(gi)ca acababa ahorcándose con los cordones de las zapatillas, incapaz hasta de
rechazar la incongruencia erigida en ley» (141).

En la misma línea, la tajante declaración de que «la herramienta principal, el logos que nos arranca vertiginosamente
a la escala zoológica, es una estafa perfecta». Por eso, la auténtica vida nos resulta incomprensible, no alcanzamos a captar
su verdadero sentido: «En realidad, nosotros somos como las

comedias cuando uno llega al teatro en el segundo acto. Todo
es muy bonito, pero no se entiende nada» (28). O muy feo,
pero sigue sin entenderse.

De aquí nace, en gran parte, el atractivo de la Maga. Frente
al orgulloso —y angustiado— intelectual que es Oliveira, la
Maga es simple y naturalmente *vida*, algo no razonable: «A Oliveira lo fascinaban las sinrazones de la Maga, su tranquilo
desprecio por los cálculos más elementales» (6).

Posee la Maga «esa manera de no hacer las cosas como hay
que hacerlas» (4); es decir, según los usos habituales, racionales.
Lo terrible, para Oliveira, es que, así, al margen de la lógica,
acierta: «Cierra los ojos y da en el blanco, pensaba Oliveira.
Exactamente el sistema Zen de tirar al arco. Pero da en el
blanco simplemente porque no sabe que ése es el sistema.
Yo en cambio...» (4).

Como intelectual razonador —aunque se encrespe contra la
razón—, Oliveira se irrita y, a la vez, envidia esa instintiva
naturalidad vital, que también posee un valor subversivo:
haciéndolo todo mal, la Maga «es absolutamente perfecta en
su manera de denunciar la falsa perfección de los demás» (45).
Así, desentendiéndose de las grandes discusiones, caminando
sólo por esta vía de locura, resulta ser hasta más eficaz que el
intelectual seriamente comprometido...

Cuando Horacio, en un momento feliz, logra *ver* algo, descubre, a la vez, que la Maga *ya lo está viviendo*: «Hay ríos
metafísicos, ella los nada como esa golondrina está nadando
en el aire, girando alucinada en torno al campanario, dejándose
caer para levantarse mejor con el impulso. Yo describo y defino
y deseo esos ríos, ella los nada. Yo los busco, los encuentro,
los miro desde el puente, ella los nada. Y no lo sabe, igualita
a la golondrina» (21).

La conclusión es, sencillamente, una petición de ayuda y
amor, una oración: «Ah, déjame entrar, déjame ver algún día
como ven tus ojos.»

Dicotomías

En la larguísima charla con los amigos, mientras se enfría
el cuerpo muerto del pequeño Rocamadour, Oliveira dicta-
mina: «Dicotomías occidentales. Vida y muerte, más acá y más
allá. No es eso» (28).

En otra ocasión, pormenoriza más, en una pintoresca enumeración caótica: «todas las dicotomías: el Ying y el Yang, la contemplación o la *Tatigkeit*, avena arrollada o perdices *faisandées*, Lascaux o Mathieu, qué hamaca de palabras, qué dialéctica de bolsillo con tormentas en piyama y cataclismos de living room». La solución vendría de una nueva manera de ver que advirtiera que, entre una cosa y su opuesta, existen infinidad de matices, y que las dos, desde otra perspectiva, pueden ser una sola: «El solo hecho de interrogarse sobre la posible elección vicia y enturbia lo elegible. *Que sí, que no, que en esa está...* Parecería que una elección no puede ser dialéctica, que su planteo la empobrece, es decir, la falsea, es decir, la transforma en otra cosa. Entre el Ying y el Yang, ¿cuántos eones? Del sí al no, ¿cuántos quizá?» (73).

Es éste uno de los temas de permanente reflexión en *Rayuela*: las contradicciones de la realidad, las opuestas perspectivas; más aún, el error básico del pensamiento occidental que parcela la realidad y la falsea radicalmente.

Oliveira, como intelectual, personifica ese error: «a fuerza de tener la excesiva localización de los puntos de vista, había terminado por pesar y hasta aceptar demasiado el sí y el no de todo, a mirar desde el fiel los platillos de la balanza. En París todo le era Buenos Aires y viceversa» (3). Así hemos desembocado en uno de los rasgos más evidentes de la estructura de esta novela: París y Buenos Aires, «del lado de allá» y «del lado de acá» no sólo reflejan la circunstancia biográfica de su protagonista —y de su creador— sino que simbolizan la contradicción permanente, el sí y el no que existe en todo, nuestro gran enemigo.

Fuera de la novela, es ésta una creencia arraigada de su autor. Cree, en efecto, Cortázar que es característica de la tradición occidental el que «la inteligencia por su limitación y sus imposibilidades y la lógica aristotélica y toda la herencia de la tradición judeo-cristiana intenta dividir, hacer compartimiento de cosas que deberían estar unidas».

Deberían estar unidas... En el arsenal de citas que hay en *Rayuela*, varias se refieren a este tema. En la moderna literatura de apertura a lo fantástico, Pawels y Bergier ofrecen argumentos presuntamente científicos: «¿Pero qué decir de la insuficiencia de la inteligencia binaria en sí misma? La existencia interna, la esencia de las cosas se le escapa. Puede descubrir que la luz es continua y discontinua a la vez, que la molécula de la bencina establece entre sus seis átomos relaciones dobles y que sin embargo se excluyen mutuamente; lo admite, pero no puede comprenderlo, no puede incorporar a su propia estructura la realidad de las estructuras profundas que examina. Para conseguirlo, debería cambiar de estado, sería necesario que otras máquinas que las usuales se pusieran a funcionar en el cerebro, que el razonamiento binario fuese sustituido por una conciencia analógica que asumiera las formas y asimilara los ritmos inconcebibles de esas estructuras profundas» (86).

Desde la remota Edad Media, el maestro Eckhardt señala el horizonte: «era lo que quería y quería lo que era».

La loca lógica suele conducir a estas dicotomías, que desgarran la realidad. La novela propone la aceptación de esta permanente dualidad —el sí y el no, el Ying y el Yang— y su asunción en una unidad superior: el descubrimiento de un nuevo mundo, la revelación de un hombre nuevo. Así llegarían la unidad y la paz definitivas: «el sí sin el no, o el no sin el sí, el día sin Manes, sin Ormuz o Arimán, de una vez por todas y en paz y basta» (73).

El vértigo cotidiano

Nos muestra *Rayuela* cómo solamente nuestra larga costumbre de *ceremonias* nos libera de advertir el caos que está detrás de todas las cosas, en cualquier instante. Se expresa esto con admirable sencillez en el capítulo 41, en el que Talita atraviesa el patio, sentada sobre un tablón, para ofrecerle un poco de mate a Horacio. (Es, como ya dije, lo primero que escribió Cortázar, de toda esta gruesa novela.) Al prolongar la situación, como una goma o un chicle que se estira, el lector siente también el vértigo del personaje.

La reflexión de Oliveira me recuerda un poco la definición del esperpento que hace Max Estrella en *Luces de bohemia*. Dado que la vida es un absurdo, vivamos absurdamente, de acuerdo con el ritmo vital: «... habría que vivir de otra manera. ¿Y qué quiere decir vivir de otra manera? Quizá vivir absurdamente para acabar con el absurdo, tirarse en sí mismo con una tal violencia que el salto acabara en los brazos de otro» (22). El vitalismo, entonces, se desborda en un canto lírico al vértigo nuestro de cada día.

Desde el punto de vista contrario (¿contrario o idéntico?), el caos de la vida no se expresa con grandes palabras sino con símbolos cotidianos: la gente que admite el orden es la misma que «necesita papel rayado para escribirse o que aprieta desde abajo el tubo de dentífrico» (1). Intentar comprender lo que sucede, ordenarlo dentro de nuestros esquemas mentales es «como quien distribuye macetas con geranios en un patio de la calle Cochabamba» (2). Una explicación auténtica (y no la pura información cultural, erudita) debe de ser como respirar hondo, un músico de jazz, «antes de atacar otra vez la melodía» (12).

Así, el mundo mental del protagonista se hace plástico, vivo, ante nosotros y se evitan los riesgos (frialdad, deshumanización, abstracción) de una novela excesivamente intelectualizada.

Un momento de emoción compartida se resume —es el final del capítulo— en un gesto banal, simbólico, cotidiano: «El color de la luz los calienta, y la carpeta verde, el Club. Oliveira mira al centro de la mesa, la ceniza de su cigarrillo empieza a sumarse a la que llena el cenicero» (91). Sólo eso.

«Excentrar el centro»

Con su pintoresca ortografía, el lema inicial de la novela declara: «Siempre que viene el tiempo fresco, o sea al medio del otoño, a mí me da la loca de pensar ideas de tipo eséntrico y esótico...»

El centro, lo excéntrico... El protagonista se siente siempre fuera del centro: «... una descolocación, una excentricidad con respecto a una especie de orden que Oliveira era incapaz de precisar» (90). De modo más llamativo le sucede a la Maga, con relación al orden habitual, burgués, de los instalados confortablemente en la vida: «a ella también le ocurría (...) caer de continuo en las excepciones, verse metida en casillas que no eran las de la gente» (1).

Porque hay otros centros, que simbolizan la unidad: «Y ese centro que no sé lo que es, ¿no vale como expresión topográfica de una unidad?» (19). En el momento de mayor desesperanza, Horacio siente que «le iba a doler siempre no poder hacerse ni siquiera una noción de esa unidad que otras veces llamaba centro» (56).

Será preciso, entonces, *excentrar el centro*, salir de la casilla habitual para buscar otra: más allá, más lejos, detrás, al otro lado...

La novela que expresa esa búsqueda deberá, también, descentrar los cauces usuales del género narrativo. Dialogando con Morelli, recuerda Oliveira el ajedrez indio que tiene sesenta

piezas a cada lado, la partida infinita, como el libro infinito:
«Gana el que conquista el centro. Desde ahí se dominan todas las
posibilidades, y no tiene sentido que el adversario se empeñe
en seguir jugando. Pero el centro podría estar en una casilla
lateral, o fuera del tablero» (154).

Así, la novela debería *sacar de sus casillas* —de su casilla—
al lector: «... algo de lo que escribo debería contribuir a mutarlo,
a desplazarlo, a extrañarlo, a enajenarlo» (97).

En ese nuevo centro excéntrico puede estar la nada, por
supuesto, pero también la unidad y la armonía, tan buscadas.
Oyendo a Bessie Smith y Coleman Hawkins, con los ojos
cerrados, Horacio siente que «si un pobre ritual era capaz
de excentrarlo así para mostrarle mejor un centro, excentrarlo
hacia un centro sin embargo inconcebible, tal vez no todo
estaba perdido y alguna vez, en otras circunstancias, después
de otras pruebas, el acceso sería posible» (12). Tal vez.

La pureza perdida

Sentimos, leyendo *Rayuela*, que, en algún momento, inicia-
mos un camino equivocado. No se sabe bien cuándo fue, ni
en qué consistió esa decisión, pero sí conocemos sus consecuencias: cada paso que damos, más nos alejamos de la verdad.

¿Qué es lo que hemos perdido? En una noche de borrachera,
Oliveira realiza un descubrimiento asombroso: nos falta la
pureza: «... un ideal de pureza, solamente que la pureza venía
a ser un producto inevitable de la simplificación...».

En una novela que se caracteriza, entre otras cosas, por su
franqueza en la expresión de lo erótico, conviene entender
bien esta palabra. El novelista se apresura a poner ejemplos
llamativos, para evitar cualquier posible confusión con la mo-
ralina: «Pureza como la del coito entre caimanes, no la pureza
de oh maría madre mía con los pies sucios; pureza de techo
de pizarra con palomas que naturalmente cagan en la cabeza
de las señoras frenéticas de cólera y de manojos de rabanitos,
pureza de... Horacio, Horacio, por favor. Pureza» (18).

En un momento clave, que luego citaré más ampliamente,
el narrador ha precisado que se trata de buscar un cielo «allá
lejos pero en el mismo plano» (36).

La borrachera del personaje le lleva a jugar con la palabra,
desmenuzándola: «Pureza. Horrible palabra. Puré y después
za. Date un poco de cuenta. El juego que le hubiera sacado

Brisset (...). Entender el puré como una epifanía» (18). Y en un poema: «Olvidada pureza...»

Pureza, el puré, epifanía: revelación de una nueva realidad, de un hombre nuevo. Pureza: nostalgia de la unidad perdida. Paraíso lejano, que sería necesario encontrar, otra vez.

Se trata, por supuesto, de un viejísimo tema literario. Nada importa eso, si sigue estando vivo y se expresa con vitalidad. En una larga tertulia, los amigos se preguntan: «¿Por qué hemos tenido que inventar el Edén, vivir sumidos en la nostalgia del paraíso perdido, fabricar utopías, proponernos un futuro?» (28).

Al este del Edén, Los verdes campos del Edén, La vieja señorita del Paraíso, El Paraíso perdido... Libros y libros, para un hueco que no se llena.

«Todos quisiéramos el reino milenario, una especie de Arcadia...» (56). Igual que los sueños, dormido o despierto: «Todo eso tendrá, me imagino, una raíz edénica...» (132).

Un capítulo entero de la novela, el 71, se dedica a ese tema. Se pregunta Morelli: «¿Qué es en el fondo esa historia de encontrar un reino milenario, un edén, un otro mundo? Todo lo que se escribe en estos tiempos y que vale la pena leer está orientado hacia la nostalgia. Complejo de la Arcadia, retorno al gran útero, back to Adam, le bon sauvage (y van...). *Paraíso perdido, perdido por buscarte, yo, sin luz para siempre.*»

En los muros de una iglesia de Florencia, Santa María del Carmine, Masaccio pintó el desconsuelo de Adán, al salir del Paraíso. Muy cerca está el barrio de San Frediano, con las *ragazze* de Vasco Pratolini y la placita donde los jóvenes florentinos van a tomar helados de mil sabores, al aire libre, en las noches de verano: «Se puede matar todo menos la nostalgia del reino, la llevamos en el color de los ojos, en cada amor, en todo lo que profundamente atormenta y desata y engaña» (71). Y ata y desata, engaña y desengaña.

«*All pervading*»

Al ocuparse de una obra como *Rayuela*, muchos críticos suelen subrayar su contenido trascendental, metafísico; descuidan, en cambio, el humor: se les escapa lo esencial.

Claro que el humor se nos escurre entre los dedos, como un pez resbaladizo, y en ningún caso se puede sistematizar. No importa: está ahí. Precisamente la unión de búsqueda y humor crea —a mi modo de ver— el tono peculiar de *Rayuela*, el sabor que nos deja su lectura.

Unas veces, una situación tragicómica es llevada hasta el extremo: así, el concierto de Berhe Trépat (23), esperpento de comicidad irresistible. Muy típicos de Cortázar son los efectos humorísticos logrados mediante una lógica implacable: por ejemplo, los «riesgos del cierre relámpago» (130).

Se divierte Cortázar subrayando la puerilidad frívola de nuestro mundo: la gente se lamenta de la escasez de mariposas (146), anuncian en el periódico que una duquesa se rompió una pierna (150), describen cuidadosamente los tipos de jardines (134) o se angustian por la incomodidad de una cotorrita australiana (119), Desde la perspectiva de un tablón que se balancea sobre el abismo, todo eso resulta, a la vez, absurdo y cómico. (Quizá es la otra cara del mismo tablón.)

Además, el humor de la novela tiene una raíz histórica muy concreta: cree el narrador que a la Argentina —y, en general, a Hispanoamérica— hay que tratarla con humor, acostumbrarla a que no se tome del todo en serio. Me escribió una vez Cortázar: sin el humor, «ese libro sería probablemente insoportable, como es el caso de muchas novelas latinoamericanas que parecen naufragar en sí mismas, en una seriedad que las va aplastando y destruyendo, sin hablar de lo que le pasa al pobre pasajero allí embarcado».

Para Cortázar, el sentido del humor es básico: «trataré de conservarlo mientras viva, porque me parece una cosa muy seria y un ingrediente capital en toda buena literatura».

El humor es el buen camino: «Método: la ironía, la autocrítica incesante, la incongruencia, la imaginación al servicio de nadie» (79). El más fecundo: «La risa ella sola ha cavado más túneles útiles que todas las lágrimas de la tierra» (71).

Un paso más. En una ocasión declara Cortázar —en broma y en serio, claro está— algo que me parece de máxima importancia: «En fin, señora, el humor es *all pervading* o no es.» Por definición, no admite una zona sagrada, tabú. Se extiende a todo —o no existe. Antes de nada, por supuesto, al propio humorista. La crítica comienza por ser autocrítica. Por eso denuncia «la ironía casi diabólica que podía sospecharse en el éxito de los grandes trozos de bravura» (141). (Pero, a la vez, los ha incluido en la novela.) La marea de humor lo cubre todo.

Así, el humor de Cortázar deshace las máscaras —ajenas y propias—, resquebraja las costras rutinarias que impiden el fluir libre de la vida. Su ironía deshace y reconstruye, a la vez;

no destruye la verdad: la confirma. Es, sobre todo, uno de los modos mejores de la búsqueda. Desde el punto de vista del lector, ese humor templa la doctrina, suaviza cualquier exceso. La ironía, decía Eugenio d'Ors, es como la salazón: preserva. Aquí, muy claramente, salva del paso del tiempo, mantiene la novela «fresca».

Aparte de otras cosas, *Rayuela* es un libro con el que me he reído a carcajadas. Eso tendré que agradecérselo, siempre. (Hace diez años, refiriéndose a un artículo mío, me escribía Julio Cortázar: «Y cuando usted termina diciendo que el libro lo ha hecho reírse a carcajadas, me da una de esas alegrías que pocas veces me han dado los críticos o los lectores.»)

«Yo soy otro»

Se apoya el narrador en un texto de Jean Tardieu: la casa en que vivo se parece a la mía en todos los detalles, las horas son semejantes a las de mi vida, el rostro que veo en el espejo se parece a mi cara. Pero nada de esto es así: «Cuando me hayan devuelto *mi* casa y *mi* vida, entonces encontraré mi verdadero rostro» (152).

Otro capítulo de la novela, el 104, comienza abruptamente con la declaración de que la vida es «un comentario de otra cosa que no alcanzamos, y que está ahí al alcance del salto que no damos».

De esa conciencia ha nacido *Rayuela*, del «sentimiento continuo de estar en un mundo que es lo que debería ser».

¿Supone eso desesperación? Quizá no. Algunos críticos han visto *Rayuela* en clave nihilista. A muchos, incluso, les ha despistado el episodio final, haciéndoles creer que Oliveira se suicida, lanzándose de cabeza, desde la ventana, sobre la rayuela pintada en el suelo del patio. No es así, como luego comentaré.

Cortázar niega tajantemente este tipo de interpretaciones: «Yo creo que es un libro profundamente optimista, porque Oliveira, a pesar de su carácter broncoso, como decimos los argentinos, sus cóleras, su mediocridad mental, su incapacidad de ir más allá de ciertos límites, es un hombre que se golpea contra la pared, la pared del amor, la pared de la vida cotidiana, la pared de los sistemas filosóficos, la pared de la política. Se golpea la cabeza contra todo eso porque es un optimista en el fondo, porque él cree que un día, ya no para él pero para otros, algún día esa pared va a caer y del otro lado está el kibbutz del deseo, está el reino milenario, está el hombre verdadero, ese proyecto humano que él imagina y que no se ha realizado hasta este momento.»

La búsqueda no nace de la conciencia de plenitud, sino de sentir la carencia, la mutilación. Lo han expresado los poetas: *La vraie vie est absente... Je suis autre.*

LA LITERATURA

Las palabras, «perras negras»

No hace falta una gran deformación profesional para advertir que *Rayuela* incluye una teoría de la literatura. (Y una práctica, por supuesto.) La parte teórica está integrada como un factor más de la creación artística, que la lleva a la práctica.

Ante todo, una reflexión sobre el lenguaje, la herramienta del escritor. No se trata de una queja romántica contra el lenguaje («el rebelde, mezquino idioma»), sino de la desconfianza permanente ante un instrumento imperfecto, engañoso, desgastado por el uso común. Lo terrible, claro está, es que no tenemos otra cosa; y lo paradójico, que toda esta denuncia y destrucción del lenguaje sólo puede realizarse utilizando lo mismo que se denigra: círculo vicioso bien evidente, suplicio de Tántalo para el que no existe escapatoria.

Lo ha explicado Cortázar con toda claridad, en declaraciones al margen de la novela. En la época de *Los premios*, ya, vino «esa toma de conciencia de las limitaciones lingüísticas de un escritor; el hecho de que el lenguaje es una herencia recibida, una herencia pasiva en la que él no ha tenido ninguna intervención. El lenguaje, la gramática, el diccionario, él los recibe como recibe la educación que le dan su madre y su maestro».

¿Qué puede hacer el escritor que no se resigna a seguir transmitiendo una visión rutinaria, convencional de la realidad? Luchar con el lenguaje: «Yo ya no podía aceptar el diccionario, ni aceptar la gramática. Empecé a descubrir que la palabra corresponde por definición al pasado, es una cosa ya hecha que nosotros tenemos que utilizar para contar cosas y vivir cosas que todavía no están hechas, que se están haciendo. Entonces, el lenguaje no siempre es adecuado. Desde luego, eso es un poco la definición del escritor, en todo caso, del buen escritor. El buen escritor es ese hombre que modifica parcialmente un lenguaje. Es el caso de Joyce modificando una cierta manera de escribir el idioma inglés. Y los poetas, en general los poetas más que los prosistas, introducen toda clase de tras-gresiones que hacen palidecer a los gramáticos y que luego son aceptadas y que entran en los diccionarios y entran en las gramáticas.» La serpiente que se muerde la cola, otra vez.

En *Rayuela*, la desconfianza ante el lenguaje es uno de los temas más habituales. En una discusión, para descalificar a su oponente, Oliveira acusa: «Estás usando palabras» (28). (Es decir: sólo palabras, no realidades.) Buscando a la Maga por las calles de Montevideo, se indigna contra «la meditación siempre amenazada por los *idola fori*, las palabras que falsean las intuiciones, las petrificaciones simplificantes...» (48).

Las palabras son etiquetas imperfectas, que no reflejan ade-cuadamente la realidad: «—Eso se llama locura —dijo Tra-veler. —Todo se llama de alguna manera, vos elegís y dale que va» (56). Lo peor es que nos engañan, haciéndonos confiar en ellas, como botellas sucias que ocultan —más que revelan— el verdadero líquido.

Por eso, los bohemios del Club juegan con las palabras, llaman «cementerio» al Diccionario e intentan desenterrarlas. Sueñan con «la Hállulla, el hámago, el halieto, el haloque, el hamez, el harambel, el harbullista, el harca y la harija». Evidentemente, los personajes sienten —y el lector debe procu-rar sentir lo mismo— cuánto hay en esas palabras de fascinante recorrido por países desconocidos, por playas vírgenes nunca entrevistas. El cementerio se ha transmutado, ya, en gran repertorio universal, caverna platónica o bazar oriental donde puede hallarse todo.

Jugando con las palabras, por supuesto, se hacen malabaris-mos con las ideas, se suscitan asociaciones insólitas, se corroe la seriedad ceremoniosa. Por ejemplo, agrupando —como pro-cesión de disciplinantes, diría Cervantes— palabras que co-mienzan por *lana,* aglutinando el artículo femenino: «Una hebra de lana, metros de lana, lanada, lanagnórisis, lanatúr-ner, lannapurna, lanatomía, lanata, lanatalidad, lanacionali-dad, lanaturalidad, la lana hasta lanaúsea, pero nunca el ovi-llo» (52). Si seguimos tirando, como un gato travieso, ¿a dónde nos llevará esta hebra de lana? ¿Es, sólo, un juego sin trascendencia? Como gustaba de repetir Eugenio d'Ors, nunca se sabe la profundidad que puede haber en un minué.

Todo un capítulo se dedica a la lucha de Morelli contra el empobrecimiento del lenguaje, para devolverle «todo su brillo,

para que pueda ser usado como yo uso los fósforos» (99):
creando luz.

Oliveira es el ejemplo claro del intelectual preso en la cultura
libresca: aunque se esfuerce en luchar contra ella, no consigue
liberarse. Por eso llama a las palabras, con cariño y rencor,
«perras negras». El secreto de la Maga, en cambio, se puede
explicar porque, sin esfuerzo, *tocaba* la realidad: «no era capaz
de creer en los· nombres, tenía que apoyar el dedo sobre algo
y sólo entonces lo admitía». Los amigos comentan con ironía
—y seriedad—: «No se va muy lejos así. Es como ponerse de
espaldas al Occidente, a las Escuelas. Es malo para vivir en una
ciudad, para tener que ganarse la vida.» Por si quedara alguna
duda, otro interlocutor proclama la admiración que se espera
sienta también el lector: «Sí, sí, pero en cambio era capaz de
felicidades infinitas» (142).

Un momento de plenitud puede definirse como aquél en el
que las palabras no esconden, sino que protegen y revelan
el auténtico sabor de las cosas: «quizá las palabras envuelvan
esto como la servilleta el pan y dentro esté la fragancia, la
harina esponjándose...» (73).

«Toda *Rayuela* fue hecha a través del lenguaje», ha afirmado
Cortázar, años después: «hay un ataque directo al lenguaje
en la medida en que, como se dice explícitamente en muchas
partes del libro, nos engaña prácticamente a cada palabra que
decimos. Los personajes del libro se obstinan en creer que el
lenguaje es un obstáculo entre el hombre y su ser más profundo.
La razón es sabida: empleamos un lenguaje completamente
marginal en relación a cierto tipo de realidades más hondas,
a las que quizá podríamos acceder si no nos dejáramos engañar
por la facilidad con que el lenguaje todo lo explica o pretende
explicarlo».

Jugando con el lenguaje, Cortázar es heredero de una tradición literaria, predominantemente anglosajona: Lewis Carroll,
James Joyce, versos infantiles... (Lo mismo hacen, por ejemplo,
Guillermo Cabrera Infante y Severo Sarduy.) Como tiene talento, los juegos del malabarista nos divierten. (Eso, ya, no
es poco.) A la vez, con el bastoncillo de Chaplin y las grandes
tijeras del mudito Marx está dando golpes en la costra de
hielo, esperando que brote y corra libremente el chorro de
agua fresca.

Las fórmulas: «como lo, como lo...»

Si el lenguaje ha llegado a nuestras manos ya envejecido, ¿qué decir de la literatura? Por boca de Oliveira y Morelli, en su novela, Cortázar denuncia una y otra vez las convenciones de la literatura habitual: la falsedad, el anquilosamiento, las fórmulas, los tópicos, el peso de la retórica...

El narrador se divierte riéndose de la «buena literatura», entendida en el sentido convencional de la palabra. Veamos un ejemplo muy claro, en el capítulo 75: comienza evocando una vida ordenada, tranquila. El mismo ritmo de las frases, muy pausado, reproduce ese clima interior. De repente, en medio de una muy culta enumeración, el fluir de las palabras se atasca. Parece como si el disco se hubiera rayado. Repite insistentemente: «Como lo, como lo, como lo.» A Oliveira le ha dado un ataque de risa: la pasta de dientes le sirve para pintar en el espejo su propia caricatura de payaso trágico, que rompe toda la armonía cotidiana de la escena. Utiliza Cortázar el paso de la letra cursiva a la ordinaria para marcar las dos partes del texto:

«*Había sido tan hermoso, en viejos tiempos, sentirse instalado en un estilo imperial de vida que autorizaba los sonetos, el diálogo con los astros, las meditaciones en las noches bonaerenses, la seriedad goethiana en la tertulia del Colón o en las conferencias de los maestros extranjeros. Todavía lo rodeaba un mundo que vivía así, que se quería así, deliberadamente hermoso y atildado, arquitectónico. Para sentir la distancia que lo aislaba ahora de ese columbario, Oliveira no tenía más que remedar, con una sonrisa agria, las decantadas frases y los ritmos lujosos del ayer, los modos áulicos de decir y de callar. En Buenos Aires, capital del miedo, volvía a sentirse rodeado por ese discreto allanamiento de artistas que se da en llamar buen sentido y, por encima, esa afirmación de suficiencia que engolaba las voces de los jóvenes y los viejos, su aceptación de lo inmediato como lo verdadero, de lo vicario como lo,* como lo, como lo...»

Irrisión, así pues, de la «buena literatura», concebida en términos tradicionales. ¿Irrisión de la literatura, sin más? Creo que no. Los experimentos de Morelli, el *alter ego* del autor, tienen ese sentido: «Su libro constituía ante todo una empresa literaria, precisamente porque se proponía como una destrucción de formas (de fórmulas) literarias» (95). Y uno de los amigos generaliza: «¿Para qué sirve el escritor si no para destruir la literatura?» (99).

Voladura, pues, desde dentro, realizada por alguien que está usando como dinamita su propia vida: «se habían preguntado por qué odiaba Morelli la literatura y por qué la odiaba desde la literatura misma» (141).

El surrealismo, lo fantástico

Frente a la chatura estética del descriptivismo costumbrista, el creador debe buscar otros caminos. El surrealismo puede ser uno de ellos, con su liberación de la lógica. Cortázar, en efecto, conoce bien a los surrealistas franceses y se refiere a ellos con frecuencia. (Hoy, Evelyn Picon Garfield ha insistido en la influencia del surrealismo francés sobre su obra.) Es muy claro, sin embargo, Cortázar al señalar su distancia; para él, el surrealismo es necesario, pero no suficiente: «los surrealistas creyeron que el verdadero lenguaje y la verdadera realidad estaban censurados y relegados por la estructura racionalista y burguesa del occidente. Tenían razón, como lo sabe cualquier poeta, pero eso no era más que un momento en la complicada peladura de la banana. Resultado, más de uno se la comió con la cáscara. Los surrealistas se colgaron de las palabras en vez de despegarse brutalmente de ellas...» (99).

Le valió el surrealismo, sin duda, como técnica liberadora, pero no comparte su visión del mundo, su «ortodoxia». Y recuerda con ironía, en ocasiones, sus intentos juveniles de hacer «escritura automática»: hoy, eso —declara tajantemente— «no me interesa demasiado».

Lo fantástico puede ser, también, un ámbito de ampliación de la realidad narrada. Recordemos otra vez que antes de *Rayuela* Cortázar ha demostrado ya su maestría en el género fantástico. También le parece insuficiente, ahora, ese camino. Rechaza Oliveira los juegos mentales que consisten en huir de lo habitual limitándose a volver las cosas del revés: «Oh, esas son las soluciones fáciles; cuentos fantásticos para antologías» (55). Al fondo planea, sin duda, la sombra magistral de Borges.

Con respeto, pero con claridad, se ha ocupado Cortázar, en varias ocasiones, de marcar las diferencias. Según él, Borges suele partir de una idea abstracta, que luego organiza en personajes, episodios... «En mi caso es completamente distinto.

La idea abstracta del episodio fantástico, yo no la he tenido
nunca. Yo tengo una especie de situación general, de bloque
general, donde los personajes, digamos la parte realista, está
ya en juego; está en juego, y entonces allí hay un episodio
fantástico, un elemento fantástico que se agrega.»

No es fácil precisar la génesis de un cuento; ni, probablemente,
importe demasiado eso, sino el resultado artístico. En todo caso,
parece claro a qué apunta Cortázar: en su caso, lo fantástico
no es —no pretende ser, al menos— el punto de partida ni algo
sobrepuesto arbitrariamente, sino una realidad que irrumpe de
modo absolutamente natural, irremediable, en la entraña de lo
más cotidiano.

En este sentido hay que entender la sorprendente declaración de Oliveira, que contradice otras del propio personaje:
«Se ha elogiado en exceso la imaginación (...) en el otro espacio,
donde sopla el viento cósmico que Rilke sentía pasar sobre
su cabeza, Dame Imagination no corre» (84).

Y eso, quiérase o no, supone también un elemento de autocrítica con relación a su primera etapa narrativa, la que —a mi
modo de ver— se cierra con el sufrimiento de Johnny, *el perseguidor.*

No basta, pues, como quería el surrealismo, con liberar al
lenguaje de su estructura racional, burguesa, porque todo lenguaje remite, inevitablemente, a una realidad. Es preciso, por
tanto, cambiar esa realidad, verla de otra manera: «Del ser
al verbo, no del verbo al ser.» No sólo hay que liberar el lenguaje sino «re-vivirlo» (99).

Ambigüedad

El discurso narrativo no sigue decididamente un único camino, sino que se abre, con frecuencia, en abanicos de posibilidades. Para describir, por ejemplo, el efecto liberador del
jazz: «les señala que quizá había otros caminos y que el que
tomaron no era el único y no era el mejor, o que quizá había
otros caminos y que el que tomaron era el mejor, pero que
quizá había otros caminos dulces de caminar y que no los
tomaron, o los tomaron a medias...» (17). Se enlazan las frases,
repitiéndose y negándose, esmaltadas de abundantes *quizá...*
Antes, había elogiado la indeterminación en el arte; ahora
pretende, a la vez, *abrir* la obra y hacer participar activamente
a un lector que no se desconcierte por los meandros de la
reflexión.

Ese libro abierto es lo que ambiciona Cortázar: «todo eso que tú has pensado me llena de contento, es como una especie de recompensa para mí porque el hecho de dejar el libro abierto y encontrar en tu caso tantas posibles opciones es exactamente lo que yo busco con mis lectores».

Debe afilar el escritor su instrumental para expresar las experiencias inefables, fuera de lo habitual. (Y todas lo son, en cierto sentido, si sabemos verlas sin demasiadas telarañas en los ojos.) Igual que el místico, el poeta erótico ha recurrido siempre a las antítesis y contradicciones. En el caso de *Rayuela*, se trata de evocar una relación sentimental cercana al *amour fou* surrealista: «Ingreso paulatino en un mundo-Maga que era la torpeza y la confusión, pero también helechos con la firma de la araña Klee, el circo Miró, los espejos de ceniza Vieira da Silva, un mundo donde te movías como un caballo de ajedrez que se moviera como una torre que se moviera como un alfil.» (1). Las alusiones estéticas suman su capacidad evocadora. De todos modos, no es suficiente. Se impone, al final, la apelación directa a lo imposible, al absurdo: el único medio de romper los límites de lo habitual y expresar, aunque sea en pequeña medida, lo que no se puede decir, lo inefable.

Suele emplear Cortázar símbolos muy sugestivos, precisamente porque su vaguedad no permite la traducción exacta. Insiste especialmente en la indeterminación —por supuesto, muy consciente— del abismo que oculta cualquier experiencia banal: «Y de todo eso nacía como una explicación que Traveler era incapaz de rechazar, un contagio que venía desde más allá, desde alguna parte en lo hondo o en lo alto o en cualquier parte que no fuera esa noche y esa pieza» (55). Se queda Cortázar en la ambigüedad, voluntariamente, para las cosas de verdad importantes. No da una lección clara sino una sugerencia, una pista. Al lector le toca completarla, reviviéndola.

En sus reflexiones sobre literatura, formula Morelli una estética de lo fragmentario. (Al fondo parece hallarse la experiencia de la pintura impresionista.) Paradójicamente, la vida no se nos aparece como cine —una historia que fluye gracias al montaje— sino como una serie de fotografías discontinuas; también, los cristalitos sueltos de un calidoscopio: es el ojo del observador, en los dos casos, el que traza los puentes.

Otro ejemplo, otra figura: «El libro debía ser como esos dibujos que proponen los psicólogos de la Gestalt, y así ciertas líneas inducirían al observador a trazar imaginativamente las que cerraban la figura. Pero a veces las líneas ausentes eran las más importantes, las únicas que realmente contaban» (109). De ahí el aparente hermetismo de la sentencia: la tarea del escritor consiste en restar, no en sumar.

En este punto, quizá sea pertinente recordar algo bastante olvidado por la crítica: Horacio es escultor, teóricamente al menos, y, para su trabajo (¿para qué trabajo?) va por las calles recogiendo «pedazos de latón o de alambre» (107). Pedazos sueltos.

Al final de todo este proceso de despojamiento, de renuncia, ¿qué puede quedar? Una sencillez de estilo, la pureza —otra vez la palabra— de una prosa que no esté corrompida (94). Morelli escribe cada vez con más dificultad, pero detrás de su estilo puede haber algo, un puente vivo: «Tomas de la literatura eso que es puente vivo de hombre a hombre...» (79).

No parece ser ése el camino del éxito popular, porque coloca al lector ante «una ambigüedad insoportable». Es la misma en que reside el autor: «Si algún consuelo les quedaba era pensar que también Morelli se movía en esa misma ambigüedad, orquestando una obra cuya legítima primera audición debía ser quizá el más absoluto de los silencios» (141).

LA NOVELA

De las reflexiones generales sobre el papel que debe jugar la literatura se pasa insensiblemente —muchas veces, están mezclados— a comentarios concretos sobre la técnica narrativa.

¿Sobre técnica narrativa, solamente? Con ejemplar claridad dictaminó Jean-Paul Sartre que las discusiones sobre técnica reenvían, siempre, a la visión del mundo del narrador. Clarísimo resulta aquí. Oliveira adapta irónicamente a Campoamor: «Si quieres ser feliz como me dices / No poetices, Horacio, no poetices» (98). Las reflexiones de Morelli desembocan en visiones de carácter muy general: «La técnica narrativa de tipos como él no es más que una incitación a salirse de las huellas» (99). Algo más puede concretarse también, a veces.

El rollo chino

Comienza Ana María Barrenechea su análisis —quizá el mejor que se ha hecho— de la estructura de *Rayuela* señalando cómo Cortázar previene sobre los peligros de la improvisación, de la pereza. El riesgo es mayor en la novela que en el cuento, de estructura más cerrada. Cortázar lo ha señalado varias veces: «La novela permite bifurcaciones, desarrollos, digresiones. Lo sabemos de sobra. Entonces, curiosamente, la novela es un género mucho más peligroso que el cuento porque facilita todas las indisciplinas, todas las negligencias; tú te dejas ir, escribiendo una novela. Hay que tener mucho cuidado después, en el ajuste final.»

El que nos dice esto es también el que, en *Rayuela*, defiende una estructura flexible, vital, no mecánica. A Morelli, el portavoz de Cortázar, «le revienta la novela rollo chino. El libro que se lee del principio al final como un niño bueno. Ya te habrás fijado que cada vez le preocupa menos la ligazón de las partes, aquello de que una palabra trae a otra...». Eso suscita las bromas de los bohemios. Apunta Perico, el español: «Con lo cual le ocurre que una enana de la página veinte tiene dos metros cinco en la página cien. Me he percatado más de una vez. Hay escenas que empiezan a las seis de la tarde y acaban a las cinco y media. Un asco.»

En realidad, no se trata de prescindir de la estructura (*Rayuela* la tiene, por supuesto, y muy compleja) sino que «busca una interacción menos mecánica, menos causal de los elementos que maneja» (99). En efecto, uno de los atractivos —pero también de las limitaciones— de algunas novelas clásicas decimonónicas es su carácter de perfecto mecanismo, con vistas a un final determinado. El lector, si está familiarizado con este tipo de obras, lo puede fácilmente prever. A Cortázar no le interesan estas novelas tan «bien construidas», en las que unas partes se contrapesan armónicamente con las otras, como en la pintura renacentista mostró Wölfflin. Siguiendo con la metáfora plástica, lo que le interesa es romper los planos, crear zonas de sombra y perspectivas de profundidad, abrir el cuadro a muy diversos horizontes: reales, imaginarios, simbólicos...

Poco tiene que ver esto, desde luego, con el descuido o la chapuza. Lo que se pretende lograr es una novela más *abierta*: por eso mismo, más humana, más realista que la tradicional.

Psicologías

La psicología mecanicista (causa-efecto) es uno de los fardos más pesados de la técnica decimonónica, a los ojos del narrador actual. En su busca de una novela más pura, más «abstracta», imagina Morelli un «episodio en el que dejaría en blanco el nombre de los personajes, para que en cada caso esa supuesta abstracción se resolviera obligadamente en una atribución hipotética» (115).

Eso es lo que, en cierto modo, lleva a la práctica Cortázar al presentar, en una conversación del Club, las palabras y los interlocutores, sin distribución expresa de cada frase (96). Pero lo que busca Morelli es algo más serio, que conecta con muchas experiencias de la novela contemporánea: intentar que los personajes «dejen de ser personajes para volverse personas. Hay como una extrapolación mediante la cual ellos saltan hacia nosotros, o nosotros hacia ellos». Y añade un ejemplo: «El K de Kafka se llama como su lector, o al revés» (115). Desde España, podríamos recordar al U. que es protagonista de *Cómo se hace una novela,* de Unamuno.

Pone en cuestión Morelli, en general, la validez del género psicológico: «Basta de novelas hedonísticas, premasticadas, con *psicologías.*» Pero tampoco le interesa la llamada novela objetiva, basada en la psicología behaviorista, tan en boga a partir de los años 50: «Por otro lado, basta de técnicas puramente descriptivas, de novelas "del comportamiento", meros guiones de cine sin el rescate de las imágenes.» *Rayuela,* en efecto, no se limita a estas técnicas objetivas, sino que es una novela de búsqueda, por la vía intuitiva: «Hay que tenderse al máximo, ser *voyant* como quería Rimbaud» (116).

No es, desde luego, una novela psicológica, en el sentido tradicional del término. Oliveira es un personaje relativamente autobiográfico y, en lo hondo, con todas sus deficiencias, un símbolo del buscador. Morelli, poco más que un inteligentísimo portavoz del autor. Traveler, un doble porteño —entrañable, eso sí— de Horacio. Gekrepten, un contrapunto de sentido común. La Maga, en fin, es demasiado perfecta, quizá, como símbolo de la libertad. Sin embargo, es un personaje fascinante.

Es habitual, hoy, prescindir en la novela de una técnica minuciosamente analítica: presentación del personaje, antecedentes familiares, ambiente, descripción física... Abundan, en la conducta de los personajes, los huecos, los pozos oscuros, las reacciones insuficientemente motivadas. No quiere eso decir que el novelista de talento, hoy, no cree personajes «llenos de vida», como tradicionalmente se decía. Hablando en general, la utilización de una técnica sintética hace a estos personajes mucho más atractivos, misteriosos y llenos de capacidad sugestiva, para un lector que no se aferre a los cánones tradicionales. La Maga es, me parece, uno de esos personajes inolvidables: si Oliveira la pierde, los lectores de *Rayuela* la conservaremos siempre, con nosotros.

¿Anti-novela?

A partir de la década de los 60, en el ambiente cultural francés, no ha sido raro encontrarse con denominaciones de este tipo: anti-literatura, anti-música, anti-psiquiatría... También, por supuesto, anti-novela. (Hoy, en cambio, es frecuente insistir, reduplicativamente, en lo genuino: pintura-pintura, novela-novela...) ¿Participa *Rayuela* de esta tendencia?

En el capítulo 79, unos textos de Morelli suponen un verdadero programa narrativo de Cortázar. Quiero llamar la atención sobre el encabezamiento: «Nota pedantísima de Morelli.» Eso significa, evidentemente, que puede parecerlo, pero que no lo es. Por eso, el escritor se cura en salud ante las posibles acusaciones de pedantería y, defendiéndose irónicamente, nos advierte que se trata de un texto importante.

Para Morelli, lo esencial no es *narrar* algo, contar una historia, como un fin, sino, por medio de esto, introducir al lector en un nuevo ámbito, en unos valores nuevos: «Intentar el "roman comique" en el sentido en que un texto alcance a insinuar otros valores...»

Según eso, el lector no debe ser apresado por la historia, por su interés o por la curiosidad, sino colaborar con el narrador para crear el relato: «Parecería que la novela usual malogra la búsqueda al limitar al lector a su ámbito, más definido cuanto mejor sea el novelista. Detención forzosa en los diversos grados de lo dramático, psicológico, satírico o político. Intentar, en cambio, un texto que no agarre al lector pero que lo vuelva obligadamente cómplice, al murmurarle, por debajo del desarrollo convencional, otros rumbos más esotéricos.»

En unas notas sueltas, apunta Morelli la posibilidad de incorporar al relato las contradicciones internas, al modo del Zen: «A cambio del bastonazo en la cabeza, una novela absolutamente antinovelesca, con el escándalo y el choque consiguiente, y quizá con una apertura para los más avisados» (95).

¿Anti-novela? ¿Nueva novela? En otro lugar parece contradecirse, Morelli; en realidad, precisa con ejemplar claridad: «Provocar, asumir un texto desaliñado, desanudado, incon-

gruente, minuciosamente antinovelístico (aunque no antinovelesco)» (79).

No es puro juego de palabras. Lo que rechaza es *cierto tipo*
de novela, de trucos narrativos convencionales, no la novela.
Si no fuera así, ¿para qué escribir otra novela más?

Es, también, una cuestión que puede plantearse, en su radi-
calidad: ¿para qué utilizar la novela, si lo que se busca es
otra cosa? Dice la obra: «... aunque quedara en pie el absurdo
de elegir una narración para fines que no parecían narrativos)» (95).

No es difícil contestar que no existe, hoy, *una sola* clase de
novelas. Y que ése será, en definitiva, un absurdo mínimo en
comparación con la gran burrada, el inmenso absurdo de em-
peñarse en buscar, cada día, la verdadera vida, sea lo que sea.

Novela y poesía

Esta novela que pretende ser antinovelística, que no se interesa demasiado por el puro relato, cae cerca del ámbito de la
poesía. A mi modo de ver, es ésta una perspectiva básica, que
no ha sido utilizada suficientemente.

Ya señaló Lezama Lima que la nueva novela hispanoamericana «ha dependido de la manera de la poesía». En el caso de
Julio Cortázar, eso no debe sorprendernos: muchas veces ha
reconocido, por ejemplo, la influencia de la poesía de Rainer
María Rilke en su literatura y en su vida. Ha escrito también
poesía, por supuesto: «Hay un momento en que lo que yo
quiero decir no puedo ya decirlo con lenguaje de la prosa.
Y, entonces, con la más absoluta naturalidad, paso al poema.»

No se trata de dos caminos totalmente distintos, de una
alternativa: «incluso contando, hay momentos en que lo que
quiero decir es una dimensión poética (...). Y dentro de mis
novelas hay muchos capítulos que cumplen un movimiento
de poema aunque no entren en la categoría ortodoxa de poema.
El funcionamiento se hace por analogía; hay un sistema de
imágenes y de metáforas y de símbolos y, en definitiva, la
estructura de un poema».

Por eso, dice Cortázar —que es traductor—, resulta tan
difícil la traducción de una buena novela, porque «la prosa
moderna se basa enormemente en mecanismos muchas veces
poéticos». Y señala como ejemplo claro *La muerte de Virgilio*,
de Hermann Broch.

No pensemos en lirismos ni en fragmentos de «prosa poética». Lo esencial es no quedarse en la pura reproducción mimética de la realidad, abrirse al misterio, descubrir nuevos mundos: «fijar vértigos», dice Cortázar: «El poema está para eso, y ciertas situaciones de novela o cuento o teatro» (94).

Rayuela: novela poética. Si aceptamos eso, será mucho más fácil apreciar su estructura fragmentada, su apertura a una nueva realidad, sus *iluminaciones.*

TÉCNICAS

El primer chapuzón

Rayuela es, entre otras cosas, un muestrario de técnicas narrativas novedosas. Hasta la fecha de su publicación, pocas novelas escritas en castellano habían incorporado tántas novedades originales. No es esto lo más importante del libro, desde luego, pero sí puede despistar a algún lector. Por eso, sin pretensiones de teoría, quizá sea útil recordar algunas de estas técnicas.

Abrimos la novela por su primera página. El primer capítulo comienza así: «¿Encontraría a la Maga?» Fijémonos un poco en esa frase, que, para Carlos Fuentes, entrega ya la clave de la obra.

El comienzo de una novela debe darnos la información precisa para que podamos ir comprendiendo su desarrollo. Eso, al menos, se supone. ¿De qué nos ha informado esta frase? De poca cosa, me temo. Después de leerla —ésta y las siguientes, por supuesto—, más fácil sería anotar, esquemáticamente, todo lo que *no* sabemos:

— ¿Quién habla? ¿De quién es la voz que oímos?
— ¿Quién es la Maga? ¿De dónde es, cuántos años tiene, cuál es su verdadero nombre, su aspecto?
— ¿Quién la ha perdido?
— ¿Por qué la perdió? ¿Cómo?
— ¿Dónde sucede todo esto?
— ¿Cuándo?
    Etcétera.

Recordemos un comienzo clásico de novela. Compárelo el lector, por ejemplo, con los de *Eugenia Grandet* o *Fortunata y Jacinta:* antecedentes familiares, circunstancias de lugar y tiempo, descripción física de los personajes y caracterización psicológica... Albert Camus hizo la caricatura de esta forma de iniciar un relato, que ejemplifica con este pastiche: «Una hermosa mañana del mes de mayo, una elegante amazona recorría, montada en un soberbio caballo alazán, los floridos paseos del Bois de Boulogne...» De un modo paralelo, Paul Valéry dijo en broma —lo cuenta André Breton en su *Manifiesto del surrealismo*— que una novela actual ya no podía comenzar diciendo: «La marquise sortit à cinque heures.» Pero el juego de la ironía ha hecho que Cortázar dé comienzo así, precisamente, a su novela *Los premios*. (En 1983, en Francia, un concurso de relatos ha elegido otra vez este pie fijo: comenzarlos con la frase de Valéry, ya célebre.)

En *Rayuela*, simplemente, nos encontramos con una pregunta: «¿Encontraría a la Maga?» Una pregunta —ya lo hemos visto— que abre muchos más interrogantes. No se nos han dado datos; al revés, parece que se nos han hurtado. No existe un largo preámbulo. Nos han arrojado, de golpe, en medio de la corriente: sin tiempo para prepararnos, el primer chapuzón. Se ha abierto la puerta del misterio.

Las citas, *punto de partida*

Una peculiaridad evidente de *Rayuela*: englobar en la acción narrativa gran número de referencias de tipo cultural. El número de citas que he creído necesario añadir al texto, en esta edición, lo prueban de sobra.

¿Exhibición de cultura, esnobismo? Creo que no. Cortázar sabe muy bien que *todo* lo que hemos vivido nos influye para nuestra visión del mundo (2). Se incluyen ahí lo mismo un verano en Ibiza que una diarrea pertinaz junto al piano de Satie o los frescos de Piero della Francesca...

Rayuela tiene algo de *museo imaginario:* como vio Lezama Lima, «al lado de la galería aporética, la librería délfica soñada por Gracián. Cada libro, por inexplicable, imprescindible. Julio Verne al lado de Roussel. Todo lo pensado puede ser imaginado». No es raro que Lezama Lima —precisamente Lezama— viera esto...

No se trata, sin embargo, de *Las cien mejores poesías* o la discoteca básica del amante de jazz. Junto a lo exquisito, el catálogo de horrores, como la estupidez que fascinaba a Flaubert:

«Facetas de Morelli, su lado Bouvard et Pécuchet, su lado compilador de almanaque literario (en algún momento llama "Almanaque" a la suma de su obra» (66).

Oliveira *usa* vitalmente la cultura. A la vez, pocos personajes de novela nos advierten tanto contra sus peligros: «Si algo había elegido desde joven era no defenderse mediante la rápida y ansiosa acumulación de una "cultura", truco por excelencia de la clase media argentina para hurtar el cuerpo a la realidad nacional y a cualquier otra, y creerse a salvo del vacío que la rodeaba. Tal vez gracias a esa especie de fiaca sistemática (...) se había librado de ingresar en ese orden fariseo (en el que militaban muchos amigos suyos, en general de buena fe porque la cosa era posible, había ejemplos), que esquivaba el fondo de los problemas mediante una especialización de cualquier orden...» (3).

No desconcertará, espero, al lector la unión de este uso amplísimo —insólito dentro de la actual literatura española, por ejemplo— de materiales de procedencia cultural con una condena tan tajante de la cultura como medio de tranquilizarse. Lo mismo, más o menos, han hecho los grandes intelectuales vitalistas que han escrito novela en nuestro siglo: Huxley, Unamuno, Hesse...

Sin hacer exhibiciones ni hurtar el bulto a los problemas: simplemente, la vida de Oliveira *es así*. Mondrian, Jelly Roll Morton o Rimbaud forman parte de su realidad tanto —por lo menos— como los gruñidos de su portera, la niebla junto al Sena o el mal olor de la *clocharde*... Por eso aparecen tanto en *Rayuela*.

«*Collage*»

El artista plástico de nuestro siglo incorpora a su creación materiales de todo tipo: cuerdas, trapos, recortes de periódico, un billete de metro... En su nuevo ámbito, todas esas cosas poseen ya, obviamente, una nueva realidad.

Lo mismo hace Cortázar: versos, letras de canciones, cartas a los periódicos, documentos extravagantes... La experiencia de *Rayuela* desembocará, después, en la plena adopción del sistema en libros como *Último Round*: «la idea del collage —foto y texto— me parece fascinante. Si yo tuviera los medios técnicos de imprimir mis propios libros, creo que seguiría haciendo libros-collage».

Funciona aquí, evidentemente, el placer —descubierto por los movimientos de vanguardia— de las asociaciones imprevistas. Dentro de una novela, además, poseen un nuevo sentido, se enlazan con otros elementos, colaboran en la peculiar estructura: «En *Rayuela* son citaciones literarias o filosóficas o anecdóticas, anuncios de periódico que están pensados en función de la novela. Es decir, de la conducta de los personajes o de los deseos o de las ambiciones de los personajes. Por ejemplo, algunos de los pequeños fragmentos los pongo en *Rayuela* porque lo que dicen es perfecto, no se puede decir mejor. Entonces, para qué hacerles hablar a los personajes sobre ese tema cuando ya está escrito, ya está dicho mejor de lo que yo podía hacer.»

Así, acumulando fragmentos, *Rayuela* cobra apariencia de mosaico, tapiz persa, crucigrama... Es —aclara Saúl Yurkiewich— la técnica que corresponde a un tipo de montaje, a una determinada visión: «Todo es cambiante, todo es maleable, todo es fluyente (y quiere ser influyente), un discurso polifónico, polimórfico, politonal, polisémico, capaz de incorporar cualquier material.» Politécnico, policlínico, poligonal; no policiaco ni político, no; polivalente, como nuestro Bachillerato Unificado.

De uno y otro lado

Tapiz, *collage*, mosaico, sí, pero no caos. La longitud de *Rayuela*, ·unida a su indudable complejidad, ha despistado a algunos lectores. Como en un buen *caso* policiaco, la novela nos proporciona las claves necesarias para resolver los enigmas que en ella se plantean. No suelen advertirse, quizá, bastantes frases sueltas que explican fragmentos muy posteriores. Veamos unos pocos ejemplos.

Gekrepten, la compañera de Oliveira en la segunda parte, aparece mencionada ya al comienzo de la novela: «una muchacha irrecordable» (1). Y vuelve a insistir en el capítulo 4: «Y la pobre boba de Gekrepten.» Lo mismo sucede con Traveler, al que llama «su camarada» (3) y se pregunta: «¿qué estaría haciendo Traveler, ese gran vago, en qué líos majestuosos se habría metido desde su partida? (4).

En cuanto al enigmático Morelli, muy pronto se menciona su libro total, que resume la ambición de *Rayuela*: «pretendía hacer de su libro una bola de cristal donde el micro y el macrocosmo se unieran en una visión aniquilante» (4).

Podría multiplicar los ejemplos de cómo las referencias internas —hacia delante o hacia atrás— se multiplican, sosteniendo el entramado del relato. Me interesa más, dentro de eso, centrarme en algo menos obvio, quizás. Con el capítulo 56 termina el «primer libro» y comienzan los «capítulos prescindibles» a que ya me he referido. A partir de ahora, el autor nos va indicando un orden de lectura de los capítulos aparentemente arbitrario, combinando los saltos hacia delante (lectura de nuevos capítulos) con la relectura de los que ya conocemos. ¿Es, de verdad, arbitrario? Basta con fijarse un poco para advertir llamadas, enlaces, discretos eslabones. Señalaré algunos.

El capítulo 84 expresa la dificultad —la necesidad— de *ver* las cosas. Va seguido del 4, donde nos cuentan que eso, *ver* las cosas, es justamente lo que sabe hacer la Maga.

Plantea el capítulo 71 la necesidad de inventar el mundo. No es casual que vaya seguido del 5: Oliveira hace el amor con la Maga.

La frase final del capítulo 6 vuelve a tomarse, como inicial del 93: «Pero el amor, esa palabra.»

El capítulo 81 es una cita de Lezama Lima: «procuremos inventar pasiones nuevas, o reproducir las viejas con pareja intensidad». En seguida, en el 93, se acusa a Oliveira de temer las pasiones. Y este capítulo 93, dedicado al amor, va seguido del 68: la escena de amor, en «glíglico».

De vez en cuando, los capítulos se agrupan en pequeños ciclos: el 14 presenta la tortura china; el 114, una ejecución occidental; el 117, lo mismo, pero referido a los niños; en el 15, la Maga recuerda cómo la violó, de niña, el negro Ireneo; en el 120, este mismo Ireneo introduce un gusano en un hormiguero... Es, obviamente, toda una serie dedicada a la tortura, la violencia.

Al acabar el 90, Oliveira recuerda los finales de sus relaciones eróticas; en el 20, que le sigue, se pelea con la Maga, y en el 126 se evoca el despertar de la inquietud.

Expone el 124 la necesidad de crear espacios para la vida; irónicamente, el 134 lo concreta en la falta de regularidad simétrica de los jardines ingleses.

Juega Cortázar claramente con algunos contrastes: después del capítulo dedicado a la muerte de Rocamadour (28), largo y trágico, aparece la broma sobre los riesgos de la cremallera en la bragueta (130); el lírico recuerdo de la Maga da paso al folletón rosa de Ivonne Guitry (111), anunciado ya en los capítulos 40 y 46.

El sueño enlaza a Traveler y Talita (143) con Horacio (100).

Descubre Oliveira a Pola por sus manos (76). De ahí pasamos a una escena de amor con ella (101) y a otra del mismo tipo con la Maga (144), para concluir contemplando a Pola, mientras duerme (103).

Sueña Horacio con su infancia (123) y lo recuerda, luego: «Estaba pensando en un sueño, ché, disculpá» (122).

En el 30, cuenta Gregorovius el entierro de Rocamadour. En el siguiente, Horacio se refiere a «tu descripción tan vistosa del sepelio...» (57).

Conocemos, en el capítulo 96, la casa de Morelli. De ahí pasamos al 94, un texto de Morelli sobre la prosa corrompida; luego, al 91, donde vemos los papeles de Morelli y un huevo podrido. A partir de ahí alternan las notas del viejo escritor y los comentarios que suscitan: por ejemplo, en el 99 se refiere a un apunte sobre el ritmo que aparecía en el 82, inmediatamente anterior.

No faltan las alusiones puntuales: el posible origen químico del pensamiento (99) fue expuesto ya en el importante capítulo 62, que dará origen a la siguiente novela de Cortázar: *62. Modelo para armar*. Del mismo modo se elogian los cafés porteños (78), que habían sido citados en el 132. El comienzo del 125, «Il mio supplizio», es el fragmento de un poema de Ungaretti que fue citado en el 42. La escala de Oliveira, al volver de Buenos Aires (39) da lugar al 78: «tal vez debí quedarme un poco más en Montevideo, buscando mejor».

Otras veces, la conexión no está expresada con tanta claridad: los amigos matan el tiempo charlando (40), igual que los indígenas que pescan peces no comestibles y luego los entierran (59). La extrañeza de todas las cosas (102) se concreta en la que me produce mi propio cuerpo (80). Talita comenta su sueño (45), el sueño se enlaza con la locura (80) y una cita sobre el sueño de Anaïs Nin (110).

Al final de la novela, los eslabones se multiplican. Las historias del manicomio alternan con textos de los que oficialmente no están locos: el reformador de la ortografía *Renovigo* (69), anunciado ya en el capítulo 49, las cartas del licenciado Juan Cuevas sobre la Soberanía Mundial (89) y el proyecto de Ceferino Piriz, distribuido por entregas (129, 133).

Los temas se agrupan musicalmente, enlazados por un irónico contrapunto: los tres amigos alcanzan el centro de la mandala, el cosmos (54), mientras Ceferino sigue organizando

el mundo por corporaciones nacionales... Tan loco es eso como
—en el mismo capítulo— «preguntarse qué andaría haciendo
Talita». Las dos historias, sorprendentemente, se enlazan:
«Todo lo demás tenía que seguir como si lo enumerara Ceferino,
una cosa detrás de la otra» (133). Y el 127 enlaza a Morelli
con los amigos porteños.

Después del episodio de los piolines, la historia sigue un
curso perfectamente normal, aunque a primera vista no lo
parezca: Gekrepten cuida a Horacio (135), le prepara comida,
le pone compresas; Talita lo comenta (63), Traveler charla con
él, enlazando con el tema de Ceferino (88). El único capítulo
que no se repite en el «tablero de dirección» es el 55, pero su
texto se incluye, íntegro (133). El capítulo 58 resume, mezclados,
todos los de la serie última, y nos envía al 131, que, a su vez,
como un frontón, remite de nuevo al 58, y así hasta el infinito.

Toda esta enumeración, tan aburrida, puede servirnos de
base para afirmar, con más seguridad, que no son inconexos
los «capítulos prescindibles». No podrían —como algunos han
pretendido— suprimirse de la novela sin grave pérdida. Cortázar les da este título: «De otros lados.» En realidad, aunque
no se advierta a primera vista, son el hilo que enlaza todo lo
que sucede *de uno y otro lado*.

«*Y las cosas que lee...*»

Las correspondencias internas dan lugar también a un capítulo de apariencia incomprensible, el 34, que comienza así:

«En setiembre del 80, pocos meses después del fallecimiento.
· Y las cosas que lee, una novela, mal escrita, para colmo
de mi padre, resolví apartarme de los negocios, cediéndolos
una edición infecta, uno se pregunta cómo puede interesarle
a otra casa extractora de Jerez tan acreditada como la mía;
algo así. Pensar que se ha pasado horas enteras devorando
realicé los créditos que pude, arrendé los predios, traspasé
esta sopa fría y desabrida, tantas otras lecturas increíbles,
las bodegas y sus existencias, y me fui a vivir a Madrid.»

El lector un poco atento posee los datos necesarios para
comprenderlo. Se ha quejado ya Oliveira de las cosas que
lee la Maga: revistas, novelas convencionales... Se han separado.
Vuelve Horacio a su casa y mira lo que hay en la mesita de
noche: «Una novela de Pérez Galdós, una factura de la far-

macia (...). Unos papeles borroneados en lápiz.» (Luego sabremos que es la despedida a Rocamadour, el niño muerto, que leemos en el capítulo 32.) Como en cualquier mesilla de noche, allí están los libros acumulados, en las últimas jornadas. El intelectual exquisito desprecia las novelas que encuentra allí, recuerda otros ejemplos de lo que él considera literatura de consumo: «Una novela de Galdós, qué idea. Cuando no era Vicki Baum era Roger Martin du Gard, y de ahí el salto inexplicable a Tristan L'Hermite, horas enteras repitiendo por cualquier motivo "les rêves de l'eau qui songe", o una plaqueta con pantungs, o los relatos de Schwitters, una especie de rescate, de penitencia en lo más exquisito y sigiloso, hasta de golpe recaer en John Dos Passos y pasarse cinco días tragando enormes raciones de letra impresa» (31).

Leemos después el planto por Rocamadour (32) y las reflexiones que suscita (33). El hilo del relato se reanuda en el capítulo siguiente: Horacio —recordémoslo de nuevo— está sentado en el borde de la cama, pasa sus ojos distraídamente por el comienzo de la novela de Galdós, a la vez que piensa en la Maga. El novelista quiere darnos *las dos series* a la vez, tal como se producen en la realidad. (Es un viejo problema narrativo, que se suele resolver presentando sucesivamente, por análisis, lo que es simultáneo.)

Ha imaginado Cortázar un truco en la disposición tipográfica del texto. Las líneas impares reproducen el comienzo de *Lo prohibido*, la novela de Pérez Galdós: «En septiembre del 80, pocos meses después del fallecimiento de mi padre, resolví apartarme de los negocios, cediéndolos a otra casa extractora de Jerez tan acreditada como la mía...»

Las líneas pares expresan el monólogo interior de Horacio, mientras va leyendo esto: «Y las cosas que lee, una novela, mal escrita, para colmo una edición infecta, uno se pregunta cómo puede interesarle algo así...»

Este juego gráfico produce varias consecuencias. Ante todo, se multiplican las lecturas, conforme a la permanente aspiración del narrador. Según esto, el lector debería hacer, en teoría, las siguientes:

1) El capítulo, tal como está impreso, para advertir su extrañeza.
2) Las líneas impares, de Galdós.
3) Las líneas pares (monólogo de Horacio).
4) Otra vez todo el capítulo, para seguir el curso completo

de la escena: texto más comentario. Como eslabones, para
facilitarlo, el personaje, de vez en cuando, repite una frase de
Galdós —que aparece impresa en cursiva—. Por ejemplo: «Y me
fui a vivir a Madrid.» Lo leemos dos veces: en el texto de
Galdós (línea 9) y en el comentario de Horacio (línea 12).

Lo mismo sucede con otras expresiones: «Por fin supe hallar
un término de conciliación»; «Gozar del calor de la familia»;
«polvorosas plazuelas»; «elegantes teatros»; «Impulsando a
los que se estacionaban en las mesas»; «Lo que en verdad era
poco lisonjero para un hombre que»; «pulcro y distinguidísimo»;
«y de diluir fatigosamente sus relatos»; «llorando a moco y
baba»; «personalidades que ilustraron el apellido de Bueno de
Guzmán»...

Algún ilustre maestro se ha ofendido por el desprecio de
Galdós que muestra Cortázar. Existe aquí, me parece, un cierto
malentendido. A quien no le gusta Galdós no es a Cortázar
sino a Horacio Oliveira, intelectual esnob, preocupado por el
arte de vanguardia, discípulo entusiasta de Morelli, que abo-
mina de la novela puramente narrativa y desea *abrirla* a otra
cosa... A un personaje así, ¿le gusta Galdós? Evidentemente,
no. Hacer que le gustara estaría en contradicción con toda su
actitud estética.

Algo más. Aunque sepamos el truco, la vista se nos va,
a veces, y leemos, de modo habitual, dos o tres líneas seguidas.
En alguna ocasión, el abismo de la sintaxis o la puntuación
es absoluto; otras veces, en cambio, las frases engranan, misteriosamente, y se producen acoplamientos muy cómicos: «para
colmo de mi padre»; «traspasé esta sopa fría y desabrida»;
«los tristes magazines que le prestaba mi tío»; «y ya resistí a
ello por no perder mi independencia»; etc.

Poco antes del final del capítulo, concluye ya el texto de
Galdós: «contrariedad irremediable, porque sus tres hijas,
¡ay, dolor!, estaban ya casadas». Con el libro abierto, todavía,
en las manos, Horacio sigue reflexionando sobre su relación
con la Maga: son como dos puntos que se mueven por París,
sin encontrarse, ahora. Sus movimientos forman una figura
que, aparentemente, no tiene sentido, como las líneas alternadas
de este capítulo.

El «glíglico»

Uno de los rasgos más llamativos de la novela es el capítulo 68. Recordémoslo:

«Apenas él le amalaba el noema, a ella se le agolpaba el clémiso y caían en hidromurias, en salvajes ambonios, en sustalos exasperantes. Cada vez que él procuraba relamar las incopelusas, se enredaba en un grimado quejumbroso y tenía que envulsionarse de cara al nóvalo, sintiendo cómo poco a poco las arnillas se espejunaban, se iban apeltronando, reduplimiendo, hasta quedar tendido como el trimalciato de ergomanina al que se'le han dejado caer unas fílulas de cariaconcia. Y sin embargo era apenas el principio, porque en un momento dado ella se tordulaba los hurgalios, consintiendo en que él aproximara suavemente sus orfelunios. Apenas se entreplumaban, algo como un ulucordio los encrestoriaba, los extrayustaba y paramovía, de pronto era el clinón, la esterfurosa convulcante de las mátricas, la jadehollante embocapluvia del orgumio, los esproemios del merpasmo en una sobrehumítica agopausa. ¡Evohé! ¡Evohé! Volposados en la cresta del murelio, se sentían balparamar, perlinos y márulos. Temblaba el troc, se vencían las marioplumas, y todo se resolviraba en un profundo pínice, en niolamas de argutendidas gasas, en carinias casi crueles que los ordopenaban hasta el límite de las gunfias.»

Varias veces me han preguntado qué significaba todo esto. Antes de nada, les he hecho leerlo en voz alta: el texto se transfiguraba, cobraba un nuevo sentido —el auténtico—: la evocación de una escena erótica mediante un lenguaje puramente musical.

El procedimiento había sido ya anunciado, en la novela, muchas páginas antes. Pregunta Horacio a la Maga cómo hace el amor Gregorovius, su presunto rival: «¿Pero te retila la murta? No me vayas a mentir (...). ¿Y te hace poner con los plíneos entre las argustas? —Sí, y después nos entreturnamos los porcios hasta que él dice basta basta (...). Pero eso vos no lo podés comprender, siempre te quedás con la gunfia más chica.»

Se trata del «glíglico», un lenguaje inventado. Por un lado, es un juego, una burla del lenguaje racional. Pero hay, en él, algo más importante: es también un lenguaje *exclusivo*, no compartido; una zona propia de los enamorados, que los aisla del resto del mundo. Algo, pues, perfectamente conocido y hasta trivial, que han utilizado todos los amantes del mundo, atribuyendo un valor especial a expresiones habituales. Recordemos, en la literatura, el muy conocido «faire catleyas» de *Un amour de Swann*, de Marcel Proust. No es casual que estos ejemplos se refieran al terreno erótico, aunque el glíglico se aplique también a otras cosas. En el lenguaje de los enamorados florecen con espontaneidad eufemismos y sufijos afectivos: recordemos *Tristana* y, en la vida real, el epistolario de Galdós y la Pardo Bazán, un precioso ejemplo reciente.

Como buen aficionado a la música, Cortázar es muy sensible a los valores rítmicos y musicales del lenguaje. No olvidemos un texto de Morelli: «No tengo ideas claras, ni siquiera tengo ideas. Hay jirones, impulsos, bloques, y todo busca una forma, entonces entra en juego el ritmo y yo escribo dentro de ese ritmo, escribo por él, movido por él y no por eso que llaman el pensamiento...» (82).

Abundan en la novela los juegos musicales. Estando borracho, Oliveira se divierte entrecruzando palabras: «Qué mamúa padre. The doors of perception, by Aldley Huxdoux» (18). Los mismos juegos fónicos le gustan cuando no está borracho: «Un soliloquio tras otro, vicio puro. Mario el epicúreo, vicio púreo» (19). En los dos casos, la imaginación verbal funciona sobre una base literaria y parte de que la asociación de sonidos puede conducir a hallazgos ideológicos. Es el conocido caso de los aciertos —junto a las imposiciones absurdas— a que puede conducir la rima consonante.

Regresemos al capítulo 68. Juega Cortázar, evidentemente, con el equívoco de alternar palabras puramente imaginarias con un esquema sintáctico habitual: «Apenas él... a ella se le... y caían en... Cada vez que él procuraba... se enredaba en... y tenía que... sintiendo cómo poco a poco... se iban... hasta quedar tendidos como el... al que se le han dejado caer unas... Y sin embargo, era apenas el principio, porque en un momento dado ella se... consintiendo en que él aproximara suavemente sus... Apenas se... algo como un... los... de pronto era él... Se sentían... temblaba el... se vencían las... y todo se... en un profundo... que los... hasta el límite de las...»

Tenemos aquí el esqueleto, perfectamente lógico, de una descripción de amor físico. Evidentemente, el juego malévolo está en que nuestra imaginación rellena de sentido claro y concreto los huecos, ocupados en el texto por palabras ininteligibles. Vemos, una vez más, la complicidad con el lector, que, en este caso, se puede volver en contra de él, pues se avergonzará, quizá, al comprobar cómo su imaginación ha recurrido a términos más gráficos que los empleados por el escritor.

Cabe, incluso, la posibilidad de que a Cortázar le haya pasado por la cabeza mostrar, con un juego, cómo un escritor hábil puede soslayar una censura puritana evitando cualquier término *non sancto*. Claro que la combinación de algunas palabras es claramente alusiva. Recordemos, por ejemplo, el «orgumio» y el «merpasmo», seguidos de una «sobrehumítica agopausa».

Quiero subrayar cómo los significados son sugeridos, también, por el movimiento rítmico de la frase. Notemos, por ejemplo, el ritmo trimembre: «Y caían en hidromurias, en salvajes ambonios, en sustalos exasperantes.» Si separamos el término común, *caían en*, obtendremos tres términos, progresivamente largos: «hidromurias» (cuatro sílabas), «salvajes ambonios» (seis sílabas), «sustalos exasperantes» (ocho sílabas). Gramaticalmente, se trata de un sustantivo; otro, con adjetivo antepuesto, y un tercero, con adjetivo pospuesto, descriptivo. La impresión psicológica es la de una serie de olas: todas avanzan en la misma dirección, pero cada una es un poco más larga que la anterior.

Veamos otro ejemplo. Al comienzo de la frase, una enumeración trimembre crea un ritmo progresivamente acelerado: «Las arnillas se espejunaban, se iban apeltronando, reduplimiendo...» Y todo se resuelve en una frase larguísima, enormemente perezosa, con palabras largas («trimalciato», «ergomanina») y subordinadas, añadidas («como el... al que...»): «Hasta quedar tendido como el trimalciato de ergomanina al que se le han dejado caer unas fílulas de cariaconcia.»

Lo básico es el contraste entre momentos de exaltación y otros de depresión. Después del descanso que acabamos de citar, renace la tensión: «Y sin embargo era apenas el principio...»

El párrafo culmina en una enumeración en la que la orquesta parece emplear toda su potencia instrumental: «De pronto era el clinón, la esterfurosa convulcante de las mátricas, la jadehollante embocapluvia del orgumio, los esproemios del merpasmo en una sobrehumítica agopausa.» Todo este *crescendo* orquestal, cuidadosamente preparado, estalla, jubiloso, como el sonido triunfal de los platillos: «¡Evohé! ¡Evohé!»

A lo largo de la historia, son varios los casos de escritores —o géneros— que intentan evocar un significado *simplemente mediante el sonido* de unas palabras, prescindiendo de la conexión arbitraria que es la base del signo lingüístico: en nuestra lengua, la poesía afro-cubana —de Lope de Vega a Nicolás Guillén—, las jitanjáforas y trabalenguas infantiles... Cortázar se une a esta cadena con su «glíglico». Lo hace con notable brillantez y sentido rítmico. (Una vez más, experimenta, juega, explora posibles ámbitos nuevos.) Y, no lo olvidemos, con sentido del humor: si *tradujéramos* este capítulo 68 a lenguaje *normal* nos encontraríamos con una narración grandilocuente, retórica, que Cortázar utiliza —a mi modo de ver— con evidente ironía.

«*Las haches como penicilina*»

He mencionado ya la peculiar ortografía fonética del *Renovigo*: «Ingrata sorpresa fue leer en "Ortográfiko" la notisia de aber fayesido en San Luis Potosí...» (69). Leyéndolo, en sus horas de tertulia, Traveler y Horacio se tiran de risa por los suelos. (Es también, una vez más, un factor de extrañamiento de lo cotidiano.)

No se debe confundir con eso —aunque esté relativamente cercana— la presencia de haches innecesarias que se da en varios momentos de la novela. Recordemos algunos usos. Enseñando a observar una pintura: «Lo importante de este hejemplo es que el ángulo es terriblemente hagudo... algo hincalificablemente hasombroso» (19). Meditando sobre los libros de la biblioteca: «Me apasiona el hoy pero siempre desde el ayer (¿me hapasiona, dije?)» (21). «La hebriedad, hastuta cómplice del Gran Hengaño» (36). Burlándose de sí mismo: «Heste Holiveira siempre con sus hejemplos» (84).

Este es, me parece, el caso en el que se ve más claramente el uso de la hache: «En esos casos Oliveira agarraba una hoja de papel y escribía las grandes palabras por las que iba resbalando su rumia. Escribía, por ejemplo: "El gran hasunto" o "la hencrucijada". Era suficiente para ponerse a reír y cebar mate con más ganas. "La hunidad", hescribía Holiveira. "El hego y el otro." Usaba las haches como otros la penicilina. Después volvía más despacio al asunto, se sentía mejor. "Lo himportante es no hinflarse", se decía Holiveira. A partir de esos momentos se sentía capaz de pensar sin que las palabras le jugaran sucio» (90).

Parece claro que las haches se emplean sobre todo en el caso de las grandes palabras, para limpiarlas un poco de la costra retórica que las ha ido cubriendo durante años. (Lo mismo habían hecho ya algunos surrealistas, como Jacques Vaché: «pohète».) Sirven, pues, de vacuna irónica contra la hinchazón. Muchas veces se aplican a uno mismo, para burlarse cuando se nos escapan palabras demasiado «sublimes». Suponen, en fin, un guiño de ojos amistoso al lector para que sepa que, en el fondo, «no es para tanto», y que debe tomarse esa frase un poco a broma —es decir, en serio.

La tela de Penélope

He mencionado ya el capítulo 75: un texto retórico, tradicional, se interrumpe con un balbuceo: «como lo, como lo, como lo...». Igual que Horacio no coloca el cepillo con la pasta dentífrica en su boca, sino que lava los dientes a la imagen del espejo, pintándola irrisoriamente, creándola...

Esta brusca ruptura de lo esperado caracteriza la escritura de Cortázar. Unas veces, los personajes se rebelan contra la ceremonia de los gestos, la desgarran como una tela vieja: «Debía tener un esquema prefabricado de esas cosas, o quizá le sucedían siempre de la misma manera (...), se cumplían todos los gestos necesarios para darle al hombre su mejor papel, dejarle todo el tiempo necesario la iniciativa. En algún momento se habían puesto a reír, era demasiado tonto» (5).

La rotura de las convenciones esperadas se extiende también, por supuesto, al uso del lenguaje. Una y otra vez, la estructura sólida de la frase aparece erosionada, desde dentro; en uno de sus cuentos, por ejemplo, había escrito Cortázar: «No le importaba gran cosa lo que ella pudiera sentir mientras lo disimulara. (¿No le importaba gran cosa lo que ella pudiera sentir, mientras lo disimulara?) No, no le importaba gran cosa. (¿No le importaba?)»

Ya conocemos el método que propugna Morelli, con implacable rotundidad: «la ironía, la autocrítica incesante...» (79). Y eso se extiende, como hemos visto, a toda la creación literaria: «Morelli se daba el gusto de seguir fingiendo una literatura que en el fuero interno minaba, contraminaba y escarnecía. De golpe las palabras, toda una lengua, la superestructura de un estilo, una semántica, una psicología y una facticidad se precipitaban a espeluznantes harakiris» (141).

Cita Morelli una frase de Bataille: «Me costaría explicar la publicación, en un mismo libro, de poemas y una denegación de la poesía...» (136). Es justamente lo que propugna Morelli —y lleva a la práctica Cortázar. Por eso mismo, recogen los dos el testimonio que se opone frontalmente a su modo de actuar.

Es esto —me parece— muy característico del estilo de Cortázar, más que el uso de unas técnicas narrativas novedosas: afirmar y negar, siempre, a la vez. La negación que no destruye sino que confirma —después de haber corroído, desde dentro. Tejer y destejer la tela, inacabable, mientras no repose definitivamente Ulises.

«Meter todo en la novela»

He mencionado ya la frase de Virginia Woolf: «Hay que *meter todo* en la novela.» En *Rayuela*, da lugar eso a una serie de técnicas concretas: son frecuentísimas, por ejemplo, las enumeraciones caóticas, como en la poesía contemporánea. Todo está en movimiento; todo se relaciona, se suma, se contradice, se incorpora... La hermosura del jazz, por ejemplo, es evocada así por un personaje, liberado de la lógica por la borrachera: «Lionel Hampton balanceaba *Save it pretty mamma*, se soltaba y caía rodando entre vidrios, giraba en la punta de un pie, constelaciones instantáneas, cinco estrellas, tres estrellas, diez estrellas, las iba apagando con la punta del escarpín, se hamacaba con una sombrilla japonesa girando vertiginosamente en la mano, y toda la orquesta entró en la caída final, una trompeta bronca, la tierra, vuelta abajo, volatinero al suelo, *finibus*, se acabó» (17).

De modo semejante, Oliveira evoca irónicamente el conjunto de nociones básicas, uniendo, mediante comas, elementos de muy distinto *nivel:* «Y así el deber, lo moral, lo inmoral y lo amoral, la justicia, la caridad, lo europeo y lo americano, el día y la noche, las esposas, las novias y las amigas, el ejército y la banca, la bandera y el oro yanqui o moscovita, el arte abstracto y la batalla de Caseros pasaban a ser como dientes o pelos, algo aceptado y fatalmente incorporado...» (19).

La técnica de la enumeración caótica le permite a Cortázar identificar irónicamente lo físico con lo inmaterial: «Mis enfermedades morales y otras piorreas», «bastaba un mínimo de decencia para salir de tanto algodón manchado» (2). Una chica vive en «una especie de admirable pirámide de humo y música y vodka y sauerkraut y manos de Ronald permitiéndose excursiones y contramarchas» (13). Etcétera.

Frecuentemente, el paso rápido de lo abstracto a lo concreto es el punto de partida para una larga digresión. Recuerda Oliveira, al comienzo de la novela: «Como la noche del terrón de azúcar en el restaurante de la rue Scribe», y eso basta para intercalar una escena humorística narrada con minuciosidad implacable y que oculta un poco su serio significado. De repente, un corte súbito finaliza la escena y el lector debe ser consciente, otra vez, del significado profundo que esto tenía, como en la recolección final de los elementos dispersos a lo largo de un soneto barroco: «Y todo el mundo enfurecido, hasta yo con el azúcar apretado en la palma de la mano y sintiendo cómo se mezclaba con el sudor de la piel, cómo asquerosamente se deshacía en una especie de venganza pegajosa, esa clase de episodios todos los días» (1)

Así, la pelusa cotidiana pone sordina irónica a la búsqueda, con «trueques de todo género» (2).

Colgando en el vacío

Especialmente característica —me parece— del estilo de Cortázar es su costumbre de interrumpir el discurso, dejando la frase colgando.

Recordemos algunos ejemplos. Los amigos del Club oyen música de jazz: «Y qué mal estaba acabando la noche, todo *tan increíblemente tan*, los zapatos de Guy Monod...» (16). Hablando con el niño muerto: «Parece increíble *que alguna vez*, Rocamadour. Ahora solamente aunque Horacio se ponga furioso *y diga*, pero a ti no te interesa» (32). En la charla con la *clocharde*: «Si Célestin hubiera estado ahí, *seguramente que. Por supuesto que*, Célestin» (36). Encuentra a Talita: «se pareciera un poco a *esa otra mujer que*» (39).

Alguna vez, se explica el uso: «Como recurso extremo contra la melancolía porteña y una vida sin demasiado (¿Qué agregar a "demasiado"? Vago malestar en la boca del estómago, el ladrillo negro como siempre)» (37).

El mecanismo de la elipsis es absolutamente normal en la lengua cotidiana cuando el sentido resulta suficientemente claro, y así se recoge en una novela que poco tiene de académica. Además, estas frases que quedan colgando reflejan las vacilaciones del narrador o de su personajes, que no aciertan a expresar con exactitud sus vivencias, temen a la frase tópica y por eso prefieren dejarla colgando, para que la complete la imaginación del lector. En el fondo, se trata de la misma desconfianza por el lenguaje que antes mencioné y que va unida a una crisis existencial: «Empezarás a comprender —dijo Oliveira sacando la mano—. Vos en el fondo te das cuenta de que ya no puedo decirte nada, ni a vos ni a nadie» (31). Pero sigue hablando, escribiendo, lanzando mensajes de náufrago en botellas de todas clases.

Para expresar el vértigo cotidiano, la frase se ha de quedar colgando, en el vacío. Como Talita en su tablón. Como Oliveira, asomado a la ventana del manicomio. Abajo, en el patio, brillan las luces de la rayuela.

Una frase interrumpida, dos palabras bastan, alguna vez, para expresarlo todo: «A menos que.» Nada más. Es el final del capítulo 127.

Figuras

«Hablar por figuras»

Talita se enfada porque Traveler y Horacio se parecen demasiado: los dos «hablan por figuras». Por ejemplo: «el reloj de la bomba marca las doce de la mañana», «los problemas son como los calentadores Primus, todo está muy bien hasta que revientan», etc. Pero ella también se contagia: «es como un partido de tenis, me golpean de los dos lados» (44).

Los amigos conocen su costumbre: «Habla con figuras. Es siempre el mismo» (142). A Oliveira le sirve de excusa —cuando le conviene, claro—: «También era una figura» (100).

Una forma de hablar tan repetida es la manifestación de algo. Ante todo, de una desconfianza por lo puramente intelectual, abstracto: «Yo soy muy visual. Mientras yo estoy escribiendo, yo veo perfectamente la escena», dice Cortázar.

Al novelista no le satisfacen —ya lo hemos visto— las «psicologías» tradicionales. Intenta superarlas con estas «figuras». Varias veces procura explicarlas, en la misma novela. Recuerda Morelli a algunos críticos que definen el arte medieval como «una serie de imágenes», más que la presunta representación realista de lo que vemos todos los días. Eso es lo que él pretende —apostilla—: «Acostumbrarse a emplear la expresión *figura* en vez de *imagen*, para evitar confusión.» Así, el arte «de la llamada Edad Moderna» enlazaría otra vez con el de «la llamada Edad Media». ¿En qué se concreta este nuevo arte? Respuesta: en que «todo accede a la condición de *figura* (...), todo vale como signo y no como objeto de descripción» (116).

El famoso capítulo 62 de *Rayuela*, que será el germen de la

novela siguiente, precisa un poco más. No se trata de prescindir
de las motivaciones psicológicas, sino de abrirse a «las infinitas
interacciones de lo que antaño llamábamos deseos, simpatías,
voluntades, convicciones, y que aparecen aquí como algo irreductible a toda razón y a toda descripción: fuerzas habitantes,
extranjeras (...) una búsqueda superior a nosotros mismos como
individuos y que nos usa para sus fines...». La novela intentaría
acceder a «un territorio donde la causalidad psicológica cedería
desconcertada, y esos fantoches se destrozarían o se amarían o
se reconocerían sin sospechar demasiado que la vida trata de
cambiar la clave en y a través de ellos...» (62).

Eso es lo que puede descubrir hoy un ojo lúcido que se asoma
al calidoscopio: «La gran rosa policroma, entenderla como
una figura, *imago mundi*...» (109).

Fuera de la novela lo ha comentado también Cortázar:
«Tratar de escribir una novela en la que los elementos psico-
lógicos no ocupen el primer plano sino que los personajes
estén dominados por lo que yo llamaba una *figura* o una constelación y actúen haciendo cosas sin saber que están movidos
por otras fuerzas.»

Así, todo el libro está lleno de *figuras*: desde la conversación
de los compadres porteños, púdicos para expresar sus sentimientos, hasta las disquisiciones teóricas de Morelli. La *rayuela*
es, también, una *figura*.

Los lectores de esta novela podemos decir lo mismo que el
narrador de *62*: «... tú y yo sabemos demasiado de algo que
es nosotros y juega estas barajas en las que somos espadas o
corazones, pero no las manos que las mezclan y las arman...».
¿De quién son estas manos, sino tuyas?

Dibujos, signos, anuncios, voces

Las cosas y las personas forman dibujos, en *Rayuela*. Ante
todo, Horacio y la Maga, buscando y buscándose: «Los dos,
Maga, estamos componiendo una figura, vos un punto en alguna
parte, yo otro en alguna parte, desplazándonos (...) y poquito a
poco, Maga, vamos componiendo una figura absurda, dibujamos con nuestros movimientos una figura idéntica a la que
dibujan las moscas cuando vuelan en una pieza, de aquí para
allá, bruscamente media vuelta, de allá para aquí, eso es lo
que se llama movimiento brownoideo (...) y todo eso va tejiendo
una figura algo inexistente como vos y como yo, como los dos

puntos perdidos en París que van de aquí para allá, de allá
para aquí, haciendo su dibujo, danzando para nadie, ni siquiera
para ellos mismos, una interminable figura sin sentido» (34).
Esa era la reflexión de Oliveira, mientras leía, distraídamente,
la novela de Galdós que estaba en la mesilla de noche de la
Maga.

Es una intuición que aparece ya en *Los premios*: «Allí tuve
por primera vez una intuición que me sigue persiguiendo, de
la que se habla en *Rayuela* y que yo quisiera poder desarrollar
ahora en un libro. Es la noción de lo que yo llamo las figuras.
Es como el sentimiento —que muchos tenemos, sin duda, pero
que yo sufro de una manera muy intensa— de que aparte de
nuestros destinos individuales somos parte de figuras que desco-
nocemos. Pienso que todos nosotros componemos figuras. Por
ejemplo, en este momento podemos estar formando parte de
una estructura que se continúa quizás a doscientos metros de
aquí, donde a lo mejor hay otras tantas personas que no nos
conocen como nosotros no las conocemos. Siento continuamente la posibilidad de ligazones, de circuitos que se cierran
y que nos interrelacionan al margen de toda explicación racional
y de toda relación humana.»

Sentado a la puerta de la casa de la Maga, Horacio es «como
una figura de tarot, algo que tiene que resolverse, un poliedro
donde cada arista y cada cara tiene su sentido inmediato, el
falso, hasta integrar el sentido mediato, la revelación» (28).
En la segunda parte, los tres, Traveler, Talita y Horacio están
«bailando una lenta figura interminable» (47).

No sólo los personajes, claro, todas las cosas forman parte
de un dibujo... que se ha perdido: «Cualquier cosa que te
dijera sería como un pedazo del dibujo de la alfombra. Falta
el coagulante, por llamarlo de alguna manera: zás, todo se
ordena en su justo sitio y te nace un precioso cristal con todas
sus facetas. Lo malo —dijo Oliveira mirándose las uñas— es
que a lo mejor ya se coaguló y no me di cuenta...» (46).

Así, la imagen ha derivado hacia la insuficiencia radical:
un puzzle no resuelto, un calidoscopio con los cristalitos desca-
balados...

El mundo de *Rayuela* está poblado de *signos:* sin que la
Maga lo supiera, «la razón de sus lágrimas o el orden de sus
compras o su manera de freír las papas eran signos» (98).
Encontrar un trapo rojo, en el cubo de la basura, puede ser
«prenda de rescate, la señal del perdón o del aplazamiento» (1).

Cualquier cosa, por insignificante que parezca, puede ser

un *anuncio*: «la sospecha de que estaba delante de algo que podía ser un anuncio, pero la voz que lo traía estaba quebrada y cuando decía el anuncio lo decía en un idioma ininteligible, y sin embargo era lo único necesario ahí al alcance de la mano...» (55).

El perseguidor es un visionario; de acuerdo con la mejor tradición romántica, oye *voces* que los demás no escuchan. Todo le habla.

Subraya Morelli un texto de Musil, que se resume en esta frase: «Para mí el mundo está lleno de voces silenciosas.» Y esto suscita una pregunta: «¿Significa eso que soy un vidente o que tengo alucinaciones?» (102). Es «la soledad sonora», *la música callada* de San Juan de la Cruz y Federico Mompou.

El mensajero, el otro

El personaje puede actuar como *mensajero* de algo que él mismo desconoce, como reactivo que favorece o desencadena un cambio. Horacio aparece en Buenos Aires «como una especie de mensajero». Cuando él llega, sin advertirlo, «hay paredes que se caen, montones de cosas que se van al quinto demonio y de golpe el cielo se pone fabulosamente hermoso...» (44). Se desquician las cosas, para encontrar un nuevo centro o para irse definitivamente a... Lo mismo producía la llegada del *ángel* —es decir, «el enviado»— en *Teorema*, de Pasolini.

Puede ser un *intercesor* —¿ante quién?—: «¿Qué clase de templos andaba necesitando, qué intercesores, qué hormonas psíquicas o morales que lo proyectaran fuera o dentro de sí?» (54).

Nos sentimos, todos, habitados por algo que nos excede: «parecería que algo habla, algo nos utiliza para hablar. ¿No tenés esa sensación? ¿No te parece que estamos como habitados?» (45). En ocasiones, «la sensación de estar habitado se hacía más fuerte» (47).

Se desdibujan las fronteras entre los personajes: «Andá a saber si no sos vos la que esta noche me escupe tánta lástima» (54). Cuando hablo o me muevo, algo actúa a través de mí: «Hay otras cosas que nos usan para jugar, el peón blanco y el peón morocho, algo por el estilo» (56).

De ahí la importancia del tema del *otro*, el *doble*, tan frecuente en toda la obra narrativa de Cortázar: a Oliveira «le quedaba la noción de que él no era eso, de que en alguna

parte andaba como esperándose, de que ese que andaba por
el barrio latino (...) era apenas un *doppelgänger*, mientras el
otro, el otro...» (23). También siente Traveler la existencia
de «un doble que tiene más suerte que él» (37).

En un momento de reflexión melancólica, Horacio resume:
«Hace tanto que somos el mismo perro dando vueltas y vueltas
para morderse la cola» (56). Como ha recordado otras veces,
«yo soy otro».

Llave, ventanas, espejos, puentes, salida, umbral, pasaje

El tema de la búsqueda se manifiesta a través de una serie
de términos metafóricos. Unas veces, se hablará de una *llave*.
Horacio «adivina que en alguna parte de París, en algún día o
alguna muerte o algún encuentro hay una llave» (26).
Morelli se la da, simbólicamente, al entregarle la llave de
su piso: «Una llave, figura inefable. Una llave. Todavía, a lo
mejor, se podía salir a la calle y seguir andando, con una llave
en el bolsillo. A lo mejor todavía, una llave Morelli, una vuelta
de llave y entrar en otra cosa, a lo mejor todavía» (154). También
el amor puede ser esa llave (93).

El hombre encerrado en sí mismo debe intentar abrir las
ventanas. Ventanas del arte, de la belleza: «Sólo los ciegos
de lógica y de buenas costumbres pueden pararse delante de
un Rembrandt y no sentir que ahí hay otra cosa, un signo» (28).
La novela misma debe ser una ventana, debe tener «ventanas
detrás de las cuales se está operando un misterio que el lector
cómplice deberá buscar» (79). Conclusión tajante del narrador:
«hay que abrir de par en par las ventanas y tirar todo a la calle,
pero sobre todo hay que tirar también la ventana, y nosotros
con ella» (147). Para que circule el aire, como pedía Federico
García Lorca.

Anda Oliveira por la vida «mirándose de reojo en todos los
espejos» (48). No son los *espejos* simétricos de Borges, sino
algo cercano, más bien, a las cosas como signo. Espejos pueden
ser el circo, la charla con los amigos, unos viejos tangos...
Espejo vivo era la Maga: «Éramos un poco sus espejos, o ella
nuestros espejos. No se puede explicar» (142). Ahora vemos
como en un espejo, según la vieja sabiduría de San Pablo
—y de Ingmar Bergman.

En *Rayuela,* declara Cortázar, «Oliveira siempre está pensando en cruzar un puente». Las referencias a *puentes* se mul-

tiplican a lo largo de la novela. Sentada en un tablón sobre el vacío, Talita se da cuenta de que Traveler y Horacio, así, «han tenido otro puente entre ellos» (41). La literatura debe ser «puente vivo de hombre a hombre» (79). Para la Maga, «el deseo de que todo terminara era (...) algo así como el arco de los puentes, que siempre la emocionaban» (108). Su amor pudo haber sido el puente, para Oliveira; en un momento advierte que «no me sirve de puente porque un puente no se sostiene de un solo lado, jamás Wright ni Le Corbusier van a hacer un puente sostenido de un solo lado». Y en un poema: «mejor cruzar los puentes con las manos llenas de ti». *Puente sobre aguas turbulentas*, cantan Simon y Garfunkel.

Puede dar paso, ese puente, a alguna *salida:* «Hay quizá una salida, pero esa salida debería ser una entrada» (71). Querríamos que nos dejara en el *umbral* de algo: anda Morelli «en busca de una desnudez que él llamaba axial y a veces el umbral. ¿Umbral de qué, a qué? Se deducía una invitación a algo como darse vuelta al modo de un guante, de manera de recibir desolladamente un contacto con una realidad sin interposición de mitos, religiones, sistemas y reticulados» (124).

Resulta evidente la huella existencial en *Rayuela:* el hombre no *es*, aspira a ser; en vez de un punto, una flecha. El umbral supone, también, *pasaje:* «Andá a saber si no me habré quedado al borde y a lo mejor había un pasaje. Manú lo hubiera encontrado seguro, pero lo idiota es que Manú no lo buscará nunca, y yo, en cambio...» (56). Pasajes secretos de las novelas de misterio, de las películas de terror, que pueden conducirnos al laboratorio del Doctor Frankestein, pero también pueden llevarnos fuera de la cárcel. Para el último volumen de sus cuentos, ha elegido Cortázar ese título: *Pasajes*. Y en un poema ha soñado: «habrá un amor que al fin nos lleve / hasta la barca de pasaje».

Apuntar, asomarse, saltar

Puede expresarse también la metáfora con formas verbales. Ante todo, *apuntar*. Al leer sus notas, «no llevaba muchas páginas darse cuenta de que Morelli apuntaba a otra cosa». En su obra, «al final había siempre un hilo tendido más allá, saliéndose del volumen, apuntando a un tal vez, a un a lo mejor, a un quién sabe, que dejaba en suspenso toda visión petrificante de la obra» (141). Eso es lo que hacía, a la Maga, bailar descalza.

Apuntar significa *asomarse:* a otro mundo, a otra vida; a la vez, al vacío: «Solamente Oliveira se daba cuenta de que la Maga se asomaba a cada rato a esas grandes terrazas sin tiempo que todos ellos buscaban dialécticamente» (4).

Por eso, es preciso *saltar* a tiempo, antes de que el barco se hunda. Morelli concibe la vida como «un comentario de otra cosa que no alcanzamos, y que está ahí, al alcance del salto que no damos» (104). Realizan su destino solamente los hombres que «han dado el salto fuera del tiempo y se han integrado en una suma, por decirlo así» (99). Eso le proponía la Maga a Oliveira; en eso fracasó: «me invitás a saltar y no puedo dar el salto, porque en lo más profundo de la posesión no estás en mí, no te alcanzo...» (93).

Nuestro don Antonio Machado estaba, también,

> impaciente por saltar
> las bardas de su corral.

Al otro lado, detrás, más allá

A Cortázar le divierten las frases que se pueden leer al revés, los palindromos. El juego supone una atracción por los reversos, la cara oculta de las cosas: «Pienso sobre todo en los reversos» (76). Una y otra vez, la novela se asoma *al otro lado:* «eran cosas que podían ocurrir en el Club, donde se hablaba siempre de nostalgias, de sapiencias tan lejanas como para que se las creyera fundamentales, de anversos de medallas, del otro lado de la luna siempre» (4).

Resumiendo el sentido esencial de su novela, Cortázar utiliza también la expresión: Oliveira es optimista, frente a lo que algunos creen, porque siente que «un día, ya no para él pero para otros, algún día esa pared va a caer y del otro lado está el kibbutz del deseo, está el reino milenario, está el hombre verdadero, ese proyecto humano que él imagina y que no se ha realizado hasta este momento».

Cita Cortázar unos versos de Octavio Paz:

> Mis pasos en esta calle
> Resuenan
>   En otra calle... (199).

Oliveira no puede alcanzar a la Maga porque, sencillamente, sin esfuerzo, «estás del otro lado» (93).

Al carecer de su segundo término, *detrás* adquiere, por sí

solo, un significado sustantivo. Es, una vez más, la búsqueda de un centro inalcanzable: «Incluso esta existencia que a veces procuro describir, este París donde me muevo como una hoja seca, no serían visibles si detrás no latiera la ansiedad axial, el reencuentro con el fuste» (2).

Ya que no remite a algo concreto, la expresión misma ocupa ese puesto clave: «Detrás de todo eso (siempre es detrás, hay que convencerse de que es la idea clave del pensamiento moderno)...» (71). Y en varios idiomas, dándole vueltas, como a un juguete o una joya que le gustan: «Vos te deberías llamar Behind o Beyond (...). O Yonder, que es tan bonita palabra. —Nada de eso tendría sentido si no hubiera un detrás» (99).

Busca Horacio, siempre, *más allá* de lo inmediato: «la Maga no sabía que mis besos eran como ojos que empezaban a abrirse más allá de ella...» (2).

El final del libro de Morelli se reduce a esta frase enigmática, repetida muchas veces, hasta llenar la página: «En el fondo sabía que no se puede ir más allá porque no lo hay» (66). Contra ese muro se ha estrellado. Si así fuera, no tendría sentido la búsqueda —no se habría escrito *Rayuela*.

«*Momentos mágicos*»

En este mundo de inteligentes razonadores, muestra la Maga la importancia del azar. Sin necesidad de planes ni cálculos, Oliveira y ella pueden encontrarse, en las viejas calles de París. A Horacio le irrita, pero también le fascina (6). Gracias a ella, pueden producirse imprevistos, maravillosos *encuentros*.

A veces, los personajes alcanzan una *zona* privilegiada: «ciertos cuadros, ciertas mujeres, ciertos poemas, le daban una esperanza de alcanzar alguna vez una zona desde donde le fuera posible aceptarse con menos asco y menos desconfianza...» (90). Eso dura poco, desde luego.

La zona, que da sentido al caos, será fundamental en la siguiente novela, *62:* «La zona es una ansiedad insinuándose viscosamente, proyectándose, hay números de teléfonos que alguien discará más tarde antes de dormirse, vagas habitaciones donde se hablará de esto, hay Nicole que está luchando por cerrar una valija, hay un fósforo que se quema entre los dedos, un retrato en un museo inglés, un cigarrillo que golpea contra el borde del atado, un naufragio en una isla, hay Calac y Austin, búhos y persianas y tranvías, todo lo que emerge en el que irónicamente piensa que en algún momento tendrá que ponerse a contar.» Porque la zona es el lugar de la comunicación: de los personajes y del novelista.

A veces, una hebra de color rompe la habitual madeja gris. El juego inocente puede dar lugar a un momento de armonía: «fabricar alegremente un barrilete y remontarlo para alegría de los chicos presentes no representa una ocupación menor (...) sino una coincidencia con elementos puros, y de ahí una momentánea armonía, una satisfacción que lo ayuda a sobrellevar el resto». Son, dice Morelli, «brevísimos tactos de algo que podría ser su paraíso». No se pueden querer ni buscar; lo único seguro es que no los produce la cultura oficializada: «le puede ocurrir sentado en el WC, y sobre todo le ocurre entre muslos de mujeres, entre nubes de humo y a la mitad de lecturas habitualmente poco cotizadas por los cultos rotograbados del domingo» (74).

También a Oliveira le sucede algo semejante: atisbos, entrevisiones, adivinaciones, un pico del telón que quiere levantarse... Todo un capítulo, el 84, está dedicado a eso: «pienso en esos estados excepcionales en que por un instante se adivinan las hojas y las lámparas invisibles, se las siente en un aire que está fuera del espacio».

Una cancioncilla sentimental, en los años 60, cantaba estos *magic moments*, en los que parece que van a encajar las piezas del puzzle. Todos los hemos conocido, alguna vez. Apostilla Oliveira, con resignación: «No dura nada, dos pasos en la calle, el tiempo de respirar profundamente» (84).

Piolines

Al final de la novela juegan un papel importante los hilos de colores, a los que Cortázar llama piolines (en España, Piolín es, también, el pajarito desvalido, compañero de Carlitos —Charly Brown—).

Llevaba siempre Oliveira estos piolines, en los bolsillos. Fabricaba con ellos sus efímeras esculturas y luego las quemaba —fallas de la trasparencia. ¿A qué obedece este amor?: «Le gustaba que todo lo que hacía estuviera lo más lleno posible de espacio libre, y que el aire entrara y saliera, y sobre todo que saliera; cosas parecidas le ocurrían con los libros, las mujeres y las obligaciones...» (56).

Se encierra Oliveira en una habitación del manicomio, al final de la novela, y la llena de piolines como trampas para los que quieran penetrar en ella, defendiendo así su zona. Es un detalle de humor, en un episodio obviamente patético. (Al fondo está, quizá, el recuerdo de Marcel Duchamp, que, al llegar a la Argentina, puso en su habitación trozos de caucho de tamaños y colores distintos, impidiendo el paso.)

Mucho antes ha preparado el efecto. Los piolines son —nos dice al comienzo del libro— los misteriosos vínculos que enlazan al protagonista con la realidad: «entender el amor de la Maga, entender cada piolincito saliendo de las cosas y llegando hasta sus dedos, cada títere o cada titiritero, como una epifanía» (18). ¿Manejo yo las cosas o me manejan ellas a mí? Igual daría, si los piolines unieran dos mundos armónicos. Recordando esta frase, tan lejana, la broma del final posee mejor sentido.

La rayuela

No sólo título del libro: metáfora central, *figura* básica que se desdobla en una cadena de imágenes.

Con este nombre, o con otros varios —tejo, marro...—, el juego infantil ha sido popular en muchas regiones de España. Con el mismo nombre lo cita, por ejemplo, Pío Baroja, en *El cura de Monleón*. Los elementos son siempre los mismos: una piedrecita que se hace pasar, empujándola con la puntera, de un cuadro a otro. Cortázar se ha fijado en una variante del juego que le permite el simbolismo, porque la primera casilla se llama «Tierra» y la última, la meta, «Cielo». Así se lo explicó a Luis Harss: «Cuando pensé el libro, estaba obsesionado con la idea del mandala, en parte porque había estado leyendo muchas obras de antropología y sobre todo de religión tibetana. Además había visitado la India, donde pude ver cantidad de mandalas indios y japoneses (...) suele ser un cuadro o un dibujo dividido en sectores, compartimientos o casillas —como la rayuela— en el que se concentra la atención y gracias al cual se facilita y estimula el cumplimiento de una serie de etapas espirituales. Es como la fijación gráfica de un progreso espiritual. Por su parte las rayuelas, como casi todos los juegos infantiles, son ceremonias que tienen un remoto origen místico y religioso. Ahora están desacralizadas, por supuesto, pero conservan en el fondo algo de su antiguo valor sagrado. Por ejemplo, la rayuela que suele jugarse en la Argentina —y en Francia— muestra a la Tierra y el Cielo en los extremos opuestos del dibujo. Todos nos hemos entretenido de niños con esos juegos, pero en mi caso fueron desde el comienzo una verdadera obsesión.»

El juego es mencionado repetidas veces, a lo largo de la novela. Lo ven Horacio y la Maga, en sus paseos de enamorados, sin rumbo fijo, por las calles de París: «deteniéndose en las placitas confidenciales para besarse en los bancos o mirar las rayuelas, los ritos infantiles del guijarro y el salto sobre un pie para entrar en el Cielo» (4).

Su amor queda identificado con la rayuela: «Por qué no había de amar a la Maga y poseerla bajo decenas de cielos rasos de a seiscientos francos, en camas con cobertores deshilachados y rancios, si en esa vertiginosa rayuela...» (21). También simboliza la búsqueda del nuevo centro, una vez excentrado el habitual: «Eje, centro, razón de ser. Omphalos...» (2). Jugando con el término, Oliveira, cuando llama por teléfono desde la calle, está, a la vez, en la casilla —cabina— telefónica y empujando la piedrecita: «Sí, esta casilla no está mal» (100).

La reflexión sobre Morelli, situado ante la muerte, se une también a la del juego: «Morelli mirará a Caronte. Un mito frente al otro. ¡Qué viaje imprevisible por las aguas negras! Una rayuela en la acera: tiza roja, tiza verde. CIEL. La vereda, allá en Burzaco, la piedrita tan amorosamente elegida, el breve empujón con la punta del zapato, despacio, despacio, aunque el Cielo esté cerca, toda la vida por delante» (113).

La figura básica se diversifica en otras. Junto a los *clochards*, en el puente sobre el Sena, Oliveira descubre el kibbutz del deseo: «"La esperanza, esa Palmira gorda", es completamente absurda, un borborigmo sonoro, mientras que el kibbutz del deseo no tiene nada de absurdo, es un resumen eso sí bastante hermético de andar dando vueltas por ahí, de corso en corso. Kibbutz: colonia, settlemente, asentamiento, rincón elegido donde alzar la tienda final, donde salir al aire de la noche con la cara lavada por el tiempo, y unirse al mundo, a la Gran Locura, a la Inmensa Burrada, abrirse a la cristalización del deseo, al encuentro.»

Otra figura es, también, el calidoscopio de los pederastas, en el coche de la policía, y el tercer ojo del Zen, que «parpadea penosamente debajo del hueso frontal» (62). En el circo, el agujero en lo más alto de la carpa: otra vez un centro, un ojo que se abre, un orificio, la posibilidad que tiene el hombre, alguna vez, de subir al cielo (43).

En el patio del manicomio también está dibujada: «Cuando pisaron la rayuela, ya cerca de la entrada, Traveler se rió en voz

baja y levantando un pie empezó a saltar de casilla en casilla.
En la oscuridad el dibujo de tiza fosforescía débilmente» (51).

Desde la ventana de su cuarto, observa Horacio cómo juegan
los locos: «El 8 jugaba casi toda la tarde a la rayuela, era
imbatible, el 4 y la 19 hubieran querido arrebatarle al cielo
pero era inútil, el pie del 8 era un arma de precisión, un tiro
por cuadro, el tejo se situaba siempre en la posición más favorable, era extraordinario. Por la noche la rayuela tenía como
una débil fosforescencia y a Oliveira le gustaba mirarla desde
la ventana» (54).

No es raro que sea un loco el que domine a la perfección el
juego. Ese loco jugador de rayuela es también, para Horacio,
la Maga, que sueña con alcanzar la última casilla: «el centro
del mandala, el Ygdrassil vertiginoso por donde se salía a una
playa abierta, a una extensión sin límites» (54).

Cuando se encierra en su cuarto, protegido por piolines y
palanganas, Horacio va tirando las colillas al patio, desde la
ventana: «los puchos caían sobre la rayuela y Oliveira calculaba
para que cada ojo brillante ardiera un momento sobre diferentes casillas». En su desesperación, teme que le ataquen para
«sacarlo-de-sus-casillas (por lo menos de la una hasta la ocho,
porque no había podido pasar de la ocho, no llegaría jamás
al Cielo, no entraría jamás a su kibbutz» (56).

El texto clave sobre la rayuela es el que cierra el primer libro,
«Del lado de allá». En el camión de la policía, junto a los vagabundos y los pederastas, Horacio ha bajado a lo más profundo
del pozo, se ha hundido en la mierda, como Heráclito, y ve ya
que el camino del cielo es el del juego infantil: «La rayuela
se juega con una piedrita que hay que empujar con la punta
del zapato. Ingredientes: una acera, una piedrita, un zapato,
y un bello dibujo con tiza, preferentemente de colores. En lo
alto está el Cielo, abajo está la Tierra, es muy difícil llegar
con la piedrita al Cielo, casi siempre se calcula mal y la piedra
sale del dibujo. Poco a poco, sin embargo, se va adquiriendo
la habilidad necesaria para salvar las diferentes casillas (rayuela
caracol, rayuela rectangular, rayuela de fantasía, poco usada)
y un día se aprende a salir de la Tierra y remontar la piedrita
hasta el Cielo, hasta entrar en el Cielo (...) lo malo es que justamente a esa altura, cuando casi nadie ha aprendido a remontar
la piedrita hasta el Cielo, se acaba de golpe la infancia y se
cae en las novelas, en la angustia al divino cohete, en la espe-
culación de otro cielo al que también hay que aprender a llegar.
Y porque se ha salido de la infancia (...) se olvida que para

llegar al Cielo se necesitan, como ingredientes, una piedrita y la punta de un zapato» (36).

En el suelo, la *clochard* hace el contrapunto musical: «Et tous nos amours.» Eso.

EL PERSEGUIDOR

La búsqueda

Oyendo jazz, en un momento de desconsuelo, comprende Oliveira «cómo todo era esponjoso apenas se lo miraba mucho y con los verdaderos ojos» (18). Recordando el ridículo episodio con la pianista Berthe Trépat, todo quedará reducido a «lo de siempre, un agujero donde soplaba el tiempo» (23).

El lector de Cortázar reconocerá en Horacio Oliveira a un hermano de Johnny, el artista de jazz drogado del cuento *El perseguidor*, que alcanzó un día esta visión: «Sentir que todo era como una jalea, que todo temblaba alrededor, que no había más que fijarse un poco, sentirse un poco, callarse un poco, para descubrir los agujeros... Todo lleno de agujeros, todo esponja, todo como un colador colándose a sí mismo.» Aunque le detenga la policía —igual que a Johnny Carter—, Horacio no es un perseguido sino un *perseguidor*, como todos los auténticos héroes de Cortázar.

Llegamos ya, me parece, al gran tema de *Rayuela*: la búsqueda. Humor, romanticismo, vitalismo, literatura y muchas cosas más son sólo ingredientes complementarios. La búsqueda, en cambio, está en el centro de toda la novela, multiplicada por medio de perspectivas, técnicas, figuras...

Se define Oliveira como buscador, apenas ha comenzado el libro: «Ya para entonces me había dado cuenta de que buscar era mi signo, emblema de los que salen de noche sin propósito fijo, razón de los matadores de brújulas» (1). Así le ve también la Maga: «Horacio busca siempre un montón de cosas» (27). Su compleja relación con Talita no es amor, en el sentido habitual del término, sino «algo que estaba del lado de la caza, de la búsqueda» (47).

¿Qué es lo que busca? «Un nuevo orden, la posibilidad de encontrar otra vida» (27). La armonía con el mundo, la identidad del ser: *ser* un cuadro, no solamente mirarlo (3). Son, sobre todo, preguntas de tono existencial: «A ver, vamos despacio: ¿Qué es lo que busca ese tipo? ¿Se busca? ¿Se busca en tanto que individuo? ¿En tanto que individuo pretendidamente intemporal, o como ente histórico? Si es esto último, tiempo perdido. Si en cambio se busca al margen de toda contingencia, a lo mejor lo del perro no está mal.»

Insiste, unas líneas más abajo: «¿Qué se busca? ¿Qué se busca? Repetirlo mil veces, como martillazos en la pared. ¿Qué se busca? ¿Qué es esa conciliación sin la cual la vida no pasa de una oscura tomada de pelo?» (125).

Resumiendo el sentido de *Rayuela*, vuelve Cortázar una y otra vez a la palabra clave: «Lo único que tenía era un repertorio de preguntas, de cuestiones, de angustias (...) tenía todo ese mundo de insatisfacción, de búsqueda del kibbutz del deseo, para usar la metáfora de Oliveira. Eso explica que el libro resultó un libro importante para los jóvenes...» Para los que sienten esa «oscura tomada de pelo...».

Cortázar concibe también toda su tarea creadora como una búsqueda. Un párrafo de su carta a Roberto Fernández Retamar —incluida en el segundo volumen de *Último Round*— lo resume definitivamente: «mi problema sigue siendo, como debiste sentir al leer *Rayuela*, un problema metafísico, un desgarramiento continuo entre el monstruoso error de ser lo que somos como individuos y como pueblos en este siglo, y la entrevisión de un futuro en el que la sociedad humana culminaría por fin en ese arquetipo del que el socialismo da una visión práctica y la poesía una visión espiritual. Desde el momento en que tomé conciencia del hecho humano esencial, esa búsqueda representa mi compromiso y mi deber».

Esa búsqueda, siempre.

Escribe Morelli: «no saben que (...) la cacería no tiene fin y que no acabará ni siquiera con la muerte de ese hombre...» (74).

Juegos

Los personajes de *Rayuela* se enredan en juegos interminables. Eso les permite asomarse a la otra realidad, la que de verdad nos importa: «Sólo en sueños, en la poesía, en el juego —encender una vela, andar con ella por el corredor— nos asomamos a veces a lo que fuimos antes de ser esto que vaya a saber si somos» (105).

Sueña Morelli con un ajedrez indio que tiene sesenta piezas en cada lado, porque esa sería «la partida infinita» (154).

La vida entera se identifica con el juego, en *Rayuela*: «el juego está jugado» (93). Esa misma identificación es propuesta por Cortázar: «el hombre es un animal que juega (...) me sería absolutamente imposible vivir si no pudiera jugar». Y también, claro está, se extiende al oficio literario: «para mí escribir forma parte del mundo lúdico».

Jugar, sobre todo, supone romper los barrotes —trabajo, obligación, deber—, salir de la cárcel y ejercitar la libertad: «otra libertad más secreta y evasiva lo trabaja, pero solamente él (y eso apenas) podría dar cuenta de sus juegos» (74).

Los lectores jugamos a la *rayuela*.

La libertad, el jazz

Frente a los rótulos, ceremonias o normas de cualquier tipo, la libertad es el aire fresco que necesitamos respirar. Toda la novela expresa ese anhelo permanente. No le importa a Cortázar, incluso, reincidir en un viejo tópico sentimental: «Es más agradecido... —Agradecido —repitió Oliveira—. Mira que agradecerle al que lo tiene enjaulado. —Los animales no se dan cuenta. —Los animales —repitió Oliveira» (72).

Esa sería, también, la definición, el resumen de lo que es la Maga: «la libertad, única ropa que le caía bien a la Maga» (5). Como un aire muy puro, no es tan fácil acostumbrarse a respirarlo. La contradicción resulta especialmente patética en el amor, que da la libertad al quitarla: «nunca volvería a estar tan cerca de mi libertad como en esos días en que me sentía acorralado por el mundo Maga, y que la ansiedad por liberarme era una admisión de derrota» (2). No es ésta una de las menores tragedias que presenta el libro. Ni una de las más lejanas.

Ese es, en fin, el atractivo último del jazz. Como un pájaro libre, «un modesto ejercicio de liberación» (12): la indeterminación, la búsqueda personal, «una música que permitía todas las imaginaciones...», una definición de libertad distinta a la que enseñan en las escuelas...

Es la libertad auténtica «eso que el jazz alude y soslaya y hasta anticipa» (17). Una libertad que hay que usar libremente, aunque asombre a los demás y acabe en «pequeñas catástrofes irrisorias» (74). Pequeñas o grandes. Por eso, *escribo tu nombre*.

«El amor, esa palabra»

¿Sorprenderá que hable de romanticismo, a propósito de *Rayuela*? Espero que no. A pesar de la lucidez irónica y crítica (unido a ella, en realidad), hay en la novela un fuerte elemento romántico: romanticismo, eso sí, puesto al día y despojado de hojarasca retórica.

La novela nos da, por ejemplo, ese atractivo de la vida bohemia, con algo de Verlaine o Picasso, pero más cerca de los *hippies* o las comunas. Lo bonito del grupo amistoso es la ilusión de estar juntos al margen del mundo. La creación de «esa atmósfera donde la música aflojaba las resistencias y tejía como una respiración común, la paz de un solo enorme corazón latiendo para todos, asumiéndolos a todos» (16). No otra cosa hemos buscado todos, alguna vez, oyendo discos, juntos.

En contraste con tantos momentos de lucidez desolada y con la aparente frialdad de los bohemios, se dan en la novela momentos tan líricos como la carta al niño Rocamadour (capítulo 32), verdadero planto conmovedor: «... y te quiero tanto, Rocamadour, bebé Rocamadour, dientecito de ajo, te quiero tanto, nariz de azúcar, arbolito, caballito de juguete...». Capítulos como éste bastarían para demostrar la calidad de escritor que posee Cortázar.

El protagonista, Horacio, aparentemente es muy frío, casi inhumano en ocasiones. Y, sin embargo, «todo le duele, hasta las aspirinas le duelen» (17). Sólo el pudor impide usar la palabra «sensibilidad».

Todo el capítulo 22 está dedicado a la soledad, a la incomunicación. Y Morelli no es sólo el sabio misterioso; es, también, un pobre viejo que está solo en la vida con sus gatos y sus libros, sin más familia, al que un día atropella un coche y va a parar al hospital. (Todo eso, por supuesto, se nos dice con enorme cuidado para no rozar el tópico sensiblero.)

Rayuela, fundamentalmente, es la historia de la relación con la Maga, una historia sentimental ya concluida, vista desde el recuerdo: «Entre la Maga y yo crece un cañaveral de palabras, apenas nos separan unas horas y ya mi pena *se llama* pena, mi amor *se llama* amor... Cada vez iré sintiendo menos y recordando más, pero qué es el recuerdo, sino el idioma de los sentimientos» (21), etc.

En la segunda parte se trata de dar un nuevo sentido al triángulo tradicional (Traveler-Talita-Oliveira), de encontrar una nueva forma de amor, peligrosa y fascinante porque todavía no ha sido explorada. Me extraña que no se haya señalado la cercanía y la posible influencia de *Jules et Jim*, la película de Truffaut.

Rayuela es novela romántica, novela de amor, novela sentimental, novela erótica: «Sí —dijo la Maga—. Si hablamos de amor hablamos de sexualidad. Al revés ya no tanto» (27). En un romanticismo de la segunda mitad del siglo xx, no podía ser de otra manera.

En medio de otras mil cosas, se nos habla de «amores infinitamente amargos» (17). Notemos el calificativo, irónico y serio a la vez, como siempre. Nos explica la novela que «lo que llamamos amarnos fue quizá que yo estaba de pie delante de vos, con una flor amarilla en la mano, y vos sostenías dos velas verdes y el tiempo soplaba contra nuestras caras una lenta lluvia de renuncias y despedidas y tickets de metro» (17). Canta la gloria del amor físico con la Maga (5). Dedica un capítulo (el 7) a un beso. Pasar el brazo por la cintura de la Maga también puede ser una explicación del mundo (9). No sería inadecuado, creo, hablar de neorromanticismo.

Va unido el amor a la búsqueda existencial. Habría que «reinventar el amor como la sola manera de entrar alguna vez en su kibbutz» (36). Al besarse, alcanzan la «última casilla de la rayuela, el centro del mandala» (54).

Al *buen amor*, tal como lo entiende Oliveira, se dedica el capítulo 93. No se queda en sí mismo, sino que es llave, invitación al salto: «Amor mío, no te quiero por vos ni por mí ni por los dos juntos, no te quiero porque la sangre me llame a quererte, te quiero porque no sos mía, porque estás del otro lado, ahí donde me invitás a saltar y no puedo dar el salto...»

El amor es, también, una serie de gestos mil veces repetidos: «Hasta que las manos empezaron a tallar, era dulce acariciarse las manos mirándose y sonriendo, encendíamos los Gauloises el uno en el pucho del otro, nos frotábamos con los ojos, estábamos tan de acuerdo en todo que era una vergüenza.» Y asombro, autoironía: «Al despedirnos éramos como dos chicos que se han hecho estrepitosamente amigos en una fiesta de cumpleaños y se siguen mirando mientras los padres los tiran de la mano y los arrastran, y es un dolor dulce y una esperanza, y se sabe que uno se llama Tony y la otra Lulú, y basta para que el corazón sea como una frutilla y...»

Sentimentalismo contenido y depurado, pero sentimentalismo, al fin. *Rayuela* —creo—, novela romántica. Citaré el testimonio de su autor, en una carta que me escribió el 14 de noviembre de 1973: «También (y aquí usted es el único) tiene mucha razón al hablar de romanticismo. Vaya si la tiene. Yo soy un tipo increíblemente cursi, y no lo lamento porque, al igual que el humor, creo que sé potenciar mis cursilerías y mis romanticismos a veces muy baratos y, de alguna manera, convertirlos en otra cosa, una especie de fuerza incontenible de los sentimientos, esa capacidad prodigiosa de reír o de llorar que tienen las gentes sencillas, y que tanto les envidiamos los intelectuales. Mi romanticismo es de baja ley; todavía hoy una balada escocesa cantada con la voz engolada que corresponde, me arranca lágrimas, y una vez por semana salgo llorando del cine o del teatro, es realmente horrible, pero tan hermoso. Creo que en *Rayuela*, por suerte, hay otros planos del romanticismo, los que usted señala con toda justeza; y también creo que la conclusión es exacta, y que los jóvenes amaron *Rayuela* porque los colmó en esa región de la sensibilidad todavía no resecada por las experiencias de la vida.»

«Pero el amor, esa palabra...» Así concluye el capítulo 6 y así comienza el 93. Una y otra vez se insiste en la incomunicación, en las trampas que nos pone el lenguaje convencional: «Sabés, es tan difícil decirte: te quiero» (108).

«Todo en ti fue fracaso», cantaba el Pablo Neruda juvenil. No todo, necesariamente: «Saberse enamorado de la Maga no era un fracaso ni una fijación en un orden caduco» (48). Aunque que tengamos que usar palabras sobadas, a pesar de todo, éste es el balance: «y resulta que te quiero. Total parcial: te quiero. Total general: te amo» (93).

La Maga y la literatura son, aquí, los dos únicos caminos (48) y un capítulo desemboca en un canto al coño de la mujer amada, un abismo donde «todo se resume, alfa y omega» (144): una nueva *figura* de la *rayuela*, su última casilla, el Cielo.

Inventar el mundo

Para Oliveira, vivir auténticamente es elegir con libertad, *inventar*. Incluso al dar un beso, «me basta cerrar los ojos para deshacerlo todo y recomenzar, hago nacer cada vez la boca que deseo, la boca que mi mano elige y te dibuja en la cara, una boca elegida entre todas, con soberana libertad elegida por mí para dibujarla con mi mano en tu cara...» (7).

De ahí el papel trascendental y verdaderamente realista de la imaginación creadora, del arte auténtico: «Todo es escritura, es decir fábula.» ¿Pero de qué nos sirve la verdad que tranquiliza al propietario honesto? Nuestra verdad posible tiene que ser «*invención*, es decir escritura, literatura, pintura, escultura...» Irónicamente añade: «todas las turas de este mundo. Los valores, turas, la santidad, una tura, la sociedad, una tura, el amor, pura tura, la belleza, tura de turas» (73). Las fórmulas que empleamos habitualmente, todo ese arsenal —incluso el del propio escritor— «era demasiado tonto» (5). Hay que reinventar la vida a cada instante, como un artista auténtico que no se repite jamás, aunque tiene su estilo.

Del mismo modo que «el amor juega a inventarse» (92), la solución será inventar el mundo: «Puede ser que haya otro mundo dentro de éste, pero no lo encontraremos recortando su silueta en el tumulto fabuloso de los días (...). Ese mundo no existe, hay que crearlo como el fénix. Ese mundo existe en éste, pero como el agua existe en el oxígeno y el hidrógeno, o como en las páginas 78, 457, 3, 271, 688, 75 y 456 del diccionario de la Academia Española está lo necesario para escribir un cierto endecasílabo de Garcilaso. Digamos que el mundo es una figura, hay que leerla. Por leerla entendemos generarla» (71). Generarla leyéndola o escribiéndola, claro: viviéndola.

Inventar el mundo, crear la realidad... En *Rayuela*, «hago nacer cada vez la boca que deseo, la boca que mi mano elige y te dibuja en la cara, una boca elegida entre todas, con soberana libertad elegida por mí para dibujarla con mi mano en tu cara, y que por un azar que no busco comprender coincide exactamente con tu boca que sonríe por debajo de la que mi mano te dibuja».

Igual sucede en un poema de *Último Round*:

> Todo mañana es la pizarra
> donde te invento y dibujo.

Y en otro poema, titulado precisamente *Doble invención*:

> Creo que soy porque te invento (...)
> y tú en esa vigilia alientas
> la sombra con la que alumbras
> y el murmurar con que me inventas.

Para eso, también, escribe Cortázar: «Cambiar la realidad es, en el caso de mis libros, un deseo, una esperanza. Y en otra ocasión, más tajantemente: «sigo creyendo, con Rimbaud, *qu'il faut changer la vie*, que haya que cambiar la vida».

Para intentarlo, el hombre debe estar *abierto*: «abierto a la claraboya, a las velas verdes, a la cara de corderito triste de la Maga, a Ma Rainey que cantaba *Jelly Beans Blues*» (18). El hombre no ha sido creado sólo para la vida habitual: «lo que pasa es que me obstino en la inaudita idea de que el

hombre ha sido creado para otra cosa. Entonces, claro...» (15).
Nótese que no se concreta más, sólo se apunta. En términos
generales, «un hombre es siempre más que un hombre y siempre menos que un hombre» (17); más de lo que es, menos de
lo que puede ser.

Desemboca todo en la noción —central en el libro— del
hombre nuevo. En *Rayuela* no tiene todavía un contenido político concreto; es el hombre que está creando continuamente
la realidad, que incesantemente se está creando a sí mismo.
Y la novela, para Cortázar, debe ayudar a su nacimiento,
colaborar «en esa antropofanía que seguimos creyendo posible» (79).

Quizá hoy —anota Morelli— está concluyendo la era del
homo sapiens y nace otra, pero, ¿cuál? Lo único que cabe
afirmar es que «el hombre no es sino que busca ser, proyecta
ser» (62).

«Despojaos del hombre viejo», nos incitaba una epístola de
Pablo. *Rayuela* nos empuja a seguir intentando el salto.

«*Reconciliación*»

Al final de la novela, Horacio desciende a los infiernos,
bebe una poción mágica —esto es, una cerveza fresquita—,
visita a los muertos... Después de tantas idas y venidas, del
lado de acá, de allá y de todos los lados, ha tocado fondo.
¿Qué salida queda todavía, para él? En el momento de la crisis
aguda, piensa en el suicidio. (Algunos críticos opinan que llega
a suicidarse; creo que no lo han entendido bien.)

Le salva su amigo Traveler, que, en circunstancias difíciles,
le da su confianza: habla amistosamente con él y luego le deja
solo, como quería. El gesto de amistad de los dos provoca un
clima de armonía, aunque sólo sea un instante; por eso Oliveira
no se suicida, aunque irónicamente afirma que hubiera sido
lo mejor: «Diciéndose que al fin y al cabo algún encuentro
había, aunque no pudiera durar más que ese instante terriblemente dulce en el que lo mejor sin lugar a dudas hubiera sido
inclinarse apenas hacia afuera y dejarse ir, paf se acabó» (56).

¿Por qué no se deja caer en la rayuela, pintada en el suelo
del patio? Cortázar lo ha explicado, en otra ocasión, con toda
sencillez: «Él acaba de descubrir hasta qué punto Traveler y
Talita lo aman. No se puede matar él después de eso.»

Así es, desde luego, pero, ¿qué ha encontrado Oliveira en
ese gesto? Después de tanto análisis intelectual y tanta irrisión

de los convencionalismos, lo que realiza Horacio —por más que le avergüence— es «el reingreso en la familia humana» (54).

Descubre cosas tan sencillas como el sentimiento de hermandad: «Oliveira cerró los ojos y pensó que todo estaba tan bien así, que realmente Traveler era su hermano.» El amor: «cuánto amor en ese brazo que apretaba la cintura de una mujer». La bondad auténtica: «no había palabras para contestar a la bondad de esos dos ahí abajo, mirándolo y hablándole desde la rayuela...».

Ha vuelto a encontrar lo que ya no creía posible: simplemente, «una vida digna de ese nombre». *La vraie vie...* Ya no está ausente, ya no. Es posible el encuentro, aunque sea instantáneo: «... todo era como un maravilloso sentimiento de conciliación y no se podía violar esa armonía insensata pero vívida y presente...» (56).

En cierto modo, suicidarse hubiera sido, también, eternizar ese instante de armonía, impedir que el tiempo lo destruyera. Ya no hace falta: aunque se trate nada más que de un momento, es suficiente para probar que su *búsqueda* sí tenía un sentido.

Ha alcanzado, por fin, Oliveira lo que todos ansiamos, la re-conciliación: con el mundo y con nosotros mismos. Ha concluido el camino, la *rayuela:* «No es búsqueda porque ya se ha encontrado» (125).

«En fin, literatura»

La búsqueda, pues, desemboca en un encuentro. Así nos lo revela el párrafo —a mi modo de ver— clave para entender y resumir el sentido de la novela: «Se entraría al camino que lleva al kibbutz del deseo, no ya subir al cielo (subir, palabra hipócrita, Cielo, flatus vocis), sino caminar con pasos de hombre por una tierra de hombres hacia el kibbutz allá lejos pero en el mismo plano, como el Cielo estaba en el mismo plano que la tierra en la acera roñosa de los juegos, y un día se entraría en el mundo donde decir Cielo no sería un repasador manchado de grasa, y un día alguien vería la verdadera figura del mundo, *patterns pretty as can be,* y tal vez, empujando la piedra, acabaría por entrar en el kibbutz» (36).

Ese es el sentido del juego de la rayuela, de la novela *Rayuela.* Para Cortázar, la realidad actual del mundo siempre es incompleta. Estamos en la prehistoria de la verdadera vida humana. Hemos de buscar una salvación individual que sea, a la vez, salvación de todos. Pero esa verdadera vida humana no hay que colocarla fuera del tiempo o del espacio; es terrestre (recuérdese: «Cielo, flatus vocis»), histórica: «Esa verdadera realidad, repito, no es algo por venir, una meta, el último peldaño, el final de una evolución. No, es algo que ya está aquí, en nosotros. Se la siente, basta tener el valor de estirar la mano en la oscuridad.» La poesía nos da una entrevisión de esa realidad, como el sueño o el amor (99).

. . .

Llegamos ya al final de esta Introducción, tan prolija, tan alejada de la frescura que posee el relato. Recordemos, brevemente, algunas casillas por las que hemos pasado.

Responde *Rayuela* a un momento histórico, a una década, los 60, que quizá fue gloriosa —en nuestro país, no era fácil advertirlo—: Beatles, *boom* hispanoamericano, *hippies,* John Kennedy, Bob Dylan, ilusión *prima della revoluzione...* A la vez, ha quedado como un clásico de la novela contemporánea —por eso se incorpora hoy a esta colección.

Nace *Rayuela* con ambición de novela total, de «libro que es muchos libros», de Biblia en prosa... Además de contar una historia, plantea problemas existenciales, se abre a toda clase de cuestiones. Recoge lo mejor de la herencia que dejaron las vanguardias y la literatura fantástica. Intenta ser una obra comprometida con el hombre, oreada por el viento de la libertad creadora. La verdadera vida —nos dice— está ausente: es preciso inventar otra vez el mundo, crear el hombre nuevo, que no es sólo ni principalmente racional. Se burla de convencionalismos y ceremonias, canta apasionadamente a la libertad en todos los ámbitos —en la música, al jazz.

Todo eso se expresa sin grandilocuencia, mirando «el culito al aire de Rocamadour», con ironía permanente, con un humor del que nada queda excluido.

Con *Rayuela* nos hemos reído a carcajadas. Es también, creo, un libro «de un romanticismo inaguantable». Además de reír, quizá nos hace «llorar de amor hasta llenar cuatro o cinco palanganas». El amor y la literatura —nos dice— son los dos únicos caminos.

Abundan en *Rayuela* las novedades de técnica y estructura narrativas: tablero de dirección, *collage*, «figuras», lenguaje musical... Reflexiona sobre la literatura y lleva a la práctica, a la vez, esa reflexión. Exige la colaboración de un lector activo, que ayude a crear el libro: un lector cómplice. Quiere ser una obra *abierta* para un lector también *abierto*.

La vocación de trascendencia no excluye el juego, sino que va unida a él: juego con las palabras y las ideas, juego infantil y adulto, nostalgia permanente de la pureza perdida junto a los tangos, las bromas con los amigos, las cuerdecitas de todos los colores. Todo revuelto, en la misma frase —enumeración caótica y vital— que avanza y retrocede, se deshace a sí misma, se balancea sobre el abismo...

Defiende en teoría y lleva a la práctica la anti-novela... novelesca: la que se sale de las huellas habituales y, sólo por eso, supone ya una tarea revolucionaria.

Los amigos del Club hablan y hablan de todas las cosas de este mundo —de todos los mundos. Parece continuar *Rayuela* la tradición de la gran novela intelectual europea: Thomas Mann, Hermann Hesse, Pérez de Ayala, Aldous Huxley... La riqueza cultural no es obstáculo para el vitalismo. Sin embargo, no la llamaría yo novela intelectual sino novela poética, que busca «fijar vértigos» y persigue *iluminaciones.*

Una parte no pequeña del libro presenta la reunión de los amigos bohemios, con sus bromas y digresiones de todo tipo. El final de esa reunión es, en cierto modo, un final pequeñito para el libro, un comienzo de esa conclusión (capítulos 58-131-58...) que nunca se completará del todo. Concluye el capítulo —y el episodio— con estas palabras: «En fin, literatura.» Eso es lo que queda después de dar un repaso a la historia del jazz y de barajar lo divino y lo humano. Eso es, en fin de cuentas, lo que nos ofrece *Rayuela.* La búsqueda existencial nos emociona porque Cortázar ha logrado convertirla en obra de arte.

Así, *Rayuela* tiene algo, inevitablemente, del pez que se muerde la cola: literatura que intenta ser más que la literatura, pero que, en definitiva, no puede seguir siendo otra cosa que literatura. Esa es la ambición y esos son los límites de la novela. El protagonista de Cortázar es un buscador, un *perseguidor:* «buscar era mi signo...». A partir de Johnny Carter, así sucede siempre en sus relatos. El músico de jazz, como Horacio Oliveira, había buscado toda su vida «que esa puerta se abriera al fin».

Los amigos descubren la obra de Morelli: «Etienne, que había estudiado analíticamente los trucos de Morelli (cosa que a Oliveira le hubiera parecido una garantía de fracaso)...» Es, más o menos, lo mismo que he hecho yo con *Rayuela:* un análisis, otra garantía de fracaso... Más que analizar, he buscado que unos párrafos iluminen a otros. He prescindido de la crítica y he citado muchas frases de la novela, casi una antología: la selección y el orden serían lo único que yo he hecho. Con todas sus limitaciones, ha sido —por supuesto— una labor de lector cómplice, más que de crítico profesional.

La novela afectó especialmente a los jóvenes, y sigue afectándolos. Quizá sea más atractiva para los que no han adquirido todavía el hábito de transigir, renunciar y adaptarse. O para los que sienten la nostalgia de cuando ellos también eran así.

«¿Encontraría a la Maga?» Muchos la hemos encontrado, en *Rayuela*, y ya no la perderemos nunca.

Esta edición

Como he señalado, esta es la primera vez que *Rayuela* se incorpora a una colección de clásicos. Siempre he sido partidario de editar los textos contemporáneos que lo merezcan con idéntico rigor que si se tratara de una comedia de Lope o Calderón. En el caso de la novela de Cortázar, no era básico el problema textual. Me he basado en la segunda edición (Buenos Aires, Ed. Sudamericana, 1965) porque, como afirma Robert Brody, «all editions after the second contain identical text and pagination».

Así pues, mi trabajo se reducía, en la práctica, a la introducción y las notas. Como ya ha comprobado el lector, a la hora de redactar la introducción decidí prescindir casi por completo de poner notas y presentar, en la medida de lo posible, una nueva lectura de *Rayuela* «desde dentro». En vez de las habituales referencias a los críticos, se multiplicaron las citas de la propia novela: un enorme mecanismo o tapiz en el que unas partes explican o sostienen a las otras. Si se sabe leerlo adecuadamente, el libro ofrece datos suficientes para resolver cada uno de los problemas —y no son pocos— que plantea. Agradezco a los rectores de esta colección haber aceptado ese criterio, que no es habitual en ella.

En cambio, he multiplicado mucho las notas al texto de la novela. Sigo, así, el camino de mis ediciones de Ramón Pérez de Ayala —en esta misma colección, *Belarmino y Apolonio* y *A.M.D.G.* Además de manía personal, creo que ese aumento responde a las peculiaridades de un texto como *Rayuela*. Nunca había realizado un trabajo tan amplio, en este campo. Lo bueno y lo malo, a la vez, de esa tarea es que he tenido que asomarme a campos no literarios: las calles de París, la pintura clásica y contemporánea, la música clásica, el jazz, las canciones modernas, los mitos de la cultura popular, el deporte, el cine, los viejos cafés... A todas esas cosas soy aficionado, simple aficionado. Anotar *Rayuela* ha sido, ciertamente, una tarea de locos. El lector advertirá, seguramente, en mi queja, lo bien que lo he pasado, haciéndolo.

Recuerdo una mañana en que, después de charlar sobre jazz y sobre Woodie Allen, le planteé a Julio Cortázar la conveniencia de publicar una edición minuciosamente anotada de *Rayuela*. Me miró, horrorizado, y se apresuró a acumular excusas: su vida era ya muy complicada, viajaba continuamente, le faltaba tiempo para su labor de creación... Había entendido que le estaba proponiendo que fuera *él* quien realizara ese trabajo. Cuando le aclaré que *yo* pensaba hacerlo, suspiró, aliviado. Quizá por eso dijo que le parecía una idea magnífica y que yo era la persona más adecuada, etc.

A muchos lectores puede molestar el número o la extensión de las notas. Como otras veces he dicho, tienen en sus manos una solución bien sencilla: saltárselas, leer sólo el texto de la novela. Eso es lo esencial, desde luego. ¿Por qué las incluyo, entonces? Porque ofrecen una información complementaria que a otros lectores —creo— puede resultar útil.

Desde una perspectiva formalista, se puede argumentar que toda esa información es innecesaria, ya que la novela crea su propio cosmos, autónomo, que nada tiene que ver con el mundo externo; que las calles de *Rayuela*, por ejemplo, no son las calles de París, aunque coincidan en el nombre. Bueno... Yo no creo eso, aunque me hubiera sido mucho más cómodo creerlo.

Al revés. Me temo que, en esta edición, faltan, todavía, no pocas notas. Muchas veces me ha sido imposible localizar un dato, un nombre, una cita disimulada. Y, en otros casos, estoy seguro, habré trabucado las referencias. (No he querido recurrir al novelista, que hubiera podido solucionar mis dudas, pues me parece una práctica viciosa, hoy demasiado extendida. A partir de cierto nivel de notoriedad, cualquier escritor se ve obligado a dedicar más tiempo a los presuntos estudiosos que a su propia obra.) Teniendo en cuenta el campo, verdaderamente amplio, a que he tenido que asomarme, confesar esos fallos no me parece ningún desdoro. Y agradeceré la colaboración de los lectores para que, si se produce una nueva edición, sea mejor que ésta.

Piensan algunos que poner notas supone, simplemente, copiar de una enciclopedia. En este caso, créanme, no ha sido así. Para los argentinismos, por supuesto, he buscado el respaldo del *Diccionario de la Real Academia Española* y de algunos diccionarios de americanismos. En lo demás, no es raro que una nota me haya supuesto una verdadera investigación, la consulta de varios libros (guías, repertorios, catálogos...), además de dar la lata a no pocos amigos.

Advertirá el lector la desigualdad de estas notas. No sólo se debe a mi ignorancia. Cuando se trataba de temas o personajes muy conocidos, me he limitado a dar los datos básicos, como simple recordatorio. Ejemplo claro: si la novela alude a «Ludwig van», me limito a anotar «Beethoven», por si alguien no caía en ello. No digo nada de los grandes escritores españoles. Para los maestros bien conocidos, me limito a recordar fechas y alguna obra. En cambio, me extiendo cuando se trata de un personaje o acontecimiento más olvidado. En cualquier caso, además, recuerdo su presencia en alguna otra obra de Cortázar.

Es bien sabido que todos tenemos una imagen teórica, ideal, de nuestro destinatario, cuando escribimos cualquier cosa. También sucede así cuando escribimos algo tan poco creativo como las notas que irán a pie de página, en la edición de un texto clásico. He pensado en el lector medio de esta colección, por supuesto. No será un analfabeto ni tampoco uno de esos «nuevos analfabetos» que describió Pedro Salinas: ni unos ni otros es verosímil que intenten leer este libro. Tampoco creo que lo lean muchas personas que posean una cultura tan vasta como la de Cortázar. Al lector medio, tal como yo lo imagino, sí le proporcionarán esas notas alguna información que no poseía.

¿Para qué pueden servir todas esas referencias? Para dos cosas, me parece. Ante todo, para apreciar la coherencia de todos los datos culturales que utiliza Cortázar. Al revisar los paseos por París, las listas de pintores franceses de comienzos de siglo o los músicos que cita Berthe Trépat, he podido comprobar que no hay en todo ello nada de arbitrariedad o esnobismo: todas las teselas encajan a la perfección en el mosaico, como prueba clarísima de la familiaridad con que se mueve Cortázar en los distintos ámbitos culturales.

A la vez, creo sinceramente que estas informaciones, por muy secundarias que sean, pueden servir al lector para que entienda mejor y disfrute más con la novela. Si no creyera eso, no me hubiera tomado todo este trabajo.

Las notas a pie de página se prestan también a un cierto juego textual, que el propio Cortázar ha practicado en *Un tal Lucas* y en todos sus libros-*collage*.

No han sido redactadas las notas por una perfecta computadora, sino por una persona. En este caso, creo que reflejan muy claramente sus conocimientos y sus ignorancias, sus debilidades y sus locuras. No me parece exagerado suponer que —para bien y para mal— son notas personales. Como escribió el propio Cortázar, «citar es citarse, ya lo han dicho y hecho más de cuatro, con la diferencia de que los pedantes citan porque viste mucho, y los cronopios porque son terriblemente egoístas y quieren acaparar a sus amigos...» *(La vuelta al día en ochenta mundos*, pág. 9).

A muchos amigos he tenido que recurrir, en una tarea que me desbordaba por tantos lados. Quiero dejar constancia de mi agradecimiento, por toda su ayuda, a Mabel Almansa, Rocío Arnáez, Gustavo Domínguez, Manuel y Emilio Fontán, Cristina Garmendia, María Dolores Lozano, Sylvia Martín, Ángel Pavlovsky, Pedro Sánchez Montero y Federico Sopeña; a María José López de Arriba, Pilar Martínez González y Magdalena Rodríguez Alfageme, bibliotecarias del Departamento de Literatura Española de la Facultad de Filología de la Universidad Complutense, que casi me han hecho reconciliarme con un mundo que tanto he criticado; y a Manuel Bonsoms, por la competencia y el afecto con que ha ayudado a la edición de este libro.

Toda esta tarea tenía una finalidad: ayudar al lector para que acompañe a Oliveira y la Maga, empujando la piedrecita y saltando, una a una, por las casillas de la rayuela, desde la Tierra hasta el Cielo: «y un día quizá se entraría en el mundo...», en la verdadera vida. Por el momento, consolémonos, leyendo *Rayuela*.

Posdata

Cuando estaban ya corregidas las pruebas y a punto de aparecer este libro, ha muerto en París Julio Cortázar. Así, inevitablemente, cambia un poco la perspectiva: el escritor ha entrado definitivamente en la historia de la literatura y *Rayuela* —como aquí se proponía— es ya aceptada casi unánimemente como una obra clásica.

Estaba yo esos días en París: había ido al estreno de *Luces de Bohemia* en el Teatro de Europa y a contarle a Cortázar cómo había quedado este libro. Ya no pudo ser, pero estuve en el cementerio de Montparnasse el 14 de febrero de 1984, la mañana fría y soleada en que fue enterrado. He añadido, ahora, una foto de ese día.

Me han animado a hacer este trabajo varias cosas: el deseo de pasarlo bien, la ilusión de ayudar a algunos lectores a penetrar en el mundo de *Rayuela* y, también, la esperanza de que le gustara a su autor. No lo ha podido ver, pero queda, ahora, como muestra de agradecimiento y homenaje a Julio Cortázar. Para él, como para Johnny, su personaje, quizá esa puerta se ha abierto, al fin. Y sus libros quedan, en nuestras manos.

Febrero de 1984.

El entierro de Julio Cortázar.
(París, Cementerio de Montparnasse, 14 de febrero de 1984.)

Bibliografía

A. DE JULIO CORTÁZAR

1) *Libros*

DENIS, Julio (seudónimo), *Presencia*, Buenos Aires, El Bibliófilo, 1938.
CORTÁZAR, Julio, *Los reyes*, Buenos Aires, Gulab y Aldabahor, 1949.
— *Bestiario*, Buenos Aires, Ed. Sudamericana, 1951.
— *Final del juego*, México, Los Presentes, 1956; 2.ª ed., Buenos Aires, Ed. Sudamericana, 1964.
— *Las armas secretas*, Buenos Aires, Ed. Sudamericana, 1959. Edición de Susana Jakfalvi, Madrid, Cátedra, Colección Letras Hispánicas, 3.ª ed., 1981.
— *Los premios*, Buenos Aires, Ed. Sudamericana, 1960.
— *Historias de cronopios y de famas*, Buenos Aires, Minotauro, 1962.
— *Rayuela,* Buenos Aires, Ed. Sudamericana, 1963.
— *Cuentos,* La Habana, Casa de las Américas, 1964.
— *Todos los fuegos el fuego,* Buenos Aires, Ed. Sudamericana, 1966.
— *El perseguidor y otros cuentos*, Buenos Aires, Centro Editor para América Latina, 1967.
— *La vuelta al día en ochenta mundos*, México, Siglo XXI, 1967. (Citado: *Vuelta.*)
— *Buenos Aires, Buenos Aires*, Buenos Aires, Ed. Sudamericana, 1968.
— *Ceremonias*, Barcelona, Seix Barral, 1968.
— *62, Modelo para armar*, Buenos Aires, Ed. Sudamericana, 1968. (Citado: *62.*)

— *Casa tomada*, Buenos Aires, Minotauro, 1969.
— *Último round*, México, Siglo XXI, 1969, 2 tomos.
— *Relatos*, Buenos Aires, Ed. Sudamericana, 1970. 2.ª ed., *Los relatos: Ritos, Juegos y Pasajes,* Madrid, Alianza Editorial, El Libro de Bolsillo, 1976, 3 tomos.
— *Viaje alrededor de una mesa*, Buenos Aires, Cuadernos de Rayuela, 1970.
— *La isla a mediodía y otros relatos*, Barcelona, Salvat, 1971.
— *Pameos y meopas,* Barcelona, Ocnos, Ed. de Sivera, 1971. (Citado: *Pameos.)*
— *Prosa del observatorio*, Barcelona, Lumen, 1972.
— *La casilla de los Morelli*, Barcelona, Lumen, 1973.
— *Libro de Manuel*, Buenos Aires, Ed. Sudamericana, 1973. (Citado: *Manuel.)*
— *Octaedro*, Buenos Aires, Ed. Sudamericana, 1974.
— *Fantomas contra los vampiros multinacionales. Una utopía realizable narrada por Julio Cortázar*, México, Excelsior, 1975.
— *Antología*, Trabajo crítico de N. Bratosevich, Buenos Aires, La Librería, 1975.
— *«Estrictamente no profesional». Humanario,* Buenos Aires, La Azotea, 1976.
— *Alguien que anda por ahí y otros relatos*, Madrid, Alfaguara, 1977
— *Un tal Lucas,* Madrid, Alfaguara, 1979.
— *Queremos tanto a Glenda*, Madrid, Alfaguara, 1981.
— *Los autonautas de la cosmopista o Un viaje atemporal París-Marsella*, Barcelona, Muchnik Editores, 1983. En colaboración con Carol Dunlop. (Citado: *Autonautas.)*
— *Salvo el crepúsculo*, Madrid, Alfaguara, 1985.

2) *Traducciones*

BREMOND, Henri, *La poesía pura*, Buenos Aires, Losada.
CHESTERTON, G. K., *El hombre que sabía demasiado*, Buenos Aires, Nova.
DEFOE, Daniel, *Robinson Crusoe*, Buenos Aires, Vian.
GIDE, André, *El inmoralista*, Buenos Aires, Argos.
GIONO, Jean, *Nacimiento de la odisea*, Buenos Aires, Argos.
HOUGHTON, Lord, *Vida y cartas de John Keats*, Buenos Aires, Imán, 1955.
MARE, Walter de la, *Memorias de una enana*, Buenos Aires, Argos.

POE, Edgar Allan, *Obras en prosa*. Traducción, introducción y notas por Julio Cortázar. Ediciones de la Universidad de Puerto Rico, Madrid, Revista de Occidente, 1956, 2 vols.

— *Cuentos*, La Habana, Ed. Nacional de Cuba, 1963.

— *Aventuras de Arthur Gordon Pym*, La Habana, Instituto del Libro, 1968

— *Eureka*, Madrid, Alianza, 1972.

STERN, Alfred, *Filosofía de la risa y del llanto*, Buenos Aires, Imán, 1950.

— *La filosofía existencial de Jean-Paul Sartre*, Buenos Aires, Ed. Imán.

YOURCENAR, Marguerite, *Memorias de Adriano*, Buenos Aires, Ed. Sudamericana, 1955.

3) *Conversaciones*

GONZÁLEZ BERMEJO, Ernesto, «Julio Cortázar. Una apuesta a lo imposible», *Cosas de escritores: Gabriel García Márquez, Mario Vargas Llosa, Julio Cortázar*, Montevideo, Biblioteca de marcha, Colección «Testimonio», 9, 1971.

— *Conversaciones con Cortázar*, Barcelona, EDHASA, 1978.

GUERRERO MARTHINEITZ, Hugo, «La vuelta a Cortázar en 80 preguntas», *Siete Días Ilustrados*, año VI, núm. 311, Buenos Aires, del 30 de abril al 6 de mayo de 1973.

GUIBERT, RITA, «Julio Cortázar», *Siete voces*, México, D.F., Organización Editorial Novaro, S. A., 1974, páginas 294-318.

HARSS, Luis, en colaboración con Bárbara DOHMANN, «Julio Cortázar, o la cachetada metafísica», *Los nuestros*, Buenos Aires, Ed. Sudamericana, Colección «Perspectivas», páginas 252-300, 1966.

HERNÁNDEZ, Ana María, «Conversación con Julio Cortázar», *Nueva Narrativa Hispanoamericana*, vol. III, núm. 2, Nueva York, Garden City, septiembre de 1973, págs. 31.40.

LARTIGUE, Pierre, «Contar y cantar. Entrevista a Julio Cortázar y Saúl Yurkiévich», *Vuelta*, vol. 2, núm. 17, México, D.F., abril de 1978, págs. 46-51.

PICON GARFIELD, Evelyn, *Cortazar por Cortázar*, «Cuadernos de Texto Crítico», 4, Xalapa, México, Centro de Investigaciones Lingüístico-Literarias, Universidad Veracruzana, 1978.

PONIATOWSKA, Elena, «La vuelta a Julio Cortázar en (cerca de 80 preguntas», *Plural*, vol. IV, núm. 8 [44], México, D.F., 6 de mayo de 1975, págs. 28-36.

RAMA, Ángel, ed., «Julio Córtázar en la Universidad Central de Venezuela» [Diálogo con los estudiantes de la UCV], *Escritura*, año I, núm. 1, Caracas, enero/junio de 1976, páginas 157-173.

SCHNEIDER, Luis Mario, «Julio Cortázar», *Revista de la Universidad de México*, vol. XVII, núm. 9, México, D.F., mayo de 1963, págs. 24-25.

SOSNOWSKI, Saúl, «Julio Cortázar», *Hispanoamérica*, año V, núm. 13, Takoma Park, Maryland/Buenos Aires, abril de 1976, págs. 51-68.

VARGAS LLOSA, Mario, «Preguntas a Julio Cortázar» [Reproducido del diario *Expreso*, Lima, 7 de febrero de 1965], *Cinco miradas sobre Cortázar*, Ana María Simo *et al.*, Buenos Aires, Editorial Tiempo Contemporáneo, Colección «Números», 1, 1968, págs. 83-91.

B. SOBRE JULIO CORTÁZAR

1) *Bibliografías*

PALEY DE FRANCESCATO, Martha, «Bibliografía de y sobre Julio Cortázar», *Revista Iberoamericana*, vol. XXXIX, núms. 84-85, Pittsburgh, julio-diciembre de 1973, págs. 697-726. [A. Libros de Cortázar; B. Reseñas, artículos, notas, ensayos, cartas, poemas y relatos no coleccionados de Cortázar; C. Traducciones de obras de Cortázar; D. Libros sobre Cortázar; E. Libros de conjunto sobre Cortázar; F. Tesis doctorales; G. Artículos, notas y reseñas de las obras sobre Cortázar.]

FLORES, Ángel, y M. ANDERSON, Helene, «Cortázar, Julio», *Masterpieces of Spanish American Literature*, vol. II. Modernism to the present. New York, Macmillan Publishing Co., Inc./London, Collier Macmillan Publishers, 1974, páginas 421-425. [Ediciones; Referencias; Antologías críticas dedicadas a J. C.; Bibliografía selecta.]

BECCO, Jorge Horacio, y FOSTER, David William, «Cortázar, Julio», *La nueva narrativa hispanoamericana. Bibliografía*, Buenos Aires, Casa Pardo, 1976, págs. 78-100. [I. Obras; II. Traducciones; III. Crítica.]

YURKIÉVICH, Gladis, «Bibliografía» [de y sobre J. C.], en
    GONZÁLEZ BERMEJO, Ernesto, *Conversaciones con Cortá-
    zar*, Barcelona, EDHASA, 1978, págs. 149-190.
PALEY DE FRANCESCATO, Martha, «Bibliografía de Julio Cor-
    tázar», en el volumen colectivo *La isla final*, edición de Jaime
    Alazraki, Ivar Ivask y Joaquín Marco, Barcelona, ed. Ultra-
    mar, Serie Azul, 1983.

2) *Libros*

ALSACIO CORTÁZAR, Miguel, *Viaje alrededor de una silla*, Bue-
    nos Aires, Carpeta Editora, 1971.
AMÍCOLA, José, *Sobre Cortázar*, Buenos Aires, Editorial Escue-
    la, 1969.
ARELLANO GONZÁLEZ, Sonia, *Tres eslabones en la narrativa de
    Cortázar*, Santiago de Chile, Editorial del Pacífico, 1972.
ARONNE AMESTOY, Lida, *Cortázar: La novela mandala*, Buenos
    Aires, Fernando García Gambeiro, 1972.
ARRIGUCI, Davi Jr., *O Escorpiño encalacrado. A poética da
    destruiçao em Julio Cortázar*, São Paulo, Editora Perspec-
    tiva, 1973.
BRODIN, Brita, *Criaturas ficticias y su mundo, en «Rayuela» de
    Cortázar*, Lund (Suecia), CWK Gleerup, 1975. («Études
    Romanes de Lund», 24).
BRODY, Robert, *Julio Cortázar: Rayuela*, Londres, Grant &
    Cutler Ltd. in Association with Tamesis Books Ltd., 1976
    («Critical Guides to Spanish Texts», 16).
CARRERA, G. L., *Nuevas viejas preguntas a Julio Cortázar*,
    1978.
CURUTCHET, Juan Carlos, *Julio Cortázar o la crítica de la razón
    pragmática*, Madrid, Editora Nacional, 1972.
ESCAMILLA MOLINA, Roberto, *Julio Cortázar: visión de con-
    junto*, México, Novaro, 1970.
FILER, Malva E., *Los mundos de Julio Cortázar*, Nueva York,
    Las Américas, 1970.
GARCÍA CANCLINI, Néstor, *Cortázar. Una antropología poética*,
    Buenos Aires, Nova, 1968.
— *Julio Cortázar*, Nueva York, Frederick Ungar, 1975.
GENOVER, Kathleen, *Claves de una novelística existencial (en
    Rayuela de Cortázar)*, Madrid, Playor, 1973.
HERNÁNDEZ DEL CASTILLO, A., *Keats, Poe and the shaping of
    Cortázar's mythopoesis*, 1981.

MacAdam, Alfred, *El individuo y el otro. Crítica a los cuentos de Julio Cortázar*, Buenos Aires, Nueva York, La Librería, 1971.

Mastrángelo, Carlos, *Usted, yo, los cuentos de Julio Cortázar y su autor*, Córdoba, Universidad Nacional de Córdoba, 1971.

Pereira, Teresinha, *El realismo mágico y otras herencias de Julio Cortázar*, Portugal-USA, Nova Era and Backstage Books, 1976.

Picon Garfield, Evelyn, *¿Es Julio Cortázar un surrealista?* Madrid, Gredos, 1975.

— *Julio Cortázar*, Nueva York, Frederick Ungar, 1975.

Planells, Antonio, *Cortázar: metafísica y erotismo*, Madrid, José Porrúa Turanzas, «Studia Humanitatis», 1979.

Quintero Marín, M. C., *La cuentística de Julio Cortázar*, 1981.

Rein, Mercedes, *Julio Cortázar: el escritor y sus máscaras*, Montevideo, Diaco, 1969.

— *Cortázar y Carpentier*, Buenos Aires, Ed. de Crisis, 1974.

Roy, Joaquín, *Julio Cortázar ante su sociedad*, Barcelona, Península, 1974.

Scholz, László, *El arte poética de Julio Cortázar*, Buenos Aires, Ediciones Castañeda, Colección «Estudios Estéticos y Literarios», 2, 1977.

Sola, Graciela de, *Julio Cortázar y el hombre nuevo*, Buenos Aires, Ed. Sudamericana, 1968.

Sosnowski, Saúl, *Julio Cortázar: una búsqueda mítica*, Buenos Aires, Noé, 1973.

Viñas, David, *De Sarmiento a Cortázar*, Buenos Aires, Siglo Veinte, 1970.

3) *Volúmenes colectivos y números monográficos de revistas*

Boletín de Literaturas Hispánicas, núm. 6, Facultad de Filosofía y Letras, Instituto de Letras, Universidad Nacional de Litoral, Santa Fe, Argentina [Adolfo Prieto, Director], 1977. [Trabajos de Adolfo Prieto, Rosa Boldori, Gladys S. Onega, María Isabel de Gregorio, Nelly Donni de Mirande y Mireya Bottones.]

Books Abroad, An International Literary Quarterly, Sponsored by The University of Oklahoma, Norman, Oklahoma Editor: Ivar Ivask], vol. 50, núm. 3, verano de 1976.

[Trabajo y textos de Ivar Ivask, Evelyn Picon Garfield, Martha Paley Francescato, Julio Cortázar, Gregory Rabassa, Roberto González Echevarría, Margery A. Safir, Ana María Hernández, Malva E. Filer y Saúl Sosnowski.]

Cinco miradas sobre Cortázar, Buenos Aires, Editorial Tiempo Contemporáneo. Colección «Número», 1, 1968.
[Ana María Simo, José Lezama Lima, Roberto Fernández Retamar, Mario Vargas Llosa, Julio Cortázar.]

Estudios sobre los cuentos de Julio Cortázar, David Lagmanovich, ed., Barcelona, Ediciones Hispam, Colección «Blanquerna», 1975.
[Trabajos de David Lagmanovich, Jaime Alazraki, Rodolfo A. Borello, Alicia Borinsky, Mireya Camuratı, Juan Carlos Curutchet, Zunilda Gertel, Marta Morello-Frosch, Martha Paley de Francescato, Perla Petrich, Edelweis Serra, Saúl Sosnowski y Alfredo Veiravé.]

Homenaje a Julio Cortázar, Variaciones interpretativas en torno a su obra [Helmy F. Giacoman, ed.], Nueva York, Las Américas, Colección «Homenajes», 1972.
[Trabajos de José Lezama Lima, Marcelo Alberto Villanueva, Fernando Alegría, Enrique Giordano, John G. Copeland, Angela Dellepiano, Ana María Pucciarelli, Malva E. Filer, Oswaldo López Chuchurra, José Blanco Amor, Antonio Pagés Larraya, Alfred J. Mac Adam, Richard F. Allen, Flora H. Schiminovich, Germán D. Carrillo, Marta Morello-Frosch, Joan Hartman, Wolfgang A. Luchting, Martha Paley de Francescato, David Lagmanovich, Manuel Durán, Roberto Hozven V., Saúl Sosnowski, Luis Bocaz Q. y Mary E. Davis.] (Citado: *Homenaje.*)

Indice, Madrid, año XXII, núms. 221-222-223, 1967.
[Textos de Julio Córtazar, Francisco Fernández Santos, José Miguel Ullán, Luis Harss y Félix Grande.]

Julio Cortázar, edición de Pedro Lastra, Madrid, Taurus, col. El Escritor y la Crítica, 1981.
[Ensayos de Carlos Monsiváis, Fernando Ainsa, Roberto González Echevarría, Ana María Hernández, Néstor García Canclini, Alicia Borinsy, Jaime Alazraki, Emir Rodríguez Monegal, Evelyn Picón Garfield, Luis López-Delpecho,

Juan Durán Luzio, José Lezama Lima, Ana María Barrenechea, Alain Sicard, Saúl Yurkievich, Sebastián Salazar Bondy, Pedro Gimferrer, Luis Harss, Rafael Conte, Graciela Coulson, Zunilda Gertel, Alejandra Pizarnik, Jorge Campos y Oscar Hahn.]

La vuelta a Cortázar en nueve ensayos, recopilación y prólogo de Sara Vinocur de Tirri y Néstor Tirri, Buenos Aires, Carlos Pérez Editor, Colección «Hechos y Palabras», 1968.
[Ensayos de Noé Jitrik, Manuel Durán, Alain Bosquet, Alejandra Pizarnik, Antonio Pagés Larraya, Graciela de Sola, Guillermo Ara, Luis Gregorich y Néstor Tirri.]

Review 72, A publication of the Center for Inter-American Relations, Nueva York [núm. 7], invierno de 1972. «Focus on Julio Cortázar».
[Trabajos de J. M. Alonso, Evelyn Picon Garfield, Charles Thomas Samuels, Stanley Kauffmann, Rita Guibert, Emir Rodríguez Monegal, C. D. B. Bryan y Alfred J. Mac Adam.]

Revista Iberoamericana, Órgano del Instituto Internacional de Literatura Iberoamericana patrocinada por la Universidad de Pittsburgh [Alfredo A. Roggiano, Director], vol. XXXIX, números 84-85, julio-diciembre de 1973.
[Contiene un texto inédito de Julio Cortázar y trabajos de Luis Leal, Saúl Yurkievich, Fernando Ainsa, Alfred J. Mac Adam, Joaquín Roy-Cabrerizo, Rubén Benítez, Eduardo G. González, Alicia Borinsky, Martín C. Taylor, Silverio Muñoz Martínez, A. Carlos Isasi Angulo, Julio Matas, Jaime Alazraki, Emir Rodríguez-Monegal, David Lagmanovich, Saúl Sosnowski, Carlos Cortínez, Ken Holsten, Martha Paley de Francescato y Lucille Ker.]

Sobre Julio Cortázar, Benedetti, Lezama, Simo, Retamar, Diego; La Habana, Cuadernos de la Revista *Casa de las Américas,* 3, 1967.
[El *Panel* sobre *Rayuela* —Ana María Simo, José Lezama Lima y Roberto Fernández Retamar— también en *Cinco miradas sobre Cortázar.* El trabajo de Eliseo Diego no aparece en este volumen, sino en otro Cuaderno de *Casa de las Américas* con el título *Todos los fuegos el fuego,* 1967, 13 págs.]

The Final Island. The Fiction of Julio Cortázar [Jaime Alazraki
   e Ivar Ivask, eds.], Norman, Oklahoma, University of
   Oklahoma Press, 1978 [Véase, *supra, Books Abroad:* Con
   excepción de la nota de Ivar Ivask, este volumen reproduce
   el contenido de ese número, más otros textos de Jaime
   Alazraki, Sara Castro-Klaren, Saúl Yurkiévich y Lida
   Aronne Amestoy.]

Julio Cortázar, en *L'Arc,* núm. 80, Aix-en-Provence, cuarto
   trimestre de 1980.
   [Trabajos de René Micha, Edoardo Sanguinetti, Julio Cor-
   tázar, Ángel Rama, Alain Sicard, Jean Andrev, Alicia
   Borinsky, Jaime Alazraki, Saúl Yurkievich, Claude Fell,
   Pierre Mertens, Julio Ortega y Gladis Yurkievich.]

Julio Cortázar: la isla final, edición de Jaime Alazraki, Ivar
   Ivask y Joaquín Marco, Barcelona, ed. Ultramar, Serie
   Azul, 1983.
   [Trabajos de Jaime Alazraki, Julio Cortázar, Andrés Amo-
   rós, Gregory Rabassa, Roberto González Echevarría, Mar-
   gery A. Safir, Saúl Yurkievich, Ana María Hernández,
   Evelyn Picon Garfield, Malva E. Filer, Martha Paley Fran-
   cescato, Sara Castro-Klarén, Lida Aronne Amestoy, Saúl
   Sosnowsky y Joaquín Marco.] (Citado: *Isla final.)*

4) *Estudios sobre Cortázar en libros de conjunto*

AMORÓS, Andrés, *Introducción a la novela hispanoamericana
   actual,* Salamanca, Anaya, Col. «Temas y Estudios», 1971.
— *Introducción a la literatura.* Madrid, Castalia, Colección
   «Literatura y sociedad», 1980.
BESSIÈRE, Irène, «Julio Cortázar: la duplication fantastique»,
   Le récit fantastique. La poétique de l'incertain, París, Librai-
   rie Larousse, Collection «Thèmes et Textes», 1974.
CONTE, Rafael, *Lenguaje y violencia. Introducción a la narrativa
   hispanoamericana,* Madrid, ed. Al-Borak, 1962.
DELLEPIANE, Angela B., «Julio Cortázar», Jaime Alazraki *et al.,*
   Narrativa y crítica de nuestra América, compilación e intro-
   ducción de Joaquín Roy, Madrid, Castalia, 1978, páginas 223-257.
ESCOBAR, Alberto, «El espejo al revés» [comenta «Instrucciones
   para dar cuenta al reloj»], *La partida inconclusa o la lectura
   literaria,* 2.ª ed., Lima, Instituto Nacional de Cultura, 1976,

páginas 20-27. [1.ª ed.: Santiago de Chile, Editorial Universitaria, Colección «Teoría Literaria», 4, 1970, págs. 18-23.]

EYZAGUIRRE, Luis B. [sobre *Rayuela*], *El héroe en la novela hispanoamericana del siglo XX*, Santiago de Chile, Editorial Universitaria, 1973, págs. 241-253.

FRANCO, Jean, «París, ciudad fabulosa» [Juan Loveluck, ed.], *Novelistas hispanoamericanos de hoy*, Madrid, Taurus, Colección «Persiles 90», Serie *El Escritor y la Crítica*, 1976, páginas 271-290.

GOIC, Cedomil [Sobre *Rayuela*], *Historia de la novela hispanoamericana*, Valparaíso, Chile, Ediciones Universitarias de Valparaíso, Colección «Aula Abierta», 1972, págs. 222-229.

ORTEGA, José, «*Octaedro*, de Cortázar: ocho rutas de la ambigüedad», *Letras hispanoamericanas de nuestro tiempo*, Madrid, Ediciones José Porrúa Turanzas, 1976, págs. 127-146.

PAZ, Octavio, y Julián Ríos. [Sobre *62. Modelo para armar*]. *Solo a dos voces*, Barcelona, Lumen, Col. «Palabra e Imagen», 1973, págs. 60-63.

POLLMANN, Leo, «*Los premios*»; «*Rayuela* [...]». *La «nueva novela» en Francia y en Iberoamérica*. Versión española de Julio Linares, Madrid, Gredos, «Biblioteca Románica Hispánica. Estudios y Ensayos», 159, 1971, págs. 267-274; 294-303.

ROSENBLAT, Ángel, «El "boom" de la novela hispanoamericana», *Lengua literaria y lengua popular en América*, Caracas, Universidad Central de Venezuela, Facultad de Humanidades y Educación, «Cuadernos del Instituto de Filología "Andrés Bello"», 1969, págs. 87-124. [Sobre Cortázar —y *Rayuela*—, cfr. especialmente, págs. 92-107.]

RUFFINELLI, Jorge, «Dos acercamientos a Cortázar», *Crítica en Marcha. Ensayos sobre literatura latinoamericana*, México, D. F., Premiá Editora, 1979 *(La Red de Jonás)*, páginas 70-77. [«*Último round*: salto al abismo», págs. 70-74: «*Libro de Manuel*: la novela ingresa en la historia», páginas 74-77.]

SPENCER, Sharon, *Space, Time and Structure in the Modern Novel*, Chicago, The Swallow Press Inc., 1971, págs. 203-209, *passim*.

SPERATTI PIÑERO, Emma Susana, *La literatura fantástica en Argentina*, México, Imprenta Universitaria, 1957. En colaboración con Ana María Barrenechea.

YURKIEVICH, Saúl, *La confabulación con la palabra*, Madrid, Taurus, Colección Persiles, 1978.

5) *Algunos artículos sobre «Rayuela»*

ALEGRÍA. Fernando, «*Rayuela* o el orden del caos», *Revista Iberoamericana*, 35, 1969, págs. 459-472.

ARROYO, Justo, «Julio Cortázar y su *Rayuela*», *Revista de la Lotería de Panamá*, núm. 166, págs. 26-30.

BARRENECHEA, Ana María, «*Rayuela*, una búsqueda a partir de cero», *Sur*, 288, 1964, págs. 69-73.

— «La estructura de *Rayuela*, de Julio Cortázar», *Litterae Hispaniae et Lusitanae*, Universidad de Hamburgo, 1968, págs. 69-84.

BLOT, Jean, «Retrouver le monde», *Preuves*, París, 196, junio de 1967, págs. 69-71.

BOLDORI, Rosa, «Sentido y trascendencia de la estructura de *Rayuela*», *Boletín de Literaturas Hispánicas*, Santa Fe, 6, 1966, págs. 59-69.

BORDELOIS, Ivonne, «Julio Cortázar: *Rayuela*», *Señales*, 142, Buenos Aires, 1963, págs. 40-42.

BOTTARO, José M., «*Rayuela* de Julio Cortázar», *Airón*, año 3, 7-8, Buenos Aires, pág. 29.

CAMPOS. Haroldo de. «O jogo de amarelinha». *Correio da Manha*, Río de Janeiro, 30 de julio de 1967.

CAMPOS, Jorge, «*Rayuela*», *Ínsula*, 250, Madrid, septiembre de 1967, pág. 11.

CASTELAR, Diana, «*Rayuela*. Un libro de Julio Cortázar», *Clarín*, Buenos Aires, 29 de agosto de 1963, pág. 4.

CASTELLI, Eugenio, «Sentido y forma en *Rayuela*, de Cortázar», *La Capital*, Rosario, 13 de noviembre de 1966, páginas 26-29.

— «Cortázar, *Rayuela* y la antinovela», Rosario, ed. Colmegna, 1968, págs. 52-73.

CLARK, Elizabeth, «A metaphysical hop», *Glasgow Herald*, 18, marzo de 1967.

COLL, Edna, «Cortázar y su *Rayuela*», *Atenea*, nueva serie, número 2, junio de 1967, págs. 9-17.

CONCHA, Jaime, «Criticando *Rayuela*», *Hispamérica*, año IV, anejo I, Maryland, agosto de 1975, págs. 131-158.

COPELAND, John G., «Las imágenes de *Rayuela*», *Revista Iberoamericana*, vol. 33, núm. 63, enero-julio de 1967, páginas 85-104.

CUPERMAN, Pedro, «Relectura de *Rayuela*», *Punto de contacto*, 1, Nueva York diciembre de 1975, págs. 84-87.

EYZAGUIRRE, Luis B., «*Rayuela, Sobre héroes y tumbas* y *El astillero:* búsqueda de la identidad individual en la novela hispanoamericana contemporánea», *Nueva Narrativa Hispanoamericana*, vol. 2, núm. 2, Long Island, septiembre de 1972, págs. 101-118.

FOMBONA, Julieta, «*Rayuela*», *Imagen*, Caracas, noviembre de 1967.

FUENTES, Carlos, «*Rayuela:* la novela como caja de Pandora», *Mundo Nuevo*, 9, marzo de 1967, págs. 67-69.

GHIANO, Juan Carlos, «*Rayuela*, una ambición antinovelística», *La Nación*, Suplemento Literario, Buenos Aires, 20 de octubre de 1963, pág. 5.

GÓMEZ, Carlos Alberto, «Cortázar y la nueva novela», *La Gaceta*, Tucumán, noviembre de 1968.

GRANDE, Félix, «Fragmentos para un homenaje a *Rayuela*», *Índice*, núms. 221-223, Madrid, 1967, pág. 22.

GREGORIO, María Isabel, «*Rayuela*», *Boletín de Literaturas Hispánicas*, 6, Santa Fe, 1966, págs. 43-58.

HEKER, Liliana, «*Rayuela* de Julio Cortázar», *El Heraldo Cultural*, 15, 20 de febrero de 1977, pág. 7.

IRBY, James, «Cortázar's *Hopscotch* and other games», *Novel: a Forum on Fiction*, vol. 1, núm. 1, 1967, págs. 64-70.

KERRIGAN, Elaine, «On the hop», *The Times Literary Supplement*, 3 de septiembre de 1967.

LAGMANOVICH, David, «*Rayuela*, novela que no lo es pero no importa», *La Gaceta*, Tucumán, 29 de marzo de 1964.

LEZAMA LIMA, José, «Cortázar y el comienzo de la otra novela», *Casa de las Américas,* 49, La Habana, 1968, páginas 51-62.

LIBERMAN, Arnoldo, «*Rayuela*, por Julio Cortázar», *Comentario*, 38, 1964, págs. 95-96.

LOVELUCK, Juan, «Aproximación a *Rayuela*», *Revista Iberoamericana,* vol. 34, núm. 65, Pittsburgh, enero-abril de 1968, págs. 83-93.

MAC ADAM, Alfred, «New Forms of Perception», *The New Leader*, 23 de mayo de 1966.

MONER, Michel, «Variations sur le plaisir et la douleur dans *Rayuela*, de Cortázar», *Caravelle*, 23, Toulouse, 1974, páginas 63-71.

MORELLE, Paul, «*Marelle* de Julio Cortázar ou le roman de l'intelligence qui se détruit», *Le Monde*, París, 5 de abril de 1967.

MUÑOZ MARTÍNEZ, Silverio, «Otra mirada sobre *Rayuela*»,

Revista Iberoamericana de Literatura, 2.ª época, 2, 1970, páginas 29-49.

MURENA, H. A., «*Rayuela*, de Julio Cortázar», *Cuadernos*, 79, diciembre de 1963, págs. 85-86.

ORTIZ, Orlando, «Un átomo de *Rayuela*», *La Cultura en México*, 825, 16 de abril de 1969.

PICHÓN RIVIERE, Marcelo, «Cortázar: de *Rayuela* al *Libro de Manuel*», *Panorama*, 313, Buenos Aires, 313, abril-mayo de 1973, pág. 60-64.

RAPHAEL, Frederic, «On the inner circle», *The Sunday Times*, Nueva York, 5 de marzo de 1967.

RODRÍGUEZ MONEGAL, Emir, «De *Rayuela* a *Tres tristes tigres*: invención del lenguaje, parodia de la cultura», *Clarín*, Buenos Aires, 9 de marzo de 1972.

ROHON, Guy, «Julio Cortázar: *Marelle*», *La Nouvelle Revue Française*, 173, París, 1 de agosto de 1967, págs. 1113-1115.

SANHUEZA, Ana María, «Caracterización de los narradores de *Rayuela*», *Revista Chilena de Literatura*, 1, 1970, páginas 43-57.

SARDUY, Severo, «Del Ying al Yang», *Mundo Nuevo*, 13, París, julio de 1967, págs. 10-12.

SCHMUCLER, Héctor, «*Rayuela*: juicio a la literatura», *Pasado y presente*, 9, Córdoba, abril-septiembre de 1965, páginas 29-45.

TAGLIATELA RICCIO, Alessandra, «Sopravivenza e validitá del surrealismo a proposito di *Rayuela*, de Julio Cortázar», *Annali del Istituto Universitario Orientale*, Nápoles, 1973, páginas 269-278.

URIBE, Basilio, «Julio Cortázar: *Rayuela*», *Criterio*, 1452, Buenos Aires, 28 de mayo de 1964, pág. 397.

VALVERDE, José Antonio, «Fragmented man, fragmented words, fragmented reality», *Mosaic*, 2-1, University of Manitoba, 1968, págs. 132-135.

VARGAS LLOSA, Mario, «*Rayuela*, de Julio Cortázar: un libro mayor», *Expreso*, 13 de julio de 1974.

VÁZQUEZ AMARAL, José, «Julio Cortázar's *Hopscotch* and Argentinian spiritual alienation», *The Contemporary Latin American Narrative*, Nueva York, 1970, págs. 157-165.

WAIN, John, «Making it new», *The New York Review of Books*, 28 de abril de 1966.

Rayuela

Tablero de dirección

A su manera este libro es muchos libros, pero sobre todo es dos libros. El lector queda invitado *a elegir* una de las dos posibilidades siguientes:

El primer libro se deja leer en la forma corriente, y termina en el capítulo 56, al pie del cual hay tres vistosas estrellitas que equivalen a la palabra *Fin*. Por consiguiente, el lector prescindirá sin remordimientos de lo que sigue.

El segundo libro se deja leer empezando por el capítulo 73 y siguiendo luego en el orden que se indica al pie de cada capítulo. En caso de confusión u olvido, bastará consultar la lista siguiente:

73 - 1 - 2 - 116 - 3 - 84 - 4 - 71 - 5 - 81 - 74 - 6 - 7 - 8 - 93 - 68
9 - 104 - 10 - 65 - 11 - 136 - 12 - 106 - 13 - 115 - 14 - 114 - 117
15 - 120 - 16 - 137 - 17 - 97 - 18 - 153 - 19 - 90 - 20 - 126 - 21
79 - 22 - 62 - 23 - 124 - 128 - 24 - 134 - 25 - 141 - 60 - 26 - 109
27 - 28 - 130 - 151 - 152 - 143 - 100 - 76 - 101 - 144 - 92 - 103
108 - 64 - 155 - 123 - 145 - 122 - 112 - 154 - 85 - 150 - 95 - 146
29 - 107 - 113 - 30 - 57 - 70 - 147 - 31 - 32 - 132 - 61 - 33 - 67
83 - 142 - 34 - 87 - 105 - 96 - 94 - 91 - 82 - 99 - 35 - 121 - 36
37 - 98 - 38 - 39 - 86 - 78 - 40 - 59 - 41 - 148 - 42 - 75 - 43 - 125
44 - 102 - 45 - 80 - 46 - 47 - 110 - 48 - 111 - 49 - 118 - 50 - 119
51 - 69 - 52 - 89 - 53 - 66 - 149 - 54 - 129 - 139 - 133 - 140
138 - 127 - 56 - 135 - 63 - 88 - 72 - 77 - 131 - 58 - 131 -

Con objeto de facilitar la rápida ubicación de los capítulos, la numeración se va repitiendo en lo alto de las páginas correspondientes a cada uno de ellos.

Y animado de la esperanza de ser particularmente útil a la juventud, y de contribuir a la reforma de las costumbres en general, he formado la presente colección de máximas, consejos y preceptos, que son la base de aquella moral universal, que es tan proporcionada a la felicidad espiritual y temporal de todos los hombres de cualquiera edad, estado y condición que sean, y a la prosperidad y buen orden, no sólo de la república civil y cristiana en que vivimos, sino de cualquiera otra república o gobierno que los filósofos más especulativos y profundos del orbe quieran discurrir.

Espíritu de la Biblia y Moral Universal, sacada del Antiguo y Nuevo Testamento.
Escrita en toscano por el abad Martini con las citas al pie:
Traducido en castellano
Por un Clérigo Reglar de la Congregación de San Cayetano de esta Corte.
Con licencia.
Madrid: Por Aznar, 1797.

Siempre que viene el tiempo fresco, o sea al medio del otonio, a mí me da la loca de pensar ideas de tipo *eséntrico* y *esótico,* como ser por egenplo que me gustaría venirme golondrina para agarrar y volar a los paíx adonde haiga calor, o de ser hormiga para meterme bien adentro de una cueva y comer los productos guardados en el verano o de ser una bívora como las del solójicO, que las tienen bien guardadas en una jaula de vidrio con la calefación para que no se queden duras de frío, que es lo que les pasa a los pobres seres humanos que no pueden comprarse ropa con lo cara questá, ni pueden calentarse por la falta del querosén, la falta del carbón, la falta de lenia, la falta de petrolio y tamién la falta de plata, porque cuando uno anda con biyuya[1] ensima puede entrar a cualquier boliche[2] y mandarse una buena grapa[3] que hay que ver lo que calienta, aunque no conbiene abusar, porque del abuso entra el visio y del visio la dejeneradés tanto del cuerpo como de las taras moral de cada cual, y cuando se viene abajo por la pendiente fatal de la falta de buena condupta en todo sentido, ya nadie ni nadies lo salva de acabar en el más espantoso tacho[4] de basura del desprastijio humano, y nunca le van a dar una mano para sacarlo de adentro del fango enmundo entre el cual se rebuelca, ni más ni meno que si fuera un cóndoR que cuando joven supo correr y volar por la punta de las altas montanias, pero que al ser viejo cayó parabajo como bombardero en picada que le falia el motor moral. ¡Y ojalá que lo que estoy escribiendo le sirbalguno para que mire bien su comportamiento y que no searrepienta cuando es tarde y ya todo se haiga ido al corno por culpa suya!

César Bruto, *Lo que me gustaría ser a mí si no fuera lo que soy* (capítulo: *Perro de San Bernaldo*).

---

[1] *biyuya:* `dinero, pasta'.
[2] *boliche:* 'tenducho, taberna o figón'.
[3] *grapa:* 'aguardiente de orujo'.
[4] *tacho:* 'cubo, cualquier recipiente grande de latón'.

Del lado de allá

Rien ne vous tue un homme comme d'être obligé de représenter un pays.

JACQUES VACHÉ[1], *carta a André Bretón.*

---

[1] *Jacques Vaché* (1896-1919) es uno de los antecedentes inmediatos del dadaísmo y surrealismo. En 1916 conoció en Nantes a André Breton, seguidor hasta entonces de Mallarmé, y su influencia fue decisiva. André Breton es el autor del prólogo a sus *Lettres de guerre* (1919). Recuérdese su definición del humor, con la ortografía que recuerda a Jarry y anticipa algunos juegos de Cortázar: «l'Umour, sens de l'inutilité théâtrale et sans joie de tout, quand on sait».

Del lado de allá

1

¿Encontraría a la Maga? Tantas veces me había bastado asomarme, viniendo por la rue de Seine[1], al arco que da al Quai de Conti[2], y apenas la luz de ceniza y olivo que flota sobre el río me dejaba distinguir las formas, ya su silueta delgada se inscribía en el Pont des Arts[3], a veces andando de un lado a otro, a veces detenida en el pretil de hierro, inclinada sobre el agua. Y era tan natural cruzar la calle, subir los

---

[1] *rue de Seine:* calle del Barrio Latino, que cruza el bd. St. Germain. En el número 21 vivió George Sand. En ella existe, hoy, un animado mercado de alimentación. Desemboca en el Sena junto al Institut de France, en el sitio del que escribió Zola: «No existe ningún bosque venerable, ni ninguna carretera de montaña, pradera o llanura donde el sol se ponga tan triunfalmente como por detrás de la cúpula del Instituto. Así es como París se va a dormir en su gloria» *(L'Oeuvre).* Vuelve a ser citada en los capítulos 21, 23...

[2] *Quai de Conti:* se extiende por la orilla izquierda del Sena, frente al extremo de la isla de la Cité, entre el Pont des Arts y el Pont Neuf. En *El perseguidor,* Johnny y el narrador pasean por la noche, fumando: «nos dejamos ir hacia el río y frente a una de las cajas de latón de los libreros del Quai de Conti, un recuerdo cualquiera o un silbido de algún estudiante nos trae a la boca un tema de Vivaldi...» *(AS,* página 190). Aquí, vuelve a salir en el capítulo 21.

[3] *Pont des Arts:* desemboca la Maga en el Sena desde la orilla contraria, la derecha, viniendo de los jardines del Louvre. Este puente vuelve a ser citado en los capítulos 21, 36 (allí se abrazaba la *clocharde* con su novio), 108... Se construyó este puente (primero, Passerelle des Arts) en la época de Luis XIV, cuando el Louvre se convirtió en Museo, para que los estudiantes pudieran cruzar el río y contemplar las obras de arte. Gracias a eso, Saint Germain se convirtió en lugar favorito de artistas e intelectuales. Recuérdese lo que canta Georges Brassens en su canción *Le vent:* «Si par hasard / Sur l'Pont des Arts...»

peldaños del puente, entrar en su delgada cintura y acercarme
a la Maga que sonreía sin sorpresa, convencida como yo de
que un encuentro casual era lo menos casual en nuestras vidas,
y que la gente que se da citas precisas es la misma que necesita
papel rayado para escribirse o que aprieta desde abajo el tubo
de dentífrico.

Pero ella no estaría ahora en el puente. Su fina cara de
translúcida piel se asomaría a viejos portales en el ghetto del
Marais[4], quizá estuviera charlando con una vendedora de
papas fritas o comiendo una salchicha caliente en el boulevard
de Sébastopol[5]. De todas maneras subí hasta el puente, y la
Maga no estaba. Ahora la Maga no estaba en mi camino, y
aunque conocíamos nuestros domicilios, cada hueco de nuestras dos habitaciones de falsos estudiantes en París, cada
tarjeta postal abriendo una ventanita Braque[6] o Ghirlandaio[7]
o Max Ernst[8] contra las molduras baratas y los papeles chillo-
nes, aun así no nos buscaríamos en nuestras casas. Prefería-
mos encontrarnos en el puente, en la terraza de un café, en un
cine-club o agachados junto a un gato en cualquier patio del
barrio latino. Andábamos sin buscarnos pero sabiendo que
andábamos para encontrarnos. Oh Maga, en cada mujer parecida a vos se agolpaba como un silencio ensordecedor, una
pausa filosa[9] y cristalina que acababa por derrumbarse tristemente, como un paraguas mojado que se cierra. Justamente

---

[4] *el ghetto del Marais:* el Marais, en los distritos 3.º y 4.º, es un
barrio antiguo y tranquilo, con fuerte sabor tradicional. Fue un lugar
de moda en la Edad Media y alcanzó su máximo esplendor en el siglo XVII. Malraux lo declaró zona protegida de interés histórico-cultu-
ral. En esta zona están muchos hoteles, los Archivos Nacionales y la
Place des Vosges. En ella estará también el Museo Picasso. Dentro de
ella existe un barrio judío, con librerías hebreas y tiendas de comida
kasher. Hoy se celebra el Festival del Marais, en junio y julio.
[5] *boulevard de Sébastopol:* desde Chatelet, se dirige hacia el Norte,
pasa al lado del Beaubourg y muere en los grandes bulevares, a la
altura del Bd. Saint Denis. Aparece también varias veces en el *Libro
de Manuel.*
[6] *Georges Braque* (1882-1963): uno de los máximos impulsores del
cubismo sintético.
[7] *Domenico Ghirlandaio* (1449-1484): pintor de la segunda generación florentina del Quattrocento. Su obra maestra son los frescos del
ábside de la iglesia de Santa María Novella.
[8] *Max Ernst* es una de las principales figuras del dadaísmo y
surrealismo en las artes plásticas.
[9] *filosa:* 'afilada, que tiene filo'.

un paraguas, Maga, te acordarías quizá de aquel paraguas viejo que sacrificamos en un barranco del Parc Montsouris[10], un atardecer helado de marzo. Lo tiramos porque lo habías encontrado en la Place de la Concorde[11], ya un poco roto, y lo usaste muchísimo, sobre todo para meterlo en las costillas de la gente en el metro y en los autobuses, siempre torpe y distraída y pensando en pájaros pintos o en un dibujito que hacían dos moscas en el techo del coche, y aquella tarde cayó un chaparrón y vos quisiste abrir orgullosa tu paraguas cuando entrábamos en el parque, y en tu mano se armó una catástrofe de relámpagos fríos y nubes negras, jirones de tela destrozada cayendo entre destellos de varillas desencajadas, y nos reíamos como locos mientras nos empapábamos, pensando que un paraguas encontrado en una plaza debía morir dignamente en un parque, no podía entrar en el ciclo innoble del tacho de basura o del cordón de la vereda; entonces yo lo arrollé lo mejor posible, lo llevamos hasta lo alto del parque, cerca del puentecito sobre el ferrocarril, y desde allí lo tiré con todas mis fuerzas al fondo de la barranca de césped mojado mientras vos proferías un grito donde vagamente creí reconocer una imprecación de walkyria. Y en el fondo del barranco se hundió como un barco que sucumbe al agua verde, al agua verde y procelosa, a *la mer qui est plus félonesse en été qu'en hiver,* a la ola pérfida, Maga, según enumeraciones que detallamos largo rato, enamorados de Joinville[12] y del parque, abrazados y semejantes a árboles mojados o a actores de cine de alguna pésima película húngara. Y quedó entre el pasto, mínimo y negro, como un insecto pisoteado. Y no se movía, ninguno de sus resortes se estiraba como antes. Terminado. Se acabó. Oh Maga, y no estábamos contentos.

¿Qué venía yo a hacer al Pont des Arts? Me parece que ese jueves de diciembre tenía pensado cruzar a la orilla derecha y beber vino en el cafecito de la rue des Lombards[13] donde

---

[10] El *Parc Montsouris* es un parque tranquilo, con colinas y un lago, en la zona de la Ciudad Universitaria, al lado de donde vive Oliveira.

[11] *Place de la Concorde:* la mayor de París, entre los Campos Elíseos, las Tullerías, el Museo del Jeu de Paume... En su centro está el obelisco de Luxor. A pocos metros estuvo la guillotina.

[12] *Jean de Joinville* (1225-1337): autor del *Libro de las santas palabras y los buenos hechos de nuestro santo rey Luis.*

[13] *rue des Lombards:* está en la orilla derecha, en la zona de les Halles, entre el Chatelet y el Beaubourg.

madame Léonie me mira la palma de la mano y me anuncia
viajes y sorpresas. Nunca te llevé a que madame Léonie te
mirara la palma de la mano, a lo mejor tuve miedo de que
leyera en tu mano alguna verdad sobre mí, porque fuiste
siempre un espejo terrible, una espantosa máquina de repeticiones, y lo que llamamos amarnos fue quizá que yo estaba de
pie delante de vos, con una flor amarilla en la mano, y vos
sostenías dos velas verdes y el tiempo soplaba contra nuestras
caras una lenta lluvia de renuncias y despedidas y tickets de
metro De manera que nunca te llevé a que madame Léonie,
Maga; y sé, porque me lo dijiste, que a vos no te gustaba que
yo te viese entrar en la pequeña librería de la rue de Verneuil[14], donde un anciano agobiado hace miles de fichas y
sabe todo lo que puede saberse sobre historiografía. Ibas allí a
jugar con un gato, y el viejo te dejaba entrar y no te hacía
preguntas, contento de que a veces le alcanzaras algún libro de
los estantes más altos. Y te calentabas en su estufa de gran
caño negro y no te gustaba que yo supiera que ibas a ponerte
al lado de esa estufa. Pero todo esto había que decirlo en su
momento, sólo que era difícil precisar el momento de una
cosa, y aún ahora, acodado en el puente, viendo pasar una
pinaza[15] color borravino, hermosísima como una gran cucara-
cha reluciente de limpieza, con una mujer de delantal blanco
que colgaba ropa en un alambre de la proa, mirando sus
ventanillas pintadas de verde con cortinas Hansel y Gretel[16],
aún ahora, Maga, me preguntaba si este rodeo tenía sentido,
ya que para llegar a la rue des Lombards me hubiera conveni-
do más cruzar el Pont Saint Michel y el Pont au Change[17].
Pero si hubieras estado ahí esa noche, como tantas otras veces,

---

[14] *rue de Verneuil:* está en el Barrio Latino, cerca del Boulevard
Saint Germain y la rue du Bac. En ella está un restaurante muy
popular, L'Auberge Basque.

[15] *pinaza:* 'barco de vela y remo, estrecho y ligero'.

[16] *Hansel y Gretel* es uno de los más famosos cuentos de los
hermanos Jakob (1775-1863) y Wilhelm (1786-1859) Grimm, escritores y eruditos románticos, que inician en Alemania la filología moderna y el estudio científico de las leyendas populares. Este cuento puede
leerse hoy, en castellano, en muchas ediciones: editoriales Lumen,
Bruguera... Sobre él escribió un *lied* Gustav Mahler.

[17] *Pont Saint Michel y Pont au Change:* efectivamente, Oliveira
hubiera ido más directo cruzando por estos dos puentes, que unen la
isla de la Cité, respectivamente, al Bd. Saint Michel y a la Place du
Chatelet, pasando por delante de la Conciergerie.

yo habría sabido que el rodeo tenía un sentido, y ahora en cambio envilecía mi fracaso llamándolo rodeo. Era cuestión, después de subirme el cuello de la canadiense, de seguir por los muelles hasta entrar en esa zona de grandes tiendas que se acaba en el Chatelet[18], pasar bajo la sombra violeta de la Tour Saint Jacques[19] y subir por mi calle pensando en que no te había encontrado y en madame Léonie.

Sé que un día llegué a París, sé que estuve un tiempo viviendo de prestado, haciendo lo que otros hacen y viendo lo que otros ven. Sé que salías de un café de la rue du Cherche-Midi[20] y que nos hablamos. Esa tarde todo anduvo mal, porque mis costumbres argentinas me prohibían cruzar continuamente de una vereda a otra para mirar las cosas más insignificantes en las vitrinas apenas iluminadas de unas calles que ya no recuerdo. Entonces te seguía de mala gana, encontrándote petulante y malcriada, hasta que te cansaste de no estar cansada y nos metimos en un café del Boul'Mich'[21] y de golpe, entre dos medialunas, me contaste un gran pedazo de tu vida.

Cómo podía yo sospechar que aquello que parecía tan mentira era verdadero, un Figari[21 bis] con violetas de anochecer,

---

[18] *Chatelet:* plaza que toma su nombre de una antigua fortaleza que dominaba el Pont au Change. En el centro, una fuente conmemora las victorias de Napoleón. En esta plaza están dos de los mayores teatros de París, el Chatelet (donde estrenaba sus operetas Luis Mariano) y el **Sarah Bernhardt**, hoy **Théâtre de la Ville**. En este lugar fue encontrado, ahorcado, Gérard de Nerval, en 1855.

[19] *La Tour Saint Jacques,* al lado del Chatelet, es el antiguo campanario de la iglesia St. Jacques-la-Boucherie, construida en tiempo de Francisco I, uno de los puntos de partida de los peregrinos a Compostela. Hoy, existe en ella una estación climatológica, y una estatua de Pascal recuerda sus experimentos sobre el peso del aire.

[20] *rue du Cherche-Midi:* en esta calle, cerca de la Place de Saint Germain, es donde aparece por primera vez la Maga. Más adelante (capítulo 93), se aludirá también a un café y librería de esta calle.

[21] *café del Boul'Mich':* hay muchos cafés de estudiantes en el Boulevard Saint Michel, cerca de la Sorbona. Puede referirse a uno de los más famosos, el de Cluny, citado en el capítulo 132.

[21 bis] Figari: uno de los maestros de la generación uruguaya del 900, junto a Rodó y Vaz Ferreira. Nació en 1861 y murió en 1938. Fue un verdadero humanista: abogado criminalista, periodista, político, escritor, pintor. Su obra pictórica comienza hacia 1915. Libros principales: *El momento político* (1911), *Arte, estética, ideal* (1912), *El arquitecto* (1928), *Educación y arte* (recopilación póstuma, 1965). Agradezco esta información a mi amigo Pepe Estruch.

con caras lívidas, con hambre y golpes en los rincones. Más tarde te creí, más tarde hubo razones, hubo madame Léonie que mirándome la mano que había dormido con tus senos me repitió casi tus mismas palabras. «Ella sufre en alguna parte. Siempre ha sufrido. Es muy alegre, adora el amarillo, su pájaro es el mirlo, su hora la noche, su puente el Pont des Arts.» (Una pinaza color borravino, Maga, y por qué no nos habremos ido en ella cuando todavía era tiempo.)

Y mirá que apenas nos conocíamos y ya la vida urdía lo necesario para desencontrarnos minuciosamente. Como no sabías disimular me di cuenta en seguida de que para verte como yo quería era necesario empezar por cerrar los ojos, y entonces primero cosas como estrellas amarillas (moviéndose en una jalea de terciopelo), luego saltos rojos del humor y de las horas, ingreso paulatino en un mundo-Maga que era la torpeza y la confusión pero también helechos con la firma de la araña Klee[22], el circo Miró[23], los espejos de ceniza Vieira da Silva[24], un mundo donde te movías como un caballo de ajedrez que se moviera como una torre que se moviera como un alfil. Y entonces en esos días íbamos a los cineclubs a ver películas mudas, porque yo con mi cultura, no es cierto, y vos pobrecita no entendías absolutamente nada de esa estridencia amarilla convulsa previa a tu nacimiento, esa emulsión estriada donde corrían los muertos; pero de repente pasaba por ahí Harold Lloyd[25] y entonces te sacudías el agua del sueño y al final te convencías de que todo había estado muy bien, y que

---

[22] *Paul Klee* (1879-1940), suizo, uno de los más grandes pintores abstractos; utiliza a veces una caligrafía cercana a la infantil. Ha comentado otra vez Cortázar: «La gran maravilla de los ritmos de Paul Klee (...) influyeron en mi manera de escribir (...) yo sabía que después de haber visto la pintura de Klee hay ciertos tipos de torpezas de escritura en los que no se puede incurrir» (González Bermejo, página 110).

[23] *Joan Miró:* pintor surrealista, nacido en 1893. Evelyn Picon Garfield ha comparado las *Historias de cronopios y de famas*, por su ambiente alegre y divertido, con un cuadro de Miró *(La isla final,* pág. 316). Escribo esta nota el día de su muerte (Navidad de 1983).

[24] *María Elena Vieira da Silva:* nacida en Lisboa en 1908, pintora abstracta; suele pintar paisajes urbanos en los que lo sólido parece haberse convertido en gas o ceniza.

[25] *Harold Lloyd:* actor y director de cine (1893-1971). Intervino en más de 200 películas. La empresa Pathé encontró en él un personaje semejante —y diferente— a Charlot. Luego hizo películas largas para la Paramount. Creó el tipo del joven emprendedor, tímido,

Pabst[26] y que Fritz Lang[27]. Me hartabas un poco con tu manía de perfección, con tus zapatos rotos, con tu negativa a aceptar lo aceptable. Comíamos hamburgers en el Carrefour de l'Odéon[28], y nos íbamos en bicicleta a Montparnasse[29], a cualquier hotel, a cualquier almohada. Pero otras veces seguíamos hasta la Porte d'Orléans[30], conocíamos cada vez mejor la zona de terrenos baldíos que hay más allá del Boulevard Jourdan[31], donde a veces a medianoche se reunían los del Club de la Serpiente para hablar con un vidente ciego, paradoja estimulante. Dejábamos las bicicletas en la calle y nos

---

perdido en la gran ciudad. Para Manuel Villegas López, su mundo cómico es «el orbe del gag» y supone «el chiste cinematográfico vivo, con la mecánica de la risa llevada a una cumbre de perfección» (*Los grandes nombres del cine*, Barcelona, Planeta, 1973, páginas 185-189).

[26] *George William Pabst* (1895-1967): director de cine austriaco, una de las cumbres del gran cine alemán. Entre sus películas destacan *La ópera de cuatro cuartos* (sobre la obra de Bertold Brecht), *Carbón* y *Don Quijote*, interpretada por el bajo ruso Chaliapin. Está considerado un objetivista, que une rasgos procedentes del expresionismo con la preocupación psicológica y social.

[27] *Fritz Lang:* nacido en 1890, director austriaco, uno de los grandes genios del cine. Principales películas: *El doctor Mabuse* (1922), *Los Nibelungos* (1926), *Metrópolis* (1928), *M. el vampiro de Dusseldorf* (1933). Encarna el cine expresionista alemán. Su utilización dramática de la luz ha influido en casi todo el cine posterior; por ejemplo, en Orson Welles y Kurosawa.

[28] *Carrefour de l'Odéon:* al lado del Bd. Saint Germain, en plena zona universitaria. El Odéon es el Teatro Nacional, construido en 1782. Ha recibido modernamente el nombre de Théâtre de France, dirigido durante muchos años por Jean-Louis Barrault y Madeleine Renaud.

[29] *Montparnasse* fue, en el periodo de entreguerras, la zona preferida por artistas y escritores como Joyce, Henry Miller, Hemingway, Scott Fitzgerald y Gertrud Stein. Por allí estuvieron, tambíén, Lenin, Trotsky, Modigliani, Chagall, Rousseau... Es el centro de famosos cafés: la Coupole, le Select, le Dôme, la Rotonde, la Closerie des Lilas.

[30] *la Porte d'Orléans* está situada al sur de París. Allí finaliza la línea de metro que pasa por el Barrio Latino y Montparnasse. Cortázar la menciona también, por ejemplo, en el cuento *Manuscrito hallado en un bolsillo* (en *Los relatos, 1*, pág. 257) y en el *Libro de Manuel* (página 144).

[31] *Boulevard Jourdan:* bordea la Ciudad Universitaria y el Parc Montsouris. En él concluye la rue de la Tombe Issoire, donde vive Oliveira.

internábamos de a poco, parándonos a mirar el cielo porque
esa es una de las pocas zonas de París donde el cielo vale más
que la tierra. Sentados en un montón de basuras fumábamos
un rato, y la Maga me acariciaba el pelo o canturreaba
melodías ni siquiera inventadas, melopeas absurdas cortadas
por suspiros o recuerdos. Yo aprovechaba para pensar en
cosas inútiles, método que había empezado a practicar años
atrás en un hospital y que cada vez me parecía más fecundo y
necesario. Con un enorme esfuerzo, reuniendo imágenes auxi-
liares, pensando en olores y caras, conseguía extraer de la
nada un par de zapatos marrones que había usado en Olava-
rría en 1940. Tenían tacos[32] de goma, suelas muy finas, y
cuando llovía me entraba el agua hasta el alma. Con ese par
de zapatos en la mano del recuerdo, el resto venía solo: la cara
de doña Manuela, por ejemplo, o el poeta Ernesto Morroni.
Pero los rechazaba porque el juego consistía en recobrar tan
sólo lo insignificante, lo inostentoso, lo perecido. Temblando
de no ser capaz de acordarme, atacado por la polilla que
propone la prórroga, imbécil a fuerza de besar el tiempo,
terminaba por ver al lado de los zapatos una latita de Té
Sol que mi madre me había dado en Buenos Aires. Y la cucharita
para el té, cuchara-ratonera donde las lauchitas[33] negras se
quemaban vivas en la taza de agua lanzando burbujas chi-
rriantes. Convencido de que el recuerdo lo guarda todo y no
solamente a las Albertinas[34] y a las grandes efemérides del
corazón y los riñones, me obstinaba en reconstruir el contenido de mi mesa de trabajo en Floresta, la cara de una muchacha irrecordable llamada Gekrepten, la cantidad de plumas
cucharita que había en mi caja de útiles de quinto grado, y
acababa temblando de tal manera y desesperándome (porque
nunca he podido acordarme de esas plumas cucharita, sé que
estaban en la caja de útiles, en un compartimento especial,
pero no me acuerdo de cuántas eran ni puedo precisar el
momento justo en que debieron ser dos o seis), hasta que la
Maga, besándome y echándome en la cara el humo del cigarrillo y su aliento caliente, me recobraba y nos reíamos, empezábamos a andar de nuevo entre los montones de basura en
busca de los del Club. Ya para entonces me había dado cuenta

---

[32] *tacos:* 'tacones'.

[33] *laucha:* 'ratón, animal roedor'.

[34] *Albertina* es el gran amor del narrador, en la novela de Marcel
Proust. *Albertine disparue* apareció en 1925, tres años después de la
muerte de su autor.

de que buscar era mi signo, emblema de los que salen de noche sin propósito fijo, razón de los matadores de brújulas. Con la Maga hablábamos de patafísica hasta cansarnos, porque a ella también le ocurría (y nuestro encuentro era eso, y tantas cosas oscuras como el fósforo) caer de continuo en las excepciones, verse metida en casillas que no eran las de la gente, y esto sin despreciar a nadie, sin creernos Maldorores[35] en*liquidación ni Melmoths[36] privilegiadamente errantes. No me parece que la luciérnaga extraiga mayor suficiencia del hecho incontrovertible de que es una de las maravillas más fenomenales de este circo, y sin embargo basta suponerle una conciencia para comprender que cada vez que se le encandila la barriguita el bicho de luz debe sentir como una cosquilla de privilegio. De la misma manera a la Maga le encantaban los líos inverosímiles en que andaba metida siempre por causa del fracaso de las leyes en su vida. Era de las que rompen los puentes con sólo cruzarlos, o se acuerdan llorando a gritos de haber visto en una vitrina el décimo de lotería que acaba de ganar cinco millones. Por mi parte ya me había acostumbrado a que me pasaran cosas modestamente excepcionales, y no encontraba demasiado horrible que al entrar en un cuarto a oscuras para recoger un álbum de discos, sintiera bullir en la palma de la mano el cuerpo vivo de un ciempiés gigante que había elegido dormir en el lomo del álbum. Eso, y encontrar grandes pelusas grises o verdes dentro de un paquete de cigarrillos, u oír el silbato de una locomotora exactamente en el momento y el tono necesarios para incorporarse ex officio a un pasaje de una sinfonía de Ludwig van[37], o entrar a una

---

[35] *Maldorores:* Isidoro Ducasse (Montevideo, 1846-París, 1870), conde de Lautréamont, es el autor de los *Cantos de Maldoror* (1869).
[36] *Melmoths:* Charles Robert Maturin, nacido en Dublín en 1782, creó con *Melmoth el Errabundo* el arquetipo romántico por excelencia de la literatura inglesa. Balzac lo colocó a la misma altura que el *Don Juan* de Moliére y el *Fausto* de Goethe. Thackeray, Rosseti, Baudelaire y Poe fueron grandes admiradores de la novela. Oscar Wilde, en 1898, adoptó el seudónimo de Sebastián Melmoth, a raíz de su proceso y posterior exilio en París (Sebastián, por las flechas de su uniforme de presidiario, y Melmoth por la novela de Maturin). Melmoth es una mezcla de Mefistófeles, un dandy byroniano y un vampiro, que anticipa la novela psicológica y metafísica de Dostoievsky y Kafka. (Puede verse la traducción de Francisco Torres Oliver, en Ed. Nostromo, 1976.)
[37] Beethoven.

pissotière de la rue de Médicis[38] y ver a un hombre que orinaba aplicadamente hasta el momento en que, apartándose de su compartimento, giraba hacia mí y me mostraba, sosteniéndolo en la palma de la mano como un objeto litúrgico y precioso, un miembro de dimensiones y colores increíbles, y en el mismo instante darme cuenta de que ese hombre era exactamente igual a otro (aunque no era el otro) que veinticuatro horas antes, en la *Salle de Géographie*[39], había disertado sobre tótems y tabúes[40], y había mostrado al público, sosteniéndolos preciosamente en la palma de la mano, bastoncillos de marfil, plumas de pájaro lira, monedas rituales, fósiles mágicos, estrellas de mar, pescados secos, fotografías de concubinas reales, ofrendas de cazadores, enormes escarabajos embalsamados que hacían temblar de asustada delicia a las infaltables señoras.

En fin, no es fácil hablar de la Maga que a esta hora anda seguramente por Belleville o Pantin[41], mirando aplicadamente el suelo hasta encontrar un pedazo de género rojo. Si no lo encuentra seguirá así toda la noche, revolverá en los tachos de basura, los ojos vidriosos, convencida de que algo horrible le va a ocurrir si no encuentra esa prenda de rescate, la señal del perdón o del aplazamiento. Sé lo que es eso porque también obedezco a esas señales, también hay veces en que me toca encontrar trapo rojo. Desde la infancia apenas se me cae algo al suelo tengo que levantarlo, sea lo que sea, porque si no lo hago va a ocurrir una desgracia, no a mí sino a alguien a quien amo y cuyo nombre empieza con la inicial del objeto caído. Lo peor es que nada puede contenerme cuando algo se

[38] *pissotière de la rue de Médicis:* hacia esa calle arrastra luego (cap. 23) Oliveira a Berthe Trépart. Las *pissotières* eran los pintorescos kioskos de hierro perforado, conocidos por el nombre de «vespasiennes», que hoy van desapareciendo, sustituidos por otros más modernos y sofisticados.

[39] *Salle de Géographie:* en la Sorbona existen hoy el Anfiteatro y las antiguas clases de Historia y Geografía, usadas como salas de conferencias.

[40] *Tótem y Tabú* es el título de uno de los más famosos libros de Sigmund Freud. Puede leerse en la traducción de López Ballesteros (Alianza Editorial).

[41] *Pantin* está situado al noroeste, en los alrededores de París. *Bellville-Ménilmontant*, al Este, es uno de los barrios antiguos y típicos, hoy muy modernizado, con ambiente judío y norteafricano. Es una zona cercana al cementerio del Père Lachaise, en la que se rodó la película *El globo rojo*.

me cae al suelo, ni tampoco vale que lo levante otro porque el maleficio obraría igual. He pasado muchas veces por loco a causa de esto y la verdad es que estoy loco cuando lo hago, cuando me precipito a juntar un lápiz o un trocito de papel que se me han ido de la mano, como la noche del terrón de azúcar en el restaurante de la rue Scribe[42], un restaurante bacán[43] con montones de gerentes, putas de zorros plateados y matrimonios bien organizados. Estábamos con Ronald y Etienne, y a mí se me cayó un terrón de azúcar que fue a parar abajo de una mesa bastante lejos de la nuestra. Lo primero que me llamó la atención fue la forma en que el terrón se había alejado, porque en general los terrones de azúcar se plantan apenas tocan el suelo por razones paralelepípedas evidentes. Pero éste se conducía como si fuera una bola de naftalina, lo cual aumentó mi aprensión, y llegué a creer que realmente me lo habían arrancado de la mano. Ronald, que me conoce, miró hacia donde había ido a parar el terrón y se empezó a reír. Eso me dio todavía más miedo, mezclado con rabia. Un mozo se acercó pensando que se me había caído algo precioso, una Párker o una dentadura postiza, y en realidad lo único que hacía era molestarme, entonces sin pedir permiso me tiré al suelo y empecé a buscar el terrón de azúcar entre los zapatos de la gente que estaba llena de curiosidad creyendo (y con razón) que se trataba de algo importante. En la mesa había una gorda pelirroja, otra menos gorda pero igualmente putona, y dos gerentes o algo así. Lo primero que hice fue darme cuenta de que el terrón no estaba a la vista y eso que lo había visto saltar hasta los zapatos (que se movían inquietos como gallinas). Para peor el piso tenía alfombra, y aunque estaba asquerosa de usada el terrón se había escondido entre los pelos y no podía encontrarlo. El mozo se tiró del otro lado de la mesa, y ya éramos dos cuadrúpedos moviéndonos entre los zapatos-gallina que allá arriba empezaban a cacarear como locas. El mozo seguía convencido de la Párker o el luis de oro, y cuando estábamos bien metidos debajo de la mesa, en una especie de intimidad y penumbra y él me preguntó

---

[42] *rue Scribe:* está situada entre los bulevares y la Opéra, cuya parte de atrás bordea. Es una calle céntrica y lujosa: en ella están, por ejemplo, la oficina de American Express, que atrae a muchos turistas americanos, y el Grand Hôtel el mayor de París. Henry James llamó a esta calle «la más sagrada».

[43] *bacán:* 'elegante'.

«Sé que salías de un café de la rue du Cherche-Midi y que nos hablamos.»

1

y yo le dije, puso una cara que era como para pulverizarla con un fijador, pero yo no tenía ganas de reír, el miedo me hacía una doble llave en la boca del estómago y al final me dio una verdadera desesperación (el mozo se había levantado furioso) y empecé a agarrar los zapatos de las mujeres y a mirar si debajo del arco de la suela no estaría agazapado el azúcar, y las gallinas cacareaban, los gallos gerentes me picoteaban el lomo, oía las carcajadas de Ronald y de Etienne mientras me movía de una mesa a otra hasta encontrar el azúcar escondido detrás de una pata Segundo Imperio. Y todo el mundo enfurecido, hasta yo con el azúcar apretado en la palma de la mano y sintiendo cómo se mezclaba con el sudor de la piel, cómo asquerosamente se deshacía en una especie de venganza pegajosa, esa clase de episodios todos los días.

(-2)

2

Aquí había sido primero como una sangría, un vapuleo de uso interno, una necesidad de sentir el estúpido pasaporte de tapas azules en el bolsillo del saco[1], la llave del hotel bien segura en el clavo del tablero. El miedo, la ignorancia, el deslumbramiento: Esto se llama así, eso se pide así, ahora esa mujer va a sonreír, más allá de esa calle empieza el Jardín des Plantes[2]. París, una tarjeta postal con un dibujo de Klee al lado de un espejo sucio. La Maga había aparecido una tarde en la rue du Cherche-Midi, cuando subía a mi pieza de la rue de la Tombe Issoire[3] traía siempre una flor, una tarjeta Klee o Miró, y si no tenía dinero elegía una hoja de plátano en el parque. Por ese entonces yo juntaba alambres y cajones vacíos en las calles de la madrugada y fabricaba móviles, perfiles que giraban sobre las chimeneas, máquinas inútiles que la Maga me ayudaba a pintar. No estábamos enamorados, hacíamos el amor con un virtuosismo desapegado y crítico, pero después caíamos en silencios terribles y la espuma de los vasos de cerveza se iba poniendo como estopa, se entibiaba y contraía mientras nos mirábamos y sentíamos que eso era el tiempo. La

---

[1] *saco:* 'chaqueta'.

[2] *Jardin des Plantes:* está situado cerca del Sena, al Este del Barrio Latino. Además de Jardín Botánico, comprende una Casa de Fieras y un Museo de Historia Natural. Escribe Henry Miller en el *Trópico de Cáncer:* «Esta mañana, como no tenía nada mejor que hacer, he visitado el Jardín Botánico. Hay pelícanos maravillosos de Chapultepec y pavos reales con abanicos tachonados que te miran con ojos de tonto.» Más adelante, Oliveira recuerda, cerca de allí, la jornada que pasó con Berthe Trépat (cap. 23). Es también el escenario de un cuento de Cortázar, *Axolotl* (en *Los relatos, 3,* pág. 13).

[3] *rue de la Tombe Issoire:* está situada al Sur, cerca de la Porte d'Orléans, el Parc Montsouris y la Ciudad Universitaria.

Maga acababa por levantarse y daba inútiles vueltas por la pieza. Más de una vez la vi admirar su cuerpo en el espejo, tomarse los senos con las manos como las estatuillas sirias y pasarse los ojos por la piel en una lenta caricia. Nunca pude resistir el deseo de llamarla a mi lado, sentirla caer poco a poco sobre mí, desdoblarse otra vez después de haber estado por un momento tan sola y tan enamorada frente a la eternidad de su cuerpo.

En ese entonces no hablábamos mucho de Rocamadour[4], el placer era egoísta y nos topaba gimiendo con su frente estrecha, nos ataba con sus manos llenas de sal. Llegué a aceptar el desorden de la Maga como la condición natural de cada instante, pasábamos de la evocación de Rocamadour a un plato de fideos recalentados, mezclando vino y cerveza y limonada, bajando a la carrera para que la vieja de la esquina nos abriera dos docenas de ostras, tocando en el piano descascarado de madame Noguet melodías de Schubert[5] y preludios de Bach[6], o tolerando *Porgy and Bess*[7] con bifes[8] a la plancha y

[4] *Rocamadour* es una ciudad francesa: «yo la visité hace años y me quedó el sonido (...). Entonces vino automáticamente el nombre y, además, venía un poco como prueba del tipo de fantasía poética de la Maga, que le llama a su niño Rocamadour porque evidentemente ya estuvo en Rocamadour y la palabra le quedó así como una cosa mágica» *(CC,* pág. 118). Rocamadour está en el interior, a 30 kilómetros de Cahors. Es uno de los lugares de peregrinación más antiguos de Francia. Situado en la ladera de un risco, con su calle principal en una gran cuesta, forma un conjunto muy pintoresco, con sus torres, antiguos edificios y capillas. Alcanzó su máxima prosperidad en el siglo XII. La Virgen de Rocamadour aparece en los *Milagros de Nuestra Señora* de Gonzalo de Berceo. Mi amigo Julio Sáenz me ha sugerido la posible relación entre la supuesta violación de la Maga por el *negro* Irineo y la Virgen *negra* de Rocamadour.

[5] Las principales obras para piano de *Schubert* (1797-1828) son los *Valses, Momentos musicales, Impromptus, Sonatas* y *Fantasía del caminante.* Las principales grabaciones de estas obras, editadas en España, son las de Pollini, Barenboim, Brendel y Richter. Si al «lobo» Julio Cortázar le protegen los pies, cuando duerme, «tal vez le regalará un sueño, o cantará música de Schubert desde el fondo de ese sueño» *(Autonautas,* pág. 91).

[6] De los *Preludios* de Bach (1685-1750) existe una edición íntegra para órgano, de Marie-Claire Alain. Cortázar escribió su cuento *Clone* (del volumen *Queremos tanto a Glenda)* ajustando la narración al molde de la *Ofrenda musical* de Bach.

[7] *Porgy and Bess* es la ópera «negra» de George Gershwin (1898-1937), conocido sobre todo por la *Rapsodia en blue,* el *Concierto en fa*

pepinos asados. El desorden en que vivíamos, es decir el orden
en que un bidé se va convirtiendo por obra natural y paulatina
en discoteca y archivo de correspondencia por contestar, me
parecía una disciplina necesaria aunque no quería decírselo a
la Maga. Me había llevado muy poco comprender que a la
Maga no había que plantearle la realidad en términos metódicos, el elogio del desorden la hubiera escandalizado tanto
como su denuncia. Para ella no había desorden, lo supe en el
mismo momento en que descubría el contenido de su bolso
(era en un café de la rue Réamur[9], llovía y empezábamos a
desearnos), mientras que yo lo aceptaba y lo favorecía después
de haberlo identificado; de esas desventajas estaba hecha mi
relación con casi todo el mundo, y cuántas veces, tirado en
una cama que no se tendía en muchos días, oyendo llorar a la
Maga porque en el metro un niño le había traído el recuerdo
de Rocamadour, o viéndola peinarse después de haber pasado
la tarde frente al retrato de Leonor de Aquitania[10] y estar
muerta de ganas de parecerse a ella, se me ocurría como una
especie de eructo mental que todo ese abecé de mi vida era
una penosa estupidez porque se quedaba en mero movimiento
dialéctico, en la elección de una inconducta en vez de una
conducta, de una módica indecencia en vez de una decencia
gregaria. La Maga se peinaba, se despeinaba, se volvía a
peinar. Pensaba en Rocamadour, cantaba algo de Hugo
Wolf[11] (mal), me besaba, me preguntaba por el peinado, se
ponía a dibujar en un papelito amarillo, y todo eso era ella
indisolublemente mientras yo ahí, en una cama deliberada-

---

y *Un americano en París.* El fragmento más famoso de su ópera es la
canción *Summertime,* de la que se han hecho muchísimos arreglos.

[8] *bife:* 'bistec'.

[9] *rue Réamur:* calle ancha, paralela a los grandes bulevares, un
poco más al Sur, que cruza el Bd. Sébastopol. Varias veces se vuelve a
hablar en la novela de este café en el que Oliveira estuvo una vez con
la Maga y «yo creo que ya empezábamos a desearnos» (cap. 93).

[10] *Leonor de Aquitania:* nació hacia 1122 y murió en 1204. Fue reina
de Francia (por su matrimonio con Luis VII *el Joven)* y de Inglaterra
(por su boda con Enrique II). Famosa por su belleza, protectora de los
poetas. Entre sus hijos, Juan sin Tierra y Ricardo Corazón de León.
Puede referirse a su estatua funeraria en la abadía de Fonterrault.

[11] *Hugo Wolf* (1860-1903):compuso algunos de los más importantes
lieder post-románticos. Entre ellos destacan el *Libro de canciones ita-
lianas,* el *Libro de canciones españolas* y las *Canciones* sobre textos de
Goethe y Mörike. (Pueden verse las grabaciones de Dietrich Ficher-
Dieskau, con Richter.)

mente sucia, bebiendo una cerveza deliberadamente tibia, era siempre yo y mi vida, yo con mi vida frente a la vida de los otros. Pero lo mismo estaba bastante orgulloso de ser un vago consciente y por debajo de lunas y lunas, de incontables peripecias donde la Maga y Ronald y Rocamadour, y el Club y las calles y mis enfermedades morales y otras piorreas, y Berthe Trépat y el hambre a veces y el viejo Trouille que me sacaba de apuros, por debajo de noches vomitadas de música y tabaco y vilezas menudas y trueques de todo género, bien por debajo o por encima de todo eso no había querido fingir como los bohemios al uso que ese caos de bolsillo era un orden superior del espíritu o cualquier otra etiqueta igualmente podrida, y tampoco había querido aceptar que bastaba un mínimo de decencia (¡decencia, joven!) para salir de tanto algodón manchado. Y así me había encontrado con la Maga, que era mi testigo y mi espía sin saberlo, y la irritación de estar pensando en todo eso y sabiendo que como siempre me costaba mucho menos pensar que ser, que en mi caso el *ergo* de la frasecita[12] no era tan ergo ni cosa parecida, con lo cual así íbamos por la orilla izquierda, la Maga sin saber que era mi espía y mi testigo, admirando enormemente mis conocimientos diversos y mi dominio de la literatura y hasta del jazz *cool*[13], misterios enormísimos para ella. Y por todas esas cosas yo me sentía antagónicamente cerca de la Maga, nos queríamos en una dialéctica de imán y limadura, de ataque y defensa, de pelota y pared. Supongo que la Maga se hacía ilusiones sobre mí, debía creer que estaba curado de prejuicios o que me estaba pasando a los suyos, siempre más livianos y poéticos. En pleno contento precario, en plena falsa tregua, tendí la mano y toqué el ovillo París, su materia infinita arrollándose a sí misma, el magma del aire y de lo que se dibujaba en la ventana, nubes y buhardillas; entonces no había desorden, entonces el mundo seguía siendo algo petrificado y establecido, un juego de elementos girando en sus goznes, una madeja de calles y árboles y nombres y meses. No

---

[12] *Cogito ergo sum*. A Descartes se alude varias veces, en la novela, como símbolo del racionalismo que Oliveira intenta superar.
[13] *jazz cool*. Anota Gustavo Domínguez: «Estilo desarrollado a partir del *be-bop* y presente en él, que se opone al *hot*. Se trata de una nueva técnica de entonación fría, sin vibrato, que tras el abandono de la base rítmica dio origen al *cool jazz* de los años 50» (nota 38 a *El perseguidor*, edición S. Jakfalvi).

había un desorden que abriera puertas al rescate, había solamente suciedad y miseria, vasos con restos de cerveza, medias
en un rincón, una cama que olía a sexo y a pelo, una mujer
que me pasaba su mano fina y transparente por los muslos,
retardando la caricia que me arrancaría por un rato a esa
vigilancia en pleno vacío. Demasiado tarde, siempre, porque
aunque hiciéramos tantas veces el amor la felicidad tenía que
ser otra cosa, algo quizá más triste que esta paz y este placer,
un aire como de unicornio o isla, una caída interminable en la
inmovilidad. La Maga no sabía que mis besos eran como ojos
que empezaban a abrirse más allá de ella, y que yo andaba
como salido, volcado en otra figura del mundo, piloto vertiginoso en una proa negra que cortaba el agua del tiempo y la
negaba.

En esos días del cincuenta y tantos[14] empecé a sentirme
como acorralado entre la Maga y una noción diferente de lo
que hubiera tenido que ocurrir. Era idiota sublevarse contra el
mundo Maga y el mundo Rocamadour, cuando todo me decía
que apenas recobrara la independencia dejaría de sentirme
libre. Hipócrita como pocos, me molestaba un espionaje a la
altura de mi piel, de mis piernas, de mi manera de gozar con la
Maga, de mis tentativas de papagayo en la jaula leyendo a
Kierkegaard[15] a través de los barrotes, y creo que por sobre
todo me molestaba que la Maga no tuviera conciencia de ser
mi testigo y que al contrario estuviera convencida de mi
soberana autarquía; pero no, lo que verdaderamente me exasperaba era saber que nunca volvería a estar tan cerca de mi
libertad como en esos días en que me sentía acorralado por el
mundo Maga, y que la ansiedad por liberarme era una admisión de derrota. Me dolía reconocer que a golpes sintéticos, a
pantallazos maniqueos o a estúpidas dicotomías resecas no
podía abrirme paso por las escalinatas de la Gare de Montparnasse[16] adonde me arrastraba la Maga para visitar a Rocama-

---

[14] Nótese la primera referencia cronológica.
[15] A *Soren Kierkegaard* (1813-1855): filósofo danés, se le considera
como a Unamuno, precursor del existencialismo. Sus principales obras
son *El concepto de la angustia* y *Temor y temblor*.
[16] *Gare de Montparnasse:* llegan a esta estación los trenes procedentes de Bretaña, por lo que hay bastantes restaurantes bretones en la
zona. Al liberarse París, Leclerc instaló allí su cuartel general, donde
el gobernador alemán firmó su rendición. Cortázar cita también esta
estación en *Vuelta* (pág. 159) y sitúa en ella la escena final de *62:* «casi
no hablaron hasta llegar a la estación de Montparnasse y comprobar

dour. ¿Por qué no aceptar lo que estaba ocurriendo sin pretender explicarlo, sin sentar las nociones de orden y de desorden,
de libertad y Rocamadour como quien distribuye macetas con
geranios en un patio de la calle Cochabamba? Tal vez fuera
necesario caer en lo más profundo de la estupidez para acertar
con el picaporte de la letrina o del Jardín de los Olivos. Por el
momento me asombraba que la Maga hubiera podido llevar la
fantasía al punto de llamarle Rocamadour a su hijo. En el
Club nos habíamos cansado de buscar razones, la Maga se
limitaba a decir que su hijo se llamaba como su padre pero
desaparecido el padre había sido mucho mejor llamarlo Rocamadour y mandarlo al campo para que lo criaran *en nourrice*.
A veces la Maga se pasaba semanas sin hablar de Rocamadour, y eso coincidía siempre con sus esperanzas de llegar a
ser una cantante de *lieder*. Entonces Ronald venía a sentarse al
piano con su cabezota colorada de cowboy, y la Maga vocife-
raba Hugo Wolf con una ferocidad que hacía estremecerse a
madame Noguet mientras, en la pieza vecina, ensartaba cuentas de plástico para vender en un puesto del Boulevard de
Sébastopol. La Maga cantando Schumann [17] nos gustaba bastante, pero todo dependía de la luna y de lo que fuéramos a
hacer esa noche, y también de Rocamadour porque apenas la
Maga se acordaba de Rocamadour el canto se iba al diablo y
Ronald, solo en el piano, tenía todo el tiempo necesario para
trabajar sus ideas de bebop [18] o matarnos dulcemente a fuerza
de blues [19]

---

aliviados que todavía faltaban ocho minutos para el tren de Arcueil»
(pág. 268).

[17] Los grandes ciclos de *lieder* de *Schumann* (1810-1856) son *Amor
y vida de una mujer*, sobre textos de Chamisso, y *Amor de poeta*, sobre
textos de Heine. Ha grabado sus *lieder* completos Fischer-Dieskau con
Eschenbach.

[18] *bebop:* Anota Gustavo Domínguez: «No hay acuerdo sobre los
orígenes de la palabra, que dio lugar al nuevo estilo jazzístico de los
años 40. De *re-bop* evolucionó a *be-bop*, o simplemente *bop*. Cada
músico tenía una teoría particular sobre su origen. Para Parker la
palabra era el sonido de una porra de policía contra la cabeza» (nota
37 a *El perseguidor*, edición S. Jakfalvi).

[19] *blues:* una de las estructuras esenciales de la música de jazz. Fue,
inicialmente, un canto popular de los negros norteamericanos, antes
de convertirse en música instrumental. Etimológicamente, es un canto
de soledad, desesperación o tristeza lírica; por eso, ha influido también fuera del jazz: recuérdese el disco *Blue*, de Joni Mitchell.

No quiero escribir sobre Rocamadour, por lo menos hoy, necesitaría tanto acercarme mejor a mí mismo, dejar caer todo eso que me separa del centro. Acabo siempre aludiendo al centro sin la menor garantía de saber lo que digo, cedo a la trampa fácil de la geometría con que pretende ordenarse nuestra vida de occidentales: Eje, centro, razón de ser, Omphalos, nombres de la nostalgia indoeuropea. Incluso esta existencia que a veces procuro describir, este París donde me muevo como una hoja seca, no serían visibles si detrás no latiera la ansiedad axial, el reencuentro con el fuste. Cuántas palabras, cuántas nomenclaturas para un mismo desconcierto. A veces me convenzo de que la estupidez se llama triángulo, de que ocho por ocho es la locura o un perro. Abrazado a la Maga, esa concreción de nebulosa, pienso que tanto sentido tiene hacer un muñequito con miga de pan como escribir la novela que nunca escribiré o defender con la vida las ideas que redimen a los pueblos. El péndulo cumple su vaivén instantáneo y otra vez me inserto en las categorías tranquilizadoras: muñequito insignificante, novela trascendente, muerte heroica. Los pongo en fila, de menor a mayor: muñequito, novela, heroísmo. Pienso en las jerarquías de valores tan bien exploradas por Ortega, por Scheler[20]: lo estético, lo ético, lo religioso. Lo religioso, lo estético, lo ético. Lo ético, lo religioso, lo estético. El muñequito, la novela. La muerte, el muñequito. La lengua de la Maga me hace cosquillas. Rocamadour, la ética, el muñequito, la Maga. La-lengua, la cosquilla, la ética.

(-116)

---

[20] *Max Scheler* (1874-1928): filósofo alemán, formula una ética de los valores. Principales obras: *Esencia y formas de la simpatía, La crisis de los valores.*

3

El tercer cigarrillo del insomnio se quemaba en la boca de
Horacio Oliveira[1] sentado en la cama; una o dos veces había
pasado levemente la mano por el pelo de la Maga dormida
contra él. Era la madrugada del lunes, habían dejado irse la
tarde y la noche del domingo, leyendo, escuchando discos,
levantándose alternativamente para calentar café o cebar mate.
Al final de un cuarteto de Haydn[2] la Maga se había dormido y Oliveira, sin ganas de seguir escuchando, desenchu-
fó el tocadiscos desde la cama; el disco siguió girando unas
pocas vueltas, ya sin que ningún sonido brotara del parlante.
No sabía por qué pero esa inercia estúpida lo había hecho
pensar en los movimientos aparentemente inútiles de algunos
insectos, de algunos niños. No podía dormir, fumaba mirando
la ventana abierta, la bohardilla donde a veces un violinista
con joroba estudiaba hasta muy tarde. No hacía calor, pero el
cuerpo de la Maga le calentaba la pierna y el flanco derecho;
se apartó poco a poco, pensó que la noche iba a ser larga.

Se sentía muy bien, como siempre que la Maga y él habían
conseguido llegar al final de un encuentro sin chocar y sin
exasperarse. Le importaba muy poco la carta de su hermano.
rotundo abogado rosarino que producía cuatro pliegos de
papel avión cerca de los deberes filiales y ciudadanos malbara-
tados por Oliveira. La carta era una verdadera delicia y ya la
había fijado con scotch tape en la pared para que la saborearan

---

[1] Por primera vez, pasa al relato en tercera persona.
[2] *Haydn* tiene una larga serie de 83 cuartetos, compuestos a lo
largo de medio siglo (1750-1803). De los primeros compositores que
escriben cuartetos, Haydn era no sólo el de mayor genio sino el único del que, hoy día, se siguen interpretando esas obras. Pueden verse
las grabaciones del Cuarteto Amadeus.

sus amigos. Lo único importante era la confirmación de un envío de dinero por la bolsa negra, que su hermano llamaba delicadamente «el comisionista». Oliveira pensó que podría comprar unos libros que andaba queriendo leer, y que le daría tres mil francos a la Maga para que hiciese lo que le diera la gana, probablemente comprar un elefante de felpa de tamaño casi natural para estupefacción de Rocamadour. Por la mañana tendría que ir a lo del viejo Trouille y ponerle al día la correspondencia con Latinoamérica. Salir, hacer, poner al día, no eran cosas que ayudaran a dormirse. Poner al día, vaya expresión. Hacer. Hacer algo, hacer el bien, hacer pis, hacer tiempo, la acción en todas sus barajas. Pero detrás de toda acción había una protesta, porque todo hacer significaba salir de para llegar a, o mover algo para que estuviera aquí y no allí, o entrar en esa casa en vez de no entrar o entrar en la de al lado, es decir que en todo acto había la admisión de una carencia, de algo no hecho todavía y que era posible hacer, la protesta tácita frente a la continua evidencia de la falta, de la merma, de la parvedad del presente. Creer que la acción podía colmar, o que la suma de las acciones podía realmente equivaler a una vida digna de este nombre, era una ilusión de moralista. Valía más renunciar, porque la renuncia a la acción era la protesta misma y no su máscara. Oliveira encendió otro cigarrillo, y su mínimo hacer lo obligó a sonreírse irónicamente y a tomarse el pelo en el acto mismo. Poco le importaban los análisis superficiales, casi siempre viciados por la distracción y las trampas filológicas. Lo único cierto era el peso en la boca del estómago, la sospecha física de que algo no andaba bien, de que casi nunca había andado bien. No era ni siquiera un problema, sino haberse negado desde temprano a las mentiras colectivas o a la soledad rencorosa del que se pone a estudiar los isótopos radiactivos o la presidencia de Bartolomé Mitre [3]. Si algo había elegido desde joven era no defenderse mediante la rápida y ansiosa acumulación de una «cultura», truco por excelencia de la clase media argentina para hurtar el cuerpo a la realidad nacional y a cualquier otra, y creerse a salvo del

---

[3] *Bartolomé Mitre* (1821-1906): se opuso a Rosas y llegó a Presidente de la República Argentina (1861-1869). Publicó poemas, novelas y estudios como *La historia de San Martín*. Fundó el diario *La Nación*. Rubén Darío le dedicó una oda, como traductor de la *Divina Comedia*.

vacío que la rodeaba. Tal vez gracias a esa especie de fiaca[4] sistemática, como la definía su camarada Traveler, se había librado de ingresar en ese orden fariseo (en el que militaban muchos amigos suyos, en general de buena fe porque la cosa era posible, había ejemplos), que esquivaba el fondo de los problemas mediante una especialización de cualquier orden, cuyo ejercicio confería irónicamente las más altas ejecutorias de argentinidad. Por lo demás le parecía tramposo y fácil mezclar problemas históricos como el ser argentino o esquimal, con problemas como el de la acción o la renuncia. Había vivido lo suficiente para sospechar eso que, pegado a las narices de cualquiera, se le escapa con la mayor frecuencia: el peso del sujeto en la noción del objeto. La Maga era de las pocas que no olvidaban jamás que la cara de un tipo influía siempre en la idea que pudiera hacerse del comunismo o la civilización cretomicénica, y que la forma de sus manos estaba presente en lo que su dueño pudiera sentir frente a Ghirlandaio o Dostoievski. Por eso Oliveira tendía a admitir que su grupo sanguíneo, el hecho de haber pasado la infancia rodeado de tíos majestuosos, unos amores contrariados en la adolescencia y una facilidad para la astenia podían ser factores de primer orden en su cosmovisión. Era clase media, era porteño, era colegio nacional, y esas cosas no se arreglan así nomás. Lo malo estaba en que a fuerza de temer la excesiva localización de los puntos de vista, había terminado por pesar y hasta aceptar demasiado el sí y el no de todo, a mirar desde el fiel los platillos de la balanza. En París todo le era Buenos Aires y viceversa; en lo más ahincado del amor padecía y acataba la pérdida y el olvido. Actitud perniciosamente cómoda y hasta fácil a poco que se volviera un reflejo y una técnica; la lucidez terrible del paralítico, la ceguera del atleta perfectamente estúpido. Se empieza a andar por la vida con el paso pachorriento del filósofo y del *clochard*, reduciendo cada vez más los gestos vitales al mero instinto de conservación, al ejercicio de una conciencia más atenta a no dejarse engañar que a aprehender la verdad. Quietismo laico, ataraxia moderada, atenta desatención. Lo importante para Oliveira era asistir sin desmayo al espectáculo de esa parcelación Tupac-Amarú[5], no

---

[4] *fiaca:* 'pereza, desidia, indolencia'.
[5] *Tupac-Amarú* (1740-1782): revolucionario peruano, llamado así por creerlo descendiente de los incas. Su verdadero nombre era José Gabriel Condorcanqui. Fue ejecutado en la plaza del Cuzco.

incurrir en el pobre egocentrismo (criollicentrismo, suburcentrismo, cultucentrismo, folklocentrismo) que cotidianamente se proclamaba en torno a él bajo todas las formas posibles. A los diez años, una tarde de tíos y pontificantes homilías históricopolíticas a la sombra de unos paraísos, había manifestado tímidamente su primera reacción contra el tan ispanoitaloargentino «¡Se lo digo yo!», acompañado de un puñetazo rotundo que debía servir de ratificación iracunda. *Glielo dico io!* ¡Se lo digo yo, carajo! Ese *yo,* había alcanzado a pensar Oliveira, ¿qué valor probatorio tenía? El yo de los grandes, ¿qué omnisciencia conjugaba? A los quince años se había enterado del «sólo sé que no sé nada»[6], la cicuta concomitante le había parecido inevitable, no se desafía a la gente en esa forma, se lo digo yo. Más tarde le hizo gracia comprobar cómo en las formas superiores de cultura el peso de las autoridades y las influencias, la confianza que dan las buenas lecturas y la inteligencia, producían también su «se lo digo yo» finamente disimulado, incluso para el que lo profería: ahora se sucedían los «siempre he creído», «si de algo estoy seguro», «es evidente que», casi nunca compensado por una apreciación desapasionada del punto de vista opuesto. Como si la especie velara en el individuo para no dejarlo avanzar demasiado por el camino de la tolerancia, la duda inteligente, el vaivén sentimental. En un punto dado nacía el callo, la esclerosis, la definición: o negro o blanco, radical o conservador, homosexual o heterosexual. figurativo o abstracto, San Lorenzo o Boca Juniors[7], carne o verduras, los negocios o la poesía. Y estaba bien, porque la especie no podía fiarse de tipos como Oliveira; la carta de su hermano era exactamente la expresión de esa repulsa.

«Lo malo de todo esto», pensó, «es que desemboca inevitablemente en el *animula vagula blandula*[8]. ¿Qué hacer? Con esta pregunta empecé a no dormir. Oblomov[9], *cosa facciamo?* Las

---

[6] «Frente a los sofistas, que creen saberlo todo, Sócrates reivindica el valor de la ignorancia consciente bajo la fórmula: sólo sé que no sé nada» (Ángel González Álvarez, *Manual de Historia de la Filosofía,* Madrid, Gredos, 2.ª edición, 1960, pág. 60).

[7] Los dos grandes equipos y rivales del fútbol argentino.

[8] *animula vagula blanda:* epigrama lírico de Adriano. Lo utilizó como título Luis Cernuda en un poema de su libro *Desolación de la quimera* (en *Poesía Completa,* edición de Derek Harris y Luis Maristany, Barcelona, Biblioteca Crítica, Barral Editores, 1974, pág. 498).

[9] *Oblomov* (1858): es el protagonista de la novela del mismo título del escritor ruso Goncharov (1813-1891). Se le suele considerar el arquetipo del abúlico.

grandes voces de la Historia instan a la acción: *Hamlet, revenge!* ¿Nos vengamos, Hamlet, o tranquilamente Chippendale[10] y zapatillas y un buen fuego? El sirio, después de todo, elogió escandalosamente a Marta, es sabido. ¿Das la batalla, Arjuna?[11]. No podés negar los valores, rey indeciso. La lucha por la lucha misma, vivir peligrosamente, pensá en Mario el Epicúreo[12], en Richard Hillary[13], en Kyo, en T. E. Lawrence[14]... Felices los que eligen, los que aceptan ser elegidos, los hermosos héroes, los hermosos santos, los escapistas perfectos.»

Quizá. ¿Por qué no? Pero también podía ser que su punto de vista fuera el de la zorra mirando las uvas. Y también podía ser que tuviese razón, pero una razón mezquina y lamentable, una razón de hormiga contra cigarra. Si la lucidez desembocaba en la inacción, ¿no se volvía sospechosa, no encubría una forma particularmente diabólica de ceguera? La estupidez del héroe militar que salta con el polvorín, Cabral soldado heroico cubriéndose de gloria, insinuaban quizá una supervisión, un instantáneo asomarse a algo absoluto, por fuera de toda conciencia (no se le pide eso a un sargento), frente a lo cual la clarividencia ordinaria, la lucidez de gabinete, de tres de la mañana en la cama y en mitad de un cigarrillo, eran menos eficaces que las de un topo.

Le habló de todo eso a la Maga, que se había despertado y

---

[10] *Chippendale:* estilo artístico que toma su nombre de un ebanista inglés del primer tercio del siglo XVIII. Utiliza patas de doble curva, extremos acabados en garra sobre una esfera y respaldos de lacería geométrica.

[11] *Arjuna:* héroe de la mitología india. Junto con sus cuatro hermanos (Pandawa), sostuvo sus derechos a la corona contra sus primos (Corawa). El *Mahabarata* narra su epopeya. Ha vuelto a contar su historia Francisco Ayala en el relato *Glorioso triunfo del príncipe Arjuna,* incluido en el volumen *De triunfos y penas* (Barcelona, Seix Barral, Biblioteca Breve, 1982). Vuelve a ser citado en los capítulos 90 y 108.

[12] *Mario el Epicúreo* (1885): es la novela de Walter Pater (1839-1894), escritor inglés esteticista, autor también de *Estudios sobre la historia del Renacimiento.* A este escritor y a su obra se alude también en el capítulo 19.

[13] *Richard Hillary:* junto con el *Sherpa* Tensing, alcanzó por primera vez la cumbre más alta del Himalaya.

[14] *T. E. Lawrence* (1888-1935): es el *Lawrence de Arabia* de la película, que vivió peligrosamente y escribió *Los siete pilares de la sabiduría* (1926).

se acurrucaba contra él maullando soñolienta. La Maga abrió los ojos, se quedó pensando.

—Vos no podrías —dijo—. Vos pensás demasiado antes de hacer nada.

—Parto del principio de que la reflexión debe preceder a la acción, bobalina.

—Partís del principio —dijo la Maga—. Qué complicado. Vos sos como un testigo, sos el que va al museo y mira los cuadros. Quiero decir que los cuadros están ahí y vos en el museo, cerca y lejos al mismo tiempo. Yo soy un cuadro, Rocamadour es un cuadro. Etienne es un cuadro, esta pieza es un cuadro. Vos creés que estás en esta pieza pero no estás. Vos estás mirando la pieza, no estás en la pieza.

—Esta chica lo dejaría verde a Santo Tomás —dijo Oliveira.

—¿Por qué Santo Tomás? —dijo la Maga—. ¿Ese idiota que quería ver para creer?

—Sí, querida —dijo Oliveira, pensando que en el fondo la Maga había embocado el verdadero santo[15]. Feliz de ella que podía creer sin ver, que formaba cuerpo con la duración, el continuo de la vida. Feliz de ella que estaba dentro de la pieza, que tenía derecho de ciudad en todo lo que tocaba y convivía, pez río abajo, hoja en el árbol, nube en el cielo, imagen en el poema. Pez, hoja, nube, imagen: exactamente eso, a menos que...

(-84)

---

[15] Juega irónicamente Cortázar con los dos santos del mismo nombre: el primero, obviamente, es el filósofo Santo Tomás de Aquino (1225-1275); el segundo, el apóstol. Después de la Resurrección, «Tomás, uno de los doce, llamado Dídimo, no estaba con ellos cuando vino Jesús. Dijéronle, pues, los otros discípulos: 'Hemos visto al Señor.' Él les dijo: 'Si no veo en sus manos la señal de los clavos y meto mi dedo en el lugar de los clavos y mi mano en su costado, no creeré.' Pasados ocho días, otra vez estaban dentro los discípulos, y Tomás con ellos. Vino Jesús, cerradas las puertas, y, puesto en medio de ellos, dijo: 'La paz sea con vosotros.' Luego dijo a Tomás: 'Alarga acá tu dedo y mira mis manos y no seas incrédulo sino fiel.' Respondió Tomás: '¡Señor mío y Dios mío!' Jesús le dijo: 'Porque me has visto has creído, dichosos los que sin ver creyeron'» (Juan, 20, 24-30).

4

Así habían empezado a andar por un París fabuloso, dejándose llevar por los signos de la noche, acatando itinerarios nacidos de una frase de *clochard*, de una bohardilla iluminada en el fondo de una calle negra, deteniéndose en las placitas confidenciales para besarse en los bancos o mirar las rayuelas[1], los ritos infantiles del guijarro y el salto sobre un pie para entrar en el Cielo. La Maga hablaba de sus amigas de Montevideo, de años de infancia, de un tal Ledesma, de su padre. Oliveira escuchaba sin ganas, lamentando un poco no poder interesarse; Montevideo era lo mismo que Buenos Aires y él necesitaba consolidar una ruptura precaria (¿qué estaría haciendo Traveler, ese gran vago, en qué líos majestuosos se habría metido desde su partida? Y la pobre boba de Gekrepten, y los cafés del centro), por eso escuchaba displicente y hacía dibujos en el pedregullo con una ramita mientras la Maga explicaba por qué Chempe y Graciela eran buenas chicas, y cuánto le había dolido que Luciana no fuera a despedirla al barco, Luciana era una snob, eso no lo podía aguantar en nadie.

—¿Qué entendés por snob? —preguntó Oliveira, más interesado.

—Bueno —dijo la Maga, agachando la cabeza con el aire de quien presiente que va a decir una burrada— yo me vine en tercera clase, pero creo que si hubiera venido en segunda Luciana hubiera ido a despedirme.

—La mejor definición que he oído nunca —dijo Oliveira.

—Y además estaba Rocamadour —dijo la Maga.

Así fue como Oliveira se enteró de la existencia de Rocamadour, que en Montevideo se llamaba modestamente Carlos

---

[1] Aparece por primera vez el símbolo básico de la novela.

Francisco. La Maga no parecía dispuesta a proporcionar demasiados detalles sobre la génesis de Rocamadour, aparte de que se había negado a un aborto y ahora empezaba a lamentarlo.

—Pero en el fondo no lo lamento, el problema es cómo voy a vivir. Madame Iréne me cobra mucho, tengo que tomar lecciones de canto, todo eso cuesta.

La Maga no sabía demasiado bien por qué había venido a París, y Oliveira se fue dando cuenta de que con una ligera confusión en materia de pasajes, agencias de turismo y visados, lo mismo hubiera podido recalar en Singapur que en Ciudad del Cabo; lo único importante era haber salido de Montevideo, ponerse frente a frente con eso que ella llamaba modestamente «la vida». La gran ventaja de París era que sabía bastante francés *(more* Pitman) y que se podían ver los mejores cuadros, las mejores películas, la Kultur en sus formas más preclaras. A Oliveira lo enternecía este panorama (aunque Rocamadour había sido un sosegate[2] bastante desagradable, no sabía por qué), y pensaba en algunas de sus brillantes amigas de Buenos Aires, incapaces de ir más allá de Mar del Plata a pesar de tantas metafísicas ansiedades de experiencia planetaria. Esta mocosa, con un hijo en los brazos para colmo, se metía en una tercera de barco y se largaba a estudiar canto a París sin un vintén[3] en el bolsillo. Por si fuera poco ya le daba lecciones sobre la manera de mirar y de ver; lecciones que ella no sospechaba, solamente su manera de pararse de golpe en la calle para espiar un zaguán donde no había nada, pero más allá un vislumbre verde, un resplandor, y entonces colarse furtivamente para que la portera no se enojara, asomarse al gran patio con a veces una vieja estatua o un brocal con hiedra, o nada, solamente el gastado pavimento de redondos adoquines, verdín en las paredes, una muestra de relojero, un viejito tomando sombra en un rincón, y los gatos, siempre inevitablemente los minouche morrongos miaumiau kitten kat chat cat gatto grises y blancos y negros y de albañal, dueños del tiempo y de las baldosas tibias, invariables amigos de la Maga que sabía hacerles cosquillas en la barriga y les hablaba un lenguaje entre tonto y misterioso, con citas a plazo fijo, consejos y advertencias. De golpe Oliveira se extrañaba andando

---

[2] Según sugiere Leda Schiávo en su amable reseña, el sentido de la frase alude a que Rocamadour era, para la Maga, un modo de integrarse en el orden burgués.

[3] *vintén:* 'moneda equivalente a dos centésimas de peso'.

con la Maga, de nada le servía irritarse porque a la Maga se le volcaban casi siempre los vasos de cerveza o sacaba el pie de debajo de una mesa justo para que el mozo tropezara y se pusiera a maldecir; era feliz a pesar de estar todo el tiempo exasperado por esa manera de no hacer las cosas como hay que hacerlas, de ignorar resueltamente las grandes cifras de la cuenta y quedarse en cambio arrobada delante de la cola de un modesto 3, o parada en medio de la calle (el Renault negro frenaba a dos metros y el conductor sacaba la cabeza y puteaba con el acento de Picardía), parada como si tal cosa para mirar desde el medio de la calle una vista del Panteón[4] a lo lejos, siempre mucho mejor que la vista que se tenía desde la vereda. Y cosas por el estilo.

Oliveira ya conocía a Perico y a Ronald. La Maga le presentó a Etienne y Etienne les hizo conocer a Gregorovius; el Club de la Serpiente se fue formando en las noches de Saint-Germain-des-Prés. Todo el mundo aceptaba en seguida a la Maga como una presencia inevitable y natural, aunque se irritaran por tener que explicarle casi todo lo que se estaba hablando, o porque ella hacía volar un cuarto kilo de papas fritas por el aire simplemente porque era incapaz de manejar decentemente un tenedor y las papas fritas acababan casi siempre en el pelo de los tipos de la otra mesa, y había que disculparse o decirle a la Maga que era una inconsciente. Dentro del grupo la Maga funcionaba muy mal, Oliveira se daba cuenta de que prefería ver por separado a todos los del Club, irse por la calle con Etienne o con Babs, meterlos en su mundo sin pretender nunca meterlos en su mundo pero metiéndolos porque era gente que no estaba esperando otra cosa que salirse del recorrido ordinario de los autobuses y de la historia, y así de una manera o de otra todos los del Club le estaban agradecidos a la Maga aunque la cubrieran de insultos a la menor ocasión. Etienne, seguro de sí mismo como un perro o un buzón, se quedaba lívido cuando la Maga le

---

[4] *Panteón:* fue construido por Luis XV como iglesia, pasó luego a ser mausoleo de hombres ilustres: Rousseau, Victor Hugo, Zola... Está situado en la cima del monte de Sainte Geneviève, muy cerca de la Sorbona y el Bd. Saint Michel. Berthe Trépat vive en esta zona. Se cita este barrio en *62* (pág. 30). Georges Brasens recita el poema de Paul Fort «A Mireille, dite 'Petit-Verglas'»: «Elle fût assassinée au couteau / par un fichu mauvais garçon / dans sa chambre, là-bas, / derrière le Panthéon, rue Descartes, / où mourut Paul Verlaine.»

soltaba una de las suyas delante de su último cuadro, y hasta Perico Romero condescendía a admitir que-para-ser-hembra-la-Maga-se-las-traía. Durante semanas o meses (la cuenta de los días le resultaba difícil a Oliveira, feliz, ergo sin futuro) anduvieron y anduvieron por París mirando cosas, dejando que ocurriera lo que tenía que ocurrir, queriéndose y peleándose y todo esto al margen de las noticias de los diarios, de las obligaciones de familia y de cualquier forma de gravamen fiscal o moral.

Toc, toc.

—Despertémonos —decía Oliveira alguna que otra vez.

—Para qué —contestaba la Maga, mirando correr las *péniches*[5] desde el Pont Neuf[6]—. Toc, toc, tenés un pajarito en la cabeza. Toc, toc, te picotea todo el tiempo, quiere que le des de comer comida argentina. Toc, toc.

—Está bien —rezongaba Oliveira—. No me confundás con Rocamadour. Vamos a acabar hablándole en glíglico al almacenero o a la portera, se va a armar un lío espantoso. Mirá ese tipo que anda siguiendo a la negrita.

—A ella la conozco, trabaja en un café de la rue de Provence[7]. Le gustan las mujeres, el pobre tipo está sonado.

—¿Se tiró un lance con vos, la negrita?

—Por supuesto. Pero lo mismo nos hicimos amigas, le regalé mi rouge y ella me dio un librito de un tal Retef, no... esperá, Retif[8]...

---

[5] *péniche:* 'chalana, barco chato, de forma cuadrada o rectangular y muras casi verticales'. Recuérdese el poema de Luis Cernuda, «Dans ma péniche», en *La Realidad y el Deseo* (edición de M. J. Flys, Madrid, Clásicos Castalia, pág. 199).

[6] *Pont Neuf:* cruza la isla de la Cité por su parte noroeste, entre el Sq. du Vert Galant y la Place Dauphine. Fue terminado durante el reinado de Enrique IV, cuya estatua ecuestre se alza en el centro. Hoy, en el mes de junio, se celebra la fiesta del Pont Neuf: feriantes y artistas callejeros se instalan en él y en la plaza contigua. Al lado de este puente está uno de los embarcaderos turísticos. Escribió Lawrence Sterne: «Todas las personas que han cruzado alguna vez el Pont Neuf deberían reconocer que, de cuantos puentes se han construido a lo largo de la historia, éste es el más noble, el más elegante, el más grandioso, el más ligero, el más largo, el más ancho de cuantos jamás han unido un trozo de tierra con otro en la ancha faz de la tierra.»

[7] *rue de Provence:* en la zona céntrica y más comercial, al lado de las Galerías Lafayette.

[8] *Nicolás Retif de la Bretonne* (1734-1806): escritor francés del siglo XVIII, cínico y raro, libertino. Su vida escandalosa se refleja en sus

—Ya entiendo, ya. ¿De verdad no te acostaste con ella?
Debe ser curioso para una mujer como vos.

—¿Vos te acostaste con un hombre, Horacio?

—Claro. La experiencia, entendés.

La Maga lo miraba de reojo, sospechando que le tomaba el
pelo, que todo venía porque estaba rabioso a causa del pajarito en la cabeza toc, toc, del pajarito que le pedía comida
argentina. Entonces se tiraba contra él con gran sorpresa de
un matrimonio que paseaba por la rue Saint-Sulpice[9], lo
despeinaba riendo, Oliveira tenía que sujetarle los brazos,
empezaban a reírse, el matrimonio los miraba y el hombre se
animaba apenas a sonreír, su mujer estaba demasiado escanda-
lizada por esa conducta.

—Tenés razón —acababa confesando Oliveira—. Soy un
incurable, che. Hablar de despertarse cuando por fin se está
tan bien así dormido.

Se paraban delante de una vidriera para leer los títulos de
los libros. La Maga se ponía a preguntar, guiándose por los
colores y las formas. Había que situarle a Flaubert[10], decirle

numerosos libros. Pasaba el tiempo en los cafés del Palais Royal o en
el cabaret de La Grotte Flamande. Se jactaba de haber preparado la
Revolución con sus obras. Tradujo a Quevedo: *Le Fin Matois ou
Histoire du grand Taquin*. Otras obras: *La dernière aventure d'un
homme de quarante-cinq ans* (lema: 'Venit magno tardus amor'), *La
Paysanne pervertie où les dangers de la ville*, *La femme dans les trois
états*, *Les Nouveaux Mémoires d'un homme de qualité*, *Les Beaux Rêves
et le secret d'être aimé après quarante ans*, *Lucile ou les progrés de la
vertu*...

[9] *rue Saint-Sulpice:* une el Carrefour de l'Odéon con la iglesia de
Saint-Sulpice, en la plaza del mismo nombre, en la zona universitaria
de Saint-Germain, al lado del palacio del Luxemburgo. Escribe Henry
Miller en su *Trópico de Cáncer:* «¡St.-Sulpice! Los anchos campana-
rios, los llamativos carteles sobre la puerta, las velas ardiendo dentro.
La plaza tan querida por Anatole France, con los monótonos zumbi-
dos y susurros procedentes del altar, el chapoteo de la fuente, el
arrullo de las palomas...» Está bien elegida para presentar a un
matrimonio que se sorprende. Al comienzo de *Las armas secretas*,
Cortázar evoca «la hora dorada en que todo el barrio de Saint-Sulpice
empieza a cambiar, a prepararse para la noche» (*Los relatos*, 3, página 85).

[10] *Gustave Flaubert* (1821-80): es el autor de *Madame Bovary* (1857)
y *La educación sentimental* (1869). En el capítulo 66 cita Cortázar su
Bouvard et Pécuchet.

que Montesquieu[11], explicarle cómo Raymond Radiguet[12], informarla sobre cuándo Théophile Gautier[13]. La Maga escuchaba, dibujando con el dedo en la vidriera. «Un pajarito en la cabeza, quiere que le des de comer comida argentina», pensaba Oliviera, oyéndose hablar. «Pobre de mí, madre mía.»

—¿Pero no te das cuenta que así no se aprende nada? —acababa por decirle—. Vos pretendés cultivarte en la calle, querida, no puede ser. Para eso abonate al *Reader's Digest*.

—Oh, no, esa porquería.

Un pajarito en la cabeza, se decía Oliveira. No ella, sino él. ¿Pero qué tenía ella en la cabeza? Aire o gofio[14], algo poco receptivo. No era en la cabeza donde tenía el centro.

«Cierra los ojos y da en el blanco», pensaba Oliveira. «Exactamente el sistema Zen de tirar al arco. Pero da en el blanco simplemente porque no sabe que ése es el sistema. Yo en cambio... Toc toc. Y así vamos.»

Cuando la Maga preguntaba por cuestiones como la filosofía Zen (eran cosas que podían ocurrir en el Club, donde se hablaba siempre de nostalgias, de sapiencias tan lejanas como para que se las creyera fundamentales, de anversos de medallas, del otro lado de la luna siempre), Gregorovius se esforzaba por explicarle los rudimentos de la metafísica mientras Oliveira sorbía su pernod y los miraba gozándolos. Era insensato querer explicarle algo a la Maga. Fauconnier[15] tenía razón, para gentes como ella el misterio empezaba precisamente con la explicación. La Maga oía hablar de inmanencia y trascendencia y abría unos ojos preciosos que le cortaban la metafísica a Gregorovius. Al final llegaba a convencerse de que había comprendido el Zen, y suspiraba fatigada. Solamente Oliveira se daba cuenta de que la Maga se asomaba a cada rato a esas grandes terrazas sin tiempo que todos ellos buscaban dialécticamente.

---

[11] *Charles de Secondat, barón de Montesquieu* (1689-1755): es el autor de las *Cartas persas* (1721) y *El espíritu de las leyes* (1748).

[12] *Raymond Radiguet* (1903-1923): novelista francés del periodo de entreguerras, autor de *Le diable au corps* (1923) y *Le bal du comte d'Orgel* (1924).

[13] *Théophile Gautier* (1811-1872): novelista y poeta francés, defensor del esteticismo, autor de *Esmaltes y camafeos* (1852).

[14] *gofio* (voz guanche): 'harina gruesa de maíz, trigo o cebada tostada'. Lo menciona Cortázar en muchos de sus libros.

[15] *Henri Fauconnier*: novelista y ensayista francés, nacido en Barbezieux en 1879, Premio Goncourt, autor de *Malaisie* (1930).

—No aprendas datos idiotas —le aconsejaba—. Por qué te vas a poner anteojos si no los necesitás.

La Maga desconfiaba un poco. Admiraba terriblemente a Oliveira y a Etienne, capaces de discutir tres horas sin parar. En torno a Etienne y Oliveira había como un círculo de tiza [16], ella quería entrar en el círculo, comprender por qué el principio de indeterminación era tan importante en la literatura, por qué Morelli, del que tanto hablaban, al que tanto admiraban, pretendía hacer de su libro una bola de cristal donde el micro y el macrocosmo se unieran en una visión aniquilante.

—Imposible explicarte —decía Etienne—. Esto es el Meccano número siete y vos apenas estás en el dos.

La Maga se quedaba triste, juntaba una hojita al borde de la vereda y hablaba con ella un rato, se la paseaba por la palma de la mano, la acostaba de espaldas o boca abajo, la peinaba, terminaba por quitarle la pulpa y dejar al descubierto las nervaduras, un delicado fantasma verde se iba dibujando contra su piel. Etienne se la arrebataba con un movimiento brusco y la ponía contra la luz. Por cosas así la admiraban, un poco avergonzados de haber sido tan brutos con ella, y la Maga aprovechaba para pedir otro medio litro y si era posible algunas papas fritas.

(-71)

---

[16] Posible alusión, a la vez, al juego de la rayuela y a la obra de Bertolt Brecht, *El círculo de tiza caucasiano.*

5

La primera vez había sido un hotel de la rue Valette[1], andaban por ahí vagando y parándose en los portales, la llovizna después del almuerzo es siempre amarga y había que hacer algo contra ese polvo helado, contra esos impermeables que olían a goma, de golpe la Maga se apretó contra Oliveira y se miraron como tontos, HOTEL, la vieja detrás del roñoso escritorio los saludó comprensivamente y qué otra cosa se podía hacer con ese sucio tiempo. Arrastraba una pierna, era angustioso verla subir parándose en cada escalón para remontar la pierna enferma mucho más gruesa que la otra, repetir la maniobra hasta el cuarto piso. Olía a blando, a sopa, en la alfombra del pasillo alguien había tirado un líquido azul que dibujaba como un par de alas. La pieza tenía dos ventanas con cortinas rojas, zurcidas y llenas de retazos; una luz húmeda se filtraba como un ángel hasta la cama de acolchado amarillo.

La Maga había pretendido inocentemente hacer literatura, quedarse al lado de la ventana fingiendo mirar la calle mientras Oliveira verificaba la falleba de la puerta. Debía tener un esquema prefabricado de esas cosas, o quizá le sucedían siempre de la misma manera, primero se dejaba la cartera en la mesa, se buscaban los cigarrillos, se miraba la calle, se fumaba aspirando a fondo el humo, se hacía un comentario sobre el empapelado, se esperaba, evidentemente se esperaba, se cumplían todos los gestos necesarios para darle al hombre su mejor papel, dejarle todo el tiempo necesario la iniciativa. En algún momento se habían puesto a reír, era demasiado tonto. Tirado en un rincón, el acolchado amarillo quedó como un muñeco informe contra la pared.

Se acostumbraron a comparar los acolchados, las puertas,

[1] *rue Valette:* en pleno Barrio Latino, une el Bd. St. Germain con el Panteón.

las lámparas, las cortinas; las piezas de los hoteles del *cinquième arrondissement* eran mejores que las del *sixième* para ellos, en el *septième* no tenían suerte, siempre pasaba algo, golpes en la pieza de al lado o los caños hacían un ruido lúgubre, ya por entonces Oliveira le había contado a la Maga la historia de Troppmann, la Maga escuchaba pegándose contra él, tendría que leer el relato de Turguéniev, era increíble todo lo que tendría que leer en esos dos años (no se sabía por qué eran dos), otro día fue Petiot, otra vez Weidmann, otra vez Christie[2], el hotel acababa casi siempre por darles ganas de hablar de crímenes, pero también a la Maga la invadía de golpe una marea de seriedad, preguntaba con los ojos fijos en el cielo raso si la pintura sienesa[3] era tan enorme como afirmaba Etienne, si no sería necesario hacer economías para comprarse un tocadiscos y las obras de Hugo Wolf, que a veces canturreaba interrumpiéndose a la mitad, olvidada y furiosa. A Oliveira le gustaba hacer el amor con la Maga porque nada podía ser más importante para ella y al mismo tiempo, de una manera difícilmente comprensible, estaba como por debajo de su placer, se alcanzaba en él un momento y por eso se adhería desesperadamente y lo prolongaba, era como un despertarse y conocer su verdadero nombre, y después recaía en una zona siempre un poco crepuscular que encantaba a Oliveira temeroso de perfecciones, pero la Maga sufría de verdad cuando regresaba a sus recuerdos y a todo lo que oscuramente necesitaba pensar y no podía pensar, entonces había que besarla profundamente, incitarla a nuevos juegos, y la otra, la reconciliada, crecía debajo de él y lo arrebataba, se daba entonces como una bestia frenética, los ojos perdidos y las manos torcidas hacia adentro, mítica y atroz como una estatua rodando por una montaña, arrancando el tiempo con las uñas, entre hipos y un ronquido quejumbroso que duraba interminablemente. Una noche le clavó los dientes, le mordió el hombro

---

[2] A *Troppmann* lo vuelve a citar en el capítulo 31. *Iván Turgueniev* (1818-1883) es el novelista ruso autor de *Cuentos de un cazador, Padres e hijos, Humo, Primer amor...* Las fotos del *Dr. Petiot* y de *John Christie* ilustran el artículo «Relaciones sospechosas», de *La vuelta al día en ochenta mundos* (pág. 161).

[3] La escuela sienesa de pintura se da en el Trecento con Duccio da Buoninsegna, Simone Martini y los hermanos Pietro y Ambrogio Lorenzetti. Sus obras principales pueden verse en el Palazzo Pubblico de Siena. Alude a ellos también en el capítulo 142.

hasta sacarle sangre porque él se dejaba ir de lado, un poco perdido ya, y hubo un confuso pacto sin palabras, Oliveira sintió como si la Maga esperara de él la muerte, algo en ella que no era su yo despierto, una oscura forma reclamando una aniquilación, la lenta cuchillada boca arriba que rompe las estrellas de la noche y devuelve el espacio a las preguntas y a los terrores. Sólo esa vez, excentrado como un matador mítico para quien matar es devolver el toro al mar y el mar al cielo, vejó a la Maga en una larga noche de la que poco hablaron luego, la hizo Pasifae[4], la dobló y la usó como a un adolescente, la conoció y le exigió las servidumbres de la más triste puta, la magnificó a constelación, la tuvo entre los brazos oliendo a sangre, le hizo beber el semen que corre por la boca como el desafío al Logos, le chupó la sombra del vientre y de la grupa y se la alzó hasta la cara para untarla de sí misma en esa última operación de conocimiento que sólo el hombre puede dar a la mujer, la exasperó con piel y pelo y baba y quejas, la vació hasta lo último de su fuerza magnífica, la tiró contra una almohada y una sábana y la sintió llorar de felicidad contra su cara que un nuevo cigarrillo devolvía a la noche del cuarto y del hotel.

Más tarde a Oliveira le preocupó que ella se creyera colmada, que los juegos buscaran ascender a sacrificio. Temía sobre todo la forma más sutil de la gratitud que se vuelve cariño canino; no quería que la libertad, única ropa que le caía bien a la Maga, se perdiera en una feminidad diligente. Se tranquilizó porque la vuelta de la Maga al plano del café negro y la visita al bidé se vio señalada por una recaída en la peor de las confusiones. Maltratada de absoluto durante esa noche, abierta a una porosidad de espacio que late y se expande, sus primeras palabras de este lado tenían que azotarla como látigos, y su vuelta al borde de la cama, imagen de una consternación progresiva que busca neutralizarse con sonrisas y una vaga esperanza, dejó particularmente satisfecho a Oliveira. Puesto que no la amaba, puesto que el deseo cesaría (porque no la amaba, y el deseo cesaría), evitar como la peste toda sacralización de los juegos. Durante días, durante semanas, durante algunos meses, cada cuarto de hotel y cada plaza,

---

[4] *Pasifae:* hija de Helios y Perseida, casada con Minos, reina legendaria de Creta. Enfurecido Poseidón, hizo que se enamorara de un hermoso toro, que salió de las aguas del mar. De esta unión nació Dédalo.

cada postura amorosa y cada amanecer en un café de los mercados: circo feroz, operación sutil y balance lúcido. Se llegó así a saber que la Maga esperaba verdaderamente que Horacio la matara, y que esa muerte debía ser de fénix, el ingreso al concilio de los filósofos, es decir, a las charlas del Club de la Serpiente: la Maga quería aprender, quería instruir-se. Horacio era exaltado, llamado, concitado a la función del sacrificador lustral, y puesto que casi nunca se alcanzaban porque en pleno diálogo eran tan distintos y andaban por tan opuestas cosas (y eso ella lo sabía, lo comprendía muy bien), entonces la única posibilidad de encuentro estaba en que Horacio la matara en el amor donde ella podía conseguir encontrarse con él, en el cielo de los cuartos de hotel se enfrentaban iguales y desnudos y allí podía consumarse la resurrección del fénix después que él la hubiera estrangulado deliciosamente, dejándole caer un hilo de baba en la boca abierta, mirándola extático como si empezara a reconocerla, a hacerla de verdad suya, a traerla de su lado.

(-81)

6

La técnica consistía en citarse vagamente en un barrio a cierta hora. Les gustaba desafiar el peligro de no encontrarse, de pasar el día solos, enfurruñados en un café o en un banco de plaza, leyendo-un-libro-más. La teoría del libro-más era de Oliveira, y la Maga la había aceptado por pura ósmosis. En realidad para ella casi todos los libros eran libro-menos, hubiese querido llenarse de una inmensa sed y durante un tiempo infinito (calculable entre tres y cinco años) leer la opera omnia de Goethe, Homero, Dylan Thomas[1], Mauriac[2], Faulkner, Baudelaire[3], Roberto Arlt[4], San Agustín y otros autores cu-

---

[1] En la habitación de Pola hay también traducciones de *Dylan Thomas* (cap. 92). En *El perseguidor,* aparece Johnny, convaleciente, «mezclando a veces su famoso (y roñoso) librito de bolsillo con poemas de Dylan Thomas y anotaciones a lápiz por todas partes». Comenta Gustavo Domínguez: «Es un indudable acierto de Cortázar la presencia del poeta galés, cuya personalidad y la de Parker tienen muchas semejanzas» (ed. cit., nota 29, pág. 178). Más adelante, insiste, en el mismo cuento: «'Ando solo en una multitud de amores', que es un fragmento de un poema de Dylan Thomas, a quien Johnny lee todo el tiempo» *(ibíd.,* pág. 159). Hablando del subdesarrollo cultural de algunos hispanoamericanos, bromea Cortázar: «Sabemos que Dylan se dice Dílan y no Dáilan como lo dijimos la primera vez (y nos miraron irónicos o nos corrigieron o nos olimos que algo andaba mal» *(Vuelta,* pág. 140).

[2] *François Mauriac:* novelista y dramaturgo francés, católico, Premio Nobel en 1952, autor de *El desierto del amor, Thérèse Desqueyroux...*

[3] Luis Bocaz Q. ha estudiado la relación entre *Baudelaire* y *Los reyes,* de Cortázar *(Homenaje,* págs. 449-450). Nuestro autor declara reiteradamente su admiración por el poeta francés: «A la poesía francesa la empecé a leer de Baudelaire en adelante (...) yo creo muy seriamente que Charles Baudelaire era el doble de Edgard Allan Poe» (González Bermejo, págs. 22 y 35).

[4] *Roberto Arlt* (1900-1942): narrador y dramaturgo argentino. Entre

yos nombres la sobresaltaban en las conversaciones del Club. A eso Oliveira respondía con un desdeñoso encogerse de hombros, y hablaba de las deformaciones rioplatenses, de una raza de lectores a fulltime, de bibliotecas pululantes de marisabidillas infieles al sol y al amor, de casas donde el olor a la tinta de imprenta acaba con la alegría del ajo. En esos tiempos leía poco, ocupadísimo en mirar los árboles, los piolines que encontraba por el suelo, las amarillas películas de la Cinemateca y las mujeres del barrio latino. Sus vagas tendencias intelectuales se resolvían en meditaciones sin provecho y cuando la Maga le pedía ayuda, una fecha o una explicación, las proporcionaba sin ganas, como algo inútil. «Pero es que vos ya lo sabés», decía la Maga, resentida. Entonces él se tomaba el trabajo de señalarle la diferencia entre conocer y saber, y le proponía ejercicios de indagación individual que la Maga no cumplía y que la desesperaban.

De acuerdo en que en ese terreno no lo estarían nunca, se citaban por ahí y casi siempre se encontraban. Los encuentros eran a veces tan increíbles que Oliveira se planteaba una vez más el problema de las probabilidades y le daba vuelta por todos lados, desconfiadamente. No podía ser que la Maga decidiera doblar en esa esquina de la rue de Vaugirard[5] exactamente en el momento en que él, cinco cuadras más abajo, renunciaba a subir por la rue de Buci[6] y se orientaba hacia la

---

sus novelas destacan *Los siete locos, Los lanzallamas* y *El jorobadito*. Cortázar lo ha elogiado reiteradas veces. Por ejemplo: «un hombre tan extraordinario como Roberto Arlt (...) todo el lado porteño que hay en los cuentos de *Bestiario*, desde el comienzo, eso se lo debo a Roberto Arlt (...) Arlt, que tomó las cosas por debajo por razones de cultura, de vida y de profesión vio el Buenos Aires por el cual uno camina, en el que se vive, en el que se ama, en el que se sufre» (Evelyn Picon Garfield, pág. 12). Aquí, vuelve a mencionar a Arlt en los capítulos 21 y 127. En el *Libro de Manuel* también se cita: «hay rosas de cobre, como las inventó Roberto Arlt (...) se iba con Francine y volvía con las obras completas de Roberto Arlt» (págs. 8 y 94).

[5] *rue de Vaugirard:* Horacio va bordeando el Luxemburgo, en dirección hacia el Bd. Saint Michel. Pasado el Teatro del Odéon, tuerce a la derecha por la rue Monsieur-le-Prince, la última antes del Boul'Mich. Al comienzo de *62*, «su sentimiento de la condesa se había definido en la esquina de la rue Monsieur-le-Prince y la rue de Vaugirard» (pág. 17).

[6] *rue de Buci:* vuelve a citar su mercado en el capítulo 23, en el

rue Monsieur le Prince[7] sin razón alguna, dejándose llevar hasta distinguirla de golpe, parada delante de una vidriera, absorta en la contemplación de un mono embalsamado. Sentados en un café reconstruían minuciosamente los itinerarios, los bruscos cambios, procurando explicarlos telepáticamente, fracasando siempre, y sin embargo se habían encontrado en pleno laberinto de calles, casi siempre acababan por encontrarse y se reían como locos, seguros de un poder que los enriquecía. A Oliveira lo fascinaban los sinrazones de la Maga, su tranquilo desprecio por los cálculos más elementales. Lo que para él había sido análisis de probabilidades, elección o simplemente confianza en la rabdomancia[8] ambulatoria, se volvía para ella simple fatalidad. «¿Y si no me hubieras encontrado?», le preguntaba. «No sé, ya ves que estás aquí...» Inexplicablemente la respuesta invalidaba la pregunta, mostraba sus adocenados resortes lógicos. Después de eso Oliveira se sentía más capaz de luchar contra sus prejuicios bibliotecarios, y paradójicamente la Maga se rebelaba contra su desprecio hacia los conocimientos escolares. Así andaban, Punch and Judy[9], atrayéndose y rechazándose como hace falta si no se

---

paseo con Berthe Trépat. Y en *62:* «como si estuvieran discutiendo el precio de los arenques en el mercado de la rue de Buci» (pág. 132). En el *Libro de Manuel* menciona «ese café de la rue de Buci que no tenía nada que ver con el bodegón de la calle Maipú» (pág. 48). Recuérdese el poema de Jacques Prévert titulado «La rue de Buce maintenant», donde dice: «Cette rue autrefois si heureuse et si fière d'être rue / comme une fille heureuse et fière d'être nue» *(Paroles,* París, Gallimard, 1949, pág. 204).

[7] *rue Monsieur le Prince:* va desde el Carrefour de l'Odeon hasta el Bd. Saint Michel, cruzando Vaugirard, al lado del Luxembourg. En esta calle están las tres salas de cine Luxembourg y el restaurante Polidor, al que acudían habitualmente Verlaine, Valéry y Joyce; en él da comienzo *62:* «¿Por qué entré en el restaurante Polidor?», (página 9).

[8] *rabdomancia:* 'adivinación por medio de varas, saetas u otros objetos análogos. Aparece ya en los libros de Ezequiel y Oseas'. Aquí, vuelve a mencionarse en el capítulo 23.

[9] *Punch and Judy* valen aquí como pareja inseparable de personajes populares. Punch es un tipo bufo de la comedia y la caricatura inglesa, rey de los títeres británicos. Quizá es una forma abreviada de Punchinello (del italiano Pulcinella, 'Polichinela'). No olvidemos el célebre semanario satírico londinense *Punch,* fundado en 1841. Hoy, una importante compañía inglesa de títeres se llama *Punch and Judy.*

quiere que el amor termine en cromo o en romanza sin palabras. Pero el amor, esa palabra[10]...

(-7)

---

[10] Esta última frase la repite Cortázar al comienzo del capítulo 93.
Todo el capítulo 6 está dedicado al tema de los encuentros fortuitos,
que tienen, entre otras cosas, un origen autobiográfico. Nos ha informado Cortázar de cómo, una vez, encontró a una mujer en las calles
de París: «Hay una serie de cosas, de combinaciones que nos llevaron
a los dos a caminar en esa dirección y a cruzarnos precisamente en ese
punto. Que, para mayores datos, era una esquina donde sucede un
episodio muy importante de una novela mía» (González Bermejo, página 45).

7

Toco tu boca, con un dedo toco el borde de tu boca, voy dibujándola como si saliera de mi mano, como si por primera vez tu boca se entreabriera, y me basta cerrar los ojos para deshacerlo todo y recomenzar, hago nacer cada vez la boca que deseo, la boca que mi mano elige y te dibuja en la cara, una boca elegida entre todas, con soberana libertad elegida por mí para dibujarla con mi mano en tu cara, y que por un azar que no busco comprender coincide exactamente con tu boca que sonríe por debajo de la que mi mano te dibuja.

Me miras, de cerca me miras, cada vez más de cerca y entonces jugamos al cíclope, nos miramos cada vez más de cerca y los ojos se agrandan, se acercan entre sí, se superponen y los cíclopes se miran, respirando confundidos, las bocas se encuentran y luchan tibiamente, mordiéndose con los labios, apoyando apenas la lengua en los dientes, jugando en sus recintos donde un aire pesado va y viene con un perfume viejo y un silencio. Entonces mis manos buscan hundirse en tu pelo, acariciar lentamente la profundidad de tu pelo mientras nos besamos como si tuviéramos la boca llena de flores o de peces, de movimientos vivos, de fragancia oscura. Y si nos mordemos el dolor es dulce, y si nos ahogamos en un breve y terrible absorber simultáneo del aliento, esa instántanea muerte es bella. Y hay una sola saliva y un solo sabor a fruta madura, y yo te siento temblar contra mí como una luna en el agua.

8

Íbamos por las tardes a ver los peces del Quai de la Mégisserie[1], en marzo el mes leopardo, el agazapado pero ya con un sol amarillo donde el rojo entraba un poco más cada día. Desde la acera que daba al río, indiferentes a los *bouquinistes*[2] que nada iban a darnos sín dinero, esperábamos el momento en que veríamos las peceras (andábamos despacio, demorando el encuentro), todas las peceras al sol, y como suspendidos en el aire cientos de peces rosa y negro, pájaros quietos en su aire redondo. Una alegría absurda nos tomaba de la cintura, y vos cantabas arrastrándome a cruzar la calle, a entrar en el mundo de los peces colgados del aire.

Sacan las peceras, los grandes bocales a la calle, y entre turistas y niños ansiosos y señoras que coleccionan variedades exóticas *(550 fr. pièce)* están las peceras bajo el sol con sus cubos, sus esferas de agua que el sol mezcla con el aire, y los pájaros rosa y negro giran danzando dulcemente en una pequeña porción de aire, lentos pájaros fríos. Los mirábamos, jugando a acercar los ojos al vidrio, pegando la nariz, encolerizando a las viejas vendedoras armadas de redes de cazar mariposas acuáticas, y comprendíamos cada vez peor lo que es un pez, por ese camino de no comprender nos íbamos acercando a ellos que no se comprenden, franqueábamos las peceras y estábamos tan cerca como nuestra amiga, la vendedora de la segunda tienda viniendo del pont-Neuf, que te dijo: «El agua fría los mata, es triste el agua fría...» Y yo pensaba en la

---

[1] *Quai de la Mégisserie:* se extiende este muelle por la orilla derecha del Sena, enfrente de la isla, desde el Pont Neuf hasta Chatelet, y en él existe un mercado especializado en animales.

[2] *bouquinistes:* 'vendedores de libros viejos, en los muelles del Sena'.

mucama[3] del hotel que me daba consejos sobre un helecho: «No lo riegue, ponga un plato con agua debajo de la maceta, entonces cuando él quiere beber, bebe, y cuando no quiere no bebe...» Y pensábamos en esa cosa increíble que habíamos leído, que un pez solo en su pecera se entristece y entonces basta ponerle un espejo y el pez vuelve a estar contento...

Entrábamos en las tiendas donde las variedades más delicadas tenían peceras especiales con termómetro y gusanitos rojos. Descubríamos entre exclamaciones que enfurecían a las vendedoras —tan seguras de que no les compraríamos nada a *550 fr. pièce*— los comportamientos, los amores, las formas. Era el tiempo delicuescente, algo como chocolate muy fino o pasta de naranja martiniquesa, en que nos emborrachábamos de metáforas y analogías, buscando siempre entrar. Y ese pez era perfectamente Giotto[4], te acordás, y esos dos jugaban como perros de jade, o un pez era la exacta sombra de una nube violeta... Descubríamos cómo la vida se instala en formas privadas de tercera dimensión, que *desaparecen* si se ponen de filo o dejan apenas una rayita rosada inmóvil vertical en el agua. Un golpe de aleta y monstruosamente está de nuevo ahí con ojos bigotes aletas y del vientre a veces saliéndole y flotando una transparente cinta de excremento que no acaba de soltarse, un lastre que de golpe los pone entre nosotros, los arranca a su perfección de imágenes puras, los compromete, por decirlo con una de las grandes palabras que tanto empleábamos por ahí y en esos días.

(-93)

---

[3] *mucama:* 'sirviente, doncella'.

[4] Afirma Cortázar: «la idiotez debe ser eso: poder entusiasmarse todo el tiempo por cualquier cosa que a uno le guste, sin que un dibujito en una pared tenga que verse menoscabado por el recuerdo de los frescos de Giotto en Padua» *(Vuelta,* pág. 108).

9

Por la rue de Varennes entraron en la rue Vaneau[1]. Lloviznaba, y la Maga se colgó todavía más del brazo de Oliveira, se apretó contra su impermeable que olía a sopa fría. Etienne y Perico discutían una posible explicación del mundo por la pintura y la palabra. Aburrido, Oliveira pasó el brazo por la cintura de la Maga. También eso podía ser una explicación, un brazo apretando una cintura fina y caliente, al caminar se sentía el juego leve de los músculos como un lenguaje monótono y persistente, una Berlitz[2] obstinada, te quie-ro te quie-ro te quie-ro. No una explicación: verbo puro, que-rer, que-rer. «Y después siempre, la cópula», pensó gramaticalmente Oliveira. Si la Maga hubiera podido comprender cómo de pronto la obediencia al deseo la exasperaba, *inútil obediencia solitaria* había dicho un poeta, tan tibia la cintura, ese pelo mojado contra su mejilla, el aire Toulouse Lautrec[3] de la Maga para caminar arrinconada contra él. En el principio fue la cópula,

---

[1] *rue de Varennes* y *rue Vaneau:* las dos están en la zona del Faubourg Saint Germain, cerca de Saint Germain-des-Prés pero en una zona más residencial. En su paseo, Oliveira y la Maga pasan al lado del Hotel de Matignon, la residencia del Primer Ministro; si siguieran caminando una manzana más, por Varennes, llegarían al Museo Rodin.

[2] *Berlitz:* el filólogo alemán Maximiliano Berlitz inventó el sistema de enseñanza de lenguas que lleva su nombre y que se usó por primera vez en América en 1878. Básicamente, consiste en valerse en las horas de clase exclusivamente del idioma que se pretende aprender, sin auxilio de traducciones. Las Berlitzs Schools of Languages se han extendido por todo el mundo; en España, desde 1900. Aquí, equivale simplemente a lenguaje.

[3] *Henri de Toulouse Lautrec* (1864-1901): una de las principales figuras del post-impresionismo.

violar es explicar pero no siempre viceversa. Descubrir el método antiexplicatorio, que ese te quie-ro te quie-ro fuese el cubo de la rueda. ¿Y el Tiempo? Todo recomienza, no hay un absoluto. Después hay que comer o descomer, todo vuelve a entrar en crisis. El deseo cada tantas horas, nunca demasiado diferente y cada vez otra cosa: trampa del tiempo para crear las ilusiones. «Un amor como el fuego, arder eternamente en la contemplación del Todo. Pero en seguida se cae en un lenguaje desaforado.»

—Explicar, explicar —gruñía Etienne—. Ustedes si no nombran las cosas ni siquiera las ven. Y esto se llama perro y esto se llama casa, como decía el de Duino[4]. Perico, hay que mostrar, no explicar. Pinto, ergo soy.

—¿Mostrar qué? —dijo Perico Romero.

—Las únicas justificaciones de que estemos vivos.

—Este animal cree que no hay más sentido que la vista y sus consecuencias —dijo Perico.

—La pintura es otra cosa que un producto visual —dijo Etienne—. Yo pinto con todo el cuerpo, en ese sentido no soy tan diferente de tu Cervantes o tu Tirso de no sé cuánto. Lo que me revienta es la manía de las explicaciones, el Logos entendido exclusivamente como verbo.

—Etcétera —dijo Oliveira, malhumorado—. Hablando de los sentidos, el de ustedes parece un diálogo de sordos.

La Maga se apretó todavía más contra él. «Ahora ésta va a decir alguna de sus burradas», pensó Oliveira. «Necesita frotarse primero, decidirse epidémicamente.» Sintió una especie de ternura rencorosa, algo tan contradictorio que debía ser la verdad misma. «Habría que inventar la bofetada dulce, el puntapié de abejas. Pero en este mundo las síntesis últimas están por descubrirse. Perico tiene razón, el gran Logos vela. Lástima, haría falta el amoricidio, por ejemplo, la verdadera luz negra, la antimateria que tanto da que pensar a Gregorovius.»

—Che, ¿Gregorovius va a venir a la discada? —preguntó Oliveira.

Perico creía que sí, y Etienne creía que Mondrian.

—Fijate un poco en Mondrian[5] —decía Etienne—. Frente a

[4] *Rainer María Rilke* (1875-1926): publicó en 1926 sus *Elegías de Duino.*

[5] *Mondrian:* uno de los grandes nombres de la pintura abstracta; se vuelve a aludir a él en los capítulos 21, 28, 133...

él se acaban los signos mágicos de un Klee. Klee jugaba con el azar, los beneficios de la cultura. La sensibilidad pura puede quedar satisfecha con Mondrian, mientras que para Klee hace falta un fárrago de otras cosas. Un refinado para refinados. Un chino, realmente. En cambio Mondrian pinta absoluto. Te ponés delante, bien desnudo, y entonces una de dos: ves o no ves. El placer, las cosquillas, las alusiones, los terrores o las delicias están completamente de más.

—¿Vos entendés lo que dice? —preguntó la Maga—. A mí me parece que es injusto con Klee.

—La justicia o la injusticia no tienen nada que ver con esto —dijo Oliveira, aburrido—. Lo que está tratando de decir es otra cosa. No hagas en seguida una cuestión personal.

—Pero por qué dice que todas esas cosas tan hermosas no sirven para Mondrian.

—Quiere decir que en el fondo una pintura como la de Klee te reclama un diploma *ès lettres,* o por lo menos *ès poésie,* en tanto que Mondrian se conforma con que uno se mondrianice y se acabó.

—No es eso —dijo Etienne.

—Claro que es eso —dijo Oliveira—. Según vos una tela de Mondrian se basta a sí misma. Ergo, necesita de tu inocencia más que de tu experiencia. Hablo de inocencia edénica, no de estupidez. Fijate que hasta tu metáfora sobre estar desnudo delante del cuadro huele a preadamismo. Paradójicamente Klee es mucho más modesto porque exige la múltiple complicidad del espectador, no se basta a sí mismo. En el fondo Klee es historia y Mondrian atemporalidad. Y vos te morís por lo absoluto. ¿Te explico?

—No —dijo Etienne—. C'est vache comme il pleut[6].

—Tu parles, coño —dijo Perico—. Y el Ronald de la puñeta, que vive por el demonio.

—Apretemos el paso —lo remedó Oliveira—, cosa de hurtarle el cuerpo a la celisca.

—Ya empiezas. Casi prefiero tu yuvia y tu gayina, coño. Cómo yueve en Buenos Aires. El tal Pedro de Mendoza[7], mira que ir a colonizaros a vosotros.

—Lo absoluto —decía la Maga, pateando una piedrita de charco en charco—. ¿Qué es un absoluto, Horacio?

---

[6] Expresión popular actual: '¡Qué putada, cómo llueve!'

[7] *Pedro de Mendoza:* Primer Adelantado de la región del Plata y fundador, en 1536, de la ciudad de Buenos Aires.

—Mirá —dijo Oliveira—, viene a ser ese momento en que algo logra su máxima profundidad, su máximo alcance, su máximo sentido, y deja por completo de ser interesante.

—Ahí viene Wong —dijo Perico—. El chino está hecho una sopa de algas.

Casi al mismo tiempo vieron a Gregorovius que desembocaba en la esquina de la rue de Babylone[8], cargando como de costumbre con un portafolios atiborrado de libros. Wong y Gregorovius se detuvieron bajo el farol (y parecían estar tomando una ducha juntos), saludándose con cierta solemnidad. En el portal de la casa de Ronald hubo un interludio de cierraparaguas comment ça va a ver si alguien enciende un fósforo está rota la minuterie qué noche inmunda ah oui c'est vache, y una ascensión más bien confusa interrumpida en el primer rellano por una pareja sentada en un peldaño y sumida profundamente en el acto de besarse.

—Allez, c'est pas une heure pour faire les cons —dijo Etienne.

—Ta gueule —contestó una voz ahogada—. Montez, montez, ne vous gênez pas. Ta bouche, mon trésor.

—Salaud, va —dijo Etienne—. Es Guy Monod, un gran amigo mío.

En el quinto piso los esperaban Ronald y Babs, cada uno con una vela en la mano y oliendo a vodka barato. Wong hizo una seña, todo el mundo se detuvo en la escalera, y brotó a capella el himno profano del Club de la Serpiente. Después entraron corriendo en el departamento, antes de que empezaran a asomarse los vecinos.

Ronald se apoyó contra la puerta. Pelirrojamente en camisa a cuadros.

—La casa está rodeada de catalejos, damn it. A las diez de la noche se instala aquí el dios Silencio, y guay del que lo sacrilegue. Ayer subió a increparnos un funcionario. Babs, ¿qué nos dice el digno señor?

—Nos dice: «Quejas reiteradas.»

—¿Y qué hacemos nosotros? —dijo Ronald, entreabriendo la puerta para que entrara Guy Monod.

---

[8] *rue de Babylone:* Oliveira y la Maga siguen su paseo por el mismo barrio: han tomado por la rue Vaneau hacia el sur, rodeando la Presidencia del Gobierno; la primera esquina es la rue Babylone. En esta calle está el cine La Pagode, instalado en un pabellón chino, favorito de Luis Buñuel.

—Nosotros hacemos esto —dijo Babs, con un perfecto corte de mangas y un violento pedo oral.

—¿Y tu chica? —pregunto Ronald.

—No sé, se confundió de camino —dijo Guy—. Yo creo que se ha ido, estábamos lo más bien en la escalera, y de golpe. Más arriba no estaba. Bah, qué importa, es suiza.

(-104)

10

Las nubes aplastadas y rojas sobre el barrio latino de noche, el aire húmedo con todavía algunas gotas de agua que un viento desganado tiraba contra la ventana malamente iluminada, los vidrios sucios, uno de ellos roto y arreglado con un pedazo de esparadrapo rosa. Más arriba, debajo de las canaletas de plomo, dormirían las palomas también de plomo, metidas en sí mismas, ejemplarmente antigárgolas. Protegido por la ventana el paralelepípedo musgoso oliente a vodka y a velas de cera, a ropa mojada y a restos de guiso, vago taller de Babs ceramista y de Ronald músico, sede del Club, sillas de caña, reposeras desteñidas, pedazos de lápices y alambre por el suelo, lechuza embalsamada con la mitad de la cabeza podrida, un tema vulgar, mal tocado, un disco viejo con un áspero fondo de púa, un raspar crujir crepitar incesantes, un saxo lamentable que en alguna noche del 28 ó 29 había tocado como con miedo de perderse, sostenido por una percusión de colegio de señoritas, un piano cualquiera. Pero después venía una guitarra incisiva que parecía anunciar el paso a otra cosa, y de pronto (Ronald los había prevenido alzando el dedo) una corneta se desgajó del resto y dejó caer las dos primeras notas del tema, apoyándose en ellas como en un trampolín. Bix dio el salto en pleno corazón, el claro dibujo se inscribió en el silencio con un lujo de zarpazo. Dos muertos se batían fraternalmente, ovillándose y desentendiéndose, Bix[1] y Eddie

---

[1] *Bix* Beiderbecke: nacido en 1903, músico blanco de Chicago, autodidacta. Aprendió él solo a tocar el piano y la trompeta. Figura mítica del jazz. Su estilo poético anticipa a muchos trompetistas modernos. Admiraba mucho a los músicos impresionistas. Se ha dicho que su vida fue devorada por el alcohol y la música. Al elegir Layetles para su viaje por la autopista, comenta: «menos mal que me acordé de

Lang[2] (que se llamaba Salvatore Massaro) jugaban con la pelota *I'm coming, Virginia,* y dónde estaría enterrado Bix, pensó Oliveira, y dónde Eddie Lang, a cuántas millas una de otra sus dos nadas que en una noche futura de París se batían guitarra contra corneta, gin contra mala suerte, el jazz.

—Se está bien aquí. Hace calor, está oscuro.

—Bix, qué loco formidable. Poné *Jazz me Blues,* viejo.

—La influencia de la técnica en el arte —dijo Ronald metiendo las manos en una pila de discos, mirando vagamente las etiquetas—. Estos tipos de antes del long play tenían menos de tres minutos para tocar. Ahora te viene un pajarraco como Stan Getz[3] y se te planta veinticinco minutos delante del micrófono, puede soltarse a gusto, dar lo mejor que tiene. El pobre Bix se tenía que arreglar con un coro y gracias, apenas entraban en calor zás, se acabó. Lo que habría rabiado cuando grababan discos.

—No tanto —dijo Perico—. Era como hacer sonetos en vez de odas, y eso que yo de esas pajolerías no entiendo nada. Vengo porque estoy cansado de leer en mi cuarto un estudio de Julián Marías[4] que no termina nunca.

(-65)

---

elegir lo mejor de Bix y Trum, que suena tan nítido, tan recortadamente perfecto en las noches de los paraderos» *(Autonautas,* pág. 270).

[2] *Eddie Lang* (1904-1933): guitarrista americano de jazz que actuó en los grupos de Joe Venuti, Paul Whiteman (en la película *El Rey del jazz,* por ejemplo) y Louis Armstrong. El disco que grabó con Bix y al que quizá se refiera Cortázar existe hoy en el mercado con la referencia Col. CL 845.

[3] *Stan Getz:* saxo tenor nacido en Filadelfia en 1927, uno de los grandes de la tendencia *cool.* Su sonoridad *dulce* le ha valido el mote *The Sound.* Ha tocado con las grandes orquestas blancas (Benny Goodman, Jimmy Dorsey...) antes de formar sus propios grupos. También se ha hecho popular por sus interpretaciones de bossanova.

[4] *Julián Marías:* se alude también a este filósofo español en el capítulo 129. En el *Libro de Manuel:* «no hay defecto que al principio no sea un rasgo interesante y característico que da su peculiaridad a la persona, ni discrepancia que no sea una incitación dialéctica al enriquecimiento mutuo del espíritu, cfr. Julián Marías» (pág. 208). Ha declarado Cortázar a Ernesto González Bermejo: «En la Argentina había elegido a Borges. Pero en el momento en que Borges era el maestro del rigor estilístico usted abría *La Nación* o *La Prensa* y se encontraba con esos chorros de facundia española, con las interminables páginas de Azorín y de Julián Marías, y de toda esa gente, que llenba y llenaba cuartillas, sin que se supiera realmente bien para qué» (págs. 21-22).

Gregorovius se dejó llenar el vaso de vodka y empezó a beber a sorbos delicados. Dos velas ardían en la repisa de la chimenea donde Babs guardaba las medias sucias y las botellas de cerveza. A través del vaso hialino Gregorovius admiró el desapegado arder de la dos velas, tan ajenas a ellos y anacrónicas como la corneta de Bix entrando y saliendo desde un tiempo diferente. Le molestaban un poco los zapatos de Guy Monod que dormía en el diván o escuchaba con los ojos cerrados. La Maga vino a sentarse en el suelo con un cigarrillo en la boca. En los ojos le brillaban las llamas de las velas verdes. Gregorovius la contempló extasiado, acordándose de una calle de Morlaix[1] al anochecer, un viaducto altísimo, nubes.

—Esa luz es tan usted, algo que viene y va, que se mueve todo el tiempo.

—Como la sombra de Horacio —dijo la Maga—. Le crece y le descrece la nariz, es extraordinario.

—Babs es la pastora de las sombras —dijo Gregorovius—. A fuerza de trabajar la arcilla, esas sombras concretas... Aquí todo respira, un contacto perdido se restabece; la música ayuda, el vodka, la amistad... Esas sombras en la cornisa; la habitación tiene pulmones, algo que late. Sí, la electricidad es eleática[2], nos ha petrificado las sombras. Ahora forman parte

---

[1] *Morlaix:* ciudad francesa situada en la desembocadura de los ríos Jarlot y Queffleut, en la línea férrea de París a Brest. Ofrece un aspecto muy pintoresco, con calles estrechas de los siglos XV y XVI, que descienden en rápida pendiente; muchas esculturas satíricas medievales y un viaducto.

[2] *eleática:* alusión a la escuela que orienta el pensamiento griego hacia la metafísica, cuyos principales representantes son Parménides, Meliso y Zenón de Elea.

de los muebles y las caras. Pero aquí, en cambio... Mire esa moldura, la respiración de su sombra, la voluta que sube y baja. El hombre vivía entonces en una noche blanda, permeable, en un diálogo continuo. Los terrores, qué lujo para la imaginación...

Juntó las manos, separando apenas los pulgares: un perro empezó a abrir la boca en la pared y a mover las orejas. La Maga se reía. Entonces Gregorovius le preguntó cómo era Montevideo, el perro se disolvió de golpe, porque él no estaba bien seguro de que ella fuese uruguaya; Lester Young[3] y los Kansas City Six. Sh... (Ronald dedo en la boca).

—A mí me suena raro el Uruguay. Montevideo debe estar lleno de torres, de campanas fundidas después de las batallas. No me diga que en Montevideo no hay grandísimos lagartos a la orilla del río.

—Por supuesto —dijo la Maga—. Son cosas que se visitan tomando el ómnibus que va a Pocitos.

—¿Y la gente conoce bien a Lautréamont, en Montevideo?

—¿Lautréamont? —preguntó la Maga.

Gregorovius suspiró y bebió más vodka. Lester Young, saxo tenor, Dickie Wells, trombón, Joe Bushkin, piano, Bill Coleman, trompeta, John Simmons, contrabajo, Joe Jones, batería[4]. *Four O'Clock Drag.* Sí, grandísimos lagartos, trombones

---

[3] *Lester Young:* Cortázar describe así su estilo: «Su jazz es lo opuesto de *hot.* Hay una ley de la fatiga: después de un rato te cansas aun de las cosas que te gustan mucho. Después de escuchar *hot jazz* por dos horas, estoy listo para poner algún disco de *cool jazz*» (Evelyn Picon Garfield, pág. 128). Lester Young fue un saxo tenor que murió un año después que Charlie Parker. Aparece también en *El perseguidor* (véase la nota 38 de Gustavo Domínguez en la edición de Jakfalvi, pág. 183). A Lester Young atribuye Cortázar la libertad para alterar el título de Julio Verne y convertirlo en *La vuelta al día en ochenta mundos* (pág. 7). A la autopista se llevó «apenas diez minutos de Lester Young» *(Autonautas,* pág. 270).

[4] William *(Dickie) Wells:* nacido en 1909. Sobre sus interpretaciones se creó el término «vibrato terminal». Ha tocado con Benny Carter, Count Basie, Buck Clayton... Gozó de gran popularidad en Francia.

Joseph *(Joe) Bushkin:* nacido en Nueva York en 1916. Formó parte de los grupos de Tommy Dorsey, Benny Goodman y Louis Armstrong. Grabó muchos discos en estilo *Dixieland.*

William Johnson *(Bill) Coleman:* nació en 1904. Es uno de los más grandes jazzmen de fines de los 30. Algunas de sus mejores grabaciones las hizo con Dickie Wells. Vivió en París en la rue a la orilla del río, *blues* arrastrándose, probablemente *drag* quería decir lagarto de tiempo, arrastre interminable de las cuatro de la mañana. O completamente otra cosa. «Ah, Lautréamont», decía la Maga recordando de golpe. «Sí, yo creo que lo conocen muchísimo.»

—Era uruguayo, aunque no lo parezca.

—No parece —dijo la Maga, rehabilitándose.

—En realidad, Lautréamont... Pero Ronald se está enojando, ha puesto a uno de sus ídolos. Habría que callarse, una lástima. Hablemos muy bajo y usted me cuenta Montevideo.

—*Ah, merde alors* —dijo Etienne mirándolos furioso. El vibráfono tanteaba el aire, iniciando escaleras equívocas, dejando un peldaño en blanco saltaba cinco de una vez y reaparecía en lo más alto, Lionel Hampton [5] balanceaba *Save it pretty mamma,* se soltaba y caía rodando entre vidrios, giraba en la punta de un pie, constelaciones instantáneas, cinco estrellas, tres estrellas, diez estrellas, las iba apagando con la punta del escarpín, se hamacaba con una sombrilla japonesa girando vertiginosamente en la mano, y toda la orquesta entró en la caída final, una trompeta bronca, la tierra, vuelta abajo, volatinero al suelo, *finibus,* se acabó. Gregorovius oía en un susurro Montevideo vía la Maga, y quizá iba a saber por fin algo más de ella, de un infancia, si verdaderamente se llamaba Lucía como Mimí, estaba a esa altura del vodka en que la noche empieza a ponerse magnánima, todo le juraba fidelidad y esperanza, Guy Monod había replegado las piernas y los duros zapatos ya no se clavaban en la rabadilla de Gregorovius, la Maga se apoyaba un poco en él, livianamente sentía la tibieza de su cuerpo, cada movimiento que hacía para hablar o seguir la música. Entrecerradamente Gregorovius alcanzaba a distinguir el rincón donde Ronald y Wong elegían y pasaban los discos, Oliveira y Babs en el suelo, apoyados en una manta esquimal clavada en la pared, Horacio oscilando cadencioso

---

Monsieur-le-Prince, que aparece en esta novela. Puede verse su libro *Trumpet Story*.

John Simmons: nació en 1918 y formó parte, entre otras muchas, de la gran orquesta de Louis Armstrong.

Jonathan *(Joe) Jones:* nació en Chicago en 1911. Tocó con Bushkin en los años 52-53. En 1957 acompañó en su gira europea a Ella Fitzgerald y Oscar Peterson.

[5] *Lionel Hampton:* vibrafonista, batería, pianista y director de orquesta. Su obra más célebre es «Flyin'Home» (nota 12 de Gustavo Domínguez). Es mencionado también en *El perseguidor*.

en el tabaco, Babs perdida de vodka y alquiler vencido y
unas tinturas que fallaban a los trescientos grados, un azul que
se resolvía en rombos anaranjados, algo insoportable. Entre el
humo los labios de Oliveira se movían en silencio, hablaba
para adentro, hacia atrás, a otra cosa que retorcía impercepti-
blemente las tripas de Gregorovius, no sabía por qué, a lo
mejor porque esa como ausencia de Horacio era una farsa, le
dejaba a la Maga para que jugara un rato pero él seguía ahí,
moviendo los labios en silencio, hablándose con la Maga entre
el humo y el jazz, riéndose para adentro de tanto Lautréamont
y tanto Montevideo.

(-136)

A Gregorovius siempre le habían gustado las reuniones del Club, porque en realidad eso no era en absoluto un club y respondía así a su más alto concepto del género. Le gustaba Ronald por su anarquía, por Babs, por la forma en que se estaban matando minuciosamente sin importárseles nada, en-

12

A Gregorovius siempre le habían gustado las reuniones del Club, porque en realidad eso no era en absoluto un club y respondía así a su más alto concepto del género. Le gustaba Ronald por su anarquía, por Babs, por la forma en que se estaban matando minuciosamente sin importárseles nada. entregados a la lectura de Carson Mc Cullers[1], de Miller[2], de Raymond Queneau[3], al jazz como un modesto ejercicio de liberación, al reconocimiento sin ambages de que los dos habían fracasado en las artes. Le gustaba, por así decirlo, Horacio Oliveira, con el que tenía una especie de relación persecutoria, es decir que a Gregorovius lo exasperaba la presencia de Oliveira en el mismo momento en que se lo encontraba, después de haberlo estado buscando sin confesárselo, y a Horacio le hacían gracia los misterios baratos con que Gregorovius envolvía sus orígenes y sus modos de vida, lo divertía que Gregorovius estuviera enamorado de la Maga y creyera que él no lo sabía, y los dos se admitían y se rechazaban en el mismo momento, con una especie de torear ceñido[4]

---

[1] *Carson Mc Cullers:* narradora norteamericana, nacida en 1918. Principales obras: *El corazón es un cazador solitario, Reflejos en un ojo dorado, La balada del café triste.*

[2] *Henry Miller.* Principales obras: *El coloso de Marusi* y la serie de los *Trópicos,* publicada en España por Alfaguara. Vuelve a ser citado en el capítulo 108. Según Cortázar, Miller «acumula cuatro mil páginas que pocas veces (por cierto memorables) se despegan de una sexualidad con aire acondicionado» *(Último Round,* II, pág. 67).

[3] *Raymond Queneau:* escritor francés vinculado al surrealismo; autor de novelas, poemas y ensayos: entre ellos, *Ejercicios de estilo* (1947) y *Zazie en el metro* (1959), llevada al cine. Vuelve a ser mencionado en el capítulo 21.

[4] No desdeña Cortázar la fiesta de los toros. Recuerdo una de sus observaciones: «Creo que *free jazz* es como una corrida de toros. Hay

que era al fin y al cabo uno de los tantos ejercicios que justificaban las reuniones del Club. Jugaban mucho a hacerse los inteligentes, a organizar series de alusiones que desesperaban a la Maga y ponían furiosa a Babs, les bastaba mencionar de paso cualquier cosa, como ahora que Gregorovius pensaba que verdaderamente entre él y Horacio había una especie de persecución desilusionada, y de inmediato uno de ellos citaba al mastín del cielo, *I fled Him,* etc., y mientras la Maga los miraba con una especie de humilde desesperación, ya el otro estaba en el volé tan alto, tan alto que a la caza le di alcance[5], y acababan riéndose de ellos mismos pero ya era tarde, porque a Horacio le daba asco ese exhibicionismo de la memoria asociativa, y Gregorovius se sentía aludido por ese asco que ayudaba a suscitar, y entre los dos se instalaba como un resentimiento de cómplices, y dos minutos después reincidían, y eso, entre otras cosas, eran las sesiones del Club.

—Pocas veces se ha tomado aquí un vodka tan malo —dijo Gregorovius llenando el vaso—. Lucía, usted me estaba por contar de su niñez. No es que me cueste imaginármela a orillas del río, con trenzas y un color rosado en las mejillas, como mis compatriotas de Transilvania, antes de que se le fueran poniendo pálidas con este maldito clima luteciano[6].

—¿Luteciano? —pregunto la Maga.

Gregorovius suspiró. Se puso a explicarle y la Maga lo escuchaba humildemente y aprendiendo, cosa que siempre hacía con gran intensidad hasta que la distracción venía a salvarla. Ahora Ronald había puesto un viejo disco de Hawkins[7], y la Maga parecía resentida por esas explicaciones que

---

momentos de una perfección absoluta y luego cacofonía» (Evelyn Picón, pág. 129). Vuelve a aludir a los toros en el capítulo 41. Y en *Último Round,* usando la misma metáfora: «Fuentes torea ceñido en *Cambio de piel*» (II, pág. 62).

[5] Cita de San Juan de la Cruz: «Tras de un amoroso lance / y no de esperança falto / volé tan alto tan alto / que le di a la caça alcance» (*Poesía*, edición Domingo Ynduráin, Madrid, Cátedra, Col. Letras Hispánicas, 1983, pág. 266). Aludía a lo mismo en el *Libro de Manuel:* «Descubrir que el yo es ilusión, cultivar su jardín, ser santo, a la caza darle alcance, etcétera» (pág. 13).

[6] *luteciano:* en el año 52 a. C., las legiones romanas de Julio César conquistaron la isla de la Cité, a la que dieron el nombre de Lutecia.

[7] *Coleman Hawkins* (1904-1969): saxo tenor, uno de los maestros del *swing.* Comenzó su carrera con Fletcher Henderson. Ha tocado.

le estropeaban la música y no eran lo que ella esperaba
siempre de una explicación, una cosquilla en la piel, una
necesidad de respirar hondo como debía respirar Hawkins
antes de atacar otra vez la melodía y como a veces respiraba
ella cuando Horacio se dignaba explicarle de veras un verso
oscuro, agregándole esa otra oscuridad fabulosa donde ahora,
si él le hubiese estado explicando lo de los lutecianos en vez de
Gregorovius, todo se hubiera fundido en una misma felicidad,
la música de Hawkins, los lutecianos, la luz de las velas
verdes, la cosquilla, la profunda respiración que era su única
certidumbre irrefutable, algo sólo comparable a Rocamadour
o la boca de Horacio o a veces un adagio de Mozart[8] que ya
casi no se podía escuchar de puro arruinado que estaba el
disco.

—No sea así —dijo humildemente Gregorovius—. Lo que
yo quería era entender un poco mejor su vida, eso que es usted
y que tiene tantas facetas.

—Mi vida —dijo la Maga—. Ni borracha la contaría. Y no
me va a entender mejor porque le cuente mi infancia, por
ejemplo. No tuve infancia, además.

—Yo tampoco. En Herzegovina.

—Yo en Montevideo. Le voy a decir una cosa, a veces
sueño con la escuela primaria, es tan horrible que me despierto gritando. Y los quince años, yo no sé si usted ha tenido
alguna vez quince años.

—Creo que sí —dijo Gregorovius inseguro.

—Yo sí, en una casa con patio y macetas donde mi papá
tomaba mate y leía revistas asquerosas. ¿A usted le vuelve su
papá? Quiero decir el fantasma.

—No, en realidad más bien mi madre —dijo Gregorovius—.

---

entre otros, con Dizzy Gillespie, Thelonius Monk, Sonny Rollins...
Fue apodado *Hawk* y *The bean*.

[8] La música de cámara de *Mozart* es citada también en el capítulo 21. Cortázar la cita frecuentemente entre sus favoritas: «escuchando los discos de jazz o de Mozart» (González Bermejo, pág. 108).
«...para mí alguna música clásica, por ejemplo (...), toda la música de
cámara de Mozart, es la mejor música que hay... el jazz es maravilloso
pero esa música clásica es como la gran literatura, es lo más que se
puede conseguir en música» (Evelyn Picón, pág. 128). Un tema de
Mozart es central en el relato *Reunión*. Y Cortázar pone esto en boca
de Lucas: «A la hora de su muerte, si hay tiempo y lucidez, Lucas
pedirá escuchar dos cosas, el último quinteto de Mozart...» *(Lucas,*
pág. 208).

La de Glasgow, sobre todo. Mi madre en Glasgow a veces vuelve, pero no es un fantasma; un recuerdo demasiado mojado, eso es todo. Se va con alka seltzer, es fácil. ¿Entonces a usted...?

—Qué sé yo —dijo la Maga, impaciente—. Es esa música, esas velas verdes, Horacio ahí en ese rincón, como un indio. ¿Por qué le tengo que contar cómo vuelve? Pero hace unos días me había quedado en casa esperando a Horacio, ya había caído la noche, yo estaba sentada cerca de la cama y afuera llovía, un poco como en ese disco. Sí, era un poco así, yo miraba la cama esperando a Horacio, no sé cómo la colcha de la cama estaba puesta de una manera, de golpe vi a mi papá de espaldas y con la cara tapada como siempre que se emborrachaba y se iba a dormir. Se veían las piernas, la forma de una mano sobre el pecho. Sentí que se me paraba el pelo, quería gritar, en fin, eso que una siente, a lo mejor usted ha tenido miedo alguna vez... Quería salir corriendo, la puerta estaba tan lejos, en el fondo de pasillos y más pasillos, la puerta cada vez más lejos y se veía subir y bajar la colcha rosa, se oía el ronquido de mi papá, de un momento a otro iba a asomar una mano, los ojos, y después la nariz como un gancho, no, no vale la pena que le cuente todo eso, al final grité tanto que vino la vecina de abajo y me dio té, y después Horacio me trató de histérica.

Gregorovius le acarició el pelo, y la Maga agachó la cabeza. «Ya está», pensó Oliveira, renunciando a seguir los juegos de Dizzy Gillespie [9] sin red en el trapecio más alto, «ya está, tenía que ser. Anda loco por esa mujer, y se lo dice así, con los diez dedos. Cómo se repiten los juegos. Calzamos en moldes más que usados, aprendemos como idiotas cada papel más que sabido. Pero si soy yo mismo acariciándole el pelo, y ella me está contando sagas rioplatenses, y le tenemos lástima, entonces hay que llevarla a casa, un poco bebidos todos, acostarla despacio acariciándola, soltándole la ropa, despacito, despacito cada botón, cada cierre relámpago, y ella no quiere, quiere, no quiere, se endereza, se tapa la cara, llora, nos abraza como para proponernos algo sublime, ayuda a bajarse el slip, suelta

---

[9] *Dizzy Gillespie:* «trompetista célebre, gran amigo de Parker y con quien tocó muchas veces. Creador con él del estilo *bebop,* en las célebres sesiones del Minton's Playhose en Nueva York en 1945. A veces se les llama los Dioscuros del *Bebop*» (nota 17 de Gustavo Domínguez). Véase su libro *To be or not to bop.*

un zapato con un puntapié que nos parece una protesta y nos
excita a los últimos arrebatos, ah, es innoble, innoble. Te voy
a tener que romper la cara, Ossip Gregorovius, pobre amigo
mío. Sin ganas, sin lástima, como eso que está soplando
Dizzy, sin lástima, sin ganas, tan absolutamente sin ganas
como eso que está soplando Dizzy».

—Un perfecto asco —dijo Oliveira—. Sacame esa porquería
del plato. Yo no vengo más al Club si aquí hay que escuchar a
ese mono sabio.

—Al señor no le gusta el bop —dijo Ronald, sarcástico—.
Esperá un momento, en seguida te pondremos algo de Paul
Whiteman[10].

—Solución de compromiso —dijo Etienne—. Coincidencia
de todos los sufragios: oigamos a Bessie Smith[11], Ronald de
mi alma, la paloma en la jaula de bronce.

Ronald y Babs se largaron a reír, no se veía bien por qué, y
Ronald buscó en la pila de viejos discos. La púa crepitaba
horriblemente, algo empezó a moverse en lo hondo como
capas y capas de algodones entre la voz y los oídos, Bessie
cantando con la cara vendada, metida en un canasto de ropa
sucia, y la voz salía cada vez más ahogada, pegándose a los
trapos salía y clamaba sin cólera ni limosna, *I wanna be
somebod'ys baby doll,* se replegaba a la espera, una voz de
esquina y de casa atestada de abuelas, *to be somebod'ys baby
doll,* más caliente y anhelante, jadeando ya *I wanna be somebod'ys baby doll*...

Quemándose la boca con un largo trago de vodka, Oliveira
pasó el brazo por los hombros de Babs y se apoyó en su
cuerpo confortable. «Los intercesores», pensó, hundiéndose
blandamente en el humo del tabaco. La voz de Bessie se
adelgazaba hacia el fin del disco, ahora Ronald daría vuelta la
placa de bakelita (si era bakelita) y de ese pedazo de materia

---

[10] *Paul Whiteman:* nació en 1890. Dirigió una gran banda en la que
tocaron, entre otros, Bix y Eddi Lang. Estrenó la *Rapsodia en blue*,
de Gershwin.
[11] *Bessie Smith* (1894-1937): llamada «la emperatriz del blues».
Discípula de Ma Rainey. Entre 1923 y 1927 vendió más de cuatro
millones de discos, antes de caer en el olvido y la miseria. El álbum
que cita Cortázar, *Empty Bed Blues* (CBS 66273) está considerado
como uno de los testimonios básicos de la música negra de los años 20.
Cortázar recuerda con afecto «los viejos discos de Bessie Smith»
(Vuelta, pág. 200).

gastada renacería una vez más *Empty Bed Blues,* una noche de
los años veinte en algún rincón de los Estados Unidos. Ronald
había cerrado los ojos, las manos apoyadas en las rodillas
marcaban apenas el ritmo. También Wong y Etienne habían
cerrado los ojos, la pieza estaba casi a oscuras y se oía chirriar
la púa en el viejo disco, a Oliveira le costaba creer que todo
eso estuviera sucediendo. ¿Por qué allí, por qué el Club, esas
ceremonias estúpidas, por qué era así ese blues cuando lo
cantaba Bessie? «Los intercesores», pensó otra vez, hamacándose con Babs que estaba completamente borracha y lloraba
en silencio escuchando a Bessie, estremeciéndose a compás o a
contratiempo, sollozando para adentro para no alejarse por
nada de los blues de la cama vacía, la mañana siguiente, los
zapatos en los charcos, el alquiler sin pagar, el miedo a la
vejez, imagen cenicienta del amanecer en el espejo a los pies de
la cama, los blues, el cafard[12] infinito de la vida. «Los intercesores, una irrealidad mostrándonos otra, como los santos pintados que muestran el cielo con el dedo. No puede ser que esto
exista, que realmente estemos aquí, que yo sea alguien que se
llama Horacio. Ese fantasma ahí, esa voz de una negra muerta
hace veinte años en un accidente de auto: eslabones en una
cadena inexistente, cómo nos sostenemos aquí, cómo podemos
estar reunidos esta noche si no es por un mero juego de
ilusiones, de reglas aceptadas y consentidas, de pura baraja en
las manos de un tallador inconcebible...»

—No llorés —le dijo Oliveira a Babs, hablándole al oído—.
No llorés, Babs, todo esto no es verdad.

—Oh, sí, oh sí que es verdad —dijo Babs, sonándose—. Oh,
sí que es verdad.

—Será —dijo Oliveira, besándola en la mejilla— pero no es
la verdad.

—Como esas sombras —dijo Babs, tragándose los mocos y
moviendo la mano de un lado a otro— y uno está tan triste,
Horacio, porque todo es tan hermoso.

Pero todo eso, el canto de Bessie, el arrullo de Coleman
Hawkins, ¿no eran ilusiones, y no eran algo todavía peor, la
ilusión de otras ilusiones, una cadena vertiginosa hacia atrás,
hacia un mono mirándose en el agua el primer día del mundo?
Pero Babs lloraba, Babs había dicho: «Oh sí, oh sí que es
verdad», y Oliveira, un poco borracho él también, sentía
ahora que la verdad estaba en eso, en que Bessie y Hawkins

---

[12] *cafard:* 'nostalgia, morriña'.

fueran ilusiones, porque solamente las ilusiones eran capaces de mover a sus fieles, las ilusiones y no las verdades. Y había más que eso, había la intercesión, el acceso por las ilusiones a un plano, a una zona inimaginable que hubiera sido inútil pensar porque todo pensamiento lo destruía apenas procuraba cercarlo. Una mano de humo lo llevaba de la mano, lo iniciaba en un descenso, si era un descenso, le mostraba un centro, si era un centro, le ponía en el estómago, donde el vodka hervía dulcemente cristales y burbujas, algo que otra ilusión infinitamente hermosa y desesperada había llamado en algún momento inmortalidad. Cerrando los ojos alcanzó a decirse que si un pobre ritual era capaz de excentrarlo así para mostrarle mejor un centro, excentrarlo hacia un centro sin embargo inconcebible, tal vez no todo estaba perdido y alguna vez, en otras circunstancias, después de otras pruebas, el acceso sería posible. ¿Pero acceso a qué, para qué? Estaba demasiado borracho para sentar por lo menos una hipótesis de trabajo, hacerse una idea de la posible ruta. No estaba lo bastante borracho para dejar de pensar consecutivamente, y le bastaba ese pobre pensamiento para sentir que lo alejaba cada vez más de algo demasiado lejano, demasiado precioso para mostrarse a través de esas nieblas torpemente propicias, la niebla vodka, la niebla Maga, la niebla Bessie Smith. Empezó a ver anillos verdes que giraban vertiginosamente, abrió los ojos. Por lo común después de los discos le venían ganas de vomitar.

(-106)

13

Envuelto en humo Ronald largaba disco tras disco casi sin molestarse en averiguar las preferencias ajenas, y de cuando en cuando Babs se levantaba del suelo y se ponía también a hurgar en las pilas de viejos discos de 78, elegía cinco o seis y los dejaba sobre la mesa al alcance de Ronald que se echaba hacia adelante y acariciaba a Babs que se retorcía riendo y se sentaba en sus rodillas, apenas un momento porque Ronald quería estar tranquilo para escuchar *Don't play me cheap*.

Satchmo[1] cantaba *Don't you play me cheap*
Because I lock so meek
y Babs se retorcía en las rodillas de Ronald, excitada por la manera de cantar de Satchmo, el tema era lo bastante vulgar para permitirse libertades que Ronald no le hubiera consentido cuando Satchmo cantaba *Yellow Dog Blues,* y porque en el aliento que Ronald le estaba echando en la nuca había una mezcla de vodka y sauerkraut que titilaba espantosamente a Babs. Desde su altísimo punto de mira, en una especie de admirable pirámide de humo y música y vodka y sauerkraut y manos de Ronald permitiéndose excursiones y contramarchas, Babs condescendía a mirar hacia abajo por entre los párpados entornados y veía a Oliveira en el suelo, la espalda apoyada en la pared contra la piel esquimal, fumando y ya perdidamente borracho, con una cara sudamericana resentida y amarga

---

[1] Cortázar ha proclamado muchas veces su gran admiración por *Louis Armstrong.* En esta novela, vuelve a aparecer en los capítulos 17 y 60 —este último, entre los favoritos de Morelli. Lo vio actuar en París el 9 de noviembre de 1952 y escribió el artículo «Louis Enormísimo Cronopio» (incluido en *Vuelta,* págs. 121-126). Recuérdense las críticas que hace Johnny del estilo de Satchmo (en *El perseguidor,* página 200).

donde la boca sonreía a veces entre pitada y pitada, los labios de Oliveira que Babs había deseado alguna vez (no ahora) se curvaban apenas mientras el resto de la cara estaba como lavado y ausente. Por más que le gustara el jazz Oliveira nunca entraría en el juego como Ronald, para él sería bueno o malo, hot o cool, blanco o negro, antiguo o moderno, Chicago o New Orleans, nunca el jazz, nunca eso que ahora eran Satchmo, Ronald y Babs, *Baby don't you play me cheap because I look so meek,* y después la llamada de la trompeta, el falo amarillo rompiendo el aire y gozando con avances y retrocesos y hacia el final tres notas ascendentes, hipnóticamente de oro puro, una perfecta pausa donde todo el swing del mundo palpitaba en un instante intolerable, y entonces la eyaculación de un sobreagudo resbalando y cayendo como un cohete en la noche sexual[2], la mano de Ronald acariciando el cuello de Babs y la crepitación de la púa mientras el disco seguía girando y el silencio que había en toda música verdadera se desarrimaba lentamente de las paredes, salía de debajo del diván, se despegaba como labios o capullos.

—Ça alors —dijo Etienne.

—Sí, la gran época de Armstrong —dijo Ronald, examinando la pila de discos que había elegido Babs—. Como el periodo del gigantismo en Picasso[3], si quieres. Ahora están los dos hechos unos cerdos. Pensar que los médicos inventan curas de rejuvenecimiento... Nos van a seguir jodiendo otros veinte años, verás.

—A nosotros no —dijo Etienne—. Nosotros ya les hemos pegado un tiro en el momento justo, y ojalá me lo peguen a mí cuando sea la hora.

—La hora justa, casi nada pedís, pibe —dijo Oliveira, bostezando—. Pero es cierto que ya les pegamos el tiro de gracia. Con una rosa en vez de una bala, por decirlo así. Lo que sigue es costumbre y papel carbónico, pensar que Armstrong ha ido

---

[2] La misma metáfora emplea Cortázar hablando con Evelyn Picón: «*Hot jazz* es una especie de música estática, música orgiástica como un clímax; es un orgasmo en música. Escribí una metáfora que describía eso cuando hablé de la trompeta amarilla de Louis Armstrong como si fuera un falo. Además su manera de improvisar me hace pensar en y sentir el orgasmo sexual. Asciende a una tensión extremada y luego decae» (pág. 129).

[3] Se vuelve a mencionar a *Picasso*, en esta novela, en los capítulos 21, 60, 73, 92...

ahora por primera vez a Buenos Aires, no te podés imaginar
los miles de cretinos convencidos de que estaban escuchando
algo del otro mundo, y Satchmo con más trucos que un
boxeador viejo, esquivando el bulto, cansado y monetizado y
sin importarle un pito lo que hace, pura rutina, mientras
algunos amigos que estimo y que hace veinte años se tapaban
las orejas si les ponías *Mahogany Hall Stomp,* ahora pagan
qué sé yo cuántos mangos[4] la platea para oír esos refritos.
Claro que mi país es un puro refrito, hay que decirlo con todo
cariño.

—Empezando por ti —dijo Perico detrás de un diccionario—. Aquí has venido siguiendo el molde de todos tus conna-
cionales que se largaban a París para hacer su educación
sentimental[5]. Por lo menos en España eso se aprende en el
burdel y en los toros, coño.

—Y en la condesa de Pardo Bazán —dijo Oliveira, bostezando de nuevo—. Por lo demás tenés bastante razón, pibe.
Yo en realidad donde debería estar es jugando al truco[6] con
Traveler. Verdad que no lo conocés. No conocés nada de todo
eso. ¿Para qué hablar?

(-115)

---

[4] *mangos* (familiar): 'pavos, dinero'.
[5] Otro recuerdo de Flaubert, mencionado ya en el capítulo 4.
[6] *Jugando al truco* (argentinismo): 'truque, juego de naipes'.

14

Salió del rincón donde estaba metido, puso un pie en una porción del piso después de examinarlo como si fuera necesario escoger exactamente el lugar para poner el pie, después adelantó el otro con la misma cautela, y a dos metros de Ronald y Babs empezó a encogerse hasta quedar impecablemente instalado en el suelo.

—Llueve —dijo Wong, mostrando con el dedo el tragaluz de la bohardilla.

Disolviendo la nube de humo con una lenta mano, Oliveira contempló a Wong desde un amistoso contento.

—Menos mal que alguien se decide a situarse al nivel del mar, no se ven más que zapatos y rodillas por todos lados. ¿Dónde está su vaso, che?

—Por ahí —dijo Wong.

A la larga resultó que el vaso estaba lleno y a tiro. Se pusieron a beber, apreciativos, y Ronald les soltó un John Coltrane[1] que hizo bufar a Perico. Y después un Sidney Bechet[2] época París merengue, un poco como tomada de pelo a las fijaciones hispánicas.

---

[1] *John Coltrane* (1926-1967): saxo. En 1948 descubrió a Charlie Parker y le hizo su ídolo. Significa la transición entre el jazz clásico y el *free jazz*. Tocó con Miles Davis, Thelonius Monk, Mc Coy Tyner, Elvin Jones, en actuaciones memorables. Le llamaron «sacrílego» porque su estilo une armónicos y agudos que casi resultan difíciles de soportar. Una de sus obras maestras es el poema místico «A love supreme». Alude Cortázar a que Coltrane ya no es la vanguardia *(Vuelta,* pág. 117), pero concluye *Último Round* con una cita de Miles Davis: «What John Coltrane does is to play five notes of a chord and then keep changing it around, trying to see how many different ways it can sound.»

[2] *Sidney Bechet* (Nueva Orleans, 1897-París, 1959): saxo y clarine-

—¿Es cierto que usted prepara un libro sobre la tortura?

—Oh, no es exactamente eso —dijo Wong.

—¿Qué es, entonces?

—En China se tenía un concepto distinto del arte.

—Ya lo sé, todos hemos leído al chino Mirbeau[3]. ¿Es cierto que usted tiene fotos de torturas, tomadas en Pekín en mil novecientos veinte o algo así?[4].

—Oh, no —dijo Wong, sonriendo—. Están muy borrosas, no vale la pena mostrarlas.

—¿Es cierto que siempre lleva la peor en la cartera?

—Oh, no —dijo Wong.

—¿Y que la ha mostrado a unas mujeres en un café?

—Insistían tanto —dijo Wong—. Lo peor es que no comprendieron nada.

—A ver —dijo Oliveira, estirando la mano.

Wong se puso a mirarle la mano, sonriendo. Oliveira estaba demasiado borracho para insistir. Bebió más vodka y cambió de postura. Le pusieron una hoja de papel doblada en cuatro en la mano. En lugar de Wong había una sonrisa de gato de Cheshire y una especie de reverencia entre el humo. El poste debía medir unos dos metros, pero había ocho postes, solamente que era el mismo poste repetido ocho veces en cuatro series de dos fotos cada una, que se miraban de izquierda a derecha y de arriba abajo, el poste era exactamente el mismo a pesar de ligeras diferencias de enfoque, lo único que iba cambiando era el condenado sujeto al poste, las caras de los asistentes (había una mujer a la izquierda) y la posición del verdugo, siempre un poco a la izquierda por gentileza hacia el fotógrafo, algún etnólogo norteamericano o danés con buen pulso pero una Kodak del año veinte, instantáneas bastante malas, de manera que aparte de la segunda foto, cuando la suerte de los cuchillos había decidido oreja derecha y el resto del cuerpo desnudo se veía perfectamente nítido, las otras

---

te. Uno de los mayores propagandistas del estilo de Nueva Orleans. El director de orquesta Ernest Ansermet alabó su «genio, extraordinario virtuosismo e improvisación». Puede verse su libro *Treat is gentle* (1960). Vuelve a ser mencionado en el capítulo 21.

[3] *Mirbeau:* quizá sea una broma, refiriéndose al francés Octave Mirbeau, autor del *Diario de una camarera* y *El jardín de los suplicios.*.

[4] Estas fotografías fueron reproducidas por Bataille en *Les Larmes d'Eros.* Han estudiado esta relación Severo Sarduy y Emir Rodríguez Monegal (en el volumen editado por Pedro Lastra, págs. 143-144).

fotos, entre la sangre que iba cubriendo el cuerpo y la mala calidad de la película o del revelado, eran bastante decepcionantes sobre todo a partir de la cuarta, en que el condenado no era más que una masa negruzca de la que sobresalía la boca abierta y un brazo muy blanco, las tres últimas fotos eran prácticamente idénticas salvo la actitud del verdugo, en la sexta foto agachado junto a la bolsa de los cuchillos, sacando la suerte (pero debía trampear, porque si empezaban por los cortes más profundos...), y mirando mejor se alcanzaba a ver que el torturado estaba vivo porque un pie se desviaba hacia afuera a pesar de la presión de las sogas, y la cabeza estaba echada hacia atrás, la boca siempre abierta, en el suelo la gentileza china debía haber amontonado abundante aserrín porque el charco no aumentaba, hacía un óvalo casi perfecto en torno al poste. «La séptima es la crítica», la voz de Wong venía desde muy atrás del vodka y el humo, había que mirar con atención porque la sangre chorreaba desde los dos medallones de las tetillas profundamente cercenadas (entre la segunda y tercera foto), pero se veía que en la séptima había salido un cuchillo decisivo porque la forma de los muslos ligeramente abiertos hacia afuera parecía cambiar, y acercándose bastante la foto a la cara se veía que el cambio no era en los muslos sino entre las ingles, en lugar de la mancha borrosa de la primera foto había como un agujero chorreado, una especie de sexo de niña violada de donde saltaba la sangre en hilos que resbalaban por los muslos. Y si Wong desdeñaba la octava foto debía tener razón porque el condenado ya no podía estar vivo, nadie deja caer en esa forma la cabeza de costado. «Según mis informes la operación total duraba una hora y media», observó ceremoniosamente Wong. La hoja de papel se plegó en cuatro, una billetera de cuero negro se abrió como un caimancito para comérsela entre el humo. «Por supuesto, Pekín ya no es el de antes. Lamento haberle mostrado algo bastante primitivo, pero otros documentos no se pueden llevar en el bolsillo, hacen falta explicaciones, una iniciación...» La voz llegaba de tan lejos que parecía una prolongación de las imágenes, una glosa de letrado ceremonioso. Por encima o por debajo Big Bill Broonzy [5] empezó a

---

[5] *Big Bill Broonzy* (1893-1958): uno de los más grandes cantantes de la primera tradición del blues y brillante guitarrista. Su verdadero nombre era William Lee Couley. Su madre, que había nacido esclava, murió en 1957 a los ciento dos años. Visitó Europa y se hizo muy popular

salmodiar *See, see, rider,* como siempre todo convergía desde
dimensiones inconciliables, un grotesco *collage* que había que
ajustar con vodka y categorías kantianas, esos tranquilizantes
contra cualquier coagulación demasiado brusca de la realidad.
O, como casi siempre, cerrar los ojos y volverte atrás, al
mundo algodonoso de cualquier otra noche escogida atentamente de entre la baraja abierta. *See, see, rider,* cantaba Big
Bill, otro muerto, *see what you have done.*

(-114)

---

en la década de los 50. La canción *See, see rider* es tradicional, aunque
se le suele asignar; sigue siendo muy popular, la cantan, por ejemplo,
Eric Burdon & The Animals.

15

Entonces era tan natural que se acordara de la noche en el canal Saint-Martin[1], la propuesta que le habían hecho (mil francos) para ver una película en la casa de un médico suizo. Nada, un operador del Eje que se las había arreglado para filmar un ahorcamiento con todos los detalles. En total dos rollos, eso sí mudos. Pero una fotografía admirable, se lo garantizaban. Podía pagar a la salida.

En el minuto necesario para resolverse a decir que no y mandarse mudar del café con la negra haitiana amiga del amigo del médico suizo, había tenido tiempo de imaginar la escena y situarse, cuándo no, del lado de la víctima. Que ahorcaran a alguien era-lo-que-era, sobraban las palabras, pero si ese alguien había sabido (y el refinamiento podía haber estado en decírselo) que una cámara iba a registrar cada instante de sus muecas y sus retorcimientos para deleite de dilettantes del futuro... «Por más que me pese nunca seré un indiferente como Etienne», pensó Oliveira. «Lo que pasa es que me obstino en la inaudita idea de que el hombre ha sido creado para otra cosa. Entonces, claro... Qué pobres herramientas para encontrarle una salida a este agujero.» Lo peor era que había mirado fríamente las fotos de Wong, tan sólo porque el torturado no era su padre, aparte de que ya hacía cuarenta años de la operación pekinesa.

---

[1] *canal Saint-Martin:* está situado al norte de la plaza de la República. Construido a fines del siglo XIX, une el Sena con el canal de L'Ourcq. Una parte de él es un túnel. La zona más romántica, con barcazas y puentes y bordeada por árboles, es la que se extiende entre el Sq. Fréderic Lemaître y la rue Bichat. En el capítulo 21, Oliveira y la Maga se besan «junto a las barcazas del canal Saint-Martin». En *62,* este canal forma parte de «la zona» que reúne al grupo de amigos (pág. 15).

—Mirá —le dijo Oliveira a Babs, que se había vuelto con él después de pelearse con Ronald que insistía en escuchar a Ma Rainey[2] y se despectivaba contra Fats Waller[3]—, es increíble cómo se puede ser de canalla. ¿Qué pensaba Cristo en la cama antes de dormirse, che? De golpe, en la mitad de una sonrisa la boca se te convierte en una araña peluda.

—Oh —dijo Babs—. Delirium tremens no, eh. A esta hora.

—Todo es superficial, nena, todo es epi-dér-mico. Mirá, de muchacho yo me las agarraba con las viejas de la familia, hermanas y esas cosas, toda la basura genealógica, ¿sabés por qué? Bueno, por un montón de pavadas[4], pero entre ellas porque a las señoras cualquier fallecimiento, como dicen ellas, cualquier crepación que ocurre en la cuadra es muchísimo más importante que un frente de guerra, un terremoto que liquida a diez mil tipos, cosas así. Uno es verdaderamente cretino, pero cretino a un punto que no te podés imaginar, Babs, porque para eso hay que haberse leído todo Platón, varios padres de la iglesia, los clásicos sin que falte ni uno, y además saber todo lo que hay que saber sobre todo lo cognoscible, y exactamente en ese momento uno llega a un cretinismo tan increíble que es capaz de agarrar a su pobre madre analfabeta por la punta de la mañanita y enojarse porque la señora está afligidísima a causa de la muerte del rusito de la esquina o de la sobrina de la del tercero. Y uno le habla del terremoto de Bab El Mandeb[5] o de la ofensiva de Vardar Ingh[6], y pretende

---

[2] *Ma Rainey:* «la madre del blues», nacida en Georgia en 1886, la más antigua cantante de blues conocida, que ha influido a todas. Sus discos, mal grabados, no dan idea de su arte, que se puede apreciar a través de su discípula Bessie Smith.

[3] *Fats Waller* (1904-1943): pianista y organista neoyorkino. Colaboró con Bessie Smith, Louis Armstrong... Le caracteriza el *swing*, la musicalidad y el sentido del humor. En los últimos años, un *musical* de Broadway, *Ain't misbehaving,* ha renovado su recuerdo.

[4] *pavadas:* 'bobadas'.

[5] *Bab El Mandeb* es el estrecho situado entre Arabia y África, por el cual el mar Rojo comunica con el golfo de Adén. El nombre, árabe, significa 'Puerta de las lágrimas'.

[6] El Vardar es el río más importante de la región macedónica, riega el valle pintoresco del mismo nombre y desemboca en el golfo de Salónica. En la Primera Guerra Mundial, durante la campaña de Macedonia, fue teatro de importantes combates, entre el ejército austro-germano-búlgaro y las fuerzas aliadas, que terminaron con la victoria definitiva de estas últimas, en octubre de 1918.

que la infeliz se compadezca en abstracto de la liquidación de tres clases del ejército iranio...

—Take it easy —dijo Babs—. Have a drink, sonny, don't be such a murder to me.

—Y en realidad todo se reduce a aquello de que ojos que no ven... ¿Qué necesidad, decime, de pegarles a las viejas en el coco con nuestra puritana adolescencia de cretinos mierdosos? Che, qué sbornia [7] tengo, hermano. Yo me voy a casa.

Pero le costaba renunciar a la manta esquimal tan tibia, a la contemplación lejana y casi indiferente de Gregorovius en pleno interviú sentimental de la Maga. Arrancándose a todo como si desplumara un viejo gallo cadavérico que resiste como macho que ha sido, suspiró aliviado al reconocer el tema de *Blue Interlude,* un disco que había tenido alguna vez en Buenos Aires. Ya ni se acordaba del personal de la orquesta pero sí que ahí estaba Benny Carter [8] y quizá Chu Berry [9], y oyendo el difícilmente sencillo solo de Teddy Wilson [10] decidió que era mejor quedarse hasta el final de la discada. Wong había dicho que estaba lloviendo. Ese debía ser Chu Berry, a menos que fuera Hawkins en persona, pero no, no era Hawkins. «Increíble cómo nos estamos empobreciendo todos», pensó Oliveira mirando a la Maga que miraba a Gregorovius que miraba el aire. «Acabaremos por ir a la Bibliothèque Mazarine a hacer fichas sobre las mandrágoras, los collares de los bantúes o la historia comparada de las tijeras para uñas.» Imaginar un repertorio de insignificancias, el enorme trabajo de investigar-

---

[7] *sbornia* (italianismo): 'borrachera'.

[8] *Benny Carter:* «El nombre literario que encubre a Charlie Parker... bien podría ser la reunión del nombre y del apellido de dos contemporáneos, saxofonistas altos los dos: Benny Carter y Johnny Hodges» (nota 16 de Gustavo Domínguez).

[9] *Chu Berry* (1910-1941): saxo tenor, tocó en los años 30 con Benny Carter, luego con la orquesta de Fletcher Henderson (1935-36), junto con Roy Eldridge, y, por fin, con la banda de Cab Calloway, hasta que murió, en accidente de coche. Está considerado por algunos como uno de los tres mejores saxos, junto con Coleman Hawkins y Lester Young. No debe confundírsele con el músico del mismo nombre, que se hizo popular con el rock.

[10] Theodore *(Teddy) Wilson:* nacido en 1912, pianista y compositor. Apareció a mediados de los 30 como gran pianista, comparable a Haynes. Fue el acompañante preferido de Billie Halliday. El tema mencionado por Cortázar, *Blue Interlude*, lo grabó con Benny Carter en Nueva York en 1933.

las y conocerlas a fondo. Historia de las tijeras para uñas, dos
mil libros para adquirir la certidumbre de que hasta 1675 no
se menciona este adminículo. De golpe en Maguncia alguien
estampa la imagen de una señora cortándose una uña. No es
exactamente un par de tijeras, pero se le parece. En el siglo XVIII un tal Philip McKinney patenta en Baltimore las primeras tijeras con resorte: problema resuelto, los dedos pueden
presionar de lleno para cortar las uñas de los pies, increíblemente córneas, y la tijera vuelve a abrirse automáticamente.
Quinientas fichas, un año de trabajo. Si pasáramos ahora a la
invención del tornillo o al uso del verbo «gond» en la literatura pali del siglo VIII. Cualquier cosa podía ser más interesante
que adivinar el diálogo entre la Maga y Gregorovius. Encontrar una barricada, cualquier cosa, Benny Carter, las tijeras de
uñas, el verbo gond, otro vaso, un empalamiento ceremonial
exquisitamente conducido por un verdugo atento a los menores detalles, o Champion Jack Dupree [11] perdido en los blues,
mejor barricado que él porque (y la púa hacía un ruido
horrible)

> *Say goodbye, goodbye to whiskey*
> *Lordy, so long to gin,*
> *Say goodbye, goodbye to whiskey*
> *Lordy, so long to gin.*
> *I just want my reefers,*
> *I just want to feel high again —*

De manera que con toda seguridad Ronald volvería a Big Bill
Broonzy, guiado por asociaciones que Oliveira conocía y respetaba, y Big Bill les hablaría de otra barricada con la misma
voz con que la Maga le estaría contando a Gregorovius su
infancia en Montevideo, Big Bill sin amargura, matter of fact,

> *They said if you white, you all right,*
> *If you brown, stick aroun',*
> *But as you black*
> *Mm, mm, brother, get back, get back, get back.*

—Ya sé que no se gana nada —dijo Gregorovius—. Los
recuerdos sólo pueden cambiar el pasado menos interesante.

—Sí, no se gana nada —dijo la Maga.

---

[11] *Champion Jack Dupree:* nacido en Nueva Orleans en 1910, pianista y cantante. Su sobrenombre deriva de que fue boxeador, durante
la Depresión. Actuó habitualmente como pianista de club. Decía:
«Mis canciones hablan de mis experiencias en la vida o de lo que he
visto de la vida de otras gentes.»

—Por eso, si le pedí que me hablara de Montevideo, fue porque usted es como una reina de baraja para mí, toda de frente pero sin volumen. Se lo digo así para que me comprenda.

—Y Montevideo es el volumen... Pavadas, pavadas, pavadas. ¿A qué le llama tiempos viejos, usted? A mí todo lo que me ha sucedido me ha sucedido ayer, anoche a más tardar.

—Mejor —dijo Gregorovius—. Ahora es una reina, pero no de baraja.

—Para mí, entonces no es hace mucho. Entonces es lejos, muy lejos, pero no hace mucho. Las recovas de la plaza Independencia, vos también las conocés, Horacio, esa plaza tan triste con las parrilladas, seguro que por la tarde hubo algún asesinato y los canillitas están voceando el diario en las recovas.

—La lotería y todos los premios —dijo Horacio.

—La descuartizada del Salto, la política, el fútbol...

—El vapor de la carrera, una cañita [12] Ancap. Color local, che.

—Debe ser tan exótico —dijo Gregorovius, poniéndose de manera de taparle la visión a Oliveira y quedarse más solo con la Maga que miraba las velas y seguía el compás con el pie.

—En Montevideo no había tiempo, entonces —dijo la Maga—. Vivíamos muy cerca del río, en una casa grandísima con un patio. Yo tenía siempre trece años, me acuerdo tan bien. Un cielo azul, trece años, la maestra de quinto grado era bizca. Un día me enamoré de un chico rubio que vendía diarios en la plaza. Tenía una manera de decir «dário» que me hacía sentir como un hueco aquí... Usaba pantalones largos pero no tenía más de doce años. Mi papá no trabajaba, se pasaba las tardes tomando mate en el patio. Yo perdí a mi mamá cuando tenía cinco años, me criaron unas tías que después se fueron al campo. A los trece años estábamos solamente mi papá y yo en la casa. Era un conventillo y no una casa. Había un italiano, dos viejas, y un negro y su mujer que se peleaban por la noche pero después tocaban la guitarra y cantaban. El negro tenía unos ojos colorados, como una boca mojada. Yo les tenía un poco de asco, prefería jugar en la calle. Si mi padre me encontraba jugando en la calle me hacía entrar y me pegaba. Un día, mientras me estaba pegando, vi que el negro espiaba por la puerta entreabierta. Al principio

[12] *cañita Ancap:* aguardiente de caña, que se obtiene de la destilación directa de la melaza o miel de la caña de azúcar. La Ancap es una marca muy barata y popular, fabricada por una empresa nacional uruguaya de combustibles.

no me di bien cuenta, parecía que se estaba rascando la pierna, hacía algo con la mano... Papá estaba demasiado ocupado pegándome con un cinturón. Es raro cómo se puede perder la inocencia de golpe, sin saber siquiera que se ha entrado en otra vida. Esa noche, en la cocina, la negra y el negro cantaron hasta tarde, yo estaba en mi pieza y había llorado tanto que tenía una sed horrible, pero no quería salir. Mi papá tomaba mate en la puerta. Hacía un calor que usted no puede entender, todos ustedes son de países fríos. Es la humedad, sobre todo, cerca del río, parece que en Buenos Aires es peor, Horacio dice que es mucho peor, yo no sé. Esa noche yo sentía la ropa pegada, todos tomaban y tomaban mate, dos o tres veces salí y fui a beber de una canilla que había en el patio entre los malvones. Me parecía que el agua de esa canilla era más fresca. No había ni una estrella, los malvones olían áspero, son unas plantas groseras, hermosísimas, usted tendría que acariciar una hoja de malvón. Las otras piezas ya habían apagado la luz, papá se había ido al boliche del tuerto Ramos, yo entré el banquito, el mate y la pava vacía que él siempre dejaba en la puerta y que nos iban a robar los vagos del baldío de al lado. Me acuerdo que cuando crucé el patio salió un poco de luna y me paré a mirar, la luna siempre me daba como frío, yo creía en esas cosas, tenía nada más que trece años. Después bebí otro poco de la canilla y me volví a mi pieza que estaba arriba, subiendo una escalera de fierro donde una vez a los nueve años me disloqué un tobillo. Cuando iba a encender la vela de la mesa de luz una mano caliente me agarró por el hombro, sentí que cerraban la puerta, otra mano me tapó la boca, y empecé a oler a catinga[13], el negro me sobaba por todos lados y me decía cosas en la oreja, me babeaba la cara, me arrancaba la ropa y yo no podía hacer nada, ni gritar siquiera porque sabía que me iba a matar si gritaba y no quería que me mataran, cualquier cosa era mejor que eso, morir era la peor ofensa, la estupidez más completa. ¿Por qué me mirás con esa cara, Horacio? Le estoy contando cómo me violó el negro del conventillo, Gregorovius tiene tantas ganas de saber cómo vivía yo en el Uruguay.

—Contáselo con todos los detalles —dijo Oliveira.

—Oh, una idea general es bastante —dijo Gregorovius.

—No hay ideas generales —dijo Oliveira.

(-120)

---

[13] *catinga* (voz guaraní): 'olor que los negros exhalan al transpirar'.

16

Cuando se fue de la pieza era casi de madrugada, y yo ya ni sabía llorar.

—El asqueroso —dijo Babs.

—Oh, la Maga merecía ampliamente ese homenaje —dijo Etienne—. Lo único curioso, como siempre, es el divorcio diabólico de las formas y los contenidos. En todo lo que contaste el mecanismo es casi exactamente el mismo que entre dos enamorados, aparte de la menor resistencia y probablemente la menor agresividad.

—Capítulo ocho, sección cuatro, párrafo A —dijo Oliveira—. Presses Universitaires Françaises.

—Ta gueule —dijo Etienne.

—En resumen —opinó Ronald— ya sería tiempo de escuchar algo así como *Hot and Bothered*[1].

—Título apropiado a las circunstancias rememoradas —dijo Oliveira llenando su vaso—. El negro fue un valiente, che.

—No se presta a bromas —dijo Gregorovius.

—Usted se lo buscó, amigazo.

—Y usted está borracho, Horacio.

—Por supuesto. Es el gran momento, la hora lúcida. Vos, nena, deberías emplearte en alguna clínica gerontológica. Miralo a Ossip, tus amenos recuerdos le han sacado por lo menos veinte años de encima.

—Él se lo buscó —dijo resentida la Maga—. Ahora que no salga diciendo que no le gusta. Dame vodka, Horacio.

Pero Oliveira no parecía dispuesto a inmiscuirse más entre la Maga y Gregorovius, que murmuraba explicaciones poco

---

[1] *Hot and Bothered:* histórica grabación de Duke Ellington y su orquesta. Al reeditarse en Inglaterra, el director y compositor británico Constant Lambert la comparó con lo mejor de Ravel y Strawinsky.

escuchadas. Mucho más se oyó la voz de Wong ofreciéndose a hacer el café. Muy fuerte y caliente, un secreto aprendido en el casino de Menton. El Club aprobó por unanimidad, aplausos. Ronald besó cariñosamente la etiqueta de un disco, lo hizo girar, le acercó la púa ceremoniosamente. Por un instante la máquina Ellington[2] los arrasó con la fabulosa payada de la trompeta y Baby Cox[3], la entrada sutil y como si nada de Johnny Hodges[4], el crescendo (pero ya el ritmo empezaba a endurecerse después de treinta años, un tigre viejo aunque todavía elástico) entre riffs tensos y libres a la vez, pequeño difícil milagro: *Swing, ergo soy.* Apoyándose en la manta esquimal, mirando las velas verdes a través de la copa de vodka (íbamos a ver los peces al Quai de la Mégisserie) era casi sencillo pensar que quizá eso que llamaban la realidad merecía la frase despectiva del Duke, *It don't mean a thing if it ain't that swing,* pero por qué la mano de Gregorovius había dejado de acariciar el pelo de la Maga, ahí estaba el pobre Ossip más lamido que una foca, tristísimo con el desfloramiento archipretérito, daba lástima sentirlo rígido en esa atmósfera donde la música aflojaba las resistencias y rejía como una respiración común, la paz de un solo enorme corazón latiendo para todos, asumiéndolos a todos[5]. Y ahora una voz rota, abriéndose paso desde un disco gastado, proponiendo sin saberlo la vieja invitación renacentista, la vieja tristeza anacreóntica, un *carpe diem* Chicago 1929.

---

[2] *Duke Ellington* (1899-1974): pianista y creador de la gran orquesta de jazz. Compuso más de 450 temas y grabó más de 2.000. Nos ha dejado sus recuerdos en el libro *Music is my mistress;* en él dice: «Mi instrumento no es el piano, es la orquesta entera.» Ha recordado Cortázar «la gran revelación que fue Duke Ellington» (González Bermejo, pág. 104). Pasó a la historia como *The Duke.*

[3] *Baby Cox:* cantante solista de la mítica orquesta de Duke. Actuó, por ejemplo, en la grabación citada en la nota 2 y algunos críticos le censuraron sus «entradas a destiempo».

[4] *Johnny Hodges:* el gran amigo y colaborador de Duke. Se le suele considerar el mejor saxo alto antes de Charlie Parker.

[5] Recuerda esta frase el final del poema «En la plaza», de Vicente Aleixandre: «¡Oh pequeño corazón diminuto, corazón que quiere latir / para ser él también el unánime corazón que le alcanza!» *(Historia del corazón,* prólogo de José Luis Cano, Madrid, Espasa-Calpe, Selecciones Austral, 1983, pág. 64).

You so beautiful but you gotta die some day,
You so beautiful but you gotta die some day,
All I want's a little lovin' before you pass away.

De cuando en cuando ocurría que las palabras de los muertos coincidían con lo que estaban pensando los vivos (si unos
estaban vivos y los otros muertos). You so beautiful. Je ne
veux pas mourir sans avoir compris pourquoi j'avais vécu. Un
blues, René Daumal, Horacio Oliveira, but you gotta die some
day, you so beautiful but — Y por eso Gregorovius insistía en
conocer el pasado de la Maga, para que se muriera un poco
menos de esa muerte hacia atrás que es toda ignorancia de las
cosas arrastradas por el tiempo, para fijarla en su propio
tiempo, you so beautiful but you gotta, para no amar a un
fantasma que se deja acariciar el pelo bajo la luz verde, pobre
Ossip, y qué mal estaba acabando la noche, todo tan increíblemente tan, los zapatos de Guy Monod, but you gotta die some
day, el negro Ireneo (después, cuando agarrara confianza, la
Maga le contaría lo de Ledesma, lo de los tipos la noche de
carnaval, la saga montevideana completa). Y de golpe, con una
desapasionada perfección, Earl Hines[6] proponía la primera
variación de *I ain't got nobody*, y hasta Perico, perdido en una
lectura remota, alzaba la cabeza contra el muslo de Gregorovius y miraba el parquet, el pedazo de alfombra turca, una
hebra roja que se perdía en el zócalo, un vaso vacío al lado de
la pata de una mesa. Quería fumar pero no iba a pedirle un
cigarrillo a Gregorovius, sin saber por qué no se lo iba a pedir
y tampoco a Horacio, pero sabía por qué no iba a pedírselo a
Horacio, no quería mirarlo en los ojos y que él se riera otra
vez vengándose de que ella estuviera pegada a Gregorovius y
en toda la noche no se le hubiera acercado. Desvalida, se le
ocurrían pensamientos sublimes, citas de poemas que se apro-
piaba para sentirse en el corazón mismo de la alcachofa, por

---

[6] *Earl Hines*. Ha declarado Cortázar; «Tengo que añadir a Earl
Hines. Es un pianista a quien realmente adoro. Es increíble. Tiene
unos 70 años, pero yo lo vi hace un año y parece tener 45. Es muy
joven y toca como un Dios» (Evelyn Picón, pág. 129). «A la hora de
su muerte, si hay tiempo y lucidez, Lucas pedirá escuchar dos cosas, el
último quinteto de Mozart y un cierto solo de piano sobre el tema de
I ain't got nobody. Si siente que el tiempo no alcanza, pedirá solamente
el disco de piano. Larga es la lista, pero él ya ha elegido. Desde el
fondo del tiempo, Earl Hines lo acompañará» *(Lucas,* pág. 208).

un lado *I ain't got nobody, and nobody cares for me,* que no era cierto ya que por lo menos dos de los presentes estaban malhumorados por causa de ella, y al mismo tiempo un verso de Perse[7], algo así como *Tu est là, mon amour, et je n'ai lieu qu'en toi,* donde la Maga se refugiaba apretándose contra el sonido de *lieu,* de *Tu est là, mon amour,* la blanda aceptación de la fatalidad que exigía cerrar los ojos y sentir el cuerpo como una ofrenda, algo que cualquiera podía tomar y manchar y exaltar como Ireneo, y que la música de Hines coincidiera con manchas rojas y azules que bailaban por dentro de sus párpados y se llamaban, no se sabía por qué, Volaná, y Valené, a la izquierda Volaná *(and nobody cares for me)* girando enloquecidamente, arriba Valené, suspendida como una estrella de un azul pierodellafrancesca[8]; *et je n'ai lieu qu'en toi,* Volaná y Valené, Ronald no podría tocar jamás el piano como Earl Hines, en realidad Horacio y ella deberían tener ese disco y escucharlo de noche en la oscuridad, aprender a amarse con esas frases, esas largas caricias nerviosas, *I ain't got nobody* en la espalda, en los hombros, los dedos detrás del cuello, entrando las uñas en el pelo y retirándolas poco a poco, un torbellino final y Valené se fundía con Volaná, *tu est là, mon amour and nobody cares for me,* Horacio estaba ahí pero nadie se ocupaba de ella, nadie le acariciaba la cabeza, Valené y Volaná habían desaparecido y los párpados le dolían a fuerza de apretarlos, se oía hablar a Ronald y entonces olor a café, ah, olor maravilloso del café, Wong querido, Wong Wong Wong.

Se enderezó, parpadeando, miró a Gregorovius que parecía como menoscabado y sucio. Alguien le alcanzó una taza.

(-137)

---

[7] Saint John *Perse:* poeta francés, premio Nobel en 1960. Obras: *Anábasis, Exilio...*
[8] Piero della Francesca (1416-1492): pintor del Quattrocento florentino. Su obra maestra son los frescos de la iglesia de San Francisco en Arezzo.

—No me gusta hablar de él por hablar —dijo la Maga.

—Está bien —dijo Gregorovius—. Yo solamente preguntaba.

—Puedo hablar de otra cosa, si lo que quiere es oír hablar.

—No sea mala.

—Horacio es como el dulce de guayaba —dijo la Maga.

—¿Qué es el dulce de guayaba?

—Horacio es como un vaso de agua en la tormenta.

—Ah —dijo Gregorovius.

—Él tendría que haber nacido en esa época de que habla madame Léonie cuando está un poco bebida. Un tiempo en que nadie estaba tranquilo, los tranvías eran a caballo y las guerras ocurrían en el campo. No había remedios contra el insomnio, dice madame Léonie.

—La bella edad de oro —dijo Gregorovius—. En Odessa también me han hablado de tiempos así. Mi madre, tan romántica, con su pelo suelto... Criaban los ananás[1] en los balcones, de noche no había necesidad de escupideras, era algo extraordinario. Pero yo no lo veo a Horacio metido en esa jalea real.

—Yo tampoco, pero estaría menos triste. Aquí todo le duele, hasta las aspirinas le duelen. De verdad, anoche le hice tomar una aspirina porque tenía dolor de muelas. La agarró y se puso a mirarla, le costaba muchísimo decidirse a tragarla. Me dijo unas cosas muy raras, que era infecto usar cosas que en realidad uno no conoce, cosas que han inventado otros para calmar otras cosas que tampoco se conocen... Usted sabe cómo es cuando empieza a darle vueltas.

---

[1] *ananás:* 'planta exótica, con flores de color morado y frutos grandes en forma de piña'.

—Usted ha repetido varias veces la palabra «cosa» —dijo
Gregorovius—. No es elegante pero en cambio muestra muy
bien lo que le pasa a Horacio. Una víctima de la cosidad, es
evidente.

—¿Qué es la cosidad? —dijo la Maga.

—La cosidad es ese desagradable sentimiento de que allí
donde termina nuestra presunción empieza nuestro castigo.
Lamento usar un lenguaje abstracto y casi alegórico, pero
quiero decir que Oliveira es patológicamente sensible a la
imposición de lo que lo rodea, del mundo en que se vive, de lo
que le ha tocado en suerte, para decirlo amablemente. En una
palabra, le revienta la circunstancia. Más brevemente, le duele
el mundo. Usted lo ha sospechado, Lucía, y con una inocencia
deliciosa imagina que Oliveira sería más feliz en cualquiera de
las Arcadias de bolsillo que fabrican las madame Léonie de
este mundo, sin hablar de mi madre la de Odessa. Porque
usted no se habrá creído lo de los ananás, supongo.

—Ni lo de las escupideras —dijo la Maga—. Es difícil de
creer.

A Guy Monod se le había ocurrido despertarse cuando
Ronald y Etienne se ponían de acuerdo para escuchar a Jelly
Roll Morton [2]; abriendo un ojo decidió que esa espalda que se
recortaba contra la luz de las velas verdes era la de Gregorovius. Se estremeció violentamente, las velas verdes vistas desde
una cama le hacían mala impresión, la lluvia en la claraboya
mezclándose extrañamente con un resto de imágenes de sueño,
había estado soñando con un sitio absurdo pero lleno de sol,
donde Gaby andaba desnuda tirando migas de pan a unas
palomas grandes como patos y completamente estúpidas. «Me
duele la cabeza», se dijo Guy. No le interesaba en absoluto
Jelly Roll Morton aunque era divertido oír la lluvia en la
claraboya y que Jelly Roll cantara: *Stood in a corner, with her*

---

[2] *Jelly Roll Morton* (1885-1941): pianista criollo y director de or-
questa de origen francés, uno de los más grandes creadores del estilo
Nueva Orleans. Sus mejores grabaciones corresponden a los años 20.
Declaró: «El jazz es un estilo, no una composición. Cualquier música
puede ser interpretada en jazz: no es lo que tocas lo que cuenta, sino
la manera en que lo tocas.» «Tendría 14 años cuando oí a Jelly Roll
Morton...» (Evelyn Picón, pág. 127). Dice un poema del *Libro de
Manuel:* «(yo ya no tengo tiempo ni me importan las modas, / mezclo
Jelly Roll Morton con Gardel y Stockhausen, / loado sea el Cordero)»
(pág. 353).

feet soaked and wet..., seguramente Wong hubiera fabricado
en seguida una teoría sobre el tiempo real y el poético, ¿pero
sería cierto que Wong había hablado de hacer café? Gaby
dándole migas a las palomas y Wong, la voz de Wong metiéndose entre las piernas de Gaby desnuda en un jardín con flores
violentas, diciendo: «Un secreto aprendido en el casino de
Menton.» Muy posible que Wong, después de todo, apareciera
con una cafetera· llena.

Jelly Roll estaba en el piano marcando suavemente el compás con el zapato a falta de mejor percusión, Jelly Roll podía
cantar *Mamie's Blues* hamacándose un poco, los ojos fijos en
una moldura del cielo raso, o era una mosca que iba y venía
en los ojos de Jelly Roll. *Two-nineteen done took my baby
away...* La vida había sido eso, trenes que se iban llevándose y
trayéndose a la gente mientras uno se quedaba en la esquina
con los pies mojados, oyendo un piano mecánico y carcajadas
manoseando las vitrinas amarillentas de la sala donde no
siempre se tenía dinero para entrar. *Two-nineteen done took
my baby away...* Babs había tomado tantos trenes en la vida, le
gustaba viajar en tren si al final había algún amigo esperándola, si Ronald le pasaba la mano por la cadera, dulcemente
como ahora, dibujándole la música en la piel, *Two-seventeen'll
bring her back some day,* por supuesto algún día otro tren la
traería de vuelta, pero quién sabe si Jelly Roll iba a estar en
ese andén, en ese piano, en esa hora en que había cantado los
blues de Mamie Desdume, la lluvia sobre una claraboya de
París a la una de la madrugada, los pies mojados y la puta que
murmura *If you can't give a dollar, gimme a lousy dime,* Babs
había dicho cosas así en Cincinati, todas las mujeres habían
dicho cosas así alguna vez en alguna parte, hasta en las camas
de los reyes, Babs se hacía una idea muy especial de las camas
de los reyes pero de todos modos alguna mujer habría dicho
una cosa así, *If you can't give a million, gimme a lousy grand,*
cuestión de proporciones, y por qué el piano de Jelly Roll era
tan triste, tan esa lluvia que había despertado a Guy, que estaba haciendo llorar a la Maga, y Wong que no venía con el café.

—Es demasiado —dijo Etienne, suspirando—. Yo no sé
cómo puedo aguantar esa basura. Es emocionante pero es una
basura.

—Por supuesto no es una medalla de Pisanello[3] —dijo
Oliveira.

---

[3] *Pisanello* (1377-1455): pintor de la escuela de Verona, es también

—Ni un opus cualquier cosa de Schoenberg[4] —dijo Ronald—. ¿Por qué me lo pediste? Aparte de inteligencia te falt˜ caridad. ¿Alguna vez tuviste los zapatos metidos en el agua a medianoche? Jelly Roll sí, se ve cuando canta, es algo que s sabe, viejo.

—Yo pinto mejor con los pies secos —dijo Etienne—. Y no me vengas con argumentos de la Salvation Army. Mejor harías en poner algo más inteligente, como esos solos de Sonny Rollins[5]. Por lo menos los tipos de la West Coast hacen pensar en Jackson Pollock[6] o en Tobey[7], se ve que ya han salido de la edad de la pianola y la caja de acuarelas.

—Es capaz de creer en el progreso del arte —dijo Oliveira, bostezando—. No le hagás caso, Ronald, con la mano libre que te queda sacá el disquito del Stack O'Lee Blues[8], al fin y al cabo tiene un solo de piano que me parece meritorio.

—Lo del progreso en el arte son tonterías archisabidas —dijo Etienne—. Pero en el jazz como en cualquier arte hay siempre un montón de chantajistas. Una cosa es la música que

el gran maestro de las medallas, un arte que resucita en el Quattrocento.

[4] Arnold *Schoenberg* (1874-1951): una de las principales figuras de la escuela de Viena. Obras: *Noche transfigurada, Gurrelieder, Pierrot lunar...* En el capítulo 28 se alude concretamente a un cuarteto: sus cuatro cuartetos de cuerda han sido grabados por el Cuarteto Juilliard.

[5] *Sonny Rollins:* nació en 1929. Su verdadero nombre es Theodore Walter. Saxo tenor, influido por Charlie Parker. Artista desigual, contradictorio, ha interrumpido varias veces su carrera para buscar nuevos caminos. Tocó en Madrid en el Festival de Jazz de 1982. Mito, ya, absoluto en la historia del jazz.

[6] *Jackson Pollock* (1912-1956)): uno de los creadores del expresionismo abstracto norteamericano y la *action painting.* Vuelve a ser citado en el capítulo 99. Lucas prepara una torta para Gladis «con arabescos considerablemente inspirados por Jackson Pollock» (página 172). Osvaldo López Chuhurra compara el nuevo lenguaje de *Rayuela* con la pincelada de Pollock (Helmy F. Giacoman: *Homenaje*, página 232).

[7] Mark *Tobey:* nacido en 1890, pertenece a la misma escuela que Pollock, pero ha sido influido también por el budismo y la caligrafía china.

[8] *Stack O'Lee Blues:* una de las más populares canciones de los años 20, de la que existen muchas versiones: de Mississippi John Hurt, Jesse Fuller, Furry Lewis... Dice así la letra: «Police officer, how can it be / you can arrest everybody but cruel SOL, that bad man / Oh, cruel SOL.»

puede traducirse en emoción y otra la emoción que pretende pasar por música. Dolor paterno en fa sostenido, carcajada sarcástica en amarillo, violeta y negro. No, hijo, el arte empieza más acá o más allá, pero no es nunca eso.

Nadie parecía dispuesto a contradecirlo porque Wong esmeradamente aparecía con el café y Ronald, encogiéndose de hombros, había soltado a los Waring's Pennsylvanians y desde un chirriar terrible llegaba el tema que encantaba a Oliveira, una trompeta anónima y después el piano, todo entre un humo de fonógrafo viejo y pésima grabación, de orquesta barata y como anterior al jazz, al fin y al cabo de esos viejos discos, de los show boats y de las noches de Storyville había nacido la única música universal del siglo, algo que acercaba a los hombres más y mejor que el esperanto, la Unesco o las aerolíneas, una música bastante primitiva para alcanzar universalidad y bastante buena para hacer su propia historia, con cismas, renuncias y herejías, su charleston, su black bottom, su shimmy, su foxtrot, su stomp, sus blues, para admitir las clasificaciones y las etiquetas, el estilo esto y aquello, el swing, el bebop, el cool, ir y volver del romanticismo y el clasicismo, hot y jazz cerebral, una música-hombre, una música con historia a diferencia de la estúpida música animal de baile, la polka, el vals, la zamba, una música que permitía reconocerse y estimarse en Copenhague como en Mendoza o en Ciudad del Cabo, que acercaba a los adolescentes con sus discos bajo el brazo, que les daba nombres y melodías como cifras para reconocerse y adentrarse y sentirse menos solos rodeados de jefes de oficina, familias y amores infinitamente amargos, una música que permitía todas las imaginaciones y los gustos, la colección de afónicos 78 con Freddie Keppard[9] o Bunk Johnson[10], la exclusividad reaccionaria del Dixieland, la especialización académica en Bix Beiderbecke o el salto a la gran

---

[9] *Freddlie Keppard* (1889-1933): trompeta de Nueva Orleans que actuó habitualmente en Chicago. Una de las mayores figuras del jazz del Norte antes de la guerra mundial, pero dejó pocos discos.

[10] William Geary *(Bunk) Johnson* (1879-1949). Trompeta y corneta de Nueva Orleans. Sobre su figura circulan muchas leyendas: por ejemplo, se dice que asesinaron al jefe de su banda, le rompieron el instrumento y los dientes y él se retiró a cultivar la caña de azúcar. Fue redescubierto en 1937 y volvió a tocar, en la orquesta de Sidney Bechet, una vez que le arreglaron la dentadura. Pretendía haber sido el maestro de Louis Armstrong.

aventura de Thelonius Monk[11], Horace Silver[12] o Thad Jones[13], la cursilería de Errol Garner[14] o Art Tatum[15], los arrepentimientos y las abjuraciones, la predilección por los pequeños conjuntos, las misteriosas grabaciones con seudónimos y denominaciones impuestas por marcas de discos o caprichos del momento, y toda esa francmasonería de sábado por la noche en la pieza del estudiante o en el sótano de la peña, con muchachas que prefieren bailar mientras escuchan *Star Dust*[16] o *When your man is going to put you down,* y huelen despacio y dulcemente a perfume y a piel y a calor, se dejan besar cuando es tarde y alguien ha puesto *The blues with a feeling* y casi no se baila, solamente se está de pie, balanceándose, y todo es turbio y sucio y canalla y cada hombre quisiera arrancar esos corpiños tibios mientras las manos acarician una espalda y las muchachas tienen la boca entreabierta y se van dando al miedo delicioso y a la noche, entonces sube una trompeta poseyéndolas por todos los hombres, tomándolas con una sola frase caliente que las deja caer como una planta cortada entre los brazos de los compañeros, y hay una inmóvil carrera, un salto al aire de la noche, sobre la ciudad,

---

[11] *Thelonius Monk* (1920-1982): nacido en Nueva York, pianista. Se le ha llamado «El sacerdote del *bebop*». Influido por Charlie Parker, desdeña el virtuosismo y la tradición para interrogarse sobre el ritmo. Con motivo de un concierto en Ginebra (marzo de 1966), Cortázar escribió el artículo «La vuelta al piano de Thelonius Monk»: «hay Thelonius capitán, hay rumbo por un rato» *(Vuelta,* págs. 127-128).

[12] *Horace Silver:* nació en 1928. Su verdadero nombre era Horace Ward Martin Tavares. Pianista y saxo tenor, influido por Charlie Parker, Miles Davis y Sonny Rollins. También ha hecho *soul* al lado del batería Art Blakey.

[13] Thadeus Joseph *(Thad) Jones:* nació en 1923. Trompeta. Comenzó tocando con su hermano Hank. La consagración mundial le vino al unirse al grupo de Count Basie en 1954.

[14] *Erroll Garner* (1921-1977): gran pianista *swing* y cantante. Realizó varias giras por Europa en la década de los 50.

[15] *Art Tatum* (1910-1956): maestro del piano. Fats Waller le llamó «el dios de la música», y el pianista clásico Wladimir Horowitz fue su amigo. Todos coincidían en alabar su gran virtuosismo.

[16] *Star Dust:* 'polvo de estrellas'. Canción con letra de Mitchell Paris y música de Hoagy Carmichael (el pianista que acompaña a Lauren Bacall en la película *Tener y no tener).* Dice la letra: «Love is now the stardust of yesterday, the music of the years gone by.» La han grabado muchos grandes artistas; por ejemplo, Louis Armstrong. Ha dado título a una película de Woody Allen.

hasta que un piano minucioso las devuelve a sí mismas, ex-
haustas y reconciliadas y todavía vírgenes hasta el sábado
siguiente, todo eso en una música que espanta a los cogotes de
platea, a los que creen que nada es de verdad si no hay
programas impresos y acomodadores, y así va el mundo y el
jazz es como un pájaro que migra o emigra o inmigra o
transmigra, saltabarreras, burlaaduanas, algo que corre y se
difunde y esta noche en Viena está cantando Ella Fitzgerald[17]
mientras en París Kenny Clarke[18] inaugura una *cave* y en
Perpignan brincan los dedos de Oscar Peterson[19], y Satchmo
por todas partes con el don de ubicuidad que le ha prestado el
Señor, en Birmingham, en Varsovia, en Milán, en Buenos
Aires, en Ginebra, en el mundo entero, es inevitable, es la
lluvia y el pan y la sal, algo absolutamente indiferente a los
ritos nacionales, a las tradiciones inviolables, al idioma y al
folklore: una nube sin fronteras, un espía del aire y del agua,
una forma arquetípica, algo de antes, de abajo, que reconcilia
mexicanos con noruegos y rusos y españoles, los reincorpora
al oscuro fuego central olvidado, torpe y mal y precariamente
los devuelve a un origen traicionado, les señala que quizá
había otros caminos y que el que tomaron no era el único y no
era el mejor, o que quizá había otros caminos y que el que
tomaron era el mejor, pero que quizá había otros caminos
dulces de caminar y que no los tomaron, o los tomaron a
medias, y que un hombre es siempre más que un hombre
y siempre menos que un hombre, más que un hombre porque

---

[17] *Ella Fitzgerald:* nacida en 1918, es la mejor cantante americana de
jazz. Su arte muestra la pureza del jazz clásico, con *swing.* Hace poco
ha cantado en España, en el Festival de Jazz de Vitoria.

[18] *Kenny Clarke:* su verdadero nombre era Kenneth Spearman Clarke; luego adoptó el de Mohamedhaquat Ali Salaam. Batería. Formó
parte de los grupos de Louis Armstrong, Ella Fitzgerald, Benny
Carter, Coleman Hawkins... En 1948 hizo una gira europea con Dizzy
Gillespie y se quedó un cierto tiempo en París. Luego formó parte del
Modern Jazz Quartet, y desde 1956 residió en París, colaborando con
los grandes que visitaban la ciudad: Bud Powell, Miles Davis... Una
de las principales figuras en la creación del *bop.*

[19] *Oscar Peterson:* nació en Toronto en 1925. Pianista canadiense
muy brillante y virtuoso. A Billy Holliday no le gustaba mucho
porque «daba demasiadas notas». Participa del *middle jazz* y del
moderno. En otra ocasión escribe Cortázar: «Lucas sale a la calle y
los zapatos brillan cual girasol a la derecha y Oscar Peterson a la
izquierda» (pág. 169).

encierra eso que el jazz alude y soslaya y hasta anticipa, y
menos que un hombre porque de esa libertad ha hecho
un juego estético o moral, un tablero de ajedrez donde se
reserva ser el alfil o el caballo, una definición de libertad[20]
que se enseña en las escuelas, precisamente en las escuelas
donde jamás se ha enseñado y jamás se enseñará a los niños el
primer compás de un ragtime y la primera frase de un blues,
etcétera, etcétera.

I could sit right here and think a thousand miles away,
I could sit right here and think a thousand miles away,
Since I had the blues this bad, I can't remember the day...

(-97)

---

[20] De todas las alusiones que existen en *Rayuela*, este capítulo
significa, quizá, el canto al jazz más apasionado.

18

No ganaba nada con preguntarse qué hacía allí a esa hora y con esa gente, los queridos amigos tan desconocidos ayer y mañana, la gente que no era más que una nimia incidencia en el lugar y en el momento. Babs, Ronald, Ossip, Jelly Roll, Akhenatón[1]: ¿qué diferencia? Las mismas sombras para las mismas velas verdes. La sbornia en su momento más alto. Vodka dudoso, horriblemente fuerte.

Si hubiera sido posible pensar una extrapolación de todo eso, entender el Club, entender *Cold Wagon Blues,* entender el amor de la Maga, entender cada piolincito saliendo de las cosas y llegando hasta sus dedos, cada títere o cada titiritero, como una epifanía; entenderlos, no como símbolos de otra realidad quizá inalcanzable, pero sí como potenciadores (qué lenguaje, qué impudor), como exactamente líneas de fuga para una carrera a la que hubiera tenido que lanzarse en ese momento mismo, despegándose de la piel esquimal que era maravillosamente tibia y casi perfumada y tan esquimal que daba miedo, salir al rellano, bajar, bajar solo, salir a la calle, salir solo, empezar a caminar, caminar solo, hasta la esquina, la esquina sola, el café de Max, Max solo, el farol de la rue de Bellechasse[2] donde... donde solo. Y quizá a partir de ese momento.

Pero todo en un plano me-ta-fí-sico. Porque Horacio, las palabras... Es decir que las palabras, para Horacio... (Cuestión

---

[1] *Akhenatón* es el nombre que adoptó Amenhotep IV (1364-1352), el gran soberano y reformador religioso egipcio que abandonó Tebas y mandó erigir la nueva ciudad de Tell-el-Amarna.
[2] *rue de Bellechasse:* sale esta calle del Bd. Saint Germain hacia el Sena, a la altura del Palacio de la Legión de Honor y la Gare d'Orsay, enfrente de las Tullerías.

ya masticada en muchos momentos de insomnio.) Llevarse de
la mano a la Maga, llevársela bajo la lluvia como si fuera el
humo del cigarrillo, algo que es parte de uno, bajo la lluvia.
Volver a hacer el amor con ella pero un poco por ella, no ya
para aprender un desapego demasiado fácil, una renuncia que
a lo mejor está encubriendo la inutilidad del esfuerzo, el
fantoche que enseña algoritmos en una vaga universidad para
perros sabios o hijas de coroneles. Si todo eso, la tapioca de la
madrugada empezando a pegarse a la claraboya, la cara tan
triste de la Maga mirando a Gregorovius mirando a la Maga
mirando a Gregorovius, *Struttin' with some barbecue,* Babs
que lloraba de nuevo para ella, escondida de Ronald que no
lloraba pero tenía la cara cubierta de humo pegado, de vodka
convertido en una aureola absolutamente hagiográfica, Perico
fantasma hispánico subido a un taburete de desdén y adocena-
da estilística, si todo eso fuera extrapolable, si todo eso *no
fuera,* en el fondo no fuera sino que estuviera ahí para que
alguien (cualquiera, pero ahora él, porque era el que estaba
pensando, era en todo caso el que podía saber con certeza que
estaba pensando, ¡eh Cartesius[3] viejo jodido!), para que alguien, de todo eso que estaba ahí, ahincando y mordiendo y
sobre todo arrancando no se sabía qué pero arrancando hasta
el hueso, de todo eso se saltara a una cigarra de paz, a un
grillito de contentamiento, se entrara por una puerta cualquiera a un jardín cualquiera, a un jardín alegórico para los
demás, como los mandalas son alegóricos para los demás, y en
ese jardín se pudiera cortar una flor y que esa flor fuera la
Maga, o Babs, o Wong, pero explicados y explicándolo, resti-
tuidos, fuera de sus figuras del Club, devueltos, salidos, asomados, a lo mejor todo eso no era más que una nostalgia del
paraíso terrenal, un ideal de pureza, solamente que la pureza
venía a ser un producto inevitable de la simplificación, vuela
un alfil, vuelan las torres, salta el caballo, caen los peones, y
en medio del tablero, inmensos como leones de antracita los
reyes quedan flanqueados por lo más limpio y final y puro del
ejército, al amanecer se romperán las lanzas fatales, se sabrá la
suerte, habrá paz. Pureza como la del coito entre caimanes, no
la pureza de oh maría madre mía con los pies sucios; pureza
de techo de pizarra con palomas que naturalmente cagan en la

---

[3] *Cartesius:* una alusión más a Descartes (1596-1650), que publicó
en 1637 su *Discurso del Método.*

cabeza de las señoras frenéticas de cólera y de manojos de
rabanitos, pureza de... Horacio, Horacio, por favor.

Pureza.

(Basta. Andate. Andá al hotel, date un baño, leé *Nuestra
Señora de París*[4] o *Las Lobas de Machecoul*[5], sacate la
borrachera. Extrapolación, nada menos.)

Pureza. Horrible palabra. Puré, y después za. Date un poco
cuenta. El jugo que le hubiera sacado Brisset[6]. ¿Por qué estás
llorando? ¿Quién llora, che?

Entender el puré como una epifanía. Damn the language.
Entender. No inteligir: entender. Una sospecha de paraíso
recobrable: No puede ser que estemos quí para no poder ser.
¿Brisset? El hombre desciende de las ranas... Blind as a bat,
drunk as a butterfly, foutu, royalement foutu devant les portes
que peut'être... (Un pedazo de hielo en la nuca, irse a dormir.
Problema: ¿Johnny Dodds[7] o Albert Nicholas?[8]. Dodds, casi
seguro. Nota: preguntarle a Ronald.) Un mal verso, aleteando
desde la claraboya: «Antes de caer en la nada con el último
diástole...» Qué mamúa[9] padre. The doors of perception, by
Aldley Huxdous[10]. Get yourself a tiny bit of mescalina, broth-
er, the rest is bliss and diarrhoea. Pero seamos serios (sí, era
Johnny Dodds, uno llega a la comprobación por vía indirecta.

---

[4] *Nuestra Señora de París* (1831) es la novela de Víctor Hugo (1802-1885).

[5] *Las Lobas de Machecoul*, obra de Alejandro Dumas, padre, el célebre novelista popular, autor de *Los tres mosqueteros, El conde de Montecristo, Veinte años después...*

[6] *Brisset*: en la primera edición apunté que podía referirse al pintor Pierre-Nicolas Brisset, especializado en temas religiosos, que colaboró en los frescos de la iglesia de San Vicente de Paúl. Más probable me parece, ahora, que aluda a J. P. Brisset, que influyó sobre los surrealistas. En un artículo titulado «Le Paradis Perdu», incluido en *La Revolution Surrealiste* (núm. 5, 15 octubre, 1925, pág. 27), se dice textualmente: «No todos los hombres están manchados por el pecado original. Existen privilegiados que conservan el alma inocente y los sentidos vírgenes. Así fueron el *douanier* Rousseau y J. P. Brisset.»

[7] *Johnny Dodds* (1892-1940): clarinetista que se dio a conocer en el Tuxedo Café, un cabaret de Nueva Orleans.

[8] *Albert Nicholas*: clarinetista nacido en Nueva Orleans en 1900. Tocó con King Oliver, Armstrong, Bechet... Desde 1953 vivió en Europa, especialmente en París, tocando con Claude Luter y otros.

[9] *mamúa*: 'borrachera'.

[10] *Aldley Huxdous*: broma fónica con el nombre de Aldous Huxley, el novelista inglés autor de esa obra y de *Contrapunto, Ciego en Gaza...*

El baterista no ·puede ser sino Zutty Singleton[11], ergo el
clarinete es Johnny Dodds, jazzología, ciencia deductiva, faci-
lísima después de las cuatro de la mañana. Desaconsejable
para señores y clérigos). Seamos serios, Horacio, antes de
enderezarnos muy de a poco y apuntar hacia la calle, pregun-
témonos con el alma en la punta de la mano (¿la punta de la
mano?) En la palma de la lengua, che, o algo así. Toponomía,
anatología descriptológica, dos tomos i-lus-tra-dos), pregunté-
monos si la empresa hay que acometerla desde arriba o desde
abajo (pero qué bien, estoy pensando clarito, el vodka las
clava como mariposas en el cartón, A es A, a rose is a rose is a
rose[12], April is the cruellest month[13], cada cosa en su lugar y
un lugar para cada rosa es una rosa es una rosa...).

Uf. Beware of the Jabberwocky my son[14].

Horacio resbaló un poco más y vio muy claramente todo lo
que quería ver. No sabía si la empresa había que acometerla
desde arriba o desde abajo, con la concentración de todas sus
fuerzas o más bien como ahora, desparramado y líquido,
abierto a la claraboya, a las velas verdes, a la cara de corderito
triste de la Maga, a Ma Rainey que cantaba *Jelly Beans Blues*.
Más bien así, más bien desparramado y receptivo, esponjoso
como todo era esponjoso apenas se lo miraba mucho y con los
verdaderos ojos[15]. No estaba tan borracho como para no

[11] Arthur James *(Zutty) Singleton:* batería nacido en 1898. Tocó
en Nueva Orleans, luego en Nueva York y Chicago con Armstrong y
Fats Waller. En la década de los 50 realizó giras por Europa. Grabó
grandes discos con Armstrong's Hot Five y con Charlie Parker.

[12] *a rose is a rose is a rose:* Axioma poético de Gertrude Stein (1874-
1916), la mecenas de los escritores norteamericanos de la «generación
perdida» en París. Escribió *Tres vidas* y *La autobiografía de Alice
Toklas.* Lo cita también Cortázar en *Último Round* (II, pág. 129) y a
propósito de la belleza inexplicable de la música de Thelonius Monk
(Vuelta, pág. 127). Da título a un capítulo de *Autonautas* (pág. 158).

[13] Cita de T. S. Eliot, del libro *The Waste Land,* en la parte
primera, «The burial of the Dead»: «April is the cruellest month,
breeding / lilacs, out out of the dead land, mixing / memory and
desire.»

[14] Cita el famoso poema de Lewis Carroll, con palabras inventadas.
Es precedente del «glíglico» de Cortázar, según Manuel Durán *(Homenaje,* pág. 393).

[15] Recuerda muy claramente la experiencia central de Johnny, *El
perseguidor:* «sentir que todo era como una jalea, que todo temblaba
alrededor, que no había más que fijarse un poco, sentirse un poco,
callarse un poco, para descubrir los agujeros. En la puerta, en la

sentir que había hecho pedazos su casa, que dentro de él nada estaba en su sitio pero que al mismo tiempo —era cierto, era maravillosamente cierto—, en el suelo o el techo, debajo de la cama o flotando en una palangana había estrellas y pedazos de eternidad, poemas como soles y enormes caras de mujeres y de gatos donde ardía la furia de sus especies, en la mezcla de basura y placas de jade de su lengua donde las palabras se trenzaban noche y día en furiosas batallas de hormigas contra escolopendras, la blasfemia coexistía con la pura mención de las esencias, la clara imagen con el peor lunfardo. El desorden triunfaba y corría por los cuartos con el pelo colgando en mechones astrosos, los ojos de vidrio, las manos llenas de barajas que no casaban, mensajes donde faltaban las firmas y los encabezamientos, y sobre las mesas se enfriaban platos de sopa, el suelo estaba lleno de pantalones tirados, de manzanas podridas, de vendas manchadas. Y todo eso de golpe crecía y era una música atroz, era más que el silencio afelpado de las casas en orden de sus parientes intachables, en mitad de la confusión donde el pasado era incapaz de encontrar un botón de camisa y el presente se afeitaba con pedazos de vidrio a falta de una navaja enterrada en alguna maceta, en mitad de un tiempo que se abría como una veleta a cualquier viento, un hombre respiraba hasta no poder más, se sentía vivir hasta el delirio en el acto mismo de contemplar la confusión que lo rodeaba y preguntarse si algo de eso tenía sentido. Todo desorden se justificaba si tendía a salir de sí mismo, por la locura se podía acaso llegar a una razón que no fuera esa razón cuya falencia[16] es la locura. «Ir del desorden al orden», pensó Oliveira. «Sí, ¿pero qué orden puede ser ése que no parezca el más nefando, el más terrible, el más insanable de los desórdenes? El orden de los dioses se llama ciclón o leucemia, el orden del poeta se llama antimateria, espacio duro, flores de labios temblorosos, realmente qué sbornia tengo, madre mía, hay que irse a la cama en seguida.» Y la Maga estaba llorando, Guy había desaparecido, Etienne se iba detrás de Perico, y Gregorovius, Wong y Ronald miraban un disco que giraba lentamente, treinta y tres revoluciones y media por minuto, ni una más ni una menos,

---

cama: agujeros. En la mano, en el diario, en el tiempo, en el aire: todo lleno de agujeros... todo esponja, todo como un colador colándose a sí mismo...» (pág. 173).

[16] *falencia:* 'engaño, error'.

y en esas revoluciones *Oscar's Blues,* claro que por el mismo Oscar al piano, un tal Oscar Peterson, un tal pianista con algo de tigre y felpa, un tal pianista triste y gordo, un tipo al piano y la lluvia sobre la claraboya, en fin, literatura [17].

(-153)

---

[17] He comentado en la Introducción la importancia de este final de capítulo.

—Yo creo que te comprendo —dijo la Maga, acariciándole el pelo—. Vos buscás algo que no sabés lo que es. Yo también y tampoco sé lo que es. Pero son dos cosas diferentes. Eso que hablaban la otra noche... Sí, vos sos más bien un Mondrian y yo un Vieira da Silva.

—Ah —dijo Oliviera—. Así que yo soy un Mondrian.

—Sí, Horacio.

—Querés decir un espíritu lleno de rigor.

—Yo digo un Mondrian.

—¿Y no se te ha ocurrido sospechar que detrás de ese Mondrian puede empezar una realidad Vieira da Silva?

—Oh, sí —dijo la Maga—. Pero vos hasta ahora no te has salido de la realidad Mondrian. Tenés miedo, querés estar seguro. No sé de qué... Sos como un médico, no como un poeta.

—Dejemos a los poetas —dijo Oliveira—. Y no lo hagás quedar mal a Mondrian con la comparación.

—Mondrian es una maravilla, pero sin aire. Yo me ahogo un poco ahí dentro. Y cuando vos empezás a decir que habría que encontrar la unidad, yo entonces, veo cosas muy hermosas pero muertas, flores disecadas y cosas así.

—Vamos a ver, Lucía: ¿Vos sabés bien lo que es la unidad?

—Yo me llamo Lucía pero vos no tenés que llamarme así —dijo la Maga—. La unidad, claro que sé lo que es. Vos querés decir que todo se junte en tu vida para que puedas verlo al mismo tiempo. ¿Es así, no?

—Más o menos —concedió Oliveira—. Es increíble lo que te cuesta captar las nociones abstractas. Unidad, pluralidad... ¿No sos capaz de sentirlo sin necesidad de ejemplos? No, no sos capaz. En fin, vamos a ver: tu vida, ¿es una unidad para vos?

—No, no creo. Son pedazos, cosas que me fueron pasando.

—Pero vos a tu vez pasabas por esas cosas como el hilo por esas piedras verdes. Y ya que hablamos de piedras, ¿de dónde sale ese collar?

—Me lo dio Ossip —dijo la Maga—. Era de su madre, la de Odessa.

Oliveira cebó despacito el mate. La Maga fue hasta la cama baja que les había prestado Ronald para que pudieran tener en la pieza a Rocamadour. Con la cama y Rocamadour y la cólera de los vecinos ya no quedaba casi espacio para vivir, pero cualquiera convencía a la Maga de que Rocamadour se curaría mejor en el hospital de niños. Había sido necesario acompañarla al campo el mismo día del telegrama de madame Irene, envolver a Rocamadour en trapos y mantas, instalar de cualquier manera una cama, cargar la salamandra, aguantarse los berridos de Rocamadour cuando llegaba la hora del supositorio o el biberón donde nada podía disimular el sabor de los medicamentos. Oliveira cebó otro mate, mirando de reojo la cubierta de un *Deutsche Grammophon Gessellschaft* que le había pasado Ronald y que vaya a saber cuándo podría escuchar sin que Rocamadour aullara y se retorciera. Lo horrorizaba la torpeza de la Maga para fajar y desfajar a Rocamadour, sus cantos insoportables para distraerlo, el olor que cada tanto venía de la cama de Rocamadour, los algodones, los berridos, la estúpida seguridad que parecía tener la Maga de que no era nada, que lo que hacía por su hijo era lo que había que hacer y que Rocamadour se curaría en dos o tres días. Todo tan insuficiente, tan de más o de menos. ¿Por qué estaba él ahí? Un mes atrás cada uno tenía todavía su pieza, después habían decidido vivir juntos. La Maga había dicho que en esa forma ahorrarían bastante dinero, comprarían un solo diario, no sobrarían pedazos de pan, ella plancharía la ropa de Horacio, y la calefacción, la electricidad... Oliveira había estado a un paso de admirar ese brusco ataque de sentido común. Aceptó al final porque el viejo Trouille andaba en dificultades y le debía casi treinta mil francos, en ese momento le daba lo mismo vivir con la Maga o solo, andaba caviloso y la mala costumbre de rumiar largo cada cosa se le hacía cuesta arriba pero inevitable. Llegó a creer que la continua presencia de la Maga lo rescataría de divagaciones excesivas, pero naturalmente no sospechaba lo que iba a ocurrir con Rocamadour. Aun así conseguía aislarse por momentos, hasta que los chillidos de Rocamadour lo devolvían saludablemente al malhu-

mor. «Voy a acabar como los personajes de Walter Pater»,
pensaba Oliveira. «Un soliloquio tras otro, vicio puro. Mario
el epicúreo, vicio púreo. Lo único que me va salvando es el
olor a pis de este chico.»

—Siempre me sospeché que acabarías acostándote con Ossip —dijo Oliveira.

—Rocamadour tiene fiebre —dijo la Maga.

Oliveira cebó otro mate. Había que cuidar la yerba, en París
costaba quinientos francos el kilo en las farmacias y era una
yerba perfectamente asquerosa que la droguería de la estación
Saint-Lazare[1] vendía con la vistosa calificación de «maté sauvage, cueilli par les indiens», diurética, antibiótica y emoliente.
Por suerte el abogado rosarino —que de paso era su hermano— le había fletado cinco kilos de Cruz de Malta, pero ya
iba quedando poca. «Si se me acaba la yerba estoy frito»,
pensó Oliveira. «Mi único diálogo verdadero es con este jarrito verde.» Estudiaba el comportamiento extraordinario del
mate, la respiración de la yerba fragantemente levantada por
el agua y que con la succión baja hasta posarse sobre sí
misma, perdido todo brillo y todo perfume a menos que un
chorrito de agua la estimule de nuevo, pulmón argentino de
repuesto para solitarios y tristes. Hacía rato que a Oliveira le
importaban las cosas sin importancia, y la ventaja de meditar
con la atención fija en el jarrito verde estaba en que a su
pérfida inteligencia no se le ocurriría nunca adosarle al jarrito
verde nociones tales como las que nefariamente[2] provocan las
montañas, la luna, el horizonte, una chica púber, un pájaro o
un caballo. «También este matecito podría indicarme un centro», pensaba Oliveira (y la idea de que la Maga y Ossip
andaban juntos se adelgazaba y perdía consistencia, por un
momento el jarrito verde era más fuerte, proponía su pequeño
volcán petulante, su cráter espumoso y un humito copetón en
el aire bastante frío de la pieza a pesar de la estufa que habría
que cargar a eso de las nueve). «Y ese centro que no sé lo que
es, ¿no vale como expresión topográfica de una unidad? Ando
por una enorme pieza con piso de baldosas y una de esas
baldosas es el punto exacto en que debería pararme para que
todo se ordenara en su justa perspectiva. «El punto exacto»,

---

[1] *estación Saint-Lazare:* la terminal de los trenes que van ւ oroes-
te. Es la más céntrica; está muy cerca del Bd. Haussmann y la Ópera.
Se menciona también en el relato *Cartas de mamá*.

[2] *nefario:* 'sumamente malvado, impío e indigno del trato humano'.

enfatizó Oliveira, ya medio tomándose el pelo para estar más seguro de que no se iba en puras palabras. «Un cuadro anamórfico en el que hay que buscar el ángulo justo (y lo importante de este hejemplo es que el hángulo es terriblemente hagudo, hay que tener la nariz casi hadosada a la tela para que de golpe el montón de rayas sin sentido se convierta en el retrato de Francisco I[3] o en la batalla de Sinigaglia[4], algo hincalificablemente hasombroso).» Pero esa unidad, la suma de los actos que define una vida, parecía negarse a toda manifestación antes de que la vida misma se acabara como un mate lavado, es decir que sólo los demás, los biógrafos, verían la unidad, y eso realmente no tenía la menor importancia para Oliveira. El problema estaba en aprehender su unidad sin ser un héroe, sin ser un santo, sin ser un criminal, sin ser un campeón de box, sin ser un prohombre, sin ser un pastor. Aprehender la unidad en plena pluralidad, que la unidad fuera como el vórtice de un torbellino y no la sedimentación del matecito lavado y frío.

—Le voy a dar un cuarto de aspirina —dijo la Maga.

—Si conseguís que la trague sos más grande que Ambrosio Paré[5] —dijo Oliveira—. Vení a tomar un mate, está recién cebado.

La cuestión de la unidad lo preocupaba por lo fácil que le parecía caer en las peores trampas. En sus tiempos de estudiante, por la calle Viamonte y por el año treinta, había comprobado con (primero) sorpresa y (después) ironía, que montones de tipos se instalaban confortablemente en una supuesta unidad de la persona que no pasaba de una unidad lingüística y un prematuro esclerosamiento del carácter. Esas gentes se montaban un sistema de principios jamás refrendados entrañablemente, y que no eran más que una cesión a la palabra, a la noción verbal de fuerzas, repulsas y atracciones avasalladoramente desalojadas y sustituidas por su correlato verbal. Y así el deber, lo moral, lo inmoral y lo amoral, la justicia, la caridad, lo europeo y lo americano, el día y la

---

[3] Debe de referirse al retrato de Francisco I de Francia (1494-1647), pintado por Tiziano, que se encuentra en el Louvre.

[4] *Sinigaglia* es una ciudad italiana en el Adriático.

[5] *Ambrosio Paré:* célebre médico francés del siglo XVI, precursor de la cirugía moderna al inspirarse en la observación y la experiencia. Entre sus libros destacan los *Dix livres de chirurgie* (1563).

noche, las esposas, las novias y las amigas, el ejército y la banca, la bandera y el oro yanqui o moscovita, el arte abstracto y la batalla de Caseros[6] pasaban a ser como dientes o pelos, algo aceptado y fatalmente incorporado, algo que no se vive ni se analiza porque *es así* y nos integra, completa y robustece. La violación del hombre por la palabra, la soberbia venganza del verbo contra su padre, llenaban de amarga desconfianza toda meditación de Oliveira, forzado a valerse del propio enemigo para abrirse paso hasta un punto en que quizá pudiera licenciarlo y seguir —¿cómo y con qué medios, en qué noche blanca o en qué tenebroso día?— hasta una reconciliación total consigo mismo y con la realidad que habitaba. Sin palabras llegar a la palabra (qué lejos, qué improbable), sin conciencia razonante aprehender una unidad profunda, algo que fuera por fin como un sentido de eso que ahora era nada más que estar ahí tomando mate y mirando el culito al aire de Rocamadour y los dedos de la Maga yendo y viniendo con algodones, oyendo los berridos de Rocamadour a quien no le gustaba en absoluto que le anduvieran en el traste.

(-90)

---

[6] *batalla de Caseros:* en este lugar de las cercanías de Buenos Aires se desarrolló el combate que marcó el fin de la tiranía de Rosas, en 1851.

—Siempre me sospeché que acabarías acostándote con él —dijo Oliveira.

La Maga tapó a su hijo que berreaba un poco menos, y se frotó las manos con un algodón.

—Por favor lavate las manos como Dios manda —dijo Oliveira—. Y sacá toda esa porquería de ahí.

—En seguida —dijo la Maga. Oliveira aguantó su mirada (lo que siempre le costaba bastante) y la Maga trajo un diario, lo abrió sobre la cama, metió los algodones, hizo un paquete y salió de la pieza para ir a tirarlo al water del rellano. Cuando volvió, con las manos rojas y brillantes, Oliveira le alcanzó un mate. Se sentó en el sillón bajo, chupó aplicadamente. Siempre estropeaba el mate, tirando de un lado y de otro la bombilla, revolviéndola como si estuviera haciendo polenta[1].

—En fin —dijo Oliveira, sacando el humo por la nariz—. De todos modos me podían haber avisado. Ahora voy a tener seiscientos francos de taxi para llevarme mis cosas a otro lado. Y conseguir una pieza, que no es fácil en esta época.

—No tenés por qué irte —dijo la Maga— ¿Hasta cuándo vas a seguir imaginando falsedades?

—Imaginando falsedades —dijo Oliveira—. Hablás como en los diálogos de las mejores novelas rioplatenses. Ahora solamente te falta reírte con todas las vísceras de mi grotesquería sin pareja, y la rematás fenómeno.

—Ya no llora más —dijo la Maga, mirando hacia la cama—. Hablemos bajo, va a dormir muy bien con la aspirina. Yo no me he acostado para nada con Gregorovius.

---

[1] *polenta:* 'puches de harina de maíz'. Es el título de uno de los temas musicales de la película *Novecento*, de Bertolucci, como símbolo de comunidad en torno a una comida italiana popular.

—Oh sí que te has acostado.

—No, Horacio. ¿Por qué no te lo iba a decir? Desde que te conocí no he tenido otro amante que vos. No me importa si lo digo mal y te hacen reír mis palabras. Yo hablo como puedo, no sé decir lo que siento.

—Bueno, bueno —dijo aburrido Oliveira, alcanzándole otro mate—. Será que tu hijo te cambia, entonces. Desde hace días estás convertida en lo que se llama una madre.

—Pero Rocamadour está enfermo.

—Más bien —dijo Oliveira—. Qué querés, a mí los cambios me parecieron de otro orden. En realidad ya no nos aguantamos demasiado.

—Vos sos el que no me aguanta. Vos sos el que no aguantás a Rocamadour.

—Eso es cierto, el chico no entraba en mis cálculos. Tres es mal número dentro de una pieza. Pensar que con Ossip ya somos cuatro, es insoportable.

—Ossip no tiene nada que ver.

—Si calentaras la pavita —dijo Oliveira.

—No tiene nada que ver —repitió la Maga—. ¿Por qué me hacés sufrir, bobo? Ya sé que estás cansado, que no me querés más. Nunca me quisiste, era otra cosa, una manera de soñar. Andate, Horacio, no tenés por qué quedarte. A mí ya me ha pasado tantas veces...

Miró hacia la cama. Rocamadour dormía.

—Tantas veces —dijo Oliveira, cambiando la yerba—. Para la autobiografía sentimental sos de una franqueza admirable. Que lo diga Ossip. Conocerte y oír en seguida la historia del negro es todo uno.

—Tengo que decirlo, vos no comprendés.

—No lo comprenderé, pero es fatal.

—Yo creo que tengo que decirlo aunque sea fatal. Es justo que uno le diga a un hombre cómo ha vivido, si lo quiere. Hablo de vos, no de Ossip. Vos me podías contar o no de tus amigas, pero yo tenía que decirte todo. Sabés, es la única manera de hacerlos irse antes de empezar a querer a otro hombre, la única manera de que pasen al otro lado de la puerta y nos dejen a los dos solos en la pieza.

—Una especie de ceremonia expiatoria, y por qué no propiciatoria. Primero el negro.

—Sí —dijo la Maga, mirándolo—. Primero el negro. Después Ledesma.

—Después Ledesma, claro.

20

—Y los tres del callejón, la noche de carnaval.
—Por delante —dijo Oliveira, cebando el mate.
—Y monsieur Vincent, el hermano del hotelero.
—Por detrás.
—Y un soldado que lloraba en un parque.
—Por delante.
—Y vos.
—Por detrás. Pero eso de ponerme a mí en la lista estando yo presente es como una confirmación de mis lúgubres premoniciones. En realidad la lista completa se la habrás tenido que recitar a Gregorovius.

La Maga revolvía la bombilla[2]. Había agachado la cabeza y todo el pelo le cayó de golpe sobre la cara, borrando la expresión que Oliveira había espiado con aire indiferente.

> —Después fuiste la amiguita
> de un viejo boticario,
> y el hijo de un comisario
> todo el vento te sacó...

Oliveira canturreaba el tango. La Maga chupó la bombilla y se encogió de hombros, sin mirarlo. «Pobrecita», pensó Oliveira. Le tiró un manotón al pelo, echándoselo para atrás brutalmente como si corriera una cortina. La bombilla hizo un ruido seco entre los dientes.

—Es casi como si me hubieras pegado —dijo la Maga, tocándose la boca con dos dedos que temblaban—. A mí no me importa, pero...

—Por suerte te importa —dijo Oliveira—. Si no me estuvieras mirando así te despreciaría. Sos maravillosa, con Rocamadour y todo.

—De qué me sirve que me digas eso.

—A mí me sirve.

—Sí, a vos te sirve. A vos todo te sirve para lo que andás buscando.

—Querida —dijo gentilmente Oliveira—, las lágrimas estropean el gusto de la yerba, es sabido.

—A lo mejor también te sirve que yo llore.

—Sí, en la medida en que me reconozco culpable.

—Andate, Horacio, va a ser lo mejor.

—Probablemente. Fijate, de todas maneras, que si me voy

---

[2] *bombilla:* 'caña delgada para sorber el mate'.

ahora cometo algo que se parece casi al heroísmo, es decir que te dejo sola, sin plata y con tu hijo enfermo.

—Sí —dijo la Maga sonriendo homéricamente entre las lágrimas—. Es casi heroico, cierto.

—Y como disto de ser un héroe, me parece mejor quedarme hasta que sepamos a qué atenernos, como dice mi hermano con su bello estilo.

—Entonces quedate.

—¿Pero vos comprendés cómo y por qué renuncio a ese heroísmo?

—Sí, claro.

—A ver, explicá por qué no me voy.

—No te vas porque sos bastante burgués y tomás en cuenta lo que pensarían Ronald y Babs y los otros amigos.

—Exacto. Es bueno que veas que vos no tenés nada que ver en mi decisión. No me quedo por solidaridad ni por lástima ni porque hay que darle la mamadera a Rocamadour. Y mucho menos porque vos y yo tengamos todavía algo en común.

—Sos tan cómico a veces —dijo la Maga.

—Por supuesto —dijo Oliveira—. Bob Hope [3] es una mierda al lado mío.

—Cuando decís que ya no tenemos nada en común, ponés la boca de una manera...

—Un poco así, ¿verdad?

—Sí, es increíble.

Tuvieron que sacar los pañuelos y taparse la cara con las dos manos, soltaban tales carcajadas que Rocamadour se iba a despertar, era algo horrible. Aunque Oliveira hacía lo posible por sostenerla, mordiendo el pañuelo y llorando de risa, la Maga resbaló poco a poco del sillón, que tenía las patas delanteras más cortas y la ayudaba a caerse, hasta quedar enredada entre las piernas de Oliveira que se reía con un hipo entrecortado y que acabó escupiendo el pañuelo con una carcajada [4].

---

[3] *Bob Hope:* actor cómico norteamericano, nacido en 1904. Procedente del mundo de la radio y el teatro ha llegado a ser un gran *entertainer.* Su máxima popularidad la obtuvo con la serie de películas *Camino a...*, con Bing Crosby y Dorothy Lamour. También es autor de un libro de éxito: *I never left home.*

[4] Declaró Cortázar a Luis Harss: «Creo que uno de los momentos de *Rayuela* donde eso está más logrado es la escena de separación de Oliveira y la Maga. Hay allí un largo diálogo en el que se habla

—Mostrá otra vez cómo pongo la boca cuando digo esas cosas —suplicó Oliveira.

—Así —dijo la Maga, y otra vez se retorcieron hasta que Oliveira se dobló en dos apretándose la barriga, y la Maga vio su cara contra la suya, los ojos que la miraban brillando entre las lágrimas. Se besaron al revés, ella hacia arriba y él con el pelo colgando como un fleco, se besaron mordiéndose un poco porque sus bocas no se reconocían, estaban besando bocas diferentes, buscándose con las manos en un enredo infernal de pelo colgando y el mate que se había volcado al borde de la mesa y chorreaba en la falda de la Maga.

—Decime cómo hacer el amor Ossip —murmuró Oliveira, apretando los labios contra los de la Maga—. Pronto que se me sube la sangre a la cabeza, no puedo seguir así, es espantoso.

—Lo hace muy bien —dijo la Maga, mordiéndole el labio— Muchísimo mejor que vos, y más seguido.

—¿Pero te retila la murta? No me vayas a mentir. ¿Te la retila de veras?

—Muchísimo. Por todas partes, a veces demasiado. Es una sensación maravillosa.

—¿Y te hace poner con los plíneos entre las argustas?

—Sí, y después nos entreturnamos los porcios hasta que él dice basta basta, y yo tampoco puedo más, hay que apurarse, comprendés. Pero eso vos no lo podés comprender, siempre te quedás en la gunfia más chica.

—Yo y cualquiera —rezongó Oliveira, enderezándose—. Che, este mate es una porquería, yo me voy un rato a la calle.

—¿No querés que te siga contando de Ossip? —dijo la Maga—. En glíglico.

—Me aburre mucho el glíglico. Además vos no tenés imaginación, siempre decís las mismas cosas. La gunfia, vaya novedad[5]. Y no se dice «contando de».

—El glíglico lo inventé yo —dijo resentida la Maga—. Vos

___

continuamente de una serie de cosas que poco tienen que ver aparentemente con la situación central de ellos dos, y en donde incluso en un momento dado se echan a reír como locos y se revuelven por el suelo. Pienso que allí conseguí lo que me hubiera resultado imposible transmitir si hubiese buscado el lado exclusivamente patético de la situación. Habría sido una escena más de ruptura, de las muchas que hay en la literatura» *(Los nuestros*, Buenos Aires, Ed. Sudamericana, 1966, pág. 285).

[5] *estar engunfiado:* 'estar aburrido de algo, cansado'.

soltás cualquier cosa y te lucís, pero no es el verdadero glíglico.

—Volviendo a Ossip...

—No seas tonto, Horacio, te digo que no me he acostado con él. ¿Te tengo que hacer el gran juramento de los sioux?

—No, al final me parece que te voy a creer.

—Y después —dijo la Maga— lo más probable es que acabe por acostarme con Ossip, pero serás vos el que lo habrá querido.

—¿Pero a vos realmente te puede gustar ese tipo?

—No. Lo que pasa es que hay que pagar la farmacia. De vos no quiero ni un centavo, y a Ossip no le puedo pedir plata y dejarlo con las ilusiones.

—Sí, ya sé —dijo Oliveira—. Tu lado samaritano. Al soldadito del parque tampoco le podías dejar que llorara.

—Tampoco, Horacio. Ya ves lo distintos que somos.

—Sí, la piedad no es mi fuerte. Pero también yo podría llorar en una de esas, y entonces vos...

—No te veo llorando —dijo la Maga—. Para vos sería como un desperdicio.

—Alguna vez he llorado.

—De rabia, solamente. Vos no sabés llorar, Horacio, es una de las cosas que no sabés.

Oliveira atrajo a la Maga y la sentó en las rodillas. Pensó que el olor de la Maga, de la nuca de la Maga, lo entristecía. Ese mismo olor que antes... «Buscar a través de», pensó confusamente. «Sí, es una de las cosas que no sé hacer, eso y llorar y compadecerme.»

—Nunca nos quisimos —le dijo besándola en el pelo.

—No hablés por mí —dijo la Maga cerrando los ojos—. Vos no podés saber si yo te quiero o no. Ni siquiera eso podés saber.

—¿Tan ciego me creés?

—Al contrario, te haría tanto bien quedarte un poco ciego.

—Ah, sí, el tacto que reemplaza las definiciones, el instinto que va más allá de la inteligencia. La vía mágica, la noche oscura del alma.

—Te haría bien —se obstinó la Maga como cada vez que no entendía y quería disimularlo.

—Mirá, con lo que tengo me basta para saber que cada uno puede irse por su lado. Yo creo que necesito estar solo, Lucía; realmente no sé lo que voy a hacer. A vos y a Rocamadour,

que me parece que se está despertando, les hago injusticia de
tratarlos mal y no quiero que siga.

—Por mí y por Rocamadour no te tenés que preocupar.

—No me preocupo pero andamos los tres enredándonos en
los tobillos del otro, es incómodo y antiestético. Yo no seré lo
bastante ciego, querida, pero el nervio óptico me alcanza para
ver que vos te vas a arreglar perfectamente sin mí. Ninguna
amiga mía se ha suicidado hasta ahora, aunque mi orgullo
sangre al decirlo.

—Sí, Horacio.

—De manera que si consigo reunir suficiente heroísmo para
plantarte esta misma noche o mañana, aquí no ha pasado
nada.

—Nada —dijo la Maga.

—Vos le llevarás de nuevo tu chico a madame Irène, y
volverás a París a seguir tu vida.

—Eso.

—Irás mucho al cine, seguirás leyendo novelas, te pasearás
con riesgo de tu vida en los peores barrios y a las peores horas.

—Todo eso.

—Encontrarás muchísimas cosas extrañas en la calle, las
traerás, fabricarás objetos. Wong te enseñará juegos malabares
y Ossip te seguirá a dos metros de distancia, con las manos
juntas y una actitud de humilde reverencia.

—Por favor, Horacio —dijo la Maga, abrazándose a él y
escondiendo la cara.

—Por supuesto que nos encontraremos mágicamente en los
sitios más extraños, como aquella noche en la Bastille[6], te
acordás.

—En la rue Daval[7].

—Yo estaba bastante borracho y vos apareciste en la esquina y nos quedamos mirándonos como idiotas.

—Porque yo creía que esa noche vos ibas a un concierto.

—Y vos me habías dicho que tenías cita con madame
Léonie.

---

[6] *la Bastille:* plaza muy bulliciosa, donde se cruzan el canal Saint
Martin y varias calles importantes. Como es sabido, el asalto a la
Bastilla inició simbólicamente la Revolución, el 14 de julio de 1789. El
narrador de *62* camina, bajo la lluvia, desde la Bastille hasta la
République (pág. 51).

[7] *rue Daval:* es una corta callecita, que nace del Bd. Richard
Lenoir, al lado de la Bastilla.

—Por eso nos hizo tanta gracia encontrarnos en la rue Daval.

—Vos llevabas el pulóver verde y te habías parado en la esquina a consolar a un pederasta.

—Lo habían echado a golpes del café, y lloraba de una manera.

—Otra vez me acuerdo que nos encontramos cerca del Quai de Jemmapes[8].

—Hacía calor —dijo la Maga.

—Nunca me explicaste bien qué andabas buscando por el Quai de Jemmapes.

—Oh, no buscaba nada.

—Tenías una moneda en la mano.

—Me la encontré en el cordón de la vereda. Brillaba tanto.

—Y después fuimos a la Place de la République[9] donde estaban los saltimbanquis, y nos ganamos una caja de caramelos.

—Eran horribles.

—Y otra vez yo salía del metro Mouton-Duvernet[10], y vos estabas sentada en la terraza de un café con un negro y un filipino.

—Y vos nunca me dijiste qué tenías que hacer por el lado de Mouton-Duvernet.

—Iba a lo de una pedicura —dijo Oliveira—. Tenía una sala de espera empapelada con escenas entre violeta y solferino[11]: góndolas, palmeras, y unos amantes abrazados a la luz de la luna. Imagínatelo repetido quinientas veces en tamaño doce por ocho.

—Vos ibas por eso, no por los callos.

---

[8] *Quai de Jemmapes:* es el muelle este del canal Saint Martin, desde la zona cercana a la Place de la République hacia el Norte.

[9] *Place de la République:* en ella finalizan, por el Este, los grandes bulevares. Se instala en ella un mercado de flores. Aparece varias veces en *62:* «Estábamos en una terraza de café en la République, vaya a saber por qué en la République, un barrio que no nos interesaba» (pág. 142).

[10] *metro Mouton-Duvernet:* está en la parte sur de París, en la línea que concluye en la Porte d'Orléans, dos estaciones después del Parc Montsouris. Es la boca de metro más cercana a la casa de Oliveira (rue Tombe-Issoire).

[11] *solferino:* además de una ciudad italiana, es el nombre que se da, en química, al rojo de anilina o fucsina.

—No eran callos, hija mía. Una auténtica verruga en la planta del pie. Avitaminosis, parece.

—¿Se te curó bien? —dijo la Maga, levantando la cabeza y mirándolo con gran concentración.

A la primera carcajada Rocamadour se despertó y empezó a quejarse. Oliveira suspiró, ahora iba a repetirse la escena, por un rato sólo veía a la Maga de espaldas, inclinada sobre la cama, las manos yendo y viniendo. Se puso a cebar mate, a armar un cigarrillo. No quería pensar. La Maga fue a lavarse las manos y volvió. Tomaron un par de mates casi sin mirarse.

—Lo bueno de todo esto —dijo Oliveira— es que no le damos calce[12] al radioteatro. No me mires así, si pensás un poco te vas a dar cuenta de lo que quiero decir.

—Me doy cuenta —dijo la Maga—. No es por eso que te miro así.

—Ah, vos creés que...

—Un poco, sí. Pero mejor no volver a hablar.

—Tenés razón. Bueno, me parece que me voy a dar una vuelta.

—No vuelvas —dijo la Maga.

—En fin, no exageremos —dijo Oliveira—. ¿Dónde querés que vaya a dormir? Una cosa son los nudos gordianos y otra el céfiro que sopla en la calle, debe haber cinco bajo cero.

—Va a ser mejor que no vuelvas, Horacio —dijo la Maga—. Ahora me resulta fácil decírtelo. Comprendé.

—En fin —dijo Oliveira—. Me parece que nos apuramos a congratularnos por nuestro *savoir faire*.

—Te tengo tanta lástima, Horacio.

—Ah, eso no. Despacito, ahí.

—Vos sabés que yo a veces veo. Veo tan claro. Pensar que hace una hora se me ocurrió que lo mejor era ir a tirarme al río.

—La desconocida del Sena[13]... Pero si vos nadás como un cisne.

—Te tengo lástima —insistió la Maga—. Ahora me doy

---

[12] *dar calce:* 'dar cancha, dar la oportunidad a alguien de que haga algo'.

[13] *La desconocida del Sena* es el título de un cuento de Jules Supervielle (Montevideo, 1884-París, 1960), incluido en el libro *L'enfant de la haute mer*, escrito en 1930 y publicado por Gallimard al año siguiente. Así concluye: «Et ses poissons favoris n'hésiterent pas à l'escorter, je veux dire à mourir etouffés à mesure qu'elle...»

cuenta. La noche que nos encontramos detrás de Notre-Dame[14] también vi que... Pero no lo quise creer. Llevabas una camisa azul tan preciosa. Fue la primera vez que fuimos juntos a un hotel, ¿verdad?

—No, pero es igual. Y vos me enseñaste a hablar en glígico.

—Si te dijera que todo eso lo hice por lástima.

—Vamos —dijo Oliveira, mirándola sobresaltado.

—Esa noche vos corrías peligro. Se veía, era como una sirena a lo lejos... no se puede explicar.

—Mis peligros son sólo metafísicos —dijo Oliveira—. Creeme, a mí no me van a sacar del agua con ganchos. Reventaré de una oclusión intestinal, de la gripe asiática o de un Peugeot 403.

—No sé —dijo la Maga—. Yo pienso a veces en matarme pero veo que no lo voy a hacer. No creas que es solamente por Rocamadour, antes de él era lo mismo. La idea de matarme me hace siempre bien. Pero vos, que no lo pensás... ¿Por qué decís: peligros metafísicos? También hay ríos metafísicos, Horacio. Vos te vas a tirar a uno de esos ríos.

—A lo mejor —dijo Oliveira— eso es el Tao.

—A mí me pareció que yo podía protegerte. No digas nada. En seguida me di cuenta de que no me necesitabas. Hacíamos el amor como dos músicos que se juntan para tocar sonatas.

—Precioso, lo que decís.

—Era así, el piano iba por su lado y el violín por el suyo y de eso salía la sonata, pero ya ves, en el fondo no nos encontrábamos. Me di cuenta en seguida, Horacio, pero las sonatas eran tan hermosas.

—Sí, querida.

—Y el glígico.

—Vaya.

—Y todo, el Club, aquella noche en el Quai de Bercy[15] bajo los árboles, cuando cazamos estrellas hasta la madrugada y nos contamos historias de príncipes, y vos tenías sed y com-

---

[14] *detrás de Notre-Dame,* esa «impresionante sinfonía en piedra», como la definió Víctor Hugo, hay una zona ajardinada, el Sq. de l'Île de France, y el Pont St. Louis, que une la isla de la Cité con la Île St. Louis. Ha dedicado Cortázar un poema a «Notre-Dame la nuit» *(Pameos y meopas,* pág. 97).

[15] *Quai de Bercy:* está en la orilla derecha del Sena, en el extremo este de la ciudad, después de la Gare de Lyon y el Pont de Bercy.

pramos una botella de espumante[16] carísimo, y bebimos a la orilla del río.

—Y entonces vino un clochard —dijo Oliveira— y le dimos la mitad de la botella.

—Y el chochard sabía una barbaridad, latín y cosas orientales, y vos le discutiste algo de...

—Averroes, creo.

—Sí, Averroes[17].

—Y la noche que el soldado me tocó el traste en la Foire[18] du Trône, y vos le diste una trompada en la cara, y nos metieron presos a todos.

—Que no oiga Rocamadour —dijo Oliveira riéndose.

—Por suerte Rocamadour no se acordará nunca de vos, todavía no tiene nada detrás de los ojos. Como los pájaros que comen las migas que uno les tira. Te miran, las comen, se vuelan... No queda nada.

—No —dijo Oliveira—. No queda nada.

En el rellano gritaba la del tercer piso, borracha como siempre a esa hora. Oliveira miró vagamente hacia la puerta, pero la Maga lo apretó contra ella, se fue resbalando hasta ceñirle las rodillas, temblando y llorando.

—¿Por qué te afligís así? —dijo Oliveira—. Los ríos metafísicos pasan por cualquier lado, no hay que ir muy lejos a encontrarlos. Mirá, nadie se habrá ahogado con tanto derecho como yo, monona. Te prometo una cosa: acordarme de vos a último momento para que sea todavía más amargo. Un verdadero folletín, con tapa en tres colores.

—No te vayas —murmuró la Maga, apretándole las piernas.

—Una vuelta por ahí, nomás.

—No, no te vayas.

—Dejame. Sabés muy bien que voy a volver, por lo menos esta noche.

—Vamos juntos —dijo la Maga—. Ves, Rocamadour duerme, va a estar tranquilo hasta la hora del biberón. Tenemos dos horas, vamos al café del barrio árabe, ese cafecito triste donde se está tan bien.

---

[16] *espumante* (italianismo): 'vino espumoso'.

[17] *Averroes* (1126-1198): filósofo árabe nacido en Córdoba, comentarista de Aristóteles.

[18] *Foire du Trône:* tiene lugar en Vincennes, desde el Domingo de Ramos a mayo.

Pero Oliveira quería salir solo. Empezó a librar poco a poco las piernas del abrazo de la Maga. Le acariciaba el pelo, le pasó los dedos por el collar, la besó en la nuca, detrás de la oreja, oyéndola llorar con todo el pelo colgándole en la cara. «Chantajes no», pensaba. «Lloremos cara a cara, pero no ese hipo barato que se aprende en el cine.» Le levantó la cara, le obligó a mirarlo.

—El canalla soy yo —dijo Oliveira—. Dejame pagar a mí. Lloró por tu hijo, que a lo mejor se muere, pero no malgastes las lágrimas conmigo. Madre mía, desde los tiempos de Zola [19] no se veía una escena semejante. Dejame salir, por favor.

—¿Por qué? —dijo la Maga, sin moverse del suelo, mirándolo como un perro.

—¿Por qué qué?

—¿Por qué?

—Ah, vos querés decir por qué todo esto. Andá a saber, yo creo que ni vos ni yo tenemos demasiado la culpa. No somos adultos, Lucía. Es un mérito pero se paga caro. Los chicos se tiran siempre de los pelos después de haber jugado. Debe ser algo así. Habría que pensarlo.

(-126)

---

[19] *Émile Zola* (1804-1902): narrador naturalista.

A todo el mundo le pasa igual, la estatua de Jano es un despilfarro inútil, *en realidad* después de los cuarenta años la verdadera cara la tenemos en la nuca, mirando desesperadamente para atrás. Es lo que se llama propiamente un *lugar común*. Nada que hacerle, hay que decirlo así, con las palabras que tuercen de aburrimiento los labios de los adolescentes unirrostros. Rodeado de chicos con tricotas y muchachas deliciosamente mugrientas bajo el vapor de los *cafés crème* de Saint-Germain-des-Prés, que leen a Durrell[1], a Beauvoir[2], a Duras[3], a Douassot[4], a Queneau, a Sarraute[5], estoy yo un argentino afrancesado (horror horror), ya fuera de la moda adolescente, del *cool,* con en las manos anacrónicamente *Etes-vous fous?* de René Crevel[6], con en la memoria todo el surrealismo, con en la pelvis el signo de Antonin Artaud[7], con en las

---

[1] Lawrence *Durrell.* Luego (capítulos 36, 92, 97) se concreta la referencia al *Cuarteto de Alejandría.*

[2] Simone de *Beauvoir:* compañera de Sartre, autora de obras como *El segundo sexo* (1949) y *Memorias de una niña bien* (1958).

[3] Marguerite *Duras:* nacida en Cochinchina en 1914, ha formado parte del «nouveau roman», con obras como *Le Square* (1955) y *Moderato Cantabile* (1957) y los diálogos para el filme de Resnais *Hiroshima mon amour.*

[4] *Douassot:* puede referirse al autor de las novelas *Jean la parruque, La Gana* y *Sens inverse.*

[5] Nathalie *Sarraute:* nacida en Rusia en 1902, narradora del «nouveau roman», es autora de novelas como *Tropismos* y *El planetarium,* y del ensayo *La era del recelo.*

[6] *René Crevel:* poeta francés surrealista, nacido en 1900. Su obra *Êtes-vous fous?* la publicó la Nouvelle Revue Française en 1929.

[7] *Antonin Artaud* (1896-1948): poeta y renovador del teatro contemporáneo, con obras como *Heliogábalo* y *El teatro y su doble.*

orejas las *Ionisations* de Edgar Varèse[8], con en los ojos Picasso (pero parece que yo soy un Mondrian, me lo han dicho).

—*Tu sèmes des syllabes pour récolter des étoiles* —me toma el pelo Crevel.

—Se va haciendo lo que se puede —le contesto.

—Y esa fémina, *n'arrêtera-t-elle donc pas de secouer l'arbre à sanglots?*

—Sos injusto —le digo—. Apenas llora, apenas se queja.

Es triste llegar a un momento de la vida en que es más fácil abrir un libro en la página 96 y dialogar con su autor, de café a tumba, de aburrido a suicida, mientras en las mesas de al lado se habla de Argelia, de Adenauer[9], de Mijanou Bardot[10], de Guy Trébert, de Sidney Bechet, de Michel Butor[11], de Nabokov[12], de Zao-Wu-Ki[13], de Louison Bobet[14], y en mi país los muchachos hablan, ¿de qué hablan los muchachos en mi país? No lo sé ya, ando tan lejos, pero ya no hablan de Spilimbergo, no hablan de Justo Suárez[15] no hablan del Tiburón de Quillá, no hablan de Bonini[16], no hablan de

---

[8] *Edgar Varèse:* nacido en París en 1885 y muerto en Nueva York en 1965, pionero de la música experimental contemporánea. Obras: *Américas, Arcana, Ecuatorial. Ionisations* (1931) es una obra para 40 instrumentos de percusión: puede oírse la grabación de Pierre Boulez con la Orquesta Filarmónica de Nueva York.

[9] Konrad *Adenauer:* fue Primer Ministro y uno de los creadores del «milagro alemán» de la posguerra.

[10] *Mijanou Bardot:* es la hermana de la mítica Brigitte.

[11] *Michel Butor:* nacido en 1926, narrador del «nouveau roman», autor de importantes ensayos de crítica literaria y de novelas como *El empleo del tiempo* y *La modificación.* Recuérdese que Juan, el protagonista de *62,* lleva una novela de Butor cuando comienza la novela y entra en el Cluny. Compara un recurso de Cortázar con otro de Butor Evelyn Picon Garfield, en la recopilación de Pedro Lastra, pág. 152.

[12] Mary E. Davis ha estudiado la relación entre Cortázar y *Nabokov:* «La estética del éxtasis» (en el *Homenaje* de Giacoman, páginas 481-490).

[13] *Zao-Wu-Ki:* nacido en Pekín en 1920, pintor de la escuela de París, une la caligrafía oriental y la pintura informalista. Alude a él también Cortázar en *Las armas secretas.*

[14] *Louison Bobet:* ha sido la gloria del ciclismo francés; ganador varias veces del Tour de France.

[15] *Justo Suárez:* boxeador argentino, inspirador del relato *Torito.* Lo menciona también Cortázar en «El noble arte» *(Vuelta,* págs. 69-73).

[16] Alude también a él en *La vuelta al día...*

Leguisamo[17]. *Como es natural*. La joroba está en que la naturalidad y la realidad se vuelven no se sabe por qué enemigas, hay una hora en que lo natural suena espantosamente a falso, en que la realidad de los veinte años se codea con la realidad de los cuarenta y en cada codo hay una gillete tajeándonos el saco. Descubro nuevos mundos simultáneos y ajenos, cada vez sospecho más que estar de acuerdo es la peor de las ilusiones. ¿Por qué esta sed de ubicuidad, por qué esta lucha contra el tiempo? También yo leo a Sarraute y miro la foto de Guy Trébert esposado, pero son *cosas que me ocurren,* mientras que si soy yo el que decide, casi siempre es hacia atrás. Mi mano tantea en la biblioteca, saca a Crevel, saca a Roberto Arlt, saca a Jarry. Me apasiona el hoy pero siempre desde el ayer (¿me hapasiona, dije?), y es así cómo a mi edad el pasado se vuelve presente y el presente es un extraño y confuso futuro donde chicos con tricotas y muchachas de pelo suelto beben sus *cafés crème* y se acarician con una lenta gracia de gatos o de plantas.

Hay que luchar contra eso.

Hay que reinstalarse en el presente.

Parece que yo soy un Mondrian, ergo...

Pero Mondrian pintaba su presente hace cuarenta años.

(Una foto de Mondrian, igualito a un director de orquesta típica ((¡Julio de Caro[18], ecco!)), con lentes y el pelo planchado y cuello duro, un aire de hortera abominable, bailando con un piba diquera. ¿Qué clase de presente sentía Mondrian mientras bailaba? Esas telas suyas, esa foto suya... Habismos.)

Estás viejo, Horacio. Quinto Horacio Oliveira, estás viejo, Flaco. Estás flaco y viejo, Oliveira.

—*Il verse son vitriol entre les cuisses des faubourgs* —se mofa Crevel.

¿Qué le voy a hacer? En mitad del gran desorden me sigo creyendo veleta, al final de tanta vuelta hay que señalar un norte, un sur. Decir de alguien que es un veleta prueba poca imaginación: se ven las vueltas pero no la intención, la punta de la flecha que busca hincarse y permanecer en el río del viento.

Hay ríos metafísicos. Sí, querida, claro. Y vos estarás cuidando a tu hijo, llorando de a ratos, y aquí ya es otro día y un

---

[17] *Leguisamo:* el más famoso *jockey* argentino.

[18] Vuelve a aludir a sus discos en el capítulo 40. Y, entre sus favoritos, en *Autonautas*, pág. 269.

sol amarillo que no calienta. *J'habite à Saint-Germain-des-Prés, et chaque soir j'ai rendez-vous avec Verlaine. / Ce gros pierrot n'a pas changé, et pour courir le guilledou...* Por veinte francos en la ranura. Leo Ferré[19] te canta sus amores, o Gilbert Bécaud[20], o Guy Béart[21]. Allá en mi tierra: *Si quiere ver la vida color de rosa/Eche veinte centavos en la ranura*[21 bis]... A lo mejor encendiste la radio (el alquiler vence el lunes que viene, tendré que avisarte) y escuchás música de cámara, probablemente Mozart, o has puesto un disco muy bajo para no despertar a Rocamadour. Y me parece que no te das demasiado cuenta de que Rocamadour está muy enfermo, terriblemente débil y enfermo, y que lo cuidarían mejor en el hospital. Pero ya no te puedo hablar de esas cosas, digamos que todo se acabó y que yo ando por ahí vagando, dando vueltas, buscando el norte, el sur, si es que lo busco. Si es que lo busco. Pero si no los buscara, ¿qué es esto? Oh mi amor, te extraño, me dolés en la piel, en la garganta, cada vez que respiro es como si el vacío me entrara en el pecho donde ya no estás.

—*Toi* —dice Crevel— *toujours prêt à grimper les cinq étages des pythonisses faubouriennes, qui ouvrent grandes les portes du futur...*

Y por qué no, por qué no había de buscar a la Maga[22],

---

[19] *Leo Ferré:* cantante y compositor, nacido en Montecarlo en 1916, autor de más de ochenta letras de canciones *(Paris canaille, C'est le printemps, Mon piano, La Mélancolie).* También ha puesto música a poemas de Rutebeuf, Villon, Verlaine, Baudelaire... Ha compuesto también un oratorio (sobre *La chanson du mal aimé,* de Apollinaire), dos conciertos, una ópera... Y ha publicado un volumen de poemas, *Poète, vos papiers.*

[20] *Gilbert Bécaud:* seudónimo de François Silly, cantante y compositor, nacido en Toulon en 1927. Autor de canciones como *Mes mains, Quand tu danses, Me-que, me-que, Viens, Nathalie.* También ha compuesto la música de películas como *Le pays d'ou je viens, Casino de Paris, Croquemitoufle, Les petits matins, Babette s'en va-t-en guerre.* También ha compuesto una cantata y una ópera.

[21] *Guy Béart:* autor de canciones y compositor francés, nacido en El Cairo en 1930. Fue ingeniero y profesor de matemáticas antes de debutar en cabarets. Autor de canciones interpretadas por Zizi Jeanmaire, Juliette Greco, Patachou, Chevalier. Entre ellas están *Le matin, Il n'y a plus après.* También ha escrito música de películas y la comedia musical *Patron.*

[21 bis] Son dos versos del poeta argentino Raúl González Tuñón, que han sido musicados por el cuarteto Cedrón. (Agradezco la información a Julio Sáenz.)

[22] Repite aquí las frases del capítulo 1.

tantas veces me había bastado asomarme, viniendo por la rue de Seine, al arco que da al Quai de Conti, y apenas la luz de ceniza y oliva que flota sobre el río me dejaba distinguir las formas. va su silueta delgada se inscribía en el Pont des Arts. nos íbamos por ahí a la caza de sombras, a comer papas fritas al Faubourg St. Denis[23], a besarnos junto a las barcazas del canal Saint-Martin. Con ella yo sentía crecer un aire nuevo, los signos fabulosos del atardecer o esa manera como las cosas se dibujaban cuando estábamos juntos y en las rejas de la Cour de Rohan[24] los vagabundos se alzaban al reino medroso y alunado de los testigos y los jueces... Por qué no había de amar a la Maga y poseerla bajo decenas de cielos rasos a seiscientos francos, en camas con cobertones deshilachados y rancios, si en esa vertiginosa rayuela, en esa carrera de embolsados yo me reconocía y me nombraba, por fin y hasta cuándo salido del tiempo y sus jaulas con monos y etiquetas, de sus vitrinas Omega Electron Girard Perregaud Vacheron & Constantin marcando las horas y los minutos de las sacrosantas obligaciones castradoras, en un aire donde las últimas ataduras iban cayendo y el placer era espejo de reconciliación, espejo para alondras pero espejo, algo como un sacramento de ser a ser, danza en torno al arca, avance del sueño boca contra boca, a veces sin desligarnos, los sexos unidos y tibios, los brazos como guías vegetales, las manos acariciando aplicadamente un muslo, un cuello...

—*Tu t'accroches à des histoires* —dice Crevel—. *Tu étreins des mots...*

—No, viejo, eso se hace más bien del otro lado del mar, que no conocés. Hace rato que no me acuesto con las palabras. Las sigo usando, como vos y como todos, pero las cepillo muchísimo antes de ponérmelas.

Crevel desconfía y lo comprendo. Entre la Maga y yo crece un cañaveral de palabras, apenas nos separan unas horas y unas cuadras y ya mi pena *se llama* pena, mi amor *se llama*

---

[23] *Faubourg St. Denis:* continúa, hacia el Norte, la rue St. Denis, a partir del cruce con los grandes bulevares. En esta calle está el teatro de los Bouffes du Nord, sede de la compañía de Peter Brook.

[24] *Cour de Rohan:* se encuentra junto al bd. St. Germain, el Carrefour de l'Odeon y la rue de Buci. Comprende una torre del siglo xv, tres patios y un edificio del Renacimiento, donde vivió Diana de Poitiers. Al lado, en un granero, el Doctor Guillotin ensayó su «máquina filantrópica para decapitar».

mi amor... Cada vez iré sintiendo menos y recordando más, pero qué es el recuerdo sino el idioma de los sentimientos, un diccionario de caras y días y perfumes que vuelven como los verbos y los adjetivos en el discurso, adelantándose solapados a la cosa en sí, al presente puro, entristeciéndonos o aleccionándonos vicariamente hasta que el propio ser se vuelve vicario, la cara que mira hacia atrás abre grandes los ojos, la verdadera cara se borra poco a poco como en las viejas fotos y Jano es de golpe cualquiera de nosotros. Todo esto se lo voy diciendo a Crevel pero es con la Maga que hablo, ahora que estamos tan lejos. Y no le hablo con las palabras que sólo han servido para no entendernos, ahora que ya es tarde empiezo a elegir otras, las de ella, las envueltas en eso que ella comprende y que no tiene nombre, auras y tensiones que crispan el aire entre dos cuerpos o llenan de polvo de oro una habitación o un verso. ¿Pero no hemos vivido así todo el tiempo, lacerándonos dulcemente? No, no hemos vivido así, ella hubiera querido pero una vez más yo volví a sentar el falso orden que disimula el caos, a fingir que me entregaba a una vida profunda de la que sólo tocaba el agua terrible con la punta del pie. Hay ríos metafísicos, ella los nada como esa golondrina está nadando en el aire, girando alucinada en torno al campanario, dejándose caer para levantarse mejor con el impulso. Yo describo y defino y deseo esos ríos, ella los nada. Yo los busco, los encuentro, los miro desde el puente, ella los nada. Y no lo sabe, igualita a la golondrina. No necesita saber como yo, puede vivir en el desorden sin que ninguna conciencia de orden la retenga. Ese desorden que es su orden misterioso, esa bohemia del cuerpo y el alma que le abre de par en par las verdaderas puertas. Su vida no es desorden más que para mí, enterrado en prejuicios que desprecio y respeto al mismo tiempo. Yo, condenado a ser absuelto irremediablemente por la Maga que me juzga sin saberlo. Ah, dejame entrar, dejame ver algún día como ven tus ojos.

Inútil Condenado a ser absuelto. Vuélvase a casa y lea a Spinoza[25]. La Maga no sabe quién es Spinoza. La Maga lee interminables novelas de rusos y alemanes y Pérez Galdós[26] y las olvida en seguida. Nunca sospechará que me condena a

---

[25] *Spinoza* (1632-1677): holandés, de una familia de judíos emigrados de la Península Ibérica, autor de la *Ethica ordine geometrico demonstrata*.

[26] Anuncia aquí el autor del texto incluido en el capítulo 34.

leer a Spinoza. Juez inaudito, juez por sus manos, por su
carrera en plena calle, juez por sólo mirarme y dejarme desnudo, juez por tonta e infeliz y desconcertada y roma y menos
que nada. Por todo eso que sé desde mi amargo saber, con mi
podrido rasero de universitario y hombre esclarecido, por todo
eso, juez. Dejate caer, golondrina, con esas filosas tijeras que
recortan el cielo de Saint-Germain-des-Prés, arrancá estos ojos
que miran sin ver, estoy condenado sin apelación, pronto a ese
cadalso azul al que me izan las manos de la mujer cuidando a
su hijo, pronto la pena, pronto el orden mentido de estar solo
y recobrar la suficiencia, la egociencia, la conciencia. Y con
tanta ciencia una inútil ansia de tener lástima de algo, de que
llueva aquí dentro, de que por fin empiece a llover, a oler a
tierra, a cosas vivas, sí, por fin a cosas vivas.

                                                        (-79)

Las opiniones eran que el viejo se había resbalado, que el auto había «quemado» la luz roja, que el viejo había querido suicidarse, que todo estaba cada vez peor en París, que el tráfico era monstruoso, que el viejo no tenía la culpa, que el viejo tenía la culpa, que los frenos del auto no andaban bien, que el viejo era de una imprudencia temeraria, que la vida estaba cada vez más cara, que en París había demasiados extranjeros que no entendían las leyes del tráfico y les quitaban el trabajo a los franceses.

El viejo no parecía demasiado contuso. Sonreía vagamente, pasándose la mano por el bigote. Llegó una ambulancia, lo izaron a la camilla, el conductor del auto siguió agitando las manos y explicando el accidente al policía y a los curiosos.

—Vive en el treinta y dos de la rue Madame[1] —dijo un muchacho rubio que había cambiado algunas frases con Oliveira y los demás curiosos—. Es un escritor, lo conozco. Escribe libros.

—El paragolpes le dio en las piernas, pero el auto ya estaba muy frenado.

—Le dio en el pecho —dijo el muchacho—. El viejo se resbaló en un montón de mierda.

—Le dio en las piernas —dijo Oliveira.

—Depende del punto de vista —dijo un señor enormemente bajo.

—Le dio en el pecho —dijo el muchacho—. Lo vi con estos ojos.

---

[1] *rue Madame:* sale de la rue de Vaugirard hacia el Norte, en el mismo barrio que hemos visto varias veces, cerca del bd. St. Germain y Saint Sulpice. Es una zona tranquila, junto a los jardines del Luxemburgo.

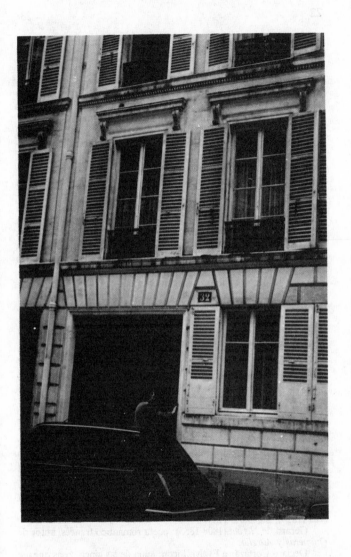

Morelli «vive en el treinta y dos de la rue Madame... Es un escritor, lo conozco. Escribe libros».

—En ese caso... ¿No sería bueno avisar a la familia?

—No tiene familia, es un escritor.

—Ah —dijo Oliveira.

—Tiene un gato y muchísimos libros. Una vez subí a llevarle un paquete de parte de la portera, y me hizo entrar. Había libros por todas partes. Esto lo tenía que pasar, los escritores son distraídos. A mí, para que me agarre un auto...

Caían unas pocas gotas que disolvieron en un instante el corro de testigos. Subiéndose el cuello de la canadiense, Oliveira metió la nariz en el viento frío y se puso a caminar sin rumbo. Estaba seguro de que el viejo no había sufrido mayores daños, pero seguía viendo su cara casi plácida, más bien perpleja, mientras lo tendían en la camilla entre frases de aliento y cordiales «Allez, pépère, c'est rien, ça!» del camillero, un pelirrojo que debía decirle lo mismo a todo el mundo. «La incomunicación total», pensó Oliveira. «No tanto que estemos solos, ya es sabido y no hay tu tía. Estar solo es en definitiva estar solo dentro de cierto plano en el que otras soledades podrían comunicarse con nosotros si la cosa fuese posible. Pero cualquier conflicto, un accidente callejero o una declaración de guerra, provocan la brutal intersección de planos diferentes, y un hombre que quizá es una eminencia del sánscrito o de la física de los quanta, se convierte en un *pépère* para el camillero que lo asiste en un accidente. Edgar Poe[2] metido en una carretilla, Verlaine[3] en manos de medicuchos, Nerval[4] y Artaud frente a los psiquiatras. ¿Qué podía saber de Keats[5] el galeno italiano que lo sangraba y lo mataba de

---

[2] *Poe* y su obra son mencionados también en los capítulos 41 y 44. Cortázar tradujo a Poe y esta traducción, según Ana María Hernández, parece haber desempeñado un papel decisivo en la evolución de su poética: «El contacto prolongado de Cortázar con Poe bien puede haber constituido un elemento influyente en la formación de la visión del amor que predomina en la mayor parte de la obra de Cortázar, y especialmente en *Rayuela*» (en la recopilación de Pedro Lastra, página 92).

[3] Paul *Verlaine* (1844-1896). Obras: *Poemas saturnianos* (1866), *Fiestas galantes* (1874), *La buena canción* (1870), *Romances sin palabras* (1874), *Sabiduría* (1881).

[4] Gérard de *Nerval* (1808-1855): poeta romántico francés, autor de *Quimeras* y *Aurelia*.

[5] Declaró Cortázar a Evelyn Picon: «una de las cinco cosas que me gustaría salvar sería uno de los poemas de Keats... cualquiera de los que yo amo, cualquiera de las grandes odas: la 'Oda a una urna

hambre? Si hombres como ellos guardan silencio como es lo
más probable, los otros triunfan ciegamente, sin mala intención por supuesto, sin saber que ese operado, que ese tubercu-
loso, que ese herido desnudo en una cama está doblemente
solo rodeado de seres que se mueven como detrás de un vidrio,
desde otro tiempo...»

Metiéndose en un zaguán encendió un cigarrillo. Caía la
tarde, grupos de muchachas salían de lo comercios, necesitadas de reír, de hablar a gritos, de empujarse, de esponjarse en
una porosidad de un cuarto de hora antes de recaer en el
biftec y la revista semanal. Oliveira siguió andando. Sin necesidad de dramatizar, la más modesta objetividad era una
apertura al absurdo de París, de la vida gregaria. Puesto que
había pensado en los poetas era fácil acordarse de todos los
que habían denunciado la soledad del hombre junto al hombre, la irrisoria comedia de los saludos, el «perdón» al cruzar-
se en la escalera, el asiento que se cede a las señoras en el
metro, la confraternidad en la política y los deportes. Sólo un
optimismo biológico y sexual podía disimularle a algunos su
insularidad, mal que le pesara a John Donne[6]. Los contactos
en la acción y la raza y el oficio y la cama y la cancha, eran
contactos de ramas y hojas que se entrecruzan y acarician de
de árbol a árbol, mientras los troncos alzan desdeñosos sus
paralelas inconciliables. «*En el fondo* podríamos ser como en
la superficie», pensó Oliveira, «pero habría que vivir de otra
manera. ¿Y qué quiere decir vivir de otra manera? Quizá vivir
absurdamente para acabar con el absurdo, tirarse en sí mismo
con una tal violencia que el salto acabara en los brazos de
otro. Sí, quizá el amor, pero la *otherness* nos dura lo que dura
una mujer, y además solamente en lo que toca a esa mujer. En
el fondo no hay otherness, apenas la agradable *togetherness*.
Cierto que ya es algo»... Amor, ceremonia ontologizante,

griega', 'Ode to a Nightingale' o la 'Oda al otoño', cualquiera de
esos grandes, los grandes momentos de la madurez de Keats» (página 41). Entre 1948 y 1952, Cortázar escribió su libro inédito *Imagen de
John Keats*. Según Ana María Hernández, su teoría del camaleonismo
poético deriva de la «Carta del camaleón» de Keats (en *Pedro Lastra*,
pág. 79). Lo comenta Cortázar en su «Casilla del camaleón», texto
final de *Vuelta*.

[6] *John Donne* (1571-1631): alusión a su célebre verso «Los hombres
no son una isla», que inspiró, entre otros, el título de una obra de
Thomas Merton. Vuelve a ser citado en el capítulo 52.

dadora de ser. Y por eso se le ocurría ahora lo que a lo mejor debería habérsele ocurrido al principio: sin poseerse no había posesión de la otredad, ¿y quién se poseía de veras? ¿Quién estaba de vuelta de sí mismo, de la soledad absoluta que representa no contar siquiera con la compañía propia, tener que meterse en el cine o en el prostíbulo o en la casa de los amigos o en una profesión absorbente o en el matrimonio para estar por lo menos solo-entre-los-demás? Así, paradójicamente, el colmo de soledad conducía al colmo de gregarismo, a la gran ilusión de la compañía ajena, al hombre solo en la sala de los espejos y los ecos. Pero gentes como él y tantos otros, que se aceptaban a sí mismos (o que se rechazaban pero conociéndose de cerca) entraban en la peor paradoja, la de estar quizá al borde de la otredad y no poder franquearlo. La verdadera otredad hecha de delicados contactos, de maravillosos ajustes con el mundo, no podía cumplirse desde un solo término, a la mano tendida debía responder otra mano desde el afuera, desde lo otro.

(-62)

23

Parado en una esquina, harto del cariz enrarecido de su reflexión (y eso que a cada momento, no sabía por qué, pensaba que el viejecito herido estaría en una cama de hospital, los médicos y los estudiantes y las enfermeras lo rodearían amablemente impersonales, le preguntarían nombre y edad y profesión, le dirían que no era nada, lo aliviarían de inmediato con inyecciones y vendajes), Oliveira se había puesto a mirar lo que ocurría en torno y que como cualquier esquina de cualquier ciudad era la ilustración perfecta de lo que estaba pensando y casi le evitaba el trabajo. En el café, protegidos del frío (iba a ser cosa de entrar y beberse un vaso de vino), un grupo de albañiles charlaba con el patrón en el mostrador. Dos estudiantes leían y escribían en una mesa, y Oliveira los veía alzar la vista y mirar hacia el grupo de los albañiles, volver al libro o al cuaderno, mirar de nuevo. De una caja de cristal a otra, mirarse, aislarse, mirarse: eso era todo. Por encima de la terraza cerrada del café, una señora del primer piso parecía estar cosiendo o cortando un vestido junto a la ventana. Su alto peinado se movía cadencioso, Oliveira imaginaba sus pensamientos, las tijeras, los hijos que volverían de la escuela de un momento a otro, el marido terminando la jornada en una oficina o en un banco. Los albañiles, los estudiantes, la señora, y ahora un clochard desembocaba de una calle transversal, con una botella de vino tinto saliéndole del bolsillo, empujando un cochecito de niño lleno de periódicos viejos, latas, ropas deshilachadas y mugrientas, una muñeca sin cabeza, un paquete de donde salía, una cola de pescado. Los albañiles, los estudiantes, la señora, el clochard, y en la casilla como para condenados a la picota, LOTERIE NATIONALE, una vieja de mechas irredentas brotando de una especie de papali-

na[1] gris, las manos metidas en mitones azules, TIRAGE MERCRE-
DI, esperando sin esperar el cliente, con un brasero de carbón
a los pies, encajada en su ataúd vertical, quieta, semihelada,
ofreciendo la suerte y pensando vaya a saber qué, pequeños
grumos de ideas, repeticiones seniles, la maestra de la infancia
que le regalaba dulces, un marido muerto en el Somme, un
hijo viajante de comercio, por la noche la bohardilla sin agua
corriente, la sopa para tres días, el *boeuf bourguignon* que
cuesta menos que un biftec, TIRAGE MERCREDI. Los albañiles,
los estudiantes, el clochard, la vendedora de lotería, cada
grupo, cada uno en su caja de vidrio, pero que un viejo cayera
bajo un auto y de inmediato habría una carrera general hacia
el lugar del accidente, un vehemente cambio de impresiones,
de críticas, disparidades y coincidencias hasta que empezara a
llover otra vez y los albañiles se volvieran al mostrador, los
estudiantes a su mesa, los X a los X, los Z a los Z.

«Sólo viviendo absurdamente se podría romper alguna vez
este absurdo infinito»[2], se repitió Oliveira. «Che, pero me voy
a empapar, hay que meterse en alguna parte.» Vio los carteles
de la Salle de Géographie y se refugió en la entrada. Una
conferencia sobre Australia, continente desconocido. Reunión
de los discípulos del Cristo de Montfavet. Concierto de piano
de madame Berthe Trépat. Inscripción abierta para un curso
sobre los meteoros. Conviértase en judoka en cinco meses.
Conferencia sobre la urbanización de Lyon. El concierto de
piano iba a empezar en seguida y costaba poca plata. Oliveira
miró el cielo, se encogió de hombros y entró. Pensaba vagamente en ir a casa de Ronald o al taller de Etienne, pero era
mejor dejarlo para la noche. No sabía por qué, le hacía gracia
que la pianista se llamara Berthe Trépat. También le hacía
gracia refugiarse en un concierto para escapar un rato de sí
mismo, ilustración irónica de mucho de lo que había venido
rumiando por la calle. «No somos nada, ché», pensó mientras
ponía ciento veinte francos a la altura de los dientes de la vieja
enjaulada en la taquilla. Le tocó la fila diez, por pura maldad
de la vieja ya que el concierto iba a empezar y no había casi

---

[1] *papalina:* 'cofia de mujer, generalmente de tela ligera y con
adornos'.

[2] Recuérdese lo que dice Max Estrella en *Luces de bohemia*, de
Valle-Inclán: «Las imágenes más bellas en un espejo cóncavo son
absurdas... La deformación deja de serlo cuando está sujeta a una
matemática perfecta. Mi estética actual es transformar con matemática de espejo cóncavo las normas clásicas.»

nadie aparte de algunos ancianos calvos, otros barbudos y otros las dos cosas, con aire de ser del barrio o de la familia, dos mujeres entre cuarenta y cuarenta y cinco con abrigos vetustos y paraguas chorreantes, unos pocos jóvenes, parejas en su mayoría y discutiendo violentamente entre empujones, ruido de caramelos y crujidos de las pésimas sillas de Viena. En total unas veinte personas. Olía a tarde de lluvia, la gran sala estaba helada y húmeda, se oía hablar confusamente detrás del telón de fondo. Un viejo había encendido la pipa, y Oliveira se apuró a sacar un Gauloise. No se sentía demasiado bien, le había entrado agua en un zapato, el olor a moho y a ropa mojada lo asqueaba un poco. Pitó aplicadamente hasta calentar el cigarrillo y estropearlo. Afuera sonó un timbre tartamudo, y uno de los jóvenes aplaudió con énfasis. La vieja acomodadora, boina de través y maquillaje con el que seguramente dormía, corrió la cortina de entrada. Recién entonces Oliveira se acordó de que le habían dado un programa. Era una hoja mal mimeografiada en la que con algún trabajo podía descifrarse que madame Berthe Trépat, medalla de oro, tocaría los «Tres movimientos discontinuos» de Rose Bob (primera audición), la «Pavana para el General Leclerc», de Alix Alix (primera audición civil), y la «Síntesis Délibes-Saint-Saëns», de Délibes, Saint-Saëns y Berthe Trépat.

«Joder», pensó Oliveira. «Joder con el programa.»

Sin que se supiera exactamente cómo había llegado, apareció detrás del piano un señor de papada colgante y blanca cabellera. Vestía de negro y acariciaba con una mano rosada la cadena que le cruzaba el chaleco de fantasía. A Oliveira le pareció que el chaleco estaba bastante grasiento. Sonaron unos secos aplausos a cargo de una señorita de impermeable violeta y lentes con montura de oro. Esgrimiendo una voz extraordinariamente parecida a la de un guacamayo, el anciano de la papada inició una introducción al concierto, gracias a la cual el público se enteró de que Rose Bob era una ex alumna de piano de madame Berthe Trépat, de que la «Pavana» de Alix Alix había sido compuesta por un distinguido oficial del ejército que se ocultaba bajo tan modesto seudónimo, y que las dos composiciones aludidas utilizaban restringidamente los más modernos procedimientos de escritura musical. En cuanto a la «Síntesis Délibes-Saint-Saëns» (y aquí el anciano alzó los ojos con arrobo) representaba dentro de la música contemporánea una de las más profundas innovaciones que la autora, madame Trépat, había calificado de «sincretismo fatídico». La caracterización era justa en la medida en que el genio musical de Délibes[3] y de Saint-Saëns[4] tendía a la ósmosis, a la interfusión e interfonía, paralizadas por el exceso individualista del Occidente y condenadas a no precipitarse en una creación superior y sintética de no mediar la genial intuición de madame Trépat. En efecto, su sensibilidad había captado afinidades que escapaban al común de los oyentes y asumido la noble aunque ardua misión de convertirse en puente mediúmnico a través del cual pudiera consumarse el encuentro de los grandes hijos de Francia. Era hora de señalar que madame Berthe Trépat, al margen de sus actividades de profesora de música, no tardaría en cumplir sus bodas de plata al servicio de la composición. El orador no se atrevía, en una mera introducción a un concierto que, bien lo apreciaba, era esperado con viva impaciencia por el público, a desarrollar como hubiera sido necesario el análisis de la obra musical de madame Trépat. De todos modos, y con objeto de que sirviera de pentagrama mental a quienes escucharían por primera vez las obras de Rose Bob y de madame Trépat, podía resumir su estética en la mención de construcciones antiestructurales, es decir, células sonoras autónomas, fruto de la pura inspiración, concatenadas en la intención general de la obra pero totalmente libres de moldes clásicos, dodecafónicos o atonales (las dos últimas palabras las repitió enfáticamente). Así por ejemplo, los «Tres movimientos discontinuos» de Rose Bob, alumna dilecta de madame Trépat, partían de la reacción provocada en el espíritu de la artista por el golpe de una puerta al cerrarse violentamente, y los treinta y dos acordes que formaban el primer movimiento eran otras tantas repercusiones de ese golpe en el plano estético; el orador no creía violar un secreto si confiaba a su culto auditorio que la técnica de

---

[3] *Leo Délibes* (1836-1891): compositor francés. Hoy se recuerdan de él solamente *Silvia* y *Coppelia*. La relación con Berthe Trépat es más lógica teniendo en cuenta que desarrolló una gran labor en el Conservatorio de París.
[4] *Camille Saint-Saens* (1835-1921): pianista, organista y compositor francés. Entre sus obras destacan la ópera *Sansón y Dalila,* tres sinfonías, varios conciertos para piano, violín y violoncello, la *Danza macabra, El carnaval de los animales*. En su tiempo, fue admirado por Liszt y Berlioz. Para su relación con Berthe Trépat, téngase en cuenta que fundó la Sociedad Nacional de Música, para defender la nueva música francesa.

composición de la «Síntesis Délibes-Saint-Saëns» entroncaba con las fuerzas más primitivas y esotéricas de la creación. Nunca olvidaría el alto privilegio de haber asistido a una fase de la síntesis, y ayudado a madame Trépat a operar con un péndulo rabdomántico sobre las partituras de los dos maestros a fin de escoger aquellos pasajes cuya influencia sobre el péndulo corroboraba la asombrosa intuición original de la artista. Y aunque mucho hubiera podido agregarse a lo dicho, el orador creía de su deber retirarse luego de saludar en madame Berthe Trépat a uno de los faros del espíritu francés y ejemplo patético del genio incomprendido por los grandes públicos.

La papada se agitó violentamente y el anciano, atragantado por la emoción y el catarro, desapareció entre bambalinas. Cuarenta manos descargaron algunos secos aplausos, varios fósforos perdieron la cabeza, Oliveira se estiró lo más posible en la silla y se sintió mejor. También el viejo del accidente debía sentirse mejor en la cama del hospital, sumido ya en la somnolencia que sigue al shock, interregno feliz en que se renuncia a ser dueño de sí mismo y la cama es como un barco, unas vacaciones pagas, cualquiera de las rupturas con la vida ordinaria. «Casi estaría por ir a verlo uno de estos días», se dijo Oliveira. «Pero a lo mejor le arruino la isla desierta, me convierto en la huella del pie en la arena[5]. Che, qué delicado te estás poniendo.».

Los aplausos le hicieron abrir los ojos y asistir a la trabajosa inclinación con que madame Berthe Trépat los agradecía. Antes de verle bien la cara lo paralizaron los zapatos, unos zapatos tan de hombre que ninguna falda podía disimularlos. Cuadrados y sin tacos, con cintas inútilmente femeninas. Lo que seguía era rígido y ancho a la vez, una especie de gorda metida en un corsé implacable. Pero Berthe Trépat no era gorda, apenas si podía definírsela como robusta. Debía tener ciática o lumbago, algo que la obligaba a moverse en bloque, ahora frontalmente, saludando con trabajo, y después de perfil, deslizándose entre el taburete y el piano y plegándose geométricamente hasta quedar sentada. Desde allí la artista giró bruscamente la cabeza y saludó otra vez, aunque ya nadie aplaudía. «Arriba debe de haber alguien tirando de los hilos», pensó Oliveira. Le gustaban las marionetas y los autómatas, y esperaba maravillas del sincretismo fatídico. Berthe Trépat

---

[5] Alusión al conocido episodio del *Robinson Crusoe*.

miró una vez más al público, su redonda cara como enharinada pareció condensar de golpe todos los pecados de la luna, y la boca como una guinda violentamente bermellón se dilató hasta tomar la forma de una barca egipcia[6]. Otra vez de perfil, su menuda nariz de pico de loro consideró por un momento el teclado mientras las manos se posaban del do al si como dos bolsitas de gamuza ajada. Empezaron a sonar los treinta y dos acordes del primer movimiento discontinuo. Entre el primero y el segundo transcurrieron cinco segundos, entre el segundo y el tercero, quince segundos. Al llegar al decimoquinto acorde, Rose Bob había decretado una pausa de veinticinco segundos. Oliveira, que en un primer momento había apreciado el buen uso weberniano[7] que hacía Rose Bob de los silencios, notó que la reincidencia lo degradaba rápidamente. Entre los acordes 7 y 8 restallaron toses, entre el 12 y el 13 alguien raspó enérgicamente un fósforo, entre el 14 y el 15 pudo oírse distintamente la expresión «Ah, merde alors!» proferida por una jovencita rubia. Hacia el vigésimo acorde, una de las damas más vetustas, verdadero pickle[8] virginal, empuñó enérgicamente el paraguas y abrió la boca para decir algo que el acorde 21 aplastó misericordiosamente. Divertido, Oliveira miraba a Berthe Trépat sospechando que la pianista los estudiaba con eso que llamaban el rabillo del ojo. Por ese rabillo el mínimo perfil ganchudo de Berthe Trépat dejaba filtrar una mirada gris celeste, y a Oliveira se le ocurrió que a lo mejor la desventurada se había puesto a hacer la cuenta de las entradas vendidas. En el acorde 23 un señor de rotunda calva se enderezó indignado, y después de bufar y soplar salió de la sala clavando cada taco en el silencio de ocho segundos confeccionado por Rose Bob. A partir del acorde 24 las pausas empezaron a disminuir, y del 28 al 32 se estableció un ritmo como de marcha fúnebre que no dejaba de tener lo suyo. Berthe Trépat sacó los zapatos de los pedales, puso la mano izquierda sobre el regazo, y emprendió el segundo movimiento. Este movimiento duraba solamente cuatro compases,

---

[6] Lezama Lima ha elogiado muchísimo esta «impresionante metáfora», como ejemplo de la «raíz profunda, porteña, americana, y la universalidad de Cortázar» (en *Homenaje*, pág. 25).

[7] Anton von Webern (1883-1945): compositor de la escuela vienesa. Obras: *Passacaglia*, *Bagatelas*, cuartetos. Según Pierre Boulez, representa, hoy, «la tradición de la música de vanguardia».

[8] *pickle*, en inglés: 'escabeche, encurtido'.

cada uno de ellos con tres notas de igual valor. El tercer movimiento consistía principalmente en salir de los registros extremos del teclado y avanzar cromáticamente hacia el centro, repitiendo la operación de dentro hacia afuera, todo eso en medio de continuos tresillos y otros adornos. En un momento dado, que nada permitía prever, la pianista dejó de tocar y se enderezó bruscamente, saludando con un aire casi desafiante pero en el que a Oliveira le pareció discernir algo como inseguridad y hasta miedo. Una pareja aplaudió rabiosamente, Oliveira se encontró aplaudiendo a su vez sin saber por qué (y cuando supo por qué le dio rabia y dejó de aplaudir). Berthe Trépat recobró casi instantáneamente su perfil y paseó por el teclado un dedo indiferente, esperando que se hiciera silencio. Empezó a tocar la «Pavana para el general Leclerc».

En los dos o tres minutos que siguieron Oliveira dividió con algún trabajo su atención entre el extraordinario bodrio que Berthe Trépat descerrajaba a todo vapor, y la forma furtiva o resuelta con que viejos y jóvenes se mandaban mudar del concierto. Mezcla de Liszt y Rachmaninov[9], la *Pavana* repetía incansable dos o tres temas para perderse luego en infinitas variaciones, trozos de bravura (bastante mal tocados, con agujeros y zurcidos por todas partes) y solemnidades de catafalco sobre cureña, rotas por bruscas pirotecnias a las que el misterioso Alix Alix se entregaba con deleite. Una o dos veces sospechó Oliveira que el alto peinado a lo Salambó de Berthe Trépat se iba a deshacer de golpe, pero vaya a saber cuántas horquillas lo mantenían, armado en medio del fragor y el temblor de la «Pavana». Vinieron los arpegios orgiásticos que anunciaban el final, se repitieron sucesivamente los tres temas (uno de los cuales salía clavado del *Don Juan* de Strauss)[10], y Berthe Trépat descargó una lluvia de acordes

---

[9] *Liszt* (1811-1886) y *Rachmaninov* (1873-1943) representan simbólicamente el gran virtuosismo pianístico en la época romántica y en una convencional tradición de pos-romanticismo. Obras del primero: *Estudios trascendentales, Transcripciones, Paráfrasis*. Del segundo, cuatro conciertos para piano y orquesta.

[10] Dice Cortázar, en el cuento *Las ménades*: «después el Don Juan generoso y redondo, con tonaditas silbables... A la Beba le gustaba más Strauss porque era fuerte, verdaderamente un Don Juan alemán, con esos cornos y esos trombones que le ponían carne de gallina —cosa que me resultó sorprendentemente literal—» (en *Los relatos*: 1, págs. 76-77).

cada vez más intensos rematados por una histérica cita del primer tema y dos acordes en las notas más graves, el último de los cuales sonó marcadamente a falso por el lado de la mano derecha, pero eran cosas que podían ocurrirle a cualquiera y Oliveira aplaudió con calor, realmente divertido.

La pianista se puso de frente con uno de sus raros movimientos a resorte, y saludó al público. Como parecía contarlo con los ojos, no podía dejar de comprobar que apenas quedaban ocho o nueve personas. Digna, Berthe Trépat salió por la izquierda y la acomodadora corrió la cortina y ofreció caramelos.

Por un lado era cosa de irse, pero en todo ese concierto había una atmósfera que encantaba a Oliveira. Después de todo la pobre Trépat había estado tratando de presentar obras en primera audición, lo que siempre era un mérito en este mundo de gran polonesa[11], claro de luna[12] y danza del fuego[13]. Había algo de conmovedor en esa cara de muñeca rellena de estopa, de tortuga de pana, de inmensa bobalina metida en un mundo rancio con teteras desportilladas, viejas que habían oído tocar a Risler[14], reuniones de arte y de poesía en salas con empapelados vetustos, de presupuestos de cuarenta mil francos mensuales y furtivas súplicas a los amigos para llegar a fin de mes, de culto al arte ver-da-de-ro estilo Akademia Raymond Duncan, y no costaba mucho imaginarse la facha de Alix Alix y de Rose Bob, los sórdidos

---

[11] La polonesa es una danza polaca que data del siglo XVI. Chopin escribió una serie: debe de referirse a la *Gran Polonesa* heroica número 6, en la bemol mayor.

[12] El *claro de luna* es la sonata para piano número 14, en do sostenido menor, opus 27, «quasi una fantasía», de Beethoven.

[13] La *danza del fuego* es uno de los fragmentos más populares de *El amor brujo*, de Manuel de Falla (1876-1946). En su versión para piano, la hizo famosa, entre otros, Arturo Rubinstein.

[14] Edouard *Risler* (1873-1929), pianista francés. En el momento de *Rayuela*, hacía más de treinta años que había muerto. Fue profesor del Conservatorio de París desde 1923. Se hizo famoso por presentar en concierto grandes ciclos: las «Sonatas» de Beethoven, por primera vez en París y en Madrid, el *Clave bien temperado* de Bach, la obra íntegra para piano de Chopin... Granados le dedicó su «Coloquio en la reja» —fragmento de *Goyescas*— y el *Homenaje a Albéniz*. Nótese cómo estas referencias sitúan perfectamente la formación de Berthe Trépat, una reliquia musical y humana.

cálculos antes de alquilar la sala para el concierto, el programa mimeografiado por algún alumno de buena voluntad, las listas infructuosas de invitaciones, la desolación entre bambalinas al ver la sala vacía y tener que salir lo mismo, medalla de oro y tener que salir lo mismo. Era casi un capítulo para Céline[15], y Oliveira se sabía incapaz de imaginar más allá de la atmósfera general, de la derrotada e inútil sobrevivencia de esas actividades artísticas para grupos igualmente derrotados e inútiles. «Naturalmente me tenía que tocar a mí meterme en este abanico apolillado», rabió Oliveira. «Un viejo debajo de un auto, y ahora Trépat. Y no hablemos del tiempo de ratas que hace afuera, y de mí mismo. Sobre todo no hablemos de mí mismo.»

En la sala quedaban cuatro personas, y le pareció que lo mejor era ir a sentarse en primera fila para acompañar un poco más a la ejecutante. Le hizo gracia esa especie de solidaridad, pero lo mismo se instaló delante y esperó fumando. Inexplicablemente una señora decidió irse en el mismo momento en que reaparecía Berthe Trépat, que la miró fijamente antes de quebrarse con esfuerzo para saludar a la platea casi desierta. Oliveira pensó que la señora que acababa de irse merecía una enorme patada en el culo. De golpe comprobaba que todas sus reacciones derivaban de una cierta simpatía por Berthe Trépat, a pesar de la *Pavana* y de Rose Bob. «Hacía tiempo que no me pasaba esto», pensó. «A ver si con los años me empiezo a ablandar.» Tantos ríos metafísicos y de golpe se sorprendía con ganas de ir al hospital a visitar al viejo, o aplaudiendo a esa loca encorsetada. Extraño. Debía ser el frío, el agua en los zapatos.

La «Síntesis Délibes-Saint-Saëns» llevaba ya tres minutos o algo así cuando la pareja que constituía el principal refuerzo del público restante se levantó y se fue ostensiblemente. Otra vez creyó atisbar Oliveira la mirada de soslayo de Berthe

---

[15] En el *Libro de Manuel*, dice la narradora: «me acuerdo que hacía calor, que me habían sorprendido con una novela de Céline disfrazada de botánica de Hévillier et Monthéry, castigada...» (pág. 110). En *Último Round* evoca a «Ferdinand con su gorra ladeada, el Gauloise en la comisura de los labios, Céline para quien lo erótico es irrisión, ironía o venganza, el *revanchard* por excelencia» (II, pág. 67). Louis-Ferdinand *Céline* (1894-1961) es el autor de una gran novela, *Viaje al fin de la noche* (1932). Se le vuelve a mencionar en los capítulos 32, 46 y 54.

Trépat, pero ahora era como si de golpe empezaran a agarrotársele las manos, tocaba doblándose sobre el piano y con enorme esfuerzo, aprovechando cualquier pausa para mirar de reojo la platea donde Oliveira y un señor de aire plácido escuchaban con todas las muestras de una recogida atención. El sincretismo fatídico no había tardado en revelar su secreto, aun para un lego como Oliveira; a cuatro compases de *Le Rouet d'Omphale* seguían otros cuatro de *Les Filles de Cadix*, luego la mano izquierda profería *Mon coeur s'ouvre à ta voix*, la derecha intercalaba espasmódicamente el tema de las campanas de *Lakmé*, las dos juntas pasaban sucesivamente por la *Danse Macabre* y *Coppélia*, hasta que otros temas que el programa atribuía al *Hymne à Victor Hugo*, *Jean de Nivelle y Sur les bords du Nil* alternaban vistosamente con los más conocidos, y como fatídico era imposible imaginar nada más logrado, por eso cuando el señor de aire plácido empezó a reírse bajito y se tapó educadamente la boca con un guante, Oliveira tuvo que admitir que el tipo tenía derecho, no le podía exigir que se callara, y Berthe Trépat debía sospechar lo mismo porque cada vez erraba más notas, parecía que se le paralizaban las manos, seguía adelante sacudiendo los antebrazos y sacando los codos con un aire de gallina que se acomoda en el nido, *Mon coeur s'ouvre à ta voix,* de nuevo *Où va la jeune bindoue?,* dos acordes sincréticos, un arpegio rabón, *Les filles de Cadix, tra-la-la-la,* como un hipo, varias notas juntas a lo (sorprendentemente) Pierre Boulez[16], y el señor de aire plácido soltó una especie de berrido y se marchó corriendo con los guantes pegados a la boca, justo cuando Berthe Trépat bajaba las manos, mirando fijamente el teclado, y pasaba un largo segundo, un segundo sin término, algo desesperadamente vacío entre Oliveira y Berthe Trépat solos en la sala.

---

[16] *Pierre Boulez:* compositor y director francés, nacido en 1925. Como compositor su obra más famosa es *Le marteau sans maître* (1954). Como director, su etapa al frente de la Filarmónica de Nueva York (desde 1971) y sus actuaciones en Bayreuth: dirigió, por ejemplo, *El anillo de los Nibelungos* en su centenario, en 1976, con puesta en escena de Patrice Chereau. También ha dirigido un centro de investigación de música contemporánea, en París: el IRCAM, dependiente del Beaubourg. En español puede verse el libro de Martine Cadieu, *Pierre Boulez*, Madrid, Espasa-Calpe, 1977.

—Bravo —dijo Oliveira, comprendiendo que el aplauso hubiera sido incongruente—. Bravo, madame.

Sin levantarse, Berthe Trépat giró un poco en el taburete y puso el codo en un la natural. Se miraron. Oliveira se levantó y se acercó al borde del escenario.

—Muy interesante —dijo—. Créame, señora, he escuchado su concierto con verdadero interés.

Qué hijo de puta.

Berthe Trépat miraba la sala vacía. Le temblaba un poco un párpado. Parecía preguntarse algo, esperar algo. Oliveira sintió que debía seguir hablando.

—Una artista como usted conocerá de sobra la incomprensión y el snobismo del público. En el fondo yo sé que usted toca para usted misma.

—Para mí misma —repitió Berthe Trépat con una voz de guacamayo asombrosamente parecida a la del caballero que la había presentado.

—¿Para quién, si no? —dijo Oliveira, trepándose al escenario con la misma soltura que si hubiera estado soñando—. Un artista sólo cuenta con las estrellas, como dijo Nietzsche[17].

—¿Quién es usted, señor? —se sobresaltó Berthe Trépat.

—Oh, alguien que se interesa por las manifestaciones... —Se podía seguir enhebrando palabras, lo de siempre. Si algo contaba era estar ahí, acompañando un poco. Sin saber bien por qué.

Berthe Trépat escuchaba, todavía un poco ausente. Se enderezó con dificultad y miró la sala, las bambalinas.

—Sí —dijo—. Ya es tarde, tengo que volver a casa —lo dijo por ella misma, como si fuera un castigo o algo así.

—¿Puedo tener el placer de acompañarla un momento? —dijo Oliveira, inclinándose—. Quiero decir, si no hay alguien esperándola en el camarín o a la salida.

—No habrá nadie. Valentin se fue después de la presentación. ¿Qué le pareció la presentación?

—Interesante —dijo Oliveira, cada vez más seguro de que soñaba y que le gustaba seguir soñando.

—Valentin puede hacer cosas mejores —dijo Berthe Trépat—. Y me parece repugnante de su parte... sí, repugnante... marcharse así como si yo fuera un trapo.

---

[17] Federico *Nietzsche* (1844-1900). Sobre su influencia entre nosotros debe verse el magnífico estudio de Gonzalo Sobejano, *Nietzsche en España*, Madrid, Gredos, 1967.

—Habló de usted y de su obra con gran admiración.

—Por quinientos francos ése es capaz de hablar con admiración de un pescado muerto. ¡Quinientos francos! —repitió Berthe Trépat, perdiéndose en sus reflexiones.

«Estoy haciendo el idiota», se dijo Oliveira. Si saludaba y se volvía a la platea, tal vez la artista ya no se acordara de su ofrecimiento. Pero la artista se había puesto a mirarlo y Oliveira vio que estaba llorando.

—Valentin es un canalla. Todos... había más de doscientas personas, usted las vio, más de doscientas. Para un concierto de primeras audiciones es extraordinario, ¿no le parece? Y todos pagaron la entrada, no vaya a creer que habíamos enviado billetes gratuitos. Más de doscientos, y ahora solamente queda usted, Valentin se ha ido, yo...

—Hay ausencias que representan un verdadero triunfo —articuló increíblemente Oliveira.

—¿Pero por qué se fueron? ¿Usted los vio irse? Más de doscientos, le digo, y personas notables, estoy segura de haber visto a madame de Roche, al doctor Lacour, a Montellier, el profesor del último gran premio de violín... Yo creo que la *Pavana* no les gustó demasiado y que se fueron por eso, ¿no le parece? Porque se fueron antes de mi *Síntesis,* eso es seguro, lo vi yo misma.

—Por supuesto —dijo Oliveira—. Hay que decir que la *Pavana*...

—No es en absoluto una pavana —dijo Berthe Trépat—. Es una perfecta mierda. La culpa la tiene Valentin, ya me habían prevenido que Valentin se acostaba con Alix Alix. ¿Por qué tengo yo que pagar por un pederasta, joven? Yo, medalla de oro, ya le mostraré mis críticas, unos triunfos, en Grenoble, en el Puy...

Las lágrimas le corrían hasta el cuello, se perdían entre las ajadas puntillas y la piel cenicienta. Tomó el brazo a Oliveira, lo sacudió. De un momento a otro iba a tener una crisis histérica.

—¿Por qué no ba a buscar su abrigo y salimos? —dijo presurosamente Oliveira—. El aire de la calle le va a hacer bien, podríamos beber alguna cosa, para mí será un verdadero...

—Beber alguna cosa —repitió Berthe Trépat—. Medalla de oro.

—Lo que usted desee —dijo incongruentemente Oliveira. Hizo un movimiento para soltarse, pero la artista le apretó el brazo y se le acercó aun más; Oliveira olió el sudor del concierto mezclado con algo entre naftalina y benjuí (también pis y lociones baratas). Primero Rocamadour y ahora Berthe Trépat, era para no creerlo. «Medalla de oro», repetía la artista, llorando y tragando. De golpe un gran sollozo la sacudió como si descargara un acorde en el aire. «Y todo es lo de siempre...», alcanzó a entender Oliveira, que luchaba en vano para evadir las sensaciones personales, para refugiarse en algún río metafísico, naturalmente. Sin resistir, Berthe Trépat se dejó llevar hacia las bambalinas donde la acomodadora los miraba linterna en mano y sombrero con plumas.

—¿Se siente mal la señora?

—Es la emoción —dijo Oliveira—. Ya se le está pasando. ¿Dónde está su abrigo?

Entre vagos tableros, mesas derrengadas, un arpa y una percha, había una silla de donde colgaba un impermeable verde. Oliveira ayudó a Berthe Trépat, que había agachado la cabeza pero ya no lloraba. Por una puertecita y un corredor tenebroso salieron a la noche del boulevard. Lloviznaba.

—No será fácil conseguir un taxi —dijo Oliveira que apenas tenía trescientos francos—. ¿vive lejos?

—No, cerca del Panthéon, en realidad prefiero caminar.

—Sí, será mejor.

Berthe Trépat avanzaba lentamente, moviendo la cabeza a un lado y otro. Con la caperuza del impermeable tenía un aire entre guerrero y Ubu Roi[18]. Oliveira se enfundó en la canadiense y se subió bien el cuello. El aire era fino, empezaba a tener hambre.

—Usted es tan amable —dijo la artista—. No debería molestarse. ¿Qué le pareció mi *Síntesis?*

—Señora, yo soy un mero aficionado. A mí la música, por así decir...

—No le gustó —dijo Berthe Trépat.

—Una primera audición...

—Hemos trabajado meses con Valentin. Noches y días buscando la conciliación de los genios.

—En fin, usted reconocerá que Délibes...

---

[18] *Ubu-Roi* es el protagonista y el título de la obra de Alfred Jarry (1873-1907). Esta obra abre uno de los caminos del teatro contemporáneo en 1896. Recientemente la ha adaptado al castellano Francisco Nieva y representado la compañía de Servando Carballar y Carmen Heymann.

—Un genio —repitió Berthe Trépat—. Erik Satie[19] lo afirmó un día en mi presencia. Y por más que el doctor Lacour diga que Satie me estaba... cómo decir. Usted sabrá sin duda cómo era el viejo... Pero yo sé leer en los hombres, joven, y sé muy bien que Satie estaba convencido, sí, convencido. ¿De qué país viene usted, joven?

—De la Argentina, señora, y no soy nada joven dicho sea de paso.

—Ah, la Argentina. Las pampas... ¿y allá cree usted que se interesarían por mi obra?

—Estoy seguro, señora.

—Tal vez usted podría gestionarme una entrevista con el embajador. Si Thibaud[20] iba a la Argentina y a Montevideo, ¿por qué no yo, que toco mi propia música? Usted se habrá fijado en eso, que es fundamental: mi propia música. Primeras audiciones casi siempre.

—¿Compone mucho? —preguntó Oliveira, que se sentía como un vómito.

—Estoy en mi opus ochenta y tres... no, veamos... Ahora que me acuerdo hubiera debido hablar con madame Nolet antes de salir... Hay una cuestión de dinero que arreglar, naturalmente. Doscientas personas, es decir... —se perdió en un murmullo, y Oliveira se preguntó si no sería más piadoso decirle redondamente la verdad, pero ella la sabía, por supuesto que la sabía.

—Es un escándalo —dijo Berthe Trépat—. Hace dos años toqué en la misma sala, Poulenc[21] prometió asistir... ¿Se da

---

[19] *Erik Satie* (1866-1925): Compositor francés, autor de «Gnossiens, Gymnopédies...». Su estilo une el ingenuismo pos-romántico y la búsqueda de vanguardia. En los últimos años, su estimación crece cada vez más. Orson Welles utilizó su música para la película *Una historia inmortal*.

[20] Jacques *Thibaud* (1880-1953): violinista francés, discípulo de Ysaye. En 1905 formó, con Cortot y Casals, un trío inolvidable. En 1943 creó, con Marguerite Long —citada en este mismo capítulo— un famoso concurso de interpretación. Fue profesor en París y en la Accademia Chigiana de Siena. Granados escribió para él la *Danza española* y la *Sonata para violín y piano*.

[21] Francis *Poulenc* (1899-1963): pertenece al grupo francés de los Seis, con Milhaud, Honneger, Auric, Tailleferre y Dury. Entre sus obras están la ópera *Diálogo de carmelitas* (sobre el texto de Bernanos), *Les mamelles de Tirésias* (texto de Apollinaire) y el monodrama *La voz humana* (texto de Jean Cocteau).

cuenta? Poulenc, nada menos. Yo estaba inspiradísima esa tarde, una lástima que un compromiso de última hora le impidió... pero ya se sabe con los músicos de moda... Y esa vez la Nolet me cobró la mitad menos —agregó rabiosamente—. Exactamente la mitad. Claro que lo mismo, calculando doscientas personas...

—Señora —dijo Oliveira, tomándola suavemente del codo para hacerla entrar por la rue de Seine—, la sala estaba casi a oscuras y quizá usted se equivoca al calcular la asistencia.

—Oh, no —dijo Berthe Trépat—. Estoy segura de que no me equivoco, pero usted me ha hecho perder la cuenta. Permítame, hay que calcular... —volvió a perderse en un aplicado murmullo, movía continuamente los labios y los dedos, por completo ausente del itinerario que le hacía seguir Oliveira, y quizá hasta de su presencia. Todo lo que decía en alta voz hubiera podido decírselo a sí misma, París estaba lleno de gentes que hablaban solas por la calle, el mismo Oliveira no era una excepción, en realidad lo único excepcional era que estuviese haciendo el cretino al lado de la vieja, acompañando a su casa a esa muñeca desteñida, a ese pobre globo inflado donde la estupidez y la locura bailaban la verdadera pavana de la noche. «Es repugnante, habría que tirarla contra un escalón y meterle el pie en la cara, aplastarla como a una vinchuca[22], reventarla como un piano que se cae del décimo piso. La verdadera caridad sería sacarla del medio, impedirle que siga sufriendo como un perro metida en sus ilusiones que ni siquiera cree, que fabrica para no sentir el agua en los zapatos, la casa vacía o con ese viejo inmundo del pelo blanco. Le tengo asco, yo me rajo[23] en la esquina que viene, total ni se va a dar cuenta. Qué día, mi madre, qué día.»

Si se cortaba rápido por la rue Lobineau, que le echaran un galgo, total la vieja lo mismo encontraría el camino hasta su casa. Oliveira miró hacia atrás, esperó el momento sacudiendo vagamente el brazo como si le molestara un peso, algo colgado subrepticiamente de su codo. Pero era la mano de Berthe Trépat, el peso se afirmó resueltamente, Berthe Trépat se apoyaba con todo su peso en el brazo de Oliveira que miraba hacia la rue Lobineau y al mismo tiempo ayudaba a la artista a cruzar la calle, seguía con ella por la rue de Tournon[24].

---

[22] *vinchuca:* 'insecto alado, especie de chinche'.
[23] *me rajo:* 'me largo'.
[24] Las calles *Lobineau* y *Tournon* están en la misma zona que hemos

—Seguramente habrá encendido el fuego —dijo Berthe Trépat—. No es que haga tanto frío, en realidad, pero el fuego es el amigo de los artistas, ¿no le parece? Usted subirá a tomar una copita con Valentín y conmigo.

—Oh, no, señora —dijo Oliveira—. De ninguna manera, para mí ya es suficiente honor acompañarla hasta su casa. Y además...

—No sea tan modesto, joven. Porque usted es joven, ¿no es cierto? Se nota que usted es joven, en su brazo, por ejemplo... —los dedos se hincaban un poco en la tela de la canadiense—. Yo parezco mayor de lo que soy, usted sabe, la vida del artista.

—De ninguna manera —dijo Oliveira—. En cuanto a mí ya pasé bastante de los cuarenta, de modo que usted me halaga.

Las frases le salían así, no había nada que hacer, era absolutamente el colmo. Colgada de su brazo Berthe Trépat hablaba de otros tiempos, de cuando en cuando se interrumpía en mitad de una frase y parecía reanudar mentalmente un cálculo. Por momentos se metía un dedo en la nariz, furtivamente y mirando de reojo a Oliveira; para meterse el dedo en la nariz se quitaba rápidamente el guante, fingiendo que le picaba la palma de la mano, se la rascaba con la otra mano (después de desprenderla con delicadeza del brazo de Oliveira) y la levantaba con un movimiento sumamente pianístico para escarbarse por una fracción de segundo un agujero de la nariz. Oliveira se hacía el que miraba para otro lado, y cuando giraba la cabeza Berthe Trépat estaba otra vez colgada de su brazo y con el guante puesto. Así iban bajo la lluvia hablando de diversas cosas. Al flanquear el Luxemburgo[25] discurrían sobre la vida

---

visto. La rue Lobineau se continúa en la de los Quatre Vents, que va a dar en el Carrefour de l'Odéon. La rue Tournon une el Palacio del Luxemburgo con el bd. St. Germain: a la izquierda queda St. Sulpice; a la derecha, el Odéon. Se continúa en la rue de Seine, citada al comienzo.

[25] El Palacio del *Luxemburgo* fue construido por orden de María de Médicis, viuda de Enrique IV, en 1612-1624, a imitación del Palazzo Pitti de Florencia. Hoy es la sede del Senado, con una importante biblioteca. En los jardines que lo rodean hay monumentos a varios escritores: Stendhal, Flaubert, George Sand, Leconte de l'Isle, Murger («La Boheme»), Verlaine. Lo menciona también Cortázar en *Las armas secretas*. La flor que da título al relato *Una flor amarilla* se descubre, también, cruzando el Luxemburgo. El personaje de *62*, condenado a los hoteles, recuerda con nostalgia su apartamento de París.

en París cada día más difícil, la competencia despiadada de jóvenes tan insolentes como faltos de experiencia, el público incurablemente snob, el precio del biftec en el marché Saint-Germain o en la rue de Buci, sitios de élite para encontrar el buen biftec a precios razonables. Dos o tres veces Berthe Trépat había preguntado amablemente a Oliveira por su profesión, sus esperanzas y sobre todo sus fracasos, pero antes de que pudiera contestarle todo giraba bruscamente hacia la inexplicable desaparición de Valentin, la equivocación que había sido tocar la *Pavana* de Alix Alix nada más que por debilidad hacia Valentin, pero era la última vez que le sucedería. «Un pederasta», murmuraba Berthe Trépat, y Oliveira sentía que su mano se crispaba en la tela de la canadiense. «Por esa porquería de individuo, yo, nada menos, teniendo que tocar una mierda sin pies ni cabeza mientras quince obras mías esperan todavía su estreno...» Después se detenía bajo la lluvia, muy tranquila dentro de su impermeable (pero a Oliveira le empezaba a entrar el agua por el cuello de la canadiense, el cuello de piel de conejo o de rata olía horriblemente a jaula de jardín zoológico, con cada lluvia era lo mismo, nada que hacerle), y se quedaba mirándolo como esperando una respuesta. Oliveira le sonreía amablemente, tirando un poco para arrastrarla hacia la rue de Médicis.

—Usted es demasiado modesto, demasiado reservado —decía Berthe Trépat—. Hábleme de usted, vamos a ver. Usted debe ser poeta, ¿verdad? Ah, también Valentin cuando éramos jóvenes.. La «Oda Crepuscular», un éxito en el *Mercure de France*... Una tarjeta de Thibaudet[26], me acuerdo como si hubiera llegado esta mañana. Valentin lloraba en la cama, para llorar siempre se ponía boca abajo en la cama, era conmovedor.

Oliverira trataba de imaginarse a Valentin llorando boca abajo en la cama, pero lo único que conseguía era ver a un

---

«el Luxemburgo al pie de las ventanas» (pág. 58). Vuelve a ser mencionado en el capítulo 76.

[26] Albert *Thibaudet* (1874-1936): crítico e historiador de la literatura francesa. Poseía una documentación «omnisciente», según Paul Valéry. Ha sido, según Boisdeffre, «el más grande crítico francés desde Sainte Beuve». Obras principales: *Fisiología de la crítica* (1922) e *Historia de la literatura francesa desde 1789 hasta nuestros días* (1936). Para un escritor novel, una carta suya sería, sin duda, un magnífico aval.

Valentín pequeñito y rojo como un cangrejo, en realidad veía
a Rocamadour llorando boca abajo en la cama y a la Maga
tratando de ponerle un supositorio y Rocamadour resistién-
dose y arqueándose, hurtando el culito a las manos torpes de
la Maga. Al viejo del accidente también le habrían puesto
algún supositorio en el hospital, era increíble la forma en que
estaban de moda, habría que analizar filosóficamente esa sorprendente reivindicación del ano, su exaltación a una segunda
boca, a algo que ya no se limita a excretar sino que absorbe y
deglute los perfumados aerodinámicos pequeños obuses rosa
verde y blanco. Pero Berthe Trépat no lo dejaba concentrarse,
otra vez quería saber de la vida de Oliveira y la apretaba el
brazo con una mano y a veces con las dos, volviéndose un
poco hacia él con un gesto de muchacha que aun en plena
noche lo estremecía. Bueno, él era un argentino que llevaba un
tiempo en París, tratando de... Vamos a ver, ¿qué era lo que
trataba de? Resultaba espinoso explicarlo así de buenas a
primeras. Lo que él buscaba era...

—La belleza, la exaltación, la rama de oro[27] —dijo Berthe
Trépat—. No me diga nada, lo adivino perfectamente. Yo
también vine a París desde Pau, hace ya algunos años, buscando la rama de oro. Pero he sido débil, joven, he sido... ¿Pero
cómo se llama usted?

—Oliveira —dijo Oliveira.

—Oliveira... *Des olives,* el Mediterráneo... Yo también soy
del Sur, somos pánicos, joven, somos pánicos los dos. No
como Valentin que es de Lille. Los del Norte, fríos como
peces, absolutamente mercuriales. ¿Usted cree en la Gran
Obra? Fulcanelli[28], usted me entiende... No diga nada, me
doy cuenta de que es un iniciado. Quizá no alcanzó todavía las
realizaciones que verdaderamente cuentan, mientras que yo...
Mire la *Síntesis,* por ejemplo. Lo que dijo Valentin es cierto,
la radiestesia me mostraba las almas gemelas, y creo que eso
se transparenta en la obra. ¿O no?

---

[27] Posible alusión a una obra clásica de la historia de las religiones:
La rama de oro (1890), del inglés James George Frazer (1854-1941).
En *La Vuelta...,* Cortázar cita una frase de esta obra (pág. 64).

[28] *Fulcanelli* es el seudónimo de un famoso escritor ocultista, muy
popular por su obra *El misterio de las catedrales.* Ocultó toda posible
seña de identidad, incluidas las fechas de su vida. Quiso que jamás se
supiera nada de él. Su libro citado se publicó en 1926 —hay traducción castellana en Plaza Janés.

—Oh sí.

—Usted tiene mucho *karma,* se adivina en seguida... —la mano apretaba con fuerza, la artista ascendía a la meditación y para eso necesitaba apretarse contra Oliveira que apenas resistía, tratando solamente de hacerla cruzar la plaza y entrar por la rue Soufflot[29]. «Si me llegan a ver Etienne o Wong se va a armar una del demonio», pensaba Oliveira. Por qué tenía que importarle ya lo que pensaran Etienne o Wong, como si después de los ríos metafísicos mezclados con algodones sucios el futuro tuviese alguna importancia. «Ya es como si no estuviera en París y sin embargo, estúpidamente atento a lo que me pasa, me molesta que esta pobre vieja empiece a tirarse el lance de la tristeza, el manotón de ahogado después de la pavana y el cero absoluto del concierto. Soy peor que un trapo de cocina, peor que los algodones sucios, yo en realidad no tengo nada que ver conmigo mismo.» Porque eso le quedaba, a esa hora y bajo la lluvia y pegado a Berthe Trépat, le quedaba sentir, como una última luz que se va apagando en una enorme casa donde todas las luces se extinguen una por una, le quedaba la noción de que él no era eso, de que en alguna parte estaba como esperándose, de que ese que andaba por el barrio latino arrastrando a una vieja histérica y quizá ninfomaníaca era apenas un *doppelgänger*[30] mientras el otro, el otro... «¿Te quedaste allá en tu barrio de Almagro? ¿O te ahogaste en el viaje, en las camas de las putas, en las grandes experiencias, en el famoso desorden necesario? Todo me suena a consuelo, es cómodo creerse recuperable aunque apenas se lo crea ya, el tipo al que cuelgan debe seguir creyendo que algo pasará a último minuto, un terremoto, la soga que se rompe por dos veces y hay que perdonarlo, el telefonazo del gobernador, el motín que lo va a liberar. Ahora que a esta vieja ya le va faltando muy poco para empezar a tocarme la braqueta.»

Pero Berthe Trépat se perdía en convoluciones y didascalias, entusiasmada se había puesto a contar su encuentro con Ger-

[29] La plaza que le hace cruzar debe ser la Pl. Edmond Rostand, en el cruce del Luxemburgo con el Bd. St. Michel. Ahí nace la *rue Soufflot,* que se dirige hacia el Panteón.

[30] El tema del *doble* es frecuentísimo en la obra narrativa de Cortázar y ha sido comentado por muchísimos críticos.

maine Tailleferre[31] en la Gare de Lyon y cómo Tailleferre había dicho que el *Preludio para rombos naranja* era sumamente interesante y que le hablaría a Marguerite Long[32] para que lo incluyera en un concierto.

—Hubiera sido un éxito, señor Oliveira, una consagración. Pero los empresarios, usted lo sabe, la tiranía más desvergonzada, hasta los mejores intérpretes son víctimas... Valentin piensa que uno de los pianistas jóvenes, que no tienen escrúpulos, podría quizá... Pero están tan echados a perder como los viejos, son todos la misma pandilla.

—Tal vez usted misma, en otro concierto...

—No quiero tocar más —dijo Berthe Trépat, escondiendo la cara aunque Oliveira se cuidaba de mirarla—. Es una vergüenza que yo tenga que aparecer todavía en un escenario para estrenar mi música, cuando en realidad debería ser la musa, comprende usted, la inspiradora de los ejecutantes, todos deberían venir a pedirme que les permitiera tocar mis cosas, a suplicarme, sí, a suplicarme. Y yo consentiría, porque creo que mi obra es una chispa que debe incendiar la asensibilidad de los públicos, aquí y en Estados Unidos, en Hungría... Sí, yo consentiría, pero antes tendrían que venir a pedirme el honor de interpretar mi música.

Apretó con vehemencia el brazo de Oliveira que sin saber por qué había decidido tomar por la rue Saint-Jacques[33] y caminaba arrastrando gentilmente a la artista. Un viento helado los topaba de frente metiéndoles el agua por los ojos y la

---

[31] *Germaine Tailleferre:* nació en 1892 y acaba de morir, muy anciana, en 1983. Amiga de Milhaud, formó parte del grupo de los Seis, ya citado. Obras: *Pastoral*, ballet *El vendedor de pájaros* y *Cantata de Narciso* (sobre texto de Valéry).

[32] *Marguerite Long* (1874-1966): pianista y profesora francesa. Creó un método interpretativo que da importancia decisiva a la digitación, a las gamas, a la posición de los dedos, para conseguir un sonido «a la francesa». Consideraba que el intérprete debe «despertar la música dormida en la partitura», becquerianamente. A este método alude Ramón Chao en su reciente novela *El lago de Como*. Se consagró a difundir la obra de Ravel (que le dedicó el *Concierto en sol*), Debussy —que fue su amigo— y Fauré, a pesar de que éste se opuso a su carrera profesional. También le dedicaron obras Satie, Poulenc, Milhaud y Ernesto Halffter *(Rapsodia portuguesa)*.

[33] *rue Saint-Jacques:* avanzando por la rue Soufflot, en la primera esquina la corta la rue Saint-Jacques, que llega hasta el Sena. Toma el nombre de los peregrinos que acudían a Santiago de Compostela.

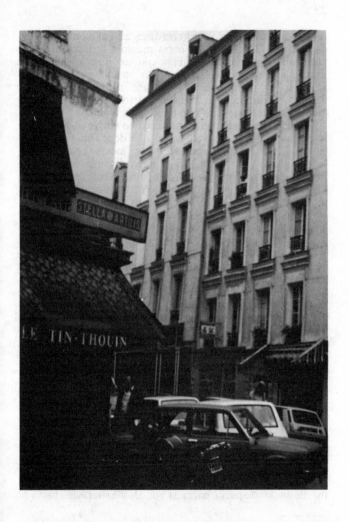

«... ir a cualquier sitio donde hasta ese momento no se le hubiera ocurrido ir, al hospital o a la rue de L'Estrapade».

«Una pareja bajaba a la carrera, pasó a su lado sin mirarlo, tomó hacia la rue Thouin.»

boca, pero Berthe Trépat parecía ajena a todo meteoro, colgada del brazo de Oliveira se había puesto a farfullar algo que terminaba cada tantas palabras con un hipo o una breve carcajada de despecho o de burla. No, no vivía en la rue Saint-Jacques. No, pero tampoco importaba nada dónde vivía. Le daba lo mismo seguir caminando así toda la noche, más de doscientas personas para el estreno de la *Synthèse*.

—Valentin se va a inquietar si usted no vuelve —dijo Oliveira manoteando mentalmente algo que decir, un timón para encaminar esa bola encorsetada que se movía como un erizo bajo la lluvia y el viento. De un largo discurso entrecortado parecía desprenderse que Berthe Trépat vivía en la rue de l'Estrapade [34]. Medio perdido, Oliveira se sacó el agua de los ojos con la mano libre, se orientó como un héroe de Conrad [35] en la proa del barco. De golpe tenía tantas ganas de reírse (y le hacía mal en el estómago vacío, se le acalambraban los músculos, era extraordinario y penoso y cuando se lo contara a Wong apenas le iba a creer). No de Berthe Trépat, que proseguía un recuento de honores en Montpellier y en Pau, de cuando en cuando con mención de la medalla de oro. Ni de haber hecho la estupidez de ofrecerle su compañía. No se daba bien cuenta de dónde le venían las ganas de reírse, era por algo anterior, más atrás, no por el concierto mismo aunque hubiera sido la cosa más risible del mundo. Alegría, algo como una forma física de la alegría. Aunque le costara creerlo, alegría. Se hubiera reído de contento, de puro y encantador e inexplicable contento. «Me estoy volviendo loco», pensó. «Y con esta chiflada del brazo, debe ser contagioso.» No había la menor razón para sentirse alegre, el agua le estaba entrando por la suela de los zapatos y el cuello, Berthe Trépat se le colgaba cada vez más del brazo y de golpe se estremecía como arrasada por un gran sollozo, cada vez que nombraba a Valentin se estremecía y sollozaba, era una especie de reflejo condicionado que de ninguna manera podía provocarle alegría a nadie, ni a un loco. Y Oliveira hubiera querido reírse a carcajadas, sostenía con el mayor cuidado a Berthe Trépat y la iba llevando despacio hacia la rue de l'Estrapade, hacia el

---

[34] *rue de l'Estrapade:* rodea el Panteón, al lado de la rue Clotilde y se continúa en la rue Thouin.

[35] Joseph *Conrad* (1857-1924), novelista inglés. Obras: *El duelo, Nostromo, Lord Jim* y *El corazón de las tinieblas* —fuente de la película *Apocalypse Now.*

número cuatro, y no había razones para pensarlo y mucho
menos para entenderlo pero todo estaba bien así, llevar a
Berthe Trépat al cuatro de la rue de l'Estrapade evitando en lo
posible que se metiera en los charcos de agua o que pasara
exacatamente debajo de las cataratas que vomitaban las corni-
sas en la esquina de la rue Clotilde[36]. La remota mención de
un trago en casa (con Valentin) no le parecía nada mal a
Oliveira, habría que subir cinco o seis pisos remolcando a la
artista, entrar en una habitación donde probablemente Valentin no habría encendido la estufa (pero sí, habría una salamandra maravillosa, una botella de coñac, se podrían sacar los
zapatos y poner los pies cerca del fuego, hablar de arte, de la
medalla de oro). Y a lo mejor alguna otra noche él podría
volver a casa de Berthe Trépat y de Valentin trayendo una
botella de vino, y hacerles compañía, darles ánimo. Era un
poco como ir a visitar al viejo en el hospital, ir a cualquier
sitio donde hasta ese momento no se le hubiera ocurrido ir, al
hospital o a la rue de l'Estrapade. Antes de la alegría, de eso
que le acalambraba horrorosamente el estómago, una mano
prendida por dentro de la piel como una tortura deliciosa
(tendría que preguntarle a Wong, una mano prendida por
dentro de la piel).

—¿El cuatro, verdad?

—Sí, esa casa con el balcón —dijo Berthe Trépat—. Una
mansión del siglo dieciocho. Valentin dice que Ninon de Lenclos[37] vivió en el cuarto piso. Miente tanto. Ninon de
Lenclos. Oh, sí, Valentin miente todo el tiempo. Casi no
llueve, ¿verdad?

—Llueve un poco menos —concedió Oliveira—. Crucemos
ahora, si quiere.

—Los vecinos —dijo Berthe Trépat, mirando hacia el café
de la esquina—. Naturalmente, la vieja del ocho... No puede
imaginarse lo que bebe. ¿La ve ahí en la mesa del costado?
Nos está mirando, ya verá mañana la calumnia...

—Por favor, señora —dijo Oliveira—. Cuidado con ese
charco.

---

[36] *rue Clotilde:* bordea la parte posterior del Panteón y concluye en
la rue Estrapade.
[37] *Ninon de Lenclos* (1620-1705): célebre cortesana francesa que
tuvo relaciones, entre otros muchos, con la Rochefoucauld, Sevigné y
—según Voltaire— el cardenal Richelieu. Se han publicado sus *Memorias* y su *Correspondencia auténtica.*

—Oh, yo la conozco, y al patrón también. Es por Valentin que me odian. Valentin, hay que decirlo, les ha hecho algunas... No puede aguantar a la vieja del ocho, y una noche que volvía bastante borracho le untó la puerta con caca de gato, de arriba abajo, hizo dibujos... No me olvidaré nunca, un escándalo... Valentin metido en la bañera, sacándose la caca porque él también se había untado por puro entusiasmo artístico, y yo teniendo que aguantarme a la policía, a la vieja, todo el barrio... No sabe las que he pasado, y yo, con mi prestigio... Valentin es terrible, como un niño.

Oliveira volvía a ver al señor de cabellos blancos, la papada, la cadena de oro. Era como un camino que se abriera de golpe en mitad de la pared: bastaba adelantar un poco un hombro y entrar, abrirse paso por la piedra, atravesar la espesura, salir a otra cosa. La mano le apretaba el estómago hasta la náusea. Era inconcebiblemente feliz.

—Si antes de subir yo me tomara una *fine à l'eau* —dijo Berthe Trépat, deteniéndose en la puerta y mirándolo—. Este agradable paseo me ha dado un poco de frío, y además la lluvia...

—Con mucho gusto —dijo Oliveira, decepcionado—. Pero quizá sería mejor que subiera y se quitara en seguida los zapatos, tiene los tobillos empapados.

—Bueno, en el café hay bastante calefacción —dijo Berthe Trépat—. Yo no sé si Valentin habrá vuelto, es capaz de andar por ahí buscando a sus amigos. En estas noches se enamora terriblemente de cualquiera, es como un perrito, créame.

—Probablemente habrá llegado y la estufa estará encendida —fabricó habilidosamente Oliveria—. Un buen ponche, unas medias de lana... Usted tiene que cuidarse, señora.

—Oh, yo soy como un árbol. Eso sí, no he traído dinero para pagar en el café. Mañana tendré que volver a la sala de conciertos para que me entreguen mi *cachet*... De noche no es seguro andar con tanto dinero en los bolsillos, este barrio, desgraciadamente...

—Tendré el mayor gusto en ofrecerle lo que quiera beber —dijo Oliveira. Había conseguido meter a Berthe Trépat bajo el vano de la puerta, y del corredor de la casa salía un aire tibio y húmedo con olor a moho y quizá a salsa de hongos. El contento se iba poco a poco como si siguiera andando solo por la calle en vez de quedarse con él bajo el portal. Pero había que luchar contra eso, la alegría había durado apenas unos momentos pero había sido tan nueva, tan otra cosa, y ese momento en que a la mención de Valentin metido en la bañera y untado de caca de gato había respondido una sensación como de poder dar un paso adelante, un paso de verdad, algo sin pies y sin piernas, un paso en mitad de una pared de piedra, y poder meterse ahí y avanzar y salvarse de lo otro, de la lluvia en la cara y el agua en los zapatos. Imposible comprender todo eso, como siempre que hubiera sido tan necesario comprenderlo. Una alegría, una mano debajo de la piel apretándole el estómago, una esperanza — si una palabra así podía pensarse, si para él era posible que algo inasible y confuso se agolpara bajo una noción de esperanza, era demasiado idiota, era increíblemente hermoso y ya se iba, se alejaba bajo la lluvia porque Berthe Trépat no lo invitaba a subir a su casa, lo devolvía al café de la esquina, reintegrándolo al Orden del Día, a todo lo que había sucedido a lo largo del día. Crevel, los muelles del Sena, las ganas de irse a cualquier lado, el viejo en la camilla, el programa mimeografiado, Rose Bob, el agua en los zapatos. Con un gesto tan lento que era como quitarse una montaña de los hombros, Oliveira señaló hacia los dos cafés que rompían la oscuridad de la esquina. Pero Berthe Trépat no parecía tener una preferencia especial, de golpe se olvidaba de sus intenciones, murmuraba alguna cosa sin soltar el brazo de Oliveira, miraba furtivamente hacia el corredor en sombras.

—Ha vuelto —dijo bruscamente, clavando en Oliveira unos ojos que brillaban de lágrimas—. Está ahí arriba, lo siento. Y está con alguno, es seguro, cada vez que me ha presentado en los conciertos ha corrido a acostarse con alguno de sus amiguitos.

Jadeaba, hundiendo los dedos en el brazo de Oliveira y dándose vuelta a cada instante para mirar en la oscuridad. Desde arriba les llegó un maullido sofocado, una carrera afelpada rebotando en el caracol de la escalera. Oliveira no sabía qué decir y esperó, sacando un cigarrillo y encendiéndolo trabajosamente.

—No tengo la llave —dijo Berthe Trépat en voz tan baja que casi no la oyó—. Nunca me deja la llave cuando va a acostarse con alguno.

—Pero usted tiene que descansar, señora.

—A él qué le importa si yo descanso o reviento. Habrán encendido el fuego, gastando el poco carbón que me regaló el doctor Lemoine. Y estarán desnudos, desnudos. Sí, en mi cama, desnudos, asquerosos. Y mañana yo tendré que arreglar todo, y Valentin habrá vomitado en la colcha, siempre... Mañana, como pasa siempre. Yo. Mañana.

—¿No vive por aquí algún amigo, alguien donde pasar la noche? —dijo Oliveira.

—No —dijo Berthe Trépat, mirándolo de reojo—. Créame, joven, la mayoría de mis amigos viven en Neuilly[38]. Aquí solamente están esas viejas inmundas, los argelinos del ocho, la peor ralea.

—Si le parece yo podría subir y pedirle a Valentin que le abra —dijo Oliveira—. Tal vez si usted esperara en el café todo se podría arreglar.

—Qué se va a arreglar —dijo Berthe Trépat arrastrando la voz como si hubiera bebido—. No le va a abrir, lo conozco muy bien. Se quedarán callados, a oscuras. ¿Para qué quieren luz, ahora? La encenderán más tarde, cuando Valentin esté seguro de que me he ido a un hotel o a un café a pasar la noche.

—Si les golpeo la puerta se asustarán. No creo que a Valentin le guste que se arme un escándalo.

—No le importa nada, cuando anda así no le importa absolutamente nada. Sería capaz de ponerse mi ropa y meterse en la comisaría de la esquina cantando la Marsellesa. Una vez casi lo hizo, Robert el del almacén lo agarró a tiempo y lo trajo a casa. Robert era un buen hombre, él también había tenido sus caprichos y comprendía.

—Déjeme subir —insistió Oliveira—. Usted se va al café de la esquina y me espera. Yo arreglaré las cosas, usted no se puede quedar así toda la noche.

La luz del corredor se encendió cuando Berthe Trépat iniciaba una respuesta vehemente. Dio un salto y salió a la calle, alejándose ostensiblemente de Oliveira que se quedó sin saber qué hacer. Una pareja bajaba a la carrera, pasó a su lado sin mirarlo, tomó hacia la rue Thouin[39]. Con una ojeada nerviosa hacia atrás, Berthe Trépat volvió a guarecerse en la puerta. Llovía a baldes.

Sin la menor gana, pero diciéndose que era lo único que podía hacer, Oliveira se internó en busca de la escalera. No

---

[38] *Neuilly* está al Oeste. La estación de metro de ese nombre es el punto de partida de la línea 1, que atraviesa París y lleva hasta Vincennes.

[39] *rue Thouin:* continúa la rue Estrapade, después del cruce con la rue Clotilde, y bordea el Lycée Henri IV, para morir en la rue du Cardinal Lemoine, al lado de la Place de la Contrescarpe.

había dado tres pasos cuando Berthe Trépat lo agarró del brazo y lo tironeó en dirección de la puerta. Mascullaba negativas, órdenes, súplicas, todo se mezclaba en una especie de cacareo alternado que confundía las palabras y las interjecciones. Oliveira se dejó llevar, abandonándose a cualquier cosa. La luz se había apagado pero volvió a encenderse unos segundos después, y se oyeron voces de despedida a la altura del segundo o tercer piso. Berthe Trépat soltó a Oliveira y se apoyó en la puerta, fingiendo abotonarse el impermeable como si se dispusiera a salir. No se movió hasta que los dos hombres que bajaban pasaron a su lado, mirando sin curiosidad a Oliveira y murmurando el *pardon* de todo cruce en los corredores. Oliveira pensó por un segundo en subir sin más vueltas la escalera, pero no sabía en qué piso vivía la artista. Fumó rabiosamente, envuelto de nuevo en la oscuridad, esperando que pasara cualquier cosa o que no pasara nada. A pesar de la lluvia los sollozos de Berthe Trépat le llegaban cada vez más claramente. Se le acercó, le puso la mano en el hombro.

—Por favor, madame Trépat, no se aflija así. Dígame qué podemos hacer, tiene que haber una solución.

—Déjeme, déjeme —murmuró la artista.

—Usted está agotada, tiene que dormir. En todo caso vayamos a un hotel, yo tampoco tengo dinero pero me arreglaré con el patrón, le pagaré mañana. Conozco un hotel en la rue Valette, no es lejos de aquí.

—Un hotel —dijo Berthe Trépat, dándose vuelta y mirándolo.

—Es malo, pero se trata de pasar la noche.

—Y usted pretende llevarme a un hotel.

—Señora, yo la acompañaré hasta el hotel y hablaré con el dueño para que le den una habitación.

—Un hotel, usted pretende llevarme a un hotel.

—No pretendo nada —dijo Oliveira perdiendo la paciencia—. No puedo ofrecerle mi casa por la sencilla razón de que no la tengo. Usted no me deja subir para que Valentin abra la puerta. ¿Prefiere que me vaya? En ese caso, buenas noches.

Pero quién sabe si todo eso lo decía o solamente lo pensaba. Nunca había estado más lejos de esas palabras que en otro momento hubieran sido las primeras en saltarle a la boca. No era así como tenía que obrar. No sabía cómo arreglarse, pero así no era. Y Berthe Trépat lo miraba, pegada a la puerta. No, no había dicho nada, se había quedado inmóvil junto a ella, y aunque era increíble todavía deseaba ayudar, hacer alguna cosa por Berthe Trépat que lo miraba duramente y levantaba poco a poco la mano, y de golpe la descargaba sobre la cara de Oliveira que retrocedió confundido, evitando la mayor parte del bofetón pero sintiendo el latigazo de unos dedos muy finos, el roce instantáneo de las uñas.

—Un hotel —repitió Berthe Trépat—. ¿Pero ustedes escuchan esto, lo que acaba de proponerme?

Miraba hacia el corredor a oscuras, revolviendo los ojos, la boca violentamente pintada removiéndose como algo independiente, dotado de vida propia, y en su desconcierto Oliveira creyó ver de nuevo las manos de la Maga tratando de ponerle el supositorio a Rocamadour, y Rocamadour que se retorcía y apretaba las nalgas entre berridos horribles, y Berthe Trépat removía la boca de un lado a otro, los ojos clavados en un auditorio invisible en la sombra del corredor, el absurdo peinado agitándose con los estremecimientos cada vez más intensos de la cabeza.

—Por favor —murmuró Oliveira, pasándose una mano por el arañazo que sangraba un poco—. Cómo puede creer eso.

Pero sí podía creerlo, porque (y esto lo dijo a gritos, y la luz del corredor volvió a encenderse) sabía muy bien qué clase de depravados la seguían por las calles como a todas las señoras decentes, pero ella no iba a permitir (y la puerta del departamento de la portera empezó a abrirse y Oliveira vio asomar una cara como de una gigantesca rata, unos ojillos que miraban ávidos) que un monstruo, que un sátiro baboso la atacara en la puerta de su casa, para eso estaba la policía y la justicia —y alguien bajaba a toda carrera, un muchacho de pelo ensortijado y aire gitano se acodaba en el pasamanos de la escalera para mirar y oír a gusto—, y si los vecinos no la protegían ella era muy capaz de hacerse respetar, porque no era la primera vez que un vicioso, que un inmundo exhibicionista...

En la esquina de la rue Tournefort [40], Oliveria se dio cuenta de que llevaba todavía el cigarrillo entre los dedos, apagado por la lluvia y medio deshecho. Apoyándose contra un farol, levantó la cara y dejó que la lluvia lo empapara del todo. Así nadie podría darse cuenta, con la cara cubierta de agua nadie podría darse cuenta. Después se puso a caminar despacio, agachado, con el cuello de la canadiense abotonado contra el mentón; como siempre, la piel del cuello olía horrendamente a

---

[40] *rue Tournefort:* nace de la rue Thouin, hacia el Sur, y concluye en la Pl. L. Herr.

podrido, a curtiembre. No pensaba en nada, se sentía caminar como si hubiera estado mirando un gran perro negro bajo la lluvia, algo de patas pesadas, de lanas colgantes y apelmazadas moviéndose bajo la lluvia. De cuando en cuando levantaba la mano y se la pasaba por la cara, pero al final dejó que le lloviera, a veces sacaba el labio y bebía algo salado que le corría por la piel. Cuando, mucho más tarde y cerca del Jardín des Plantes, volvió a la memoria del día, a un recuento aplicado y minucioso de todos los minutos de ese día, se dijo que al fin y al cabo no había sido tan idiota sentirse contento mientras acompañaba a la vieja a su casa. Pero como de costumbre había pagado por ese contento insensato. Ahora empezaría a reprochárselo, a desmontarlo poco a poco hasta que no quedara más que lo de siempre, un agujero donde soplaba el tiempo, un continuo impreciso sin bordes definidos. «No hagamos literatura», pensó buscando un cigarrillo después de secarse un poco las manos con el calor de los bolsillos del pantalón. «No saquemos a relucir las perras palabras, las proxenetas relucientes. Pasó así y se acabó. Berthe Trépat... Es demasiado idiota, pero hubiera sido tan bueno subir a beber una copa con ella y con Valentin, sacarse los zapatos al lado del fuego. En realidad por lo único por que yo estaba contento era por eso, por la idea de sacarme los zapatos y que se me secaran las medias. Te falló, pibe, qué le vas a hacer. Dejemos las cosas así, hay que irse a dormir. No había ninguna otra razón, no podía haber otra razón. Si me dejo llevar soy capaz de volverme a la pieza y pasarme la noche haciendo de enfermero del chico.» De donde estaba a la rue du Sommerard[41] había para veinte minutos bajo el agua, lo mejor era meterse en el primer hotel y dormir. Empezaron a fallarle los fósforos uno tras otro. Era para reírse[42].

(-124)

---

[41] *rue du Sommerard:* está en pleno Barrio Latino, en la esquina del Museo de Cluny. Es perpendicular a la rue St. Jacques, muy cerca de la Sorbona y el Collège de France.

[42] Todos los críticos han elogiado este capítulo —y el planto por Rocamadour. Incluso los que no estiman demasiado *Rayuela*, lo consideran muestra clara de las posibilidades de Cortázar como narrador humorístico. Su autor se burla un poco de esta estimación, por considerar que va unida en algunos casos a la incomprensión del resto de la novela, menos unívoca.

—Yo no me sé expresar —dijo la Maga secando la cucharita con un trapo nada limpio—. A lo mejor otras podrían explicarlo mejor pero yo siempre he sido igual, es mucho más fácil hablar de las cosas tristes que de las alegres.

—Una ley —dijo Gregorovius—. Perfecto enunciado, verdad profunda. Llevado al plano de la astucia literaria se resuelve en aquello que de los buenos sentimientos nace la mala literatura, y otras cosas por el estilo. La felicidad no se explica, Lucía, probablemente porque es el momento más logrado del velo de Maya.

La Maga lo miró, perpleja. Gregorovius suspiró.

—El velo de Maya —repitió—. Pero no mezclemos las cosas. Usted ha visto muy bien que la desgracia es, digamos, mas tangible, quizá porque de ella nace el desdoblamiento en objeto y sujeto. Por eso se fija tanto en el recuerdo, por eso se pueden contar tan bien las catástrofes.

—Lo que pasa —dijo la Maga, revolviendo la leche sobre el calentador— es que la felicidad es solamente de uno y en cambio la desgracia parecería de todos.

—Justísimo corolario —dijo Gregorovius—. Por lo demás le hago notar que yo no soy preguntón. La otra noche, en la reunión del Club... Bueno, Ronald tiene un vodka demasiado destrabalenguas. No me crea una especie de diablo cojuelo, solamente quisiera entender mejor a mis amigos. Usted y Horacio... En fin, tienen algo de inexplicable, una especie de misterio central. Ronald y Babs dicen que ustedes son la pareja perfecta, que se complementan. Yo no veo que se complementen tanto.

—¿Y qué importa?

—No es que importe, pero usted me estaba diciendo que Horacio se ha ido.

—No tiene nada que ver —dijo la Maga—. No sé hablar de la felicidad pero eso no quiere decir que no la haya tenido. Si quiere le puedo seguir contando por qué se ha ido Horacio, por qué me podría haber ido yo si no fuera por Rocamadour —señaló vagamente las valijas, la enorme confusión de papeles y recipientes y discos que llenaba la pieza—. Todo esto hay que guardarlo, hay que buscar dónde irse... No quiero quedarme aquí, es demasiado triste.

—Etienne puede conseguirle una pieza con buena luz. Cuando Rocamadour vuelva al campo. Una cosa de siete mil francos por mes. Si no tiene inconveniente, en ese caso yo me quedaría con esta pieza. Me gusta, tiene fluido. Aquí se puede pensar, se esta bien.

—No crea —dijo la Maga—. A eso de las siete la muchacha de abajo empieza a cantar *Les Amants du Havre*. Es una linda canción, pero a la larga...

> *Puisque la terre est ronde,*
> *Mon amour t'en fais pas,*
> *Mon amour t'en fais pas.*

—Bonito —dijo Gregorovius indiferente.

—Sí, tiene una gran filosofía, como hubiera dicho Ledesma. No, usted no lo conoció. Era antes de Horacio, en el Uruguay.

—¿El negro?

—No, el negro se llamaba Ireneo.

—¿Entonces la historia del negro era verdad?

La Maga lo miró asombrada. Verdaderamente Gregorovius era un estúpido. Salvo Horacio (y a veces...) todos los que la habían deseado se portaban siempre como unos cretinos. Revolviendo la leche fue hasta la cama y trató de hacer tomar unas cucharadas a Rocamadour. Rocamadour chilló, y se negó, la leche le caía por el pescuezo. «Topitopitopi», decía la Maga con voz de hipnotizadora de reparto de premios. «Topitopitopi», procurando acertar una cucharada en la boca de Rocamadour que estaba rojo y no quería beber, pero de golpe aflojaba vaya a saber por qué, resbalaba un poco hacia el fondo de la cama y se ponía a tragar una cucharada tras otra, con enorme satisfacción de Gregorovius que llenaba la pipa y se sentía un poco padre.

—Chin chin —dijo la Maga, dejando la cacerola al lado de la cama y arropando a Rocamadour que se aletargaba rápidamente—. Qué fiebre tiene todavía, por lo menos treinta y nueve cinco.

—¿No le pone el termómetro?

—Es muy difícil ponérselo, después llora veinte minutos, Horacio no lo puede aguantar. Me doy cuenta por el calor de la frente. Debe tener más de treinta y nueve, no entiendo cómo no le baja.

—Demasiado empirismo, me temo —dijo Gregorovius—. ¿Y esa leche no le hace mal con tanta fiebre?

—No es tanta para un chico —dijo la Maga encendiendo un Gauloise—. Lo mejor sería apagar la luz para que se duerma en seguida. Ahí, al lado de la puerta.

De la estufa salía un resplandor que se fue afirmando cuando se sentaron frente a frente y fumaron un rato sin hablar. Gregorovius veía subir y bajar el cigarrillo de la Maga, por un segundo su rostro curiosamente plácido se encendía como una brasa[1], los ojos le brillaban mirándolo, todo se volvía a una penumbra en la que los gemidos y cloqueos de Rocamadour iban disminuyendo hasta cesar, seguidos por un leve hipo que se repetía cada tanto. Un reloj dio las once.

—No volverá —dijo la Maga—. En fin, tendrá que venir para buscar sus cosas, pero es lo mismo. Se acabó, *kaputt.*

—Me pregunto —dijo Gregorovius, cauteloso—. Horacio es tan sensible, se mueve con tanta dificultad en París. Él cree que hace lo que quiere, que es muy libre aquí, pero se anda golpeando contra las paredes. No hay más que verlo por la calle, una vez lo seguí un rato desde lejos.

—Espía —dijo casi amablemente la Maga.

—Digamos observador.

—En realidad usted me seguía a mí, aunque yo no estuviera con él.

—Puede ser, en ese momento no se me ocurrió pensarlo. Me interesan mucho las conductas de mis conocidos, es siempre más apasionante que los problemas de ajedrez. He descubierto que Wong se masturba y que Babs practica una especie de caridad jansenista, de cara vuelta a la pared mientras la mano suelta un pedazo de pan con algo adentro. Hubo una época en que me dedicaba a estudiar a mi madre. Era en Herzegovina, hace mucho. Adgalle me fascinaba, insistía en llevar una peluca rubia cuando yo sabía muy bien que tenía el pelo negro. Nadie lo sabía en el castillo, nos habíamos instalado allí después de la muerte del Conde Rossler. Cuando la inte-

---

[1] Versión literaria de un efecto típico de la pintura clásica: por ejemplo, en Georges La Tour y los tenebristas italianos.

rrogaba (yo tenía diez años apenas, era una época tan feliz) mi madre reía y me hacía jurar que jamás revelaría la verdad. Me impacientaba esa verdad que había que ocultar y que era más simple y hermosa que la peluca rubia. La peluca era una obra de arte, mi madre podría peinarse con toda naturalidad en presencia de la mucama sin que sospechara nada. Pero cuando se quedaba sola yo hubiera querido, no sabía bien por qué, estar escondido bajo un sofá o detrás de los cortinados violeta. Me decidí a hacer un agujero en la pared de la biblioteca, que daba al tocador de mi madre, trabajé de noche cuando me creían dormido. Así pude ver cómo Adgalle se quitaba la peluca rubia, se soltaba los cabellos negros que le daban un aire tan distinto, tan hermoso, y después se quitaba la otra peluca y aparecía la perfecta bola de billar, algo tan asqueroso que esa noche vomité gran parte del gulash en la almohada.

—Su infancia se parece un poco al prisionero de Zenda[2] —dijo reflexivamente la Maga.

—Era un mundo de pelucas —dijo Gregorovius—. Me pregunto qué hubiera hecho Horacio en mi lugar. En realidad íbamos a hablar de Horacio, usted quería decirme algo.

—Es raro ese hipo —dijo la Maga mirando la cama de Rocamadour—. Primera vez que lo tiene.

—Será la digestión.

—¿Por qué insisten en que lo lleve al hospital? Otra vez esta tarde, el médico con esa cara de hormiga. No lo quiero llevar, a él no le gusta. Yo le hago todo lo que hay que hacerle. Babs vino esta mañana y dijo que no era tan grave. Horacio tampoco creía que fuera tan grave.

—¿Horacio no va a volver?

—No. Horacio se va a ir por ahí, buscando cosas.

—No llore, Lucía.

—Me estoy sonando. Ya se le ha pasado el hipo.

—Cuénteme, Lucía, si le hace bien.

—No me acuerdo de nada, no vale la pena. Sí, me acuerdo. ¿Para qué? Qué nombre tan extraño, Adgalle.

—Sí, quién sabe si era el verdadero. Me han dicho...

---

[2] *El prisionero de Zenda* es una famosa novela de aventuras de Anthony Hope, en la que un aventurero tiene que suplantar a un príncipe balcánico. La más famosa versión cinematográfica es la de Richard Thorpe (1952), protagonizada por Stewart Granger y James Mason, parodiada hace poco por Peter Sellers.

—Como la peluca rubia y la peluca negra —dijo la Maga.

—Como todo —dijo Gregorovius—. Es cierto, se le ha pasado el hipo. Ahora va a dormir hasta mañana. ¿Cuándo se conocieron, usted y Horacio?

(-134)

Hubiera sido preferible que Gregorovius se callara o que solamente hablara de Adgalle, dejándola fumar tranquila en la oscuridad, lejos de las formas del cuarto, de los discos y los libros que había que empaquetar para que Horacio se los llevara cuando consiguiera una pieza. Pero era inútil, se callaría un momento esperando que ella dijese algo, y acabaría por preguntar, todos tenían siempre algo que preguntarle, era como si les molestara que ella prefiriese cantar *Mon p'tit voyou* o hacer dibujitos con fósforos usados o acariciar los gatos más roñosos de la rue du Sommerard, o darle la mamadera a Rocamadour.

—*Alors, mon p'tit voyou* —canturreó la Maga—, *la vie, qu'est-ce qu'on s'en fout...*

—Yo también adoraba las peceras —dijo rememorativamente Gregorovius—. Les perdí todo afecto cuando me inicié en las labores propias de mi sexo. En Dubrovnik, un prostíbulo al que me llevó un marino danés que en ese entonces era el amante de mi madre la de Odessa. A los pies de la cama había un acuario maravilloso, y la cama también tenía algo de acuario con su colcha celeste un poco irisada, que la gorda pelirroja apartó cuidadosamente antes de atraparme como a un conejo por las orejas. No se puede imaginar el miedo, Lucía, el terror de todo aquello. Estábamos tendidos de espaldas, uno al lado del otro, y ella me acariciaba maquinalmente, yo tenía frío y ella me hablaba de cualquier cosa, de la pelea que acababa de ocurrir en el bar, de las tormentas de marzo... Los peces pasaban y pasaban, había uno, negro, un pez enorme, mucho más grande que los otros. Pasaba y pasaba como su mano por mis piernas, subiendo, bajando... Entonces hacer el amor era eso, un pez negro pasando y pasando obstinadamente. Una imagen como cualquier otra, bastante cierta por lo demás. La

repetición al infinito de un ansia de fuga, de atravesar el cristal
y entrar en otra cosa.

—Quién sabe —dijo la Maga—. A mí me parece que los
peces ya no quieren salir de la pecera, casi nunca tocan el
vidrio con la nariz.

Gregorovius pensó que en alguna parte Chestov[1] había
hablado de peceras con un tabique móvil que en un momento
dado podía sacarse sin que el pez habituado al compartimiento se decidiera jamás a pasar al otro lado. Llegar hasta un
punto del agua, girar, volverse, sin saber que ya no hay
obstáculo, que bastaría seguir avanzando...

—Pero el amor también podría ser eso —dijo Gregorovius—. Qué maravilla estar admirando a los peces en su
pecera y de golpe verlos pasar al aire libre, irse como palomas.
Una esperanza idiota, claro. Todos retrocedemos por miedo
de frotarnos la nariz contra algo desagradable. De la nariz
como límite del mundo, tema de disertación. ¿Usted sabe
cómo se le enseña a un gato a no ensuciar en las habitaciones?
Técnica del frotado oportuno. ¿Usted sabe cómo se le enseña
a un cerdo a que no se coma la trufa? Un palo en la nariz, es
horrible. Yo creo que Pascal[2] era más experto en narices de lo
que hace suponer su famosa reflexión egipcia.

—¿Pascal? —dijo la Maga—. ¿Qué reflexión egipcia?

Gregorovius suspiró. Todos suspiraban cuando ella hacía
alguna pregunta. Horacio y sobre todo Etienne, porque Etienne no solamente suspiraba sino que resoplaba, bufaba y la
trataba de estúpida. «Es tan violeta ser ignorante», pensó la
Maga, resentida. Cada vez que alguien se escandalizaba de sus
preguntas, una sensación violeta, una masa violeta envolvién-
dola por un momento. Había que respirar profundamente y el
violeta se deshacía, se iba por ahí como los peces, se dividía en
multitud de rombos violeta, los barriletes[3] en los baldíos de
Pocitos, el verano en las playas, manchas violeta contra el sol
y el sol se llamaba Ra y también era egipcio como Pascal. Ya
casi no le importaba el suspiro de Gregorovius, después de
Horacio poco podían importarle los suspiros de nadie cuando

---

[1] León *Chestov* (1866-1938): filósofo existencialista de origen ruso.
Al castellano se ha traducido su obra *Kierkegaard y la filosofía existencial.*

[2] Blas *Pascal* (1623-1662), autor de *Provinciales* (1657) y *Pensamientos* (1669).

[3] *barrilete:* 'cometa'.

hacía una pregunta, pero de todos modos siempre quedaba la mancha violeta por un momento, ganas de llorar, algo que duraba el tiempo de sacudir el cigarrillo con ese gesto que estropea irresistiblemente las alfombras, suponiendo que las haya.

(-141)

—En el fondo —dijo Gregorovius—, París es una enorme metáfora.

Golpeó la pipa, aplastó un poco el tabaco. La Maga había encendido otro Gauloise y canturreaba. Estaba tan cansada que ni siquiera le dio rabia no entender la frase. Como no se precipitaba a preguntar según su costumbre, Gregorovius decidió explicarse. La Maga escuchaba desde lejos, ayudada por la oscuridad de la pieza y el cigarrillo. Oía cosas sueltas, la mención repetida de Horacio, del desconcierto de Horacio, de las andanzas sin rumbo de casi todos los del Club, de las razones para creer que todo eso podía alcanzar algún sentido. Por momentos alguna frase de Gregorovius se dibujaba en la sombra, verde o blanca, a veces era un Atlan[1], otras un Estève[2], después un sonido cualquiera giraba y se aglutinaba, crecía como un Manessier[3], como un Wifredo Lam[4], como un Piaubert[5], como un Etienne, como Max Ernst. Era divertido, Gregorovius decía: «... y están todos mirando los rumbos babilónicos, por expresarme así, y entonces...», la Maga veía

---

[1] Inicia aquí Cortázar toda una serie de referencias a pintores de la escuela de París de comienzos del siglo xx. Varios de ellos estuvieron relacionados personal y estilísticamente. *Atlan,* nacido en 1913, pinta corrientes de lava petrificada.
[2] Maurice *Estève:* nacido en 1904, pintor abstracto que expone regularmente en el Salón de Mayo, autor de la serie de «Oficios».
[3] Alfred *Manessier:* nacido en 1911, fue alumno de Bissière —citado en seguida. Muy religioso, quiso partir de su propia experiencia espiritual para «revitalizar» la realidad externa. Pintó escenas de la Pasión.
[4] *Wifredo Lam:* nacido en 1902, pintor surrealista.
[5] *Jean Piaubert:* nacido en 1900, quiso «materializar una atmósfera» alrededor de figuras gráficas.

nacer de las palabras un resplandeciente Deyrolle[1], un Bissière[7], pero ya Gregorovius hablaba de la inutilidad de una
ontología empírica y de golpe era un Friedländer, un delicado
Villon[8] que reticulaba la penumbra y la hacía vibrar, *ontología
empírica,* azules como de humo, rosas, *empírica,* un amarillo
pálido, un hueco donde temblaban chispas blanquecinas.

—Rocamadour se ha dormido —dijo la Maga, sacudiendo
el cigarrillo—. Yo también tendría que dormir un rato.

—Horacio no volverá esta noche, supongo.

—Qué sé yo. Horacio es como un gato, a lo mejor está
sentado en el suelo al lado de la puerta, y a lo mejor se ha
tomado el tren para Marsella.

—Yo puedo quedarme —dijo Gregorovius—. Usted duerma, yo cuidaré a Rocamadour.

—Pero es que no tengo sueño. Todo el tiempo veo cosas en
el aire mientras usted habla. Usted dijo «París es una enorme
metáfora», y entonces fue como uno de esos signos de Sugai[9],
con mucho rojo y negro.

—Yo pensaba en Horacio —dijo Gregorovius—. Es curioso
cómo ha ido cambiando Horacio en estos meses que lo conozco. Usted no se ha dado cuenta, me imagino, demasiado cerca
y responsable de ese cambio.

—¿Por qué una enorme metáfora?

—Él anda por aquí como otros se hacen iniciar en cualquier
fuga, el voodoo o la marihuana, Pierre Boulez o las máquinas
de pintar de Tinguely[10]. Adivina que en alguna parte de París,
en algún día o alguna muerte o algún encuentro hay una llave;
la busca como un loco. Fíjese que digo como un loco. Es decir
que en realidad no tiene conciencia de que busca la llave, ni de
que la llave existe. Sospecha sus figuras, sus disfraces; por eso
hablo de metáfora.

---

[6] Jean *Deyrolle:* nacido en 1911, primero fue cubista y después
abstracto geométrico.

[7] Roger *Bissière:* nacido en 1888, parte de la naturaleza para llegar
a la abstracción.

[8] Jacques *Villon:* nacido en 1875, pintor cubista. Es hermano de
Duchamp-Villon y de Marcel Duchamp.

[9] Kami *Sugai:* nacido en 1919. El narrador describe perfectamente
su estilo más característico: arte gráfico, signos con mucho rojo y
negro.

[10] *Tinguely,* artista suizo. En sus «máquinas de pintar», intenta, por
medio de un motor, introducir en el «cuadro» movimientos y sonidos.

—¿Por qué dice que Horacio ha cambiado?

—Pregunta pertinente, Lucía. Cuando conocí a Horacio lo clasifiqué de intelectual aficionado, es decir intelectual sin rigor. Ustedes son un poco así, por allá, ¿no? En Matto Grosso, esos sitios.

—Matto Grosso está en el Brasil.

—En el Paraná, entonces. Muy inteligentes y despiertos, informadísimos de todo. Mucho más que nosotros. Literatura italiana, por ejemplo, o inglesa. Y todo el siglo de oro español, y naturalmente las letras francesas en la punta de la lengua. Horacio era bastante así, se le notaba demasiado. Me parece admirable que en tan poco tiempo haya cambiado de esa manera. Ahora está hecho un verdadero bruto, no hay más que mirarlo. Bueno, todavía no se ha vuelto bruto, pero hace lo que puede.

—No diga pavadas —rezongó la Maga.

—Entiéndame, quiero decir que busca la luz negra, la llave, y empieza a darse cuenta de que cosas así no estan en la biblioteca. En realidad usted le ha enseñado eso, y si él se va es porque no se lo va a perdonar jamás.

—Horacio no se va por eso.

—También ahí hay una figura. Él no sabe por qué se va y usted, que es eso por lo cual él se va, no puede saberlo, a menos que se decida a creerme.

—No lo creo —dijo la Maga, resbalando del sillón y acostándose en el suelo—. Y además no entiendo nada. Y no nombre a Pola. No quiero hablar de Pola.

—Siga mirando lo que se dibuja en la oscuridad —dijo amablemente Gregorovius—. Podemos hablar de otras cosas, por supuesto. ¿Usted sabía que los indios chirkin, a fuerza de exigir tijeras a los misioneros, poseen tales colecciones que con relación a su número son el grupo humano que más abunda en ellas? Lo leí en un artículo de Alfred Métraux[11]. El mundo está lleno de cosas extraordinarias.

—¿Pero por qué París es una enorme metáfora?

—Cuando yo era chico —dijo Gregorovius— las niñeras hacían el amor con los ulanos que operaban en la zona de Bozsok. Como yo las molestaba para esos menesteres, me dejaban jugar en un enorme salón lleno de tapices y alfombras

---

[11] *Alfred Métraux:* antropólogo y ensayista contemporáneo. Autor de *Los incas*, publicado por Ediciones du Seuil, en 1961. Realizó famosas expediciones etnográficas, sobre todo en América del Sur, desde

que hubieran hecho las delicias de Malte Laurids Brigge[12]. Una de las alfombras representaba el plano de la ciudad de Ofir[13], según ha llegado al occidente por vías de la fábula. De rodillas yo empujaba una pelota amarilla con la nariz o con las manos, siguiendo el curso del río Shan-Ten, atravesaba las murallas guardadas por guerreros negros armados de lanzas, y después de muchísimos peligros y de darme con la cabeza en las patas de la mesa de caoba que ocupaba el centro de la alfombra, llegaba a los aposentos de la reina de Saba y me quedaba dormido como una oruga sobre la representación de un triclinio. Sí, París es una metáfora. Ahora que lo pienso también usted está tirada sobre una alfombra. ¿Qué representa su dibujo? ¡Ah, infancia perdida, cercanía, cercanía! He estado veinte veces en esta habitación y soy incapaz de recordar el dibujo de ese tapiz...

—Está tan mugriento que no le queda mucho dibujo —dijo la Maga—. Me parece que representa dos pavos reales besándose con el pico. Todo es más bien verde.

Se quedaron callados, oyendo los pasos de alguien que subía.

(-109)

que fue a la isla de Pascua en 1935 hasta que murió, en 1963. Ha dejado un enorme material etnográfico, que se está publicando bajo el título común *Itinéraires*.

[12] *Malte Laurids Brigge:* personaje del relato de Rilke, «el de Duino», aludido antes.

[13] *Ofir:* la tierra mítica a donde iba la flota de Salomón a buscar oro y plata. La expresión «oro de Ofir» vino a ser sinónima de 'oro muy puro'. Pensaron que estaba en África, en Arabia, en la India, en la Atlántida... y hasta en Iberia, de lo que se hace eco Verdaguer en el canto II de *La Atlántida*.

—Oh, Pola —dijo la Maga—. Yo sé más de ella que Horacio.

—¿Sin haberla visto nunca, Lucía?

—Pero si la he visto tanto —dijo la Maga impaciente—. Horacio la traía metida en el pelo, en el sobretodo, temblaba de ella, se lavaba de ella.

—Etienne y Wong me han hablado de esa mujer —dijo Gregorovius—. Los vieron un día en una terraza de café, en Saint-Cloud[1]. Sólo los astros saben qué podía estar haciendo toda esa gente en Saint-Cloud, pero así sucedió. Horacio la miraba como si fuera un hormiguero, parece. Wong se aprovechó más tarde para edificar una complicada teoría sobre las saturaciones sexuales; según él se podría avanzar en el conocimiento siempre que en un momento dado se lograra un coeficiente tal de amor (son sus palabras, usted perdone la jerga china) que el espíritu cristalizara bruscamente en otro plano, se instalara en una surrealidad. ¿Usted cree, Lucía?

—Supongo que buscamos algo así, pero casi siempre nos estafan o estafamos. París es un gran amor a ciegas, todos estamos perdidamente enamorados pero hay algo verde, una especie de musgo, qué sé yo. En Montevideo era igual, una no podía querer de verdad a nadie, en seguida había cosas raras, historias de sábanas o pelos, y para una mujer tantas otras cosas, Ossip, los abortos, por ejemplo. En fin.

—Amor, sexualidad. ¿Hablamos de lo mismo?

—Sí —dijo la Maga—. Si hablamos de amor hablamos de

---

[1] *Saint-Cloud:* zona al Oeste de París, a unos doce kilómetros, en la orilla izquierda. Además de la ciudad y el castillo existe allí un parque y un hipódromo. Fue residencia oficial preferida del cónsul Bonaparte.

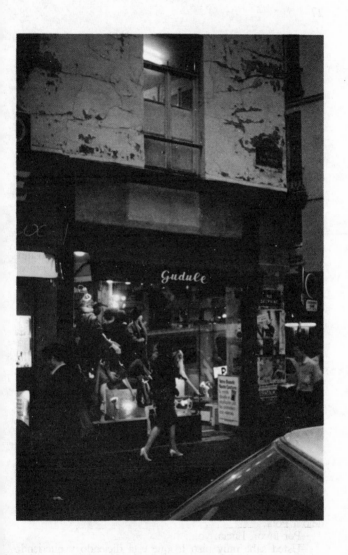

«Pola vive en la rue Dauphine, él iba a verla casi todas las tardes.»

sexualidad. Al revés ya no tanto. Pero la sexualidad es otra cosa que el sexo, me parece.

—Nada de teorías —dijo inesperadamente Ossip—. Esas dicotomías, como esos sincretismos... Probablemente Horacio buscaba en Pola algo que usted no le daba, supongo. Para traer las cosas al terreno práctico, digamos.

—Horacio busca siempre un montón de cosas —dijo la Maga—. Se cansa de mí porque yo no sé pensar, eso es todo. Me imagino que Pola piensa todo el tiempo.

—Pobre amor el que de pensamiento se alimenta —citó Ossip.

—Hay que ser justos —dijo la Maga—. Pola es muy hermosa, lo sé por los ojos con que me miraba Horacio cuando volvía de estar con ella, volvía como un fósforo cuando se lo prende y le crece de golpe todo el pelo, apenas dura un segundo pero es maravilloso, una especie de chirrido, un olor a fósforo muy fuerte y esa llama enorme que después se estropea. Él volvía así y era porque Pola lo llenaba de hermosura. Yo se lo decía, Ossip, y era justo que se lo dijera. Ya estábamos un poco lejos aunque nos seguíamos queriendo todavía. Esas cosas no suceden de golpe, Pola fue viniendo como el sol en la ventana, yo siempre tengo que pensar en cosas así para saber que estoy diciendo la verdad. Entraba de a poco, quitándome la sombra, y Horacio se iba quemando como en la cubierta del barco, se tostaba, era tan feliz.

—Nunca hubiera creído. Me pareció que usted... En fin, que Pola pasaría como algunas otras. Porque también habría que nombrar a Françoise, por ejemplo.

—Sin importancia —dijo la Maga, echando la ceniza al suelo—. Sería como si yo citara a tipos como Ledesma, por ejemplo. Es cierto que usted no sabe nada de eso. Y tampoco sabe cómo terminó lo de Pola.

—No.

—Pola se va a morir —dijo la Maga—. No por los alfileres, eso era una broma aunque lo hice en serio, créame que lo hice muy en serio. Se va a morir de un cáncer de pecho.

—Y Horacio...

—No sea asqueroso, Ossip. Horacio no sabía nada cuando dejó a Pola.

—Por favor, Lucía, yo...

—Usted sabe muy bien lo que está diciendo y queriendo aquí esta noche, Ossip. No sea canalla, no insinúe siquiera eso.

—¿Pero qué, por favor?

—Que Horacio sabía antes de dejarla.

—Por favor —repitió Gregorovius—. Yo ni siquiera...

—No sea asqueroso —dijo monótonamente la Maga—. ¿Qué gana con querer embarrar a Horacio? ¿No sabe que estamos separados, que se ha ido por ahí, con esta lluvia?

—No pretendo nada —dijo Ossip, como si se acurrucara en el sillón—. Yo no soy así, Lucía, usted se pasa la vida malentendiéndome. Tendría que ponerme de rodillas, como la vez del capitán del *Graffin,* y suplicarle que me creyera, y que...

—Déjeme en paz —dijo la Maga—. Primero Pola, después usted. Todas esas manchas en las paredes, y esta noche que no se acaba. Usted sería capaz de pensar que yo la estoy matando a Pola.

—Jamás se me cruzaría por la imaginación.

—Basta, basta. Horacio no me lo perdonará nunca, aunque no esté enamorado de Pola. Es para reírse, una muñequita de nada, con cera de vela de Navidad, una preciosa cera verde, me acuerdo.

—Lucía, me cuesta creer que haya podido...

—No me lo perdonará nunca, aunque no hablemos de eso. Él lo sabe porque vio la muñequita y vio los alfileres. La tiró al suelo, la aplastó con el pie. No se daba cuenta de que era peor, que aumentaba el peligro. Pola vive en la rue Dauphine[2], él iba a verla casi todas las tardes. ¿Le habrá contado lo de la muñequita verde, Ossip?

—Muy probablemente —dijo Ossip, hostil y resentido—. Todos ustedes están locos.

—Horacio hablaba de un nuevo orden, de la posibilidad de encontrar otra vida. Siempre se refería a la muerte cuando hablaba de la vida, era fatal y nos reíamos mucho. Me dijo que se acostaba con Pola y entonces yo comprendí que a él no le parecía necesario que yo me enojara o le hiciera una escena. Ossip, en realidad yo no estaba muy enojada, yo también podría acostarme con usted ahora mismo si me diera la gana. Es muy difícil de explicar, no se trata de traiciones y cosas por el estilo, a Horacio la palabra traición, la palabra engaño lo ponían furioso. Tengo que reconocer que desde que nos cono-

---

[2] *rue Dauphine:* desemboca en el Sena, en el Pont Neuf, desde St. André des Arts. Está muy cerca del cruce de St. Germain y St. Michel. En su novela *Nadja,* la describe André Breton como «uno de los lugares más recoletos que conozco».

cimos me dijo que él no se consideraba obligado. Yo hice la muñequita porque Pola se había metido en mi pieza, era demasiado, la sabía capaz de robarme la ropa, de ponerse mis medias, usarme el rouge, darle la leche a Rocamadour.

—Pero usted dijo que no la conocía.

—Estaba en Horacio, estúpido. Estúpido, estúpido Ossip. Pobre Ossip, tan estúpido. En su canadiense, en la piel del cuello, usted ha visto que Horacio tiene una piel en el cuello de la canadiense. Y Pola estaba ahí cuando él entraba, y en su manera de mirar, y cuando Horacio se desnudaba ahí, en ese rincón, y se bañaba parado en esa cubeta, ¿la ve, Ossip?, entonces de su piel iba saliendo Pola, yo la veía como un ectoplasma y me aguantaba las ganas de llorar pensando que en casa de Pola yo no estaría así, nunca Pola me sospecharía en el pelo o en los ojos o en el vello de Horacio. No sé por qué, al fin y al cabo nos hemos querido bien. No sé por qué. Porque no sé pensar y él me desprecia, por esas cosas.

(-28)

Andaban en la escalera.

—A lo mejor es Horacio —dijo Gregorovius.

—A lo mejor —dijo la Maga—. Más bien parecería el relojero del sexto piso, siempre vuelve tarde. ¿A usted no le gustaría escuchar música?

—¿A esta hora? Se va a despertar el niño.

—No, vamos a poner muy bajo un disco, sería perfecto escuchar un cuarteto. Se puede poner tan bajo que solamente escucharemos nosotros, ahora va a ver.

—No era Horacio —dijo Gregorovius.

—No sé —dijo la Maga, encendiendo un fósforo y mirando unos discos apilados en un rincón—. A lo mejor se ha sentado ahí afuera, a veces le da por ahí. A veces llega hasta la puerta y cambia de idea. Encienda el tocadiscos, ese botón blanco al borde de la chimenea.

Había una caja como de zapatos y la Maga de rodillas puso el disco tanteando en la oscuridad y la caja de zapatos zumbó levemente, un lejano acorde se instaló en el aire al alcance de las manos. Gregorovius empezó a llenar la pipa, todavía un poco escandalizado. No le gustaba Schoenberg pero era otra cosa, la hora, el chico enfermo, una especie de transgresión. Eso, una transgresión. Idiota, por lo demás. Pero a veces le daban ataques así en que un orden cualquiera se vengaba del abandono en que lo tenía. Tirada en el suelo, con la cabeza casi metida en la caja de zapatos, la Maga parecía dormir.

De cuando en cuando se oía un ligero ronquido de Rocamadour, pero Gregorovius se fue perdiendo en la música, descubrió que podía ceder y dejarse llevar sin protesta, delegar por un rato en un vienés muerto y enterrado. La Maga fumaba tirada en el suelo, su rostro sobresalía una y otra vez en la sombra, con los ojos cerrados y el pelo sobre la cara, las mejillas brillantes como si estuviera llorando, pero no debía estar llorando, era estúpido imaginar que pudiera estar llorando, más bien contraía los labios rabiosamente al oír el golpe seco en el cielo raso, el segundo golpe, el tercero. Gregorovius se sobresaltó y estuvo a punto de gritar al sentir una mano que le sujetaba el tobillo.

—No haga caso, es el viejo de arriba.

—Pero si apenas oímos nosotros.

—Son los caños —dijo misteriosamente la Maga—. Todo se mete por ahí, ya nos ha pasado otras veces.

—La acústica es una ciencia sorprendente —dijo Gregorovius.

—Ya se cansará —dijo la Maga—. Imbécil.

Arriba seguían golpeando. La Maga se enderezó furiosa, y bajó todavía más el volumen del amplificador. Pasaron ocho o nueve acordes, un pizzicato, y después se repitieron los golpes.

—No puede ser —dijo Gregorovius—. Es absolutamente imposible que el tipo oiga nada.

—Oye más fuerte que nosotros, eso es lo malo.

—Esta casa es como la oreja de Dionisos.

—¿De quién? El muy infeliz, justo en el adagio. Y sigue golpeando, Rocamadour se va a despertar.

—Quizá sería mejor...

—No, no quiero. Que rompa el techo. Le voy a poner un disco de Mario del Monaco[1] para que aprenda, lástima que no tengo ninguno. El cretino, bestia de porquería.

—Lucía —rimó dulcemente Gregorovius—. Es más de medianoche.

—Siempre la hora —rezongó la Maga—. Yo me voy a ir de esta pieza. Más bajo no puedo poner el disco, ya no se oye nada. Espere, vamos a repetir el último movimiento. No haga caso.

Los golpes cesaron, por un rato el cuarteto se encaminó a su fin sin que se oyeran siquiera los ronquidos espaciados de Rocamadour. La Maga suspiró, con la cabeza casi metida en el altoparlante. Empezaron a golpear otra vez.

—Qué imbécil —dijo la Maga—. Y todo es así, siempre.

—No se obstine, Lucía.

---

[1] *Mario del Monaco:* tenor italiano, nacido en Florencia en 1915. Uno de los tenores más famosos del mundo en los años 40 y 50. Especialista en Verdi, en papeles heroicos. También ha rodado alguna película y escrito críticas musicales.

—No sea sonso[2], usted. Me hartan, los echaría a todos a empujones. Si me da la gana de oír a Schoenberg, si por un rato...

Se había puesto a llorar, de un manotazo levantó el pickup con el último acorde y como estaba al lado de Gregorovius, inclinada sobre el amplificador para apagarlo, a Gregorovius le fue fácil tomarla por la cintura y sentarla en una de sus rodillas. Empezó a pasarle la mano por el pelo, despejándole la cara. La Maga lloraba entrecortadamente, tosiendo y echándole a la cara el aliento cargado de tabaco.

—Pobrecita, pobrecita —repetía Gregorovius, acompañando la palabra con sus caricias—. Nadie la quiere a ella, nadie. Todos son tan malos con la pobre Lucía.

—Estúpido —dijo la Maga, tragándose los mocos con verdadera unción—. Lloro porque me da la gana, y sobre todo para que no me consuelen. Dios mío, qué rodillas puntiagudas, se me clavan como tijeras.

—Quédese un poco así —suplicó Gregorovius.

—No me da la gana —dijo la Maga—. ¿Y por qué sigue golpeando el idiota ese?

—No le haga caso, Lucía. Pobrecita...

—Le digo que sigue golpeando, es increíble.

—Déjelo que golpee —aconsejó incongruentemente Gregorovius.

—Usted era el que se preocupaba antes —dijo la Maga, soltándole la risa en la cara.

—Por favor, si usted supiera...

—Oh, yo lo sé todo, pero quédese quieto. Ossip —dijo de golpe la Maga, comprendiendo—, el tipo no golpeaba por el disco. Podemos poner otro si queremos.

—Madre mía, no.

—¿Pero no oye que sigue golpeando?

—Voy a subir y le romperé la cara —dijo Gregorovius.

—Ahora mismo —apoyó la Maga, levantándose de un salto y dándole paso—. Dígale que no hay derecho a despertar a la gente a la una de la mañana. Vamos, suba, es la puerta de la izquierda, hay un zapato clavado.

—¿Un zapato clavado en la puerta?

—Sí, el viejo está completamente loco. Hay un zapato y un pedazo de acordeón verde. ¿Por qué no sube?

---

[2] *sonso:* 'zonzo, bobo, simple'.

—No creo que valga la pena —dijo cansadamente Gregorovius—. Todo es tan distinto, tan inútil. Lucía, usted no comprendió que... En fin, de todas maneras ese sujeto se podría dejar de golpear.

La Maga fue hasta un rincón, descolgó algo que en la sombra parecía un plumero, y Gregorovius oyó un tremendo golpe en el cielo raso. Arriba se hizo el silencio.

—Ahora podremos escuchar lo que nos dé la gana —dijo la Maga.

«Me pregunto», pensó Gregorovius, cada vez más cansado.

—Por ejemplo —dijo la Maga— una sonata de Brahms[3]. Qué maravilla, se ha cansado de golpear. Espere que encuentre el disco, debe andar por aquí. No se ve nada.

«Horacio está ahí afuera», pensó Gregorovius. «Sentado en el rellano, con la espalda apoyada en la puerta, oyendo todo. Como una figura de tarot, algo que tiene que resolverse, un poliedro donde cada arista y cada cara tiene su sentido inmediato, el falso, hasta integrar el sentido mediato, la revelación. Y así Brahms, yo, los golpes en el techo, Horacio: algo que se va encaminando lentamente hacia la explicación. Todo inútil, por lo demás.» Se preguntó qué pasaría si tratara de abrazar otra vez a la Maga en la oscuridad. «Pero él está ahí, escuchando. Sería capaz de gozar oyéndonos, a veces es repugnante.» Aparte de que le tenía miedo, eso le costaba reconocerlo.

—Debe ser éste —dijo la Maga—. Sí, es la etiqueta con una parte plateada y dos pajaritos. ¿Quién está hablando ahí afuera?

«Un poliedro, algo cristalino que cuaja poco a poco en la oscuridad», pensó Gregorovius. «Ahora ella va a decir esto y afuera va a ocurrir lo otro y yo... Pero no sé lo que es esto y lo otro.»

—Es Horacio —dijo la Maga.

—Horacio y una mujer.

—No, seguro que es el viejo de arriba.

—¿El del zapato en la puerta?

—Sí, tiene voz de vieja, es como una urraca. Anda siempre con un gorro de astrakán.

---

[3] *Brahms* (1833-1897): escribió tres sonatas para piano y violín, dos para piano y violoncello y otras dos para piano y clarinete, además de otras obras de cámara con piano.

—Mejor no ponga el disco —aconsejó Gregorovius—. Esperemos a ver qué pasa.

—Al final no podremos escuchar la sonata de Brahms —dijo la Maga furiosa.

«Ridícula subversión de valores», pensó Gregorovius. «Están a punto de agarrarse a patadas en el rellano, en plena oscuridad o algo así, y ella sólo piensa en que no va a poder escuchar su sonata.» Pero la Maga tenía razón, era como siempre la única que tenía razón. «Tengo más prejuicios de lo que pensaba», se dijo Gregorovius. «Uno cree que porque hace la vida del *affranchi,* acepta los parasitismos materiales y espirituales de Lutecia, está ya del lado preadamita. Pobre idiota, vamos.»

—The rest is silence [4] —dijo Gregorovius suspirando.

—Silence my foot —dijo la Maga, que sabía bastante inglés—. Ya va a ver que la empiezan de nuevo. El primero que va a hablar va a ser el viejo. Ahí está. Mais qu'est-ce que vous foutez? —remedó la Maga con una voz de nariz—. A ver qué le contesta Horacio. Me parece que se está riendo bajito, cuando empieza a reírse no encuentra las palabras, es increíble. Yo voy a ver lo que pasa.

—Estábamos tan bien —murmuró Gregorovius como si viera avanzar al ángel de la expulsión. Gérard David, Van der Weiden, el Maestro de Flemalle [5], a esa hora todos los ángeles no sabía por qué eran malditamente flamencos, con caras gordas y estúpidas pero recamados y resplandecientes y burguesamente condenatorios (Daddy-ordered-it, so-you-better-beat-it-you-lousy-sinners). Toda la habitación llena de ángeles, I looked up to heaven and what did I see/A band of angels comin' after me, el final de siempre, ángeles policías, ángeles cobradores, ángeles ángeles. Pudrición de las pudriciones, como el chorro de aire helado que le subía por dentro de los

---

[4] Cita del *Hamlet,* acto V, escena II: «O, I Die, Horatio; / the potent poison quite o'er-crows my spirit / ... So tell him, with the ocurrents, more and less, / which have solicited. The rest is silence.»

[5] Pintores flamencos primitivos: *Gérard David:* muerto en 1523, introduce la influencia renacentista en la pintura flamenca. Anteriores son el *Maestro de Flemalle:* anónimo, contemporáneo de Juan Van Eyck, que pinta hacia 1425, y *Van der Weyden* (Roger de la Pastoure, hacia 1400-1464). En su viaje por la autopista, «cada vez soñamos menos Rembrandt y cada vez más Van Eyck o Roger van der Weyden» *(Autonautas,* pág. 256).

pantalones, las voces iracundas en el rellano, la silueta de la Maga en el vano de la puerta.

—C'est pas des façons ça —decía el viejo—. Empêcher les gens de dormir à cette heure c'est trop con. J'me plaindrai à la Police, moi, et puis qu'est-ce que vous foutez là, vous planqué par terre contre la porte? J'aurais pu me casser la gueule, merde alors.

—Andá a dormir, viejito —decía Horacio, tirado cómodamente en el suelo.

—Dormir, moi, avec le bordel que fait votre bonne femme? Ça alors comme culot, mais je vous préviens, ça ne passera pas comme ça, vous aurez de mes nouvelles.

—*Mais de mon frère le Poète on a eu des nouvelles* —dijo Horacio, bostezando—. ¿Vos te das cuenta este tipo?

—Un idiota —dijo la Maga—. Uno pone un disco bajito, y golpea. Uno saca el disco, y golpea lo mismo. ¿Qué es lo que quiere, entonces?

—Bueno, es el cuento del tipo que sólo dejó caer un zapato, che.

—No lo conozco —dijo la Maga.

—Era previsible —dijo Oliveira—. En fin, los ancianos me inspiran un respeto mezclado con otros sentimientos, pero a éste yo le compraría un frasco de formol para que se metiera adentro y nos dejara de joder.

—Et en plus ça m'insulte dans son charabia de sales métèques —dijo el viejo—. On est en France, ici. Des salauds, quoi. On devrait vous mettre à la porte, c'est une honte. Q'est-ce que fait le Gouvernement, je me demande. Des Arabes, tous des fripouilles, bande de tueurs.

—Acabala con los sales métèques, si supieras la manga de franchutes que juntan guita[6] en la Argentina —dijo Oliveira—. ¿Qué estuvieron escuchando, che? Yo recién llego, estoy empapado.

—Un cuarteto de Schoenberg. Ahora yo quería escuchar muy bajito una sonata de Brahms.

—Lo mejor va a ser dejarla para mañana —contemporizó Oliveira, enderezándose sobre un codo para encender un Gauloise—. Rentrez chez vous, monsieur, on vous emmerdera plus pour ce soir.

—Des fainéants —dijo el viejo—. Des tueurs, tous.

A la luz del fósforo se veía el gorro de astrakán, una bata

---

[6] *guita:* 'pasta, dinero'.

grasienta, unos ojillos rabiosos. El gorro proyectaba sombras gigantescas en la caja de la escalera, la Maga estaba fascinada. Oliveira se levantó, apagó el fósforo de un soplido y entró en la pieza cerrando suavemente la puerta.

—Salud —dijo Oliveira—. No se ve ni medio, che.

—Salud —dijo Gregorovius—. Menos mal que te lo sacaste de encima.

—Per modo di dire. En realidad el viejo tiene razón, y además es viejo.

—Ser viejo no es un motivo —dijo la Maga.

—Quizá no sea un motivo pero sí un salvoconducto.

—Vos dijiste un día que el drama de la Argentina es que está manejada por viejos.

—Ya cayó el telón sobre ese drama —dijo Oliveira—. Desde Perón es al revés, los que tallan [7] son los jóvenes y es casi peor, qué le vas a hacer. Las razones de edad, de generación, de títulos y de clase son un macaneo [8] inconmensurable. Supongo que si todos estamos susurrando de manera tan incómoda se debe a que Rocamadour duerme el sueño de los justos.

—Sí, se durmió antes de que empezáramos a escuchar música. Estás hecho una sopa, Horacio.

—Fui a un concierto de piano —explicó Oliveira.

—Ah —dijo la Maga—. Bueno, sacate la canadiense, y yo te cebo un mate bien caliente.

—Con un vaso de caña, todavía debe quedar media botella por ahí.

—¿Qué es la caña? —pregunto Gregorovius—. ¿Es eso que llaman grapa?

—No, más bien como el barack. Muy bueno para después de los conciertos, sobre todo cuando ha habido primeras audiciones y secuelas indescriptibles. Si encendiéramos una lucecita nimia y tímida que no llegara a los ojos de Rocamadour.

La Maga prendió una lámpara y la puso en el suelo, fabricando una especie de Rembrandt [9] que Oliveira encontró apropiado. Vuelta del hijo pródigo, imagen de retorno aunque

---

[7] *tallar* (familiar): 'intervenir con predominio en una conversación o debate y, por extensión, en cualquier asunto'.

[8] *macana:* 'desatino, embuste o error de palabra o de hecho'.

[9] *Rembrandt* (1606-1669): parte del tenebrismo y se complace en pintar penumbras misteriosas.

fuera momentáneo y fugitivo, aunque no supiera bien por qué había vuelto subiendo poco a poco las escaleras y tirándose delante de la puerta para oír desde lejos el final del cuarteto y los murmullos de Ossip y la Maga. «Ya deben haber hecho el amor como gatos», pensó, mirándolos. Pero no, imposible que hubieran sospechado su regreso esa noche, que estuvieran tan vestidos y con Rocamadour instalado en la cama. Si Rocamadour instalado entre dos sillas, si Gregorovius sin zapatos y en mangas de camisa... Además, qué carajo importaba si el que estaba ahí de sobra era él, chorreando canadiense, hecho una porquería.

—La acústica —dijo Gregorovius—. Qué cosa extraordinaria el sonido que se mete en la materia y trepa por los pisos, pasa de una pared a la cabecera de una cama, es para no creerlo. ¿Ustedes nunca tomaron baños de inmersión?

—A mí me ha ocurrido —dijo Oliveira, tirando la canadiense a un rincón y sentándose en un taburete.

—Se puede oír todo lo que dicen los vecinos de abajo, basta meter la cabeza en el agua y escuchar. Los sonidos se transmiten por los caños, supongo. Una vez, en Glasgow, me enteré de que los vecinos eran trotzkistas.

—Glasgow suena a mal tiempo, a puerto lleno de gente triste —dijo la Maga.

—Demasiado cine —dijo Oliveira—. Pero este mate es como un indulto, che, algo increíblemente conciliatorio. Madre mía, cuánta agua en los zapatos. Mirá, un mate es como un punto y aparte. Uno lo toma y después se puede empezar un nuevo párrafo.

—Ignoraré siempre esas delicias pampeanas —dijo Gregorovius—. Pero también se habló de una bebida, creo.

—Traé la caña —mandó Oliveira—. Yo creo que quedaba más de media botella.

—¿La compran aquí? —preguntó Gregorovius.

«¿Por qué diablos habla en plural?», pensó Oliveira. «Seguro que se han revolcado toda la noche, es un signo inequívoco. En fin.»

—No, me la manda mi hermano, che. Tengo un hermano rosarino que es una maravilla. Caña y reproches, todo viene en abundancia.

Le pasó el mate vacío a la Maga, que se había acurrucado a sus pies con la pava entre las rodillas. Empezaba a sentirse bien. Sintió los dedos de la Maga en un tobillo, en los cordones del zapato. Se lo dejó quitar, suspirando. La Maga sacó la media empapada y le envolvió el pie en una hoja doble del *Figaro Littéraire*. El mate estaba muy caliente y muy amargo.

A Gregorovius le gustó la caña, no era como el barack pero se le parecía. Hubo un catálogo minucioso de bebidas húngaras y checas, algunas nostalgias. Se oía llover bajito, todos estaban tan bien, sobre todo Rocamadour que llevaba más de una hora sin chistar. Gregorovius hablaba de Transilvania, de unas aventuras que había tenido en Salónica. Oliveira se acordó de que en la mesa de luz había un paquete de Gauloises y unas zapatillas de abrigo. Tanteando se acercó a la cama. «Desde París cualquier mención de algo que esté más allá de Viena suena a literatura», decía Gregorovius, con la voz del que pide disculpas. Horacio encontró los cigarrillos, abrió la puerta de la mesa de luz para sacar las zapatillas. En la penumbra veía vagamente el perfil de Rocamadour boca arriba. Sin saber demasiado por qué le rozó la frente con un dedo. «Mi madre no se animaba a mencionar la Transilvania, tenía miedo de que la asociaran con historias de vampiros, como si eso... Y el tokay, usted sabe...» De rodillas al lado de la cama, Horacio miró mejor. «Imagínese desde Montevideo», decía la Maga. «Uno cree que la humanidad es una sola cosa, pero cuando se vive del lado del Cerro... ¿El tokay es un pájarro?» «Bueno, en cierto modo.» La reacción natural, en esos casos. A ver: primero... («¿Qué quiere decir en cierto modo? ¿Es un pájaro o no es un pájaro?») Pero no había más que pasar un dedo por los labios, la falta de respuesta. «Me he permitido una figura poco original, Lucía. En todo buen vino duerme un pájaro.» La respiración artificial, una idiotez. Otra idiotez, que le temblaran en esa forma las manos, estaba descalzo y con la ropa mojada (habría que friccionarlo con alcohol, a lo mejor obrando enérgicamente). «Un soir, l'âme du vin chantait dans les bouteilles», escandía Ossip. «Ya Anacreonte, creo...» Y se podía casi palpar el silencio resentido de la Maga, su nota mental: Anacreonte, autor griego jamás leído. Todos lo conocen menos yo. ¿Y de quién sería ese verso, un soir, l'âme du vin? La mano de Horacio se deslizó entre las sábanas, le costaba un esfuerzo terrible tocar el diminuto vientre de Rocamadour, los muslos fríos, más arriba parecía haber como un resto de calor pero no, estaba tan frío. «Calzar en el molde», pensó Horacio. «Gritar, encender la luz, armar la de mil demonios normal y obligatoria. ¿Por qué?» Pero a lo mejor, todavía... «Entonces quiere decir que este instinto no me sirve de nada, esto que estoy sabiendo desde abajo. Si pego

el grito es de nuevo Berthe Trépat, de nuevo la estúpida
tentativa, la lástima. Calzar en el guante, hacer lo que debe
hacerse en esos casos. Ah, no, basta. ¿Para qué encender la luz
y gritar si sé que no sirve para nada? Comediante, perfecto
cabrón comediante. Lo más que se puede hacer es...» Se oía el
tintinear del vaso de Gregorovius contra la botella de caña.
«Sí, se parece muchísimo al barack.» Con un Gauloise en la
boca, frotó un fósforo mirando fijamente. «Lo vas a despertar», dijo la Maga, que estaba cambiando la yerba. Horacio
sopló brutalmente el fósforo. Es un hecho conocido que si las
pupilas, sometidas a un rayo luminoso, etc. Quod erat demostrandum. «Como el barack, pero un poco menos perfumado»,
decía Ossip.

—El viejo está golpeando otra vez —dijo la Maga.
—Debe ser un postigo —dijo Gregorovius.
—En esta casa no hay postigos. Se ha vuelto loco, seguro.
Oliveira se calzó las zapatillas y volvió al sillón. El mate
estaba estupendo, caliente y muy amargo. Arriba golpearon
dos veces, sin mucha fuerza.

—Está matando las cucarachas —propuso Gregorovius.
—No, se ha quedado con sangre en el ojo y no quiere
dejarnos dormir. Subí a decirle algo, Horacio.
—Subí vos —dijo Oliveira—. No sé por qué, pero a vos te
tiene más miedo que a mí. Por lo menos no saca a relucir la
xenofobia, el apartheid y otras segregaciones.
—Si subo le voy a decir tantas cosas que va a llamar a la
policía.
—Llueve demasiado. Trabajátelo por el lado moral, elogiale
las decoraciones de la puerta. Aludí a tus sentimientos de
madre, esas cosas. Andá, haceme caso.
—Tengo tan pocas ganas —dijo la Maga.
—Andá, linda —dijo Oliveira en voz baja.
—¿Pero por qué querés que vaya yo?
—Por darme el gusto. Vas a ver que la termina.
Golpearon dos veces, y después una vez. La Maga se levantó
y salió de la pieza. Horacio la siguió, y cuando oyó que subía
la escalera encendió la luz y miró a Gregorovius. Con un dedo
le mostró la cama. Al cabo de un minuto apagó la luz mientras Gregorovius volvía al sillón.

—Es increíble —dijo Ossip, agarrando la botella de caña en
la oscuridad.
—Por supuesto. Increíble, ineluctable, todo eso. Nada de
necrologías, viejo. En esta pieza ha bastado que yo me fuera

un día para que pasaran las cosas más extremas. En fin, lo uno
servirá de consuelo para lo otro.

—No entiendo —dijo Gregorovius.

—Me entendés macanudamente bien. Ça va, ça va. No te
podés imaginar lo poco que me importa.

Gregorovius se daba cuenta de que Oliveira lo estaba tuteando, y que eso cambiaba las cosas, como si todavía se
pudiera... Dijo algo sobre la cruz roja, las farmacias de
turno.

—Hacé lo que quieras, a mí me da lo mismo —dijo Oliverra—. Lo que es hoy... Qué, hermano.

Si hubiera podido tirarse en la cama, quedarse dormido
por un par de años. «Gallina», pensó. Gregorovius se había
contagiado de su inmovilidad, encendía trabajosamente la
pipa. Se oía hablar desde muy lejos, la voz de la Maga entre
la lluvia, el viejo contestándole con chillidos. En algún otro
piso golpearon una puerta, gente que salía a protestar por el
ruido.

—En el fondo tenés razón —admitió Gregorovius—. Pero
hay una responsabilidad legal, creo.

—Con lo que ha pasado ya estamos metidos hasta las orejas
—dijo Oliveira—. Especialmente ustedes dos, yo siempre puedo probar que llegué demasiado tarde. Madre deja morir
infante mientras atiende amante sobre alfombra.

—Si querés dar a entender...

—No tiene ninguna importancia, che.

—Pero es que es mentira, Horacio.

—Me da igual, la consumación es un hecho accesorio. Yo
ya no tengo nada que ver con todo esto, subí porque estaba
mojado y quería tomar mate. Che, ahí viene gente.

—Habría que llamar a la asistencia pública —dijo Gregorovius.

—Bueno, dale. ¿No te parece que es la voz de Ronald?

—Yo no me quedo aquí —dijo Gregorovius, levantándose—. Hay que hacer algo, te digo que hay que hacer
algo.

—Pero si yo estoy convencidísimo, che. La acción, siempre
la acción. *Die Tätigkeit,* viejo. Zás, éramos pocos y parió la
abuela. Hablen bajo, che, que van a despertar al niño.

—Salud —dijo Ronald.

—Hola —dijo Babs, luchando por meter el paraguas.

—Hablen bajo —dijo la Maga que llegaba detrás de ellos—.
¿Por qué no cerrás el paraguas para entrar?

—Tenés razón —dijo Babs—. Siempre me pasa igual en todas partes. No hagás ruido, Ronald. Venimos nada más que un momento para contarles lo de Guy, es increíble. ¿Se les quemaron los fusibles?

—No, es por Rocamadour.

—Hablá bajo —dijo Ronald—. Y meté en un rincón ese paraguas de mierda.

—Es tan difícil cerrarlo —dijo Babs—. Con lo fácil que se abre.

—El viejo me amenazó con la policía —dijo la Maga, cerrando la puerta—. Casi me pega, chillaba como un loco. Ossip, usted tendría que ver lo que tiene en la pieza, desde la escalera se alcanza a ver algo. Una mesa llena de botellas vacías y en el medio un molino de viento tan grande que parece de tamaño natural, como los del campo en el Uruguay. Y el molino daba vueltas por la corriente de aire, yo no podía dejar de espiar por la rendija de la puerta, el viejo se babeaba de rabia.

—No puedo cerrarlo —dijo Babs—. Lo dejaré en ese rincón.

—Parece un murciélago —dijo la Maga—. Dame, yo lo cerraré. ¿Ves qué fácil?

—Le ha roto dos varillas —le dijo Babs a Ronald.

—Dejate de jorobar —dijo Ronald—. Además nos vamos en seguida, era solamente para decirles que Guy se tomó un tubo de gardenal.

—Pobre ángel —dijo Oliveira, que no le tenía simpatía a Guy.

—Étienne lo encontró medio muerto, Babs y yo habíamos ido a un vernissage (te tengo que hablar de eso, es fabuloso), y Guy subió a casa y se envenenó en la cama, date un poco cuenta.

—He has no manners at all —dijo Oliveira—. C'est regrettable.

—Etienne fue a casa a buscarnos, por suerte todo el mundo tiene la llave —dijo Babs—. Oyó que alguien vomitaba, entró y era Guy. Se estaba muriendo, Etienne salió volando a buscar auxilio. Ahora lo han llevado al hospital, es gravísimo. Y con esta lluvia —agregó Babs consternada.

—Siéntense —dijo la Maga—. Ahí no, Ronald, le falta una pata. Está tan oscuro, pero es por Rocamadour. Hablen bajo.

—Prepáranos un poco de café —dijo Oliveira—. Qué tiempo, che.

—Yo tendría que irme —dijo Gregorovius—. No sé dónde habré puesto el impermeable. No, ahí no. Lucía...

—Quédese a tomar café —dijo la Maga—. Total ya no hay metro, y estamos tan bien aquí. Vos podrías moler café fresco, Horacio.

—Huele a encerrado —dijo Babs.

—Siempre extraña el ozono de la calle —dijo Ronald furioso—. Es como un caballo, sólo adora las cosas puras y sin mezcla. Los colores primarios, la escala de siete notas. No es humana, creeme.

—La humanidad es un ideal —dijo Oliveira, tanteando en busca del molino de café—. También el aire tiene su historia, che. Pasar de la calle mojada y con mucho ozono, como decís vos, a una atmósfera donde cincuenta siglos han preparado la temperatura y la calidad... Babs es una especie de Rip van Winkle de la respiración.

—Oh, Rip van Winkle —dijo Babs, encantada—. Mi abuela lo contaba.

—En Idaho, ya sabemos —dijo Ronald—. Bueno, ahora ocurre que Etienne nos telefonea al bar de la esquina hace media hora, para decirnos que lo mejor va a ser que pasemos la noche fuera de casa, por lo menos hasta saber si Guy se va a vomitar el gardenal. Sería bastante malo que los flics subieran y nos encontraran, son amigos de sumar dos y dos y lo del Club los tenía bastante reventados últimamente.

—¿Qué tiene de malo el Club? —dijo la Maga, secando tazas con una toalla.

—Nada, pero por eso mismo uno está indefenso. Los vecinos se han quejado tanto del ruido, de las discadas, de que vamos y venimos a toda hora... Y además Babs se ha peleado con la portera y con todas las mujeres del inmueble, que son entre cincuenta y sesenta.

—They are awful —dijo Babs, masticando un caramelo que había sacado del bolso—. Huelen marihuana aunque una esté haciendo un gulash.

Oliveira se había cansado de moler el café y le pasó el molino a Ronald. Hablándose en voz muy baja, Babs y la Maga discutían las razones del suicidio de Guy. Después de tanto jorobar con su impermeable, Gregorovius se había repantigado en el sillón y estaba muy quieto, con la pipa apagada en la boca. Se oía llover en la ventana. «Schoenberg Brahms», pensó Oliveira, sacando un Gauloise. «No está mal, por lo común en estas circunstancias sale a relucir Cho-

pin[10] o la Todesmusik para Sigfrido[11]. El tornado de ayer
mató entre dos y tres mil personas en el Japón. Estadísticamente hablando...» Pero la estadística no le quitaba el gusto a
sebo que le encontraba al cigarrillo. Lo examinó lo mejor
posible, encendiendo otro fósforo. Era un Gauloise perfecto,
blanquísimo, con sus finas letras y sus hebras de áspero capo-
ral escapándose por el extremo húmedo. «Siempre mojo los
cigarrillos cuando estoy nervioso», pensó. «Cuando pienso en
lo de Rose Bob... Sí, ha sido un día padre, y lo que nos
espera.» Lo mejor iba a ser decírselo a Ronald, para que
Ronald se lo transmitiera a Babs con uno de sus sistemas casi
telepáticos que asombraban a Perico Romero. Teoría de la
comunicación, uno de esos temas fascinantes que la literatura
no había pescado todavía por su cuenta hasta que aparecieran
los Huxley o los Borges de la nueva generación. Ahora Ronald se sumaba al susurro de la Maga y de Babs, haciendo
girar al ralenti el molino, el café no iba a estar listo hasta las
mil y quinientas. Oliveira se dejó resbalar de la horrible silla
art nouveau y se puso cómodo en el suelo, con la cabeza
apoyada en una pila de diarios. En el cielo raso había una
curiosa fosforescencia que debía ser más subjetiva que otra
cosa. Cerrando los ojos la fosforescencia duraba un momento,
antes de que empezaran a explotar grandes esferas violetas,
una tras otra, vuf, vuf, vuf, evidentemente cada esfera correspondía a un sístole o a un diástole, vaya a saber. Y en alguna
parte de la casa, probablemente en el tercer piso, estaba
sonando un teléfono. A esa hora, en París, cosa extraordinaria. «Otro muerto», pensó Oliveira. «No se llama por otra
cosa en esta ciudad respetuosa del sueño.» Se acordó de la vez
en que un amigo argentino recién desembarcado había encontrado muy natural llamarlo por teléfono a las diez y media de
la noche. Vaya a saber cómo se las había arreglado para
consultar el Bottin, ubicar un teléfono cualquiera en el mismo
inmueble y rajarle una llamada sobre el pucho[12]. La cara del
buen señor del quinto piso en robe de chambre, golpeándole la

---

[10] *Chopin:* se refiere a la «Marcha fúnebre», la *Sonata en si bemol
menor número 2, opus 35.* Existen grabaciones de Kempf, Askenazy,
Argerich, Rubinstein, Barenboim...
[11] Wagner (1813-1883) esbozó la *Muerte de Sigfrido* en Dresde,
en 1851. Quiso expresar en ella —dijo— lo que luego desarrollará en
el *Tristán:* «la muerte por angustia de amor».
[12] *sobre el pucho:* 'de inmediato'.

puerta, una cara glacial, quelqu'un vous demande au télépho-
ne, Oliveira confuso metiéndose en una tricota, subiendo al
quinto, encontrando a una señora resueltamente irritada, ente-
rándose de que el pibe Hermida estaba en París y a ver cuándo
nos vemos, che, te traigo noticias de todo el mundo, Traveler
y los muchachos del Bidú, etcétera, y la señora disimulando la
irritación a la espera de que Oliveira empezara a llorar al
enterarse del fallecimiento de alguien muy querido, y Oliveira
sin saber qué hacer, vraiment je suis tellement confus, madame, monsieur, c'était un ami qui vient d'arriver, vous compre-
nez, il n'est pas du tout au courant des habitudes... Oh Argentina, horarios generosos, casa abierta, tiempo para tirar por el
techo, todo el futuro por delante, todísimo, vuf, vuf, vuf, pero
dentro de los ojos de eso que estaba ahí a tres metros no
habría nada, no podía haber nada, vuf, vuf, toda la teoría de
la comunicación aniquilada, ni mamá ni papá, ni papa rica ni
pipí ni vuf vuf ni nada, solamente rigor mortis y rodeándolo
unas gentes que ni siquiera eran salteños y mexicanos para
seguir oyendo música, armar el velorio del angelito, salirse
como ellos por una punta del ovillo, gentes nunca lo bastante
primitivas para superar ese escándalo por aceptación o identificación, ni bastante realizadas como para negar todo escándalo y subsumir one little casualty en, por ejemplo, los tres mil
barridos por el tifón Verónica. «Pero todo eso es antropología
barata», pensó Oliveira, consciente de algo como un frío en el
estómago que lo iba acalambrando. Al final, siempre, el plexo.
«Esas son las comunicaciones verdaderas, los avisos debajo de
la piel. Y para eso no hay diccionario, che.» ¿Quién había
apagado la lámpara Rembrandt? No se acordaba, un rato
atrás había habido como un polvo de oro viejo a la altura del
suelo, por más que trataba de reconstruir lo ocurrido desde la
llegada de Ronald y Babs, nada que hacer, en algún momento
la Maga (porque seguramente había sido la Maga) o a lo
mejor Gregorovius, alguien había apagado la lámpara.

—¿Cómo vas a hacer el café en la oscuridad?

—No sé —dijo la Maga, removiendo unas tazas—. Antes
había un poco de luz.

—Encendé, Ronald —dijo Oliveira—. Está ahí debajo de
tu silla. Tenés que hacer girar la pantalla, es el sistema
clásico.

—Todo esto es idiota —dijo Ronald, sin que nadie supiera
si se refería a la manera de encender la lámpara. La luz se
llevó las esferas violetas, y a Oliveira le empezó a gustar más

el cigarrillo. Ahora se estaba realmente bien, hacía calor, iban
a tomar café.

—Acercate aquí —le dijo Oliveira a Ronald—. Vas a estar
mejor que en esa silla, tiene una especie de pico en el medio
que se clava en el culo. Wong la incluiría en su colección
pekinesa, estoy seguro.

—Estoy muy bien aquí —dijo Ronald— aunque se preste a
malentendidos.

—Estás muy mal. Vení. Y a ver si ese café marcha de una
vez, señoras.

—Qué machito está esta noche —dijo Babs—. ¿Siempre es
así con vos?

—Casi siempre —dijo la Maga sin mirarlo—. Ayudame a
secar esa bandeja.

Oliveira esperó a que Babs iniciara los imaginables comentarios sobre la tarea de hacer café, y cuando Ronald se bajó de
la silla y se puso a lo sastre cerca de él, le dijo unas palabras al
oído. Escuchándolos, Gregorovius intervenía en la conversación sobre el café, y la réplica de Ronald se perdió en el elogio
del moka y la decadencia del arte de prepararlo. Después
Ronald volvió a subirse a su silla a tiempo para tomar la taza
que le alcanzaba la Maga. Empezaron a golpear suavemente
en el cielo raso, dos, tres veces. Gregorovius se estremeció y
tragó el café de golpe. Oliveira se contenía para no soltar una
carcajada que de paso a lo mejor le hubiera aliviado el calam-
bre. La Maga estaba como sorprendida, en la penumbra los
miraba a todos sucesivamente y después buscó un cigarrillo
sobre la mesa, tanteando, como si quisiera salir de algo que no
comprendía, una especie de sueño.

—Oigo pasos —dijo Babs con un marcado tono Blavatsky[13]—. Ese viejo debe estar loco, hay que tener cuidado.
En Kansas City, una vez... No, es alguien que sube.

—La escalera se va dibujando en la oreja —dijo la Maga—.
Los sordos me dan mucha lástima. Ahora es como si yo
tuviera una mano en la escalera y la pasara por los escalones
uno por uno. Cuando era chica me saqué diez en una compo-

· [13] *Madame Blavatsky:* Elena Petrovna Hahn-Hahn Blavatsky, creó
en 1875 en Nueva York la primera sociedad teosófica, que luego
extendió a Inglaterra y la India. Fue muy popular y combatida.
Influyó mucho en los escritores de comienzos de siglo —por ejemplo,
en Valle-Inclán y Roso de Luna. Murió en 1891.

sición, escribí la historia de un ruidito. Era un ruidito simpático, que iba y venía, le pasaban cosas...

—Yo, en cambio... —dijo Babs—. O.K., O.K., no tenés por
qué pellizcarme.

—Alma mía —dijo Ronald—, callate un poco para que
podamos identificar esas pisadas. Sí, es el rey de los pigmentos, es Etienne, es la gran bestia apocalíptica.

«Lo ha tomado con calma», pensó Oliveira. «La cucharada
de remedio era a las dos, me parece. Tenemos más de una
hora para estar tranquilos.» No comprendía ni quería comprender por qué ese aplazamiento, esa especie de negación de
algo ya sabido. Negación, negativo... «Sí, esto es como el
negativo de la realidad tal-como-debería-ser, es decir... Pero
no hagás metafísica, Horacio. Alas, poor Yorick[14], ça suffit.
No lo puedo evitar, me parece que está mejor así que si
encendiéramos la luz y soltáramos la noticia como una paloma. Un negativo. La inversión total... Lo más probable es que
él esté vivo y todos nosotros muertos. Proposición más modesta: nos ha matado porque somos culpables de su muerte.
Culpables, es decir fautores de un estado de cosas... Ay, querido, adónde te vas llevando, sos el burro con la zanahorias
colgándole entre los ojos. Y era Etienne, nomás, era la gran
bestia pictórica.»

—Se salvó —dijo Etienne—. Hijo de puta, tiene más vidas
que César Borgia[15]. Eso sí, lo que es vomitar...

—Explicá, explicá —dijo Babs.

—Lavaje de estómago, enemas de no sé qué, pinchazos por
todos lados, una cama con resortes para tenerlo cabeza abajo.
Vomitó todo el menú del restaurante Orestias, donde parece
que había almorzado. Una monstruosidad, hasta hojas de parra
rellenas. ¿Ustedes se dan cuenta de cómo estoy empapado?

—Hay café caliente —dijo Ronald—, y una bebida que se
llama caña y es inmunda.

---

[14] *Alas, poor Yorick:* '¡Ay, pobre Yorick!' Es la exclamación de
Hamlet al decirle al sepulturero que la calavera es la de su antiguo
amigo (acto V, escena 1).
[15] *César Borgia* (1474-1506): célebre príncipe, guerrero y político
italiano, hijo de Alejandro VI. Sus cortesanos le dieron la divisa «Aut
Cesar aut nihil», luego frase hecha (recuérdese, por ejemplo, la novela
de este título de Baroja). Maquiavelo le consideró «el hombre más
grande de su tiempo». Varias veces escapó a la muerte: entre otras,
según Guicciardini, al intento de envenenarles a su padre y a él.

Etienne bufó, puso el impermeable en un rincón y se arrimó a la estufa.

—¿Cómo sigue el niño, Lucía?

—Duerme —dijo la Maga—. Duerme muchísimo por suerte.

—Hablemos bajo —dijo Babs.

—A eso de las once de la noche recobró el conocimiento —explicó Etienne, con una especie de ternura—. Estaba hecho una porquería, eso sí. El médico me dejó acercar a la cama y Guy me reconoció. «Especie de cretino», le dije. «Andate al cuerno», me contestó. El médico me dijo al oído que era buena señal. En la sala había otros tipos, lo pasé bastante bien y eso que a mí los hospitales...

—¿Volviste a casa —preguntó Babs—. ¿Tuviste que ir a la comisaría?

—No, ya está todo arreglado. De todos modos era más prudente que ustedes se quedaran aquí esta noche, si vieras la cara de la portera cuando lo bajaron a Guy...

—The lousy bastard —dijo Babs.

—Yo adopté un aire virtuoso, y al pasar a su lado alcé la mano y le dije: «Madame, la muerte es siempre respetable. Este joven se ha suicidado por penas de amor de Kreisler»[16]. Se quedó dura, créanme, me miraba con unos ojos que parecían huevos duros. Y justo cuando la camilla cruzaba la puerta Guy se endereza, apoya una pálida mano en la mejilla como en los sarcófagos etruscos, y le larga a la portera un vómito verde justamente encima del felpudo. Los camilleros se torcían de risa, era algo increíble.

—Más café —pidió Ronald—. Y vos sentate aquí en el suelo que es la parte más caliente del aposento. Un café de los buenos para el pobre Etienne.

—No se ve nada —dijo Etienne—. ¿Y por qué me tengo que sentar en el suelo?

—Para acompañarnos a Horacio y a mí, que hacemos una especie de vela de armas —dijo Ronald.

---

[16] Fritz *Kreisler:* violinista y compositor austriaco, nacido en Viena en 1875, se nacionalizó americano y murió en Nueva York en 1962. Niño prodigio, vivió en Viena hasta 1932, en que huyó del fascismo: primero a Francia y en 1932 a Estados Unidos. Se retiró de los conciertos en 1947. Escribió obras de gran virtuosismo (*El tamborín chino, Capricho vienés*), operetas (*Sissi*), transcripciones para violín y pastiches de Vivaldi, Couperin, etc., que engañaron a los críticos durante cierto tiempo.

—No seas idiota —dijo Oliveira.

—Haceme caso, sentate aquí y te enterarás de cosas que ni siquiera Wong sabe. Libros fulgurales, instancias mánticas. Justamente esta mañana yo me divertía tanto leyendo el *Bardo*. Los tibetanos son unas criaturas extraordinarias.

—¿Quién te ha iniciado? —preguntó Etienne desparramándose entre Oliveira y Ronald, y tragando de un sorbo el café—. Bebida —dijo Etienne, alargando imperativamente la mano hacia la Maga, que le puso la botella de caña entre los dedos—. Un asco —dijo Etienne, después de beber un trago—. Un producto argentino, supongo. Qué tierra, Dios mío.

—No te metás con mi patria —dijo Oliveira—. Parecés el viejo del piso de arriba.

—Wong me ha sometido a varios tests —explicaba Ronald—. Dice que tengo suficiente inteligencia como para empezar a destruirla ventajosamente. Hemos quedado en que leeré el *Bardo* con atención, y de ahí pasaremos a las fases fundamentales del budismo. ¿Habrá realmente un cuerpo sutil, Horacio? Parece que cuando uno se muere... Una especie de cuerpo mental, comprendés.

Pero Horacio estaba hablándole al oído a Etienne, que gruñía y se agitaba oliendo a calle mojada, a hospital y a guiso de repollo. Babs le explicaba a Gregorovius, perdido en una especie de indiferencia, los vicios incontables de la portera. Atascado de reciente erudición, Ronald necesitaba explicarle a alguien el *Bardo*, y se las tomó con la Maga que se dibujaba frente a él como un Henry Moore[17] en la oscuridad, una giganta vista desde el suelo, primero las rodillas a punto de romper la masa negra de la falda, después un torso que subía hacia el cielo raso, por encima una masa de pelo todavía más negro que la oscuridad, y en toda esa sombra entre sombras la luz de la lámpara en el suelo hacía brillar los ojos de la Maga metida en el sillón y luchando de tiempo en tiempo para no resbalar y caerse al suelo por culpa de las patas delanteras más cortas del sillón.

—Jodido asunto —dijo Etienne, echándose otro trago.

—Te podés ir, si querés —dijo Oliveira— pero no creo que

---

[17] Declaró Cortázar a González Bermejo: «Digamos que, directamente, no hay una presencia plástica en mis libros pero sí, en cambio, creo que hay esa especie de lección de economía que da la gran pintura. Que le puede dar un cuadro de Tintoretto o una escultura de Henry Moore» (pág. 112).

pase nada serio, en este barrio ocurren cosas así a cada
rato.

—Me quedo —dijo Etienne—. Esta bebida, ¿cómo dijiste
que se llamaba?, no está tan mal. Huele a fruta.

—Wong dice que Jung[18] estaba entusiasmado con el *Bardo*
—dijo Ronald—. Se comprende, y los existencialistas también
deberían leerlo a fondo. Mirá, a la hora del juicio del muerto,
el Rey lo enfrenta con un espejo, pero ese espejo es el *Kama*.
La suma de los actos del muerto, te das cuenta. Y el muerto ve
reflejarse todas sus acciones, lo bueno y lo malo, pero el
reflejo no corresponde a ninguna realidad sino que es la
proyección de imágenes mentales... Como para que el viejo
Jung no se haya quedado estupefacto, decime un poco. El Rey
de los muertos mira el espejo, pero lo que está haciendo en
realidad es mirar en tu memoria. ¿Se puede imaginar una
mejor descripción del psicoanálisis? Y hay algo todavía más
extraordinario, querida, y es que el juicio que pronuncia el
Rey no es su juicio sino el tuyo. Vos mismo te juzgás sin
saberlo. ¿No te parece que en realidad Sartre tendría que irse a
vivir a Lhasa?

—Es increíble —dijo la Maga—. Pero ese libro, ¿es de
filosofía?

—Es un libro para muertos —dijo Oliveira.

Se quedaron callados, oyendo llover. Gregorovius sintió
lástima por la Maga que parecía esperar una explicación y ya
no se animaba a preguntar más.

—Los lamas hacen ciertas revelaciones a los moribundos
—le dijo—. Para guiarlos en el más allá, para ayudarlos a
salvarse. Por ejemplo...

---

[18] Declaró Cortázar a Evelyn Picón: «Acabo de recibir un estudio
muy muy inteligente de una chica cubana que se está ocupando de mis
cuentos con una perspectiva junguiana, el psicoanálisis de Jung, es
decir, el principio de los arquetipos, del inconsciente colectivo, de la
memoria arquetípica. Cuando ella toma un cuento mío, incluso también *Rayuela*, y lo analiza con una perspectiva junguiana, yo he estado
escribiendo una serie de cosas que son una novela o que son un cuento
pero que tienen una segunda explicación por debajo que no tiene nada
que ver con lo que yo pensaba, con lo que yo sentía, con lo que traté
de hacer o hice» (pág. 18). Para Juan Carlos Curutchet, «el entramado
de *Rayuela,* como después —y en mayor grado aún— el de *62. Modelo
para armar,* reposa en buena medida sobre el empleo de aquello que
C. G. Jung llamó 'coincidencias significativas' y que, como se ha visto
en un capítulo anterior, estaban ya presentes en un libro como *Los
premios*» (pág. 95).

Etienne había apoyado el hombro contra el de Oliveira. Ronald, sentado a lo sastre, canturreaba *Big Lip Blues* pensando en Jelly Roll que era su muerto preferido. Oliveira encendió un Gauloise y como en un La Tour[19] el fuego tiñó por un segundo las caras de los amigos, arrancó de la sombra a Gregorovius conectando el murmullo de su voz con unos labios que se movían, instaló brutalmente a la Maga en el sillón, en su cara siempre ávida a la hora de la ignorancia y las explicaciones, bañó blandamente a Babs la plácida, a Ronald el músico perdido en sus improvisaciones plañideras. Entonces se oyó un golpe en el cielo raso justo cuando se apagaba el fósforo.

«*Il faut tenter de vivre*»[20], se acordó Oliveira. «*Pourquoi?*»

El verso había saltado de la memoria como las caras bajo la luz del fósforo, instantáneo y probablemente gratuito. El hombro de Etienne le daba calor, le transmitía una presencia engañosa, una cercanía que la muerte, ese fósforo que se apaga, iba a aniquilar como ahora las caras, las formas, como el silencio se cerraba otra vez en torno al golpe allá arriba.

—Y así es —terminaba Gregorovius, sentencioso— que el *Bardo* nos devuelve a la vida, a la necesidad de una vida pura, precisamente cuando ya no hay escapatoria y estamos clavados en una cama, con un cáncer por almohada.

—Ah —dijo la Maga, suspirando. Había entendido bastante, algunas piezas del puzzle se iban poniendo en su sitio aunque nunca sería como la perfección del calidoscopio donde cada cristal, cada ramita, cada grano de arena se proponían perfectos, simétricos, aburridísimos pero sin problemas.

—Dicotomías occidentales —dijo Oliveira—. Vida y muerte, más acá y más allá. No es eso lo que enseña tu *Bardo*, Ossip, aunque personalmente no tengo la más remota idea de lo que enseña tu *Bardo*. De todos modos será algo más plástico, menos categorizado.

—Mirá —dijo Etienne, que se sentía maravillosamente bien aunque en las tripas le anduvieran las noticias de Oliveira como cangrejos, y nada de eso fuera contradictorio—. Mirá, argentino de mis pelotas, el Oriente no es tan otra cosa como

---

[19] Georges *La Tour* (muerto en 1652) es el más famoso pintor tenebrista francés. Lo he mencionado antes (nota 1 al capítulo 24) a propósito de otro efecto «pictórico» del relato.

[20] «*Le temps se lève, il faut tenter de vivre*» (Paul Valéry: *Le cimetier marin*).

pretenden los orientalistas. Apenas te metés un poco en serio en sus textos empezás a sentir lo de siempre, la inexplicable tentación de suicidio de la inteligencia por vía de la inteligencia misma. El alacrán clavándose el aguijón, harto de ser un alacrán pero necesitado de alacranidad para acabar con el alacrán. En Madrás o en Heidelberg, el fondo de la cuestión es el mismo: hay una especie de equivocación inefable al principio de los principios, de donde resulta este fenómeno que les está hablando en este momento y ustedes que lo están escuchando. Toda tentativa de explicarlo fracasa por una razón que cualquiera comprende, y es que para definir y entender habría que estar fuera de lo definido y lo entendible. Ergo, Madrás y Heidelberg se consuelan fabricando posiciones, algunas con base discursiva, otras con base intuitiva, aunque entre discurso e intuición las diferencias estén lejos de ser claras como sabe cualquier bachiller. Y así ocurre que el hombre solamente parece seguro en aquellos terrenos que no lo tocan a fondo: cuando juega, cuando conquista, cuando arma sus diversos caparazones históricos a base de ethos, cuando delega el misterio central *a cura* de cualquier revelación. Y por encima y por debajo, la curiosa noción de que la herramienta principal, el logos que nos arranca vertiginosamente a la escala zoológica, es una estafa perfecta. Y el corolario inevitable, el refugio en lo infuso y el balbuceo, la noche oscura del alma, las entrevisiones estéticas y metafísicas. Madrás y Heidelberg son diferentes dosajes de la misma receta, a veces prima el Yin y a veces el Yang, pero en las dos puntas del sube y baja hay dos homo sapiens igualmente inexplicados, dando grandes patadas en el suelo para remontarse el uno a expensas del otro.

—Es raro —dijo Ronald—. De todos modos sería estúpido negar una realidad, aunque no sepamos qué es. El eje del sube y baja, digamos. ¿Cómo puede ser que ese eje no haya servido todavía para entender lo que pasa en las puntas? Desde el hombre de Neanderthal...

—Estás usando palabras —dijo Oliveira, apoyándose mejor en Etienne—. Les encanta que uno las saque del ropero y las haga dar vueltas por la pieza. Realidad, hombre de Neanderthal, miralas cómo juegan, cómo se nos meten por las orejas y se tiran por los toboganes.

—Es cierto —dijo hoscamente Etienne—. Por eso prefiero mis pigmentos, estoy más seguro.

—¿Seguro de qué?

—De su efecto.

—En todo caso de su efecto en vos, pero no en la portera de Ronald. Tus colores no son más seguros que mis palabras, viejo.

—Por lo menos mis colores no pretenden explicar nada.

—¿Y vos te conformás con que no haya una explicación?

—No —dijo Etienne—, pero al mismo tiempo hago cosas que me quitan un poco el mal gusto del vacío. Y ésa es en el fondo la mejor definición del homo sapiens.

—No es una definición sino un consuelo —dijo Gregorovius, suspirando—. En realidad nosotros somos como las comedias cuando uno llega al teatro en el segundo acto. Todo es muy bonito pero no se entiende nada. Los actores hablan y actúan no se sabe por qué, a causa de qué. Proyectamos en ellos nuestra propia ignorancia, y nos parecen unos locos que entran y salen muy decididos. Ya lo dijo Shakespeare[21], por lo demás, y si no lo dijo era su deber decirlo.

—Yo creo que lo dijo —dijo la Maga.

—Sí que lo dijo —dijo Babs.

—Ya ves —dijo la Maga.

—También habló de las palabras —dijo Gregorovius—, y Horacio no hace más que plantear el problema en su forma dialéctica, por decirlo así. A la manera de un Wittgenstein[22], a quien admiro mucho.

—No lo conozco —dijo Ronald—, pero ustedes estarán de acuerdo en que el problema de la realidad no se enfrenta con suspiros.

—Quién sabe —dijo Gregorovius—. Quién sabe, Ronald.

—Vamos, dejá la poesía para otra vez. De acuerdo en que

---

[21] Puede referirse, entre otros, al célebre texto del *Macbeth* que proporcionó título a la novela de William Faulkner: «Life's but a walking shadow; a poor player, / that struts and frets his hour upon the stage, / and then is heard no more: it is a tale / told by an idiot, full of sound and fury, / signifying nothing» (acto V, escena V). Sobre las distintas formas de interpretar este monólogo monta un recital el actor inglés Ian McKellan.

[22] *Wittgenstein* vuelve a ser mencionado, dos veces, en el capítulo 99, y en *La vuelta al día...* Dice Antonio Pagés Larraya: «creo advertir en Cortázar una evidente influencia del pensamiento lingüístico de Ludwig Wittgenstein, y lo cierto es que *Axolotl* ilustra tensamente esa imposibilidad de trascendencia a través de la palabra que el pensador vienés lleva hasta la consecuencia dramática de no admitir la posibilidad de comunicación verbal profunda» (en *Homenaje*, pág. 477).

no hay que fiarse de las palabras, pero en realidad las palabras vienen después de esto otro, de que unos cuantos estemos aquí esta noche, sentados alrededor de una lamparita.

—Hablá más bajo —pidió la Maga.

—Sin palabra alguna yo siento, yo sé que estoy aquí —insistió Ronald—. A eso le llamo la realidad. Aunque no sea más que eso.

—Perfecto —dijo Oliveira—. Sólo que esta realidad no es ninguna garantía para vos o para nadie, salvo que la transformes en concepto, y de ahí en convención, en esquema útil. El solo hecho de que vos estés a mi izquierda y yo a tu derecha hace de la realidad por lo menos dos realidades, y conste que no quiero ir a lo profundo y señalarte que vos y yo somos dos entes absolutamente incomunicados entre sí salvo por medio de los sentidos y la palabra, cosas de las que hay que desconfiar si uno es serio.

—Los dos estamos aquí —insistió Ronald—. A la derecha o a la izquierda, poco importa. Los dos estamos viendo a Babs, todos oyen lo que estoy diciendo.

—Pero esos ejemplos son para chicos de pantalón corto, hijo mío —se lamentó Gregorovius—. Horacio tiene razón no podés aceptar así nomás eso que creés la realidad. Lo más que podés decir es que sos, eso no se puede negar sin escándalo evidente. Lo que falla es el ergo, y lo que sigue al ergo, es notorio.

—No le hagás una cuestión de escuelas —dijo Oliveira—. Quedémonos en una charla de aficionados, que es lo que somos. Quedémonos en esto que Ronald llama conmovedoramente la realidad, y que cree una sola. ¿Seguís creyendo que es una sola, Ronald?

—Sí. Te concedo que mi manera de sentirla o de entenderla es diferente de la de Babs, y que la realidad de Babs difiere de la de Ossip y así sucesivamente. Pero es como las distintas opiniones sobre la Gioconda o sobre la ensalada de escarola. La realidad está ahí y nosotros en ella, entendiéndola a nuestra manera pero en ella.

—Lo único que cuenta es eso de entenderla a nuestra manera —dijo Oliveira—. Vos creés que hay una realidad postulable porque vos y yo estamos hablando en este cuarto y en esta noche, y porque vos y yo sabemos que dentro de una hora o algo así va a suceder aquí una cosa determinada. Todo eso te da una gran seguridad ontológica, me parece; te sentís bien seguro en vos mismo, bien plantado en vos mismo y en esto que te rodea. Pero si al mismo tiempo pudieras asistir a esa realidad desde mí, o desde Babs, si te fuera dada una ubicuidad, entendés, y pudieras estar ahora mismo en esta misma pieza desde donde estoy yo y con todo lo que soy y lo que he sido yo, y con todo lo que es y lo que ha sido Babs, comprenderías tal vez que tu egocentrismo barato no te da ninguna realidad válida. Te da solamente una creencia fundada en el terror, una necesidad de afirmar lo que te rodea para no caerte dentro del embudo y salir por el otro lado vaya a saber adónde.

—Somos muy diferentes —dijo Ronald—, lo sé muy bien. Pero nos encontramos en algunos puntos exteriores a nosotros mismos. Vos y yo miramos esa lámpara, a lo mejor no vemos la misma cosa, pero tampoco podemos estar seguros de que no vemos la misma cosa. Hay una lámpara ahí, qué diablos.

—No grites —dijo la Maga—. Les voy a hacer más café.

—Se tiene la impresión —dijo Oliveira— de estar caminando sobre viejas huellas. Escolares nimios, rehacemos argumentos polvorientos y nada interesantes. Y todo eso, Ronald querido, porque hablamos dialécticamente. Decimos: vos, yo, la lámpara, la realidad. Da un paso atrás, por favor. Animate, no cuesta tanto. Las palabras desaparecen. Esa lámpara es un estímulo sensorial, nada más. Ahora da otro paso atrás. Lo que llamás tu vista y ese estímulo sensorial se vuelven una relación inexplicable, porque para explicarla había que dar de nuevo un paso adelante y se iría todo al diablo.

—Pero esos pasos atrás son como desandar el camino de la especie —protestó Gregorovius.

—Sí —dijo Oliveira—. Y ahí está el gran problema, saber si lo que llamás la especie ha caminado hacia adelante o si, como le parecía a Klages[23], creo, en un momento dado agarró por una vía falsa.

—Sin lenguaje no hay hombre. Sin historia no hay hombre.

—Sin crimen no hay asesino. Nada te prueba que el hombre no hubiera podido ser diferente.

—No nos ha ido tan mal —dijo Ronald.

—¿Qué punto de comparación tenés para creer que nos ha ido bien? ¿Por qué hemos tenido que inventar el Edén, vivir sumidos en la nostalgia del *paraíso perdido,* fabricar utopías, proponernos un futuro? Si una lombriz pudiera pensar, pensa-

---

[23] Ludwig *Klages:* filósofo vitalista alemán de comienzos de siglo, perteneció al Círculo de Stefan George.

ría que no le ha ido tan mal. El hombre se agarra de la ciencia como de eso que llaman un áncora de salvación y que jamás he sabido bien lo que es. La razón segrega a través del lenguaje una arquitectura satisfactoria, como la preciosa, rítmica composición de los cuadros renacentistas, y nos planta en el centro. A pesar de toda su curiosidad y su insatisfacción, la ciencia, es decir la razón, empieza por tranquilizarnos. «Estás aquí, en esta pieza, con tus amigos, frente a esa lámpara. No te asustes, todo va muy bien. Ahora veamos: ¿Cuál será la naturaleza de ese fenómeno luminoso? ¿Te has enterado de lo que es el uranio enriquecido? ¿Te gustan los isótopos, sabías que ya transmutamos el plomo en oro?» Todo muy incitante, muy vertiginoso, pero siempre a partir del sillón donde estamos cómodamente sentados.

—Yo estoy en el suelo —dijo Ronald— y nada cómodo para decirte la verdad. Escuchá, Horacio: negar esta realidad no tiene sentido. Está aquí, la estamos compartiendo. La noche transcurre para los dos, afuera está lloviendo para los dos. Qué sé yo lo que es la noche, el tiempo y la lluvia, pero están ahí y fuera de mí, son cosas que me pasan, no hay nada que hacerle.

—Pero claro —dijo Oliveira—. Nadie lo niega, che. Lo que no entendemos es por qué eso tiene que suceder así, por qué nosotros estamos aquí y afuera está lloviendo. Lo absurdo no son las cosas, lo absurdo es que las cosas estén ahí y las sintamos como absurdas. A mí se me escapa la relación que hay entre yo y esto que me está pasando en este momento. No te niego que me esté pasando. Vaya si me pasa. Y eso es lo absurdo.

—No está muy claro —dijo Etienne.

—No puede estar claro, si lo estuviera sería falso, sería científicamente verdadero quizá, pero falso como absoluto. La claridad es una exigencia intelectual y nada más. Ojalá pudiéramos saber claro, entender claro al margen de la ciencia y la razón. Y cuando digo «ojalá», andá a saber si no estoy diciendo una idiotez. Probablemente la única áncora de salvación sea la ciencia, el uranio 235, esas cosas. Pero además hay que vivir.

—Sí —dijo la Maga, sirviendo café—. Además hay que vivir.

—Comprendé, Ronald —dijo Oliveira apretándole una rodilla—. Vos sos mucho más que tu inteligencia, es sabido. Esta noche, por ejemplo, esto que nos está pasando ahora, aquí, es como uno de esos cuadros de Rembrandt donde apenas brilla un poco de luz en un rincón, y no es una luz física, no es eso que tranquilamente llamás y situás como lámpara, con sus vatios y sus bujías. Lo absurdo es creer que podemos aprehender la totalidad de lo que nos constituye en este momento, o en cualquier momento, e intuirlo como algo coherente, algo aceptable si querés. Cada vez que entramos en una crisis es el absurdo total, comprendé que la dialéctica sólo puede ordenar los armarios en los momentos de calma. Sabés muy bien que en el punto culminante de una crisis procedemos siempre por impulso, al revés de lo previsible, haciendo la barbaridad más inesperada. Y en ese momento precisamente se podía decir que había como una saturación de realidad, ¿no te parece? La realidad se precipita, se muestra con toda su fuerza, y justamente entonces nuestra única manera de enfrentarla consiste en renunciar a la dialéctica, es la hora en que le pegamos un tiro a un tipo, que saltamos por la borda, que nos tomamos un tubo de gardenal como Guy, que le soltamos la cadena al perro, piedra libre para cualquier cosa. La razón sólo nos sirve para disecar la realidad en calma, o analizar sus futuras tormentas, nunca para resolver una crisis instantánea. Pero esas crisis son como mostraciones metafísicas, che, un estado que quizá, si no hubiéramos agarrado por la vía de la razón, sería el estado natural y corriente del pitecantropo erecto.

—Está muy caliente, tené cuidado —dijo la Maga.

—Y esas crisis que la mayoría de la gente considera como escandalosas, como absurdas, yo personalmente tengo la impresión de que sirven para mostrar el verdadero absurdo, el de un mundo ordenado y en calma, con una pieza donde diversos tipos toman café a las dos de la mañana, sin que realmente nada de eso tenga el menor sentido como no sea el hedónico, lo bien que estamos al lado de esta estufita que tira tan meritoriamente. Los milagros nunca me han parecido absurdos; lo absurdo es lo que los precede y los sigue.

—Y sin embargo —dijo Gregorovius, desperezándose— *il faut tenter de vivre*.

«Voilà», pensó Oliveira. «Otra prueba que me guardaré de mencionar. De millones de versos posibles, elige el que yo había pensado hace diez minutos. Lo que la gente llama casualidad.»

—Bueno —dijo Etienne con voz soñolienta—, no es que haya que intentar vivir, puesto que la vida nos es fatalmente dada. Hace rato que mucha gente sospecha que la vida y los seres vivientes son dos cosas aparte. La vida se vive a sí misma, nos guste o no. Guy ha tratado hoy de dar un mentís a esta teoría, pero estadísticamente hablando es incontrovertible. Que lo digan los campos de concentración y las torturas. Probablemente de todos nuestros sentimientos el único que no es verdaderamente nuestro es la esperanza. La esperanza le pertenece a la vida, es la vida misma defendiéndose. Etcétera. Y con esto yo me iría a dormir, porque los líos de Guy me han hecho polvo. Ronald, tenés que venir al taller mañana por la mañana, acabé una naturaleza muerta que te va a dejar como loco.

—Horacio no me ha convencido —dijo Ronald—. Estoy de acuerdo en que mucho de lo que me rodea es absurdo, pero probablemente damos ese nombre a lo que no comprendemos todavía. Ya se sabrá alguna vez.

—Optimismo encantador —dijo Oliveira—. También podríamos poner el optimismo en la cuenta de la vida pura. Lo que hace tu fuerza es que para vos no hay futuro, como es lógico en la mayoría de los agnósticos. Siempre estás vivo, siempre estás en presente, todo se te ordena satisfactoriamente como en una tabla de Van Eyck[24]. Pero si te pasara esa cosa horrible que es no tener fe y al mismo tiempo proyectarse hacia la muerte, hacia el escándalo de los escándalos, se te empañaría bastante el espejo.

—Vamos, Ronald —dijo Babs—. Es muy tarde, tengo sueño.

—Esperá, esperá. Estaba pensando en la muerte de mi padre, sí, algo de lo que decís es cierto. Esa pieza nunca la pude ajustar en el rompecabezas, era algo tan inexplicable. Un hombre joven y feliz, en Alabama. Andaba por la calle y se le cayó un árbol en la espalda. Yo tenía quince años, me fueron a buscar al colegio. Pero hay tantas otras cosas absurdas, Horacio, tantas muertes o errores... No es una cuestión de número, supongo. No es un absurdo total como creés vos.

—El absurdo es que no parezca un absurdo —dijo sibilinamente Oliveira—. El absurdo es que salgas por la mañana a la puerta y encuentres la botella de leche en el umbral y te quedes tan tranquilo porque ayer te pasó lo mismo y mañana te volverá a pasar. Es ese estancamiento, ese así sea, esa

---

[24] Los *Van Eyck*, Juan *(c.* 1390-1444) y Huberto (m. 1426) son los creadores de la pintura flamenca.

sospechosa carencia de excepciones. Yo no sé, che, habría que intentar otro camino.

—¿Renunciando a la inteligencia? —dijo Gregorovius, desconfiado.

—No sé, tal vez. Empleándola de otra manera. ¿Estará bien probado que los principios lógicos son carne y uña con nuestra inteligencia? Si hay pueblos capaces de sobrevivir dentro de un orden mágico... Cierto que los pobres comen gusanos crudos, pero también eso es una cuestión de valores.

—Los gusanos, qué asco —dijo Babs—. Ronald, querido, es tan tarde.

—En el fondo —dijo Ronald— lo que a vos te molesta es la legalidad en todas sus formas. En cuanto una cosa empieza a funcionar bien te sentís encarcelado. Pero todos nosotros somos un poco así, una banda de lo que llaman fracasados porque no tenemos una carrera hecha, títulos y el resto. Por eso estamos en París, hermano, y tu famoso absurdo se reduce al fin y al cabo a una especie de vago ideal anárquico que no alcanzás a concretar.

—Tenés tanta, tanta razón —dijo Oliveira—. Con lo bueno que sería irse a la calle y pegar carteles a favor de Argelia libre. Con todo lo que queda por hacer en la lucha social.

—La acción puede servir para darle un sentido a tu vida —dijo Ronald—. Ya lo habrás leído en Malraux[25], supongo.

—Editions N.R.F. —dijo Oliveira.

—En cambio te quedás masturbándote como un mono, dándole vueltas a los falsos problemas, esperando no sé qué. Si todo esto es absurdo hay que hacer algo para cambiarlo.

—Tus frases me suenan —dijo Oliveira—. Apenas creés que la discusión se orienta hacia algo que considerás más concreto, como tu famosa acción, te llenás de elocuencia. No te querés dar cuenta de que la acción, lo mismo que la inacción, hay que merecerlas. ¿Cómo actuar sin una actitud central previa, una especie de aquiescencia a lo que creemos bueno y verdadero? Tus nociones sobre la verdad y la bondad son puramente históricas, se fundan en una ética heredada. Pero la historia y la ética me parecen a mí altamente dudosas.

[25] *André Malraux:* novelista: *Los conquistadores* (1928), *El camino real* (1930), *La condición humana* (1933), *El tiempo del desprecio* (1935), *La esperanza* (1937). Crítico de arte: *Las voces del silencio* (1951), *El museo imaginario* (1952).

—Alguna vez —dijo Etienne, enderezándose— me gustaría oírte discurrir con más detalle sobre eso que llamás la actitud central. A lo mejor en el mismísimo centro hay un perfecto hueco.

—No te creas que no lo he pensado —dijo Oliveira—. Pero hasta por razones estéticas, que estás muy capacitado para apreciar, admitirás que entre situarse en un centro y andar revoloteando por la periferia hay una diferencia cualitativa que da que pensar.

—Horacio —dijo Gregorovius— está haciendo gran uso de esas palabras que hace un rato nos había desaconsejado enfáticamente. Es un hombre al que no hay que pedirle discursos sino otras cosas, cosas brumosas e inexplicables como sueños, coincidencias, revelaciones, y sobre todo humor negro.

—El tipo de arriba golpeó otra vez —dijo Babs.

—No, es la lluvia —dijo la Maga—. Ya es hora de darle el remedio a Rocamadour.

—Todavía tenés tiempo —dijo Babs agachándose presurosa hasta pegar el reloj pulsera contra la lámpara—. Las tres menos diez. Vámonos, Ronald, es tan tarde.

—Nos iremos a las tres y cinco —dijo Ronald.

—¿Por qué a las tres y cinco? —preguntó la Maga.

—Porque el primer cuarto de hora es siempre fasto —explicó Gregorovius.

—Dame otro trago de caña —pidió Etienne—. Merde, ya no queda nada.

Oliveira apagó el cigarrillo. «La vela de armas», pensó agradecido. «Son amigos de verdad, hasta Ossip, pobre diablo. Ahora tendremos para un cuarto de hora de reacciones en cadena que nadie podrá evitar, nadie, ni siquiera pensando que el año que viene, a esta misma hora, el más preciso y detallado de los recuerdos no será capaz de alterar la producción de adrenalina o de saliva, el sudor en la palma de las manos... Estas son las pruebas que Ronald no querrá entender nunca. ¿Qué he hecho esta noche? Ligeramente monstruoso, a priori. Quizá se podría haber ensayado el balón de oxígeno, algo así. Idiota, en realidad; le hubiéramos prolongado la vida a lo monsieur Valdemar»[26].

—Habría que prepararla —le dijo Ronald al oído.

---

[26] *monsieur Valdemar:* personaje de Poe, del cuento *La verdad sobre el caso del Sr. Valdemar* —traducido por Cortázar— al que mantienen artificialmente con vida mediante la hipnosis.

—No digas pavadas, por favor. ¿No sentís que ya está preparada, que el olor flota en el aire?

—Ahora se ponen a hablar tan bajo —dijo la Maga— justo cuando ya no hace falta.

«Tu parles», pensó Oliveira.

—¿El olor?—murmuraba Ronald—. Yo no siento ningún olor.

—Bueno, ya van a ser las tres —dijo Etienne sacudiéndose como si tuviera frío—. Ronald, hacé un esfuerzo, Horacio no será un genio pero es fácil sentir lo que está queriendo decirte. Lo único que podemos hacer es quedarnos un poco más y aguantar lo que venga. Y vos, Horacio, ahora que me acuerdo, eso que dijiste hoy del cuadro de Rembrandt estaba bastante bien. Hay una metapintura como hay una metamúsica, y el viejo metía los brazos hasta el codo en lo que hacía. Sólo los ciegos de lógica y de buenas costumbres pueden pararse delante de un Rembrandt y no sentir que ahí hay una ventana a otra cosa, un signo. Muy peligroso para la pintura, pero en cambio...

—La pintura es un género como tantos otros —dijo Oliveira—. No hay que protegerla demasiado en cuanto género. Por lo demás, por cada Rembrandt hay cien pintores a secas, de modo que la pintura está perfectamente a salvo.

—Por suerte —dijo Etienne.

—Por suerte —aceptó Oliveira—. Por suerte todo va muy bien en el mejor de los mundos posibles. Encendé la luz grande, Babs, es la llave que tenés detrás de tu silla.

—Dónde habrá una cuchara limpia —dijo la Maga, levantándose.

Con un esfuerzo que le pareció repugnante, Oliveira se contuvo para no mirar hacia el fondo del cuarto. La Maga se frotaba los ojos encandilada y Babs, Ossip y los otros miraban disimuladamente, volvían la cabeza y miraban otra vez. Babs había iniciado el gesto de tomar a la Maga por un brazo, pero algo en la cara de Ronald la detuvo. Lentamente Etienne se enderezó, estirándose los pantalones todavía húmedos. Ossip se desencajaba del sillón, hablaba de encontrar su impermeable. «Ahora deberían golpear en el techo», pensó Oliveira cerrando los ojos. «Varios golpes seguidos, y después otros tres, solemnes. Pero todo es al revés, en lugar de apagar las luces las encendemos, el escenario está de este lado, no hay remedio.» Se levantó a su vez, sintiendo los huesos, la caminata de todo el día, las cosas de todo ese día. La Maga había encontrado la cuchara sobre la repisa de la chimenea, detrás de una pila de discos y de libros. Empezó a limpiarla con el borde del vestido, la escudriñó bajo la lámpara. «Ahora va a echar el remedio en la cuchara, y después perderá la mitad hasta llegar al borde de la cama», se dijo Oliveira apoyándose en la pared. Todos estaban tan callados que la Maga los miró como extrañada, pero le daba trabajo destapar el frasco, Babs quería ayudarla, sostenerle la cuchara, y a la vez tenía la cara crispada como si lo que la Maga estaba haciendo fuese un horror indecible, hasta que la Maga volcó el líquido en la cuchara y puso de cualquier manera el frasco en el borde de la mesa donde apenas cabía entre los cuadernos y los papeles, y sosteniendo la cuchara como Blondin [26 bis] la pértiga, como un ángel al santo que se cae a un precipicio, empezó a caminar arrastrando las zapatillas y se fue acercando a la cama, flanqueada por Babs que hacía muecas y se contenía para mirar y no mirar y después mirar a Ronald y a los otros que se acercaban a su espalda, Oliveira cerrando la marcha con el cigarrillo apagado en la boca.

—Siempre se me derrama la mi... —dijo la Maga, deteniéndose al lado de la cama.

—Lucía —dijo Babs, acercando las dos manos a sus hombros, pero sin tocarla.

El líquido cayó sobre el cobertor, y la cuchara encima. La Maga gritó y se volcó sobre la cama, de boca y después de costado, con la cara y las manos pegadas a un muñeco indiferente y ceniciento que temblaba y se sacudía sin convicción, inútilmente maltratado y acariciado.

—Qué joder, hubiéramos tenido que prepararla —dijo Ronald—. No hay derecho, es una infamia. Todo el mundo hablando de pavadas, y esto, esto...

—No te pongás histérico —dijo Etienne, hosco—. En todo caso hacé como Ossip que no pierde la cabeza. Buscá agua colonia, si hay algo que se le parezca. Oí al viejo de arriba, ya empezó otra vez.

—No es para menos —dijo Oliveira mirando a Babs que luchaba por arrancar a la Maga de la cama—. La noche que le estamos dando, hermano.

—Que se vaya al quinto carajo —dijo Ronald—. Salgo

[26 bis] *Blondin:* seudónimo de Jean Francois Gravelet (1824-1897), que en 1859 cruzó las cataratas del Niágara, a una altura de 48 m, sobre un alambre de 330 m de largo. (Agradezco la información a Julio Sáenz.)

afuera y le rompo la cara, viejo hijo de puta. Si no respeta el dolor de los demás...

—Take it easy —dijo Oliveira—. Ahí tenés tu agua colonia, tomá mi pañuelo aunque su blancura dista de ser perfecta. Bueno, habrá que ir hasta la comisaría.

—Puedo ir yo —dijo Gregorovius, que tenía el impermeable en el brazo.

—Pero claro, vos sos de la familia —dijo Oliveira.

—Si pudieras llorar —decía Babs, acariciando la frente de la Maga que había apoyado la cara en la almohada y miraba fijamente a Rocamadour—. Un pañuelo con alcohol, por favor, algo para que reaccione.

Etienne y Ronald empezaban a afanarse en torno a la cama. Los golpes se repetían rítmicamente en el cielo raso, y cada vez Ronald miraba hacia arriba y en una ocasión agitó histéricamente el puño. Oliveira había retrocedido hasta la estufa y desde ahí miraba y escuchaba. Sentía que el cansancio se le había subido a babuchas, lo tironeaba hacia abajo, le costaba respirar, moverse. Encendió otro cigarrillo, el último del paquete. Las cosas empezaban a andar un poco mejor, por lo pronto Babs había explorado un rincón del cuarto y después de fabricar una especie de cuna con dos sillas y una manta, se confabulaba con Ronald (era curioso ver sus gestos por encima de la Maga perdida en un delirio frío, en un monólogo vehemente pero seco y espasmódico), en un momento dado cubrían los ojos de la Maga con un pañuelo («si es el del agua colonia la van· a dejar ciega», se dijo Oliveira), y con una rapidez extraordinaria ayudaban a que Etienne levantara a Rocamadour y lo transportara a la cuna improvisada, mientras arrancaban el cobertor de debajo de la Maga y se lo ponían por encima, hablándole en voz baja, acariciándola, haciéndole respirar el pañuelo. Gregorovius había ido hasta la puerta y se estaba allí, sin decidirse a salir, mirando furtivamente hacia la cama y después a Oliveira que le daba la espalda pero sentía que lo estaba mirando. Cuando se decidió a salir el viejo ya estaba en el rellano, armado de un bastón, y Ossip volvió a entrar de un salto. El bastón se estrelló contra la puerta. «Así podrían seguir acumulándose las cosas», se dijo Oliveira dando un paso hacia la puerta. Ronald, que había adivinado, se precipitó enfurecido mientras Babs le gritaba algo en inglés. Gregorovius quiso prevenirlo pero ya era tarde. Salieron Ronald, Ossip y Babs, seguido de Etienne que miraba a Oliveira como si fuese el único que conservaba un poco de sentido común.

—Andá a ver que no hagan una estupidez —le dijo Oliveira—. El viejo tiene como ochenta años, y está loco.

—Tous des cons! —gritaba el viejo en el rellano—. Bande de tueurs, si vous croyez que ça va se passer comme ça! Des fripouilles, des fainéants. Tas d'enculés!

Curiosamente, no gritaba demasiado fuerte. Desde la puerta entreabierta, la voz de Etienne volvió como una carambola: «Ta gueule, pépère.» Gregorovius había agarrado por un brazo a Ronald, pero a la luz que alcanzaba a salir de la pieza Ronald se había dado cuenta de que el viejo era realmente muy viejo, y se limitaba a pasearle delante de la cara un puño cada vez menos convencido. Una o dos veces Oliveira miró hacia la cama, donde la Maga se había quedado muy quieta debajo del cobertor. Lloraba a sacudidas, con la boca metida en la almohada, exactamente en el sitio donde había estado la cabeza de Rocamadour. «Faudrait quand même laisser dormir les gens», decía el viejo. «Qu'est-ce que ça me fait, moi, un gosse qu'a claqué? C'est pas une façon d'agir, quand même, on est à París, pas en Amazonie.» La voz de Etienne subió tragándose la otra, convenciéndola. Oliveira se dijo que no sería tan difícil llegarse hasta la cama, agacharse para decirle unas palabras al oído a la Maga. «Pero eso yo lo haría por mí», pensó. «Ella está más allá de cualquier cosa. Soy yo el que después dormiría mejor, aunque no sea más que una manera de decir. Yo, yo, yo. Yo dormiría mejor después de besarla y consolarla y repetir todo lo que ya le han dicho éstos.»

—Eh bien, moi, messieurs, je respecte la douleur d'une mère —dijo la voz del viejo—. Allez, bonsoir messieurs, dames.

La lluvia golpeaba a chijetazos[27] en la ventana, París debía ser una enorme burbuja grisácea en la que poco a poco se levantaría el alba. Oliveira se acercó al rincón donde su canadiense parecía un torso de descuartizado, rezumando humedad. Se la puso despacio, mirando siempre hacia la cama como si esperara algo. Pensaba en el brazo de Berthe Trépat en su brazo. la caminata bajo el agua. «¿De qué te sirvió el verano, oh ruiseñor en la nieve?»[27 bis], citó irónicamente. «Apestado, che, perfectamente apestado. Y no tengo más tabaco,

---

[27] *chijetazo:* 'chorro de un líquido que sale violentamente'.
[27 bis] Cita de Luis Cernuda (poema VI de «Primeras poesías» en *La realidad y el deseo*), que Horacio vuelve a recordar en el capítulo 41, página 394 de esta edición. (Agradezco la información a Julio Sáenz.)

carajo.» Habría que ir hasta el café de Bébert, al fin y al cabo
la madrugada iba a ser tan repugnante ahí como en cualquier
otra parte.

—Qué viejo idiota —dijo Ronald, cerrando la puerta.

—Se volvió a su pieza —informó Etienne—. Creo que Gregorovius bajó a avisar a la policía. ¿Vos te quedás aquí?

—No, ¿para qué? No les va a gustar si encuentran tanta
gente a esta hora. Mejor sería que se quedara Babs. dos
mujeres son siempre un buen argumento en estos casos. Es
más íntimo, ¿entendés?

Etienne lo miró.

—Me gustaría saber por qué te tiembla tanto la boca —dijo.

—Tics nerviosos —dijo Oliveira.

—Los tics y el aire cínico no van muy bien juntos. Te
acompaño, vamos.

—Vamos.

Sabía que la Maga se estaba incorporando en la cama y que
lo miraba. Metiendo las manos en los bolsillos de la canadiense, fue hacia la puerta. Etienne hizo un gesto como para
atajarlo, y después lo siguió. Ronald los vio salir y se encogió
de hombros, rabioso. «Qué absurdo es todo esto», pensó. La
idea de que todo fuera absurdo lo hizo sentirse incómodo,
pero no se daba cuenta por qué. Se puso a ayudar a Babs, a
ser útil, a mojar las compresas. Empezaron a golpear en el
cielo raso[28].

(-130)

---

[28] Según Lezama Lima, «no hay nada en la novela que se pueda
comparar a eso. El hijo de la Maga muere, y la conversación y la
fiesta continúan durante la noche, hasta que por fin la madre percibe
la muerte de su hijo. Cortázar, sin dramatismo, sin exageración, lo ha
resuelto en una forma realmente difícil y de calidad» *(Cinco miradas,*
pág. 16).

29

—*Tiens* —dijo Oliveira.

Gregorovius estaba pegado a la estufa, envuelto en una robe de chambre negra y leyendo. Con un clavo había sujetado una lámpara en la pared, y una pantalla de papel de diario organizaba esmeradamente la luz.

—No sabía que tenías una llave.

—Sobrevivencias —dijo Oliveira, tirando la canadiense al rincón de siempre—. Te la dejaré ahora que sos el dueño de la casa.

—Por un tiempo solamente. Aquí hace demasiado frío, y además hay que tener en cuenta al viejo de arriba. Esta mañana golpeó cinco minutos, no se sabe por qué.

—Inercia. Todo dura siempre un poco más de lo que debería. Yo, por ejemplo, subir estos pisos, sacar la llave, abrir... Huele a encerrado, aquí.

—Un frío espantoso —dijo Gregorovius—. Hubo que tener abierta la ventana cuarenta y ocho horas después de las fumigaciones.

—¿Y estuviste aquí todo el tiempo? *Caritas*. Qué tipo.

—No era por eso, tenía miedo de que alguno de la casa aprovechara para meterse en el cuarto y hacerse fuerte. Lucía me dijo una vez que la propietaria es una vieja loca, y que varios inquilinos no pagan nada desde hace años. En Budapest yo era gran lector del código civil, son cosas que se pegan.

—Total que te instalaste como un bacán. Chapeau, mon vieux. Espero que no me habrán tirado la yerba a la basura.

—Oh, no, está ahí en la mesa de luz, entre las medias. Ahora hay mucho espacio libre.

—Así parece —dijo Oliveira—. A la Maga le ha dado un

ataque de orden, no se ven los discos ni las novelas. Che, pero ahora que lo pienso...

—Se llevó todo —dijo Gregorovius.

Oliveira abrió el cajón de la mesa de luz y sacó la yerba y el mate. Empezó a cebar despacio, mirando a un lado y a otro. La letra de *Mi noche triste* le bailaba en la cabeza. Calculó con los dedos. Jueves, viernes, sábado. No. Lunes, martes, miércoles. No, el martes a la noche, Berthe Trépat, *me amuraste/ en lo mejor de la vida,* miércoles (una borrachera como pocas veces, N.B. no mezclar vodka y vino tinto), *dejándome el alma herida / y espina en el corazón,* jueves, viernes, Ronald en un auto prestado, visita a Guy Monod como un guante dado vuelta, litros y litros de vómitos verdes, fuera de peligro, *sabiendo que te quería / que vos eras mi alegría, mi esperanza y mi ilusión,* sábado, ¿adónde, adónde?, en alguna parte del lado de Marly-le-Roi, en total cinco días, no, seis, en total una semana más o menos, y la pieza todavía helada a pesar de la estufa. Ossip, qué tipo rana, el rey del acomodo.

—Así que se fue —dijo Oliveira, repantingándose en el sillón con la pavita al alcance de la mano.

Gregorovius asintió. Tenía el libro abierto sobre las rodillas y daba la impresión de querer (educadamente) seguir leyendo.

—Y te dejó la pieza.

—Ella sabía que yo estaba pasando por una situación delicada —dijo Gregorovius—. Mi tía abuela ha dejado de mandarme la pensión, probablemente ha fallecido. Miss Babington guarda silencio, pero dada la situación en Chipre... Ya se sabe que siempre repercute en Malta: censura y esas cosas. Lucía me ofreció compartir el cuarto después que vos anunciaste que te ibas. Yo no sabía si aceptar, pero ella insistió.

—No encaja demasiado con su partida.

—Pero todo eso era antes.

—¿Antes de las fumigaciones?

—Exactamente.

—Te sacaste la lotería, Ossip.

—Es muy triste —dijo Gregorovius—. Todo podía haber sido tan diferente.

—No te quejés, viejo. Una pieza de cuatro por tres cincuenta, a cinco mil francos mensuales, con agua corriente...

—Yo desearía —dijo Gregorovius— que la situación quedara aclarada entre nosotros. Esta pieza...

—No es mía, dormí tranquilo. Y la Maga se ha ido.

—De todos modos...

—¿Adónde?

—Habló de Montevideo.

—No tiene plata para eso.

—Habló de Perugia.

—Querés decir de Lucca. Desde que leyó *Sparkenbroke*[1] se muere por esas cosas. Decime bien clarito dónde está.

—No tengo la menor idea, Horacio. El viernes llenó una valija con libros y ropa, hizo montones de paquetes y después vinieron dos negros y se los llevaron. Me dijo que yo me podía quedar aquí, y como lloraba todo el tiempo no creas que era fácil hablar.

—Me dan ganas de romperte la cara —dijo Oliveira, cebando un mate.

—¿Qué culpa tengo yo?

—No es por una cuestión de culpa, che. Sos dostoievskianamente asqueroso y simpático a la vez, una especie de lameculos metafísico. Cuando te sonreís así uno comprende que no hay nada que hacer.

—Oh, yo estoy de vuelta —dijo Gregorovius—. La mecánica del *challenge and response* queda para los burgueses. Vos sos como yo, y por eso no me vas a pegar. No me mires así, no sé nada de Lucía. Uno de los negros va casi siempre al café Bonaparte[2], lo he visto. A lo mejor te informa. ¿Pero para qué la buscás, ahora?

—Explicá eso de «ahora».

Gregorovius se encogió de hombros.

—Fue un velatorio muy digno —dijo—. Sobre todo después que nos sacamos de encima a la policía. Socialmente hablando, tu ausencia provocó comentarios contradictorios. El Club te defendía, pero los vecinos y el viejo de arriba...

—No me digas que el viejo vino al velorio.

—No se puede llamar velorio; nos permitieron guardar el cuerpecito hasta mediodía, y después intervino una repartición nacional. Eficaz y rápida, debo decirlo.

---

[1] *Sparkenbroke* es una hermosa novela romántica del inglés Charles Morgan, que fue bastante leída en la España de la posguerra. Concede valor central a la tumba de Ilaria del Carreto, de Jacopo della Quercia, en Lucca: una ciudad italiana, situada cerca de Pisa y Viareggio.

[2] *café Bonaparte:* puede referirse a un café que se llame así o esté situado en esa calle. La rue Bonaparte, famosa por sus librerías de viejo, une el río Sena con la Pl. St. Germain (en la que están cafés tan famosos como Flore, Lipp y Aux Deux Magots).

—Me imagino el cuadro —dijo Oliveira—. Pero no es una razón para que la Maga se mande mudar sin decir nada.

—Ella se imaginaba todo el tiempo que vos estabas con Pola.

—Ça alors —dijo Oliveira.

—Ideas que se hace la gente. Ahora que nos tuteamos por culpa tuya, se me hace más difícil decirte algunas cosas. Paradoja, evidentemente, pero es así. Probablemente porque es un tuteo completamente falso. Vos lo provocaste la otra noche.

—Muy bien se puede tutear al tipo que se ha estado acostando con tu mujer.

—Me cansé de decirte que no era cierto; ya ves que no hay ninguna razón para que nos tuteemos. Si fuera cierto que la Maga se ha ahogado yo comprendería que en el dolor del momento, mientras uno se está abrazando y consolándose... Pero no es el caso, por lo menos no parece.

—Leíste alguna cosa en el diario —dijo Oliveira.

—La filiación no corresponde para nada. Podemos seguir hablándonos de usted. Ahí está, arriba de la chimenea.

En efecto, no correspondía para nada. Oliveira tiró el diario y se cebó otro mate. Lucca, Montevideo, *la guitarra en el ropero/ para siempre está colgada...* Y cuando se mete todo en la valija y se hacen paquetes, uno puede deducir que (ojo: no toda deducción es una prueba), *nadie en ella toca nada/ ni hace sus cuerdas sonar.* Ni hace sus cuerdas sonar.

—Bueno, ya averiguaré dónde se ha metido. No andará lejos.

—Esta será siempre su casa —dijo Gregorovius—, y eso que a lo mejor Adgalle viene a pasar la primavera conmigo.

—¿Tu madre?

—Sí. Un telegrama conmovedor, con mención del tetragrámaton. Justamente yo estaba leyendo ahora el *Sefer Yetzirah,* tratando de distinguir las influencias neoplatónicas. Adgalle es muy fuerte en cabalística; va a haber discusiones terribles.

—¿La Maga hizo alguna insinuación de que se iba a matar?

—Bueno, las mujeres, ya se sabe.

—Concretamente.

—No creo —dijo Gregorovius—. Insistía en lo de Montevideo.

—Es idiota, no tiene un centavo.

—En lo de Montevideo y en eso de la muñeca de cera.

—Ah, la muñeca. Y ella pensaba...

—Lo daba por seguro. A Adgalle le va a interesar el caso.

Lo que vos llamás coincidencia... Lucía no creía que fuera una coincidencia. Y en el fondo vos tampoco. Lucía me dijo que cuando descubriste la muñeca verde la tiraste al suelo y la pisoteaste.

—Odio la estupidez —dijo virtuosamente Oliveira.

—Los alfileres se los había clavado todos en el pecho, y solamente uno en el sexo. ¿Vos ya sabías que Pola estaba enferma cuando pisoteaste la muñeca verde?

—Sí.

—A Adgalle le va a interesar enormemente. ¿Conocés el sistema de retrato envenenado? Se mezcla el veneno con los colores y se espera la luna favorable para pintar el retrato. Adgalle lo intentó con su padre, pero hubo interferencias... De todos modos el viejo murió tres años después de una especie de difteria. Estaba solo en el castillo, teníamos un castillo en esa época, y cuando empezó a asfixiarse quiso intentar una traqueotomía delante del espejo, clavarse un canuto de ganso o algo así. Lo encontraron al pie de la escalera, pero no sé por qué te cuento esto.

—Porque sabés que no me importa, supongo.

—Sí, puede ser —dijo Gregorovius—. Vamos a hacer café, a esta hora se siente la noche aunque no se la vea.

Oliveira agarro el diario. Mientras Ossip ponía la cacerola en la chimenea, empezó a leer otra vez la noticia. Rubia, de unos cuarenta y dos años. Qué estupidez pensar que. Aunque, claro. *Les travaux du grand barrage d'Assouan*[3] *ont commencé. Avant cinq ans, la vallée moyenne du Nil sera transformée en un inmense lac. Des édifices prodigieux, qui comptent parmi les plus admirables de la Planète...*

(-107)

---

[3] Al construir la presa de Asuán, en Egipto, la UNESCO organizó un movimiento internacional para salvar los monumentos artísticos.

—Un malentendido como todo, che. Pero el café es digno de la ocasión. ¿Te tomaste toda la caña?

—Vos sabés, el velatorio...

—El cuerpecito, claro.

—Ronald bebió como un animal. Estaba realmente afligido, nadie sabía por qué. Babs, celosa. Hasta Lucía lo miraba sorprendida. Pero el relojero del sexto trajo una botella de aguardiente, y alcanzó para todos.

—¿Vino mucha gente?

—Esperá, estábamos los del Club, vos no estabas («No, yo no estaba»), el relojero del sexto, la portera y la hija, una señora que parecía una polilla, el cartero de los telegramas se quedó un rato, y los de la policía olfateaban el infanticidio, cosas así.

—Me asombra que no hayan hablado de autopsia.

—Hablaron. Babs armó una de a pie, y Lucía... Vino una mujer, estuvo mirando, tocando... Ni cabíamos en la escalera, todo el mundo afuera y un frío. Algo hicieron, pero al final nos dejaron tranquilos. No sé cómo el certificado fue a parar a mi cartera, si querés verlo.

—No, seguí contando. Yo te escucho aunque no parezca. Dale nomás, che. Estoy muy conmovido. No se nota pero podés creerme. Yo te escuchó, dale viejo. Me represento perfectamente la escena. No me vas a decir que Ronald no ayudó a bajarlo por la escalera.

—Sí, él y Perico y el relojero. Yo acompañaba a Lucía.

—Por delante.

—Y Babs cerraba la marcha con Etienne.

—Por detrás.

—Entre el cuarto y el tercer piso se oyó un golpe terrible. Ronald dijo que era el viejo del quinto, que se vengaba.

Cuando llegue mamá le voy a pedir que trabe relación con el viejo.

—¿Tu mamá? ¿Adgalle?

—Es mi madre, en fin, la de Herzegovina. Esta casa le va a gustar, ella es profundamente receptiva y aquí han pasado cosas... No me refiero solamente a la muñeca verde.

—A ver, explicá por qué es receptiva tu mamá, y por qué la casa. Hablemos, che, hay que rellenar los almohadones. Dale con la estopa.

(-57)

31

Hacía mucho que Gregorovius había renunciado a la ilusión de entender, pero de todos modos le gustaba que los malentendidos guardaran un cierto orden, una razón. Por más que se barajaran las cartas del tarot, tenderlas era siempre una operación consecutiva, que se llevaba a cabo en el rectángulo de una mesa o sobre el acolchado de una cama. Conseguir que el tomador de brebajes pampeanos accediera a revelar el orden de su deambular. En el peor de los casos que lo inventara en el momento; después le sería difícil escapar de su propia tela de araña. Entre mate y mate Oliveira condescendía a recordar algún momento del pasado o contestar preguntas. A su vez preguntaba, irónicamente interesado en los detalles del entierro, la conducta de la gente. Pocas veces se refería directamente a la Maga, pero se veía que sospechaba alguna mentira. Montevideo, Lucca, un rincón de París. Gregorovius se dijo que Oliveira hubiera salido corriendo si hubiera tenido una idea del paradero de Lucía. Parecía especializarse en causas perdidas. Perderlas primero y después largarse atrás como un loco.

—Adgalle va a saborear su estadía en París —dijo Oliveira cambiando la yerba—. Si busca un acceso a los infiernos no tenés más que mostrarle algunas de estas cosas. En un plano modesto, claro, pero también el infierno se ha abaratado. Las *nekías*[1] de ahora: un viaje en el metro a las seis y media o ir a la policía para que te renueven la *carte de séjour*.

—A vos te hubiera gustado encontrar la gran entrada, ¿eh? Diálogo con Ayax, con Jacques Clément[2], con Keitel, con Troppmann.

---

[1] *nekías:* 'viajes al infierno'.
[2] *Jacques Clément* (1567-1589): dominico francés que asesinó a Enrique III. Se han querido ver alusiones a él en el libro del Padre

—Sí, pero hasta ahora el agujero más grande es el del lavabo. Y ni siquiera Traveler entiende, mirá si será poca cosa. Traveler es un amigo que no conoces.

—Vos —dijo Gregorovius, mirando el suelo— escondés el juego.

—¿Por ejemplo?

—No sé, es un pálpito. Desde que te conozco no hacés más que buscar, pero uno tiene la sensación de que ya llevás en el bolsillo lo que andás buscando.

—Los místicos han hablado de eso, aunque sin mencionar los bolsillos.

—Y entre tanto le estropeás la vida a una cantidad de gente.

—Consienten, viejo, consienten. No hacía falta más que un empujoncito, paso yo y listo. Ninguna mala intención.

—¿Pero qué buscás con eso, Horacio?

—Derecho de ciudad.

—¿Aquí?

—Es una metáfora. Y como París es otra metáfora (te lo he oído decir alguna vez) me parece natural haber venido para eso.

—¿Pero Lucía? ¿Y Pola?

—Cantidades heterogéneas —dijo Oliveira—. Vos te creés que por ser mujeres las podés sumar en la misma columna. Ellas, ¿no buscan también su contento? Y vos, tan puritano de golpe, ¿no te has colado aquí gracias a una meningitis o lo que le hayan encontrado al chico? Menos mal que ni vos ni yo somos cursis, porque de aquí salía uno muerto y el otro con las esposas puestas. Propiamente para Cholokov[3], creeme. Pero ni siquiera nos detestamos, se está tan abrigado en esta pieza.

—Vos —dijo Gregorovius, mirando otra vez el suelo— escondés el juego.

—Elucidá, hermano, me harás un favor.

—Vos —insistió Gregorovius— tenés una idea imperial en el fondo de la cabeza. ¿Tu derecho de ciudad? Un dominio de ciudad. Tu resentimiento: una ambición mal curada. Viniste aquí para encontrar tu estatua esperándote al borde de la Place Dauphine. Lo que no entiendo es tu técnica. La ambi-

---

Mariana *De rege et regis institutione* (1599). Su cuerpo fue descuartizado y quemado en la iglesia de Saint Cloud.

[3] *Cholokov:* es el autor de *El don apacible*, que obtuvo el Premio Nobel de Literatura en 1965.

ción, ¿por qué no? Sos bastante extraordinario en algunos aspectos. Pero hasta ahora todo lo que te he visto hacer ha sido lo contrario de lo que hubieran hecho otros ambiciosos. Etienne, por ejemplo, y no hablemos de Perico.

—Ah —dijo Oliveira—. Los ojos a vos te sirven para algo, parece.

—Exactamente lo contrario —repitió Ossip—, pero sin renunciar a la ambición. Y eso no me lo explico.

—Oh, las explicaciones, vos sabés... Todo es muy confuso, hermano. Ponele que eso que llamás ambición no pueda fructificar más que en la renuncia. ¿Te gusta la fórmula? No es eso, pero lo que yo quisiera decir es justamente indecible. Hay que dar vueltas alrededor como un perro buscándose la cola. Con eso y con lo que te dije del derecho de ciudad tendría que bastarte, montenegrino del carajo.

—Entiendo oscuramente. Entonces vos... No será una vía como el vedanta o algo así, espero.

—No, no.

—¿Un renunciamiento laico, vamos a decirle así?

—Tampoco. No renuncio a nada, simplemente hago todo lo que puedo para que las cosas me renuncien a mí. ¿No sabías que para abrir un agujerito hay que ir sacando la tierra y tirándola lejos?

—Pero el derecho de ciudad, entonces...

—Exactamente, ahí estás poniendo el dedo. Acordate del dictum: *Nous ne sommes pas au monde*. Y ahora sacale punta, despacio.

—¿Una ambición de tabla rasa y vuelta a empezar, entonces?

—Un poquitito, una nadita de eso, un chorrito apenas, una insignificancia, oh transilvanio adusto, ladrón de mujeres en apuros, hijo de tres necrománticas.

—Vos y los otros... —murmuró Gregorovius, buscando la pipa—. Qué merza[4], madre mía. Ladrones de eternidad, embudos del éter, mastines de Dios, nefelibatas[5]. Menos mal que uno es culto y puede enumerarlos. Puercos astrales.

—Me honrás con esas calificaciones —dijo Oliveira—. Es la prueba de que vas entendiendo bastante bien.

---

[4] *merza*: 'hortera, grasa, ordinario'.
[5] *nefelibata* es palabra inventada por Rabelais: un pueblo imaginario que camina por las nubes. Se usó mucho en la época modernista.

—Bah, yo prefiero respirar el oxígeno y el hidrógeno en la dosis que manda el Señor. Mis alquimias son mucho menos sutiles que las de ustedes; a mí lo único que me interesa es la piedra filosofal. Una bicoca al lado de tus embudos y tus lavabos y tus sustracciones ontológicas.

—Hacía tanto que no teníamos una buena charla metafísica, ¿eh? Ya no se estila entre amigos, pasa por snob. Ronald, por ejemplo, les tiene horror. Y Etienne no sale del espectro solar. Se está bien aquí con vos.

—En realidad podríamos haber sido amigos —dijo Gregorovius— si hubiera algo de humano en vos. Me sospecho que Lucía te lo debe haber dicho más de una vez.

—Cada cinco minutos exactamente. Hay que ver el juego que le puede sacar la gente a la palabra humano. Pero la Maga, ¿por qué no se quedó con vos que resplandecés de humanidad?

—Porque no me quiere. Hay de todo en la humanidad.

—Y ahora se va a volver a Montevideo, y va a recaer en esa vida de...

—A lo mejor se fue a Lucca. En cualquier lado va a estar mejor que con vos. Lo mismo que Pola, o yo, o el resto. Perdoná la franqueza.

—Pero si está tan bien, Ossip Ossipovich. ¿Para qué nos vamos a engañar? No se puede vivir cerca de un titiritero de sombras, de un domador de polillas. No se puede aceptar a un tipo que se pasa el día dibujando con los anillos tornasolados que hace el petróleo en el agua del Sena. Yo, con mis candados y mis llaves de aire, yo, que escribo con humo. Te ahorro la réplica porque la veo venir: No hay sustancias más letales que esas que se cuelan por cualquier parte, que se respiran sin saberlo, en las palabras o en el amor o en la amistad. Ya va siendo tiempo de que me dejen solo, solito y solo. Admitirás que no me ando colgando de los levitones. Rajá, hijo de Bosnia. La próxima vez que me encontrés en la calle no me conozcas.

—Estás loco, Horacio. Estás estúpidamente loco, porque se te da la gana.

Oliveira sacó del bolsillo un pedazo de diario que estaba ahí vaya a saber desde cuándo: una lista de las farmacias de turno. Que atenderán al público desde las 8 del lunes hasta la misma hora del martes.

—Primera sección —leyó—. Reconquista 446 (31-5488), Córdoba 366 (32-8845), Esmeralda 599 (31-1700), Sarmiento 581 (32-2021).

—¿Qué es eso?

—Instancias de realidad. Te explico: Reconquista, una cosa que le hicimos a los ingleses. Córdoba, la docta. Esmeralda, gitana ahorcada por el amor de un arcediano. Sarmiento, se tiró un pedo y se lo llevó el viento. Segundo cuplé: Reconquista, calle de turras y restaurantes libaneses. Córdoba, alfajores estupendos. Esmeralda, un río colombiano. Sarmiento, nunca faltó a la escuela. Tercer cuplé: Reconquista, una farmacia. Esmeralda, otra farmacia. Sarmiento, otra farmacia. Cuarto cuplé...

—Y cuando insisto en que estás loco, es porque no le veo la salida a tu famoso renunciamiento.

—Florida 620 (31-2200).

—No fuiste al entierro porque aunque renuncies a muchas cosas, ya no sos capaz de mirar en la cara a tus amigos.

—Hipólito Yrigoyen 749 (34-0936).

—Y Lucía está mejor en el fondo del río que en tu cama.

—Bolívar 800. El teléfono está medio borrado. Si a los del barrio se les enferma el nene, no van a poder conseguir la terramicina.

—En el fondo del río, sí.

—Corrientes 1117 (35-1468).

—O en Lucca, o en Montevideo.

—O en Rivadavia 1301 (38-7841).

—Guardá esa lista para Pola —dijo Gregorovius, levantándose—. Yo me voy, vos hacé lo que quieras. No estás en tu casa, pero como nada tiene realidad, y hay que partir ex nihil, etcétera... Disponé a tu gusto de todas estas ilusiones. Bajo a comprar una botella de aguardiente.

Oliveira lo alcanzó al lado de la puerta y le puso la mano abierta sobre el hombro.

—Lavalle 2099 —dijo, mirándolo en la cara y sonriendo—. Cangallo 1501. Pueyrredón 53.

—Faltan los teléfonos —dijo Gregorovius.

—Empezás a comprender —dijo Oliveira sacando la mano—. Vos en el fondo te das cuenta de que ya no puedo decirte nada, ni a vos ni a nadie.

A la altura del segundo piso los pasos se detuvieron. «Va a volver», pensó Oliveira. «Tiene miedo de que le queme la cama o le corte las sábanas. Pobre Ossip.» Pero después de un momento los zapatos siguieron escalera abajo.

Sentado en la cama, miró los papeles del cajón de la mesa de luz. Una novela de Pérez Galdós, una factura de la farma-

cia. Era la noche de las farmacias. Unos papeles borroneados
con lápiz. La Maga se había llevado todo, quedaba un olor de
antes, el empapelado de las paredes, la cama con el acolchado
a rayas. Una novela de Galdós, qué idea[6]. Cuando no era
Vicki Baum[7] era Roger Martin du Gard[8], y de ahí el salto
inexplicable a Tristan L'Hermite[9], horas enteras repitiendo
por cualquier motivo «les rêves de l'eau qui songe»[10], o una
plaqueta con pantungs, o los relatos de Schwitters[11], una
especie de rescate, de penitencia en lo más exquisito y sigiloso,
hasta de golpe recaer en John Dos Passos y pasarse cinco días
tragando enormes raciones de letra impresa.

Los papeles borroneados eran una especie de carta.

(-32)

---

[6] Reitera la referencia a lo que estaba leyendo la Maga: así se
comprenderá el capítulo 34.

[7] *Vicki Baum:* es autora de novelas tan populares, hace algunos
años, como *Grand Hôtel, Vidas sin misterio, Entreacto.*

[8] *Roger Martin du Gard* (1881-1958): autor de la suma novelesca
Los Thibault (1922-1940).

[9] *Tristan L'Hermite* (1601-1655): poeta francés, autor de *Plantas de
acanto, Los amores, La lira* y *Versos heroicos.*

[10] Alusión al tomo dedicado al agua y los sueños por el gran filósofo y crítico francés Gaston Bachelard.

[11] Kurt *Schwitters* (1887-1948): pintor y escritor cercano al dadaísmo, en el grupo de Hannover, crea el estilo «Merz», a base de
despojos. A fines de 1982 se ha celebrado en Madrid, en la Fundación
Juan March, una gran exposición suya, la primera en España.

[12] *John Dos Passos:* novelista norteamericano contemporáneo, autor de *Rocinante vuelve al camino, Tres soldados, Manhattan Transfer* y
la trilogía *USA.*

Bebé Rocamadour, bebé bebé, Rocamadour:

Rocamadour, ya sé que es como un espejo. Estás durmiendo o mirándote los pies. Yo aquí sostengo un espejo y creo que sos vos. Pero no lo creo, te escribo porque no sabés leer. Si supieras no te escribiría o te escribiría cosas importantes. Alguna vez tendré que escribirte que te portes bien o que te abrigues. Parece increíble que alguna vez, Rocamadour. Ahora solamente te escribo en el espejo, de vez en cuando tengo que secarme el dedo porque se moja de lágrimas. ¿Por qué, Rocamadour? No estoy triste, tu mamá es una pavota, se me fue al fuego el borsch que había hecho para Horacio; vos sabés quién es Horacio, Rocamadour, el señor que el domingo te llevó el conejito de terciopelo y que se aburría mucho porque vos y yo nos estábamos diciendo tantas cosas y él quería volver a París; entonces te pusiste a llorar y él te mostró cómo el conejito movía las orejas; en ese momento estaba hermoso, quiero decir Horacio, algún día comprenderás, Rocamadour.

Rocamadour, es idiota llorar así porque el borsch se ha ido al fuego. La pieza está llena de remolacha, Rocamadour, te divertirías si vieras los pedazos de remolacha y la crema, todo tirado por el suelo. Menos mal que cuando venga Horacio ya habré limpiado, pero primero tenía que escribirte, llorar así es tan tonto, las cacerolas se ponen blandas, se ven como halos en los vidrios de la ventana, y ya no se oye cantar a la chica del piso de arriba que canta todo el día *Les amants du Havre*. Cuando estemos juntos te lo cantaré, verás. *Puisque la terre est ronde, mon amour t'en fais pas, mon amour, t'en fais pas...* Horacio la silba de noche cuando escribe o dibuja. A ti te gustaría, Rocamadour. A vos te gustaría, Horacio se pone furioso porque me gusta hablar de tú como Perico, pero en el

Uruguay es distinto. Perico es el señor que no te llevó nada el otro día pero que hablaba tanto de los niños y la alimentación. Sabe muchas cosas, un día le tendrás mucho respeto, Rocamadour, y serás un tonto si le tienes respeto. Si le tenés, si le tenés respeto, Rocamadour.

Rocamadour, madame Irène no está contenta de que seas tan lindo, tan alegre, tan llorón y gritón y meón. Ella dice que todo está muy bien y que eres un niño encantador, pero mientras habla esconde las manos en los bolsillos del delantal como hacen algunos animales malignos, Rocamadour, y eso me da miedo. Cuando se lo dije a Horacio, se reía mucho, pero no se da cuenta de que yo lo siento, y que aunque no haya ningún animal maligno que esconde las manos, yo siento, no sé lo que siento, no lo puedo explicar. Rocamadour, si en tus ojitos pudiera leer lo que te ha pasado en esos quince días, momento por momento. Me parece que voy a buscar otra *nourrice* aunque Horacio se ponga furioso y diga, pero a ti no te interesa lo que él dice de mí. Otra *nourrice* que hable menos, no importa si dice que eres malo o que lloras de noche o que no quieres comer, no importa si cuando me lo dice yo siento que no es maligna, que me está diciendo algo que no puede dañarte. Todo es tan raro, Rocamadour, por ejemplo me gusta decir tu nombre y escribirlo, cada vez me parece que te toco la punta de la nariz y que te reís, en cambio madame Irène no te llama nunca por tu nombre, dice *l'enfant,* fijate, ni siquiera dice *le gosse,* dice *l'enfant,* es como si se pusiera guantes de goma para hablar, a lo mejor los tiene puestos y por eso mete las manos en los bolsillos y dice que sos tan bueno y tan bonito.

Hay una cosa que se llama tiempo, Rocamadour, es como un bicho que anda y anda. No te puedo explicar porque eres tan chico, pero quiero decir que Horacio llegará en seguida. ¿Le dejo leer mi carta para que él también te diga alguna cosa? No, yo tampoco querría que nadie leyera una carta que es solamente para mí. Un gran secreto entre los dos, Rocamadour. Ya no lloro más, estoy contenta, pero es tan difícil entender las cosas, necesito tanto tiempo para entender un poco eso que Horacio y los otros entienden en seguida, pero ellos que todo lo entienden tan bien no te pueden entender a ti y a mí, no entienden que yo no puedo tenerte conmigo, darte de comer y cambiarte los pañales, hacerte dormir o jugar, no entienden y en realidad no les importa, y a mí que tanto me importa solamente sé que no te puedo tener conmigo, que es malo para los dos, que tengo que estar sola con Horacio, vivir con Horacio, quién sabe hasta cuándo ayudándolo a buscar lo que él busca y que también tú buscarás, Rocamadour, porque serás un hombre y también buscarás como un gran tonto.

Es así, Rocamadour: En París somos como hongos, crecemos en los pasamanos de las escaleras, en piezas oscuras donde huele a sebo, donde la gente hace todo el tiempo el amor y después fríe huevos y pone discos de Vivaldi[1], enciende los cigarrillos y habla como Horacio y Gregorovius y Wong y yo, Rocamadour, y como Perico y Ronald y Babs, todos hacemos el amor y freímos huevos y fumamos, ah, no puedes saber todo lo que fumamos, todo lo que hacemos el amor, parados, acostados, de rodillas, con las manos, con las bocas, llorando o cantando, y afuera hay de todo, las ventanas dan al aire y eso empieza con un gorrión o una gotera, llueve muchísimo aquí, Rocamadour, mucho más que en el campo, y las cosas se herrumbran, las canaletas, las patas de las palomas, los alambres con que Horacio fabrica esculturas. Casi no tenemos ropa, nos arreglamos con tan poco, un buen abrigo, unos zapatos en los que no entre el agua, somos muy sucios, todo el mundo es muy sucio y hermoso en París, Rocamadour, las camas huelen a noche y a sueño pesado, debajo hay pelusas y libros, Horacio se duerme y el libro va a parar abajo de la cama, hay peleas terribles porque los libros no aparecen y Horacio cree que se los ha robado Ossip, hasta que un día aparecen y nos reímos, y casi no hay sitio para poner nada, ni siquiera otro par de zapatos, Rocamadour, para poner una palangana en el suelo hay que sacar el tocadiscos, pero dónde ponerlo si la mesa está llena de libros. Yo no te podría tener aquí, aunque seas tan pequeño no cabrías en ninguna parte, te golpearías contra las paredes. Cuando pienso en eso me pongo a llorar, Horacio no entiende, cree que soy mala, que hago mal en no traerte, aunque sé que no te aguantaría mucho tiempo. Nadie se aguanta aquí mucho tiempo, ni siquiera tú y

---

[1] En *El perseguidor*, pasean el crítico y el músico de *jazz* junto a los *bouquinistes:* «un recuerdo cualquiera o un silbido de algún estudiante nos trae a la boca un tema de Vivaldi y los dos nos ponemos a cantarlo con mucho sentimiento y entusiasmo, y Johnny dice que si tuviera su saxo se pasaría la noche tocando Vivaldi, cosa que yo encuentro exagerada» (pág. 190). En la autopista, «una lata de conservas se convierte en almuerzo o cena mientras se escucha a Vivaldi o se escriben estas carillas» (*Autonautas*, pág. 17).

yo, hay que vivir combatiéndose, es la ley, la única manera que vale la pena pero duele, Rocamadour, y es sucio y amargo, a ti no te gustaría, tú que ves a veces los corderitos en el campo, o que oyes los pájaros parados en la veleta de la casa. Horacio me trata de sentimental, me trata de materialista, me trata de todo porque no te traigo o porque quiero traerte, porque renuncio, porque quiero ir a verte, porque de golpe comprendo que no puedo ir, porque soy capaz de caminar una hora bajo el agua si en algún barrio que no conozco pasan *Potemkin*[2] y hay que verlo aunque se caiga el mundo, Rocamadour, porque el mundo ya no importa si uno no tiene fuerzas para seguir eligiendo algo verdadero, si uno se ordena como un cajón de la cómoda y te pone a ti de un lado, el domingo del otro, el amor de madre, el juguete nuevo, la gare de Montparnasse, el tren, la visita que hay que hacer. No me da la gana de ir, Rocamadour, y tú sabes que está bien y no estás triste. Horacio tiene razón, no me importa nada de ti a veces, y creo que eso me lo agradecerás un día cuando comprendas, cuando veas que valía la pena que yo fuera como soy. Pero lloro lo mismo, Rocamadour, y te escribo esta carta porque no sé, porque a lo mejor me equivoco, porque a lo mejor soy mala o estoy enferma o un poco idiota, no mucho, un poco pero eso es terrible, la sola idea me da cólicos, tengo completamente metidos para adentro los dedos de los pies, voy a reventar los zapatos si no me los saco, y te quiero tanto, Rocamadour, bebé Rocamadour, dientecito de ajo, te quiero tanto, nariz de azúcar, arbolito, caballito de juguete...

(-132)

---

   [2] *El acorazado Potemkin* (1925), de Serge Eisenstein (1898-1948): para muchos, la mejor película de la historia del cine, por su uso del montaje: «Concebí toda la película como una gran sinécdoque, para expresar, a través de una historia concreta, el sentido general de la revolución de 1905.» Secuencias más famosas: los gusanos en la carne y las escaleras de Odessa —que Villegas López compara a *Los fusilamientos de la Moncloa*, de Goya. Estuvo prohibida en España en la época franquista. Recuerdo una sesión en la Filmoteca Nacional de Madrid, en un ciclo de cine ruso: mientras se proyectaba una película del Ballet Bolchoi, los jóvenes desfilaban a gritos, en la sala oscura, reclamando el *Potemkin*.

33

«Me ha dejado solo a propósito», pensó Oliveira, abriendo y cerrando el cajón de la mesa de luz. «Una delicadeza o una guachada [1], depende de cómo se lo mire. A lo mejor está en la escalera, escuchando como un sádico de tres por cinco. Espera la gran crisis karamazófica, el ataque celinesco. O pasa por una de sus puntillas herzegovinas, y en la segunda copa de kirsch en lo de Bébert arma un tarot mental y planea las ceremonias para el arribo de Adgalle. El suplicio por la esperanza: Montevideo, el Sena o Lucca. Variantes: el Marne, Perugia. Pero entonces vos, realmente...»

Encendiendo un Gauloise con el pucho del otro, miró otra vez el cajón, sacó la novela, pensando vagamente en la lástima, ese tema de tesis. La lástima de sí mismo: eso estaba mejor. «Nunca me propuse la felicidad», pensó hojeando vagamente la novela. «No es una excusa ni una justificación. Nous ne sommes pas au monde. Donc, ergo, dunque... ¿Por qué le voy a tener lástima? ¿Porque encuentro una carta a su hijo que en realidad es una carta para mí? Yo, autor de las cartas completas a Rocamadour. Ninguna razón para la lástima. Allí donde esté tiene el pelo ardiendo como una torre y me quema desde lejos, me hace pedazos nada más que con su ausencia. Y patatí y patatá. Se va a arreglar perfectamente sin mí y sin Rocamadour. Una mosca azul, preciosa, volando al sol, golpeándose alguna vez contra un vidrio, zas, le sangra la nariz, una tragedia. Dos minutos después tan contenta, com-

---

[1] *guachada:* 'canallada o traición de gran calibre'. *Guacho* es el 'bastardo o hijo de puta'. Se decía antes, frecuentemente: «Fulano es un guacho de mierda.» Ahora se ha dejado de usar, lo mismo que ha ocurrido con otros elementos del lenguaje de Cortázar. (Agradezco la información a Emilia de Zuleta.)

prándose una figurita en una papelería y corriendo a meterla
en un sobre y mandársela a una de sus vagas amigas con
nombres nórdicos, desparramadas en los países más increíbles.
¿Cómo le podés tener lástima a una gata, a una leona? Máquinas de vivir, perfectos relámpagos. Mi única culpa es no haber
sido lo bastante combustible para que a ella se le calentaran a
gusto las manos y los pies. Me eligió como una zarza ardiente[2], y he aquí que le resulto un jarrito de agua en el pescuezo.
Pobrecita, carajo.»

(-67)

---

[2] Recuerdo de la visión de Moisés: «se le apareció el ángel de Yavé
en llama de fuego en medio de una zarza. Veía Moisés que la zarza
ardía y no se consumía» (Éxodo, 3, 2).

En setiembre del 80, pocos meses después del fallecimiento
Y las cosas que lee, una novela, mal escrita, para colmo
de mi padre, resolví apartarme de los negocios, cediéndolos
una edición infecta, uno se pregunta cómo puede interesarle
a otra casa extractora de Jerez tan acreditada como la mía;
algo así. Pensar que se ha pasado horas enteras devorando
realicé los créditos que pude, arrendé los predios, traspasé
esta sopa fría y desabrida, tantas otras lecturas increíbles,
las bodegas y sus existencias, y me fui a vivir a Madrid.
Elle y France Soir, los tristes magazines que le prestaba
Mi tío (primo carnal de mi padre), don Rafael Bueno de
Babs. *Y me fui a vivir a Madrid*[1] me imagino que después
Guzmán y Ataide, quiso albergarme en su casa; mas yo me
de tragarse cinco o seis páginas uno acaba por engranar y ya
resistí a ello por no perder mi independencia. *Por fin supe*
no puede dejar de leer, un poco como no se puede dejar
hallar un término de conciliación, combinando mi cómoda
de dormir o de mear, servidumbres o látigos o babas. Por
libertad con el hospitalario deseo de mi pariente; y alqui-
fin supe hallar un término de conciliación, una lengua hecha
lando un cuarto próximo a su vivienda, me puse en la situa-
de frases preacuñadas para transmitir ideas archipodridas,
ción más propia para estar solo cuando quisiese o gozar del
las monedas de mano en mano, de generación degeneración,
calor de la familia cuando lo hubiese menester. Vivía el
te voilà en pleine écholalie[2]. *Gozar del calor de la familia,*

---

[1] En letra cursiva, Oliveira repite lo que ha leído un poco antes, en la novela de Galdós. (Véase la Introducción.)

[2] *ecolalia:* 'perturbación del lenguaje que consiste en repetir el

buen señor, quiero decir, vivíamos en el barrio que se ha
ésa es buena, joder si es buena. Ah Maga, cómo podías tragar
construido donde antes estuvo el Pósito. El cuarto de mi
esta sopa fría, y qué diablos es el Pósito[3], che. Cuántas horas
tío era un principal de dieciocho mil reales, hermoso y alegre,
leyendo estas cosas, probablemente convencida de que eran
si bien no muy holgado para tanta familia. Yo tomé el bajo,
la vida, y tenías razón, son la vida, por eso habría que acabar
poco menos grande que el principal, pero sobradamente
con ellas. (El principal, qué es eso.) Y algunas tardes cuando
espacioso para mí solo, y lo decoré con lujo y puse en él
me había dado por recorrer vitrina por vitrina toda la
todas las comodidades a que estaba acostumbrado. Mi for-
sección egipcia del Louvre[4], y volvía deseoso de mate y de
tuna, gracias a Dios, me lo permitía con exceso.
pan con dulce, te encontraba pegada a la ventana, con un
   Mis primeras impresiones fueron de grata sorpresa en lo
novelón espantoso en la mano y a veces hasta llorando, sí,
referente al aspecto de Madrid, donde yo no había estado
no lo niegues, llorabas porque acababan de cortarle la cabeza
desde los tiempos de González Bravo[5]. Causábanme asombro
a alguien, y me abrazabas con toda tu fuerza y querías saber
la hermosura y amplitud de las nuevas barriadas, los expe-

enfermo involuntariamente una palabra o frase que acaba de pronunciar él mismo, u otra persona, en su presencia'.

[3] *Pósito:* 'instituto de carácter municipal y de muy antiguo origen,
destinado a mantener acopio de granos, principalmente de trigo, y
prestarlos en condiciones módicas a los labradores y vecinos durante
los meses de menos abundancia'.

[4] *Louvre:* como es sabido, antes de museo fue residencia real desde
el siglo XIV. Francisco I, en el XVI, inició un gran programa de
renovación, seguido por sus sucesores. Según Nathaniel Hawthorne,
«nunca supe lo que era un palacio hasta que vi el Louvre». Posee una
de las mejores colecciones de arte egipcio del mundo. Esta sección fue
creada en 1826 y su primer director fue Champollion, que descifró la
piedra de Rosetta. Esta sección está instalada en la planta baja, en el
extremo sudoeste de la Cour Carré. Entre sus tesoros destacan el
busto en arenisca de Akenatón y las joyas de Ramsés II.

[5] Luis *González Bravo* (1811-1871): político español de la época
isabelina que alcanzó los más altos puestos en el gobierno de la
nación. Fue amigo de Bécquer. Valera y Castelar. Galdós lo retrata
muy desfavorablemente en *Bodas reales*. En *El ruedo ibérico* dice Valle
Inclán: «El Majo del Guirigay presumía tener en la mano los hilos de
la conjura militar, o, cuando menos, tales seguridades daba en Palacio.»

adónde había estado, pero yo no te lo decía porque eras
ditivos medios de comunicación, la evidente mejora en el
una carga en el Louvre, no se podía andar con vos al lado,
cariz de los edificios, de las calles y aun de las personas;
tu ignorancia era de las que estropeaban todo goce, pobrecita,
los bonitísimos jardines plantados en las antes polvorosas
y en realidad la culpa de que leyeras novelones la tenía yo
plazuelas, las gallardas construcciones de los ricos, las varia-
por egoísta *(polvorosas plazuelas)*, está bien, pienso en las
das y aparatosas tiendas, no inferiores por lo que desde la
plazas de los pueblos de la provincia, o las calles de La Rioja
calle se ve, a las de París o Londres, y, por fin, los muchos
en el cuarenta y dos, las montañas violetas al oscurecer, esa
y elegantes teatros para todas las clases, gustos y fortunas.
felicidad de estar solo en una punta del mundo, y *elegantes*
Esto y otras cosas que observé después en sociedad, hicié-
teatros. ¿De qué está hablando el tipo? Por ahí acaba de
ronme comprender los bruscos adelantos que nuestra capital
mencionar a París y a Londres, habla de gustos y de fortu-
había realizado desde el 68, adelantos más parecidos a saltos
nas, ya ves, Maga, ya ves, ahora estos ojos se arrastran iró-
caprichosos que al andar progresivo y firme de los que saben
nicos por donde vos andabas emocionada, convencida de
adónde van; mas no eran por eso menos reales. En una
que te estabas cultivando una barbaridad porque leías a un
palabra, me daba en la nariz cierto tufillo de cultura europea,
novelista español con foto en la contratapa, pero justamen-
de bienestar y aun de riqueza y trabajo.
te el tipo habla de tufillo de cultura europea, vos estabas
    Mi tío es un agente de negocios muy conocido en Madrid.
convencida de que esas lecturas te permitirían comprender
En otros tiempos desempeñó cargos de importancia en la
el micro y el macrocosmo, casi siempre bastaba que yo
Administración: fue primero cónsul; después agregado de
llegara para que sacases del cajón de tu mesa —porque tenías
embajada; más tarde el matrimonio le obligó a fijarse en
una mesa de trabajo, eso no podía faltar nunca aunque
la corte; sirvió algún tiempo en Hacienda, protegido y alen-
jamás me enteré de qué clase de trabajos podías hacer en
tado por Bravo Murillo[6], y al fin las necesidades de su fami-

---

[6] Juan *Bravo Murillo* (1803-1873): político español de la misma
época. Fue moderado, de derechas y una de las pocas personalidades

esa mesa—, sí, del cajón sacabas la plaqueta con poemas de
lia lo estimularon a trocar la mezquina seguridad de un
Tristan L'Hermite, por ejemplo, o una disertación de Boris
sueldo por las aventuras y esperanzas del trabajo libre. Tenía
de Schloezer, y me las mostrabas con el aire indeciso y a la
moderada ambición, rectitud, actividad, inteligencia, muchas
vez ufano de quien ha comprado grandes cosas y se va
relaciones; dedicóse a agenciar asuntos diversos, y al poco
a poner a leerlas en seguida. No había manera de hacerte
tiempo de andar en estos trotes se felicitaba de ello y de
comprender que así no llegarías nunca a nada, que había
haber dado carpetazo a los expedientes. De ellos vivía, no
cosas que eran demasiado tarde y otras que eran demasiado
obstante, despertando los que dormían en los archivos im-
pronto, y estabas siempre tan al borde de la desesperación
pulsando a los que se estacionaban en las mesas, enderezando
en el centro mismo de la alegría y del desenfado, había
como podía el camino de algunos que iban algo descarriados.
tanta niebla en tu corazón desconcertado. *Impulsando a los*
Favorecíanle sus amistades con gente de este y el otro partido,
que se estacionaban en las mesas, no, conmigo no podías
y la vara alta que tenía en todas las dependencias del Estado.
contar para eso, tu mesa era tu mesa y yo no te ponía ni
No había puerta cerrada para él. Podría creerse que los
te quitaba de ahí, te miraba simplemente leer tus novelas
porteros de los ministerios le debían el destino, pues le
y examinar las tapas y las ilustraciones de tus plaquetas, y
saludaban con cierto afecto filial y le franqueaban las entra-
vos esperabas que yo me sentara a tu lado y te explicara,
das considerándole como de casa. Oí contar que en ciertas
te alentara, hiciera lo que toda mujer espera que un hombre
épocas había ganado mucho dinero poniendo su mano activa
haga con ella, le arrolle despacito un piolín en la cintura
en afamados expedientes de minas y ferrocarriles; pero que
y zás la mande zumbando y dando vueltas, le dé el impulso
en otras su tímida honradez le había sido desfavorable.
que la arranque a su tendencia a tejer pulóvers o a hablar,
Cuando me establecí en Madrid, su posición debía de ser,
hablar, interminablemente hablar de las muchas materias

---

políticas no militares de nuestro siglo XIX. González Bravo le consideraba su numen político, por querer imponerse a los militares. También
lo menciona Valle-Inclán en *El ruedo ibérico*.

por las apariencias, holgada sin sobrantes. No carecía de
de la nada. Mirá si soy monstruoso, qué tengo yo para
nada, pero no tenía ahorros, lo que en verdad era poco lison-
jactarme, ni a vos te tengo ya porque estaba bien decidido
jero para un hombre que, después de trabajar tanto, se
que tenía que perderte (ni siquiera perderte, antes hubiera
acercaba al término de la vida y apenas tenía tiempo ya de
tenido que ganarte), *lo que en verdad era poco lisonjero*
ganar el terreno perdido.
para un hombre que... Lisonjero, desde quién sabe cuándo
    Era entonces un señor menos viejo de lo que parecía,
no oía esa palabra, cómo se nos empobrece el lenguaje a los
vestido siempre como los jóvenes elegantes, pulcro y dis-
criollos, de chico yo tenía presentes muchas más palabras
tinguidísimo. Se afeitaba toda la cara, siendo esto como un
que ahora, leía esas mismas novelas, me adueñaba de un
alarde de fidelidad a la generación anterior, de la que
inmenso vocabulario perfectamente inútil por lo demás,
procedía. Su finura y jovialidad, sostenidas en el fiel de la
pulcro y distinguidísimo, eso sí. Me pregunto si verdadera-
balanza, jamás caían del lado de la familiaridad impertinente
mente te metías en la trama de esta novela, o si te servía
ni del de la petulancia. En la conversación estaba su prin-
de trampolín para irte por ahí, a tus países misteriosos que
cipal mérito y también su defecto, pues sabiendo lo que
yo te envidiaba vanamente mientras vos me envidiabas mis
valía hablando, dejábase vencer del prurito de dar por-
visitas al Louvre, que debías sospechar aunque no dijeras
menores y de diluir fatigosamente sus relatos. Alguna vez
nada. Y así nos íbamos acercando a esto que tenía que ocu-
los tomaba desde el principio y adornábalos con tan pueriles
rrirnos un día cuando vos comprendieras plenamente que yo
minuciosidades, que era preciso suplicarle por Dios que
no te iba a dar más que una parte de mi tiempo y de mi
fuera breve. Cuando refería un incidente de caza (ejercicio
vida, *y de diluir fatigosamente sus relatos*, exactamente esto,
por el cual tenía gran pasión), pasaba tanto tiempo desde
me pongo pesado hasta cuando hago memoria. Pero qué
el exordio hasta el momento de salir el tiro, que al oyente
hermosa estabas en la ventana, con el gris del cielo posado
se le iba el santo al cielo distrayéndose del asunto, y en
en una mejilla, las manos teniendo el libro, la boca siempre
sonando el *pum*, llevábase un mediano susto. No sé si apun-

un poco ávida, los ojos dudosos. Había tanto tiempo perdido
tar como defecto físico su irritación crónica del aparato
en vos, eras de tal manera el molde de lo que hubieras
lacrimal, que a veces, principalmente en invierno, le ponía
podido ser bajo otras estrellas, que tomarte en los brazos y
los ojos tan húmedos y encendidos como si estuviera lloran-
hacerte el amor se volvían una tarea demasiado tierna, dedo a moco y baba. No he conocido hombre que tuviera
masiado lindante con la obra pía, y ahí me engañaba yo,
mayor ni más rico surtido de pañuelos de hilo. Por esto y su
me dejaba caer en el imbécil orgullo del intelectual que se
costumbre de ostentar a cada instante el blanco lienzo en la
cree equipado para entender (¿llorando a moco y baba?,
mano derecha o en ambas manos, un amigo mío, andaluz,
pero es sencillamente asqueroso como expresión). Equipado
zumbón y buena persona, de quien hablaré después, llamaba
para entender, si dan ganas de reírse, Maga. Oí, esto sólo
a mi tío la Verónica.
para vos, para que no se lo cuentes a nadie. Maga, el molde
Mostrábame afecto sincero, y en los primeros días de mi
hueco era yo, vos temblabas, pura y libre como una llama,
residencia en Madrid no se apartaba de mí para asesorarme
como un río de mercurio, como el primer canto de un
en todo lo relativo a mi instalación y ayudarme en mil cosas.
pájaro cuando rompe el alba, y es dulce decírtelo con las
Cuando hablábamos de la familia y sacaba yo a relucir
palabras que te fascinaban porque no creías que existieran
recuerdos de mi infancia o anécdotas de mi padre, entrábale
fuera de los poemas, y que tuviéramos derecho a emplearlas.
al buen tío como una desazón nerviosa, un entusiasmo febril
Dónde estarás, dónde estaremos desde hoy, dos puntos en
por las grandes personalidades que ilustraron el apellido de
un universo inexplicable, cerca o lejos, dos puntos que crean
Bueno de Guzmán y sacando el pañuelo me refería historias
una línea, dos puntos que se alejan y se acercan arbitraria-
que no tenían término. Conceptuábame como el último re-
mente (personalidades que ilustraron el apellido de Bueno
presentante masculino de una raza fecunda en caracteres, y
de Guzmán, pero mirá las cursilerías de este tipo, Maga,
me acariciaba y mimaba como a un chiquillo, a pesar de
cómo podías pasar de la página cinco...), pero no te expli-
mis treinta y seis años. ¡Pobre tío! En esas demostraciones
caré eso que llaman movimientos brownoideos, por supuesto

afectuosas que aumentaban considerablemente el manantial
no te los explicaré y sin embargo los dos, Maga, estamos
de sus ojos, descubría yo una pena secreta y agudísima,
componiendo una figura, vos un punto en alguna parte, yo
espina clavada en el corazón de aquel excelente hombre.
otro en alguna parte, desplazándonos, vos ahora a lo mejor
No sé cómo pude hacer este descubrimiento: pero tenía
en la rue de la Huchette[7], yo ahora descubriendo en tu pieza
certidumbre de la disimulada herida como si la hubiera visto
vacía esta novela, mañana vos en la Gare de Lyon[8] (si te
con mis ojos y tocado con mis dedos. Era un desconsuelo
vas a Lucca, amor mío) y yo en la rue du Chemin Vert[9],
profundo, abrumador, el sentimiento de no verme casado
donde me tengo descubierto un vinito extraordinario, y po-
con una de sus tres hijas; contrariedad irremediable, porque
quito a poco, Maga, vamos componiendo una figura absurda,
sus tres hijas, ¡ay, dolor! estaban ya casadas.
dibujamos con nuestros movimientos una figura idéntica a la
que dibujan las moscas cuando vuelan en una pieza, de aquí
para allá, bruscamente dan media vuelta, de allá para aquí,
eso es lo que se llama movimiento brownoideo, ¿ahora entendés?, un ángulo recto, una línea que sube, de aquí para allá, del
fondo al frente, hacia arriba, hacia abajo, espasmódicamente,
frenando en seco y arrancando en el mismo instante en otra
dirección, y todo eso va tejiendo un dibujo, una figura, algo
inexistente como vos y como yo, como los dos puntos perdidos en París que van de aquí para allá, de allá para aquí,
haciendo su dibujo, danzando para nadie, ni siquiera para
ellos mismos, una interminable figura sin sentido.

(-87)

---

[7] *rue de la Huchette:* enfilando el Boul'Mich desde el Sena, es la
primera calle a la izquierda. Es hoy una zona peatonal, muy animada,
con restaurantes baratos y librerías. De ella sale la rue du Chat-qui-
pêche, la más estrecha de París. Muy cerca está la librería Shakespeare
and Co., que fue propiedad de Sylvia Beach, donde se reunieron
Joyce, Pound, Miller...

[8] *Gare de Lyon:* en la orilla derecha del Sena, al Este, frente a la
Gare d'Austerlitz.

[9] *rue du Chemin Vert:* al Norte de la Place de la Bastille, en el barrio
de Belleville-Ménilmontant. Ya no es la zona que vio así Rousseau, en
1776: «Después de cenar seguí los bulevares hasta la rue du Chemin-
Vert, por la que subí hasta Ménilmontant; desde aquí, atravesando los
senderos que cruzan los viñedos y las praderas, seguí mi camino hasta
Charonne por la agradable campiña que separa estos dos pueblos.»

Sí Babs sí. Sí Babs sí. Sí Babs, apaguemos la luz, darling, hasta mañana, sleep well, corderito atrás de otro, ya pasó, nena, ya pasó. Todos tan malos con la pobre Babs, nos vamos a borrar del Club para castigarlos. Todos tan malos con la pobrecita Babs, Etienne malo, Perico malo, Oliveira malo, Oliveira el peor de todos, ese inquisidor como le había dicho tan bien la preciosa, preciosa Babs. Sí Babs sí. Rock-a-bye baby. Tura-lura-lura. Sí Babs sí. De todas maneras algo tenía que pasar, no se puede vivir con esa gente y que no pase nada. Sh, baby, sh. Así, bien dormida. Se acabó el Club, Babs, es seguro. No veremos nunca más a Horacio, al perverso Horacio. El Club ha saltado esta noche como un panqueque que llega al techo y se queda pegado. Podés guardar la sartén, Babs, no va a bajar más, no te matés esperando. Sh, darling, no llores más, qué borrachera tiene esta mujer, hasta el alma le huele a coñac.

Ronald resbaló un poco, se acomodó contra Babs, se fue quedando dormido. Club, Ossip, Perico, recapacitemos: todo había empezado porque todo tenía que acabar, los dioses celosos, el huevo frito combinado con Oliveira, la culpa concreta la tenía el jodido huevo frito, según Etienne no había ninguna necesidad de tirar el huevo a la basura, una preciosidad con esos verdes metálicos, y Babs se había encrespado a lo Hokusai: el huevo daba un olor a tumba que mataba, cómo pretender que el Club sesionara con ese huevo a dos pasos, y de golpe Babs se puso a llorar, el coñac se le salía hasta por las orejas, y Ronald comprendió que mientras se discutían cosas inmortales Babs se había tomado ella sola más de media botella de coñac, lo del huevo era una manera de exudarlo, y a nadie le extrañó y a Oliveira menos que a nadie que del huevo Babs pasara poco a poco a rumiar lo del entierro, a

prepararse entre hipos y una especie de aleteo a soltar lo de la
criatura, el entripado completo. Inútil que Wong desplegara
un biombo de sonrisas, interposiciones entre Babs y Oliveira
distraído, y referencias laudatorias a la edición de *La rencontre
de la langue d'oïl, de la langue d'oc et du franco-provençal entre
Loire et Allier-limites phonetiques et morphologiques,* subraya-
ba Wong, por S. Escoffier, libro del más alto interés, decía
Wong empujando enmantecadamente a Babs para proyectarla
hacia el pasillo, nada podía impedir que Oliveira escuchara lo
del inquisidor y que alzara las cejas con un aire entre admirado y perplejo, relojeando de paso a Gregorovius como si éste
pudiera aclararle el epíteto. El Club sabía que Babs lanzada
era Babs catapulta, otras veces ya había ocurrido; única
solución, la rueda en torno a la redactora de actas y encargada
del buffet, a la espera de que el tiempo cumpliera su obra,
ningún llanto es eterno, las viudas se casan de nuevo. Nada
que hacer, Babs borracha ondulaba entre los abrigos y las
bufandas del Club, retrocedía desde el pasillo, quería arreglar
cuentas con Oliveira, era el momento justo de decirle a Oliveira lo de inquisidor, de afirmar lacrimosamente que en su perra
vida había conocido a alguien más infame, desalmado, hijo de
puta, sádico, maligno, verdugo, racista, incapaz de la menor
decencia, basura, podrido, montón de mierda, asqueroso y
sifilítico. Noticias acogidas con delicia infinita por Perico y
Etienne, y expresiones contradictorias por los demás, entre
ellos el recipientario.
     Era el ciclón Babs, el tornado del sexto distrito: puré de
casas. El Club agachaba la cabeza, se enfundaba en las gabardinas agarrándose con todas sus fuerzas de los cigarrillos.
Cuando Oliveira pudo decir algo se hizo un gran silencio
teatral. Oliveira dijo que el pequeño cuadro de Nicolas De
Stäel[1] le parecía muy hermoso y que Wong, ya que tanto
jodía con la obra de Escoffier, debería leerla y resumirla en
alguna otra sesión del Club. Babs lo trató otra vez de inquisidor, y Oliveira debió pensar algo divertido porque sonrió. La
mano de Babs le cruzó la cara. El Club tomó rápidas medidas,
y Babs se largó a llorar a gritos, delicadamente sujeta por
Wong que se interponía entre ella y Ronald enfurecido. El
Club se fue cerrando en torno a Oliveira de manera de dejar
fuera a Babs, que había aceptado a) sentarse en un sillón y b)

---

[1] *Nicolas De Stäel* (1914-1955): autor de composiciones abstractas.
Vuelve a ser mencionado en los capítulos 91 y 96.

«... pidió más detalles sobre la abnegación de la Maga enfermera, y si era cierto que vivía en la rue Monge, qué número, esos detalles catastrales inevitables».

el pañuelo de Perico. Las precisiones sobre la rue Monge[2] debieron empezar a esa altura, y también la historia de la Maga samaritana, a Ronald le parecía —estaba viendo grandes fosfenos[3] verdes, entresueño recapitulador de la velada— que Oliveira le había preguntado a Wong si era cierto que la Maga estaba viendo en un *meublé* de la rue Monge, y tal vez entonces Wong dijo que no sabía, o dijo que era cierto, y alguien, probablemente Babs desde el sillón y grandes sollozos volvió a insultar a Oliveira restregándole por la cara la abnegación de la Maga samaritana junto a la cabecera de Pola enferma, y probablemente también a esa altura Oliveira se puso a reír mirando especialmente a Gregorovius, y pidió más detalles sobre la abnegación de la Maga enfermera y si era cierto que vivía en la rue Monge, qué número, esos detalles catastrales inevitables. Ahora Ronald tendía a estirar la mano y meterla entre las piernas de Babs que rezongaba como desde lejos, a Ronald le gustaba dormise con los dedos perdidos en ese vago territorio tibio, Babs agente provocadora precipitando la disolución del Club, habría que reprenderla a la mañana siguiente: cosas-que-no-se-hacen. Pero todo el Club había estado rodeando de alguna manera a Oliveira, como en un juicio vergonzante, y Oliveira se había dado cuenta de eso antes que el mismo Club, en el centro de la rueda se había echado a reír con el cigarrillo en la boca y las manos en el fondo de la canadiense, y después había preguntado (a nadie en particular, mirando un poco por encima del círculo de las cabezas) si el Club esperaba una *amende honorable* o algo por el estilo, y el Club no había entendido en el primer momento o había preferido no entender, salvo Babs que desde el sillón donde Ronald la sujetaba había vuelto a gritar lo de inquisidor, que sonaba casi sepulcralmente a-esa-hora-avanzada-de-la-noche. Entonces Oliveira había dejado de reírse, y como si bruscamente aceptara el juicio (aunque nadie lo estaba juzgando, porque el Club no estaba para eso) había tirado el cigarrillo al suelo, aplastándolo con el zapato, y después de un momento, apartando apenas un hombro para evitar la mano de Etienne

---

[2] *rue Monge:* desde el bd. St. Germain, traza un arco hacia el Sur, al Este del Panteón, hasta la Av. des Gobelins. En las obras de construcción de esta calle se descubrieron las ruinas romanas de las Arènes de Lutece.

[3] *fosfeno:* 'sensación visual producida por la excitación mecánica de la retina o por una presión sobre el globo ocular'.

que se adelantaba indecisa, había hablado en voz muy baja, anunciando irrevocablemente que se borraba del Club y que el Club, empezando por él y siguiendo con todos los demás, podía irse a la puta que lo parió.

Dont acte.

(-121)

36

La rue Dauphine no quedaba lejos, a lo mejor valía la pena asomarse a verificar lo que había dicho Babs. Por supuesto Gregorovius había sabido desde el primer momento que la Maga, loca como de costumbre, iría a visitar a Pola. Caritas. Maga samaritana. Lea «El Cruzado». ¿Dejó pasar el día sin hacer su buena acción? Era para reírse. Todo era para reírse. O más había como una gran risa y a eso le llamaban la Historia. Llegar a la rue Dauphine, golpear despacito en la pieza del último piso y que apareciera la Maga, propiamente nurse Lucía, no, era realmente demasiado. Con una escupidera en la mano, o un irrigador. No se puede ver a la enfermita, es muy tarde y está durmiendo. Vade retro, Asmodeo [1]. O que lo dejaran entrar y le sirvieran café, no, todavía peor, y que en una de esas empezaran a llorar, porque seguramente sería contagioso, iban a llorar los tres hasta perdonarse, y entonces todo podía suceder, las mujeres deshidratadas son terribles. O lo pondrían a contar veinte gotas de belladona, una por una.

—Yo en realidad tendría que ir —le dijo Oliveira a un gato negro de la rue Danton [2]—. Una cierta obligación estética, completar la figura. El tres, la Cifra. Pero no hay que olvidarse de Orfeo. Tal vez rapándome, llenándome la cabeza de ceniza, llegar con el cazo de las limosnas. No soy ya el que

---

[1] *Asmodeo:* demonio del que hablan el *Libro de Tobías* y el *Talmud*. En su leyenda pudo inspirarse Vélez de Guevara para su *Diablo cojuelo.* Lo menciona Galdós en su *Casandra.* Es también el seudónimo que adoptó, para su crónicas en *La Época,* el periodista Ramón de Navarrete y Landa: a él se refieren muchas veces los *Episodios Nacionales* y *El ruedo ibérico.*

[2] *rue Danton:* une la Place Saint Michel con el Odeón.

conocisteis, oh mujeres. Histrio. Mimo. Noche de empusas, lamias, mala sombra, final del gran juego. Cómo cansa ser todo el tiempo uno mismo. Irremisiblemente. No las veré nunca más, está escrito. *O toi que voilà, qu'as tu fait de ta jeunesse?*[3]. Un inquisidor, realmente esa chica saca cada figura... En todo caso un autoinquisidor, et encore... Epitafio justísimo: *Demasiado blando*. Pero la inquisición blanda es terrible, torturas de sémola, hogueras de tapioca, arenas movedizas, la medusa chupando solapada. La medusa solando chulapada. Y en el fondo demasiada piedad, yo que me creía despiadado. No se puede querer lo que quiero, y en la forma en que lo quiero, y de yapa[4] compartir la vida con los otros. Había que saber estar solo y que tanto querer hiciera su obra, me salvara o me matara, pero sin la rue Dauphine, sin el chico muerto, sin el Club y todo el resto. ¿Vos no creés, che?

El gato no dijo nada.

Hacía menos frío junto al Sena que en las calles, y Oliveira se subió el cuello de la canadiense y fue a mirar el agua. Como no era de los que se tiran, buscó un puente para meterse debajo y pensar un rato en lo del kibbutz, hacía rato que la idea del kibbutz le rondaba, un kibbutz del deseo. «Curioso que de golpe una frase brote así y no tenga sentido, un kibbutz del deseo, hasta que a la tercera vez empieza a aclararse despacito y de golpe se siente que no era una frase absurda, que por ejemplo una frase como: 'La esperanza, esa Palmira gorda' es completamente absurda, un borborigmo sonoro, mientras que el kibbutz del deseo no tiene nada de absurdo, es un resumen eso sí bastante hermético de andar dando vueltas por ahí, de corso en corso. Kibbutz; colonia, settlement, asentamiento, rincón elegido donde alzar la tienda final, donde salir al aire de la noche con la cara lavada por el tiempo, y unirse al mundo, a la Gran Locura, a la Inmensa Burrada,

---

[3] Final del poema de Verlaine «Le ciel est par-dessus le toit», del libro *Sagesse:* «Le ciel est, par-dessus le toit, / si bleu, si calme. / Un arbre, par-dessus le toit / berce sa palme. / La cloche dans le ciel qu'on voit / doucement tinte. / Un oiseau sur l'arbre qu'on voit / chante sa plainte. / Mon Dieu, mon Dieu, la vie est là, / simple et tranquille. / Cette paisible rumeur-là / vient de la vielle. / Qu'as-tu fait, o toi que voilà, / pleurant sans cesse, / dis, qu'as-tu fait, toi que voilà, / de ta jeunesse?» Lo recita la melancólica Leslie Caron en la película *Tres amores*, de Vincente Minnelli.

[4] *de yapa* (voz quechua): 'por añadidura'.

abrirse a la cristalización del deseo, al encuentro. Hojo, Horacio», hanotó Holiveira sentándose en el parapeto debajo del puente, oyendo los ronquidos de los *clochards* debajo de sus montones de diarios y arpilleras.

Por una vez no le era penoso ceder a la melancolía. Con un nuevo cigarrillo que le daba calor, entre los ronquidos que venían como del fondo de la tierra, consintió en deplorar la distancia insalvable que lo separaba de su kibbutz. Puesto que la esperanza no era más que una Palmira gorda, ninguna razón para hacerse ilusiones. Al contrario, aprovechar la refrigeración nocturna para sentir lúcidamente, con la precisión descarnada del sistema de estrellas sobre su cabeza, que su búsqueda incierta era un fracaso y que a lo mejor en eso precisamente estaba la victoria. Primero por ser digno de él (a sus horas Oliveira tenía un buen concepto de sí mismo como espécimen humano), por ser la búsqueda de un kibbutz desesperadamente lejano, ciudadela sólo alcanzable con armas fabulosas, no con el alma de Occidente, con el espíritu, esas potencias gastadas por su propia mentira como también se había dicho en el Club, esas coartadas del animal hombre metido en un camino irreversible. Kibbutz del deseo, no del alma, no del espíritu. Y aunque deseo fuese también una vaga definición de fuerzas incomprensibles, se lo sentía presente y activo, presente en cada error y también en cada salto adelante, eso era ser hombre, no ya un cuerpo y un alma sino esa totalidad inseparable, ese encuentro incesante con las carencias, con todo lo que le habían robado al poeta, la nostalgia vehemente de un territorio donde la vida pudiera balbucearse desde otras brújulas y otros nombres. Aunque la muerte estuviera en la esquina con su escoba en alto, aunque la esperanza no fuera más que una Palmira gorda. Y un ronquido, y de cuando en cuando un pedo.

Entonces equivocarse ya no importaba tanto como si la búsqueda de su kibbutz se hubiera organizado con mapas de la Sociedad Geográfica, brújulas certificadas auténticas, el Norte al norte, el Oeste al oeste; bastaba, apenas, comprender, vislumbrar fugazmente que al fin y al cabo su kibbutz no era más imposible a esa hora y con ese frío y después de esos días, que si lo hubiera perseguido de acuerdo con la tribu, meritoriamente y sin ganarse el vistoso epíteto de inquisidor, sin que le hubieran dado vuelta la cara de un revés, sin gente llorando y mala conciencia y ganas de tirar todo al diablo y volverse a su libreta de enrolamiento y a un hueco abrigado en cualquier presupuesto espiritual o temporal. Se moriría sin llegar a su kibbutz pero su kibbutz estaba allí, lejos pero estaba y él sabía que estaba porque era hijo de su deseo, era su deseo así como él era su deseo y el mundo o la representación del mundo eran deseo, eran su deseo o el deseo, no importaba demasiado a esa hora. Y entonces podía meter la cara entre las manos, dejando nada más que el espacio para que pasara el cigarrillo y quedarse junto al río, entre los vagabundos, pensando en su kibbutz.

La clocharde se despertó de un sueño en el que alguien le había dicho repetidamente: «Ça suffit, conasse», y supo que Célestin se había marchado en plena noche llevándose el cochecito de niño de latas de sardinas (en mal estado) que por la tarde les habían regalado en el ghetto del Marais. Toto y Lafleur dormían como topos debajo de las arpilleras, y el nuevo estaba sentado en un poyo, fumando. Amanecía.

La clocharde retiró delicadamente las sucesivas ediciones de *France-Soir* que la abrigaban, y se rascó un rato la cabeza. A las seis había una sopa caliente en la rue du Jour[5]. Casi seguramente Célestin iría a la sopa, y podría quitarle las latas de sardinas si no se las había vendido ya a Pipon o a La Vase.

—Merde —dijo la clocharde, iniciando la complicada tarea de enderezarse—. Y a la bise, c'est cul.

Arropándose con un sobretodo negro que le llegaba hasta los tobillos, se acercó al nuevo. El nuevo estaba de acuerdo en que el frío era casi peor que la policía. Cuando le alcanzó un cigarrillo y se lo encendió, la clocharde pensó que lo conocía de alguna parte. El nuevo le dijo que también él la conocía de alguna parte, y a los dos les gustó mucho reconocerse a esa hora de la madrugada. Sentándose en el poyo de al lado, la clocharde dijo que todavía era temprano para ir a la sopa. Discutieron sopas un rato, aunque en realidad el nuevo no sabía nada de sopas, había que explicarle dónde quedaban las mejores, era realmente un nuevo pero se interesaba mucho por todo y tal vez se atreviera a quitarle las sardinas a Célestin. Hablaron de las sardinas y el nuevo prometió que apenas encontrara a Célestin se las reclamaría.

—Va a sacar el gancho —previno la clocharde—. Hay que andar rápido y pegarle con cualquier cosa en la cabeza.

---

[5] *rue du Jour:* está muy cerca de les Halles, al lado de la Bolsa y de St. Eustache.

A Tonio le tuvieron que dar cinco puntadas, gritaba que se lo oía hasta Pontoise[6]. C'est cul, Pontoise —agregó la clocharde entregándose a la añoranza.

El nuevo miraba amanecer sobre la punta del Vert-Galant[7], el sauce que iba sacando sus finas arañas de la bruma. Cuando la clocharde le preguntó por qué temblaba con semejante canadiense, se encogió de hombros y le ofreció un nuevo cigarrillo. Fumaban y fumaban, hablando y mirándose con simpatía. La clocharde le explicaba las costumbres de Célestin y el nuevo se acordaba de las tardes en que la habían visto abrazada a Célestin en todos los bancos y pretiles del Pont des Arts, en la esquina del Louvre frente a los plátanos como tigres, debajo de los portales de Saint-Germain l'Auxerrois[8], y una noche en la rue Gît-le-Coeur[9], besándose y rechazándose alternativamente, borrachos perdidos, Célestin con una blusa de pintor y la clocharde cómo siempre debajo de cuatro o cinco vestidos y algunas gabardinas y sobretodos, sosteniendo un lío de género rojo de donde salían pedazos de mangas y una corneta rota, tan enamorada de Célestin que era admirable, llenándole la cara de rouge y de algo como grasa, espantosamente perdidos en su idilio público, metiéndose al final por la rue de Nevers[10], y entonces la Maga había dicho: «Es ella la que está enamorada, a él no le importa nada», y lo había mirado un instante antes de agacharse para juntar un piolincito verde y arrollárselo al dedo.

—A esta hora no hace frío —decía la clocharde, dándole ánimos—. Voy a ver si a Lafleur le ha quedado un poco de vino. El vino asienta la noche. Célestin se llevó dos litros que

---

[6] rue *Pontoise:* cruza perpendicularmente el bd. St. Germain, en su extremo Este, y va a dar al Quai de la Tournelle, en el Sena, frente a la isla de St. Louis.

[7] *punta del Vert-Galant:* la plaza que está en el extremo de la isla de la Cité, al pie de la estatua de Enrique IV y el Pont Neuf.

[8] *St. Germain l'Auxerrois:* está situado enfrente del ala Este del Louvre. La iglesia actual combina elementos arquitectónicos que proceden del siglo XII al XVII. Están enterrados en ella muchos artistas: Chardin, Boucher, le Vau...

[9] rue *Gît-le-Coeur:* está situada junto a la Pl. St. André des Arts, en pleno Barrio Latino, al lado del Hôtel Vieux Paris, donde se alojaba Allen Ginsburg. Va a dar al Quai des Grands Augustins.

[10] *rue de Nevers:* nace en el Quai de Conti al lado del Pont Neuf. Es paralela a la rue Dauphine. Abierta en el siglo XIII, bajo un arco, va a dar en un fragmento de la Enceinte de Philippe Auguste.

eran míos, y las sardinas. No, no le queda nada. Usted que está bien vestido podría comprar un litro en lo de Habeb. Y pan, si le alcanza —le caía muy bien el nuevo, aunque en el fondo sabía que no era nuevo, que estaba bien vestido y podía acodarse en el mostrador de Habeb y tomarse un pernod tras otro sin que los otros protestaran por el mal olor y esas cosas. El nuevo seguía fumando, asintiendo vagamente, con la cabeza en otro lado. Cara conocida. Célestin hubiera acertado en seguida porque Célestin, para las caras—... A las nueve empieza el frío de verdad. Viene del barro, de abajo. Pero podemos ir a la sopa, es bastante buena.

(Y cuando ya casi no se los veía en el fondo de la rue de Nevers, cuando estaban llegando tal vez al sitio exacto en que un camión había aplastado a Pierre Curie[11] («¿Pierre Curie?», preguntó la Maga, extrañadísima y pronta a aprender), ellos se habían vuelto despacio a la orilla alta del río, apoyándose contra la caja de un bouquiniste, aunque a Oliveira las cajas de los bouquinistes le parecían siempre fúnebres de noche, hilera de ataúdes de emergencia posados en el pretil de piedra, y una noche de nevada se habían divertido en escribir RIP con un palito en todas las cajas de latón, y a un policía le había gustado más bien poco la gracia y se los había dicho, mencionando cosas tales como el respeto y el turismo, esto último no se sabía bien por qué. En esos días todo era todavía kibbutz, o por lo menos posibilidad de kibbutz, y andar por la calle escribiendo RIP en las cajas de los bouquinistes y admirando a la clocharde enamorada formaba parte de una confusa lista de ejercicios a contrapelo que había que hacer, aprobar, ir dejando atrás. Y así era, y hacía frío, y no había kibbutz. Salvo la mentira de ir a comprarle el vino tinto a Habeb y fabricarse un kibbutz igualito al de Kubla Khan[12], salvadas las distancias entre el láudano y el tintillo del viejo Habeb.)

In Xanaau did Kubla Khan
A stately pleasure-dome decree.

—Extranjero —dijo la clocharde, con menos simpatía por el nuevo—. Español, eh. Italiano.

---

[11] *Pierre Curie* (1859-1906): físico francés, descubridor —con su esposa— del radio. Le atropelló un camión en la rue Dauphine la mañana del 19 de abril de 1906. María, su esposa, nació en Varsovia en 1867. Obtuvieron los dos el Premio Nobel en 1904.

[12] *Kubla Kahn:* una de las obras más famosas del poeta romántico inglés Samuel Taylor Coleridge (1772-1834).

—Una mezcla —dijo Oliveira, haciendo un esfuerzo viril para soportar el olor.

—Pero usted trabaja, se ve —lo acusó la clocharde.

—Oh, no. En fin, le llevaba los libros a un viejo, pero hace rato que no nos vemos.

—No es una vergüenza, siempre que no se abuse. Yo, de joven...

—Emmanuèle —dijo Oliveira, apoyándose la mano en el lugar donde, muy abajo, debía estar un hombro. La clocharde se sobresaltó al oír el nombre, lo miró de reojo y después sacó un espejito del bolsillo del sobretodo y se miró la boca. Oliveira se preguntó qué cadena inconcebible de circunstancias podía haber permitido que la clocharde tuviera el pelo oxigenado. La operación de untarse la boca con un final de barra de rouge la ocupaba profundamente. Sobraba tiempo para tratarse a sí mismo y una vez más de imbécil. La mano en el hombro después de lo de Berthe Trépat. Con resultados que eran del dominio público. Una autopatada en el culo que lo diera vuelta como un guante. Cretinaccio, furfante, infecto pelotudo. RIP, RIP. *Malgré le tourisme.*

—¿Cómo sabe que me llamo Emmanuèle?

—Ya no me acuerdo. Alguien me lo habrá dicho.

Emmanuèle sacó una lata de pastillas Valda llena de polvos rosa y empezó a frotarse una mejilla. Si Célestin hubiera estado ahí, seguramente que. Por supuesto que. Célestin: infatigable. Docenas de latas de sardinas, le salaud. De golpe se acordó.

—Ah —dijo.

—Probablemente —consintió Oliveira, envolviéndose lo mejor posible en humo.

—Los vi juntos muchas veces —dijo Emmanuèle.

—Andábamos por ahí.

—Pero ella solamente hablaba conmigo cuando estaba sola. Una chica muy buena, un poco loca.

«Ponele la firma», pensó Oliveira. Escuchaba a Emmanuèle que se acordaba cada vez mejor, un paquete de garrapiñadas, un pulóver blanco muy usable todavía, una chica excelente que no trabajaba ni perdía el tiempo atrás de un diploma, bastante loca de a ratos y malgastando los francos en alimentar a las palomas de la isla Saint-Louis[13], a veces tan triste, a veces muerta de risa. A veces mala.

---

[13] *isla Saint-Louis:* está situada al Este de la isla de la Cité, a la que se une por el Pont Saint Louis. Fue urbanizada en su mayor parte en

—Nos peleamos —dijo Emmanuèle— porque me aconsejó que dejara en paz a Célestin. No vino nunca más, pero yo la quería mucho.

—¿Tantas veces había venido a charlar con usted?

—No le gusta, ¿verdad?

—No es eso —dijo Oliveira, mirando a la otra orilla. Pero sí era eso, porque la Maga no le había confiado más que una parte de su trato con la clocharde, y una elemental generalización lo llevaba, etc. Celos retrospectivos, véase Proust, sutil tortura and so on. Probablemente iba a llover, el sauce estaba como suspendido en un aire húmedo. En cambio haría menos frío, un poco menos de frío. Quizá agregó algo como: «Nunca me habló mucho de usted», porque Emmanuèle soltó una risita satisfecha y maligna, y siguió untándose polvos rosa con un dedo negruzco; de cuando en cuando levantaba la mano y se daba un golpe seco en el pelo apelmazado, envuelto por una vincha [14] de lana a rayas rojas y verdes, que en realidad era una bufanda sacada de un tacho de basura. En fin, había que irse, subir a la ciudad, tan cerca ahí a seis metros de altura, empezando exactamente al otro lado del pretil del Sena, detrás de las cajas RIP de latón donde las palomas dialogaban esponjándose a la espera del primer sol blando y sin fuerza, la pálida sémola de las ocho y media que baja de un cielo aplastado, que no baja porque seguramente iba a lloviznar como siempre.

Cuando ya se iba, Emmanuèle le gritó algo. Se quedó esperándola, treparon juntos la escalera. En lo de Habeb compraron dos litros de tinto, por la rue de l'Hirondelle [15] fueron a guarecerse en la galería cubierta. Emmanuèle condescendió a extraer de entre dos de sus abrigos un paquete de

---

el siglo XVII. Hoy es una zona residencial, tranquila, lujosa. En ella está la iglesia de St. Louis y el museo Adam Mickiewicz. En *Peter Ibbetson*, Georges du Maurier la describe «con sus viejas mansiones entre *cour* y jardín, detrás de lóbregos portales de piedra y altos muros, donde magistrados y abogados viven en digna reclusión, los nobles de apariencia, y donde en otro tiempo vivieron los grandes nobles de la espada, cruzados, quizá, y también caballeros templarios».

[14] *vincha:* 'apretador, cintillo o banda que se ciñe a la cabeza o se sujeta al pelo'.

[15] *rue de l'Hirondelle:* es una calle pequeñísima, con galería cubierta, que nace de la Pl. St. Michel y va a dar en la rue Gît-le-Cœur.

diarios, y se hicieron una excelente alfombra en un rincón que Oliveira exploró con fósforos desconfiados. Desde el otro lado de los portales venía un ronquido como de ajo y coliflor y olvido barato; mordiéndose los labios Oliverira resbaló hasta quedar lo más bien instalado en el rincón contra la pared, pegado a Emmanuèle que ya estaba bebiendo de la botella y resoplaba satisfecha entre trago y trago. Deseducación de los sentidos, abrir a fondo la boca y las narices y aceptar el peor de los olores, la mugre humana. Un minuto, dos, tres, cada vez más fácil como cualquier aprendizaje. Conteniendo la náusea Oliveira agarró la botella. sin poder verlo sabía que el cuello estaba untado de rouge y saliva, la oscuridad le acuciaba el olfato. Cerrando los ojos para protegerse de no sabía qué, se bebió de un saque un cuarto litro de tinto. Después se pusieron a fumar hombro contra hombro, satisfechos. La náusea retrocedía, no vencida pero humillada, esperando con la cabeza gacha, y se podía empezar a pensar en cualquier cosa. Emmanuèle hablaba todo el tiempo, se dirigía solemnes discursos entre hipo e hipo, amonestaba maternalmente a un Célestin fantasma, inventariaba las sardinas, su cara se encendía a cada chupada del cigarrillo y Oliveira veía las placas de mugre en la frente, los gruesos labios manchados de vino, la vincha triunfal de diosa siria pisoteada por algún ejército enemigo, una cabeza criselefantina revolcada en el polvo, con placas de sangre y mugre pero conservando la diadema eterna a franjas rojas y verdes, la Gran Madre tirada en el polvo y pisoteada por soldados borrachos que se divertían en mear contra los senos mutilados, hasta que el más payaso se arrodillaba entre las aclamaciones de los otros, el falo erecto sobre la diosa caída, masturbándose contra el mármol y dejando que la esperma la entrara por los ojos donde ya las manos de los oficiales habían arrancado las piedras preciosas, en la boca entreabierta que aceptaba la humillación como una última ofrenda antes de rodar al olvido. Y era tan natural que en la sombra la mano de Emmanuèle tanteara el brazo de Oliveira y se posara confiadamente, mientras la otra mano buscaba la botella y se oía el gluglú y un resoplar satisfecho, tan natural que todo fuese así absolutamente anverso o reverso, el signo contrario como posible forma de sobrevivencia. Y aunque Holiveira desconfiara de la hebriedad, hastuta cómplice del Gran Hengaño, algo le decía que también allí había kibbutz, que detrás, siempre detrás había esperanza de kibbutz. No una certidumbre metódica, oh no, viejo querido, eso no por lo

que más quieras, ni un in vino veritas[16] ni una dialéctica a lo
Fichte[17] u otros lapidarios spinozianos, solamente como una
aceptación en la náusea, Heráclito[18] se había hecho enterrar
en un montón de estiércol para curarse la hidropesía, alguien
lo había dicho esa misma noche, alguien que ya era como de
otra vida, alguien como Pola o Wong, gentes que él había
vejado nada más que por querer entablar contacto por el buen
lado, reinventar el amor como la sola manera de entrar alguna
vez en su kibbutz. En la mierda hasta el cogote, Heráclito el
Oscuro, exactamente igual que ellos pero sin el vino, y además
para curarse la hidropesía. Entonces tal vez fuera eso, estar en
la mierda hasta el cogote y también esperar, porque seguramente Heráclito había tenido que quedarse en la mierda días
enteros, y Oliveira se estaba acordando de que también Heráclito había dicho que si no se esperaba jamás se encontraría lo
inesperado, tuércele el cuello al cisne[19], había dicho Heráclito, pero no, por supuesto no había dicho semejante cosa, y
mientras bebía otro largo trago y Emmanuèle se reía en la
penumbra al oír el gluglú y le acariciaba el brazo como para
mostrarle que apreciaba su compañía y la promesa de ir a
quitarle las sardinas a Célestin, a Oliveira le subía como un
eructo vinoso el doble apellido del cisne estrangulable, y le daban
unas enormes ganas de reírse y contarle a Emmanuèle, pero en
cambio le devolvió la botella que estaba casi vacía, y Emmanuèle
se puso a cantar desgarradoramente *Les Amants du Havre,*

---

[16] *in vino veritas:* 'en el vino está la verdad'. Célebre adagio latino.
Con este título escribió Kierkegaard un opúsculo.

[17] Johann Gottlieb *Fichte* (1762-1814): filósofo alemán prerrománti-
co, autor de *El destino del hombre.*

[18] *Heráclito* de Efeso (540-476): filósofo griego del devenir.

[19] *tuércele el cuello al cisne:* verso de González Martínez que
supone un rechazo del modernismo, con su imaginería aristocratizan-
te. (Así lo estudió de modo magistral Pedro Salinas en un ensayo
incluido en *Literatura española del siglo XX.)* Margery A. Safir ha
demostrado minuciosamente que la aparición de ese poema, en este
momento del relato, no es casual, pues sus imágenes trasgresoras y su
«intento de destrucción redentora es semejante a la búsqueda doble de
Oliveira, en la que la muerte y la ruptura se buscan como medio de
devolver la plena vitalidad» *(Isla Final,* págs. 234-235). También
recuerda el poema Cortázar en el *Libro de Manuel,* en una broma a
propósito de las óperas de Wagner: «No hay derecho —dijo Lons-
tein—. Torcerle el cuello al cisne cuando todavía tenemos Pato Do-
nald para rato, ustedes se confunden de ave, che» (pág. 65).

una canción que cantaba la Maga cuando estaba triste, pero Emmanuèle la cantaba con un arrastre trágico, desentonando y olvidándose de las palabras mientras acariciaba a Oliveira que seguía pensando en que sólo el que espera podrá encontrar lo inesperado, y entrecerrando los ojos para no aceptar la vaga luz que subía de los portales, se imaginaba muy lejos (¿al otro lado del mar, o era un ataque de patriotismo?) el paisaje tan puro que casi no existía de su kibbutz. Evidentemente había que torcerle el cuello al cisne, aunque no lo hubiese mandado Heráclito. Se estaba poniendo sentimental, *puisque la terre est ronde, mon amour t'en fais pas, mon amour, t'en fais pas* con el vino y la voz pegajosa se estaba poniendo sentimental, todo acabaría en llanto y autoconmiseración, como Babs, pobrecito Horacio anclado en París, cómo habrá cambiado tu calle Corrientes, Suipacha, Esmeralda, y el viejo arrabal. Pero aunque pusiera toda su rabia en encender otro Gauloise, muy lejos en el fondo de los ojos seguía viendo su kibbutz, no al otro lado del mar o a lo mejor al otro lado del mar, o ahí afuera en la rue Galande[20] o en Puteaux[21] o en la rue de la Tombe Issoire, de cualquier manera su kibbutz estaba siempre ahí y no era un espejismo.

—No es un espejismo, Emmanuèle.

—Ta gueule, mon pote —dijo Emmanuèle manoteando entre sus innúmeras faldas para encontrar la otra botella.

Después se perdieron en otras cosas, Emmanuèle le contó de una ahogada que Célestin había visto a la altura de Grenelle[22], y Oliveira quiso saber de qué color tenía el pelo, pero Célestin no había visto más que las piernas que en ese momento salían un poco del agua, y se había mandado mudar antes de que la policía empezara con su maldita costumbre de interrogar a todo el mundo. Y cuando se bebieron casi toda la segunda botella y estaban más contentos que nunca, Emma-

---

[20] *rue Galande:* está en pleno Barrio Latino. Continúa hacia el Este la rue St. Severin, después de la rue St. Jacques, y lleva a St. Julien le Pauvre. Es la antigua vía romana de Lyon y conserva restos medievales. En la Edad Media, al lado de esta calle se daban los cursos públicos que, según se cree, frecuentó Dante.

[21] *Puteaux:* esta isla está al Oeste, donde termina la Av. Charles de Gaulle, bajo el Pont de Neuilly.

[22] *Grenelle:* el Quai y el Pont de Grenelle están en la orilla izquierda del Sena, a la altura del puente de Bir-Hakeim, al Oeste de la Torre Eiffel y el Palais Chaillot.

«... muy lejos en el fondo de los ojos seguía viendo su kibbutz... o en la rue de la Tombe Issoire...».

nuèle recitó un fragmento de *La mort du loup*[23], y Oliveira la introdujo rudamente en las sextinas del *Martín Fierro*[24]. Ya pasaba uno que otro camión por la plaza, empezaban a oírse los rumores que Delius, alguna vez... Pero hubiera sido vano hablarle a Emmanuèle de Delius[25] a pesar de que era una mujer sensible que no se conformaba con la poesía y se expresaba manualmente, frotándose contra Oliveira para sacarse el frío, acariciándole el brazo, ronroneando pasajes de ópera y obscenidades contra Célestin. Apretando el cigarrillo entre los labios hasta sentirlo casi como parte de la boca, Oliveira la escuchaba, la dejaba que se fuera apretando contra él, se repetía fríamente que no era mejor que ella y que en el peor de los casos siempre podría curarse como Heráclito, tal vez el mensaje más penetrante del Oscuro era el que no había escrito, dejando que la anécdota, la voz de los discípulos la transmitiera para que quizá algún oído fino entendiese alguna vez. Le hacía gracia que amigablemente y de lo más matter of fact la mano de Emmanuèle lo estuviera desabotonando, y poder pensar al mismo tiempo que quizá el Oscuro se había hundido en la mierda hasta el cogote sin estar enfermo, sin tener en absoluto hidropesía, sencillamente dibujando una figura que su mundo no le hubiera perdonado bajo forma de sentencia o de lección, y que de contrabando había cruzado la línea del tiempo hasta llegar mezclada con la teoría, apenas un detalle desagradable y penoso al lado del diamante estremecedor del panta rhei, una terapéutica bárbara que ya Hipócrates hubiera condenado, como por razones de elemental higiene hubiera igualmente condenado que Emmánuèle se echara poco

---

[23] *La mort du loup* (1843) forma parte de los poemas filosóficos *Les destinées*, de Alfred de Vigny (1797-1863). Dentro del pesimismo general de la obra, éste es especialmente famoso por sus posibles interpretaciones. Su mensaje básico: «Comment on doit quitter la vie et tous ses maux / c'est vous qui le savez, sublimes animaux.» Como el lobo acorralado por los cazadores, el hombre debe refugiarse en un estoicismo orgulloso y morir con valor, en silencio: «Gemir, pleurer, prier est egalement lâche. / Fais energiquement ta longue et lourde tâche / dans la voie ou le sort a voulu t'appeler. / Puis, après, comme moi, souffre et meurs sans parler.»

[24] *Martín Fierro* (1872 y 1878): el poema nacional argentino, obra de José Hernández (1834-1886).

[25] *Delius:* debe de referirse a Nicolás Delius (1813-1888), filólogo y crítico alemán, autor de una gran edición de las obras de Shakespeare, con comentarios.

a poco sobre su amigo borracho y con una lengua manchada de tanino le lamiera humildemente la pija, sosteniendo su
comprensible abandono con los dedos y murmurando el lenguaje que suscitan los gatos y los niños de pecho, por completo indiferente a la meditación que acontecía un poco más
arriba, ahincada en un menester que poco provecho podía
darle, procediendo por alguna oscura conmiseración, para que
el nuevo estuviese contento en su primera noche de clochard y
a lo mejor se enamorara un poco de ella para castigar a
Célestin, se olvidara de las cosas raras que había estado mas-
cullando en su idioma de salvaje americano mientras resbalaba un poco más contra la pared y se dejaba ir con un suspiro,
metiendo una mano en el pelo de Emmanuèle y creyendo por
un segundo (pero eso debía ser el infierno) que era el pelo de
Pola, que todavía una vez más Pola se había volcado sobre él
entre ponchos mexicanos y postales de Klee y el Cuarteto de
Durrell, para hacerlo gozar y gozar desde fuera, atenta y
analítica y ajena, antes de reclamar su parte y tenderse contra
él temblando, reclamándole que la tomara y la lastimara, con
la boca manchada como la diosa siria, como Emmanuèle que
se enderezaba tironeada por el policía, se sentaba bruscamente
y decía: *On faisait rien, quoi,* y de golpe bajo el gris que sin
saber cómo llenaba los portales Oliveira abría los ojos y veía
las piernas del vigilante contra las suyas, ridículamente desabo-
tonado y con una botella vacía rodando bajo la patada del
vigilante, la segunda patada en el muslo, la cachetada feroz en
plena cabeza de Emmanuèle que se agachaba y gemía, y sin
saber cómo de rodillas, la única posición lógica para meter en
el pantalón lo antes posible el cuerpo del delito reduciéndose
prodigiosamente con un gran espíritu de colaboración para
dejarse encerrar y abotonar, y realmente no había pasado
nada pero cómo explicarlo al policía que los arreaba hasta el
camión celular en la plaza, cómo explicarle a Babs que la
inquisición era otra cosa, y a Ossip, sobre todo a Ossip, cómo
explicarle que todo estaba por hacerse y que lo único decente
era ir hacia atrás para tomar el buen impulso, dejarse caer
para después poder quizá levantarse, Emmanuèle para después, quizá...

—Déjela irse —le pidió Oliveira al policía—. La pobre está
más borracha que yo.

Bajó la cabeza a tiempo para esquivar el golpe. Otro policía
lo agarró por la cintura, y de un solo envión lo metió en el
camión celular. Le tiraron encima a Emmanuèle, que cantaba

algo parecido a *Le temps des cérises*[26]. Los dejaron solos
dentro del camión, y Oliveira se frotó el muslo que le dolía
atrozmente, y unió su voz para cantar *Le temps des cérises,* si
era eso. El camión arrancó como si lo largaran con una
catapulta.

—*Et tous nos amours* —vociferó Emmanuèle.

—Et tous nos amours —dijo Oliveira, tirándose en el banco
y buscando un cigarrillo—. Esto, vieja, ni Heráclito.

—*Tu me fais chier* —dijo Emmanuèle, poniéndose a llorar a
gritos—. *Et tous nos amours* —cantó entre sollozos. Oliveira
oyó que los policías se reían, mirándolos por entre las rejas.
«Bueno, si quería tranquilidad la voy a tener en abundancia.
Hay que aprovecharla, che, nada de hacer lo que estás pensando.» Telefonear para contar un sueño divertido estaba bien,
pero basta, no insistir. Cada uno por su lado, la hidropesía se
cura con paciencia, con mierda y con soledad. Por lo demás el
Club estaba liquidado, todo estaba felizmente liquidado y lo
que todavía quedaba por liquidar era cosa de tiempo. El
camión frenó en una esquina y cuando Emmanuèle gritaba
Quand il reviendra, le temps des cérises, uno de los policías
abrió la ventanilla y les vaticinó que si no se callaban les iba a
romper la cara a patadas. Emmanuèle se acostó en el piso del
camión, boca abajo y llorando a gritos, y Oliveira le puso los
pies sobre el traste y se instaló cómodamente en el banco. La
rayuela se juega con una piedrita que hay que empujar con la
punta del zapato. Ingredientes: una acera, una piedrita, un
zapato, y un bello dibujo con tiza, preferentemente de colores.
En lo alto está el Cielo, abajo está la Tierra, es muy difícil
llegar con la piedrita al Cielo, casi siempre se calcula mal y la
piedra sale del dibujo. Poco a poco, sin embargo, se va adquiriendo la habilidad necesaria para salvar las diferentes casillas
(rayuela caracol, rayuela rectangular, rayuela de fantasía, poco
usada) y un día se aprende a salir de la Tierra y remontar la
piedrita hasta el Cielo, hasta entrar en el Cielo *(Et tous nos
amours,* sollozó Emmanuèle boca abajo), lo malo es que justamente a esa altura, cuando casi nadie ha aprendido a remontar
la piedrita hasta el Cielo, se acaba de golpe la infancia y se cae
en las novelas, en la angustia al divino cohete, en la especula-

---

[26] *Le temps des cérises* es una canción popular francesa, de J. B.
Clément y Rénard. Hoy existe, por ejemplo, la grabación de Ives
Montand. *Tiempo de cerezas* fue adoptado también como título para
una de sus novelas por Monserrat Roig.

ción de otro Cielo al que también hay que aprender a llegar. Y
porque se ha salido de la infancia *(Je n'oublierai pas le temps
des cérises,* pataleó Emmanuèle en el suelo) se olvida que para
llegar al Cielo se necesitan, como ingredientes, una piedrita y
la punta de un zapato. Que era lo que sabía Heráclito, metido
en la mierda, y a lo mejor Emmanuèle sacándose los mocos a
manotones en el tiempo de las cerezas, o los dos pederastas
que no se sabía cómo estaban sentados en el camión celular
(pero sí, la puerta se había abierto y cerrado, entre chillidos y
risitas y un toque de silbato) y que riéndose como locos
miraban a Emmanuèle en el suelo y a Oliveira que hubiera
querido fumar pero estaba sin tabaco y sin fósforos aunque no
se acordaba de que el policía le hubiera registrado los bolsillos, *et tous nos amours, et tous nos amours.* Una piedrita y la
punta de un zapato, eso que la Maga había sabido tan bien y
él mucho menos bien, y el Club más o menos bien y que desde
la infancia en Burzaco o en los suburbios de Montevideo
mostraba la recta vía del Cielo, sin necesidad de vedanta o de
zen o de escatologías surtidas, sí, llegar al Cielo a patadas,
llegar con la piedrita (¿cargar con su cruz? Poco manejable ese
artefacto) y en una última patada proyectar la piedra contra
l'azur l'azur l'azur l'azur, plaf vidrio roto, a la cama sin
postre, niño malo, y qué importaba si detrás del vidrio roto
estaba el kibbutz, si el Cielo era nada más que un nombre
infantil de su kibbutz.

—Por todo eso —dijo Horacio— cantemos y fumemos.
Emmanuèle, arriba, vieja llorona.

—*Et tous nos amours* —bramó Emmanuèle.

—Il est beau —dijo uno de los pederastas, mirando a Horacio con ternura—. Il a l'air farouche.

El otro pederasta había sacado un tubo de latón del bolsillo
y miraba por un agujero, sonriendo y haciendo muecas. El
pederasta más joven le arrebató el tubo y se puso a mirar. «No
se ve nada, Jo», dijo. «Sí que se ve, rico», dijo Jo. «No, no,
no, no.» «Sí que se ve, sí que se ve. LOOK THROUGH THE
PEEPHOLE AND YOU'LL SEE PATTERNS PRETTY AS CAN BE.» «Es de
noche, Jo.» Jo sacó una caja de fósforos y encendió uno
delante del calidoscopio. Chillidos de entusiasmo, patterns
pretty as can be. *Et tous nos amours,* declamó Emmanuèle
sentándose en el piso del camión. Todo estaba tan bien, todo
llegaba a su hora, la rayuela y el calidoscopio, el pequeño
pederasta mirando y mirando, oh Jo, no veo nada, más luz,
más luz, Jo. Tumbado en el banco, Horacio saludó al Oscuro,

la cabeza del Oscuro asomando en la pirámide de bosta[27] con dos ojos como estrellas verdes, patterns pretty as can be, el Oscuro tenía razón, un camino al kibbutz, tal vez el único camino al kibbutz, eso no podía ser el mundo, la gente agarraba el calidoscopio por el mal lado, entonces había que darlo vuelta con ayuda de Emmanuèle y de Pola y de París y de la Maga y de Rocamadour, tirarse al suelo como Emmanuèle y desde ahí empezar a mirar desde la montaña de bosta, mirar el mundo a través del ojo del culo, and you'll see patterns pretty as can be, la piedrita tenía que pasar por el ojo del culo, metida a patadas por la punta del zapato, y de la Tierra al Cielo las casillas estarían abiertas, el laberinto se desplegaría como una cuerda de reloj rota haciendo saltar en mil pedazos el tiempo de los empleados, y por los mocos y el semen y el olor de Emmanuèle y la bosta del Oscuro se entraría al camino que llevaba al Kibbutz del deseo, no ya subir al Cielo (subir, palabra hipócrita, cielo, flatus vocis), sino caminar con pasos de hombre por una tierra de hombres hacia el kibbutz allá lejos pero en el mismo plano, como el Cielo estaba en el mismo plano que la Tierra en la acera roñosa de los juegos, y un día quizá se entraría en el mundo donde decir Cielo no sería un repasador[28] manchado de grasa, y un día alguien vería la verdadera figura del mundo, patterns pretty as can be, y tal vez, empujando la piedra, acabaría por entrar en el kibbutz.

(-37)

---

[27] *bosta:* 'excremento del ganado vacuno o caballar'.
[28] *repasador:* 'paño de cocina'.

Del lado de acá

Il faut voyager loin en aimant sa maison,

Apollinaire, *Les mamelles de Tirésias*[1].

---

[1] *Les mamelles de Tirésias* (1917) es un drama en la línea del absurdo y Jarry, que se opone al teatro clásico, por ejemplo, de Paul Claudel.

Le daba rabia llamarse Traveler[1], él que nunca se había movido de la Argentina como no fuera para cruzar a Montevideo y una vez a Asunción del Paraguay, metrópolis recordadas con soberana indiferencia. A los cuarenta años seguía adherido a la calle Cachimayo, y el hecho de trabajar como gestor y un poco de todo en el circo «Las Estrellas» no le daba la menor esperanza de recorrer los caminos del mundo *more* Barnum[2]; la zona de operaciones del circo se extendía de Santa Fe a Carmen de Patagones, con largas recaladas en la capital federal, La Plata y Rosario. Cuando Talita, lectora de enciclopedias, se interesaba por los pueblos nómadas y las culturas trashumantes, Traveler gruñía y hacía un elogio insincero del patio con geranios, el catre y el no te salgás del rincón donde empezó tu existencia. Entre mate y mate sacaba a relucir una sapiencia que impresionaba a su mujer, pero se lo veía demasiado dispuesto a persuadir. Dormido se le escapaban algunas veces vocablos de destierro, de desarraigo, de tránsitos ultramarinos, de pasos aduaneros y alidadas[3] impre-

---

[1] *Traveler:* 'viajero'.

[2] *Barnum* aparece aquí como sinónimo del mundo del circo. Phyleas Taylor Barnum (1810-1891) fue un charlatán norteamericano que consiguió fama mundial: primero, con su «Barnum's Museum», en el que exponía al enano General Tom Thumb (Pulgarcito: en realidad, un niño de cinco años), un monstruo antediluviano, una sirena que había fabricado él mismo... Luego le añadió atracciones circenses y le dio el nombre «Barnum's Greatest Show on Earth» —convertido en habitual para grandes circos: recuérdese la película de Cecil B. de Mille, *El mayor espectáculo del mundo*. También escribió su autobiografía, en la que afirma que la publicidad es «el secreto del éxito y el compendio y sustancia de todo negocio».

[3] *alidada:* 'regla fija o móvil que lleva perpendicularmente y en

cisas. Si Talita se burlaba de él al despertar, empezaba por darle de chirlos en la cola, y después se reían como locos y hasta parecía como si la autotraición de Traveler les hiciera bien a los dos. Una cosa había que reconocer y era que, a diferencia de casi todos sus amigos, Traveler no le echaba la culpa a la vida o a la suerte por no haber podido viajar a gusto. Simplemente se bebía una ginebra de un trago, y se trataba a sí mismo de cretinacho.

—Por supuesto, yo soy el mejor de sus viajes —decía Talita cuando se le presentaba la oportunidad— pero es tan tonto que no se da cuenta. Yo, señora, lo he llevado en alas de la fantasía hasta el borde mismo del horizonte.

La señora así interpelada creía que Talita hablaba en serio, y contestaba dentro de la línea siguiente:

—Ah, señora, los hombres son tan incomprensibles (sic por incomprensivos).

O:

—Créame, lo mismo somos yo y mi Juan Antonio. Siempre se lo digo, pero él como si llovería.

O:

—Cómo la comprendo, señora. La vida es una lucha.

O:

—No se haga mala sangre, doña. Basta la salud y un pasar.

Después Talita se lo contaba a Traveler, y los dos se retorcían en el piso de la cocina hasta destrozarse la ropa. Para Traveler no había nada más prodigioso que esconderse en el water y escuchar, con un pañuelo o una camiseta metidos en la boca, cómo Talita hacía hablar a las señoras de la pensión «Sobrales» y a algunas otras que vivían en el hotel de enfrente. En los ratos de optimismo, que no le duraban mucho, planeaba una pieza de radioteatro para tomarles el pelo a esas gordas sin que se dieran cuenta, forzándolas a llorar copiosamente y sintonizar todos los días la audición. Pero de todas maneras no había viajado, y era como una piedra negra en el medio de su alma.

—Un verdadero ladrillo —explicaba Traveler, tocándose el estómago.

—Nunca vi un ladrillo negro —decía el Director del circo, confidente eventual de tanta nostalgia.

—Se ha puesto así a fuerza de sedentarismo. ¡Y pensar que

_____

cada extremo una pínula o un anteojo. Acompaña a ciertos instrumentos de topografía y sirve para dirigir visuales'.

ha habido poetas que se quejaban de ser *heimatlos*[4], Ferraguto!

—Hábleme en castilla, che —decía el Director a quien el invocativo dramáticamente personalizado producía un cierto sobresalto.

—No puedo, Dire —murmuraba Traveler, disculpándose tácitamente por haberlo llamado por su nombre—. Las bellas palabras extranjeras son como oasis, como escalas. ¿Nunca iremos a Costa Rica? ¿A Panamá, donde antaño los galeones imperiales...? ¡Gardel[5] murió en Colombia, Dire, en Colombia!

—Nos falta el numerario, che —decía el Director, sacando el reloj—. Me voy al hotel que mi Cuca debe estar que brama.

Traveler se quedaba solo en la oficina y se preguntaba cómo serían los atardeceres en Connecticut. Para consolarse pasaba revista a las cosas buenas de su vida. Por ejemplo, una de las buenas cosas de su vida había sido entrar una mañana de 1940 en el despacho de su jefe, en Impuestos Internos, con un vaso de agua en la mano. Había salido cesante, mientras su jefe se absorbía el agua de la cara con un papel secante. Esa había sido una de las buenas cosas de su vida, porque justamente ese mes iban a ascenderlo, así como casarse con Talita había sido otra buena cosa (aunque los dos sostuvieran lo contrario) puesto que Talita estaba condenada por su diploma de farmacéutica a envejecer sin apelación en el esparadrapo, y Traveler se había apersonado a comprar unos supositorios contra la bronquitis, y de la explicación que había solicitado a Talita el amor había soltado sus espumas como el shampoo bajo la ducha. Incluso Traveler sostenía que se había enamorado de Talita exactamente en el momento en que ella, bajando los ojos, trataba de explicarle por qué el supositorio era más activo después y no antes de una buena evacuación del vientre.

—Desgraciado —decía Talita a la hora de las rememoraciones—. Bien que entendías las instrucciones, pero te hacías el sonso para que yo te lo tuviera que explicar.

—Una farmacéutica está al servicio de la verdad, aunque se localice en los sitios más íntimos. Si supieras con qué emoción me puse el primer supositorio esa tarde, después de dejarte. Era enorme y verde.

---

[4] *heimatlos:* 'el que se mueve continuamente'.
[5] Cortázar le ha dedicado el artículo «Gardel» (en *La vuelta*, páginas 89-93). Vuelve a ser mencionado en los capítulos 40, 41, 46 y 111.

—El eucaliptus —decía Talita—. Alegrate de que no te vendí esos que huelen a ajo a veinte metros.

Pero de a ratos se quedaban tristes y comprendían vagamente que una vez más se habían divertido como recurso extremo contra la melancolía porteña y una vida sin demasiado (¿Qué agregar a «demasiado»? Vago malestar en la boca del estómago, el ladrillo negro como siempre).

Talita explicándole las melancolías de Traveler a la señora de Gutusso:

—Le agarra a la hora de la siesta, es como algo que le sube de la pleura.

—Debe ser alguna inflamación de adentro —dice la señora de Gutusso—. El pardejón[6], que le dicen.

—Es del alma, señora. Mi esposo es poeta, créame.

Encerrado en el water, con una toalla contra la cara, Traveler llora de risa.

—¿No será alguna alergia, que le dicen? Mi nene el Vítor, usted lo ve jugando ahí entre los malvones y es propiamente una flor, créame, pero cuando le agarra la alergia al apio se pone que es un cuasimodo[7]. Mire, se le van cerrando esos ojitos tan negros que tiene, la boca se le hincha que parece un sapo, y al rato ya no puede ni abrir los dedos de los pies.

—Abrir los dedos de los pies no es tan necesario —dice Talita.

Se oyen los rugidos ahogados de Traveler en el water, y Talita cambia rápidamente de conversación para despistar a la señora de Gutusso. Por lo regular Traveler abandona su escondite sintiéndose muy triste, y Talita lo comprende. Habrá que hablar de la comprensión de Talita. Es una comprensión irónica, tierna, como lejana. Su amor por Traveler está hecho de cacerolas sucias, de largas vigilias, de una suave aceptación de sus fantasías nostálgicas y su gusto por los tangos y el truco. Cuando Traveler está triste y piensa que nunca ha viajado (y Talita sabe que eso no le importa, que sus preocupaciones son más profundas), hay que acompañarlo sin hablar mucho, cebarle mate, cuidar de que no le falte tabaco, cumplir el oficio de mujer cerca del hombre pero sin taparle la sombra, y eso es difícil. Talita es muy feliz con Traveler, con el circo,

---

[6] *pardejón:* despectivo de *pardo* ('mulato'), en Argentina: 'pardo pretencioso y altanero'.

[7] *cuasimodo:* ya ha aludido antes (capítulo 18) a *Nuestra Señora de París*.

peinando al gato calculista antes de que salga a escena, llevando las cuentas del Director. A veces piensa modestamente que está mucho más cerca que Traveler de esas honduras elementales que lo preocupan, pero toda alusión metafísica la asusta un poco y termina por convencerse de que él es el único capaz de hacer la perforación y provocar el chorro negro y aceitoso. Todo eso flota un poco, se viste de palabras o figuras, se llama lo otro, se llama la risa o el amor, y también es el circo y la vida para darle sus nombres más exteriores y fatales y no hay tu tía.

A falta de lo otro, Traveler es un hombre de acción. La califica de acción restringida porque no es cosa de andarse matando. A lo largo de cuatro décadas ha pasado por etapas fácticas diversas: fútbol (en Colegiales, centrofoward nada malo), pedestrismo, política (un mes en la cárcel de Devoto en 1934), cunicultura y apicultura (granja en Manzanares, quiebra al tercer mes, conejos apestados y abejas indómitas), automovilismo (copiloto de Marimón[8], vuelco en Resistencia, tres costillas rotas), carpintería fina (perfeccionamiento de muebles que se remontan al cielo raso una vez usados, fracaso absoluto), matrimonio y ciclismo en la avenida General Paz los sábados, en bicicleta alquilada. La urdimbre de esa acción es una biblioteca mental surtida, dos idiomas, pluma fácil, interés irónico por la soteriología y las bolas de cristal, tentativa de creación de una mandrágora plantando una batata en una palangana con tierra y esperma, la batata criándose al modo estentóreo de las batatas, invadiendo la pensión, saliéndose por las ventanas, sigilosa intervención de Talita armada de unas tijeras, Traveler explorando el tallo de la batata, sospechando algo, renuncia humillada a la mandrágora fruto de horca, Alraune, rémoras de infancia. A veces Traveler hace alusiones a un doble que tiene más suerte que él, y a Talita, no sabe por qué, no le gusta eso, lo abraza y lo besa inquieta, hace todo lo que puede para arrancarlo a esas ideas. Entonces se lo lleva a ver a Marilyn Monroe[9], gran favorita de Traveler, y-tasca-el-freno de unos celos puramente artísticos en la oscuridad del cine Presidente Roca.

(-98)

---

[8] *Marimón:* famoso corredor de coches argentino. No llegó a alcanzar la fama mundial de Fangio.
[9] *Marilyn Monroe* (1926-1962). Principales películas: *Niágara, Los caballeros las prefieren rubias, Cómo casarse con un millonario, Río sin retorno, Bus stop, El príncipe y la corista, Con faldas y a lo loco.*

38

Talita no estaba muy segura de que a Traveler lo alegrara la repatriación de un amigo de la juventud, porque lo primero que hizo Traveler al enterarse de que el tal Horacio volvía violentamente a la Argentina en el motoscafo *Andrea C,* fue soltarle un puntapié al gato calculista del circo y proclamar que la vida era una pura joda. De todos modos lo fue a esperar al puerto con Talita y con el gato calculista metido en una canasta. Oliveira salió del galpón de la aduana llevando una sola y liviana valija, y al reconocer a Traveler levantó las cejas con aire entre sorprendido y fastidiado.

—Qué decís, che.

—Salú —dijo Traveler, apretándole la mano con una emoción que no había esperado.

—Mirá —dijo Oliveira— vamos a una parrilla del puerto a comernos unos chorizos.

—Te presento a mi mujer —dijo Traveler.

Oliveira dijo: «Mucho gusto» y le alargó la mano casi sin mirarla. En seguida preguntó quién era el gato y por qué lo llevaban en canasta al puerto. Talita, ofendida por la recepción, lo encontró positivamente desagradable y anunció que se volvía al circo con el gato.

—Y bueno —dijo Traveler—. Ponelo del lado de la ventanilla en el bondi[1], ya sabés que no le gusta nada el pasillo.

En la parrilla, Oliveira empezó a tomar vino tinto y a comer chorizos y chinchulines. Como no hablaba gran cosa, Traveler le contó del circo y de cómo se había casado con Talita. Le hizo un resumen de la situación política y deportiva del país, deteniéndose especialmente en la grandeza y decadencia de

---

[1] *bondi:* 'tranvía'.

Pascualito Pérez[2]. Oliveira dijo que en París se había cruzado
con Fangio y que el chueco[3] parecía dormido. A Traveler le
empezó a dar hambre y pidió unas achuras[4]. Le gustó que
Oliveira aceptara con una sonrisa el primer cigarrillo criollo y
que lo fumara apreciativamente. Se internaron juntos en otro
litro de tinto, y Traveler habló de su trabajo, de que no había
perdido la esperanza de encontrar algo mejor, es decir con
menos trabajo y más guita, todo el tiempo esperando que
Oliveira le dijese alguna cosa, no sabía qué, un rumbo cualquiera que los afirmara en ese encuentro después de tanto
tiempo.

—Bueno, contá algo —propuso.

—El tiempo —dijo Oliveira— era muy variable, pero de
cuando en cuando había días buenos. Otra cosa: Como muy
bien dijo César Bruto, si a París vas en octubre, no dejes de
ver el Louvre. ¿Qué mas? Ah, sí, una vez llegué hasta Viena.
Hay unos cafés fenomenales, con gordas que llevan al perro y
al marido a comer strudel.

—Está bien, está bien —dijo Traveler—. No tenés ninguna
obligación de hablar, si no te da la gana.

—Un día se me cayó un terrón de azúcar debajo de la mesa
de un café. En París, no en Viena.

—Para hablar tanto de los cafés no valía la pena que
cruzaras el charco.

—A buen entendedor —dijo Oliveira, cortando con muchas
precauciones una tira de chinchulines—. Esto sí que no lo
tenés en la Ciudad Luz, che. La de argentinos que me lo han
dicho. Lloran por el bife, y hasta conocí a una señora que se
acordaba con nostalgia del vino criollo. Según ella el vino
francés no se presta para tomarlo con soda.

—Qué barbaridad —dijo Traveler.

—Y por supuesto el tomate y la papa son más sabrosos aquí
que en ninguna parte.

—Se ve —dijo Traveler— que te codeabas con la crema.

—Una que otra vez. En general no les caían bien mis codos,

---

[2] *Pascualito Pérez:* uno de los grandes campeones del boxeo argentino. Lo menciona también en *La vuelta.*

[3] *el chueco,* 'estevado, patituerto', era mote cariñoso para Juan
Manuel Fangio, varias veces campeón mundial de automovilismo.

[4] *achuras:* 'intestino o menudo del animal vacuno, lanar o cabrío, o
todo otro pedazo de carne considerada como desperdicio'.

para aprovechar tu delicada metáfora. Qué humedad, hermano.

—Ah, eso —dijo Traveler—. Te vas a tener que reaclimatar.

En esa forma siguieron unos veinticinco minutos.

(-39)

Por supuesto Oliveira no iba a contarle a Traveler que en la escala de Montevideo había andado por los barrios bajos, preguntando y mirando, tomándose un par de cañas para hacer entrar en confianza a algún morocho[1]. Y que nada, salvo que había un montón de edificios nuevos y que en el puerto, donde había pasado la última hora antes de que zarpara el *Andrea C,* el agua estaba llena de pescados muertos flotando panza arriba, y entre los pescados uno que otro preservativo ondulando despacito en el agua grasienta. No quedaba más que volverse al barco, pensando que a lo mejor Lucca, que a lo mejor realmente había sido Lucca o Perugia. Y todo tan al divino cohete.

Antes de desembarcar en la mamá patria, Oliveira había decidido que todo lo pasado no era pasado y que solamente una falacia mental como tantas otras podía permitir el fácil expediente de imaginar un futuro abonado por los juegos ya jugados. Entendió (solo en la proa, al amanecer, en la niebla amarilla de la nada) que nada había cambiado si él decidía plantarse, rechazar las soluciones de facilidad. La madurez, suponiendo que tal cosa existiese, era en último término una hipocresía. Nada estaba maduro, nada podía ser más natural que esa mujer con un gato en una canasta, esperándolo al lado de Manolo Traveler, se pareciera un poco a esa otra mujer que (pero de qué le había servido andar por los barrios bajos de Montevideo, tomarse un taxi hasta el borde del Cerro, consultando viejas direcciones reconstruidas por una memoria indócil). Había que seguir, o recomenzar o terminar: todavía no había puente. Con una valija en la mano, enderezó para el

---

[1] *morocho:* 'de color que tira a negro, moreno'.

lado de una parrilla del puerto, donde una noche alguien medio curda le había contado anécdotas del payador Betinoti, y de cómo cantaba aquel vals: *Mi diagnóstico es sencillo: / Sé que no tengo remedio*. La idea de la palabra diagnóstico metida en un vals le había parecido irresistible a Oliveira, pero ahora se repetía los versos con un aire sentencioso, mientras Traveler le contaba del circo, de K.O. Lausse y hasta de Juan Perón.

(-86)

40

Se dio cuenta de que la vuelta era realmente la ida en más de un sentido. Ya vegetaba con la pobre y abnegada Gekrepten en una pieza de hotel frente a la pensión «Sobrales» donde revistaban los Traveler. Les iba muy bien, Gekrepten estaba encantada, cebaba unos mates impecables, y aunque hacía pésimamente el amor y la pasta asciutta, tenía otras relevantes cualidades domésticas y le dejaba todo el tiempo necesario para pensar en lo de la ida y la vuelta, problema que lo preocupaba en los intervalos de un corretaje de cortes de gabardina. Al principio Traveler le había criticado su manía de encontrarlo todo mal en Buenos Aires, de tratar a la ciudad de puta encorseteada, pero Oliveira les explicó a él y a Talita que en esas críticas había una cantidad tal de amor que solamente dos tarados como ellos podían malentender sus denuestos. Acabaron por darse cuenta de que tenía razón, que Oliveira no podía reconciliarse hipócritamente con Buenos Aires, y que ahora estaba mucho más lejos del país que cuando andaba por Europa. Sólo las cosas simples y un poco viejas lo hacían sonreír: el mate, los discos de De Caro, a veces el puerto por la tarde. Los tres andaban mucho por la ciudad, aprovechando que Gekrepten trabajaba en una tienda, y Traveler espiaba en Oliveira los signos del pacto ciudadano, abonando entre tanto el terreno con enormes cantidades de cerveza. Pero Talita era más intransigente (característica propia de la indiferencia) y exigía adhesiones a corto plazo: la pintura de Clorindo Testa, por ejemplo, o las películas de Torre Nilsson[1]. Se armaban terribles discusiones sobre Bioy Casa-

---

[1] Leopoldo *Torre Nilsson:* gran director de cine argentino, nacido en 1924. Principales películas: *El muro, El crimen de Oribe, Graciela, La casa del ángel, La caída, Fin de fiesta, Piel de verano, Boquitas*

res[2], David Viñas[3], el padre Castellani[4], Manauta y la política de YPF. Talita acabó por entender que a Oliveira le daba exactamente lo mismo estar en Buenos Aires que en Bucarest, y que en realidad no había vuelto sino que lo habían traído. Por debajo de los temas de discusión circulaba siempre un aire patafísico, la triple coincidencia en una histriónica búsqueda de puntos de mira que excentraran al mirador o a lo mirado. A fuerza de pelear, Talita y Oliveira empezaban a respetarse. Traveler se acordaba del Oliveira de los veinte años y le dolía el corazón, aunque a lo mejor eran los gases de la cerveza.

—Lo que a vos te ocurre es que no sos un poeta —decía Traveler—. No sentís como nosotros a la ciudad como una enorme panza que oscila lentamente bajo el cielo, una araña enormísima con las patas en San Vicente, en Burzaco, en Sarandí, en el Palomar, y las otras metidas en el agua, pobre bestia, con lo sucio que es este río.

—Horacio es un perfeccionista —lo compadecía Talita que ya había agarrado confianza—. El tábano sobre el noble caballo. Debías aprender de nosotros, que somos unos porteños humildes y sin embargo sabemos quién es Pieyre de Mandiargues[5].

—Y por las calles —decía Traveler, entornando los ojos—

---

pintadas... Algunas se basan en novelas de Beatriz Guido, su esposa, y Manuel Puig.

[2] Adolfo *Bioy Casares:* nacido en 1914, narrador argentino de la corriente fantástica. Puede verse *La invención de Morel. El gran serafín,* editadas por Trinidad Barrera en esta misma colección. En colaboración con Borges y con varios seudónimos ha publicado *Seis problemas para Isidro Parody, Dos fantasías memorables, Un modelo para la muerte.*

[3] *David Viñas:* narrador y ensayista argentino, nacido en 1929. Relatos: *Cosas concretas, Cuerpo a cuerpo.* Ensayo: *La expresión americana.*

[4] *el padre Leonardo Castellani* (1895-1979): jesuita argentino, que usó el ensayo, la narración y la poesía para difundir sus ideas católicas y anticomunistas. Creó un personaje, el Padre Metri, émulo argentino del Padre Brown. También es autor de una muy difundida antología: *Las cien mejores poesías argentinas.*

[5] André *Pieyre de Mandiargues:* nacido en 1909, autor de relatos surrealistas, románticos y eróticos, además de poeta y cuentista. Jesús Munárriz ha traducido *La marea y otras narraciones.* Uno de sus cuentos fue llevado al cine por Borowczyk en sus *Cuentos inmorales.* En su relato *La noche de Saint-Tropez,* alude Cortázar a «las fiestas Fellini o Pieyre de Mandiargues» *(Último Round,* II, pág. 195).

pasan chicas de ojos dulces y caritas donde el arroz con leche y Radio El Mundo han ido dejando como un talco de amable tontería.

—Sin contar las mujeres emancipadas e intelectuales que trabajan en los circos —decía modestamente Talita.

—Y los especialistas en folklore canyengue, como un servidor. Haceme acordar en casa que te lea la confesión de Ivonne Guitry[6], viejo, es algo grande.

—A propósito, manda decir la señora de Gutusso que si no le devolvés la antología de Gardel te va a rajar una maceta en el cráneo —informó Talita.

—Primero le tengo que leer la confesión a Horacio. Que se espere, vieja de mierda.

—¿La señora de Gutusso es esa especie de catoblepas[7] que se la pasa hablando con Gekrepten? —preguntó Oliveira.

—Sí, esta semana les toca ser amigas. Ya vas a ver dentro de unos días, nuestro barrio es así.

—Plateado por la luna[8] —dijo Oliveira.

—Es mucho mejor que tu Saint-Germain-des-Prés —dijo Talita.

—Por supuesto —dijo Oliveira, mirándola. Tal vez, entornando un poco los ojos... Y esa manera de pronunciar el francés, esa manera, y si él entrecerraba los ojos. (Farmacéutica, lástima.)

Como les encantaba jugar con las palabras, inventaron en esos días los juegos en el cementerio, abriendo por ejemplo el de Julio Casares[9] en la página 558 y jugando con la hallulla, el hámago, el halieto, el haloque, el hamez, el harambel, el harbullista, el harca y la harija. En el fondo se quedaban un poco tristes pensando en posibilidades malogradas por el carácter argentino y el paso-implacable-del-tiempo. A propósito de farmacéutica Traveler insistía en que se trataba del gentilicio de una nación sumamente merovingia, y entre él y Oliveira

---

[6] *Ivonne Guitry:* creo que se trata de Ivonne Printemps, una de las mujeres del autor teatral Sacha Guitry.

[7] *catoblepas:* se aplica en dos sentidos: refiriéndose a un animal de la zoología fantástica y al gnu, antílope de las estepas africanas.

[8] «barrio... *plateado por la luna,* / rumores de milonga / es toda mi fortuna»: fragmento del famoso tango *Melodía de arrabal,* letra de Battistella y Le Pera, música de Gardel.

[9] Se refiere al *Diccionario ideológico de la lengua española,* de don Julio Casares (1877-1964), que fue Secretario de la Real Academia Española y autor de *Crítica profana* y *Crítica efímera.*

le dedicaron a Talita un poema épico en el que las hordas
farmacéuticas invadían Cataluña sembrando el terror, la pipe-
rina y el eléboro. La nación farmacéutica, de ingentes caballos. Meditación en la estepa farmacéutica. Oh emperatriz de
los farmacéuticos, ten piedad de los afofados, los afrontilados,
los agalbanados y los aforados que se afufan.

Mientras Traveler se lo trabajaba de a poco al Director para
que lo hiciera entrar a Oliveira en el circo, el objeto de esos
desvelos tomaba mate en la pieza y se ponía desganadamente
al día en materia de literatura nacional. Entregado a esas
tareas se descolgaron los grandes calores, y la venta de cortes de gabardina mermó considerablemente. Empezaron las
reuniones en el patio de don Crespo, que era amigo de
Traveler y le alquilaba piezas a la señora de Gutusso y a otras
damas y caballeros. Favorecido por la ternura de Gekrepten,
que lo mimaba como a un chico, Oliveira dormía hasta no
poder más y en los intervalos lúcidos miraba a veces un librito
de Crevel que había aparecido en el fondo de la valija, y
tomaba un aire de personaje de novela rusa. De esa fiaca tan
metódica no podía resultar nada bueno, y él confiaba vagamente en eso, en que entrecerrando los ojos se vieran algunas
cosas mejor dibujadas, de que durmiendo se le aclararan las
meninges. Lo del circo andaba muy mal, el Director no quería
saber nada de otro empleado. A la nochecita, antes de consti-
tuirse en el empleo, los Traveler bajaban a tomar mate con don
Crespo, y Oliveira caía también y escuchaban discos viejos en
un aparato que andaba por milagro, que es como deben
escucharse los discos viejos. A veces Talita se sentaba frente a
Oliveira para hacer juegos con el cementerio, o desafiarse a las
preguntas-balanza que era otro juego que habían inventado
con Traveler y que los divertía mucho. Don Crespo los consideraba locos y la señora de Gutusso estúpidos.

—Nunca hablás de aquello —decía a veces Traveler, sin
mirar a Oliveira. Era más fuerte que él; cuando se decidía a
interrogarlo tenía que desviar los ojos, y tampoco sabía por
qué pero no podía nombrar a la capital de Francia, decía
«aquello» como una madre que se pela el coco inventando
nombres inofensivos para las partes pudendas de los nenes,
cositas de Dios.

—Ningún interés —contestaba Oliveira—. Andá a ver si no
me creés.

Era la mejor manera de hacer rabiar a Traveler, nómade
fracasado. En vez de insistir, templaba su horrible guitarra de

Casa América y empezaba con los tangos. Talita miraba de reojo a Oliveira, un poco resentida. Sin decirlo nunca demasiado claramente, Traveler le había metido en la cabeza que Oliveira era un tipo raro, y aunque eso estaba a la vista la rareza debía ser otra, andar por otra parte. Había noches en que todo el mundo estaba como esperando algo. Se sentían muy bien juntos, pero eran como una cabeza de tormenta. En esas noches, si abrían el cementerio les caían cosas como cisco, cisticerco, ¡cito!, cisma, cístico y cisión. Al final se iban a la cama con un malhumor latente, y soñaban toda la noche con cosas divertidas y agradables, lo que más bien era un contrasentido.

(-59)

41

A Oliveira el sol le daba en la cara a partir de las dos de la tarde[1]. Para colmo con ese calor se le hacía muy difícil enderezar clavos martillándolos en una baldosa (cualquiera sabe lo peligroso que es enderezar un clavo a martillazos, hay un momento en que el clavo está casi derecho, pero cuando se lo martilla una vez más da media vuelta y pellizca violentamente los dedos que lo sujetan; es algo de una perversidad fulminante), martillándolos empecinadamente en una baldosa (pero cualquiera sabe que) empecinadamente en una baldosa (pero cualquiera) empecinadamente.

«No queda ni uno derecho», pensaba Oliveira, mirando los clavos desparramados en el suelo. «Y a esta hora la ferretería está cerrada, me van a echar a patadas si golpeo para que me vendan treinta guitas de clavos. Hay que enderezarlos, no hay remedio.»

Cada vez que conseguía enderezar a medias un clavo, levantaba la cabeza en dirección a la ventana abierta y silbaba para que Traveler se asomara. Desde su cuarto veía muy bien una parte del dormitorio, y algo le decía que Traveler estaba en el dormitorio, probablemente acostado con Talita. Los Traveler dormían mucho de día, no tanto por el cansancio del circo sino por un principio de fiaca que Oliveira respetaba. Era penoso despertar a Traveler a las dos y media de la tarde, pero Oliveira tenía ya amoratados los dedos con que sujetaba los clavos, la sangre machucada empezaba a extravasarse, dando a los dedos un aire de chipolatas mal hechas que era realmente repugnante. Más se los miraba, más sentía la necesidad de despertar a Traveler. Para colmo tenía ganas de matear

---

[1] Como indico en la Introducción, éste es el primer capítulo que redactó Cortázar.

y se le había acabado la yerba: es decir, le quedaba yerba para medio mate, y convenía que Traveler o Talita le tiraran la cantidad restante metida en un papel y con unos cuantos clavos de lastre para embocar la ventana. Con clavos derechos y yerba la siesta sería más tolerable.

«Es increíble lo fuerte que silbo», pensó Oliveira, deslumbrado. Desde el piso de abajo, donde había un clandestino con tres mujeres y una chica para los mandados, alguien lo parodiaba con un contrasilbido lamentable, mezcla de pava hirviendo y chiflido desdentado. A Oliveira le encantaba la admiración y la rivalidad que podía suscitar su silbido; no lo malgastaba, reservándolo para las ocasiones importantes. En sus horas de lectura, que se cumplían entre la una y las cinco de la madrugada, pero no todas las noches, había llegado a la desconcertante conclusión de que el silbido no era un tema sobresaliente en la literatura. Pocos autores hacían silbar a sus personajes. Prácticamente ninguno. Los condenaban a un repertorio bastante monótono de elocuciones (decir, contestar, cantar, gritar, balbucear, bisbisar, proferir, susurrar, exclamar y declamar) pero ningún héroe o heroína coronaba jamás un gran momento de sus epopeyas con un real silbido de esos que rajan los vidrios. Los squires ingleses silbaban para llamar a sus sabuesos, y algunos personajes dickensianos[2] silbaban para conseguir un cab. En cuanto a la literatura argentina silbaba poco, lo que era una vergüenza. Por eso aunque Oliveira no había leído a Cambaceres[3], tendía a considerarlo como un maestro nada más que por sus títulos, a veces imaginaba una continuación en la que el silbido se iba adentrando en la Argentina visible e invisible, la envolvía en su piolín reluciente y proponía a la estupefacción universal ese matambre[4] arrollado que poco tenía que ver con la versión áulica de las embajadas y el contenido del rotograbado dominical y digestivo de los Gainza Mitre Paz[5], y todavía menos con los altiba-

---

[2] Charles *Dickens* (1812-1870). Obras: *Cuentos de Navidad, Oliver Twist, David Copperfield, Los papeles póstumos del club Pickwick*. A esta última puede referirse la alusión de Cortázar.

[3] Eugenio *Cambaceres* (1843-1888): narrador naturalista, autor de *Sin rumbo, Potpourri, Música Sentimental, En la sangre*.

[4] *matambre*: 'capa de carne y grasa que se saca de entre el cuero y el costillar de los animales vacunos'.

[5] *Gainza/Mitre/Paz:* Emilia de Zuleta completa así mi información: «Gainza Paz, dueño del diario *La Prensa* (fundador, Paz); Mitre, fundador de *La Nación*. Es decir, que con esa fórmula aúna a los dos

jos de Boca Juniors[6] y los cultos necrofílicos de la baguala[7] y el barrio de Boedo[8]. «La puta que te parió» (a un clavo), «no me dejan siquiera pensar tranquilo, carajo». Por lo demás esas imaginaciones le repugnaban por lo fáciles, aunque estuviera convencido de que a la Argentina había que agarrarla por el lado de la vergüenza, buscarle el rubor escondido por un siglo de usurpaciones de todo género como tan bien explicaban sus ensayistas, y para eso lo mejor era demostrarle de alguna manera que no se la podía tomar en serio como pretendía. ¿Quién se animaría a ser el bufón que desmontara tanta soberanía al divino cohete? ¿Quién se le reiría en la cara para verla enrojecer y acaso, alguna vez, sonreír como quien encuentra y reconoce? Che, pero pibe, qué manera de estropearse el día. A ver si ese clavito se resistía menos que los otros, tenía un aire bastante dócil.

«Qué frío bárbaro hace», se dijo Oliveira que creía en la eficacia de la autosugestión. El sudor le chorreaba desde el pelo a los ojos, era imposible sostener un clavo con la torcedura hacia arriba porque el menor golpe del martillo lo hacía resbalar en los dedos empapados (de frío) y el clavo volvía a pellizcarlo y a amoratarle (de frío) los dedos. Para peor el sol empezaba a dar de lleno en la pieza (era la luna sobre las estepas cubiertas de nieve, y él silbaba para azuzar a los caballos que impulsaban su tarantás), a las tres no quedaría un solo rincón sin nieve, se iba a helar lentamente hasta que lo ganara la somnolencia tan bien descrita y hasta provocada en los relatos eslavos, y su cuerpo quedara sepultado en la blancura homicida de las lívidas flores del espacio. Estaba bien eso: las lívidas flores del espacio. En ese mismo momento se pegó un martillazo de lleno en el dedo pulgar. El frío que lo invadió fue tan intenso que tuvo que revolcarse en el suelo

grandes diarios en una referencia despectiva (e injusta, me parece) a sus suplementos dominicales a los cuales atribuye una versión oficial y conformista de la Argentina (*Argentina invisible*, distinción de Eduardo Mallea).»

[6] Uno de los grandes clubs de fútbol argentinos.

[7] *baguala:* 'canción folklórica del norte argentino'.

[8] *Boedo:* calle y barrio de Buenos Aires, que da nombre a un movimiento literario, del que formó parte, por ejemplo, Roberto Arlt, junto a otros escritores populistas. Declaró Cortázar a Evelyn Picon: «Conoces la diferencia entre Florida y Boedo, ¿no? También había descubierto a los de Boedo. Y me había impresionado eso que yo calificaba de fuerza, hace un momento» (pág. 12).

para luchar contra la rigidez de la congelación. Cuando por fin consiguió sentarse, sacudiendo la mano en todas direcciones, estaba empapado de pies a cabeza, probablemente de nieve derretida o de esa ligera llovizna que alterna con las lívidas flores del espacio y refresca la piel de los lobos.

Traveler se estaba atando el pantalón del piyama y desde su ventana veía muy bien la lucha de Oliveira contra la nieve y la estepa. Estuvo por darse vuelta y contarle a Talita que Oliveira se revolcaba por el piso sacudiendo una mano, pero entendió que la situación revestía cierta gravedad y que era preferible seguir siendo un testigo adusto e impasible.

—Por fin salís, qué joder —dijo Oliveira—. Te estuve silbando media hora. Mirá la mano cómo la tengo machucada.

—No será de vender cortes de gabardina —dijo Traveler.

—De enderezar clavos, che. Necesito unos clavos derechos y un poco de yerba.

—Es fácil —dijo Traveler—. Esperá.

—Armá un paquete y me lo tirás.

—Bueno —dijo Traveler—. Pero ahora que lo pienso me va a dar trabajo ir hasta la cocina.

—¿Por qué? —dijo Oliveira—. No está tan lejos.

—No, pero hay una punta de piolines con ropa tendida y esas cosas.

—Pasá por debajo —sugirió Oliveira—. A menos que los cortes. El chicotazo[9] de una camisa mojada en las baldosas es algo inolvidable. Si querés te tiro el cortaplumas. Te juego a que lo clavo en la ventana. Yo de chico clavaba un cortaplumas en cualquier cosa y a diez metros.

—Lo malo en vos —dijo Traveler— es que cualquier problema lo retrotraés a la infancia. Ya estoy harto de decirte que leas un poco a Jung, che. Y mirá que la tenés con el cortaplumas ese, cualquiera diría que es un arma interplanetaria. No se te puede hablar de nada sin que saques a relucir el cortaplumas. Decime qué tiene que ver eso con un poco de yerba y unos clavos.

—Vos no seguiste el razonamiento —dijo Oliveira, ofendido—. Primero mencioné la mano machucada, y después pasé a los clavos. Entonces vos me antepusiste que unas piolas no te dejaban ir a la cocina, y era bastante lógico que las piolas me llevaran a pensar en el cortaplumas. Vos deberías leer a

---

[9] *chicotazo:* 'golpe con el látigo *(chicote)* o su sonido'.

Edgar Poe, che. A pesar de las piolas no tenés hilación, eso es
lo que te pasa.

Traveler se acodó en la ventana y miró a la calle. La poca
sombra se aplastaba contra el adoquinado, y a la altura del
primer piso empezaba la materia solar, un arrebato amarillo
que manoteaba para todos lados y le aplastaba literalmente la
cara a Oliveira.

—Vos de tarde estás bastante jodido con ese sol —dijo
Traveler.

—No es sol —dijo Oliveira—. Te podrías dar cuenta de que
es la luna y de que hace un frío espantoso. Esta mano se me
ha amoratado por exceso de congelación. Ahora empezará la
gangrena, y dentro de unas semanas me estarás llevando gla-
diolos a la quinta del ñato[10].

—¿La luna? —dijo Traveler, mirando hacia arriba—. Lo
que te voy a tener que llevar es toallas mojadas a Vieytes.

—Allí lo que más se agradece son los Particulares livianos
—dijo Oliveira—. Vos abundás en incongruencias, Manú.

—Te he dicho cincuenta veces que no me llames Manú.

—Talita te llama Manú —dijo Oliveira, agitando la mano
como si quisiera desprenderla del brazo.

—Las diferencias entre vos y Talita —dijo Traveler— son
de las que se ven palpablemente. No entiendo por qué tenés
que asimilar su vocabulario. Me repugnan los cangrejos ermi-
taños, las simbiosis en todas sus formas, los líquenes y demás
parásitos.

—Sos de una delicadeza que me parte literalmente el alma
—dijo Oliveira.

—Gracias. Estábamos en que yerba y clavos. ¿Para qué
querés los clavos?

—Todavía no sé —dijo Oliveira, confuso—. En realidad
saqué la lata de clavos y descubrí que estaban todos torcidos.
Los empecé a enderezar, y con este frío, ya ves... Tengo la
impresión de que en cuanto tenga clavos bien derechos voy a
saber para qué los necesito.

—Interesante —dijo Traveler, mirándolo fijamente—. A veces te pasan cosas curiosas a vos. Primero los clavos y después
la finalidad de los clavos. Sería una lección para más de
cuatro, viejo.

—Vos siempre me comprendiste —dijo Oliveira—. Y la

---

10 Me aclara Leda Schiavo que la quinta del ñato designa humorísti-
camente al cementerio.

yerba, como te imaginarás, la quiero para cebarme unos amargachos[11].

—Está bien —dijo Traveler—. Esperame. Si tardo mucho podés silbar, a Talita le divierte tu silbido.

Sacudiendo la mano, Oliveira fue hasta el lavatorio y se echó agua por la cara y el pelo. Siguió mojándose hasta empaparse la camiseta, y volvió al lado de la ventana para aplicar la teoría según la cual el sol que cae sobre un trapo mojado provoca una violenta sensación de frío. «Pensar que me moriré», se dijo Oliveira, «sin haber visto en la primera página del diario la noticia de las noticias: ¡SE CAYÓ LA TORRE DE PISA! Es triste, bien mirado».

Empezó a componer titulares, cosa que siempre ayudaba a pasar el tiempo. SE LE ENREDA LA LANA DEL TEJIDO Y PERECE ASFIXIADA EN LANÚS OESTE. Contó hasta doscientos sin que se le ocurriera otro titular pasable.

—Me voy a tener que mudar —murmuró Oliveira—. Esta pieza es enormemente chica. Yo en realidad tendría que entrar en el circo de Manú y vivir con ellos. ¡¡La yerba!!

Nadie contestó.

—La yerba —dijo suavemente Oliveira—. La yerba, che. No me hagás eso, Manú. Pensar que podríamos charlar de ventana a ventana, con vos y Talita, y a lo mejor venía la señora de Gutusso o la chica de los mandados, y hacíamos juegos en el cementerio y otros juegos.

«Después de todo», pensó Oliveira, «los juegos en el cementerio los puedo hacer yo solo».

Fue a buscar el diccionario de la Real Academia Española, en cuya tapa la palabra Real había sido encarnizadamente destruida a golpes de gillete, lo abrió al azar y preparó para Manú el siguiente juego en el cementerio.

«Hartos del cliente y de sus cleonasmos, le sacaron el clíbano y el clípeo y le hicieron tragar una clica. Luego le aplicaron un clistel clínico en la cloaca, aunque clocaba por tan clivoso ascenso de agua mezclada con clinopodio, revolviendo los clisos como clerizón clorótico.»

—Joder —dijo admirativamente Oliveira. Pensó que también joder podía servir como punto de arranque, pero lo decepcionó descubrir que no figuraba en el cementerio; en cambio en el jonuco estaban jonjobando dos jobs, ansiosos

―――――

11 *amargacho:* 'el mate preparado sin azúcar'.

por joparse; lo malo era que el jorbín los había jomado, jitándolos como jocós apestados.

«Es realmente la necrópolis», pensó. «No entiendo cómo a esta porquería le dura la encuadernación.»

Se puso a escribir otro juego, pero no le salía. Decidió probar los diálogos típicos y buscó el cuaderno donde los iba escribiendo después de inspirarse en el subterráneo, los cafés y los bodegones. Tenía casi terminado un diálogo típico de españoles y le dio algunos toques más, no sin echarse antes un jarro de agua en la camiseta.

DIÁLOGO TÍPICO DE ESPAÑOLES

López. —Yo he vivido un año entero en Madrid. Verá usted, era en 1925, y...

Pérez. —¿En Madrid? Pues precisamente le decía yo ayer al doctor García...

López. —De 1925 a 1926, en que fui profesor de literatura en la Universidad.

Pérez. —Le decía yo: «Hombre, todo el que haya vivido en Madrid sabe lo que es eso.»

López. —Una cátedra especialmente creada para mí para que pudiera dictar mis cursos de Literatura.

Pérez. —Exacto, exacto. Pues ayer mismo le decía yo al doctor García, que es muy amigo mío...

López. —Y claro, cuando se ha vivido allí más de un año, uno sabe muy bien que el nivel de los estudios deja mucho que desear.

Pérez. —Es un hijo de Paco García, que fue ministro de Comercio, y que criaba toros.

López. —Una vergüenza, créame usted, una verdadera vergüenza.

Pérez. —Sí, hombre, ni qué hablar. Pues este doctor García...

Oliveira estaba ya un poco aburrido del diálogo, y cerró el cuaderno. «Shiva», pensó bruscamente. «Oh bailarín cósmico, cómo brillarías, bronce infinito, bajo este sol. ¿Por qué pienso en Shiva? Buenos Aires. Uno vive. Manera tan rara. Se acaba por tener una enciclopedia. De qué te sirvió el verano, oh ruiseñor. Claro que peor sería especializarse y pasar cinco años estudiando el comportamiento del acrídido[12]. Pero mirá qué lista increíble, pibe, mirame un poco esto...»

---

[12] *acrídido:* 'insecto ortóptero saltador con antenas cortas y sólo tres artejos en los tarsos, como los saltamontes'.

Era un papelito amarillo, recortado de un documento de carácter vagamente internacional. Alguna publicación de la Unesco o cosa así, con los nombres de los integrantes de cierto Consejo de Birmania. Oliveira empezó a regodearse con la lista y no pudo resistir a la tentación de sacar un lápiz y escribir la jitanjáfora [13] siguiente:

U Nu,
U Tin,
Mya Bu,
Thado Thiri Thudama U E Maung,
Sithu U Cho,
Wunna Kyaw Htin U Khin Zaw,
Wunna Kyaw Htin U Thein Han,
Wunna Kyaw Htin U Myo Min,
Thiri Pyanchi U Thant,
Thado Maba Thray Sithu U Chan Htoon.

«Los tres Wunna Kyaw Htin son un poco monótonos», se dijo mirando los versos. «Debe significar algo como 'Su excelencia el Honorabilísimo'. Che, qué bueno es lo de Thiri Pyanchi U Thant, es lo que suena mejor. ¿Y cómo se pronunciará Htoon?»

—Salú —dijo Traveler.

—Salú —dijo Oliveira—. Qué frío hace, che.

—Disculpa si te hice esperar. Vos sabés, los clavos...

—Seguro —dijo Oliveira—. Un clavo es un clavo, sobre todo si está derecho. ¿Hiciste un paquete?

—No —dijo Traveler, rascándose una tetilla—. Qué barbaridad de día, che, es como fuego.

—Avisá —dijo Oliveira tocándose la camiseta completamente seca—. Vos sos como la salamandra, vivís en un mundo de perpetua piromanía. ¿Trajiste la yerba?

—No —dijo Traveler—. Me olvidé completamente de la yerba. Tengo nada más que los clavos.

—Bueno, andá buscala, me hacés un paquete y me lo revoleás.

Traveler miró su ventana, después la calle, y por último la ventana de Oliveira.

—Va a ser peliagudo —dijo—. Vos sabés que yo nunca

---

[13] *jitanjáfora:* nombre inventado por Alfonso Reyes en 1929. Designa cierto tipo de juegos literarios, que utilizan los valores fónicos y la capacidad sugestiva del lenguaje. No es muy lejano a lo que hace varias veces Cortázar en esta novela —ejemplo claro: el capítulo 68.

emboco un tiro, aunque sea a dos metros. En el circo me han tomado el pelo veinte veces.

—Pero si es casi como si me lo alcanzaras —dijo Oliveira.

—Vos decís, vos decís, y después los clavos le caen en la cabeza a uno de abajo y se arma un lío.

—Tirame el paquete y después hacemos juegos en el cementerio —dijo Oliveira.

—Sería mejor que vinieras a buscarlo.

—¿Pero vos estás loco, pibe? Bajar tres pisos, cruzar por entre el hielo y subir otros tres pisos, eso no se hace ni en la cabaña del tío Tom[14].

—No vas a pretender que sea yo el que practique ese andinismo vespertino.

—Lejos de mí tal intención —dijo virtuosamente Oliveira.

—Ni que vaya a buscar un tablón a la antecocina para fabricar un puente.

—Esa idea —dijo Oliveira— no es mala del todo, aparte de que nos serviría para ir usando los clavos, vos de tu lado y yo del mío.

—Bueno, esperá —dijo Traveler, y desapareció.

Oliveira se quedó pensando en un buen insulto para aplastar a Traveler en la primera oportunidad. Después de consultar el cementerio y echarse un jarro de agua en la camiseta se apostó a pleno sol en la ventana. Traveler no tardó en llegar arrastrando un enorme tablón, que sacó poco a poco por la ventana. Recién entonces Oliveira se dio cuenta de que Talita sostenía también el tablón, y la saludó con un silbido. Talita tenía puesta una salida de baño verde, lo bastante ajustada como para dejar ver que estaba desnuda.

—Qué secante sos —dijo Traveler, bufando—. En qué líos nos metés.

Oliveira vio su oportunidad.

—Callate, miriápodo de diez a doce centímetros de largo, con un par de patas en cada uno de los veintiún anillos en que tiene dividido el cuerpo, cuatro ojos y en la boca mandibulillas córneas y ganchudas que al morder sueltan un veneno muy activo —dijo de un tirón.

—Mandibulillas —comentó Traveler—. Vos fijate las palabras que profiere. Che, si sigo sacando el tablón por la venta-

---

[14] *La cabaña del tío Tom* es la célebre novela antiesclavista de Harriet Beecher Stowe. Se refiere Cortázar a los martirios que sufren, en ella, los esclavos.

na va a llegar un momento en que la fuerza de gravedad nos va a mandar al diablo a Talita y a mí.

—Ya veo —dijo Oliveira— pero considerá que la punta del tablón está demasiado lejos para que yo pueda agarrarlo.

—Estirá un poco las mandibulillas —dijo Traveler.

—No me da el cuero, che. Además sabés muy bien que sufro de *horror vacuis*. Soy una caña pensante[15] de buena ley.

—La única caña que te conozco es paraguaya —dijo Traveler furioso—. Yo realmente no sé qué vamos a hacer, este tablón empieza a pesar demasiado, ya sabés que el peso es una cosa relativa. Cuando lo trajimos era livianísimo, claro que no le daba el sol como ahora.

—Volvé a meterlo en la pieza —dijo Oliveira, suspirando—. Lo mejor va a ser esto: Yo tengo otro tablón, no tan largo pero en cambio más ancho. Le pasamos una soga haciendo un lazo, y atamos los dos tablones por la mitad. El mío yo lo sujeto a la cama, vos hacés como te parezca.

—El nuestro va a ser mejor calzarlo en un cajón de la cómoda —dijo Talita—. Mientras traes el tuyo, nosotros nos preparamos.

«Qué complicados son», pensó Oliveira yendo a buscar el tablón que estaba parado en el zaguán, entre la puerta de su pieza y la de un turco curandero. Era un tablón de cedro, muy bien cepillado pero con dos o tres nudos que se le habían salido. Oliveira pasó un dedo por un agujero, observó cómo salía por el otro lado, y se preguntó si los agujeros servirían para pasar la soga. El zaguán estaba casi a oscuras (pero era más bien la diferencia entre la pieza asoleada y la sombra) y en la puerta del turco había una silla donde se desbordaba una señora de negro. Oliveira la saludó desde detrás del tablón, que había enderezado y sostenía como un inmenso (e ineficaz) escudo.

—Buenas tardes, don —dijo la señora de negro—. Qué calor hace.

—Al contrario, señora —dijo Oliveira—. Hace más bien un frío horrible.

—No sea chistoso, señor —dijo la señora—. Más respeto con los enfermos.

—Pero si usted no tiene nada, señora.

—¿Nada? ¿Cómo se atreve?

«Esto es la realidad», pensó Oliveira, sujetando el tablón y mirando a la señora de negro. «Esto que acepto a cada momento como la realidad y que no puede ser, no puede ser.»

---

[15] Ésa es la definición que da Pascal del hombre.

—No puede ser —dijo Oliveira.

—Retírese, atrevido —dijo la señora—. Le debía dar vergüenza salir a esta hora en camiseta.

—Es Masllorens, señora —dijo Oliveira.

—Asqueroso —dijo la señora.

«Esto que creo la realidad», pensó Oliveira, acariciando el tablón, apoyándose en él. «Esta vitrina arreglada, iluminada por cincuenta o sesenta siglos de manos, de imaginaciones, de compromisos, de pactos, de secretas libertades.»

—Parece mentira que peine canas —decía la señora de negro.

«Pretender que uno es el centro», pensó Oliveira, apoyándose más cómodamente en el tablón. «Pero es incalculablemente idiota. Un centro tan ilusorio como lo sería pretender la ubicuidad. No hay centro, hay una especie de confluencia continua, de ondulación de la materia. A lo largo de la noche yo soy un cuerpo inmóvil, y del otro lado de la ciudad un rollo de papel se está convirtiendo en el diario de la mañana, y a las ocho y cuarenta yo saldré de casa y a las ocho y veinte el diario habrá llegado al kiosko de la esquina, y a las ocho y cuarenta y cinco mi mano y el diario se unirán y empezarán a moverse juntos en el aire, a un metro del suelo, camino del tranvía...»

—Y don Bunche que no la termina más con el otro enfermo —dijo la señora de negro.

Oliveira levantó el tablón y lo metió en su pieza. Traveler le hacía señas para que se apurara, y para tranquilizarlo le contestó con dos silbidos estridentes. La soga estaba encima del ropero, había que arrimar una silla y subirse.

—Si te apuraras un poco —dijo Traveler.

—Ya está, ya está —dijo Oliveira, asomándose a la ventana—. ¿Tu tablón está bien sujeto, che?

—Lo calzamos en un cajón de la cómoda, y Talita le metió encima la Enciclopedia Autodidáctica Quillet.

—No está mal —dijo Oliveira—. Yo al mío le voy a poner la memoria anual del *Statens Psykologisk-Pedagogiska Institut,* que le mandan a Gekrepten no se sabe por qué.

—Lo que no veo es cómo los vamos a ensamblar —dijo Traveler, empezando a mover la cómoda para que el tablón saliera poco a poco por la ventana.

—Parecen dos jefes asirios con los arietes que derribaban las murallas —dijo Talita que no en vano era dueña de la enciclopedia—. ¿Es alemán ese libro que dijiste?

—Sueco, burra —dijo Oliveira—. Trata de cosas tales como

la *Mentalhygieniska synpunkter i förskoleundervisning*. Son palabras espléndidas, dignas de este mozo Snorri Sturlusson[15 bis] tan mencionado en la literatura argentina. Verdaderos pectorales de bronce, con la imagen talismánica del halcón.

—Los raudos torbellinos de Noruega —dijo Traveler.

—¿Vos realmente sos un tipo culto o solamente la embocás? —preguntó Oliveira con cierto asombro.

—No te voy a decir que el circo no me lleve tiempo —dijo Traveler— pero siempre queda un rato para abrocharse una estrella en la frente. Esta frase de la estrella me sale siempre que hablo del circo, por pura contaminación. ¿De dónde la habré sacado? ¿Vos tenés alguna idea, Talita?

—No —dijo Talita, probando la solidez del tablón—. Probablemente de alguna novela portorriqueña.

—Lo que más me molesta es que en el fondo yo sé dónde he leído eso.

—¿Algún clásico? —insinuó Oliveira.

—Ya no me acuerdo de qué trataba —dijo Traveler— pero era un libro inolvidable.

—Se nota —dijo Oliveira.

—El tablón nuestro está perfecto —dijo Talita—. Ahora que no sé cómo vas a hacer para sujetarlo al tuyo.

Oliveira acabó de desenredar la soga, la cortó en dos, y con una mitad ató el tablón al elástico de la cama. Apoyando el extremo del tablón en el borde de la ventana, corrió la cama y el tablón empezó a hacer palanca en el antepecho, bajando poco a poco hasta posarse sobre el de Traveler, mientras los pies de la cama subían unos cincuenta centímetros. «Lo malo es que va a seguir subiendo en cuanto alguien quiera pasar por el puente», pensó Oliveira preocupado. Se acercó al ropero y empezó a empujarlo en dirección a la cama.

—¿No tenés bastante apoyo? —preguntó Talita, que se había sentado en el borde de su ventana, y miraba hacia la pieza de Oliveira.

—Extrememos las precauciones —dijo Oliveira— para evitar algún sensible accidente.

Empujó el ropero hasta dejarlo al lado de la cama, y lo tumbó poco a poco. Talita admiraba la fuerza de Oliveira casi tanto como la astucia y las invenciones de Traveler. «Son

---

[15 bis] *Snorri Sturlusson* (1179), poeta y guerrero islandés, autor de *La saga de los reyes de Noruega* y de fragmentos de la *Edda* que él mismo recopiló.

realmente dos gliptodontes»[16], pensaba enternecida. Los periodos antediluvianos siempre le habían parecido refugio de sapiencia.

El ropero tomó velocidad y cayó violentamente sobre la cama, haciendo temblar el piso. Desde abajo subieron gritos, y Oliveira pensó que el turco de al lado debía estar juntando una violenta presión shamánica. Acabó de acomodar el ropero y montó a caballo en el tablón, naturalmente que del lado de adentro de la ventana.

—Ahora va a resistir cualquier peso —anunció—. No habrá tragedia, para desencanto de las chicas de abajo que tanto nos quieren. Para ellas nada de esto tiene sentido hasta que alguien se rompe el alma en la calle. La vida, que le dicen.

—¿No empatillás los tablones con tu soga? —preguntó Traveler.

—Mirá —dijo Oliveira—. Vos sabés muy bien que a mí el vértigo me ha impedido escalar posiciones. El solo nombre del Everest es como si me pegaran un tirón en las verijas. Aborrezco a mucha gente pero a nadie como al sherpa Tensing[17], creéme.

—Es decir que nosotros vamos a tener que sujetar los tablones —dijo Traveler.

—Viene a ser eso —concedió Oliveira, encendiendo un 43.

—Vos te das cuenta —le dijo Traveler a Talita—. Pretendé que te arrastres hasta el medio del puente y ates la soga.

—¿Yo? —dijo Talita.

—Bueno, ya lo oíste.

—Oliveira no dijo que yo tenía que arrastrarme hasta el medio del puente.

—No lo dijo pero se deduce. Aparte de que es más elegante que seas vos la que le alcance la yerba.

—No voy a saber atar la soga —dijo Talita—. Oliveira y vos saben hacer nudos, pero a mí se me desatan en seguida. Ni siquiera llegan a atarse.

—Nosotros te daremos las instrucciones —condescendió Traveler.

Talita se ajustó la salida de baño y se quitó una hebra que le

---

[16] *gliptodonte:* mamífero prehistórico. Se han encontrado restos en toda América del Sur, especialmente en la Pampa y en Patagonia.

[17] El *sherpa Tensing* acompañó a Hillary en la primera ascensión al Everest.

colgaba de un dedo. Tenía necesidad de suspirar, pero sabía que a Traveler lo exasperaban los suspiros.

—¿Vos realmente querés que sea yo la que le lleve la yerba a Oliveira? —dijo en voz baja.

—¿Qué están hablando, che? —dijo Oliveira, sacando la mitad del cuerpo por la ventana y apoyando las dos manos en su tablón. La chica de los mandados había puesto una silla en la vereda y los miraba. Oliveira la saludó con una mano. «Doble fractura del tiempo y el espacio», pensó. «La pobre da por supuesto qué estamos locos, y se prepara a una vertiginosa vuelta a la normalidad. Si alguien se cae la sangre la va a salpicar, eso es seguro. Y ella no sabe que la sangre la va a salpicar, no sabe que ha puesto ahí la silla para que la sangre la salpique, y no sabe que hace diez minutos le dio una crisis de tedium vitae en plena antecocina, nada más que para vehicular el traslado de la silla a la vereda. Y que el vaso de agua que bebió a las dos y veinticinco estaba tibio y repugnante para que el estómago, centro del humor vespertino, le preparara el ataque de tedium vitae que tres pastillas de leche de magnesia Phillips hubieran yugulado perfectamente; pero esto último ella no tenía que saberlo, ciertas cosas desencadenantes o yugulantes sólo pueden ser sabidas en un plano astral, por usar esa terminología inane.»

—No hablamos de nada —decía Traveler—. Vos prepará la soga.

—Ya está, es una soga macanuda. Dale, Talita, yo te la alcanzo desde aquí.

Talita se puso a caballo en el tablón y avanzó unos cinco centímetros, apoyando las dos manos y levantando la grupa hasta posarla un poco más adelante.

—Esta salida de baño es muy incómoda —dijo—. Sería mejor unos pantalones tuyos o algo así.

—No vale la pena —dijo Traveler—. Ponele que te caés, y me arruinás la ropa.

—Vos no te apurés —dijo Oliveira—. Un poco más y ya puedo tirar la soga.

—Qué ancha es esta calle —dijo Talita, mirando hacia abajo—. Es mucho más ancha que cuando la mirás por la ventana.

—Las ventanas son los ojos de la ciudad —dijo Traveler— y naturalmente deforman todo lo que miran. Ahora estás en un punto de gran pureza, y quizá ves las cosas como una paloma o un caballo que no saben que tienen ojos.

—Dejate de ideas para la N.R.F.[18] y sujetale bien el tablón —aconsejó Oliveira.

—Naturalmente a vos te revienta que cualquiera diga algo que te hubiera encantado decir antes. El tablón lo puedo sujetar perfectamente mientras pienso y hablo.

—Ya debo estar cerca del medio —dijo Talita.

—¿Del medio? Si apenas te has despegado de la ventana. Te faltan dos metros, por lo menos.

—Un poco menos —dijo Oliveira, alentándola—. Ahora nomás te tiro la soga.

—Me parece que el tablón se está doblando para abajo —dijo Talita.

—No se dobla nada— dijo Traveler, que se había puesto a caballo pero del lado de adentro—. Apenas vibra un poco.

—Además la punta descansa sobre mi tablón —dijo Oliveira—. Sería muy extraño que los dos cedieran al mismo tiempo.

—Sí, pero yo peso cincuenta y seis kilos —dijo Talita—. Y al llegar al medio voy a pesar por lo menos doscientos. Siento que el tablón baja cada vez más.

—Si bajara —dijo Traveler— yo estaría con los pies en el aire, y en cambio me sobra sitio para apoyarlos en el piso. Lo único que puede suceder es que los tablones se rompan, pero sería muy raro.

—La fibra resiste mucho en sentido longitudinal —convino Oliveira—. Es el apólogo del haz de juncos, y otros ejemplos. Supongo que traés la yerba y los clavos.

—Los tengo en el bolsillo —dijo Talita—. Tirame la soga de una vez. Me pongo nerviosa, creeme.

—Es el frío —dijo Oliveira, revoleando la soga como un gaucho—. Ojo, no vayas a perder el equilibrio. Mejor te enlazo, así estamos seguros de que podés agarrar la soga.

«Es curioso», pensó viendo pasar la soga sobre su cabeza. «Todo se encadena perfectamente si a uno se le da realmente la gana. Lo único falso en esto es el análisis.»

—Ya estás llegando —anunció Traveler—. Ponete de manera de poder atar bien los dos tablones, que están un poco separados.

—Vos fijate lo bien que la enlacé —dijo Oliveira—. Ahí

---

[18] *N. R. F.:* Nouvelle Revue Francaise, símbolo de la literatura francesa más refinada: por ejemplo, Proust y la Bibliotheque de la Pléiade.

tenés, Manú, no me vas a negar que yo podría trabajar con ustedes en el circo.

—Me lastimaste la cara —se quejó Talita—. Es una soga llena de pinchos.

—Me pongo un sombrero tejano, salgo silbando y enlazo a todo el mundo —propuso Oliveira entusiasmado—. Las tribunas me ovacionan, un éxito pocas veces visto en los anales circenses.

—Te estás insolando —dijo Traveler, encendiendo un cigarrillo—. Y ya te he dicho que no me llames Manú.

—No tengo fuerza —dijo Talita—. La soga es áspera, se agarra en ella misma.

—La ambivalencia de la soga —dijo Oliveira—. Su función natural saboteada por una misteriosa tendencia a la neutralización. Creo que a eso le llaman la entropía.

—Está bastante bien ajustado —dijo Talita—. ¿Le doy otra vuelta? Total hay un pedazo que cuelga.

—Sí, arrollala bien —dijo Traveler—. Me revientan las cosas que sobran y que cuelgan; es diabólico.

—Un perfeccionista —dijo Oliveira—. Ahora pasate a mi tablón para probar el puente.

—Tengo miedo —dijo Talita—. Tu tablón parece menos sólido que el nuestro.

—¿Qué? —dijo Oliveira ofendido—. ¿Pero vos no te das cuenta que es un tablón de puro cedro? No vas a comparar con esa porquería de pino. Pasate tranquila al mío, nomás.

—¿Vos qué decis, Manú? —preguntó Talita, dándose vuelta.

Traveler, que iba a contestar, miró el punto donde se tocaban los dos tablones y la soga mal ajustada. A caballo sobre su tablón, sentía que le vibraba entre las piernas de una manera entre agradable y desagradable. Talita no tenía más que apoyarse sobre las manos, tomar un ligero impulso y entrar en la zona del tablón de Oliveira. Por supuesto el puente resistiría; estaba muy bien hecho.

—Mirá, esperá un momento —dijo Traveler, dubitativo—. ¿No le podés alcanzar el paquete desde ahí?

—Claro que no puede —dijo Oliveira, sorprendido—. ¿Qué idea se te ocurre? Estás estropeando todo.

—Lo que se dice alcanzárselo, no puedo —admitió Talita—. Pero se lo puedo tirar, desde aquí es lo más fácil del mundo.

—Tirar —dijo Oliveira, resentido—. Tanto lío y al final hablan de tirarme el paquete.

—Si vos sacás el brazo estás a menos de cuarenta centíme-

tros del paquete —dijo Traveler—. No hay necesidad de que
Talita vaya hasta allá. Te tira el paquete y chau[19].

—Va a errar el tiro, como todas las mujeres —dijo Oliveira— y la yerba se va a desparramar en los adoquines, para no
hablar de los clavos.

—Podés estar tranquilo —dijo Talita, sacando presurosa el
paquete—. Aunque no te caiga en la mano lo mismo va a
entrar por la ventana.

—Sí, y se va a reventar en el piso, que está sucio, y yo voy a
tomar un mate asqueroso lleno de pelusas —dijo Oliveira.

—No le hagás caso —dijo Traveler—. Tirale nomás el
paquete, y volvé.

Talita se dio vuelta y lo miró, dudando de qué hablara en
serio. Traveler la estaba mirando de una manera que conocía
muy bien, y Talita sintió como una caricia que le corría por la
espalda. Apretó con fuerza el paquete, calculó la distancia.

Oliveira había bajado los brazos y parecía indiferente a lo
que Talita hiciera o no hiciera. Por encima de Talita miraba
fijamente a Traveler, que lo miraba fijamente. «Estos dos han
tenido otro puente entre ellos», pensó Talita. «Si me cayera a
la calle ni se darían cuenta.» Miró los adoquines, vio a la chica
de los mandados que la contemplaba con la boca abierta; dos
cuadras más allá venía caminando una mujer que debía ser
Gekrepten. Talita esperó, con el paquete apoyado en el
puente.

—Ahí está —dijo Oliveira—. Tenía que suceder, a vos no te
cambia nadie. Llegás al borde de las cosas y uno piensa que
por fin vas a entender, pero es inútil, che, empezás a darles la
vuelta, a leerles las etiquetas. Te quedás en el prospecto, pibe.

—¿Y qué? —dijo Traveler—. ¿Por qué te tengo que hacer el
juego, hermano?

—Los juegos se hacen solos, sos vos el que mete un palito
para frenar la rueda.

—La rueda que vos fabricaste, si vamos a eso.

—No creo —dijo Oliveira—. Yo no hice más que suscitar
las circunstancias, como dicen los entendidos. El juego había
que jugarlo limpio.

—Frase de perdedor, viejito.

—Es fácil perder si el otro te carga la taba.

—Sos grande —dijo Traveler—. Puro sentimiento gaucho.

---

[19] *chau:* 'adiós, abur'.

Talita sabía que de alguna manera estaban hablando de ella, y seguía mirando a la chica de los mandados inmóvil en la silla con la boca abierta. «Daría cualquier cosa por no oírlos discutir», pensó Talita. «Hablen de lo que hablen, en el fondo es siempre de mí, pero tampoco es eso, aunque es casi eso.» Se le ocurrió que sería divertido soltar el paquete de manera que le cayera en la boca a la chica de los mandados. Pero no le hacía gracia, sentía él otro puente por encima, las palabras yendo y viniendo, las risas, los silencios calientes.

«Es como un juicio», pensó Talita. «Como una ceremonia.» Reconoció a Gekrepten que llegaba a la otra esquina y empezaba a mirar hacia arriba, «¿Quién te juzga?», acababa de decir Oliveira. Pero no era a Traveler sino a ella que estaban juzgando. Un sentimiento, algo pegajoso como el sol en la nuca y en las piernas. Le iba a dar un ataque de insolación, a lo mejor eso sería la sentencia. «No creo que seas nadie para juzgarme», había dicho Manú. Pero no era a Manú sino a ella que estaban juzgando. Y a través de ella, vaya a saber qué, mientras la estúpida de Gekrepten revoleaba el brazo izquierdo y le hacía señas como si ella, por ejemplo, estuviera a punto de tener un ataque de insolación y fuera a caerse a la calle, condenada sin remedio.

—¿Por qué te balanceás así? —dijo Traveler, sujetando su tablón con las dos manos—. Che, lo estás haciendo vibrar demasiado. A ver si nos vamos todos al diablo.

—No me muevo —dijo miserablemente Talita—. Yo solamente quisiera tirarle el paquete, y entrar otra vez en casa.

—Te está dando todo el sol en la cabeza, pobre —dijo Traveler—. Realmente es una barbaridad, che.

—La culpa es tuya —dijo Oliveira rabioso—. No hay nadie en la Argentina capaz de armar quilombos[20] como vos.

—La tenés conmigo —dijo Traveler objetivamente—. Apurate, Talita. Rajale el paquete por la cara y que nos deje de joder de una buena vez.

—Es un poco tarde —dijo Talita—. Ya no estoy tan segura de embocar la ventana.

—Te lo dije —murmuró Oliveira que murmuraba muy poco y sólo cuando estaba al borde de alguna barbaridad—. Ahí

[20] *quilombo:* 'mancebía, lupanar, casa de mujeres públicas'. Usa esta palabra, por ejemplo, Valle-Inclán en su *Tirano Banderas. Armar quilombos* equivaldría, en España, a 'armar follón'.

41   406

viene Gekrepten llena de paquetes. Éramos pocos y parió la
abuela.

—Tirale la yerba de cualquier manera —dijo Traveler, impaciente—. Vos no te aflijas si sale desviado.

Talita inclinó la cabeza y el pelo le chorreó por la frente,
hasta la boca. Tenía que parpadear continuamente porque el
sudor le entraba en los ojos. Sentía la lengua llena de sal y de
algo que debían ser chispazos, astros diminutos corriendo y
chocando con las encías y el paladar.

—Esperá —dijo Traveler.

—¿Me lo decís a mí? —preguntó Oliveira.

—No. Esperá, Talita. Tenete bien fuerte que te voy a alcanzar un sombrero.

—No te salgas del tablón —pidió Talita—. Me voy a caer a
la calle.

—La enciclopedia y la cómoda lo sostienen perfectamente.
Vos no te movás, que vuelvo en seguida.

Los tablones se inclinaron un poco hacia abajo, y Talita se
agarró desesperadamente. Oliveira silbó con todas sus fuerzas
como para detener a Traveler, pero ya no había nadie en la
ventana.

—Qué animal —dijo Oliveira—. No te muevas, no respires
siquiera. Es una cuestión de vida o muerte, creeme.

—Me doy cuenta —dijo Talita, con un hilo de voz—.
Siempre ha sido así.

—Y para colmo Gekrepten está subiendo la escalera. Lo
que nos va a escorchar[21], madre mía. No te muevas.

—No me muevo —dijo Talita—. Pero parecería que...

—Sí, pero apenas —dijo Oliveira—. Vos no te movás, es lo
único que se puede hacer.

«Ya me han juzgado», pensó Talita. «Ahora no tengo más
que caerme y ellos seguirán con el circo, con la vida.»

—¿Por qué llorás? —dijo Oliveira, interesado.

—Yo no lloro —dijo Talita—. Estoy sudando, solamente.

—Mirá —dijo Oliveira resentido—, yo seré muy bruto pero
nunca me ha ocurrido confundir las lágrimas con la transpiración. Es completamente distinto.

—Yo no lloro —dijo Talita—. Casi nunca lloro, te juro.
Lloran las gentes como Gekrepten, que está subiendo por la
escalera llena de paquetes. Yo soy como el ave cisne, que

---

[21] escorchar: 'molestar, fastidiar'.

canta cuando se muere —dijo Talita—. Estaba en un disco de Gardel.

Oliveira encendió un cigarrillo. Los tablones se habían equilibrado otra vez. Aspiró satisfecho el humo.

—Mirá, hasta que vuelva ese idiota de Manú con el sombrero, lo que podemos hacer es jugar a las preguntas-balanza.

—Dale —dijo Talita—. Justamente ayer preparé unas cuantas, para que sepas.

—Muy bien. Yo empiezo y cada uno hace una pregunta-balanza. La operación que consiste en depositar sobre un cuerpo sólido una capa de metal disuelto en un líquido, valiéndose de corrientes eléctricas, ¿no es una embarcación antigua, de vela latina, de unas cien toneladas de porte?

—Sí que es —dijo Talita, echándose el pelo hacia atrás—. Andar de aquí para allá, vagar, desviar el golpe de un arma, perfumar con algalia, y ajustar el pago del diezmo de los frutos en verde, ¿no equivale a cualquiera de los jugos vegetales destinados a la alimentación, como vino, aceite, etc?

—Muy bueno —condescendió Oliveira—. Los jugos vegetales, como vino, aceite... Nunca se me había ocurrido pensar en el vino como en un jugo vegetal. Es espléndido. Pero escuchá esto: Reverdecer, verdear el campo, enredarse el pelo, la lana, enzarzarse en una riña o contienda, envenenar el agua con verbasco u otra sustancia análoga para atontar a los peces y pescarlos, ¿no es el desenlace del poema dramático, especialmente cuando es doloroso?

—Qué lindo —dijo Talita, entusiasmada—. Es lindísimo, Horacio. Vos realmente le sacás el jugo al cementerio.

—El jugo vegetal —dijo Oliveira.

Se abrió la puerta de la pieza y Gekrepten entró respirando agitadamente. Gekrepten era rubia teñida, hablaba con mucha facilidad, y ya no se sorprendía por un ropero tirado en una cama y un hombre a caballo en un tablón.

—Qué calor —dijo tirando los paquetes sobre una silla—. Es la peor hora para ir de compras, creeme. ¿Qué hacés ahí, Talita? Yo no sé por qué salgo siempre a la hora de la siesta.

—Bueno, bueno —dijo Oliveira, sin mirarla—. Ahora te toca a vos, Talita.

—No me acuerdo de ninguna otra.

—Pensá, no puede ser que no te acuerdes.

—Ah, es por el dentista —dijo Gekrepten—. Siempre me dan las horas peores para emplomar las muelas. ¿Te dije que hoy tenía que ir al dentista?

—Ahora me acuerdo de una —dijo Talita.

—Y mirá lo que me pasa —dijo Gekrepten—. Llego a lo del dentista, en la calle Warnes. Toco el timbre del consultorio y sale la mucama. Yo le digo: «Buenas tardes.» Me dice: «Buenas tardes. Pase, por favor.» Yo paso, y me hace entrar en la sala de espera.

—Es así —dijo Talita—. El que tiene abultados los carrillos, o la fila de cubas amarradas que se conducen a modo de balsa, hacia un sitio poblado de carrizos: el almacén de artículos de primera necesidad, establecido para que se surtan de él determinadas personas con más economía que en las tiendas, y todo lo perteneciente o relativo a la égloga, ¿no es como aplicar el galvanismo a un animal vivo o muerto?

—Qué hermosura —dijo Oliveira deslumbrado—. Es sencillamente fenomenal.

—Me dice: «Siéntese un momento, por favor.» Yo me siento y espero.

—Todavía me queda una —dijo Oliveira—. Esperá, no me acuerdo muy bien.

—Había dos señoras y un señor con un chico. Los minutos parecía que no pasaban. Si te digo que me leí enteros tres números de *Idilio*. El chico lloraba, pobre criatura, y el padre, un nervioso... No quisiera mentir pero pasaron más de dos horas, desde las dos y media que llegué. Al final me tocó el turno, y el dentista me dice: «Pase, señora»: yo paso, y me dice: «¿No le molestó mucho lo que le puse el otro día?» Yo le digo: «No, doctor, qué me va a molestar. Además que todo este tiempo mastiqué siempre de un solo lado.» Me dice: «Muy bien, es lo que hay que hacer. Siéntese, señora.» Yo me siento, y me dice: «Por favor, abra la boca.» Es muy amable, ese dentista.

—Ya está —dijo Oliveira—. Oí bien, Talita. ¿Por qué mirás para atrás?

—Para ver si vuelve Manú.

—Qué va a venir. Escuchá bien: la acción y efecto de contrapasar, o en los torneos y justas, hacer un jinete que su caballo dé con los pechos en los del caballo de su contrario, ¿no se parece mucho al fastigio[22], momento más grave e intenso de una enfermedad?

---

[22] *fastigio* es, en general, 'lo más alto de una cosa que remata en punta, como una pirámide'. Figurado: 'cumbre, grado sumo'.

—Es raro —dijo Talita, pensando—. ¿Se dice así en español?

—¿Qué cosa se dice así?

—Eso de hacer un jinete que su caballo dé con los pechos.

—En los torneos sí —dijo Oliveira—. Está en el cementerio, che.

—Fastigio —dijo Talita— es una palabra muy bonita. Lástima lo que quiere decir.

—Bah, lo mismo pasa con mortadela y tantas otras —dijo Oliveira—. Ya se ocupó de eso el abate Bremond[23], pero no hay nada que hacerle. Las palabras son como nosotros, nacen con una cara y no hay tu tía. Pensá en la cara que tenía Kant, decime un poco. O Bernardino Rivadavia[24], para no ir tan lejos.

—Me ha puesto una emplomadura de material plástico —dijo Gekrepten.

—Hace un calor terrible —dijo Talita—. Manú dijo que iba a traerme un sombrero.

—Qué va a traer, ése —dijo Oliveira.

—Si a vos te parece te tiro el paquete y me vuelvo a casa —dijo Talita.

Oliveira miró el puente, midió la ventana abriendo vagamente los brazos, y movió la cabeza.

—Quién sabe si lo vas a embocar —dijo—. Por otra parte me da no sé qué tenerte ahí con ese frío glacial. ¿No sentís que se te forman carámbanos en el pelo y las fosas nasales?

—No —dijo Talita—. ¿Los carámbanos vienen a ser como los fastigios?

—En cierto modo sí —dijo Oliveira—. Son dos cosas que se parecen desde sus diferencias, un poco como Manú y yo, si te ponés a pensarlo. Reconocerás que el lío con Manú es que nos parecemos demasiado.

—Sí —dijo Talita—. Es bastante molesto a veces.

---

[23] *abate Brémond:* (1865-1933): autor de una monumental *Historia literaria del sentimiento religioso en Francia.* Influyó mucho también —a eso se refiere el novelista— en sus estudios sobre la palabra poética y la «poesía pura», con sus obras *La poesie pure* (1925) y *Prière et poesie* (1927). En España, comentaron sus teorías, por ejemplo, Guillermo de Torre y los poetas-profesores del 27.

[24] *Bernardino Rivadavia* (1780-1845), político argentino: fue elegido Presidente de la República en 1926, en uno de los más notables periodos de la historia de su país.

—Se fundió la manteca —dijo Gekrepten, untando una tajada de pan negro—. La manteca, con el calor, es una lucha.

—La peor diferencia está en eso —dijo Oliveira—. La peor de las peores diferencias. Dos tipos con pelo negro, con cara de porteños farristas[25], con el mismo desprecio por casi las mismas cosas, y vos...

—Bueno, yo... —dijo Talita.

—No tenés por qué escabullirte —dijo Oliveira—. Es un hecho que vos te sumás de alguna manera a nosotros dos para aumentar el parecido, y por lo tanto la diferencia.

—A mí no me parece que me sume a los dos —dijo Talita.

—¿Qué sabés? ¿Qué podés saber, vos? Estás ahí en tu pieza, viviendo y cocinando y leyendo la enciclopedia autodidáctica, y de noche vas al circo, y entonces te parece que solamente estás ahí en donde estás. ¿Nunca te fijaste en los picaportes de las puertas, en los botones de metal, en los pedacitos de vidrio?

—Sí, a veces me fijo —dijo Talita.

—Sí te fijaras bien verías que por todos lados, donde menos se sospecha, hay imágenes que copian todos tus movimientos. Yo soy muy sensible a esas idioteces, creeme.

—Vení, tomá la leche que ya se le formó nata —dijo Gekrepten—. ¿Por qué hablan siempre de cosas raras?

—Vos me estás dando demasiada importancia —dijo Talita.

—Oh, esas cosas no las decide uno —dijo Oliveira—. Hay todo un orden de cosas que uno no decide, y son siempre fastidiosas aunque no las más importantes. Te lo digo porque es un gran consuelo. Por ejemplo yo pensaba tomar mate. Ahora llega ésta y se pone a preparar café con leche sin que nadie se lo pida. Resultado: si no lo tomo, a la leche se le forma nata. No es importante, pero joroba un poco. ¿Te das cuenta de lo que estoy diciendo?

—Oh, sí —dijo Talita, mirándolo en los ojos—. Es verdad que te parecés a Manú. Los dos saben hablar tan bien del café con leche y del mate, y uno acaba por darse cuenta de que el café con leche y el mate, en realidad...

—Exacto —dijo Oliveira—. *En realidad*. De modo que podemos volver a lo que decía antes. La diferencia entre Manú y yo es que somos casi iguales. En esa proporción, la diferencia es como un cataclismo inminente. ¿Somos amigos? Sí, claro, pero a mí no me sorprendería nada que... Fijate que desde que

---

[25] *Farra:* 'juerga, jarana, parranda'.

nos conocemos, te lo puedo decir porque vos ya lo sabés, no hacemos más que lastimarnos. A él no le gusta que yo sea como soy, apenas me pongo a enderezar unos clavos ya ves el lío que arma, y te embarca de paso a vos. Pero a él no le gusta que yo sea como soy porque en realidad muchas de las cosas que a mí se me ocurren, muchas de las cosas que hago, es como si se las escamoteara delante de las narices. Antes de que él las piense, zás, ya están. Bang, bang, se asoma a la ventana y yo estoy enderezando los clavos.

Talita miró hacia atrás, y vio la sombra de Traveler que escuchaba, escondido entre la cómoda y la ventana.

—Bueno, no tenés que exagerar —dijo Talita—. A vos no se te ocurrirían algunas cosas que se le ocurren a Manú.

—¿Por ejemplo?

—Se te enfría la leche —dijo Gekrepten quejumbrosa—. ¿Querés que te la ponga otro poco al fuego, amor?

—Hacé un flan para mañana —aconsejó Oliveira—. Vos seguí, Talita.

—No —dijo Talita, suspirando—. Para qué. Tengo tanto calor, y me parece que me estoy empezando a marear.

Sintió la vibración del puente cuando Traveler lo cabalgó al borde de la ventana. Echándose de bruces sin pasar del nivel del antepecho. Traveler puso un sombrero de paja sobre el tablón. Con ayuda de un palo de plumero empezó a empujarlo centímetro a centímetro.

—Si se desvía apenas un poco —dijo Traveler— seguro que se cae a la calle y va a ser un lío bajar a buscarlo.

—Lo mejor sería que yo me volviera a casa —dijo Talita, mirando penosamente a Traveler.

—Pero primero le tenés que pasar la yerba a Oliveira —dijo Traveler.

—Ya no vale la pena —dijo Oliveira—. En todo caso que tire el paquete, da lo mismo.

Talita los miró alternativamente, y se quedó inmóvil.

—A vos es difícil entenderte —dijo Traveler—. Todo este trabajo y ahora resulta que mate más, mate menos, te da lo mismo.

—Ha transcurrido el minutero, hijo mío —dijo Oliveira—. Vos te movés en el continuo tiempo-espacio con una lentitud de gusano. Pensá en todo lo que ha acontecido desde que decidiste ir a buscar ese zarandeado jipijapa. El ciclo del mate se cerró sin consumarse, y entre tanto hizo aquí su llamativa entrada la siempre fiel Gekrepten, armada de utensilios culinarios. Estamos en el sector del café con leche, nada que hacerle.

—Vaya razones —dijo Traveler.

—No son razones, son mostraciones perfectamente objetivas. Vos tendés a moverte en el continuo, como dicen los físicos, mientras que yo soy sumamente sensible a la discontinuidad vertiginosa de la existencia. En este mismo momento el café con leche irrumpe, se instala, impera, se difunde, se reitera en cientos de miles de hogares. Los mates han sido lavados, guardados, abolidos. Una zona temporal de café con leche cubre este sector del continente americano. Pensá en todo lo que eso supone y acarrea. Madres diligentes que aleccionan a sus párvulos sobre la dietética láctea, reuniones infantiles en torno a la mesa de la antecocina, en cuya parte superior todas son sonrisas y en la inferior un diluvio de patadas y pellizcos. Decir café con leche a esta hora significa mutación, convergencia amable hacia el fin de la jornada, recuento de las buenas acciones, de las acciones al portador, situaciones transitorias, vagos proemios a lo que las seis de la tarde, hora terrible de llave en las puertas y carreras al ómnibus, concretará brutalmente. A esta hora casi nadie hace el amor, eso es antes o después. A esta hora se piensa en la ducha (pero la tomaremos a las cinco) y la gente empieza a rumiar las posibilidades de la noche, es decir si van a ir a ver a Paulina Singerman o a Toco Tarántola[26] (pero no estamos seguros, todavía hay tiempo). ¿Qué tiene ya que ver todo eso con la hora del mate? No te hablo del mate mal tomado, superpuesto al café con leche, sino al auténtico que yo quería, a la hora justa, en el momento de más frío. Y esas cosas me parece que no las comprendés lo suficiente.

—La modista es una estafadora —dijo Gekrepten— ¿Vos te hacés hacer los vestidos por una modista, Talita?

—No —dijo Talita—. Sé un poco de corte y confección.

—Hacés bien, m'hija. Yo esta tarde después del dentista me corro hasta la modista que está a una cuadra y le voy a reclamar una pollera[27] que ya tendría que estar hace ocho días. Me dice: «Ay, señora, con la enfermedad de mi mamá no he podido lo que se dice enhebrar la aguja.» Yo le digo:

---

[26] Famosas actrices argentinas. La primera era hermana de la recitadora Berta Singerman, que alcanzó también mucha popularidad en España.

[27] *pollera:* 'falda externa del vestido femenino'.

«Pero, señora, yo la pollera la necesito.» Me dice: «Créame, lo siento mucho. Una clienta como usted. Pero va a tener que disculpar.» Yo le digo: «Con disculpar no se arregla nada, señora. Más le valdría cumplir a tiempo y todos saldríamos gananciosos.» Me dice: «Ya que lo toma así, ¿por qué no va de otra modista?» Y yo le digo: «No es que me falten ganas, pero ya que me comprometí con usted más vale que la espere, y eso que me parece una informalidad.»

—¿Todo eso te sucedió? —dijo Oliveira.

—Claro —dijo Gekrepten—. ¿No ves que se lo estoy contando a Talita?

—Son dos cosas distintas.

—Ya empezás, vos.

—Ahí tenés —le dijo Oliveira a Traveler, que lo miraba cejijunto—. Ahí tenés lo que son las cosas. Cada uno cree que está hablando de lo que comparte con los demás.

—Y no es así, claro —dijo Traveler—. Vaya noticia.

—Conviene repetirla, che.

—Vos repetís todo lo que supone una sanción contra alguien.

—Dios me puso sobre vuestra ciudad —dijo Oliveira.

—Cuando no me juzgás a mí te la agarrás con tu mujer.

—Para picarlos y tenerlos despiertos —dijo Oliveira.

—Una especie de manía mosaica. Te la pasás bajando del Sinaí.

—Me gusta —dijo Oliveira— que las cosas queden siempre lo más claras posible. A vos parece darte lo mismo que en plena conversación Gekrepten intercale una historia absolutamente fantasiosa de un dentista y no sé qué pollera. No parecés darte cuenta de que esas irrupciones, disculpables cuando son hermosas o por lo menos inspiradas, se vuelven repugnantes apenas se limitan a escindir un orden, a torpedear una estructura. Cómo hablo, hermano.

—Horacio es siempre el mismo —dijo Gekrepten—. No le haga caso, Traveler.

—Somos de una blandura insoportable, Manú. Consentimos a cada instante que la realidad se nos huya entre los dedos como una agüita cualquiera. La teníamos ahí, casi perfecta, como un arcoiris saltando de pulgar al meñique. Y el trabajo para conseguirla, el tiempo que se necesita, los méritos que hay que hacer... Zás, la radio anuncia que el general Pisotelli hizo declaraciones. Kaputt. Todo kaputt. «Por fin algo en serio», piensa la chica de los mandados, o ésta, o a lo mejor vos mismo. Y yo, porque no te vayas a imaginar que me creo infalible. ¿Qué sé yo dónde está la verdad? Solamente que me gustaba tanto ese arcoiris como un sapito entre los dedos. Y esta tarde... Mirá, a pesar del frío a mí me parece que estábamos empezando a hacer algo en serio. Talita, por ejemplo, cumpliendo esa proeza extraordinaria de no caerse a la calle, y vos ahí, y yo... Uno es sensible a ciertas cosas, qué demonios.

—No sé si te entiendo —dijo Traveler—. A lo mejor lo del arcoiris no está tan mal. ¿Pero por qué sos tan intolerante? Viví y dejá vivir, hermano.

—Ahora que ya jugaste bastante, vení a sacar el ropero de arriba de la cama —dijo Gekrepten.

—¿Te das cuenta? —dijo Oliveira.

—Eh, sí —dijo Traveler, convencido.

—Quod erat demostrandum, pibe.

—Quod erat —dijo Traveler.

—Y lo peor es que en realidad ni siquiera habíamos empezado.

—¿Cómo? —dijo Talita, echándose el pelo para atrás y mirando si Traveler había empujado lo suficiente el sombrero.

—Vos no te pongás nerviosa —aconsejó Traveler—. Date vuelta despacio, estirá esa mano, así. Esperá, ahora yo empujo un poco más... ¿No te dije? Listo.

Talita sujetó el sombrero y se lo encasquetó de un solo golpe. Abajo se habían juntado dos chicos y una señora, que hablaban con la chica de los mandados y miraban el puente.

—Ahora yo le tiro el paquete a Oliveira y se acabó —dijo Talita sintiéndose más segura con el sombrero puesto—. Tengan firme los tablones, no sea cosa.

—¿Lo vas a tirar? —dijo Oliveira—. Seguro que no lo embocás.

—Dejala que haga la prueba —dijo Traveler—. Si el paquete se escracha[28] en la calle, ojalá le pegue en el melón a la de Gutusso, lechuzón repelente.

—Ah, a vos tampoco te gusta —dijo Oliveira—. Me alegro porque no la puedo tragar. ¿Y vos, Talita?

—Yo preferiría tirarte el paquete —dijo Talita.

—Ahora, ahora, pero me parece que te estás apurando mucho.

---

[28] *escrachar:* 'escachar, escacharrar, romper un cacharro'.

—Oliveira tiene razón —dijo Traveler—. A ver si la arruinás justamente al final, después de todo el trabajo.

—Pero es que tengo calor —dijo Talita—. Yo quiero volver a casa, Manú.

—No estás tan lejos para quejarte así. Cualquiera creería que me estás escribiendo desde Matto Grosso.

—Lo dice por la yerba —informó Oliveira a Gekrepten, que miraba el ropero.

—¿Van a seguir jugando mucho tiempo? —preguntó Gekrepten.

—Nones —dijo Oliveira.

—Ah —dijo Gekrepten—. Menos mal.

Talita había sacado el paquete del bolsillo de la salida de baño y lo balanceaba de atrás adelante. El puente empezó a vibrar, y Traveler y Oliveira lo sujetaron con todas sus fuerzas. Cansada de balancear el paquete, Talita empezó a revolear el brazo, sujetándose con la otra mano.

—No hagás tonterías —dijo Oliveira—. Más despacio. ¿Me oís? ¡Más despacio!

—¡Ahí va! —gritó Talita.

—¡Más despacio, te vas a caer a la calle!

—¡No me importa! —grito Talita, soltando el paquete que entró a toda velocidad en la pieza y se hizo pedazos contra el ropero.

—Espléndido —dijo Traveler, que miraba a Talita como si quisiera sostenerla en el puente con la sola fuerza de la mirada—. Perfecto, querida. Más claro, imposible. Eso sí que fue demostrandum.

El puente se aquietaba poco a poco. Talita se sujetó con las dos manos y agachó la cabeza. Oliveira no veía más que el sombrero, y el pelo de Talita derramado sobre los hombros. Levantó los ojos y miró a Traveler.

—Si te parece —dijo—. Yo también creo que más claro, imposible.

«Por fin», pensó Talita, mirando los adoquines, las veredas. «Cualquier cosa es mejor que estar así, entre las dos ventanas.»

—Podés hacer dos cosas —dijo Traveler—. Seguir adelante, que es más fácil, y entrar por lo de Oliveira, o retroceder, que es más difícil, y ahorrarte las escaleras y el cruce de la calle.

—Que venga aquí, pobre —dijo Gekrepten—. Tiene la cara toda empapada de transpiración.

—Los niños y los locos —dijo Oliveira.

—Dejame descansar un momento —dijo Talita—. Me parece que estoy un poco mareada.

Oliveira se echó de bruces en la ventana, y le tendió el brazo. Talita no tenía más que avanzar medio metro para tocar su mano.

—Es un perfecto caballero —dijo Traveler—. Se ve que ha leído el consejero social del profesor Maidana. Lo que se llama un conde. No te pierdas eso, Talita.

—Es la congelación —dijo Oliveira—. Descansá un poco, Talita, y franqueá el trecho remanente. No le hagas caso, ya se sabe que la nieve hace delirar antes del sueño inapelable.

Pero Talita se había enderezado lentamente, y apoyándose en las dos manos trasladó su trasero veinte centímetros más atrás. Otro apoyo, y otros veinte centímetros. Oliveira, siempre con la mano tendida, parecía el pasajero de un barco que empieza a alejarse lentamente del muelle.

Traveler estiró los brazos y calzó las manos en las axilas de Talita. Ella se quedó inmóvil, y después echó la cabeza hacia atrás con un movimiento tan brusco que el sombrero cayó planeando hasta la vereda.

—Como en las corridas de toros —dijo Oliveira—. La de Gutusso se lo va a querer portar vía.

Talita había cerrado los ojos y se dejaba sostener, arrancar del tablón, meter a empujones por la ventana. Sintió la boca de Traveler pegada en su nuca, la respiración caliente y rápida.

—Volviste —murmuró Traveler—. Volviste, volviste.

—Sí —dijo Talita, acercándose a la cama—. ¿Cómo no iba a volver? Le tiré el maldito paquete y volví, le tiré el paquete y volví, le...

Traveler se sentó al borde de la cama. Pensaba en el arcoiris entre los dedos, esas cosas que se le ocurrían a Oliveira. Talita resbaló a su lado y empezó a llorar en silencio. «Son los nervios», pensó Traveler. «Lo ha pasado muy mal.» Iría a buscarle un gran vaso de agua con jugo de limón, le daría una aspirina, le pantallaría la cara con una revista, la obligaría a dormir un rato. Pero antes había que sacar la enciclopedia autodidáctica, arreglar la cómoda y meter dentro el tablón. «Esta pieza está tan desordenada», pensó, besando a Talita. Apenas dejara de llorar le pediría que lo ayudara a acomodar el cuarto. Empezó a acariciarla, a decirle cosas.

—En fin, en fin —dijo Oliveira.

Se apartó de la ventana y se sentó al borde de la cama,

aprovechando el espacio que le dejaba libre el ropero. Gekrepten había terminado de juntar la yerba con una cuchara.

—Estaba llena de clavos —dijo Gekrepten—. Qué cosa tan rara.

—Rarísima —dijo Oliveira.

—Me parece que voy a bajar a buscar el sombrero de Talita. Vos sabés lo que son los chicos.

—Sana idea —dijo Oliveira, alzando un clavo y dándole vueltas entre los dedos.

Gekrepten bajó a la calle. Los chicos habían recogido el sombrero y discutían con la chica de los mandados y la señora de Gutusso.

—Dénmelo a mí —dijo Gekrepten, con una sonrisa estirada—. Es de la señora de enfrente, conocida mía.

—Conocida de todos, hijita —dijo la señora de Gutusso—. Vaya espectáculo a estas horas, y con los niños mirando.

—No tenía nada de malo —dijo Gekrepten, sin mucha convicción.

—Con las piernas al aire en ese tablón, mire qué ejemplo para las criaturas. Usted no se habrá dado cuenta, pero desde aquí se le veía propiamente todo, le juro.

—Tenía muchísimos pelos —dijo el más chiquito.

—Ahí tiene —dijo la señora de Gutusso—. Las criaturas dicen lo que ven, pobres inocentes. ¿Y qué tenía que hacer ésa a caballo en una madera, dígame un poco? A esta hora cuando las personas decentes duermen la siesta o se ocupan de sus quehaceres. ¿Usted se montaría en una madera, señora, si no es mucho preguntar?

—Yo no —dijo Gekrepten—. Pero Talita trabaja en un circo, son todos artistas.

—¿Hacen pruebas? —preguntó uno de los chicos—. ¿Adentro de cuál circo trabaja la cosa esa?

—No era una prueba —dijo Gekrepten—. Lo que pasa es que querían darle un poco de yerba a mi marido, y entonces...

La señora de Gutusso miraba a la chica de los mandados. La chica de los mandados se puso un dedo en la sien y lo hizo girar. Gekrepten agarró el sombrero con las dos manos y entró en el zaguán. Los chicos se pusieron en fila y empezaron a cantar, con música de «Caballería ligera» [29]:

---

[29] *Franz von Suppé* (1819-1895) compuso una treintena de operetas, de las que solo se recuerdan, hoy, las oberturas de *Caballería ligera* y *Poeta y aldeano*.

Lo corrieron de atrás, lo corrieron de atrás,
le metieron un palo en el cúúúlo.
¡Pobre señor! ¡Pobre señor!
No se lo pudo sacar.   (Bis).

(-148)

42

Il mio supplizio
è quando
non mi credo
in armonia.

UNGARETTI,[1] *I Fiumi.*

El trabajo consiste en impedir que los chicos se cuelen por debajo de la carpa, dar una mano si pasa algo con los animales, ayudar al proyeccionista, redactar avisos y carteles llamativos, ocuparse de la condigna impresión, entenderse con la policía, señalar al Director toda anomalía digna de mención, ayudar al señor Manuel Traveler en la parte administrativa, ayudar a la señora Atalía Donosi de Traveler en la taquilla (llegado el caso), etc.

¡Oh corazón mío, no te levantes para
testimoniar en contra de mí!

(Libro de los Muertos[2]*, o inscripción*
en un escarabajo.)

---

[1] Giuseppe *Ungaretti* (1888-1970): poeta italiano. Obras: *El puerto sepultado, Sentimiento del tiempo, El dolor, La tierra prometida, El diario del viejo, Vida de un hombre.*

[2] *Libro de los Muertos:* obra anónima, que encerraba los conocimientos de los egipcios sobre la vida de ultratumba. Tradicionalmente se asociaba su composición al dios Toth, mencionado un poco más abajo. Además de las de Juan Bergua (eds. Ibéricas) y José M. Moreno García (Producciones Editoriales), existe una reciente traducción y prólogo de A. G. Larraya (Plaza-Janés, 1982).

Entre tanto había muerto en Europa, a los treinta y tres años de edad, Dinu Lipatti[3]. Del trabajo y de Dinu Lipatti fueron hablando hasta la esquina, porque a Talita le parecía que también era bueno acumular pruebas tangibles de la inexistencia de Dios o por lo menos de su incurable frivolidad. Les había propuesto comprar inmediatamente un disco de Lipatti y entrar en lo de don Crespo para escucharlo, pero Traveler y Oliveira querían tomarse una cerveza en el café de la esquina y hablar del circo, ahora que eran colegas y estaban satisfechísimos. A Oliveira no-se-le-escapaba que Traveler había tenido que hacer un-esfuerzo-heroico para convencer al Dire, y que lo había convencido más por casualidad que por otra cosa. Ya habían decidido que Oliveira le regalaría a Gekrepten, dos de los tres cortes de casimir que le quedaban por vender, y que con el tercero Talita se haría un traje sastre. Cuestión de festejar el nombramiento. Traveler pidió en consecuencia las cervezas mientras Talita se iba a preparar el almuerzo. Era lunes, día de descanso. El martes habría función a las siete y a las nueve, con presentación de cuatro osos cuatro, del malabarista recién desembarcado de Colombo, y por supuesto del gato calculista. Para empezar el trabajo de Oliveira sería más bien de puro sebo, hasta hacerse la mano. De paso se veía la función que no era peor que otras. Todo iba muy bien.

Todo iba tan bien que Traveler bajó los ojos y se puso a tamborilear en la mesa. El mozo, que los conocía mucho, se acercó para discutir sobre Ferrocarril Oeste, y Oliveira apostó diez pesos a la mano de Chacarita Juniors[4]. Marcando un compás de baguala con los dedos. Traveler se decía que todo estaba perfectamente bien así, y que no había otra salida, mientras Oliveira acababa con los parlamentos ratificatorios de la apuesta y se bebía su cerveza. Le había dado esa mañana por pensar en frases egipcias, en Toth, significativamente dios

---

[3] *Dinu Lipatti* (1917-1950): pianista rumano. Niño prodigio; discípulo de Cortot, Charles Munch y Paul Dukas. Profesor de virtuosismo en el Conservatorio de Ginebra, también compuso algunas obras. Sus escasas grabaciones —consideradas, hoy, joyas— son del periodo 1946-1950, cuando ya estaba gravemente enfermo. Su temprana muerte, unida a su calidad extraordinaria, le han convertido en un mito. Algunos críticos le consideran el más grande pianista de toda la historia.

[4] Otros conjuntos deportivos, muy populares en Argentina.

de la magia e inventor del lenguaje. Discutieron un rato si no
sería una falacia estar discutiendo un rato, dado que el lenguaje, por más lunfardo que lo hablaran, participaba quizá de una
estructura mántica nada tranquilizadora. Concluyeron que el
doble ministerio de Toth era al fin y al cabo una manifiesta
garantía de coherencia en la realidad o la irrealidad; los alegró
dejar bastante resuelto el siempre desagradable problema del
correlato objetivo. Magia o mundo tangible, había un dios
egipcio que armonizaba verbalmente los sujetos y los objetos.
Todo iba realmente muy bien.

(-75)

43

En el circo se estaba perfectamente, una estafa de lentejuelas y música rabiosa, un gato calculista[1] que reaccionaba a la previa y secreta pulverización con valeriana de ciertos números de cartón, mientras señoras conmovidas mostraban a su prole tan elocuente ejemplo de evolución darwiniana. Cuando Oliveira, la primera noche, se asomó a la pista aún vacía y miró hacia arriba, al orificio en lo más alto de la carpa roja, ese escape hacia un quizá contacto, ese centro, ese ojo como un puente del suelo al espacio liberado, dejó de reírse y pensó que a lo mejor otro hubiera ascendido con toda naturalidad por el mástil más próximo al ojo de arriba, y que ese otro no era él que se quedaba abajo fumando en plena gritería del circo[2].

Una de esas primeras noches comprendió por qué Traveler le había conseguido el empleo. Talita se lo dijo sin rodeos mientras contaban dinero en la pieza de ladrillos que servía de banco y administración al circo. Oliveira ya lo sabía pero de otra manera, y fue necesario que Talita se lo dijese desde su punto de vista para que de las dos cosas naciera como un

---

[1] Escribe Luis Harss: «Igualmente, en *Rayuela,* compuso cierta escena de circo porque le daba una oportunidad 'para incluir algunos elementos de humor, de pura invención: por ejemplo, el gato calculista, con el que me reí mucho'. También Oliveira se ríe mucho con el gato calculista, pero la suya es una risa convulsiva, patibularia, desenfrenada: la risa del condenado» (pág. 294).

[2] Al visitar Luis Harss la casa del novelista, descubre algo semejante: «En *Rayuela,* donde el tiempo se despliega como un biombo, hay una carpa de circo con un agujero en lo alto por donde los protagonistas vislumbran a Sirio. Aquí también, en las noches claras, se pueden ver las estrellas a través de la claraboya» (pág. 261).

tiempo nuevo, un presente en el que de pronto se sentía metido y obligado. Quiso protestar, decir que eran invenciones de Traveler, quiso sentirse una vez más fuera del tiempo de los otros (él, que se moría por acceder, por inmiscuirse, por ser) pero al mismo tiempo comprendió que era cierto, que de una manera u otra había transgredido el mundo de Talita y Traveler, sin actos, sin intenciones siquiera, nada más que cediendo a un capricho nostálgico. Entre una palabra y otra de Talita vio dibujarse la línea mezquina del Cerro, oyó la ridícula frase lusitana que inventaba sin saberlo un futuro de frigoríficos y caña quemada. Le soltó la risa en la cara a Talita, como esa misma mañana al espejo mientras estaba por cepillarse los dientes[3].

Talita ató con un hilo de coser un fajo de billetes de diez pesos, y mecánicamente se pusieron a contar el resto.

—Que querés —dijo Talita—. Yo creo que Manú tiene razón.

—Claro que tiene —dijo Oliveira—. Pero lo mismo es idiota, y vos lo sabés de sobra.

—De sobra no. Lo sé, o mejor lo supe cuando estaba a caballo en el tablón. Ustedes sí lo saben de sobra, yo estoy en el medio como esa parte de la balanza que nunca sé como se llama.

—Sos nuestra ninfa Egeria, nuestro puente mediúmnico. Ahora que lo pienso, cuando vos estás presente Manú y yo caemos en una especie de trance. Hasta Gekrepten se percata, y me lo ha dicho empleando precisamente ese vistoso verbo.

—Puede ser —dijo Talita, anotando las entradas—. Si querés que te diga lo que pienso, Manú no sabe qué hacer con vos. Te quiere como a un hermano, supongo que hasta vos te habrás dado cuenta, y a la vez lamenta que hayas vuelto.

—No tenía por qué ir a buscarme al puerto. Yo no le mandé postales, che.

—Lo averiguó por Gekrepten que había llenado el balcón de malvones. Gekrepten lo supo por el ministerio.

—Un proceso diabólico —dijo Oliveira—. Cuando me enteré de que Gekrepten se había informado por vía diplomática, comprendí que lo único que me quedaba era permitirle que se tirara en mis brazos como una ternera loca. Vos date cuenta qué abnegación, qué penelopismo exacerbado.

---

[3] Es lo que contará luego, en el capítulo 75.

—Si no te gusta hablar de esto —dijo Talita mirando el suelo— podemos cerrar la caja e irlo a buscar a Manú.

—Me gusta muchísimo, pero esas complicaciones de tu marido me crean incómodos problemas de conciencia. Y eso, para mí... En una palabra, no entiendo por qué vos misma no resolvés el problema.

—Bueno —dijo Talita, mirándolo sosegada—, me parece que la otra tarde cualquiera que no sea un estúpido se habrá dado cuenta.

—Por supuesto, pero ahí lo tenés a Manú, al día siguiente se viene a verlo al Dire y me consigue el trabajo. Justamente cuando yo me enjugaba las lágrimas con un corte de género, antes de salir a venderlo.

—Manú es bueno —dijo Talita—. No podrás saber nunca lo bueno que es.

—Rara bondad —dijo Oliveira—. Dejando de lado eso de que yo no podré saberlo nunca, que al fin y al cabo debe ser cierto, permitime insinuarte que a lo mejor Manú quiere jugar con fuego. Es un juego de circo, bien mirado. Y vos —dijo Oliveira, apuntándole con el dedo— tenés cómplices.

—¿Cómplices?

—Sí, cómplices. Yo el primero, y alguien que no está aquí. Te creés el fiel de la balanza, para usar tu bonita figura, pero no sabés que estás echando el cuerpo sobre uno de los lados. Conviene que te enteres.

—¿Por qué no te vas, Horacio? —dijo Talita—. ¿Por qué no lo dejás tranquilo a Manú?

—Ya te expliqué, iba a salir a vender los cortes y ese bruto me consigue el trabajo. Comprendé que no le voy a hacer un feo, sería mucho peor. Sospecharía cualquier idiotez.

—Y así, entonces, vos te quedás, aquí, y Manú duerme mal.

—Dale Equanil, vieja.

Talita ató los billetes de cinco pesos. A la hora del gato calculista se asomaban siempre a verlo trabajar porque ese animal era absolutamente inexplicable, ya dos veces había resuelto una multiplicación antes de que funcionara el truco de la valeriana. Traveler estaba estupefacto, y pedía a los íntimos que lo vigilaran. Pero esa noche el gato estaba hecho un estúpido, apenas si le salían las sumas hasta veinticinco, era trágico. Fumando en uno de los accesos a la pista, Traveler y Oliveira decidieron que probablemente el gato necesitaba alimentos fosfatados, habría que hablarle al Dire. Los dos payasos, que odiaban al gato sin que se supiera bien por qué,

bailaban alrededor del estrado donde el felino se atusaba los
bigotes bajo una luz de mercurio. A la tercera vuelta que
dieron entonando una canción rusa, el gato sacó las uñas y se
tiró a la cara del más viejo. Como de costumbre el público
aplaudía locamente el número. En el carro de Bonetti padre e
hijo, payasos, el Director recuperaba el gato y les ponía una
doble multa por provocación. Era una noche rara, mirando a
lo alto como le daba siempre por hacer a esa hora, Oliveira
veía a Sirio en mitad del agujero negro y especulaba sobre los
tres días en que el mundo está abierto, cuando los manes
ascienden y hay puente del hombre al agujero en lo alto,
puente del hombre al hombre (porque, ¿quien trepa hasta el
agujero si no es para querer bajar cambiado y encontrarse otra
vez, pero de otra manera, con su raza? El veinticuatro de
agosto era uno de los tres días en que el mundo se abría; claro
que para qué pensar tanto en eso si estaban apenas en febrero.
Oliveira no se acordaba de los otros dos días, era curioso
recordar sólo una fecha sobre tres. ¿Por qué precisamente ésa?
Quizá porque era un octosílabo, la memoria tiene esos juegos.
Pero a lo mejor, entonces, la Verdad era un alejandrino o un
endecasílabo; quizá los ritmos, una vez más, marcaban el
acceso y escandían las etapas del camino. Otros tantos temas
de tesis para cogotudos[4]. Era un placer mirar al malabarista,
su increíble agilidad, la pista láctea en la que el humo del
tabaco se posaba en las cabezas de centenares de niños de
Villa del Parque, barrio donde por suerte quedan abundantes
eucaliptus que equilibran la balanza, por citar otra vez ese
instrumento de judicatura, esa casilla zodiacal.

(-125)

---

[4] *cogotudo* (figurado y familiar): 'persona muy altiva y orgullosa'.

Era cierto que Traveler dormía poco, en mitad de la noche suspiraba como si tuviera un peso sobre el pecho y se abrazaba a Talita que lo recibía sin hablar, apretándose contra él para que la sintiera profundamente cerca. En la oscuridad se besaban en la nariz, en la boca, sobre los ojos, y Traveler acariciaba la mejilla de Talita con una mano que salía de entre las sábanas y volvía a esconderse como si hiciera mucho frío, aunque los dos estaban sudando; después Traveler murmuraba cuatro o cinco cifras, vieja costumbre para volver a dormirse, y Talita lo sentía aflojar los brazos, respirar hondo, aquietarse. De día andaba contento y silbaba tangos mientras cebaba mate o leía, pero Talita no podía cocinar sin que él se apareciera cuatro o cinco veces con pretextos diversos y hablara de cualquier cosa, sobre todo del manicomio ahora que las tratativas parecían bien encaminadas y el Director se embalaba cada vez más con las perspectivas de comprar el loquero. A Talita le hacía poca gracia la idea del manicomio, y Traveler lo sabía. Los dos le buscaban el lado humorístico, prometiéndose espectáculos dignos de Samuel Beckett [1], despreciando de labios para afuera al pobre circo que completaba sus funciones en Villa del Parque y se preparaba a debutar en San Isidro. A veces Oliveira caía a tomar mate, aunque por lo general se quedaba en su pieza aprovechando que Gekrepten tenía que irse al empleo y él podía leer y fumar a gusto.

---

[1] *Samuel Beckett:* nacido en 1906, irlandés que escribe en francés, uno de los creadores del teatro del absurdo con obras como *Esperando a Godot* (1951) y *Final de partida* (1957). En el capítulo 97 se menciona su novela *Molloy.* No comparto la opinión de José Blanco Amor, que considera que «todo *Esperando a Godot* es un antecedente sólido de *Rayuela*» (en *Homenaje,* pág. 253).

Cuando Traveler miraba los ojos un poco violeta de Talita mientras la ayudaba a desplumar un pato, lujo quincenal que entusiasmaba a Talita, aficionada al pato en todas sus presentaciones culinarias, se decía que al fin y al cabo las cosas no estaban tan mal como estaban y hasta prefería que Horacio se arrimara a compartir unos mates, porque entonces empezaban inmediatamente a jugar un juego cifrado que apenas comprendían pero que había que jugar para que el tiempo pasara y los tres se sintieran dignos los unos de los otros. También leían, porque de una juventud coincidentemente socialista, y un poco teosófica por el lado de Traveler, los tres amaban cada uno a su manera la lectura comentada, las polémicas por el gusto hispanoargentino de querer convencer y no aceptar jamás la opinión contraria, y las posibilidades innegables de reírse como locos y sentirse por encima de la humanidad doliente so pretexto de ayudarla a salir de su mierdosa situación contemporánea.

Pero era cierto que Traveler dormía mal, Talita se lo repetía retóricamente mientras lo miraba afeitarse iluminado por el sol de la mañana. Una pasada, otra, Traveler en camiseta y pantalón de piyama silbaba prolongadamente *La gayola* y después proclamaba a gritos: «¡Música, melancólico alimento para los que vivimos de amor!», y dándose vuelta miraba agresivo a Talita que ese día desplumaba el pato y era muy feliz porque los canutos salían que era un encanto y el pato tenía un aire benigno poco frecuente en esos cadáveres rencorosos, con los ojitos entreabiertos y una raja imperceptible como de luz entre los párpados, animales desdichados.

—¿Por qué dormís tan mal, Manú?

—¡*Música, me...!* ¿Yo, mal? Directamente no duermo, amor mío, me paso la noche meditando el *Liber penitentialis,* edición Macrovius Basca, que le saqué el otro día al doctor Feta aprovechando un descuido de su hermana. Por cierto que se lo voy a devolver, debe costar miles de mangos. Un *liber penitentialis,* date cuenta.

—¿Y qué es eso? —dijo Talita que ahora comprendía ciertos escamoteos y un cajón con doble llave—. Vos me escondés tus lecturas, es la primera vez que ocurre desde que nos casamos.

—Ahí está, podés mirarlo todo lo que se te dé la gana, pero siempre que primero te laves las manos. Lo escondo porque es valioso y vos andás siempre con raspas de zanahoria y cosas así en los dedos, sos tan doméstica que arruinarías cualquier incunable.

—No me importa tu libro —dijo Talita ofendida—. Vení a cortarle la cabeza, no me gusta aunque esté muerto.

—Con la navaja —propuso Traveler—. Le va a dar un aire truculento al asunto, y además siempre es bueno ejercitarse, uno nunca sabe.

—No. Con este cuchillo que está afilado.

—Con la navaja.

—No. Con este cuchillo.

Traveler se acercó navaja en mano al pato y le hizo volar la cabeza.

—Andá aprendiendo —dijo—. Si nos toca ocuparnos del manicomio conviene acumular experiencia tipo doble asesinato de la calle de la Morgue[2].

—¿Se matan así los locos?

—No, vieja, pero de cuando en cuando se tiran el lance. Lo mismo que los cuerdos, si me permitís la mala comparación.

—Es vulgar —admitió Talita, organizando el pato en una especie de paralelepípedo sujeto con piolín blanco.

—En cuanto a que no duermo bien —dijo Traveler, limpiando la navaja en un papel higiénico— vos sabés perfectamente de qué se trata.

—Pongamos que sí. Pero vos también sabés que no hay problema.

—Los problemas —dijo Traveler— son como los calentadores Primus, todo está muy bien hasta que revientan. Yo te diría que en este mundo hay problemas teleológicos. Parece que no existen, como en este momento, y lo que ocurre es que el reloj de la bomba marca las doce del día de mañana. Tic-tac, tic-tac, todo va tan bien. Tic-tac.

—Lo malo —dijo Talita— es que el encargado de darle cuerda al reloj sos vos mismo.

—Mi mano, ratita, está también marcada para las doce de mañana. Entre tanto vivamos y dejemos vivir.

Talita untó el pato con manteca, lo que era un espectáculo denigrante.

—¿Tenés algo que reprocharme? —dijo, como si le hablara al palmípedo.

—Absolutamente nada en este momento —dijo Traveler—. Mañana a las doce veremos, para prolongar la imagen hasta su desenlace cenital.

---

[2] Otra alusión a Poe.

—Cómo te parecés a Horacio —dijo Talita—. Es increíble cómo te parecés.

—Tic-tac —dijo Traveler buscando los cigarrillos—. Tic-tac, tic-tac.

—Sí, te parecés —insistió Talita, soltando el pato que se estrelló en el suelo con un ruido fofo que daba asco—. Él también hubiera dicho: Tic-tac, él también hubiera hablado con figuras todo el tiempo. ¿Pero es que me van a dejar tranquila? Te digo a propósito que te parecés a él, para que de una vez por todas nos dejemos de absurdos. No puede ser que todo cambie así con la vuelta de Horacio. Anoche se lo dije, ya no puedo más, ustedes están jugando conmigo, es como un partido de tenis, me golpean de los dos lados, no hay derecho, Manú, no hay derecho.

Traveler la tomó en sus brazos aunque Talita se resistía, y después de poner un pie encima del pato y dar un resbalón que casi los manda al suelo, consiguió dominarla y besarle la punta de la nariz.

—A lo mejor no hay bomba para vos, ratita —dijo, sonriéndole con una expresión que aflojó a Talita, la hizo buscar una postura más cómoda entre sus brazos—. Mirá, no es que yo ande buscando que me caiga un refusilo[3] en la cabeza, pero siento que no debo defenderme con un pararrayos, que tengo que salir con la cabeza al aire hasta que sean las doce de algún día. Solamente después de esa hora, de ese día, me voy a sentir otra vez el mismo. No es por Horacio, amor, no es solamente por Horacio aunque él haya llegado como una especie de mensajero. A lo mejor si no hubiese llegado me habría ocurrido otra cosa parecida. Habría leído algún libro desencadenador, o me habría enamorado de otra mujer... Esos pliegues de la vida, comprendés, esas inesperadas mostraciones de algo que uno no se había sospechado y que de golpe ponen todo en crisis. Tendrías que comprender.

—¿Pero es que vos creés realmente que él me busca, y que yo...?

—Él no te busca en absoluto —dijo Traveler, soltándola—. A Horacio vos le importás un pito. No te ofendas, sé muy bien lo que valés y siempre estaré celoso de todo el mundo cuando te miran o te hablan. Pero aunque Horacio se tirara un lance con vos, incluso en ese caso, aunque me creas loco yo

---

[3] *refusilo:* 'relámpago'.

te repetiría que no le importás, y por lo tanto no tengo que preocuparme. Es otra cosa —dijo Traveler subiendo la voz—. ¡Es malditamente otra cosa, carajo!

—Ah —dijo Talita, recogiendo el pato y limpiándole el pisotón con un trapo de cocina—. Le has hundido las costillas. De manera que es otra cosa. No entiendo nada, pero a lo mejor tenés razón.

—Y si él estuviera aquí —dijo Traveler en voz baja, mirando su cigarrillo— tampoco entendería nada. Pero sabría muy bien que es otra cosa. Increíble, parecería que cuando él se junta con nosotros hay paredes que se caen, montones de cosas que se van al quinto demonio, y de golpe el cielo se pone fabulosamente hermoso, las estrellas se meten en esa panera, uno podría pelarlas y comérselas, ese pato es propiamente el cisne de Lohengrin[4], y detrás, detrás...

—¿No molesto? —dijo la señora de Gutusso, asomándose desde el zaguán—. A lo mejor ustedes estaban hablando de cosas personales, a mí no me gusta meterme donde no me llaman.

—Valiente —dijo Talita—. Entre nomás, señora, mire qué belleza de animal.

—Una gloria —dijo la señora de Gutusso—. Yo siempre digo que el pato será duro pero tiene su gusto especial.

—Manú le puso un pie encima —dijo Talita—. Va a estar hecho una manteca, se lo juro.

—Póngale la firma —dijo Traveler.

(-102)

---

[4] Wagner terminó *Lohengrin* en Dresde, pero no pudo asistir al estreno en Weimar (1850), dirigido por Liszt, por haber tenido que exiliarse en Zurich, a causa de sus ideas liberales y republicanas.

45

Era natural pensar que él estaba esperando que se asomara a la ventana. Bastaba despertarse a las dos de la mañana, con un calor pegajoso, con el humo acre de la espiral matamosquitos, con dos estrellas enormes plantadas en el fondo de la ventana, con la otra ventana enfrente que también estaría abierta.

Era natural porque en el fondo el tablón seguía estando ahí, y la negativa a pleno sol podía quizá ser otra cosa a plena noche, virar a una aquiescencia súbita, y entonces él estaría allí en su ventana, fumando para espantar los mosquitos y esperando que Talita sonámbula se desgajara suavemente del cuerpo de Traveler para asomarse y mirarlo de oscuridad a oscuridad. Tal vez con lentos movimientos de la mano él dibujaría signos con la brasa del cigarrillo. Triángulos, circunferencias, instantáneos escudos de armas, símbolos del filtro fatal o de la difenilpropilamina, abreviaciones farmacéuticas que ella sabría interpretar, o solamente un vaivén luminoso de la boca al brazo del sillón, del brazo del sillón a la boca, de la boca al brazo del sillón, toda la noche.

No había nadie en la ventana. Traveler se asomó al pozo caliente, miró la calle donde un diario abierto se dejaba leer indefenso por un cielo estrellado y como palpable. La ventana del hotel de enfrente parecía todavía más próxima de noche, un gimnasta hubiera podido llegar de un salto. No, no hubiera podido. Tal vez con la muerte en los talones[1], pero no de otra

---

[1] *Con la muerte en los talones* (1959) es el título español de la película de Alfred Hitchcock *North by northwest,* una de las obras maestras del suspense y el humor. Intérpretes: Cary Grant, Eva Marie Saint y James Mason. Secuencias famosas: el héroe perseguido por un avión, en una gran llanura del Middle West, y la lucha final, sobre las estatuas gigantes de Lincoln y Roosevelt, en el monte Rushmore.

manera. Ya no quedaban huellas del tablón, no había paso.

Suspirando, Traveler se volvió a la cama. A una pregunta soñolienta de Talita, le acarició el pelo y murmuró cualquier cosa. Talita besó el aire, manoteó un poco, se tranquilizó.

Si él había estado en alguna parte del pozo negro, metido en el fondo de la pieza y desde allí mirando por la ventana, tenía que haber visto a Traveler, su camiseta blanca como un ecto-plasma. Si él había estado en alguna parte del pozo negro esperando que Talita se asomara, la aparición indiferente de una camiseta blanca debía haberlo mortificado minuciosamen-te. Ahora se rascaría despacio el antebrazo, gesto usual de incomodidad y resentimiento en él, aplastaría el cigarrillo entre los labios, murmuraría alguna obscenidad adecuada, probablemente se tiraría en la cama sin ninguna consideración hacia Gekrepten profundamente dormida.

Pero si él no había estado en alguna parte del pozo negro, el hecho de levantarse y salir a la ventana a esa hora de la noche era una admisión de miedo, casi un asentimiento. Práctica-mente equivalía a dar por sentado que ni Horacio ni él habían retirado los tablones. De una manera u otra había pasaje, se podía ir o venir. Cualquiera de los tres, sonámbulo, podía pasar de ventana a ventana, pisando el aire espeso sin temor de caerse a la calle. El puente sólo desaparecería con la luz de la mañana, con la reaparición del café con leche que devuelve a las construcciones sólidas y arranca la telaraña de las altas horas a manotazos de boletín radial y ducha fría.

Sueños de Talita: La llevaban a una exposición de pintura en un inmenso palacio en ruinas, y los cuadros colgaban a alturas vertiginosas, como si alguien hubiera convertido en museo las prisiones de Piranesi[2]. Y así para llegar a los cuadros había que trepar por arcos donde apenas las entalla-duras permitían apoyar los dedos de los pies, avanzar por galerías que se interrumpían al borde de un mar embravecido, con olas como de plomo, subir por escaleras de caracol para finalmente ver, siempre mal, siempre desde abajo o de costa-do, los cuadros en los que la misma mancha blanquecina, el mismo coágulo de tapioca o de leche se repetía al infinito.

---

[2] *Piranesi* (1720-1778): sus grabados, con arquitecturas fantásticas, conectan muy bien con la sensibilidad contemporánea; por eso, han sido utilizados muchas veces en «relecturas», *collages,* decorados tea-trales...

Despertar de Talita: Sentándose de golpe en la cama, a las nueve de la mañana, sacudiendo a Traveler que duerme boca abajo, dándole de palmadas en el trasero para que se despierte. Traveler estirando una mano y pellizcándole una pierna, Talita echándose sobre él y tirándole del pelo. Traveler abusando de su fuerza, retorciéndole una mano hasta que Talita pide perdón. Besos, un calor terrible.

—Soñé con un museo espantoso. Vos me llevabas.

—Detesto la oniromancia. Cebá mate, bicho.

—¿Por qué te levantaste anoche? No era para hacer pis, cuando te levantás para hacer pis me lo explicás primero como si yo fuera estúpida, me decís: «Me voy a levantar porque no puedo aguantar más», y yo te tengo lástima porque yo aguanto muy bien toda la noche, ni siquiera tengo que aguantar, es un metabolismo diferente.

—¿Un qué?

—Decime por qué te levantaste. Fuiste hasta la ventana y suspiraste.

—No me tiré.

—Idiota.

—Hacía calor.

—Decí por qué te levantaste.

—Por nada, por ver si Horacio estaba también con insomnio, así charlábamos un rato.

—¿A esa hora? Si apenas hablan de día, ustedes dos.

—Hubiera sido distinto, a lo mejor. Nunca se sabe.

—Soñé con un museo horrible —dice Talita, empezando a ponerse un slip.

—Ya me explicaste —dice Traveler, mirando el cielo raso.

—Tampoco nosotros hablamos mucho, ahora —dice Talita.

—Cierto. Es la humedad.

—Pero parecería que algo habla, algo nos utiliza para hablar. ¿No tenés esa sensación? ¿No te parece que estamos como habitados? Quiero decir... Es difícil, realmente.

—Transhabitados, más bien. Mirá, esto no va a durar siempre. *No te aflijas / Catalina* —canturrea Traveler—, *ya vendrán tiempos mejores / y te pondré un comedor*.

—Estúpido —dice Talita besándolo en la oreja—. Esto no va a durar siempre, esto no va a durar siempre... Esto no debería durar ni un minuto más.

—Las amputaciones violentas son malas, después te duele el muñón toda la vida.

—Si querés que te diga la verdad —dice Talita— tengo la

impresión de que estamos criando arañas o ciempiés. Las cuidamos, las atendemos, y van creciendo, al principio eran unos bichitos de nada, casi lindos, con tantas patas, y de golpe han crecido, te saltan a la cara. Me parece que también soñé con arañas, me acuerdo vagamente.

—Oílo a Horacio —dice Traveler, poniéndose los pantalones—. A esta hora silba como loco para festejar la partida de Gekrepten. Qué tipo.

(-80)

—Música, melancólico alimento para los que vivimos de amor —había citado por cuarta vez Traveler, templando la guitarra antes de proferir el tango *Cotorrita de la suerte*.

Don Crespo se interesó por la referencia y Talita subió a buscarle los cinco actos en versión de Astrana Marín[1]. La calle Cachimayo estaba ruidosa al caer la noche pero en el patio de don Crespo, aparte del canario Cien Pesos no se oía más que la voz de Traveler que llegaba a la parte de *la obrerita juguetona y pizpireta / la que diera a su casita la alegría.* Para jugar a la escoba de quince no hace falta hablar, y Gekrepten le ganaba vuelta tras vuelta a Oliveira que alternaba con la señora de Gutusso en la tarea de aflojar monedas de veinte. La cotorrita de la suerte (*que augura la vida o muerte*) había sacado entre tanto un papelito rosa: Un novio, larga vida. Lo que no impedía que la voz de Traveler se ahuecara para describir la rápida enfermedad de la heroína, *y la tarde en que moría tristemente / preguntando a su mamita: «¿No llegó?».* Trrán.

—Qué sentimiento —dijo la señora de Gutusso—. Hablan mal del tango, pero no me lo va a comparar con los calipsos y otras porquerías que pasan por la radio. Alcánceme los porotos[2], don Horacio.

Traveler apoyó la guitarra en una maceta, chupó a fondo el

---

[1] Luis *Astrana Marín* (1889-1960), erudito y traductor español. Además de una monumental biografía de Cervantes, es el autor de la primera traducción completa al español de las obras de Shakespeare. La frase con que comienza el capítulo la dice Cleopatra, iniciando la escena V del acto I de *Antonio y Cleopatra* (pág. 1395 de la traducción de Astrana Marín a que se refiere la novela: Madrid, Aguilar, 1943).

[2] *poroto:* 'especie de alubia y guiso que se hace con este vegetal'.

mate y sintió que la noche iba a caerle pesada. Casi hubiera preferido tener que trabajar, o sentirse enfermo, cualquier distracción. Se sirvió una copa de caña y la bebió de un trago, mirando a don Crespo que con los anteojos en la punta de la nariz se internaba desconfiado en los proemios de la tragedia. Vencido, privado de ochenta centavos, Oliveira vino a sentarse cerca y también se tomó una copa.

—El mundo es fabuloso —dijo Traveler en voz baja—. Ahí dentro de un rato será la batalla de Actium[3], si el viejo aguanta hasta esa parte. Y al lado estas dos locas guerreando por porotos a golpes de siete de velos.

—Son ocupaciones como cualquiera —dijo Oliveira—. ¿Te das cuenta de la palabra? Estar ocupado, tener una ocupación. Me corre frío por la columna, che. Pero mirá, para no ponernos metafísicos te voy a decir que mi ocupación en el circo es una estafa pura. Me estoy ganando esos pesos sin hacer nada.

—Esperá a que debutemos en San Isidro, va a ser más duro. En Villa del Parque teníamos todos los problemas resueltos, sobre todo el de una coima[4] que lo traía preocupado al Dire. Ahora hay que empezar con gente nueva y vas a estar bastante ocupado, ya que te gusta el término.

—No me digas. Qué macana, che, yo en realidad me estaba mandando la parte. ¿Así que va a haber que trabajar?

—Los primeros días, después todo entra en la huella. Decime un poco, ¿vos nunca trabajaste cuando andabas por Europa?

—El mínimo imponible —dijo Oliveira—. Era tenedor de libros clandestino. El viejo Trouille, qué personaje para Céline. Algún día te tengo que contar, si es que vale la pena, y no la vale.

—Me gustaría —dijo Traveler.

—Sabés, todo está tan en el aire. Cualquier cosa que te dijera sería como un pedazo del dibujo de la alfombra. Falta el coagulante, por llamarlo de alguna manera: zás, todo se

---

[3] *Actium* o Accio: célebre batalla naval, que tuvo lugar frente a ese promontorio (en la Acarnania, Grecia Antigua) entre Marco Antonio y Octavio, el 2 de septiembre del año 31 a. C., alcanzando este último la victoria. Con la derrota de Antonio, Octavio quedó dueño del mundo y se hizo acreedor al nombre de Augusto que le dieron los romanos. Así concluyó la historia iniciada con el asesinato que presenta Shakespeare en *Julio César*.

[4] *coima:* 'soborno'.

46

ordena en su justo sitio y te nace un precioso cristal con todas
sus facetas. Lo malo —dijo Oliveira mirándose las uñas— es
que a lo mejor ya se coaguló y no me di cuenta, me quedé
atrás como los viejos que oyen hablar la cibernética y mueven
despacito la cabeza pensando en que ya va a ser la hora de la
sopa de fideos finos.

El canario Cien Pesos produjo un trino más chirriante que
otra cosa.

—En fin —dijo Traveler—. A veces se me ocurre como que
no tendrías que haber vuelto.

—Vos lo pensás —dijo Oliveira—. Yo lo vivo. A lo mejor es
lo mismo en el fondo, pero no caigamos en fáciles deliquios.
Lo que nos mata a vos y a mí es el pudor, che. Nos paseamos
desnudos por la casa, con gran escándalo de algunas señoras,
pero cuando se trata de hablar... Comprendés, de a ratos se
me ocurre que me podría decirte... No sé, tal vez en el momento
las palabras servirían de algo, nos servirían. Pero como no son
las palabras de la vida cotidiana y del mate en el patio, de la
charla bien lubricada, uno se echa atrás, precisamente al mejor
amigo es al que menos se le pueden decir cosas así. ¿No te
ocurre a veces confiarte mucho más a un cualquiera?

—Puede ser —dijo Traveler afinando la guitarra—. Lo malo
es que con esos principios ya no se ve para qué sirven los
amigos.

—Sirven para estar ahí, y en una de esas quién te dice.

—Como quieras. Así va a ser difícil que nos entendamos
como en otros tiempos.

—En nombre de los otros tiempos se hacen las grandes
macanas en éstos —dijo Oliveira—. Mirá, Manolo, vos hablás
de entendernos, pero en el fondo te das cuenta que yo también
quisiera entenderme con vos, y *vos* quiere decir mucho más
que vos mismo. La joroba es que el verdadero entendimiento
es otra cosa. Nos conformamos con demasiado poco. Cuando
los amigos se entienden bien entre ellos, cuando los amantes se
entienden bien entre ellos, cuando las familias se entienden
bien entre ellas, entonces nos creemos en armonía. Engaño
puro, espejo para alondras. A veces siento que entre dos que
se rompen la cara a trompadas hay mucho más entendimiento
que los que están ahí mirando desde afuera. Por eso...
Che, pero yo realmente podría colaborar en *La Nación* de los
domingos.

—Ibas bien —dijo Traveler afinando la prima— pero al
final te dio uno de esos ataques de pudor de que hablabas

antes. Me hiciste pensar en la señora de Gutusso cuando se cree obligada a aludir a las almorranas del marido.

—Este Octavio César dice cada cosa —rezongó don Crespo, mirándolos por encima de los anteojos—. Aquí habla de que Marco Antonio había comido una carne muy extraña en los Alpes[5]. ¿Qué me representa con esa frase? Chivito, me imagino.

—Más bien bípedo implume —dijo Traveler.

—En esta obra el que no está loco le anda cerca —dijo respetuosamente don Crespo—. Hay que ver las cosas que hace Cleopatra.

—Las reinas son tan complicadas —dijo la señora de Gutusso—. Esa Cleopatra armaba cada lío, salió en una película[6]. Claro que eran otros tiempos, no había religión.

—Escoba —dijo Talita, recogiendo seis barajas de un saque.

—Usted tiene una suerte...

—Lo mismo pierdo al final. Manú, se me acabaron las monedas.

—Cambiale a don Crespo que a lo mejor ha entrado en el tiempo faraónico y te da piezas de oro puro. Mirá, Horacio, eso que decías de la armonía...

—En fin —dijo Oliveira—, ya que insistís en que me dé vuelta los bolsillos y ponga las pelusas sobre la mesa...

---

[5] Para afear la conducta de Antonio, dice César: «Antonio, deja tus lascivas francachelas. Cuando en otra época fuiste echado de Módena, donde mataste a los cónsules Hirtius y Pansa, el hambre te siguió tras los talones, y combatiste contra ella, aunque educado en el regalo, con una paciencia que habría cansado a los salvajes. Bebiste la orina de los caballos y del cenagal amarillento, que habría hecho reventar a las bestias. Tu paladar no desdeñó entonces la mora más agria de la zarza más espinosa. Sí, como el ciervo, cuando la nieve extiende su manto sobre los pastos, ramoneaste las cortezas de los árboles; se refiere que sobre los Alpes comiste de una carne extraña, que hizo morir a varios hombres de sólo mirarla. Y todo esto (es un ultraje para tu honor que me sea preciso relatarlo ahora) lo soportaste tan a la manera de un soldado, que tu rostro no sufrió alteración ninguna» (ed. cit., página 1.388).

[6] En realidad, Cleopatra salió en varias películas: las más famosas, después de la de Theda Bara (1916), las de Cecil B. de Mille (1934, con Claudette Colbert), Gabriel Pascal (1945, con Vivien Leigh) y J. L. Mankiewicz (1963). La señora de la novela se refiere, sin duda, a esta última, famosa por la pareja protagonista (Elizabeth Taylor y Richard Burton) y por haber sido, quizás, la película más cara de la historia del cine.

—Altro que dar vuelta los bolsillos. Mi impresión es que
vos te quedás tan tranquilo viendo cómo a los demás se nos
empieza a armar un corso a contramano. Buscás eso que
llamás la armonía, pero la buscás justo ahí donde acabás de
decir que no está, entre los amigos, en la familia, en la ciudad.
¿Por qué la buscás dentro de los cuadros sociales?

—No sé, che. Ni siquiera la busco. Todo me va sucediendo.

—¿Por qué te tiene que suceder a vos que los demás no
podamos dormir por tu culpa?

—Yo también duermo mal.

—¿Por qué, para darte un ejemplo, te juntaste con Gekrepten? ¿Por que me venís a ver? ¿Acaso no es Gekrepten, no
somos nosotros los que te estamos estropeando la armonía?

—¡Quiere beber mandrágora! —gritó don Crespo estupefacto.

—¿Lo qué? —dijo la señora de Gutusso.

—¡Mandrágora! Le manda a la esclava que le sirva mandrágora. Dice que quiere dormir. ¡Está completamente loca!

—Tendría de tomar Bromural —dijo la señora de Gutusso—. Claro que en esos tiempos...

—Tenés mucha razón, viejito —dijo Oliveira, llenando los
vasos de caña—, con la única salvedad de que le estás dando a
Gekrepten más importancia de la que tiene.

—¿Y nosotros?

—Ustedes, che, a lo mejor son ese coagulante de que hablábamos hace un rato. Me da por pensar que nuestra relación es
casi química, un hecho fuera de nosotros mismos. Una especie
de dibujo que se va haciendo. Vos me fuiste a esperar, no te
olvides.

—¿Y por qué no? Nunca pensé que volverías con esa mufa [7],
que te habrían cambiado tanto por allá, que me darías tantas
ganas de ser diferente... No es eso, no es eso. Bah, vos ni vivís,
ni dejás vivir.

La guitarra, entre los dos, se paseaba por un cielito.

—No tenés más que chasquear los dedos así —dijo Oliveira
en voz muy baja— y no me ven más. Sería injusto que por
culpa mía, vos y Talita...

—A Talita dejala afuera.

—No —dijo Oliveira—. Ni pienso dejarla afuera. Nosotros
somos Talita, vos y yo, un triángulo sumamente trismegísti-

---

[7] *mufa:* 'bronca'.

co [8]. Te lo vuelvo a decir: me hacés una seña y me corto solo.
No te creas que no me doy cuenta de que andás preocupado.

—No es con irte ahora que vas a arreglar mucho.

—Hombre, por qué no. Ustedes no me necesitan.

Traveler preludió *Malevaje,* se interrumpió. Ya era noche
cerrada, y don Crespo encendía la luz del patio para poder
leer.

—Mirá —dijo Traveler en voz baja—. De todas maneras
alguna vez te mandarás mudar y no hay necesidad de que yo
te ande haciendo señas. Yo no dormiré de noche, como te lo
habrá dicho Talita, pero en el fondo no lamento que hayas
venido. A lo mejor me hacía falta.

—Como quieras, viejo. Las cosas se dan así, lo mejor es
quedarse tranquilo. A mí tampoco me va tan mal.

—Parece un diálogo de idiotas —dijo Traveler.

—De mongoloides puros —dijo Oliveira.

—Uno cree que va a explicar algo, y cada vez es peor.

—La explicación es un error bien vestido —dijo Oliveira—.
Anotá eso.

—Sí, entonces más vale hablar de otras cosas, de lo que
pasa en el Partido Radical. Solamente que vos... Pero es como
las calesitas, siempre de vuelta a lo mismo, el caballito blanco,
después el rojo, otra vez el blanco. Somos poetas, hermano.

—Unos vates bárbaros —dijo Oliveira llenando los vasos—.
Gentes que duermen mal y salen a tomar aire fresco a la
ventana, cosas así.

—Así que me viste, anoche.

—Dejame que piense. Primero Gekrepten se puso pesada y
hubo que contemporizar. Livianito, nomás, pero en fin... Después me dormí a pata suelta, cosa de olvidarme. ¿Por qué me
preguntás?

—Por nada —dijo Traveler, y aplastó la mano sobre las

---

[8] Hermes Trismegistos es un personaje legendario que simboliza la
ciencia antigua. Se le suele identificar con Teuth, dios lunar egipcio.
Se le atribuían muchos descubrimientos: la aritmética, el álgebra, la
geometría, la astronomía, el dibujo, los dados, el alfabeto, la escritura. Fundó la ciudad de Hermópolis y fue adorado por los saitas. Por
su sabiduría, se le dio el título: tris = tres veces; megistos = el más
grande. Se le han atribuido más de treinta mil libros. Es el «patrón»
simbólico de la literatura *hermética.* A propósito de *Troteras y danza-
deras,* de Pérez de Ayala, he estudiado yo un libro *hermético: El
oráculo o sea el libro de los destinos...*

cuerdas. Haciendo sonar sus ganancias, la señora de Gutusso arrimó una silla y le pidió a Traveler que cantara.

—Aquí un tal Enobarbo dice que la humedad de la noche es venenosa [9] —informó don Crespo—. En esta obra están todos piantados, a la mitad de una batalla se ponen a hablar de cosas que no tienen nada que ver.

—Y bueno —dijo Traveler—, vamos a complacer a la señora, si don Crespo no se opone. *Malevaje,* tangacho de Juan de Dios Filiberto. Ah, pibe, haceme acordar que te lea la confesión de Ivonne Guitry, es algo grande. Talita, andá a buscar la antología de Gardel. Está en la mesita de luz, que es donde debe estar una cosa así.

—Y de paso me la devuelve —dijo la señora de Gutusso—. No es por nada pero a mí los libros me gusta tenerlos cerca. Mi esposo es igual, le juro.

(-47)

---

[9] ««¡Oh soberana señora de la verdadera melancolía! Vierte sobre mí la humedad pestilente de la noche, a fin de que la vida, que aletea contra mi voluntad, no se obstine más en adherirse a mí» (acto IV, escena IX, ed. cit., pág. 1.418).

Soy yo, soy él. Somos, pero soy yo, primeramente soy yo, defenderé ser yo hasta que no pueda más. Atalía, soy yo. Ego. Yo. Diplomada, argentina, una uña encarnada, bonita de a ratos, grandes ojos oscuros, yo. Atalía Donosi, yo. Yo. Yo-yo, carretel y piolincito. Cómico.

Manú, qué loco, irse a Casa América y solamente por divertirse alquilar este artefacto[1]. *Rewind*. Qué voz, esta no es mi voz. Falsa y forzada: «Soy yo, soy él. Somos, pero soy yo, primeramente soy yo, defenderé...» STOP. Un aparato extraordinario, pero no sirve para pensar en voz alta, o a lo mejor hay que acostumbrarse, Manú habla de grabar su famosa pieza de radioteatro sobre las señoras, no va a hacer nada. El ojo mágico es realmente mágico, las estrías verdes que oscilan, se contraen, gato tuerto mirándome. Mejor taparlo con un cartoncito. REWIND. La cinta corre tan lisa, tan parejita. VOLUME. Poner en 5 ó 5 1/2: «El ojo mágico es realmente mágico, las estrías verdes que os...» Pero lo verdaderamente mágico sería que mi voz dijese: «El ojo mágico juega a la escondida, las estrías rojas...» Demasiado eco, hay que poner el micrófono más cerca y bajar el volumen. Soy yo, soy él. Lo que realmente soy es una mala parodia de Faulkner. Efectos fáciles. ¿Dicta con un magnetófono o el whisky le sirve de cinta grabadora? ¿Se dice grabador o magnetófono? Horacio dice magnetófono, se quedó asombrado al ver el artefacto, dijo: «Qué magnetófono, pibe.» El manual dice grabador, los de Casa América deben saber. Misterio: Por qué Manú compra

---

[1] Talita está grabando en una cinta magnetofónica. De vez en cuando, oye parte de lo que ha grabado —y nosotros lo volvemos a leer. Es un ejemplo más del juego constante: hacer y rehacer, creación y crítica.

todo, hasta los zapatos, en Casa América. Una fijación, una idiotez. REWIND. Esto va a ser divertido: «...Faulkner. Efectos fáciles.» STOP. No es muy divertido volver a escucharme. Todo esto debe llevar tiempo, tiempo, tiempo. Todo esto debe llevar tiempo. REWIND. A ver si el tono es más natural: «...po, tiempo tiempo. Todo esto debe...» Lo mismo, una voz de enana resfriada. Eso sí, ya lo manejo bien, Manú se va a quedar asombrado, me tiene tanta desconfianza para los aparatos. A mí, una famacéutica, Horacio ni siquiera se fijaría, lo mira a uno como un puré que pasa por el colador, una pasta zás que sale por el otro lado, a sentarse y a comer. ¿Rewind? No, sigamos, apaguemos la luz. Hablemos en tercera persona, a lo mejor... Entonces Talita Donosi apaga la luz y no queda más que el ojito mágico con sus estrías rojas (a lo mejor sale verde, a lo mejor sale violeta) y la brasa del cigarrillo. Calor, y Manú que no vuelve de San Isidro, las once y media. Ahí está Gekrepten en la ventana, no la veo pero es lo mismo, está en la ventana, en camisón, y Horacio delante de su mesita, con una vela, leyendo y fumando. La pieza de Horacio y Gekrepten no sé por qué es menos hotel que esta. Estúpida, es tan hotel que hasta las cucarachas deben tener el número escrito en el lomo, y al lado se lo aguantan a don Bunche con sus tuberculosos a veinte pesos la consulta, los renguitos[2] y los epilépticos. Y abajo el clandestino, y los tangos desafinados de la chica de los mandados. REWIND. Un buen rato, para remontar hasta por lo menos medio minuto antes. Se va contra el tiempo, a Manú le gustaría hablar de eso. Volumen 5: «...el número escrito en el lomo...» Más atrás. REWIND. Ahora: «...Horacio delante de su mesita, con una vela verde...» STOP. Mesita, mesita. Ninguna necesidad de decir mesita cuando una es farmacéutica. Merengue puro. ¡Mesita! La ternura mal aplicada. Y bueno, Talita. Basta de pavadas, REWIND. Todo, hasta que la cinta esté a punto de salirse, el defecto de esta máquina es que hay que calcular tan bien, si la cinta se escapa se pierde medio minuto enganchándola de nuevo. STOP. Justo, por dos centímetros. ¿Qué habré dicho al principio? Ya no me acuerdo pero me salía una voz de ratita asustada, el conocido temor al micrófono. A ver, volumen 5 1/2 para que se oiga bien. «Soy yo, soy él. Somos, pero soy yo, primeramen...» ¿Y por qué, por qué decir eso? Soy yo, soy él, y después hablar de la mesita, y después enojarme. «Soy yo, soy él. Soy yo, soy él.»

---

[2] *rengo:* 'cojo por lesión de las caderas'.

Talita cortó el grabador, le puso la tapa, lo miró con profundo asco y se sirvió un vaso de limonada. No quería pensar en la historia de la clínica (el Director decía «la clínica mental», lo que era insensato) pero si renunciaba a pensar en la clínica (aparte de que eso de renunciar a pensar era más una esperanza que una realidad) inmediatamente ingresaba en otro orden igualmente molesto. Pensaba en Manú y Horacio al mismo tiempo, en el símil de la balanza que tan vistosamente habían manejado Horacio y ella en la casilla del circo. La sensación de estar habitada se hacía entonces más fuerte, por lo menos la clínica era una idea de miedo, de desconocido, una visión espeluznante de locos furiosos en camisón, persiguiéndose con navajas y enarbolando taburetes y patas de cama, vomitando sobre las hojas de temperatura y masturbándose ritualmente. Iba a ser muy divertido ver a Manú y a Horacio con guardapolvos blancos, ciudando a los locos. «Voy a tener cierta importancia», pensó modestamente Talita. «Seguramente el Director me confiará la farmacia de la clínica, si es que tienen una farmacia. A lo mejor es un botiquín de primeros auxilios. Manú me va a tomar el pelo como siempre.» Tendría que repasar algunas cosas, tanto que se olvida, el tiempo con su esmeril suavecito, la batalla indescriptible de cada día de ese verano, el puerto y el calor, Horacio bajando la planchada con cara de pocos amigos, la grosería de despacharla con el gato, vos tomate el travía de vuelta que nosotros tenemos que hablar. Y entonces empezaba un tiempo que era como un terreno baldío lleno de latas retorcidas, ganchos que podían lastimar los pies, charcos sucios, pedazos de trapo enganchados en los cardos, el circo de noche con Horacio y Manú mirándola o mirándose, el gato cada vez más estúpido o francamente genial, resolviendo cuentas entre los alaridos del público enloquecido, las vueltas a pie con paradas en los boliches para que Manú y Horacio bebieran cerveza, hablando, hablando de nada, oyéndose hablar entre ese calor y ese humo y el cansancio. *Soy yo, soy él*, lo había dicho sin pensarlo, es decir que estaba más que pensado, venía de un territorio donde las palabras eran como los locos en la clínica, entes amenazadores o absurdos viviendo una vida propia y aislada, saltando de golpe sin que nada pudiera atajarlos: *Soy yo, soy él,* y él no era Manú, él era Horacio, el habitador, el atacante solapado, la sombra dentro de la sombra de su pieza por la noche, la brasa del cigarrillo dibujando lentamente las formas del insomnio.

Cuando Talita tenía miedo se levantaba y se hacía un té de tilo y menta fifty fifty. Se lo hizo, esperando deseosa que la llave de Manú escarbara en la puerta. Manú había dicho con aladas palabras: «A Horacio vos no le importás un pito.» Era ofensivo pero tranquilizador. Manú había dicho que aunque Horacio se tirara un lance (y no lo había hecho, jamás había insinuado siquiera que)

una de tilo
una de menta
el agüita bien caliente, primer hervor, stop.
ni siquiera en ese caso le importaría nada de ella. Pero entonces. Pero si no le importaba, por qué estar siempre ahí en el fondo de la pieza, fumando o leyendo, *estar* (soy yo, soy él) como necesitándola de alguna manera, si, era exacto, necesitándola, colgándose de ella desde lejos como en una succión desesperada para alcanzar algo, ver mejor algo, ser mejor algo. Entonces no era: soy yo, soy él. Entonces era al revés: Soy él *porque* soy yo. Talita suspiró, levemente satisfecha de su buen raciocinio y de lo sabroso que estaba el té.

Pero no era solamente eso, porque entonces hubiera resultado demasiado sencillo. No podía ser (para algo está la lógica) que Horacio se interesara y a la vez no se interesara. De la combinación de las dos cosas debía salir una tercera, algo que no tenía nada que ver con el amor, por ejemplo (era tan estúpido pensar en el amor cuando el amor era solamente Manú, solamente Manú hasta la consumación de los tiempos), algo que estaba del lado de la caza, de la búsqueda[3], o más bien como una expectación terrible, como el gato mirando al canario inalcanzable, una especie de congelación del tiempo y del día, un agazapamiento. Terrón y medio, olorcito a campo. Un agazapamiento sin explicaciones de-este-lado-de-las-cosas, o hasta que un día Horacio se dignara hablar, irse, pegarse un tiro, cualquier explicación o materia sobre la cual imaginar una explicación. No ese estar ahí tomando mate y mirándolos, haciendo que Manú tomara mate y lo mirara, que los tres estuvieran bailando una lenta figura interminable. «Yo», pensó Talita, «debería escribir novelas, se me ocurren ideas gloriosas». Estaba tan deprimida que volvió a enchufar el grabador y cantó canciones hasta que llegó Traveler. Los dos convinieron en que la voz de Talita no salía bien, y Traveler le

---

[3] Palabra clave, en esta novela.

demostró cómo había que cantar una baguala. Acercaron el grabador a la ventana para que Gekrepten pudiera juzgar imparcialmente, y hasta Horacio si estaba en su pieza, pero no estaba. Gekrepten encontró todo perfecto, y decidieron cenar juntos en lo de Traveler fusionando un asado frío que tenía Talita con una ensalada mixta que Gekrepten produciría antes de trasladarse enfrente. A Talita todo eso le pareció perfecto y a la vez tenía algo de cubrecama o cubretetera, de cubre cualquier cosa, lo mismo que el grabador o el aire satisfecho de Traveler, cosas hechas o decididas para poner encima, pero encima de qué, ése era el problema y la razón de que todo en el fondo siguiera como antes del té de tilo y menta fifty fifty.

(-110)

48

Al lado del Cerro —aunque ese Cerro no tenía lado, se
llegaba de golpe y nunca se sabía bien si ya se estaba o no,
entonces más bien cerca del Cerro—, en un barrio de casas
bajas y chicos discutidores, las preguntas no habían servido de
nada, todo se iba estrellando en sonrisas amables, en mujeres
que hubieran querido ayudar pero no estaban al tanto, la
gente se muda, señor, aquí todo ha cambiado mucho, a lo
mejor si va a la policía quién le dice. Y no podía quedarse
demasiado porque el barco salía al rato nomás, y aunque no
hubiera salido en el fondo todo estaba perdido de antemano,
las averiguaciones las hacía por las dudas, como una jugada
de quiniela o una obediencia astrológica. Otro bondi de vuelta
al puerto, y a tirarse en la cucheta [1] hasta la hora de comer.

Esa misma noche, a eso de las dos de la mañana, volvió a
verla por primera vez. Hacía calor y en el «camerone» donde
ciento y pico de inmigrantes roncaban y sudaban, se estaba
peor que entre los rollos de soga bajo el cielo aplastado del
río, con toda la humedad de la rada pegándose a la piel.
Oliveira se puso a fumar sentado contra un mamparo, estudiando las pocas estrellas rasposas que se colaban entre las
nubes. La Maga salió de detrás de un ventilador, llevando en
una mano algo que arrastraba por el suelo, y casi en seguida le
dio la espalda y caminó hacia una de las escotillas. Oliveira no
hizo nada por seguirla, sabía de sobra que sería alguna de las
pitucas [2] de primera clase que bajaban hasta la mugre, de la
proa, ávidas de eso que llamaban experiencia o vida, cosas así.
Se parecía mucho a la Maga, era evidente, pero lo más del

[1] *cucheta:* 'camarote de marinero', 'cama' (del francés «couchet-
te»).

[2] *pituca:* 'chica muy elegante y sofisticada'. Por extensión se dice
«auto pituco», «casa pituca», etc.

parecido lo había puesto él, de modo que una vez que el corazón dejó de latirle como un perro rabioso encendió otro cigarrillo y se trató a sí mismo de cretino incurable.

Haber creído ver a la Maga era menos amargo que la certidumbre de que un deseo incontrolable la había arrancado del fondo de eso que definían como subconsciencia y proyectado contra la silueta de cualquiera de las mujeres de a bordo. Hasta ese momento había creído que podía permitirse el lujo de recordar melancólicamente ciertas cosas, evocar a su hora y en la atmósfera adecuada determinadas historias, poniéndoles fin con la misma tranquilidad con que aplastaba el pucho en el cenicero. Cuando Traveler le presentó a Talita en el puerto, tan ridícula con ese gato en la canasta y un aire entre amable y Alida Valli [3], volvió a sentir que ciertas remotas semejanzas condensaban bruscamente un falso parecido total, como si de su memoria aparentemente tan bien compartimentada se arrancara de golpe un ectoplasma capaz de habitar y completar otro cuerpo y otra cara, de mirarlo desde fuera con una mirada que él había creído reservada para siempre a los recuerdos.

En las semanas que siguieron, arrasadas por la abnegación irresistible de Gekrepten y el aprendizaje del difícil arte de vender cortes de casimir de puerta en puerta, le sobraron vasos de cerveza y etapas en los bancos de las plazas para disecar episodios. Las indagaciones en el Cerro habían tenido el aire exterior de un descargo de conciencia: encontrar, tratar de explicarse, decir adiós para siempre. Esa tendencia del hombre a terminar limpiamente lo que hace, sin dejar hilachas colgando. Ahora se daba cuenta (una sombra saliendo detrás de un ventilador, una mujer con un gato) que no había ido por eso al Cerro. La psicología analítica lo irritaba, pero era cierto: no había ido por eso al Cerro. De golpe era un pozo cayendo infinitamente en sí mismo. Irónicamente se apostrofaba en plena plaza del Congreso «¿Y a esto le llamabas búsqueda? ¿Te creías libre? ¿Cómo era aquello de Heráclito? A ver, repetí los grados de la liberación, para que me ría un poco. Pero si estás en el fondo del embudo, hermano.» Le hubiera gustado saberse irreparablemente envilecido por su descubrimiento, pero lo inquietaba una vaga satisfacción a la altura del estómago, esa respuesta felina de contentamiento que da el cuerpo

---

[3] *Alida Valli:* actriz de cine, inolvidable trágica, por ejemplo, en *Senso* (1953), de Luchino Visconti, burlada por el seductor Farley Granger.

cuando se ríe de las hinquietudes del hespíritu y se acurruca
cómodamente entre sus costillas, su barriga y la planta de sus
pies. Lo malo era que en el fondo él estaba bastante contento
de sentirse así, de no haber vuelto, de estar siempre de ida
aunque no supiera adónde. Por encima de ese contento lo
quemaba como una desesperación del entendimiento a secas,
un reclamo de algo que hubiera querido encarnarse y que ese
contento vegetativo rechazaba pachorriento, mantenía a distancia. Por momentos Oliveira asistía como espectador a esa
discordia, sin querer tomar partido, socarronamente impar-
cial. Así vinieron el circo, las mateadas en el patio de don
Crespo, los tangos de Traveler, en todos esos espejos Oliveira
se miraba de reojo. Hasta escribió notas sueltas en un cuaderno que Gekrepten guardaba amorosamente en el cajón de la
cómoda sin atreverse a leer. Despacio se fue dando cuenta de
que la visita al Cerro había estado bien, precisamente porque
se había fundado en otras razones que las supuestas. Saberse
enamorado de la Maga no era un fracaso ni una fijación en un
orden caduco; un amor que podía prescindir de su objeto, que
en la nada encontraba su alimento, se sumaba quizá a otras
fuerzas, las articulaba y las fundía en un impulso que destruiría
alguna vez ese contento visceral del cuerpo hinchado de cerveza y papas fritas. Todas esas palabras que usaba para llenar el
cuaderno entre grandes manotazos al aire y silbidos chirrian-
tes, lo hacían reír una barbaridad. Traveler acababa asomándose a la ventana para pedirle que se callara un poco. Pero
otras veces Oliveira encontraba cierta paz en las ocupaciones
manuales, como enderezar clavos o deshacer un hilo sisal para
construir con sus fibras un delicado laberinto que pegaba
contra la pantalla de la lámpara y que Gekrepten calificaba de
elegante. Tal vez el amor fuera el enriquecimiento más alto,
un dador de ser; pero sólo malográndolo se podía evitar su
efecto bumerang, dejarlo correr al olvido y sostenerse, otra vez
solo, en ese nuevo peldaño de realidad abierta y porosa.
Matar el objeto amado, esa vieja sospecha del hombre, era el
precio de no detenerse en la escala, así como la súplica de
Fausto al instante que pasaba no podía tener sentido si a la
vez no se lo abandonaba como se posa en la mesa la copa
vacía. Y cosas por el estilo, y mate amargo.

Hubiera sido tan fácil organizar un esquema coherente, un
orden de pensamiento y de vida, una armonía. Bastaba la
hipocresía de siempre, elevar el pasado a valor de experiencia,
sacar partido de las arrugas de la cara, del aire vivido que hay

en las sonrisas o los silencios de más de cuarenta años. Después uno se ponía un traje azul, se peinaba las sienes plateadas y entraba en las exposiciones de pintura, en la Sade y en el Richmond, reconciliado con el mundo. Un escepticismo discreto, un aire de estar de vuelta, un ingreso cadencioso en la madurez, en el matrimonio, en el sermón paterno a la hora del asado o de la libreta de clasificaciones insatisfactoria. Te lo digo porque ya he vivido mucho. Yo que he viajado. Cuando yo era muchacho. Son todas iguales, te lo digo yo. Te hablo por experiencia, m'hijo. Vos todavía no conocés la vida.

Y todo eso tan ridículo y gregario podía ser peor todavía en otros planos, en la meditación siempre amenazada por los *idola fori,* las palabras que falsean las instituciones, las petrificaciones simplificantes, los cansancios en que lentamente se va sacando del bolsillo del chaleco la bandera de la rendición. Podía ocurrir que la traición se consumara en una perfecta soledad, sin testigos ni cómplices: mano a mano, creyéndose más allá de los compromisos personales y los dramas de los sentidos, más allá de la tortura ética de saberse ligado a una raza o por lo menos a un pueblo y una lengua. En la más completa libertad aparente, sin tener que rendir cuentas a nadie, abandonar la partida, salir de la encrucijada y meterse por cualquiera de los caminos de la circunstancia, proclamándolo el necesario o el único. La Maga era uno de esos caminos, la literatura era otro (quemar inmediatamente el cuaderno aunque Gekrepten se re-tor-cie-ra las manos), la fiaca era otro, y la meditación al soberano cuete[4] era otro. Parado delante de una pizzería de Corrientes al mil trescientos, Oliveira se hacía las grandes preguntas: «Entonces, ¿hay que quedarse como el cubo de la rueda en mitad de la encrucijada? ¿De qué sirve saber o creer saber que cada camino es falso si no lo caminamos con un propósito que ya no sea el camino mismo? No somos Buda, che, aquí no hay árboles donde sentarse en la postura del loto. Viene un cana[5] y te hace la boleta»[6].

Caminar con un propósito que ya no fuera el camino mismo. De tanta cháchara (qué letra, la ch, madre de la chancha[7], el chamamé y el chijete[8]) no le quedaba más resto que

---

[4] *al cuete:* 'inútilmente'.
[5] *un cana:* 'un poli'.
[6] *hacer la boleta:* 'poner una multa'; figurado, 'fastidiar'.
[7] *chancho:* 'cerdo, puerco'.
[8] *chijete:* 'chorrillo de líquido'.

esa entrevisión. Sí, era una fórmula meditable. Así la visita al Cerro, después de todo, habría tenido un sentido, así la Maga dejaría de ser un objeto perdido para volverse la imagen de una posible reunión —pero no ya con ella sino más acá o más allá de ella; por ella, pero no ella—. Y Manú, y el circo, y esa increíble idea del loquero de la que hablaban tanto en estos días, todo podía ser significativo siempre que se lo extrapolara, hinevitable hextrapolación a la hora metafísica, siempre fiel a la cita ese vocablo cadencioso. Oliveira empezó a morder la pizza, quemándose las encías como le pasaba siempre por glotón, y se sintió mejor. Pero cuántas veces había cumplido el mismo ciclo en montones de esquinas y cafés de tantas ciudades, cuántas veces había llegado a conclusiones parecidas, se había sentido mejor, había creído poder empezar a vivir de otra manera, por ejemplo una tarde en que se había metido a escuchar un concierto insensato, y después... Después había llovido tanto, para qué darle vueltas al asunto. Era como con Talita, más vueltas le daba, peor. Esa mujer estaba empezando a sufrir por culpa de él, no por nada grave, solamente que él estaba ahí y todo parecía cambiar entre Talita y Traveler, montones de esas pequeñas cosas que se daban por supuestas y descontadas, de golpe se llenaban de filos y lo que empezaba siendo un puchero a la española acababa en un arenque a la Kierkegaard[9], por no decir más. La tarde del tablón había sido una vuelta al orden, pero Traveler había dejado pasar la ocasión de decir lo que había que decir para que ese mismo día Oliveira se mandara mudar del barrio y de sus vidas, no solamente no había dicho nada sino que le había conseguido el empleo en el circo, prueba de que. En ese caso apiadarse hubiera sido tan idiota como la otra vez: lluvia, lluvia. ¿Seguiría tocando el piano Berthe Trépat?

(-111)

---

[9] Metáfora que podemos traducir: 'el lío se hace metafísico, existencial'.

Talita y Traveler hablaban enormemente de locos célebres o de otros más secretos, ahora que Ferraguto se había decidido a comprar la clínica y cederle el circo con gato y todo a un tal Suárez Melián. Les parecía, sobre todo a Talita, que el cambio del circo a la clínica era una especie de paso adelante, pero Traveler no veía muy clara la razón de ese optimismo. A la espera de un mejor entendimiento andaban muy excitados y continuamente salían a sus ventanas o a la puerta de calle para cambiar impresiones con la señora de Gutusso, don Bunche, don Crespo y hasta con Gekrepten si andaba a tiro. Lo malo era que en esos días se hablaba mucho de revolución, de que Campo de Mayo se iba a levantar, y a la gente eso le parecía mucho más importante que la adquisición de la clínica de la calle Trelles. Al final Talita y Traveler se ponían a buscar un poco de normalidad en un manual de psiquiatría. Como de costumbre cualquier cosa los excitaba, y el día del pato, no se sabía por qué, las discusiones llegaban a un grado de violencia tal que Cien Pesos se enloquecía en su jaula y don Crespo esperaba el paso de cualquier conocido para iniciar un movimiento de rotación con el índice de la mano izquierda apoyado en la sien del mismo lado. En esas ocasiones espesas nubes de plumas de pato empezaban a salir por la ventana de la cocina, y había un golpear de puertas y una dialéctica cerrada y sin cuartel que apenas cedía con el almuerzo, oportunidad en la cual el pato desaparecía hasta el último tegumento.

A la hora del café con caña Mariposa una tácita reconciliación los acercaba a textos venerados, a números agotadísimos de unas revistas esotéricas, tesoros cosmológicos que se sentían necesitados de asimilar como una especie de preludio a la nueva vida. De piantados hablaban mucho, porque tanto Traveler como Oliveira habían condescendido a sacar papeles viejos y exhibir parte de su colección de fenómenos, iniciada en común cuando incurrían en una bien olvidada Facultad y proseguida luego por separado. El estudio de esos documentos les llevaba sus buenas sobremesas, y Talita se había ganado el derecho de participación gracias a sus números de *Renovigo* (Periódiko Rebolusionario Bilingue), publicación mexicana en lengua ispamerikana de la Editorial Lumen, y en la que un montón de locos trabajan con resultados exaltantes. De Ferraguto sólo tenían noticias cada tanto, porque el circo ya estaba prácticamente en manos de Suárez Melián, pero parecía seguro que les entregarían la clínica hacia mediados de marzo. Una o dos veces Ferraguto se había aparecido por el circo para ver al gato calculista, del que evidentemente le iba a costar separarse, y en cada caso se había referido a la inminencia de la gran tratativa y a las-pesadas-responsabilidades que caerían sobre todos ellos (suspiro). Parecía casi seguro que a Talita le iban a confiar la farmacia, y la pobre estaba nerviosísima repasando unos apuntes del tiempo del unto. Oliveira y Traveler se divertían enormemente a costa de ella, pero cuando volvían al circo los dos andaban tristes y miraban a la gente y al gato como si un circo fuera algo inapreciablemente raro.

—Aquí todos están mucho más locos —decía Traveler—. No se va a poder comparar, che.

Oliveira se-encogía-de-hombros, incapaz de decir que en el fondo le daba lo mismo, y miraba a lo alto de la carpa, se perdía bobamente en unas rumias inciertas.

—Vos, claro, has cambiado de un sitio a otro —refunfuñaba Traveler—. Yo también, pero siempre aquí, siempre en este meridiano...

Estiraba el brazo, mostrando vagamente una geografía bonaerense.

—Los cambios, vos sabés... —decía Oliveira.

Al rato de hablar así se ahogaban de risa, y el público los miraba de reojo porque distraían la atención

En momentos de confidencia, los tres admitían que estaban admirablemente preparados para sus nuevas funciones. Por ejemplo, cosas como la llegada de *La Nación* de los domingos les provocaban una tristeza sólo comparable a la que les producían las colas de la gente en los cines y la tirada del *Reader's Digest*.

—Los contactos están cada vez más cortados —decía sibilinamente Traveler—. Hay que pegar un grito terrible.

—Ya lo pegó anoche el coronel Flappa —contestaba Talita—. Consecuencia, estado de sitio.

—Eso no es un grito, hija, apenas un estertor. Yo te hablo de las cosas que soñaba Yrigoyen[1], las cuspideaciones históricas, las prometizaciones augurales, esas esperanzas de la raza humana tan venida a menos por estos lados.

—Vos ya hablás como el otro —decía Talita, mirándolo preocupada pero·disimulando la ojeada caracterológica.

El otro seguía en el circo, dándole la última mano a Suárez Melián y asombrándose de a ratos de que todo le estuviera resultando tan indiferente. Tenía la impresión de haberle pasado su resto de *mana*[2] a Talita y a Traveler, que cada vez se excitaban más pensando en la clínica; a él lo único que realmente le gustaba en esos días era jugar con el gato calculista, que le había tomado un cariño enorme y le hacía cuentas exclusivamente para su placer. Como Ferraguto había dado instrucciones de que al gato no se le sacara a la calle más que en una canasta y con un collar de identificación idéntico a los de la batalla de Okinawa[3], Oliveira comprendía los sentimientos del gato y apenas estaban a dos cuadras del circo metía la canasta en una fiambrería de confianza, le sacaba el collar al pobre animal, y los dos se iban por ahí a mirar latas vacías en los baldíos o a mordisquear pastitos, ocupación delectable. Después de esos paseos higiénicos, a Oliveira le resultaba casi· tolerable ingresar en las tertulias del patio de don Crespo, en la ternura de Gekrepten emperrada en tejerle cosas para el invierno. La noche en que Ferraguto telefoneó a la pensión para avisarle a Traveler la fecha inminente de la gran tentativa, estaban los tres perfeccionando sus nociones de lengua ispamerikana, extraídas con infinito regocijo de un número de *Renovigo*. Se quedaron casi tristes, pensando que en la clínica los esperaba la seriedad, la ciencia, la abnegación y todas esas cosas.

—¿Ké bida no es trajedia? —leyó Talita en excelente ispamerikano.

---

[1] Debe de referirse a Bernardo de *Yrigoyen* (1822-1906): político argentino, que llegó a Ministro y Presidente del Gobierno, además de publicar varios libros: *Discursos parlamentarios, La Patagonia...*

[2] *mana*: 'fluido vital'.

[3] *Okinawa*: célebre batalla de la Segunda Guerra Mundial: el 1 de abril de 1945, los aliados desembarcaron en Okinawa, del grupo de las islas Riu Kiu, en Japón.

Así siguieron hasta que llegó la señora de Gutusso con las últimas noticias radiales sobre el coronel Flappa y sus tanques, por fin algo real y concreto que los dispersó en seguida para sorpresa de la informante, ebria de sentimiento patrio.

(-118)

De la parada del colectivo a la calle Trelles no había más que un paso, o sea tres cuadras y pico. Ferraguto y la Cuca ya estaban con el administrador cuando llegaron Talita y Traveler. La gran tratativa ocurría en una sala del primer piso, con dos ventanas que daban al patio-jardín donde se paseaban los enfermos y se veía subir y bajar un chorrito de agua en una fuente de porlan[1]. Para llegar hasta la sala, Talita y Traveler habían tenido que recorrer varios pasillos y habitaciones de la planta baja, donde señoras y caballeros los habían interpelado en correcto castellano para mangarles la entrega benévola de uno que otro atado[2] de cigarrillos. El enfermo que los acompañaba parecía encontrar ese intermedio perfectamente natural, y las circunstancias no favorecieron un primer interrogatorio de ambientación. Casi sin tabaco llegaron a la sala de la gran tratativa donde Ferraguto les presentó al administrador con palabras vistosas. A la mitad de la lectura de un documento ininteligible se apareció Oliveira y hubo que explicarle entre bisbiseos y señas de truco que todo iba perfectamente y que nadie entendía gran cosa. Cuando Talita le susurró sucintamente su subida sh sh, Oliveira la miró extrañado porque él se había metido directamente en un zaguán que daba a una puerta, ésa. En cuanto al Dire, estaba de negro riguroso.

El calor que hacía era de los que engolaban más a fondo la voz de los locutores que cada hora pasaban primero el parte meteorológico y segundo los desmentidos oficiales sobre el levantamiento del Campo de Mayo y las adustas intenciones del coronel Flappa. El administrador había interrumpido la lectura del documento a las seis menos cinco para encender su

---

[1] *porlan:* quizás se refiere al cemento Portland.
[2] *atado:* 'paquete, cajetilla'.

transistor japonés y mantenerse, según afirmó previo pedido de disculpas, en contacto con los hechos. Frase que determinó en Oliveira la inmediata aplicación del gesto clásico de los que se han olvidado algo en el zaguán (y que al fin y al cabo, pensó, el administrador tendría que admitir como otra forma de contacto con los hechos) y a pesar de las miradas fulminantes de Traveler y Talita se largó sala afuera por la primera puerta a tiro y que no era la misma por la que había entrado.

De un par de frases del documento había inferido que la clínica se componía de planta baja y cuatro pisos, más un pabellón en el fondo del patio-jardín. Lo mejor sería darse una vuelta por el patio-jardín, si encontraba el camino, pero no hubo ocasión porque apenas había andado cinco metros un hombre joven en mangas de camisa se le acercó sonriendo, lo tomó de una mano y lo llevó, balanceando el brazo como los chicos, hasta un corredor donde había no pocas puertas y algo que debía ser la boca de un montacargas. La idea de conocer la clínica de la mano de un loco era sumamente agradable, y lo primero que hizo Oliveira fue sacar cigarrillos para su compañero, muchacho de aire inteligente que aceptó un pitillo y silbó satisfecho. Después resultó que era un enfermo y que Oliveira no era un loco, los malentendidos usuales en esos casos. El episodio era barato y poco promisorio, pero entre piso y piso Oliveira y Remorino se hicieron amigos y la topografía de la clínica se fue mostrando desde adentro, con anécdotas, feroces púas contra el resto del personal y puestas en guardia de amigo a amigo. Estaban en el cuarto donde el doctor Ovejero guardaba sus cobayos y una foto de Mónica Vitti[3], cuando un muchacho bizco apareció corriendo para decirle a Remorino que si ese señor que estaba con él era el señor Horacio Oliveira, etcétera. Con un suspiro, Oliveira bajó dos pisos y volvió a la sala de la gran tratativa donde el documento se arrastraba a su fin entre los rubores menopáusicos de la Cuca Ferraguto y los bostezos desconsiderados de Traveler. Oliveira se quedó pensando en la silueta vestida con un piyama rosa que había visto al doblar un codo del pasillo del tercer piso, un hombre ya viejo que andaba pegado a la

---

[3] *Mónica Vitti:* actriz de cine italiana, nacida en 1933. En los años 60 se hizo famosa como «musa» de Antonioni, en películas como *La aventura, La noche, El eclipse* y *El desierto rojo*. Desde *Modesty Blaise* (1966) derivó hacia la comedia.

pared acariciando una paloma[4] como dormida en su mano. Exactamente en el momento en que la Cuca Ferraguto soltaba una especie de berrido.

—¿Cómo que tienen que firmar el okey?

—Cállate, querida —dijo el Dire—. El señor quiere significar...

—Está bien claro —dijo Talita que siempre se había entendido bien con la Cuca y la quería ayudar—. El traspaso exige el consentimiento de los enfermos.

—Pero es una locura —dijo la Cuca muy ad hoc.

—Mire, señora —dijo el administrador tirándose del chaleco con la mano libre—. Aquí los enfermos son muy especiales, y la ley Méndez Delfino es de lo más clara al respecto. Salvo ocho o diez culias familias ya han dado el okey, los otros se han pasado la vida de loquero en loquero, si me permite el término, y nadie responde por ellos. En ese caso la ley faculta al administrador para que, en los periodos lúcidos de estos sujetos, los consulte sobre si están de acuerdo en que la clínica pase a un nuevo propietario. Aquí tiene los artículos marcados —agregó mostrándole un libro encuadernado en rojo de donde salían unas tiras de la Razón Quinta—. Los lee y se acabó.

—Si he entendido bien —dijo Ferraguto—, ese trámite debería hacerse de inmediato.

—¿Y para qué se cree que los he convocado? Usted como propietario y estos señores como testigos: vamos llamando a los enfermos, y todo se resuelve esta misma tarde.

—La cuestión —dijo Traveler—, es que los puntos estén en eso que usted llamó periodo lúcido.

El administrador lo miró con lástima, y tocó un timbre. Entró Remorino de blusa, le guiñó el ojo a Oliveira y puso un enorme registro sobre una mesita. Instaló una silla delante de la mesita, y se cruzó de brazos como un verdugo persa. Ferraguto, que se había apresurado a examinar el registro con aire de entendido, preguntó si el okey quedaría registrado al pie del acta, y el administrador dijo que sí, para lo cual se llamaría a los enfermos por orden alfabético y se les pediría que estamparan la millonaria mediante una rotunda Birome azul. A pesar de tan eficientes preparativos, Traveler se empe-

---

[4] Recuerda lo que dice Cortázar en un poema: «O el loco que cobija su paloma en la mano, acariciándola hora a hora; hasta mezclar los dedos y las plumas en un sola miga de ternura» (*Pameos y meopas*, pág. 16).

rró en insinuar que tal vez alguno de los enfermos se negara a firmar o cometiera algún acto extemporáneo. Aunque sin atreverse a apoyarlo abiertamente, la Cuca y Ferraguto estaban-pendientes-de-sus-palabras.

(-119)

51

Ahí nomás se apareció Remorino con un anciano que parecía bastante asustado, y que al reconocer al administrador lo saludó con una especie de reverencia.

—¡En piyama! —dijo la Cuca estupefacta.

—Ya los viste al entrar —dijo Ferraguto.

—No estaban en piyama. Era más bien una especie de...

—Silencio —dijo el administrador—. Acérquese, Antúnez, y eche una firma ahí donde le indica Remorino.

El viejo examinó atentamente el registro, mientras Remorino le alcanzaba la Birome[1]. Ferraguto sacó el pañuelo y se secó la frente con leves golpecitos.

—Esta es la página ocho —dijo Antúnez—, y a mí me parece que tengo que firmar en la página uno.

—Aquí —dijo Remorino, mostrándole un lugar del registro—. Vamos, que se le va a enfriar el café con leche.

Antúnez firmó floridamente, saludó a todos y se fue con unos pasitos rosa que encantaron a Talita. El segundo piyama era mucho más gordo, y después de circunnavegar la mesita fue a darle la mano al administrador, que la estrechó sin ganas y señaló el registro con un gesto seco.

—Usted ya está enterado, de modo que firme y vuélvase a su pieza.

—Mi pieza está sin barrer —dijo el piyama gordo.

La Cuca anotó mentalmente la falta de higiene. Remorino trataba de poner la Birome en la mano del piyama gordo, que retrocedía lentamente.

---

[1] *Birome:* Cortázar menciona también esta pluma en el *Libro de Manuel:* «dicen los teólogos que hacia 1950 temblaron cuando el dios mayor Parker y adlátere Waterman fueron sustituidos por los diosecillos, Birome, Bic y Fieltro» (pág. 85). Se refiere al nombre del inventor argentino del bolígrafo.

—Se le van a limpiar en seguida —dijo Remorino—. Firme, don Nicanor.

—Nunca —dijo el piyama gordo—. Es una trampa.

—Qué trampa ni qué macana —dijo el administrador—. Ya el doctor Ovejero les explicó de qué se trataba. Ustedes firman, y desde mañana doble ración de arroz con leche.

—Yo no firmo si don Antúnez no está de acuerdo —dijo el piyama gordo.

—Justamente acaba de firmar antes que usted. Mire.

—No se entiende la firma. Esta no es la firma de don Antúnez. Ustedes le sacaron la firma con picana[2] eléctrica. Mataron a don Antúnez.

—Andá traelo de vuelta —mandó el administrador a Remorino, que salió volando y volvió con Antúnez. El piyama gordo soltó una exclamación de alegría y fue a darle la mano.

—Dígale que está de acuerdo, y que firme sin miedo —dijo el administrador—. Vamos, que se hace tarde.

—Firmá sin miedo, m'hijo —le dijo Antúnez al piyama gordo—. Total lo mismo te la van a dar por la cabeza.

El piyama gordo soltó la Birome. Remorino la recogió rezongando, y el administrador se levantó como una fiera. Refugiado detrás de Antúnez, el piyama gordo temblaba y se retorcía las mangas. Golpearon secamente a la puerta, y antes de que Remorino pudiera abrirla entró sin rodeos una señora de kimono rosa, que se fue derecho al registro y lo miró por todos lados como si fuera un lechón adobado. Enderezándose satisfecha, puso la mano abierta sobre el registro.

—Juro —dijo la señora—, decir toda la verdad. Usted no me dejará mentir, don Nicanor.

El piyama gordo se agitó afirmativamente, y de pronto aceptó la Birome que le tendía Remorino y firmó en cualquier parte, sin dar tiempo a nada.

—Qué animal —le oyeron murmurar al administrador—. Fijate si cayó en buen sitio, Remorino. Menos mal. Y ahora usted, señora Schwitt, ya que está aquí. Marcale el sitio, Remorino.

—Si no mejoran el ambiente social no firmo nada —dijo la señora Schwitt—. Hay que abrir puertas y ventanas al espíritu.

—Yo quiero dos ventanas en mi cuarto —dijo el piyama gordo—. Y don Antúnez quiere ir a la Franco-Inglesa a

---

[2] *picana:* 'pica, pincho; aguijada de los boyeros'.

comprar algodón y qué sé yo cuántas cosas. Este sitio es tan oscuro.

Girando apenas la cabeza, Oliveira vio que Talita lo estaba mirando y le sonrió. Los dos sabían que el otro estaba pensando que todo era una comedia idiota, que el piyama gordo y los demás estaban tan locos como ellos. Malos actores, ni siquiera se esforzaban por parecer alienados decentes delante de ellos que se tenían bien leído su manual de psiquiatría al alcance de todos. Por ejemplo ahí, perfectamente dueña de sí misma, apretando la cartera con las dos manos y muy sentada en su sillón, la Cuca parecía bastante más loca que los tres firmantes, que ahora se habían puesto a reclamar algo así como la muerte de un perro sobre el que la señora Schwitt se extendía con lujo de ademanes. Nada era demasiado imprevisible, la casualidad más pedestre seguía rigiendo esas relaciones volubles y locuaces en que los bramidos del administrador servían de bajo continuo a los dibujos repetidos de las quejas y las reivindicaciones y la Franco-Inglesa. Así vieron sucesivamente cómo Remorino se llevaba a Antúnez y al piyama gordo, cómo la señora Schwitt firmaba desdeñosamente el registro, cómo entraba un gigante esquelético, una especie de desvaída llamarada de franela rosa, y detrás un jovencito de pelo completamente blanco y ojos verdes de una hermosura maligna. Estos últimos firmaron sin mayor resistencia, pero en cambio se pusieron de acuerdo en querer quedarse hasta el final del acto. Para evitar más líos, el administrador los mandó a un rincón y Remorino fue a traer a otros dos enfermos, una muchacha de abultadas caderas y un hombre achinado que no levantaba la mirada del suelo. Sorpresivamente se oyó hablar otra vez de la muerte de un perro. Cuando los enfermos firmaron, la muchacha saludó con un ademán de bailarina. La Cuca Ferraguto le contestó con una amable inclinación de cabeza, cosa que a Talita y a Traveler les produjo un monstruoso ataque de risa. En el registro ya había diez firmas y Remorino seguía trayendo gente, había saludos y una que otra controversia que se interrumpía o cambiaba de protagonistas; cada tanto, una firma. Ya eran las siete y media, y la Cuca sacaba una polverita y se arreglaba la cara con un gesto de directora de clínica, algo entre Madame Curie y Edwidge Feuillère[3]. Nuevos retorcimientos de Talita y Traveler, nueva

---

[3] *Edwidge Feuillère:* actriz francesa, nacida en 1907. En el cine, hizo *Mister Flow,* con Louis Jouvet, y *El águila de dos cabezas,* de Cocteau,

inquietud de Ferraguto que consultaba alternativamente los progresos en el registro y la cara del administrador. A las siete y cuarenta una enferma declaró que no firmaría hasta que mataran al perro. Remorino se lo prometió, guiñando un ojo en dirección de Oliveira que apreciaba la confianza. Habían pasado veinte enfermos, y faltaban solamente cuarenta y cinco. El administrador se les acercó para informarles que los casos más peliagudos ya estaban estampados (así dijo) y que lo mejor era pasar a cuarto intermedio con cerveza y noticiosos. Durante el piscolabis hablaron de psiquiatría y de política. La revolución había sido sofocada por las fuerzas del Gobierno, los cabecillas se rendían en Luján. El doctor Nerio Rojas estaba en un congreso de Amsterdam. La cerveza, riquísima.

A las ocho y media se completaron cuarenta y ocho firmas. Anochecía, y la sala estaba pegajosa de humo y de gente en los rincones, de la tos que de cuando en cuando se asomaba por alguno de los presentes. Oliveira hubiera querido irse a la calle, pero el administrador era de una severidad sin grietas. Los últimos tres enfermos firmantes acababan de reclamar modificaciones en el régimen de comidas (Ferraguto hacía señas a la Cuca para que tomara nota, no faltaba más, en su clínica las colaciones iban a ser impecables) y la muerte del perro (la Cuca juntaba itálicamente los dedos de la mano y se los mostraba a Ferraguto, que sacudía la cabeza perplejo y miraba al administrador que estaba cansadísimo y se apantallaba con un almanaque de confitería). Cuando llegó el viejo con la paloma en el hueco de la mano, acariciándola despacio como si quisiera hacerla dormir, hubo una larga pausa en que todos se dedicaron a contemplar la paloma inmóvil en la mano del enfermo, y era casi una lástima que el enfermo tuviera que interrumpir su rítmica caricia en el lomo de la paloma para tomar torpemente la Birome que le alcanzaba Remorino. Detrás del viejo vinieron dos hermanas del brazo, que reclamaron de entrada la muerte del perro y otras mejoras en el establecimiento. Lo del perro hacía reír a Remorino, pero al final Oliveira sintió como si algo se le rebalsara a la altura del brazo, y levantándose le dijo a Traveler que se iba a dar una vuelta y que volvería en seguida.

con Jean Marais. En teatro, formó parte de la Comédie Francaise y obtuvo grandes éxitos en *La dama de las camelias,* de Dumas, *La parisienne,* de Becque, y *La loca de Chaillot,* de Giraudoux.

—Usted tiene que quedarse —dijo el administrador—. Testigo.

—Estoy en la casa —dijo Oliveira—. Mire la ley Méndez Delfino, está previsto.

—Voy con vos —dijo Traveler—. Volvemos en cinco minutos.

—No se alejen del precinto —dijo el administrador.

—Faltaría más —dijo Traveler—. Vení, hermano, me parece que por este lado se baja al jardín. Qué decepción, no te parece.

—La unanimidad es aburrida —dijo Oliveira—. Ni uno solo se le ha plantado al chalecudo. Mirá que la tienen con la muerte del perro. Vamos a sentarnos cerca de la fuente, el chorrito de agua tiene un aire lustral que nos hará bien.

—Huele a nafta —dijo Traveler—. Muy lustral, en efecto.

—En realidad, ¿qué estábamos esperando? Ya ves que al final todos firman, no hay diferencia entre ellos y nosotros. Ninguna diferencia. Vamos a estar estupendamente acá.

—Bueno —dijo Traveler—, hay una diferencia, y es que ellos andan de rosa.

—Mirá —dijo Oliveira, señalando los pisos altos. Ya era casi de noche, y en las ventanas del segundo y tercer piso se encendían y apagaban rítmicamente las luces. Luz en una ventana y sombra en la de al lado. Viceversa. Luz en un piso, sombra en el de arriba, viceversa.

—Se armó —dijo Traveler—. Mucha firma, pero ya empiezan a mostrar la hilacha[4].

Decidieron acabar el cigarrillo al lado del chorrito lustral, hablando de nada y mirando las luces que se encendían y apagaban. Fue entonces cuando Traveler aludió a los cambios, y después de un silencio oyó cómo Horacio se reía bajito en la sombra. Insistió, queriendo alguna certidumbre y sin saber cómo plantear una materia que le resbalaba de las palabras y las ideas.

—Como si fuéramos vampiros, como si un mismo sistema circulatorio nos uniera, es decir nos desuniera. A veces vos y yo, a veces los tres, no nos llamemos a engaño. No sé cuándo empezó, es así y hay que abrir los ojos. Yo creo que aquí no hemos venido solamente porque el Dire nos trae. Era fácil quedarse en el circo con Suárez Melián, conocemos el trabajo

---

[4] *mestrar la hilacha*: 'revelar las faltas ocultas de la propia personalidad'.

y nos aprecian. Pero no, había que entrar aquí. Los tres. El primer culpable soy yo, porque no quería que Talita creyera... En fin, que te dejaba de lado en este asunto para librarme de vos. Cuestión de amor propio, te das cuenta.

—En realidad —dijo Oliveira—, yo no tengo por qué aceptar. Me vuelvo al circo o mejor me voy del todo. Buenos Aires es grande. Ya te lo dije un día.

—Sí, pero te vas después de esta conversación, es decir que lo hacés por mí, y es justamente lo que no quiero.

—De todas maneras aclarame eso de los cambios.

—Qué sé yo, si quiero explicarlo se me nubla todavía más. Mirá, es algo así: Si estoy con vos no hay problema, pero apenas me quedo solo parece como si me estuvieras presionando, por ejemplo desde tu pieza. Acordate el otro día cuando me pediste los clavos. Talita también lo siente, me mira y yo tengo la impresión de que la mirada te está destinada, en cambio cuando estamos los tres juntos ella se pasa las horas sin darse casi cuenta de que estás ahí. Te habrás percatado, supongo.

—Sí. Dale.

—Eso es todo, y por eso no me parece bien contribuir a que te cortes solo. Tiene que ser algo que decidas vos mismo, y ahora que he hecho la macana de hablarte del asunto, ni siquiera vos vas a tener libertad para decidir, porque te vas a plantear la cosa desde el ángulo de la responsabilidad y estamos sonados. Lo ético, en este caso, es perdonarle la vida a un amigo, y yo no lo acepto.

—Ah —dijo Oliveira—. De manera que vos no me dejás ir, y yo no me puedo ir. Es una situación ligeramente en piyama rosa, no te parece.

—Más bien, sí.

—Fijate qué curioso.

—¿Qué cosa?

—Se apagaron todas las luces al mismo tiempo.

—Deben haber llegado a la última firma. La clínica es del Dire, viva Ferraguto.

—Me imagino que ahora habrá que darles el gusto y matar al perro. Es increíble la inquina que le tienen.

—No es inquina —dijo Traveler—. Aquí tampoco las pasiones parecen muy violentas por el momento.

—Vos tenés una necesidad de soluciones radicales, viejo. A mí me pasó lo mismo tanto tiempo, y después...

Empezaron a caminar de vuelta, con cuidado porque el

jardín estaba muy oscuro y no se acordaban de la disposición de los canteros. Cuando pisaron la rayuela, ya cerca de la entrada, Traveler se rió en voz baja y levantando un pie empezó a saltar de casilla en casilla. En la oscuridad el dibujo de tiza fosforecía débilmente.

—Una de estas noches —dijo Oliveira—, te voy a contar de allá. No me gusta, pero a lo mejor es la única manera de ir matando al perro, por así decirlo.

Traveler saltó fuera de la rayuela, y en ese momento las luces del segundo piso se encendieron de golpe. Oliveira, que iba a agregar algo más, vio salir de la sombra la cara de Traveler, y en el instante que duró la luz antes de volver a apagarse le sorprendió una mueca, un rictus (del latín *rictus*, abertura de boca: contracción de los labios, semejante a la sonrisa).

—Hablando de matar al perro —dijo Traveler—, no sé si habrás advertido que el médico principal se llama Ovejero. Esas cosas.

—No es eso lo que querías decirme.

—Mirá quién para quejarse de mis silencios o mis sustituciones —dijo Traveler—. Claro que no es eso, pero qué más da. Esto no se puede hablar. Si vos querés hacer la prueba... Pero algo me dice que ya es medio tarde, che. Se enfrió la pizza, no hay vuelta que darle. Mejor nos ponemos a trabajar en seguida, va a ser una distracción.

Oliveira no contestó, y subieron a la sala de la gran tratativa donde el administrador y Ferraguto se estaban tomando una caña doble. Oliveira se apiló en seguida pero Traveler fue a sentarse en el sofá donde Talita leía una novela con cara de sueño. Tras la última firma, Remorino había hecho desaparecer el registro y los enfermos asistentes a la ceremonia. Traveler notó que el administrador había apagado la luz del cielo raso, reemplazándola por una lámpara del escritorio; todo era blando y verde, se hablaba en voz baja y satisfecha. Oyó combinar planes para un mondongo a la genovesa en un restaurante del centro. Talita cerró el libro y lo miró soñolienta, Traveler le pasó una mano por el pelo y se sintió mejor. De todas maneras la idea del mondongo a esa hora y con ese calor era insensata.

52

Porque en realidad él no le podía *contar* nada a Traveler. Si empezaba a tirar del ovillo iba a salir una hebra de lana, metros de lana, lanada, lanagnórisis, lanatúrner[1], lannapurna, lanatomía, lanata, lanatalidad, lanacionalidad, lanaturalidad, la lana hasta lanáusea pero nunca el ovillo. Hubiera tenido que hacerle sospechar a Traveler que lo que le contara no tenía sentido directo (¿pero qué sentido tenía?) y que tampoco era una especie de figura o de alegoría. La diferencia insalvable, un problema de niveles que nada tenían que ver con la inteligencia o la información, una cosa era jugar al truco o discutir a John Donne con Traveler, todo transcurría en un territorio de apariencia común; pero lo otro, ser una especie de mono entre los hombres, querer ser un mono por razones que ni siquiera el mono era capaz de explicarse empezando porque de razones no tenían nada y su fuerza estaba precisamente en eso, y así sucesivamente.

Las primeras noches en la clínica fueron tranquilas; el personal saliente desempeñaba todavía sus funciones, y los nuevos se limitaban a mirar, recoger experiencia y reunirse en la farmacia donde Talita, de blanco vestida, redescubría emocionada las emulsiones y los barbitúricos. El problema era sacarse de encima a la Cuca Ferraguto, instalada como fierro en el departamento del administrador, porque la Cuca parecía decidida a imponer su férula a la clínica, y el mismo Dire escucha-

---

[1] Lana Turner: famosa belleza del cine americano. Entre sus películas destacan *Los tres mosqueteros, El cartero siempre llama dos veces, Peyton Place*. Se la llamó «la chica más dulce», durante la Segunda Guerra Mundial.

ba respetuoso el *new deal*[2] resumido en términos tales como higiene, disciplina, diospatriayhogar, piyamas grises y té de tilo. Asomándose a cada rato a la farmacia, la Cuca prestaba-un-oído-atento a los supuestos diálogos profesionales del nuevo equipo. Talita le merecía cierta confianza porque la chica tenía su diploma ahí colgado, pero el marido y el compinche eran sospechosos. El problema de la Cuca era que a pesar de todo siempre le habían caído horriblemente simpáticos, lo que la obligaba a debatir cornelianamente[3] el deber y los metejones[4] platónicos, mientras Ferraguto organizaba la administración y se iba acostumbrando de a poco a sustituir tragasables por esquizofrénicos y fardos de pasto por ampollas de insulina. Los médicos, en número de tres, acudían por la mañana y no molestaban gran cosa. El interno, tipo dado al póker, ya había intimado con Oliveira y Traveler; en su consultorio del tercer piso se armaban potentes escaleras reales, y pozos de entre diez y cien mangos[5] pasaban de mano en mano que te la voglio dire.

Los enfermos mejor, gracias.

(-89)

---

[2] *new deal:* para referirse al nuevo acuerdo, usa irónicamente Cortázar el término acuñado para la política de Roosevelt.
[3] Los héroes de las tragedias de Pierre Corneille (1606-1684) se debaten entre el deber, las pasiones a que les arrastra la fidelidad a su modo de ser y la búsqueda de «la gloire».
[4] *metejón:* 'enamoramiento ciego y súbito'.
[5] *mango:* 'peso, moneda'.

53

Y un jueves, zás, todos instalados a eso de las nueve de la noche. Por la tarde se había ido el personal golpeando las puertas (risas irónicas de Ferraguto y la Cuca, firmes en no redondear las indemnizaciones) y una delegación de enfermos había despedido a los salientes con gritos de: «¡Se murió el perro, se murió el perro!», lo que no les había impedido presentar una carta con cinco firmas a Ferraguto, reclamando chocolate, el diario de la tarde y la muerte del perro. Quedaron los nuevos, un poco despistados todavía, y Remorino que se hacía el canchero[1] y decía que todo iba a andar fenómeno. Por Radio el Mundo se alimentaba el espíritu deportivo de los porteños con boletines sobre la ola de calor. Batidos todos los récords, se podía sudar patrióticamente a gusto, y Remorino ya había recogido cuatro o cinco piyamas tirados en los rincones. Entre él y Oliveira convencían a los propietarios de que se los pusieran de nuevo, por lo menos el pantalón. Antes de trenzarse en un póker con Ferraguto y Traveler, el doctor Ovejero había autorizado a Talita para que distribuyera limonada sin miedo, con excepción del 6, el 18 y la 31. A la 31 esto le había provocado un ataque de llanto, y Talita le había dado doble ración de limonada. Ya era tiempo de proceder motu proprio, muera el perro.

¿Cómo se podía empezar a vivir esa vida, así apaciblemente, sin demasiado extrañamiento? Casi sin preparación previa, porque el manual de psiquiatría adquirido en lo de Tomás Pardo no era precisamente propedéutico para Talita y Traveler. Sin experiencia, sin verdaderas ganas, sin nada: el hombre era verdaderamente el animal que se acostumbra hasta a no

---

[1] *canchero:* 'ducho, experto en determinada actividad'.

estar acostumbrado. Por ejemplo la morgue: Traveler y Oliveira la ignoraban, y heteakí que el martes por la noche Remorino subió a buscarlos por orden de Ovejero. El 56 acababa de morir esperadamente en el segundo piso, había que darle una mano al camillero y distraer a la 31 que tenía unos telepálpitos de abrigo. Remorino les explicó que el personal saliente era muy reivindicatorio y que estaba trabajando a reglamento desde que se había enterado del asunto de las indemnizaciones, así que no quedaba otro remedio que empezar a pegarle fuerte al trabajo, de paso les venía bien como práctica.

Qué cosa tan rara que en el inventario leído el día de la gran tratativa no se hubiera mencionado una morgue. Pero che, en alguna parte hay que guardar a los fiambres hasta que venga la familia o la municipalidad mande el furgón. A lo mejor en el inventario se hablaba de una cámara de depósito, o una sala de tránsito, o un ambiente frigorífico, esos eufemismos, o simplemente se mencionaban las ocho heladeras. Morgue al fin y al cabo no era bonito de escribir en un documento, creía Remorino. ¿Y para qué ocho heladeras? Ah, eso... Alguna exigencia del departamento nacional de higiene o un acomodo del ex administrador cuando las licitaciones, pero tan mal no estaba porque a veces había rachas, como el año que había ganado San Lorenzo (¿qué año era? Remorino no se acordaba, pero era el año que San Lorenzo había hecho capote[2]), de golpe cuatro enfermos al tacho, un saque de guadaña de esas que te la debo. Eso sí, poco frecuente, el 56 era fatal, qué le va a hacer. Por aquí, hablen bajo para no despertar a la merza[3]. Y vos qué me representás a esta hora, rajá a la cama, rajá. Es un buen pibe, mírenlo cómo se las pica. De noche le da por salir al pasillo pero no se crean que es por las mujeres, ese asunto lo tenemos bien arreglado. Sale porque es loco, nomás, como cualquiera de nosotros si vamos al caso.

Oliveira y Traveler pensaron que Remorino era macanudo. Un tipo evolucionado, se veía en seguida. Ayudaron al camillero, que cuando no hacía de camillero era el 7 a secas, un caso curable de manera que podía colaborar en los trabajos livianos. Bajaron la camilla en el montacargas, un poco amontonados y sintiendo muy cerca el bulto del 56 debajo de la sábana. La familia iba a venir a buscarlo el lunes, eran de

---

[2] *hacer capote:* 'en algunos juegos de naipes, hacer, uno de los jugadores, todas las bazas en una mano'.
[3] *merza:* 'persona ordinaria'.

Trelew, pobre gente. Al 22 no lo habían venido a buscar todavía, era el colmo. Gente de plata, creía Remorino: los peores, buitres puros, sin sentimiento. ¿Y la municipalidad permitía que el 22...? El expediente andaría por ahí, esas cosas. Total que los días iban pasando, dos semanas, así que ya veían la ventaja de tener muchas heladeras. Con una cosa y otra ya eran tres, porque también estaba la 2, una de las fundadoras. Eso era grande, la 2 no tenía familia pero en cambio la dirección de sepelios había avisado que el furgón pasaría a las cuarenta y ocho horas. Remorino había sacado la cuenta para reírse, y ya hacían trescientas seis horas, casi trescientas siete. Lo de fundadora lo decía porque era una viejita de los prime- ros tiempos, antes del doctor que le había vendido a don Ferraguto. Qué buen tipo parecía don Ferraguto, ¿no? Pensar que había tenido un circo, qué cosa grande.

El 7 abrió el montacargas, tiró de la camilla y salió por el pasillo piloteando que era una barbaridad, hasta que Remori- no lo frenó en seco y se adelantó con una yale[4] para abrir la puerta metálica mientras Traveler y Oliveira sacaban al mismo tiempo los cigarrillos, esos reflejos... En realidad lo que hubie- ran tenido que hacer era traerse los sobretodos, porque de la ola de calor no se tenía noticia en la morgue, que por lo demás parecía un despacho de bebidas con una mesa larga a un lado y un refrigerador hasta el techo en la otra pared.

—Sacá una cerveza —mandó Remorino—. Ustedes no sa- ben nada, eh. A veces aquí el reglamento es demasiado... Mejor no le digan a don Ferraguto, total solamente nos toma- mos una cervecita de cuando en cuando.

El 7 se fue a una de las puertas del refrigerador y sacó una botella. Mientras Remorino la abría con un dispositivo del que estaba provisto su cortaplumas, Traveler miró a Oliveira pero el 7 habló primero.

—Mejor lo guardamos antes, no le parece.

—Vos... —empezó Remorino, pero se quedó con el corta- plumas abierto en la mano—. Tenés razón, pibe. Dale. Esa de ahí está libre.

—No —dijo el 7.

—¿Me vas a decir a mí?

—Usted perdone y disculpe —dijo el 7—. La que está libre esa esa.

---

[4] *yale:* marca de cerraduras y llaves para ellas.

Remorino se quedó mirándolo, y el 7 le sonrió y con una especie de saludo se acercó a la puerta en litigio y la abrió. Salió una luz brillante, como de aurora boreal u otro meteoro hiperbóreo, en medio de la cual se recortaban claramente unos pies bastante grandes.

—El 22 —dijo el 7—. ¿No le decía? Yo los conozco a todos por los pies. Ahí está la 2. ¿Qué me quiere jugar? Mire, si no me cree. ¿Se convenció? Bueno, entonces lo ponemos en esta que está libre. Ustedes me ayudan, ojo que tiene que entrar de cabeza.

—Es un campeón —le dijo Remorino en voz baja a Traveler—. Yo realmente no sé por qué Ovejero lo tiene aquí dentro. No hay vasos, che, de manera que nos prendemos a la que te criaste.

Traveler tragó humo hasta las rodillas antes de aceptar la botella. Se la fueron pasando de mano en mano, y el primer cuento verde lo contó Remorino.

(-66)

54

Desde la ventana de su cuarto en el segundo piso Oliveira veía el patio con la fuente, el chorrito de agua, la rayuela del 8, los tres árboles que daban sombra al cantero de malvones y césped, y la altísima tapia que le ocultaba las casas de la calle. El 8 jugaba casi toda la tarde a la rayuela, era imbatible, el 4 y la 19 hubieran querido arrebatarle el Cielo pero era inútil, el pie del 8 era un arma de precición, un tiro por cuadro, el tejo se situaba siempre en la posición más favorable, era extraordinario. Por la noche la rayuela tenía como una débil fosforescencia y a Oliveira le gustaba mirarla desde la ventana. En su cama, cediendo a los efectos de un centímetro cúbico de hipnosal, el 8 se estaría durmiendo como las cigüeñas, parado mentalmente en una sola pierna, impulsando el tejo con golpes secos e infalibles, a la conquista de un cielo que parecía desencantarlo apenas ganado. «Sos de un romanticismo inaguantable», se pensaba Oliveira, cebando mate. «¿Para cuándo el piyama rosa?» Tenía sobre la mesa una cartita de Gekrepten inconsolable, de modo que no te dejan salir más que los sábados, pero esto no va a ser una vida, querido, yo no me resigno a estar sola tanto tiempo, si vieras nuestra piecita. Apoyando el mate en el antepecho de la ventana, Oliveira sacó una Birome del bolsillo y contestó la carta. Primero, había teléfono (seguía el número), segundo, estaban muy ocupados, pero la reorganización no llevaría más de dos semanas y entones podrían verse por lo menos los miércoles, sábados y domingos. Tercero, se le estaba acabando la yerba. «Escribo como si me hubieran encerrado», pensó echando una firma. Eran casi las once, pronto le tocaría relevar a Traveler que hacía guardia en el tercer piso. Cebando otro mate, releyó la carta y pegó el sobre. Prefería escribir, el teléfono era un instrumento confuso en manos de Gekrepten, no entendía nada de lo que se le explicaba.

En el pabellón de la izquierda se apagó la luz de la farmacia. Talita salió al patio, cerró con llave (se la veía muy bien a la luz del cielo estrellado y caliente) y se acercó indecisa a la fuente. Oliveira le silbó bajito, pero Talita siguió mirando el chorro de agua, y hasta acercó un dedo experimental y lo mantuvo un momento en el agua. Después cruzó el patio, pisoteando sin orden la rayuela, y desapareció debajo de la ventana de Oliveira. Todo había sido un poco como en las pinturas de Leonora Carrington[1], la noche con Talita y la rayuela, un entrecruzamiento de líneas ignorándose, un chorrito de agua en una fuente. Cuando la figura de rosa salió de alguna parte y se acercó lentamente a la rayuela, sin atreverse a pisarla, Oliveira comprendió que todo volvía al orden, que necesariamente la figura de rosa elegiría una piedra plana de las muchas que el 8 amontonaba al borde del cantero, y que la Maga, porque era la Maga, doblaría la pierna izquierda y con la punta del zapato proyectaría el tejo a la primera casilla de la rayuela. Desde lo alto veía el pelo de la Maga, la curva de los hombros y cómo levantaba a medias los brazos para mantener el equilibrio, mientras con pequeños saltos entraba en la primera casilla, impulsaba el tejo hasta la segunda (y Oliveira tembló un poco porque el tejo había estado a punto de salirse de la rayuela, una irregularidad de las baldosas lo detuvo exactamente en el límite de la segunda casilla), entraba livianamente y se quedaba un segundo inmóvil, como un flamenco rosa en la penumbra, antes de acercar poco a poco el pie al tejo, calculando la distancia para hacerlo pasar a la tercera casilla.

Talita alzó la cabeza y vio a Oliveira en la ventana. Tardó en reconocerlo, y entre tanto se balanceaba en una pierna, como sosteniéndose en el aire con las manos. Mirándola con un desencanto irónico, Oliveira reconoció su error, vio que el rosa no era rosa, que Talita llevaba una blusa de un gris ceniciento y una pollera probablemente blanca. Todo se (por así decirlo) explicaba: Talita había entrado y vuelto a salir, atraída por la rayuela, y esa ruptura de un segundo entre el pasaje y la reaparición había bastado para engañarlo como aquella otra noche en la proa del barco, como a lo mejor tantas otras noches. Contestó apenas al ademán de Talita, que

---

[1] *Leonora Carrington:* pintora hispanoamericana actual. También ha ilustrado libros; por ejemplo, *Del amor,* de Max Aub (Méjico, ed. Finisterre, 1972).

ahora bajaba la cabeza concentrándose, calculaba, y el tejo salía con fuerza de la segunda casilla y entraba en la tercera, enderezándose, echando a rodar de perfil, saliéndose de la rayuela, una o dos baldosas fuera de la rayuela.

—Tenés que entrenarte más —dijo Oliveira— si le querés ganar al 8.

—¿Qué hacés ahí?

—Calor. Guardia a las once y media. Correspondencia.

—Ah —dijo Talita—. Qué noche.

—Mágica —dijo Oliveira, y Talita se rió brevemente antes de desaparecer bajo la puerta. Oliveira la oyó subir la escalera, pasar frente a su puerta (pero a lo mejor estaba subiendo en el ascensor), llegar al tercer piso. «Admití que se parece bastante», pensó. «Con eso y ser un cretino todo se explica al pelo.» Pero lo mismo se quedó mirando un rato el patio, la rayuela desierta, como para convencerse. A las once y diez vino Traveler a buscarlo y le pasó el parte. El 5 bastante inquieto, avisarle a Ovejero si se ponía molesto; los demás dormían.

El tercer piso estaba como un guante, y hasta el 5 se había tranquilizado. Aceptó un cigarrillo, lo fumó aplicadamente y le explicó a Oliveira que la conjuración de los editores judíos retardaba la publicación de su gran obra sobre los cometas; le prometió un ejemplar dedicado. Oliveira le dejó la puerta entornada porque le conocía las mañas, y empezó a ir y venir por el pasillo, mirando de cuando en cuando por los ojos mágicos instalados gracias a la astucia de Ovejero, el administrador, y la casa Liber & Finkel: cada cuarto un diminuto Van Eyck, salvo el de la 14 que como siempre había pegado una estampilla contra el lente. A las doce llegó Remorino con varias ginebras a medio asimilar; charlaron de caballos y de fútbol, y después Remorino se fue a dormir un rato a la planta baja. El 5 se había calmado del todo, y el calor apretaba en el silencio y la penumbra del pasillo. La idea de que alguien tratara de matarlo no se le había ocurrido hasta ese momento a Oliveira, pero le bastó un dibujo instantáneo, un esbozo que tenía más de escalofrío que otra cosa, para darse cuenta de que no era una idea nueva, que no se derivaba de la atmósfera del pasillo con sus puertas cerradas y la sombra de la caja del montacargas en el fondo. Lo mismo se le podía haber ocurrido a mediodía en el almacén de Roque, o en el subte a las cinco de la tarde. O mucho antes, en Europa, alguna noche de vagancia por las zonas francas, los baldíos donde una lata vieja podía servir para tajear una garganta por poco que las dos pusieran buena voluntad. Deteniéndose al lado del agujero del montacargas miró el fondo negro y pensó en los Campos Flegreos[2], otra vez en el acceso. En el circo había sido al revés, un agujero en lo alto, la apertura comunicando con el espacio abierto, figura de consumación; ahora estaba al borde del pozo, agujero de Eleusis[3], la clínica envuelta en vapores de calor acentuaba el pasaje negativo, los vapores de solfatara, el descenso. Dándose vuelta vio la recta del pasillo hasta el fondo, con la débil luz de las lámparas violeta sobre el marco de las puertas blancas. Hizo una cosa tonta: encogiendo la pierna izquierda, avanzó a pequeños saltos por el pasillo, hasta la altura de la primera puerta. Cuando volvió a apoyar el pie izquierdo en el linóleo verde, estaba bañado en sudor. A cada salto había repetido entre dientes el nombre de Manú. «Pensar que yo había esperado un pasaje», se dijo apoyándose en la pared. Imposible objetivar la primera fracción de un pensamiento sin encontrarlo grotesco. Pasaje, por ejemplo. Pensar que él había esperado. Esperado un pasaje. Dejándose resbalar, se sentó en el suelo y miró fijamente el linóleo. ¿Pasaje a qué? ¿Y por qué la clínica tenía que servirle de pasaje? ¿Qué clase de templos andaba necesitando, qué intercesores, qué hormonas psíquicas o morales que lo proyectaran fuera o dentro de sí?

Cuando llegó Talita trayendo un vaso de limonada (esas ideas de ella, ese lado maestrita de los obreros y La Gota de Leche), le habló en seguida del asunto. Talita no se sorprendía de nada; sentándose frente a él lo miró beberse la limonada de un trago.

—Si la Cuca nos viera tirados en el suelo le daría un ataque. Qué manera de montar guardia, vos. ¿Duermen?

—Sí. Creo. La 14 tapó la mirilla, andá a saber qué está haciendo. Me da no sé qué abrirle la puerta, che.

—Sos la delicadeza misma —dijo Talita—. Pero yo, de mujer a mujer...

Volvió casi en seguida, y esta vez se instaló al lado de Oliveira para apoyarse en la pared.

—Duerme castamente. El pobre Manú tuvo una pesadilla horrorosa. Siempre pasa lo mismo, se vuelve a dormir pero yo

[2] *Campos Flegreos:* según la mitología griega, el lugar donde los gigantes atacaron a los dioses y fueron vencidos, en Macedonia.

[3] *Eleusis:* templo cercano a Atenas, famoso por sus misterios, referentes al paso a la vida futura, la resurrección e inmortalidad.

me quedo tan trastornada que acabo por levantarme. Se me ocurrió que tendrías calor, vos o Remorino, entonces les hice limonada. Qué verano, y con esas paredes ahí fuera que cortan el aire. De manera que me parezco a esa otra mujer.

—Un poco, sí —dijo Oliveira— pero no tiene ninguna importancia. Lo que me gustaría saber es por qué te vi vestida de rosa.

—Influencias ambientales, la asimilaste a los demás.

—Sí, eso era más bien fácil, todo bien considerado. Y vos, ¿por qué te pusiste a jugar a la rayuela? ¿También te asimilaste?

—Tenés razón —dijo Talita—. ¿Por qué me habré puesto? A mí en realidad no me gustó nunca la rayuela. Pero no te fabriques una de tus teorías de posesión, yo no soy el zombie de nadie.

—No hay necesidad de decirlo a gritos.

—De nadie —repitió Talita bajando la voz—. Vi la rayuela al entrar, había una piedrita... Jugué y me fui.

—Perdiste en la tercera casilla. A la Maga le hubiera pasado lo mismo, es incapaz de perseverar, no tiene el menor sentido de las distancias, el tiempo se las hace trizas en las manos, anda a los tropezones con el mundo. Gracias a lo cual, te lo digo de paso, es absolutamente perfecta en su manera de denunciar la falsa perfección de los demás. Pero yo te estaba hablando del montacargas, me parece.

—Sí, dijiste algo y después te bebiste la limonada. No, esperá, la limonada te la bebiste antes.

—Probablemente me traté de infeliz, cuando llegaste estaba en pleno trance shamánico, a punto de tirarme por el agujero para terminar de una vez con las conjeturas, esa palabra esbelta.

—El agujero acaba en el sótano —dijo Talita—. Hay cucarachas, si te interesa saberlo, y trapos de colores por el suelo. Todo está húmedo y negro, y un poco más lejos empiezan los muertos. Manú me contó.

—¿Manú está durmiendo?

—Sí. Tuvo una pesadilla, gritó algo de una corbata perdida. Ya te conté.

—Es una noche de grandes confidencias —dijo Oliveira, mirándola despacio.

—Muy grandes —dijo Talita—. La Maga era solamente un nombre, y ahora ya tiene una cara. Todavía se equivoca en el color de la ropa, parece.

—La ropa es lo de menos, cuando la vuelva a ver andá a

saber lo que tendrá puesto. Estará desnuda, o andará con su chico en brazos cantándole *Les amants du Havre,* una canción que no conocés.

—No te creas —dijo Talita—. La pasaban bastante seguido por Radio Belgrano. La-lá-la, la-lá-la...

Oliveira dibujó una bofetada blanda, que acabó en caricia. Talita echó la cabeza para atrás y se golpeó contra la pared del pasillo. Hizo una mueca y se frotó la nuca, pero siguió tarareando la melodía. Se oyó un click y después un zumbido que parecía azul en la penumbra del pasillo. Oyeron subir el montacargas, se miraron apenas antes de levantarse de un salto. A esa hora quién podía... Click, el paso del primer piso, el zumbido azul. Talita retrocedió y se puso detrás de Oliveira. Click. El piyama rosa se distinguía perfectamente en el cubo de cristal enrejado. Oliveira corrió al montacargas y abrió la puerta. Salió una bocanada de aire casi frío. El viejo lo miró como si no lo conociera y siguió acariciando la paloma, era fácil comprender que la paloma había sido alguna vez blanca, que la continua caricia de la mano del viejo la había vuelto de un gris ceniciento. Inmóvil, con los ojos entornados, descansaba en el hueco de la mano que la sostenía a la altura del pecho, mientras los dedos pasaban una y otra vez del cuello hasta la cola, del cuello hasta la cola.

—Vaya a dormir, don López —dijo Oliveira, respirando fuerte.

—Hace calor en la cama —dijo don López—. Mírela cómo está contenta cuando la paseo.

—Es muy tarde, váyase a su cuarto.

—Yo le llevaré una limonada fresca —prometió Talita Nightingale[4].

Don López acarició la paloma y salió del montacargas. Lo oyeron bajar la escalera.

—Aquí cada uno hace lo que quiere —murmuró Oliveira cerrando la puerta del montacargas—. En una de esas va a haber un degüello general. Se lo huele, qué querés que te diga. Esa paloma parecía un revólver.

—Habría que avisarle a Remorino. El viejo venía del sótano, es raro.

---

[4] Alusión irónica a Florencia *Nightingale* (1820-1910): bienhechora inglesa, que se consagró a la mejora de los hospitales y actuó heroicamente en la guerra franco-rusa de 1854. Longfellow le dedicó su poema «Santa Filomena».

—Mirá, quedate un momento aquí vigilando, yo bajo al sótano a ver, no sea que algún otro esté haciendo macanas.

—Bajo con vos.

—Bueno, total éstos duermen tranquilos.

Dentro del montacargas la luz era vagamente azul y se bajaba con un zumbido de science-fiction. En el sótano no había nadie vivo, pero una de las puertas del refrigerador estaba entornada y por la ranura salía un chorro de luz. Talita se paró en la puerta, con una mano contra la boca, mientras Oliveira se acercaba. Era el 56, se acordaba muy bien, la familia tenía que estar al caer de un momento a otro. Desde Trelew. Y entre tanto el 56 había recibido la visita de un amigo, era de imaginar la conversación con el viejo de la paloma, uno de esos seudodiálogos en que al interlocutor lo tiene sin cuidado que el otro hable o no hable siempre que esté ahí delante, siempre que haya algo ahí delante, cualquier cosa, una cara, unos pies saliendo del hielo. Como acababa de hablarle él a Talita contándole lo que había visto, contándole que tenía miedo, hablando todo el tiempo de agujeros y de pasajes, a Talita o a cualquier otro, a un par de pies saliendo del hielo, cualquier apariencia antagónica capaz de escuchar y asentir. Pero mientras cerraba la puerta de la heladera y se apoyaba sin saber por qué en el borde de la mesa, un vómito de recuerdo empezó a ganarlo, se dijo que apenas un día o dos atrás le había parecido imposible llegar a contarle nada a Traveler, un mono no podía contarle nada a un hombre, y de golpe, sin saber cómo, se había oído hablándole a Talita como si fuera la Maga, sabiendo que no era pero hablándole de la rayuela, del miedo en el pasillo, del agujero tentador. Entonces (y Talita estaba ahí, a cuatro metros, a sus espaldas esperando) eso era como un fin, la apelación a la piedad ajena, el reingreso en la familia humana, la esponja cayendo con un chasquido repugnante en el centro del ring. Sentía como si se estuviera yendo de sí mismo, abandonándose para echarse —hijo (de puta) pródigo— en los brazos de la fácil reconciliación, y de ahí la vuelta todavía más fácil al mundo, a la vida posible, al tiempo de sus años, a la razón que guía las acciones de los argentinos buenos y del bicho humano en general. Estaba en su pequeño, cómodo Hades refrigerado, pero no había ninguna Eurídice que buscar[5], aparte de que había

---

[5] Alusión al mito de Orfeo, que baja al infierno a rescatar a su mujer Eurídice. En la literatura, además de los himnos atribuidos al

bajado tranquilamente en montacargas y ahora, mientras abría una heladera y sacaba una botella de cerveza, piedra libre para cualquier cosa con tal de acabar esa comedia.

—Vení a tomar un trago —invitó—. Mucho mejor que tu limonada.

Talita dio un paso y se detuvo.

—No seas necrófilo —dijo—. Salgamos de aquí.

—Es el único lugar fresco, reconocé. Yo creo que me voy a traer un catre.

—Estás pálido de frío —dijo Talita, acercándose—. Vení, no me gusta que te quedes aquí.

—¿No te gusta? No van a salir de ahí para comerme, los de arriba son peores.

—Vení, Horacio —repitió Talita—. No quiero que te quedes aquí.

—Vos... —dijo Oliveira mirándola colérico, y se interrumpió para abrir la cerveza con un golpe de la mano contra el borde de una silla. Estaba viendo con tanta claridad un boulevard bajo la lluvia, pero en vez de ir llevando a alguien del brazo, hablándole con lástima, era a él que lo llevaban, compasivamente le habían dado el brazo y le hablaban para que estuviera contento, le tenían tanta lástima que era positivamente una delicia. El pasado se invertía, cambiaba de signo, al final iba a resultar que La Piedad no estaba liquidando. Esa mujer jugadora de rayuela le tenía lástima, era tan claro que quemaba.

—Podemos seguir hablando en el segundo piso —dijo ilustrativamente Talita—. Traé la botella, y me das un poco.

—Oui madame, bien sûr madame —dijo Oliveira.

—Por fin decís algo en francés. Manú y yo creíamos que habías hecho una promesa. Nunca...

—Assez —dijo Oliveira—. Tu m'as eu, petite, Céline avait

propio Orfeo, aparece en obras de Esquilo *(Las Básaras)*, Virgilio *(Geórgica IV)*, Ovidio *(Metamorfosis X y XI)*, Boecio, Dante, Boccaccio, Villon, Poliziano, Novalis, Hölderlin, Rilke, Shelley, Werfel, Oskar Kokoschka (dramaturgo, además de pintor), Anouilh, Tennesee Williams... En España, obras de Calderón *(El divino Orfeo)*, Lope *(El marido más firme)* y Solís *(Eurídice y Orfeo)*, además de poemas de Quevedo, Jáuregui... En la ópera, las obras más notables son las de Monteverdi y Gluck —y su parodia por Offenbach. En el cine, las películas de Jean Cocteau y Marcel Camus *(Orfeo negro)*, basada en la obra de Vinicius de Moraes.

raison, on se croit enculé d'un centimètre et on l'est déjà de plusieurs mètres.

Talita lo miró con la mirada de los que no entienden, pero su mano subió sin que la sintiera subir, y se apoyó un instante en el pecho de Oliveira. Cuando la retiró, él se puso a mirarla como desde abajo, con ojos que venían de algún otro lado.

—Andá a saber —le dijo Oliveira a alguien que no era Talita—. Andá a saber si no sos vos la que esta noche me escupe tanta lástima. Andá a saber si en el fondo no hay que llorar de amor hasta llenar cuatro o cinco palanganas. O que te las lloren, como te las están llorando.

Talita le dio la espalda y fue hacia la puerta. Cuando se detuvo a esperarlo, desconcertada y al mismo tiempo necesitando esperarlo porque alejarse de él en ese instante era como dejarlo caer en el pozo (con cucarachas, con trapos de colores,), vio que sonreía y que tampoco la sonrisa era para ella. Nunca lo había visto sonreír así, desventuradamente y a la vez con toda la cara abierta y de frente, sin la ironía habitual, aceptando alguna cosa que debía llegarle desde el centro de la vida, desde ese otro pozo (¿con cucarachas, con trapos de colores, con una cara flotando en un agua sucia?), acercándose a ella en el acto de aceptar esa cosa innominable que lo hacía sonreír. Y tampoco su beso era para ella, no ocurría allí grotescamente al lado de una heladera llena de muertos, a tan poca distancia de Manú durmiendo. Se estaban como alcanzando desde otra parte, con otra parte de sí mismos, y no era de ellos que se trataba, como si estuvieran pagando o cobrando algo por nosotros, como si fueran los gólems[6] de un encuentro imposible entre sus dueños. Y los Campos Flegreos, y lo que Horacio había murmurado sobre el descenso, una insensatez tan absoluta que Manú y todo lo que era Manú y estaba en el nivel de Manú no podía participar de la ceremonia, porque lo que empezaba ahí era como la caricia a la paloma, como la idea de levantarse para hacerle una limonada

---

[6] *gólem:* leyenda judía de un hombre artificial formado de barro, relacionada con la historia de Adán. La palabra significa 'cosa inacabada, informe'. Aparece ya en la era talmúdica. Modernamente, la recogen Grimm, von Arnim, Hoffmann. Esta leyenda se adaptó también a la figura del judío de Praga Low, del siglo XVI. Da título a la famosa novela de Meyrink. El golem se ha convertido, también, en símbolo del judaísmo, del doble o sosias y del hombre artificial, tan frecuente en la literatura y el cine fantásticos o de terror.

a un guardián, como doblar una pierna y empujar un tejo de la primera a la segunda casilla, de la segunda a la tercera. De alguna manera habían ingresado en otra cosa, en ese algo donde se podía estar de gris y ser de rosa, donde se podía haber muerto ahogada en un río (y eso ya no lo estaba pensando ella) y asomar en una noche de Buenos Aires para repetir en la rayuela la imagen misma de lo que acababan de alcanzar, la última casilla, el centro del mandala, el Ygdrassil[7] vertiginoso por donde se salía a una playa abierta, a una extensión sin límites, al mundo debajo de los párpados que los ojos vueltos hacia adentro reconocían y acataban.

(-129)

---

[7] *Ygdrassil:* para los normandos, el árbol del mundo, con tres raíces que bebían en la fuente de la sabiduría, el pozo del destino y las profundidades de la tierra. Dio origen a una película folletinesca norteamericana, *El árbol de la vida.*

55

Pero Traveler no dormía, después de una o dos tentativas la pesadilla lo seguía rondando y al final se sentó en la cama y encendió la luz. Talita no estaba, esa sonámbula, esa falena[1] de insomnios, y Traveler se bebió un vaso de caña y se puso el saco del piyama. El sillón de mimbre parecía más fresco que la cama, y era una buena noche para quedarse leyendo. De a ratos se oía caminar en el pasillo, y Traveler se asomó dos veces a la puerta que daba sobre el ala administrativa. No había nadie, ni siquiera el ala, Talita se habría ido a trabajar a la farmacia, era increíble cómo la entusiasmaba el reingreso en la ciencia, las balancitas, los antipiréticos. Traveler se puso a leer un rato, entre caña y caña. De todas maneras era raro que Talita no hubiera vuelto de la farmacia. Cuando reapareció, con un aire de fantasma que aterraba, la botella de caña estaba tan menoscabada que a Traveler casi no le importó verla o no verla, y charlaron un rato de tantas cosas, mientras Talita desplegaba un camisón y diversas teorías, casi todas toleradas por Traveler que a esa altura tendía a la benevolencia. Después Talita se quedó dormida boca arriba, con un sueño intranquilo entrecortado por bruscos manotones y quejidos. Siempre era lo mismo, a Traveler le costaba dormirse cuando Talita estaba inquieta, pero apenas lo vencía el cansancio ella se despertaba y al minuto estaba completamente desvelada porque él protestaba o se retorcía en sueños, y así se pasaban la noche como en un sube y baja. Para peor la luz había quedado encendida y era complicadísimo alcanzar la llave, razón por la cual acabaron despertándose del todo y entonces Talita apagó la luz y se apretó un poco contra Traveler que sudaba y se retorcía.

---

[1] *falena:* 'mariposa de cuerpo delgado y alas anchas y débiles'.

—Horacio vio a la Maga esta noche —dijo Talita—. La vio en el patio, hace dos horas, cuando vos estabas de guardia.

—Ah —dijo Traveler, tendiéndose de espaldas y buscando los cigarrillos sistema Braille. Agregó una frase confusa que salía de sus últimas lecturas.

—La Maga era yo —dijo Talita, apretándose más contra Traveler—. No sé si te das cuenta.

—Más bien sí.

—Alguna vez tenía que ocurrir. Lo que me asombra es que se haya quedado tan sorprendido por la confusión.

—Oh, vos sabés, Horacio arma los líos y después los mira con el mismo aire de los cachorros cuando han hecho caca y se quedan contemplándola estupefactos.

—Yo creo que ocurrió el mismo día que lo fuimos a buscar al puerto —dijo Talita—. No se puede explicar, porque ni siquiera me miró, y entre los dos me echaron como a un perro, con el gato abajo del brazo.

Traveler masculló algo ininteligible.

—Me confundió con la Maga —insistió Talita.

Traveler la oía hablar, aludir como todas las mujeres a la fatalidad, a la inevitable concatenación de las cosas, y hubiera preferido que se callara pero Talita se resistía afiebradamente, se apretaba contra él y se empecinaba en contar, en contarse y, naturalmente, en contarle. Traveler se dejó llevar.

—Primero vino el viejo con la paloma, y entonces bajamos al sótano. Horacio hablaba todo el tiempo del descenso, de esos huecos que lo preocupan. Estaba desesperado, Manú, daba miedo ver lo tranquilo que parecía, y entre tanto... Bajamos con el montacargas, y él fue a cerrar una de las heladeras, algo tan horrible.

—De manera que bajaste —dijo Traveler—. Está bueno.

—Era diferente —dijo Talita—. No era como bajar. Hablábamos, pero yo sentía como si Horacio estuviera desde otra parte, hablándole a otra, a una mujer ahogada, por ejemplo. Ahora se me ocurre eso, pero él todavía no había dicho que la Maga se había ahogado en el río.

—No se ahogó en lo más mínimo —dijo Traveler—. Me consta, aunque admito que no tengo la menor idea. Basta conocerlo a Horacio.

—Cree que está muerta, Manú, y al mismo tiempo la siente cerca y esta noche fui yo. Me dijo que también la había visto en el barco, y debajo del puente de la Avenida San Martín... No lo dice como si hablara de una alucinación, y tampoco pretende que le creas. Lo dice, nomás, y es verdad, es algo que está ahí. Cuando cerró la heladera y yo tuve miedo y dije no sé qué, me empezó a mirar y era a la otra que miraba. Yo no soy el zombie de nadie, Manú, no quiero ser el zombie de nadie.

Traveler le pasó la mano por el pelo, pero Talita lo rechazó con impaciencia. Se había sentado en la cama y él la sentía temblar. Con ese calor, temblando. Le dijo que Horacio la había besado, y trató de explicar el beso y como no encontraba las palabras iba tocando a Traveler en la oscuridad, sus manos caían como trapos sobre su cara, sobre sus brazos, le resbalaban por el pecho, se apoyaban en sus rodillas, y de todo eso nacía como una explicación que Traveler era incapaz de rechazar, un contagio que venía desde más allá, desde alguna parte en lo hondo o en lo alto o en cualquier parte que no fuera esa noche y esa pieza, un contagio a través de Talita lo poseía a su vez, un balbuceo como un anuncio intraducible, la sospecha de que estaba delante de algo que podía ser un anuncio, pero la voz que lo traía estaba quebrada y cuando decía el anuncio lo decía en un idioma ininteligible, y sin embargo eso era lo único necesario ahí al alcance de la mano, reclamando el conocimiento y la aceptación, debatiéndose contra una pared esponjosa, de humo y de corcho, inasible y ofreciéndose, desnudo entre los brazos pero como de agua yéndose entre lágrimas.

«La dura costra mental», alcanzó a pensar Traveler. Oía confusamente que el miedo, que Horacio, que el montacargas, que la paloma; un sistema comunicable volvía a entrar poco a poco en el oído. De manera que el pobre infeliz tenía miedo de que él lo matara, era para reírse.

—¿Te lo dijo realmente? Cuesta creerlo, vos sabés el orgullo que tiene.

—Es otra cosa —dijo Talita, quitándole el cigarrillo y chupando con una especie de avidez de cine mudo—. Yo creo que el miedo que siente es como un último refugio, el barrote donde tiene las manos prendidas antes de tirarse. Está tan contento de tener miedo esta noche, yo sé que está contento.

—Eso —dijo Traveler, respirando como un verdadero yogi— no lo entendería la Cuca, podés estar segura. Y yo debo estar de lo más inteligente esta noche, porque lo del miedo alegre es medio duro de tragar, vieja.

Talita se corrió un poco en la cama y se apoyó contra Traveler. Sabía que estaba otra vez de su lado, que no se había ahogado, que él la estaba sosteniendo a flor de agua y que en

el fondo era una lástima, una maravillosa lástima. Los dos lo
sintieron en el mismo instante, y resbalaron el uno hacia el
otro como para caer en ellos mismos, en la tierra común
donde las palabras y las caricias y las bocas los envolvían
como la circunferencia al círculo, esas metáforas tranquilizadoras, esa vieja tristeza satisfecha de volver a ser el de siempre,
de continuar, de mantenerse a flote contra viento y marea,
contra el llamado y la caída.

56

De dónde le vendría la costumbre de andar siempre con piolines en los bolsillos, de juntar hilos de colores y meterlos entre las páginas de los libros, de fabricar toda clase de figuras con esas cosas y goma tragacantos[1]. Mientras arrollaba un piolín negro al picaporte, Oliveira se preguntó si la fragilidad de los hilos no le daba algo así como una perversa satisfacción, y convino en que maybe peut-être y quién te dice. Lo único seguro era que los piolines y los hilos lo alegraban, que nada le parecía más aleccionador que armar por ejemplo un gigantesco dodecaedro transparente, tarea de muchas horas y mucha complicación, para después acercarle un fósforo y ver cómo una llamita de nada iba y venía mientras Gekrepten se-re-tor-cía-las-ma-nos y decía que era una vergüenza quemar algo tan bonito. Difícil explicarle que cuanto más frágil y perecedero el armazón, más libertad para hacerlo y deshacerlo. Los hilos le parecían a Oliveira el único material justificable para sus inventos, y sólo de cuando en cuando, si lo encontraba en la calle, se animaba a usar un pedazo de alambre o algún fleje. Le gustaba que todo lo que hacía estuviera lo más lleno posible de espacio libre, y que el aire entrara y saliera, y sobre todo que saliera; cosas parecidas le ocurrían con los libros, las mujeres y las obligaciones, y no

---

[1] Comenta Cortázar en *Ultimo Round:* «Muy lejos, en los años cincuenta y ocho o cincuenta y nueve, una bola de este billar fue alcanzada por la que ahora despide desde un libro el taco de Duchamp; en Buenos Aires, un tal Oliveira llenó de cordeles una habitación para que no se pudiera circular en ella» (II, pág. 175). En la casa de campo de Cortázar, Evelyn Picon vio una caja de madera blanca, «tapada por una red de hilos reminiscentes del cuarto de Oliveira en el manicomio de *Rayuela*» (pág. 8).

pretendía que Gekrepten o el cardenal primado entendieran esas fiestas.

Lo de arrollar un piolín negro al picaporte empezó casi un par de horas después, porque entre tanto Oliveira hizo diversas cosas en su pieza y fuera de ella. La idea de las palanganas era clásica y no se sintió en absoluto orgulloso de acatarla, pero en la oscuridad una palangana de agua en el suelo configura una serie de valores defensivos bastante sutiles: sorpresa, tal vez terror, en todo caso la cólera ciega que sigue a la noción de haber metido un zapato de Fanacal o de Tonsa en el agua, y la media por si fuera poco, y que todo eso chorree agua mientras el pie completamente perturbado se agita en la media, y la media en el zapato, como una rata ahogándose o uno de esos pobres tipos que los sultanes celosos tiraban al Bósforo dentro de una bolsa cosida (con piolín, naturalmente: todo acababa por encontrarse, era bastante divertido que la palangana con agua y los piolines se encontraran al final del razonamiento y no al principio, pero aquí Horacio se permitía conjeturar que el orden de los razonamientos no tenía a) que seguir el tiempo físico, el antes y el después, y b) que a lo mejor el razonamiento se había cumplido inconscientemente para llevarlo de la noción de piolín a la de la palangana acuosa). En definitiva, apenas lo analizaba un poco caía en graves sospechas de determinismo; lo mejor era continuar parapetándose sin hacer demasiado caso a las razones o a las preferencias. De todas maneras, ¿qué venía primero, el piolín o la palangana? Como ejecución, la palangana, pero el piolín había sido decidido antes. No valía la pena seguir preocupándose cuando estaba en juego la vida; la obtención de las palanganas era mucho más importante, y la primera media hora consistió en una cautelosa exploración del segundo piso y parte de la planta baja, de la que volvió con cinco palanganas de tamaño mediano, tres escupideras y una lata vacía de dulce de batata, todo ello agrupado bajo el rubro general de palangana. El 18, que estaba despierto, se empeñó en hacerle compañía y Oliveira acabó por aceptar, decidido a echarlo apenas las operaciones defensivas alcanzaran cierta envergadura. Para la parte de los hilos el 18 resultó muy útil, porque apenas lo informó sucintamente de las necesidades estratégicas, entornó sus ojos verdes de una hermosura maligna y dijo que la 6 tenía cajones llenos de hilos de colores. El único problema era que la 6 estaba en la planta baja, en el ala de Remorino, y si Remorino se despertaba se iba a armar una de la gran flauta.

El 18 sostenía además que la 6 estaba loca, lo que complicaba la incursión en su aposento. Entornando sus ojos verdes de una hermosura maligna, le propuso a Oliveira que montara guardia en el pasillo mientras él se descalzaba y procedía a incautarse de los hilos, pero a Oliveira le pareció que era ir demasiado lejos y optó por asumir personalmente la responsabilidad de meterse en la pieza de la 6 a esa hora de la noche. Era bastante divertido pensar en responsabilidad mientras se invadía el dormitorio de una muchacha que roncaba boca arriba, expuesta a los peores contratiempos; con los bolsillos y las manos llenos de ovillos de piolín y de hilos de colores, Oliveira se quedó mirándola un momento, pero después se encogió de hombros como para que el mono de la responsabilidad le pesara menos. Al 18, que lo esperaba en su pieza contemplando las palanganas amontonadas sobre la cama, le pareció que Oliveira no había juntado piolines en cantidad suficiente. Entornando sus ojos verdes de una hermosura maligna, sostuvo que para completar eficazmente los preparativos de defensa se necesitaba una buena cantidad de rulemanes[2] y una Heftpistole. La idea de los rulemanes le pareció buena a Oliveira, aunque no tenía una noción precisa de lo que pudieran ser, pero desechó de plano la Heftpistole. El 18 abrió sus ojos verdes de una hermosura maligna y dijo que la Heftpistole no era lo que el doctor se imaginaba (decía «doctor» con el tono necesario para que cualquiera se diese cuenta de que lo decía por jorobar) pero que en vista de su negativa iba a tratar de conseguir solamente los rulemanes. Oliveira lo dejó irse, esperanzado en que no volviera porque tenía ganas de estar solo. A las dos se iba a levantar Remorino para relevarlo y había que pensar alguna cosa. Si Remorino no lo encontraba en el pasillo iba a venir a buscarlo a su pieza y eso no convenía, a menos de hacer la primera prueba de las defensas a su costa. Rechazó la idea porque las defensas estaban concebidas en previsión de un determinado ataque, y Remorino iba a entrar desde un punto de vista por completo diferente. Ahora sentía cada vez más miedo (y cuando sentía el miedo miraba su reloj pulsera, y el miedo subía con la hora); se puso a fumar, estudiando las posibilidades defensivas de la pieza, y a las dos menos diez fue en persona a despertar a Remorino. Le transmitió un parte que era una joya, con sutiles alteraciones de las hojas de temperatura, la hora de los

---

[2] *rulemán:* 'cojinete a bolas'.

calmantes y las manifestaciones sindromáticas y eupépticas de los pensionistas del primer piso, de tal manera que Remorino tendría que pasarse casi todo el tiempo ocupado con ellos, mientras los del segundo piso, según el mismo parte, dormían plácidamente y lo único que necesitaban era que nadie los fuese a escorchar en el curso de la noche. Remorino se interesó por saber (sin muchas ganas) si esos cuidados y esos descuidos procedían de la alta autoridad del doctor Ovejero, a lo que Oliveira respondió hipócritamente con el adverbio monosilábico de afirmación adecuado a la circunstancia. Tras de lo cual se separaron amistosamente y Remorino subió bostezando un piso mientras Oliveira subía temblando dos. Pero de ninguna manera iba a aceptar la ayuda de una Heftpistole, y gracias a que consentía en los rulemanes.

Tuvo todavía un rato de paz, porque el 18 no llegaba y había que ir llenando las palanganas y las escupideras, disponiéndolas en una primera línea de defensa algo más atrás de la primera barrera de hilos (todavía teórica pero ya perfectamente planeada) y ensayando las posibilidades de avance, la eventual caída de la primera línea y la eficacia de la segunda. Entre dos palanganas, Oliveira llenó el lavatorio de agua fría y metió la cara y las manos, se empapó el cuello y el pelo. Fumaba todo el tiempo, pero no llegaba ni a la mitad del cigarrillo y ay se iba a la ventana a tirar el pucho y encender otro. Los puchos caían sobre la rayuela y Oliveira calculaba para que cada ojo brillante ardiera un momento sobre diferentes casillas; era divertido. A esa hora le ocurría llenarse de pensamientos ajenos, *dona nobis pacem, que el bacán que te acamala*[3] *tenga pesos duraderos,* cosas así, y también de golpe le caían jirones de una materia mental, algo entre noción y sentimiento, por ejemplo que parapetarse era la última de las torpezas, que la sola cosa insensata y por lo tanto experimentable y quizá eficaz hubiera sido atacar en vez de defenderse, asediar en vez de estar ahí temblando y fumando y esperando que el 18 volviera con los rulemanes; pero duraba poco, casi como los cigarrillos, y las manos le temblaban y él sabía que no le quedaba más que eso, y de golpe otro recuerdo que era como una esperanza, una frase donde alguien decía que las horas del sueño y la vigilia no se habían fundido todavía en la unidad, y a eso seguía una risa que él escuchaba como si no fuera suya, y una mueca en la que se demostraba cumplida-

---

[3] *acamalar:* 'ahorrar, no malgastar el dinero'.

mente que esa unidad estaba demasiado lejos y que nada del sueño le valdría en la vigilia o viceversa. Atacar a Traveler como la mejor defensa era una posibilidad, pero significaba invadir lo que él sentía cada vez más como una masa negra, un territorio donde la gente estaba durmiendo y nadie esperaba en absoluto ser atacado a esa hora de la noche y por causas inexistentes en términos de masa negra. Pero mientras lo sentía así, a Oliveira le desagradaba haberlo formulado en términos de masa negra, el sentimiento era como una masa negra pero por culpa de él y no del territorio donde dormía Traveler; por eso era mejor no usar palabras tan negativas como masa negra, y llamarlo territorio a secas, ya que uno acababa siempre llamando de alguna manera a sus sentimientos. Vale decir que frente a su pieza empezaba el territorio, y atacar el territorio era desaconsejable puesto que los motivos del ataque dejaban de tener inteligibilidad o posibilidad de ser intuidos por parte del territorio. En cambio si él se parapetaba en su pieza y Traveler acudía a atacarlo, nadie podría sostener que Traveler ignoraba lo que estaba haciendo, y el atacado por su parte estaba perfectamente al tanto y tomaba sus medidas, precauciones y rulemanes, sea lo que fueran estos últimos.

Entre tanto se podía estar en la ventana fumando, estudiando la disposición de las palanganas acuosas y los hilos, y pensando en la unidad tan puesta a prueba por el conflicto del territorio versus la pieza. A Oliveira le iba a doler siempre no poder hacerse ni siquiera una noción de esa unidad que otras veces llamaban centro, y que a falta de contorno más preciso se reducía a imágenes como la de un grito negro, un kibbutz del deseo (tan lejano ya, ese kibbutz de madrugada y vino tinto) y hasta una vida digna de ese nombre porque (lo sintió mientras tiraba el cigarrillo sobre la casilla cinco) había sido lo bastante infeliz como para imaginar la posibilidad de una vida digna al término de diversas indignidades minuciosamente llevadas a cabo. Nada de todo eso podía pensarse, pero en cambio se dejaba sentir en términos de contracción de estómago, territorio, respiración profunda o espasmódica, sudor en la palma de las manos, encendimiento de un cigarrillo, tirón de las tripas, sed, gritos silenciosos que reventaban como masas negras en la garganta (siempre había alguna masa negra en ese juego), ganas de dormir, miedo de dormir, ansiedad, la imagen de una paloma que había sido blanca, trapos de colores en el fondo de lo que podía haber sido un pasaje, Sirio en lo alto de una carpa, y basta, che, basta por favor; pero era bueno haberse sentido profundamente ahí durante un tiempo inconmensurable, sin pensar nada, solamente siendo eso que estaba ahí con una tenaza prendida en el estómago. *Eso* contra el territorio, la vigilia contra el sueño. Pero decir: la vigilia contra el sueño era ya reingresar en la dialéctica, era corroborar una vez más que no había la más remota esperanza de unidad. Por eso la llegada del 18 con los rulemanes valía como un pretexto excelente para reanudar los preparativos de defensa, a las tres y veinte en punto más o menos.

El 18 entornó sus ojos verdes de una hermosura maligna y desató una toalla donde traía los rulemanes. Dijo que había espiado a Remorino, y que Remorino tenía tanto trabajo con la 31, el 7 y la 45, que ni pensaría en subir al segundo piso. Lo más probable era que los enfermos se hubieran resistido indignados a las novedades terapéuticas que pretendía aplicarles Remorino, y el reparto de pastillas o inyecciones llevaría su buen rato. De todas maneras a Oliveira le pareció bien no perder más tiempo, y después de indicarle al 18 que dispusiera los rulemanes de la manera más conveniente, se puso a ensayar la eficacia de las palanganas acuosas, para lo cual fue hasta el pasillo venciendo el miedo que le daba salir de la pieza y meterse en la luz violeta del pasillo, y volvió a entrar con los ojos cerrados, imaginándose Traveler y caminando con los pies un poco hacia afuera como Traveler. Al segundo paso (aunque lo sabía) metió el zapato izquierdo en una escupidera acuosa y al sacarlo de golpe mandó por el aire la escupidera que por suerte cayó sobre la cama y no hizo el menor ruido. El 18, que andaba debajo del escritorio sembrando los rulemanes, se levantó de un salto y entornando sus ojos verdes de una hermosura maligna aconsejó un amontonamiento de relemanes entre las dos líneas de palanganas, a fin de completar la sorpresa del agua fría con la posibilidad de un resbalón de la madona. Oliveira no dijo nada pero lo dejó hacer, y cuando hubo colocado nuevamente la escupidera acuosa en su sitio, se puso a arrollar un piolín negro en el picaporte. Este piolín lo estiró hasta el escritorio y lo ató al respaldo de la silla; colocando la silla sobre dos patas, apoyada de canto en el borde del escritorio, bastaba querer abrir la puerta para que cayera al suelo. El 18 salió al pasillo para ensayar, y Oliveira sostuvo la silla para evitar el ruido. Empezaba a molestarle la presencia amistosa del 18, que de cuando en cuando entornaba sus ojos verdes de una hermosura maligna y quería contarle la historia de su ingreso en la clínica. Cierto que bastaba con ponerse un dedo delante de la boca para que se callara avergonzado y se quedara cinco minutos de espaldas contra la pared, pero lo mismo Oliveira le regaló un atado nuevo de cigarrillos y le dijo que se fuera a dormir sin hacerse ver por Remorino.

—Yo me quedo con usted, doctor —dijo el 18.

—No, andate. Yo me voy a defender lo más bien.

—Le hacía falta una Heftpistole, yo se lo dije. Pone ganchitos por todos lados, y es mejor para sujetar los piolines.

—Yo me voy a arreglar, viejo —dijo Oliveira—. Andate a dormir, lo mismo te agradezco.

—Bueno, doctor, entonces que le vaya bonito.

—Chau, dormí bien.

—Atenti a los rulemanes, mire que no fallan. Usted los deja como están y ya va a ver.

—De acuerdo.

—Si a la final quiere la Heftpistole me avisa, el 16 tiene una.

—Gracias. Chau.

A las tres y media Oliveira terminó de colocar los hilos. El 18 se había llevado las palabras, o por lo menos eso de mirarse uno a otro de cuando en cuando o alcanzarse un cigarrillo. Casi en la oscuridad, porque había envuelto la lámpara del escritorio con un pulóver verde que se iba chamuscando poco a poco, era raro hacerse la araña yendo de un lado a otro con los hilos, de la cama a la puerta, del lavatorio al ropero, tendiendo cada vez cinco o seis hilos y retrocediendo con mucho cuidado para no pisar los rulemanes. Al final iba a quedar acorralado entre la ventana, un lado del escritorio (colocado en la ochava de la pared, a la derecha) y la cama (pegada a la pared de la izquierda). Entre la puerta y la última línea se tendían sucesivamente los hilos anunciadores (del picaporte a la silla inclinada, del picaporte a un cenicero del vermut Martini puesto en el borde del lavatorio, y del picaporte a un cajón del ropero, lleno de libros y papeles, sostenido apenas por el borde), las palanganas acuosas en forma de dos líneas defensivas irregulares, pero orientadas en general de la pared de la izquierda a la de la derecha, o sea desde el lavatorio al ropero la primera línea, y de los pies de la cama a las patas del escritorio la segunda línea. Quedaba apenas un metro libre entre la última serie de palanganas acuosas, sobre la cual se tendían múltiples hilos, y la pared donde se abría la ventana sobre el patio (dos pisos más abajo). Sentándose en el borde del escritorio, Oliveira encendió otro cigarrillo y se puso a mirar por la ventana; en un momento dado se sacó la camisa y la metió debajo del escritorio. Ahora ya no podía beber aunque sintiera sed. Se quedó así, en camiseta, fumando y mirando el patio, pero con la atención fija en la puerta aunque de cuando en cuando se distraía en el momento de tirar el pucho sobre la rayuela. Tan mal no se estaba aunque el borde del escritorio era duro y el olor a quemado del pulóver le daba asco. Terminó por apagar la lámpara y poco a poco vio dibujarse una raya violeta al pie de la puerta, es decir que al llegar Traveler sus zapatillas de goma cortarían en dos sitios la raya violeta, señal involuntaria de que iba a iniciarse el ataque. Cuando Traveler abriera la puerta pasarían varias cosas y podrían pasar muchas otras. Las primeras eran mecánicas y fatales, dentro de la estúpida obediencia del efecto a la causa, de la silla al piolín, del picaporte a la mano, de la mano a la voluntad, de la voluntad a... Y por ahí se pasaba a las otras cosas que podrían ocurrir o no, según que el golpe de la silla en el suelo, la rotura en cinco o seis pedazos del cenicero Martini, y la caída del cajón del ropero, repercutieran de una manera o de otra en Traveler y hasta en el mismo Oliveira porque ahora, mientras encendía otro cigarrillo con el pucho del anterior y tiraba el pucho de manera que cayese en la novena casilla, y lo veía caer en la octava y saltar a la séptima, pucho de mierda, ahora era tal vez el momento de preguntarse qué iba a hacer cuando se abriera la puerta y medio dormitorio se fuera al quinto carajo y se oyera la sorda exclamación de Traveler, si era una exclamación y si era sorda. En el fondo había sido un estúpido al rechazar la Heftpistole, porque aparte de la lámpara que no pesaba nada, y de la silla, en el rincón de la ventana no había absolutamente el menor arsenal defensivo, y con la lámpara y la silla no iría demasiado lejos si Traveler conseguía quebrar las dos líneas de palanganas acuosas y se salvaba de patinar en los rulemanes. Pero no lo conseguiría, toda la estrategia estaba en eso; las armas de la defensa no podían ser de la misma naturaleza que las armas de la ofensiva. Los hilos, por ejemplo, a Traveler le iban a producir una impresión terrible cuando avanzara en la oscuridad y sintiera crecer como una sutil resistencia contra su cara, en los brazos y las piernas, y le naciera ese asco insuperable del hombre que se enreda en una tela de araña. Suponiendo que en dos saltos arrancara todos los hilos, suponiendo que no metiera un zapato en una palangana acuosa y que no patinara en un rulemán, llegaría finalmente al sector de la ventana y a pesar de la oscuridad reconocería la silueta inmóvil en el borde del escritorio. Era remotamente probable que llegara hasta ahí, pero si llegaba, no cabía duda de que a Oliveira le iba a ser por completo inútil una Heftpistole, no tanto por el hecho de que el 18 había hablado de unos ganchitos, sino porque no iba a haber un encuentro como quizá se lo imaginara Traveler sino una cosa totalmente distinta, algo que él era incapaz de imaginarse pero que sabía con tanta certeza como si lo estuviera viendo o viviendo, un resbalar de la masa negra que venía de fuera contra eso que él sabía sin saber, un desencuentro incalculable entre la masa negra Traveler y eso ahí en el borde del escritorio fumando. Algo como la vigilia contra el sueño (las horas del sueño y la vigilia, había dicho alguien un día, no se habían fundido todavía en la unidad), pero decir vigilia contra sueño era admitir hasta el final que no existía esperanza alguna de unidad. En cambio podía suceder que la llegada de Traveler fuera como un punto extremo desde el cual intentar una vez más el salto de lo uno en lo otro y a la vez de lo otro en lo uno, pero precisamente ese salto sería lo contrario de un choque, Oliveira estaba seguro de que el territorio Traveler no podía llegar hasta él aunque le cayera encima, lo golpeara, le arrancase la camiseta a tirones, le escupiera en los ojos y en la boca, le retorciera los brazos y lo tirara por la ventana. Si una Heftpistole era por completo ineficaz contra el territorio, puesto que según el 18 venía a ser una abrochadora o algo por el estilo, ¿qué valor podía tener un cuchillo Traveler o un puñetazo Traveler, pobres Heftpistole inadecuadas para salvar la insalvable distancia de un cuerpo a cuerpo en el que un cuerpo empezaría por negar al otro, o el otro al uno? Si de hecho Traveler podía matarlo (y por algo tenía él la boca seca y las palmas de las manos le sudaban abominablemente), todo lo movía a negar esa posibilidad en un plano en que su ocurrencia de hecho no tuviera confirmación más que para el asesino. Pero mejor todavía era sentir que el asesino no era un asesino, que el territorio ni siquiera era un territorio, adelgazar y minimizar y subestimar el territorio para que de tanta zarzuela y tanto cenicero rompiéndose en el piso no quedara más que ruido y consecuencias despreciables. Si se afirmaba (luchando contra el miedo) en ese total extrañamiento con relación al territorio, la defensa era entonces el mejor de los ataques, la peor puñalada nacería del cabo y no de la hoja. Pero qué se ganaba con metáforas a esa hora de la noche cuando lo único sensatamente insensato era dejar que los ojos vigilaran la línea violácea a los pies de la puerta, esa raya termométrica del territorio.

A las cuatro menos diez Oliveira se enderezó, moviendo los hombros para desentumecerse, y fue a sentarse en el antepecho de la ventana. Le hacía gracia pensar que si hubiera tenido la suerte de volverse loco esa noche, la liquidación del territorio Traveler hubiera sido absoluta. Solución en nada de acuerdo con su soberbia y su intención de resistir a cualquier forma de entrega. De todas maneras, imaginarse a Ferraguto inscribiéndolo en el registro de pacientes, poniéndole un número en la puerta y un ojo mágico para espiarlo de noche... Y Talita preparándole sellos en la farmacia, pasando por el patio con mucho cuidado para no pisar la rayuela, para no volver nunca más a pisar la rayuela. Sin hablar de Manú, el pobre, terriblemente desconsolado de su torpeza y su absurda tentativa. Dando la espalda al patio, hamacándose peligrosamente en el antepecho de la ventana, Oliveira sintió que el miedo empezaba a irse, y que eso era malo. No sacaba los ojos de la raya de luz, pero a cada respiración le entraba un contento por fin sin palabras, sin nada que ver con el territorio, y la alegría era precisamente eso, sentir cómo iba cediendo el territorio. No importaba hasta cuándo, con cada inspiración el aire caliente del mundo se reconciliaba con él como ya había ocurrido una que otra vez en su vida. Ni siquiera le hacía falta fumar, por unos minutos había hecho la paz consigo mismo y eso equivalía a abolir el territorio, a vencer sin batalla y a querer dormirse por fin en el despertar, en ese filo donde la vigilia y el sueño mezclaban las primeras aguas y descubrían que no había aguas diferentes; pero eso era malo, naturalmente, naturalmente todo eso tenía que verse interrumpido por la brusca interposición de dos sectores negros a media distancia de la raya de luz violácea, y un arañar prolijito en la puerta. «Vos te la buscaste», pensó Oliveira resbalando hasta pegarse al escritorio. «La verdad es que si hubiera seguido un momento más así me caigo de cabeza en la rayuela. Entrá de una vez, Manú, total no existís o no existo yo, o somos tan imbéciles que creemos en esto y nos vamos a matar, hermano, esta vez es la vencida, no hay tu tía.»

—Entrá nomás —repitió en voz alta, pero la puerta no se abrió. Seguían arañando suave, a lo mejor era pura coincidencia que abajo hubiera alguien al lado de la fuente, una mujer de espaldas, con el pelo largo y los brazos caídos, absorta en la contemplación del chorrito de agua. A esa hora y con esa oscuridad lo mismo hubiera podido ser la Maga que Talita o cualquiera de las locas, hasta Pola si uno se ponía a pensarlo. Nada le impedía mirar a la mujer de espaldas puesto que si Traveler se decidía a entrar las defensas funcionarían automáticamente y habría tiempo de sobra para dejar de mirar el patio y hacerle frente. De todas maneras era bastante raro que Traveler siguiera arañando la puerta como para cerciorarse de si él estaba durmiendo (no podía ser Pola, porque Pola tenía el cuello más corto y las caderas más definidas), a menos que también por su parte hubiera puesto en pie un sistema especial de ataque (podían ser la Maga o Talita, se parecían tanto y mucho más de noche y desde un segundo piso) destinado a-sacarlo-de-sus-casillas (por lo menos de la una hasta las ocho, porque no había podido pasar de las ocho, no llegaría jamás al Cielo, no entraría jamás en su kibbutz). «Qué esperás, Manú», pensó Oliveira. «¿De qué nos sirve todo esto.» Era Talita, por supuesto, que ahora miraba hacia arriba y se quedaba de nuevo inmóvil cuando él sacó el brazo desnudo por la ventana y lo movió cansadamente de un lado a otro.

—Acercate, Maga —dijo Oliveira—. Desde aquí sos tan parecida que se te puede cambiar el nombre.

—Cerrá esa ventana, Horacio —pidió Talita.

—Imposible, hace un calor tremendo y tu marido está ahí arañando la puerta que da miedo. Es lo que llaman un conjunto de circunstancias enojosas. Pero no te preocupés, agarrá una piedrita y ensayá de nuevo, quién te dice que es una...

El cajón, el cenicero y la silla se estrellaron al mismo tiempo en el suelo. Agachándose un poco, Oliveira miró enceguecido el rectángulo violeta que reemplazaba la puerta, la mancha negra moviéndose, oyó la maldición de Traveler. El ruido debía haber despertado a medio mundo.

—Mirá que sos infeliz —dijo Traveler, inmóvil en la puerta—. ¿Pero vos querés que el Dire nos raje a todos?

—Me está sermoneando —le informó Oliveira a Talita—. Siempre fue como un padre para mí.

—Cerrá la ventana, por favor —dijo Talita.

—No hay nada más necesario que una ventana abierta —dijo Oliveira—. Oílo a tu marido, se nota que metió un pie en el agua. Seguro que tiene la cara llena de piolines, no sabe qué hacer.

—La puta que te parió —decía Traveler manoteando en la oscuridad y sacándose piolines por todas partes—. Encendé la luz, carajo.

—Todavía no se fue al suelo —informó Oliveira—. Me están fallando los rulemanes.

—¡No te asomés así! —gritó Talita, levantando los brazos. De espaldas a la ventana, con la cabeza ladeada para verla y hablarle, Oliveira se inclinaba cada vez más hacia atrás. La Cuca Ferraguto salía corriendo al patio, y sólo en ese momento Oliveira se dio cuenta de que ya no era de noche, la bata de la Cuca tenía el mismo color de las piedras del patio, de las paredes de la farmacia. Consintiéndose un reconocimiento del frente de guerra, miró hacia la oscuridad y se percató de que a pesar de sus dificultades ofensivas, Traveler había optado por cerrar la puerta. Oyó, entre maldiciones, el ruido de la falleba.

—Así me gusta, che —dijo Oliveira—. Solitos en el ring como dos hombres.

—Me cago en tu alma —dijo Traveler enfurecido—. Tengo una zapatilla hecha sopa, y es lo que más asco me da en el mundo. Por lo menos encendé la luz, no se ve nada.

—La sorpresa de Cancha Rayada[4] fue algo por el estilo —dijo Oliveira—. Comprenderás que no voy a sacrificar las ventajas de mi posición. Gracias que te contesto, porque ni eso debería. Yo también he ido al Tiro Federal, hermano.

Oyó respirar pesadamente a Traveler. Afuera se golpeaban puertas, la voz de Ferraguto se mezclaba con otras preguntas y respuestas. La silueta de Traveler se volvía cada vez más visible; todo sacaba número y se ponía en su lugar, cinco palanganas, tres escupideras, decenas de rulemanes. Ya casi podían mirarse en esa luz que era como la paloma entre las manos del loco.

—En fin —dijo Traveler levantando la silla caída y sentándose sin ganas—. Si me pudieras explicar un poco este quilombo.

—Va a ser más bien difícil, che. Hablar, vos sabés...

---

[4] *Cancha Rayada* es un llano contiguo a la ciudad chilena de Talca. Durante la guerra de la Independencia, la llegada de los españoles, el 19 de marzo de 1818, produjo un gran pánico en los patriotas, que sufrieron una nueva derrota el día 28, siendo herido el caudillo O'Higgins. Por todo ello estuvo a punto de fracasar la causa de la emancipación, reanimada con la victoria de Maipú.

—Vos para hablar te buscás unos momentos que son para no creerlo —dijo Traveler rabioso—. Cuando no estamos a caballo en dos tablones con cuarenta y cinco a la sombra, me agarrás con un pie en el agua y esos piolines asquerosos.

—Pero siempre en posiciones simétricas —dijo Oliveira—. Como dos mellizos que juegan en un sube y baja, o simplemente como cualquiera delante del espejo. ¿No te llama la atención, *doppelgänger?*

Sin contestar Traveler sacó un cigarrillo del bolsillo del piyama y lo encendió, mientras Oliveira sacaba otro y lo encendía casi al mismo tiempo. Se miraron y se pusieron a reír.

—Estás completamente chiflado —dijo Traveler—. Esta vez no hay vuelta que darle. Mirá que imaginarte que yo...

—Dejá la palabra imaginación en paz —dijo Oliveira—. Limitate a observar que tomé mis precauciones, pero que vos viniste. No otro. Vos. A las cuatro de la mañana.

—Talita me dijo, y me pareció... ¿Pero vos realmente creés...?

—A lo mejor en el fondo es necesario, Manú. Vos pensás que te levantaste para venir a calmarme, a darme seguridades. Si yo hubiese estado durmiendo habrías entrado sin inconveniente, como cualquiera que se acerca al espejo sin dificultades, claro, se acerca tranquilamente al espejo con la brocha en la mano, y ponele que en vez de la brocha fuera eso que tenés ahí en el piyama...

—Lo llevo siempre, che —dijo Traveler indignado—. ¿O te creés que estamos en un jardín de infantes, aquí? Si vos andás desarmado es porque sos un inconsciente.

—En fin —dijo Oliveira, sentándose otra vez en el borde de la ventana y saludando con la mano a Talita y a la Cuca—, lo que yo creo de todo esto importa muy poco al lado de lo que tiene que ser, nos guste o no nos guste. Hace tanto que somos el mismo perro dando vueltas y vueltas para morderse la cola. No es que nos odiemos, al contrario. Hay otras cosas que nos usan para jugar, el peón blanco y el peón morocho, algo por el estilo. Digamos dos maneras, necesitadas de que la una quede abolida en la otra y viceversa.

—Yo no te odio —dijo Traveler—. Solamente que me has acorralado a un punto en que ya no sé qué hacer.

—*Mutatis mutandis,* vos me esperaste en el puerto con algo que se parecía a un armisticio, una bandera blanca, una triste incitación al olvido. Yo tampoco te odio, hermano, pero te denuncio, y eso es lo que vos llamás acorralar.

—Yo estoy vivo —dijo Traveler mirándolo en los ojos—. Estar vivo parece siempre el precio de algo. Y vos no querés pagar nada. Nunca lo quisiste. Una especie de cátaro existencial, un puro. O César o nada, esa clase de tajos radicales. ¿Te creés que no te admiro a mi manera? ¿Te creés que no admiro que no te hayas suicidado? El verdadero *doppelgänger* sos vos, porque estás como desencarnado, sos una voluntad en forma de veleta, ahí arriba. Quiero esto, quiero aquello, quiero el norte y el sur y todo al mismo tiempo, quiero a la Maga, quiero a Talita, y entonces el señor se va a visitar la morgue y le planta un beso a la mujer de su mejor amigo. Todo porque se le mezclan las realidades y los recuerdos de una manera sumamente no-euclidiana.

Oliveira se encogió de hombros pero miró a Traveler para hacerle sentir que no era un gesto de desprecio. Cómo transmitirle algo de eso que en el territorio de enfrente llamaban un beso, un beso a Talita, un beso de él a la Maga o a Pola, ese otro juego de espejos como el juego de volver la cabeza hacia la ventana y mirar a la Maga parada ahí al borde de la rayuela mientras la Cuca y Remorino y Ferraguto, amontonados cerca de la puerta estaban como esperando que Traveler saliera a la ventana y les anunciara que todo iba bien, y que un sello de embutal o a lo mejor un chalequito de fuerza por unas horas, hasta que el muchacho reaccionara de su viaraza[5]. Los golpes en la puerta tampoco contribuían a facilitar la comprensión. Si por lo menos Manú fuera capaz de sentir que nada de lo que estaba pensando tenía sentido del lado de la ventana, que sólo valía del lado de las palanganas y los rulemanes, y si el que golpeaba la puerta con los dos puños se quedara quieto un solo minuto, tal vez entonces... Pero no se podía hacer otra cosa que mirar a la Maga tan hermosa al borde de la rayuela, y desear que impulsara el tejo de una casilla a otra, de la tierra al Cielo.

—...sumamente no-euclidiana.

—Te esperé todo este tiempo —dijo Oliveira cansado—. Comprenderás que no me iba a dejar achurar[6] así nomás. Cada uno sabe lo que tiene que hacer, Manú. Si querés una

---

[5] *viaraza:* 'flujo de vientre; figurado, acción inconsiderada y repentina'.

[6] *achurar:* 'herir o matar a tajos a una persona o animal'.

explicación de lo que pasó allá abajo... solamente que no
tendrá nada que ver, y eso vos lo sabés. Lo sabés, *doppelgänger,* lo sabés. Qué te importa a vos lo del beso, y a ella
tampoco le importa nada. La cosa es entre ustedes, al fin y al
cabo.

—¡Abran! ¡Abran en seguida!

—Se la toman en serio —dijo Traveler, levantándose—.
¿Les abrimos? Debe ser Ovejero.

—Por mí...

—Te va a querer dar una inyección, seguro que Talita
alborotó el loquero.

—Las mujeres son la muerte —dijo Oliveira—. Ahí donde
la ves, lo más modosita al lado de la rayuela... Mejor no les
abrás, Manú, estamos tan bien así.

Traveler fue hasta la puerta y acercó la boca a la cerradura.
Manga de cretinos, por qué no se dejaban de joder con esos
gritos de película de miedo. Tanto él como Oliveira estaban
perfectamente y ya abrirían cuando fuera el momento. Harían
mejor en preparar café para todo el mundo, en esa clínica no
se podía vivir.

Era bastante audible que Ferraguto no estaba nada convencido, pero la voz de Ovejero se le superpuso como un sabio
ronroneo persistente, y al final dejaron la puerta en paz. Por el
momento la única señal de inquietud era la gente en el patio y
las luces del tercer piso que se encendían y apagaban continuamente, alegre costumbre del 43. Al rato no más Ovejero y
Ferraguto reaparecieron en el patio, y desde ahí miraron a
Oliveira sentado en la ventana, que los saludó excusándose
por estar en camiseta. El 18 se había acercado a Ovejero y le
estaba explicando algo de la Heftpistole, y Ovejero parecía
muy interesado y miraba a Oliveira con atención profesional,
como si ya no fuera su mejor contrincante de póker, cosa que
a Oliveira le hizo bastante gracia. Se habían abierto casi todas
las ventanas del primer piso, y varios enfermos participaban
con suma vivacidad en todo lo que estaba sucediendo, que no
era gran cosa. La Maga había levantado el brazo derecho para
atraer la atención de Oliveira, como si eso fuera necesario, y le
estaba pidiendo que llamara a Traveler a la ventana. Oliveira
le explicó de la manera más clara que eso era imposible
porque la zona de la ventana correspondía exclusivamente a
su defensa, pero que tal vez se pudiera pactar una tregua.
Agregó que el gesto de llamarlo levantando el brazo lo hacía
pensar en actrices del pasado y sobre todo en cantantes de

ópera como Emmy Destynn, Melba, Marjorie Lawrence, Muzio, Bori[7], y por qué no Theda Bara y Nita Naldi, le iba
soltando nombres con enorme gusto y Talita bajaba el brazo y
después volvía a subir suplicando, Eleonora Duse, naturalmente, Vilma Banky, exactamente Garbo, pero claro, y una
foto de Sarah Bernhardt[8] que de chico tenía pegada en un
cuaderno, y la Karsavina, la Boronova[9], las mujeres, esos

---

[7] Cita Cortázar una serie de cantantes de ópera que fueron muy
famosas en su momento, aunque hoy hayan sido bastante olvidadas.
Emmy Destynn (1878-1930): soprano checa, cantó en las dos primeras
décadas del siglo en el Covent Garden y el Metropolitan. Intervino en
el estreno mundial de *La fanciulla del West,* de Puccini (Nueva York,
1910) y en el de *Madame Butterfly* en Londres. Se retiró en 1927.
Melba (1861-1931): soprano australiana que llegó a ser la más
famosa de su tiempo. Actuó sobre todo en Londres; es legendaria su
interpretación de *La Bohème,* con Caruso (1899). Organizó las primeras giras de ópera en Australia. Poseía un instrumento vocal privile-
giado. Helen Mitchell era su verdadero nombre.
Marjorie Lawrence (1907-1979), otra soprano australiana, compar-
tió los grandes papeles wagnerianos con Kirsten Flagstadt en el Metropolitan, entre 1935 y 1941. En este año sufrió un ataque de poliomieli-
tis pero consiguió volver a la escena. Su autobiografía, *Interrupted
Melody,* fue llevada al cine.
Claudia Muzio (1889-1936): soprano italiana de familia muy ligada
al mundo de la ópera, triunfó en los principales teatros del mundo.
Por su musicalidad y su calidad de intérprete, la llamaron «la Musa
del canto».
Bori: es el apellido artístico que adoptó la valenciana Lucrecia Borgia, que se estableció en los Estados Unidos y triunfó clamorosamente
en el Metropolitan, donde todavía se conservan, hoy, recuerdos suyos.
[8] Famosas actrices del cine mudo, cine y teatro. *Greta Garbo,*
sueca, gran mito del cine, nació en 1905. Principales películas: *El
demonio y la carne* (1926), *Ana Christie* (1930), *Cristina de Suecia*
(1933), *Ana Karenina* (1935) *Margarita Gautier* (1936).
Eleonora Duse (1858-1924): fue la gran rival de Sarah Bernhardt, una
de las intérpretes legendarias del teatro mundial. Alcanzó la cumbre
de su carrera al interpretar a D'Annunzio e Ibsen.
Sarah Bernhardt (1844-1923): francesa, una de las grandes figuras
del teatro universal, célebre por su voz, su silueta romántica y su
manera temperamental de actuar. Dirigió su propio teatro en París.
Creaciones inolvidables: *La dama de las camelias,* de Dumas, *L'Ai-
glon,* de Rostand, melodramas de Sardou y papeles masculinos: *Hamlet, Lorenzaccio* de Musset.
[9] Dos famosas bailarinas clásicas. Tamara *Karsavina,* nacida en
San Petersburgo en 1885, fue la más fiel colaboradora de Diaghilev.

gestos eternos, esa perpetuación del destino aunque en ese caso no fuera posible acceder al amable pedido.

Ferraguto y la Cuca vociferaban manifestaciones más bien contradictorias cuando Ovejero, que con su cara de dormido lo escuchaba todo, les hizo seña de que se callaran para que Talita pudiera entenderse con Oliveira. Operación que no sirvió de nada porque Oliveira, después de escuchar por séptima vez el pedido de la Maga, les dio la espalda y lo vieron (aunque no podían oírlo) dialogar con el invisible Traveler.

—Fijate que pretenden que vos te asomes.

—Mirá, en todo caso dejame nada más que un segundo. Puedo pasar por debajo de los piolines.

—Macana, che —dijo Oliveira—. Es la última línea de defensa, si la quebrás quedamos en resuelto infighting.

—Está bien —dijo Traveler sentándose en la silla—. Seguí amontonando palabras inútiles.

—No son inútiles —dijo Oliveira—. Si querés venir aquí no tenés necesidad de pedirme permiso. Creo que está claro.

—¿Me jurás que no te vas a tirar?

Oliveira se quedó mirándolo como si Traveler fuera un panda gigante.

—Por fin —dijo—. Se destapó la olla. Ahí abajo la Maga está pensando lo mismo. Y yo que creía que a pesar de todo me conocían un poco.

—No es la Maga —dijo Traveler—. Sabés perfectamente que no es la Maga.

—No es la Maga —dijo Oliveira—. Sé perfectamente que no es la Maga. Y vos sos el abanderado, el heraldo de la rendición, de la vuelta a casa y al orden. Me empezás a dar pena, viejo.

—Olvidate de mí —dijo Traveler, amargo—. Lo que quiero es que me des tu palabra de que no vas a hacer esa idiotez.

Para ella creó Fokine *El pájaro de fuego,* de Strawinsky, hizo Picasso la escenografía de *El sombrero de tres picos...* Fue también primera figura en *El espectro de la rosa, Dafnis y Cloe, Petrouchka.* Desde 1917 residió en París y contribuyó, así, a enlazar el ballet ruso con el contemporáneo. Publicó un libro de memorias: *Souvenirs de Tamara Karsavina. Ballets Russes.*

Irina *Boronova:* nacida en Bucarest en 1919, fue figura de los ballets rusos de Montecarlo. Debutó en París en 1932 y fue primera estrella clásica hasta que se retiró, en 1946.

—Fijate que si me tiro —dijo Oliveira—, voy a caer justo en el Cielo[10].

—Pasate de este lado, Horacio, y dejame hablar con Ovejero. Yo puedo arreglar las cosas, mañana nadie se va a acordar de esto.

—Lo aprendió en el manual de psiquiatría —dijo Oliveira, casi admirado—. Es un alumno de gran retentiva.

—Escuchá —dijo Traveler—. Si no me dejás asomarme a la ventana voy a tener que abrirles la puerta y va a ser peor.

—Me da igual, una cosa es que entren y otra que lleguen hasta aquí.

—Querés decir que si tratan de agarrarte vos te vas a tirar.

—Puede ser que de tu lado signifique eso.

—Por favor —dijo Traveler, dando un paso adelante—. ¿No te das cuenta de que es una pesadilla? Van a creer que estás loco de veras, van a creer que realmente yo quería matarte.

Oliveira se echó un poco más hacia afuera, y Traveler se detuvo a la altura de la segunda línea de palanganas acuosas. Aunque había hecho volar dos rulemanes de una patada, no siguió avanzando. Entre los alaridos de la Cuca y Talita, Oliveira se enderezó lentamente y les hizo una seña tranquilizadora. Como vencido, Traveler arrimó un poco la silla y se sentó. Volvían a golpear a la puerta, menos fuerte que antes.

—No te rompás más la cabeza —dijo Oliveira—. ¿Por qué le buscás explicaciones viejo? La única diferencia real entre vos y yo en este momento es que yo estoy solo. Por eso lo mejor es que bajes a reunirte con los tuyos, y seguimos hablando por la ventana como buenos amigos. A eso de las ocho me pienso mandar mudar, Gekrepten quedó en esperarme con tortas fritas y mate.

—No estás solo, Horacio. Quisieras estar solo por pura vanidad, por hacerte el Maldoror[11] porteño. ¿Hablabas de un *doppelgänger*, no? Ya ves que alguien te sigue, que alguien es como vos aunque esté del otro lado de tus condenados piolines.

—Es una lástima —dijo Oliveira— que te hagas una idea tan pacata de la vanidad. Ahí está el asunto, hacerte una idea

---

[10] Un juego más con el simbolismo de la rayuela. Me recuerda la frase que, según transmite Ramón Gómez de la Serna, dijo Alejandro Sawa (Max Estrella, en *Luces de bohemia*) a Valle-Inclán: «Ramón, si no hubiese fuerza de gravedad, nos tiraríamos a las estrellas.»

[11] Otra alusión a *Los cantos de Maldoror* (1869), de Lautréamont.

de cualquier cosa, cueste lo que cueste. ¿No sos capaz de intuir un solo segundo que esto puede no ser así?

—Ponele que lo piense. Lo mismo estás hamacándote al lado de una ventana abierta.

—Si realmente sospecharas que esto puede no ser así, si realmente llegaras al corazón del alcaucil[12]... Nadie te pide que niegues lo que estás viendo, pero si solamente fueras capaz de empujar un poquito, comprendés, con la punta del dedo...

—Si fuera tan fácil —dijo Traveler—, si no hubiera más que colgar piolines idiotas... No digo que no hayas dado tu empujón, pero mirá los resultados.

—¿Qué tienen de malo, che? Por lo menos estamos con la ventana abierta y respiramos este amanecer fabuloso, sentí el fresco que sube a esta hora. Y abajo todo el mundo se pasea por el patio, es extraordinario, están haciendo ejercicio sin saberlo. La Cuca, fijate un poco, y el Dire, esa especie de marmota pegajosa. Y tu mujer, que es la haraganería misma. Por tu parte no me vas a negar que nunca estuviste tan despierto como ahora. Y cuando digo despierto me entendés, ¿verdad?

—Me pregunto si no será al revés, viejo.

—Oh, esas son las soluciones fáciles, cuentos fantásticos para antologías. Si fueras capaz de ver la cosa por el otro lado a lo mejor ya no te querrías mover de ahí. Si te salieras del territorio, digamos de la casilla una a la dos, o de la dos a la tres... Es tan difícil, *doppelgänger,* yo me he pasado toda la noche tirando puchos y sin embocar más que la casilla ocho. Todos quisiéramos el reino milenario, una especie de Arcadia donde a lo mejor se sería mucho más desdichado que aquí, porque no se trata de felicidad, *doppelgänger,* pero donde no habría más ese inmundo juego de sustituciones que nos ocupa cincuenta o sesenta años, y donde nos daríamos de verdad la mano en vez de repetir el gesto del miedo y querer saber si el otro lleva un cuchillo escondido entre los dedos. Hablando de sustituciones, nada me extrañaría que vos y yo fuéramos el mismo, uno de cada lado. Como decís que soy un vanidoso, parece que me he elegido el lado más favorable, pero quién sabe, Manú. Una sola cosa sé y es que de tu lado ya no puedo

---

[12] Evelyn Picon ha comentado «el reloj alcaucil de este cronopio» («Lo maravilloso en la realidad cotidiana», en el volumen compilado por Pedro Lastra, pág. 161).

estar, todo se me rompe entre las manos, hago cada barbaridad que es para volverse loco suponiendo que fuera tan fácil.
Pero vos que estás en armonía con el territorio no querés
entender este ir y venir, doy un empujón y me pasa algo,
entonces cinco mil años de genes echados a perder me tiran
para atrás y recaigo en el territorio, chapaleo dos semanas,
dos años, quince años... Un día meto un dedo en la costumbre
y es increíble cómo el dedo se hunde en la costumbre y asoma
por el otro lado, parece que voy a llegar por fin a la última
casilla y de golpe una mujer se ahoga, ponele, o me da un
ataque, un ataque de piedad al divino botón, porque eso de la
piedad... ¿Te hablé de las sustituciones, no? Qué inmundicia,
Manú. Consultá a Dostoievski para eso de las sustituciones.
En fin, cinco mil años me tiran otra vez para atrás y hay que
volver a empezar. Por eso siento que sos mi *doppelgänger*,
porque todo el tiempo estoy yendo y viniendo de tu territorio
al mío, si es que llego al mío, y en esos pasajes lastimosos me
parece que vos sos mi forma que se queda ahí mirándome con
lástima, sos los cinco mil años de hombre amontonados en un
metro setenta, mirando a ese payaso que quiere salirse de su
casilla. He dicho.

—Déjense de joder —les grito Traveler a los que golpeaban
otra vez la puerta—. Che, en este loquero no se puede hablar
tranquilo.

—Sos grande, hermano —dijo Oliveira conmovido.

—De todas maneras —dijo Traveler acercando un poco la
silla— no me vas a negar que esta vez se te está yendo la
mano. Las transustanciaciones y otras yerbas están muy bien
pero tu chiste nos va a costar el empleo a todos, y yo lo siento
sobre todo por Talita. Vos podrás hablar todo lo que quieras
de la Maga, pero a mi mujer le doy de comer yo.

—Tenés mucha razón —dijo Oliveira—. Uno se olvida de
que está empleado y esas cosas. ¿Querés que le hable a Ferraguto? Ahí está al lado de la fuente. Disculpame, Manú, yo no
quisiera que la Maga y vos...

—¿Ahora es a propósito que le llamás la Maga? No mien-
tas, Horacio.

—Yo sé que es Talita, pero hace un rato era la Maga. Es las
dos, como nosotros.

—Eso se llama locura —dijo Traveler.

—Todo se llama de alguna manera, vos elegís y dale que va.
Si me permitís voy a atender un poco a los de afuera, porque
están que no dan más.

—Me voy —dijo Traveler, levantándose.

—Es mejor —dijo Oliveira—. Es mucho mejor que te vayas y desde aquí yo hablo con vos y con los otros. Es mucho mejor que te vayas y que no dobles las rodillas como lo estás haciendo, porque yo te voy a explicar exactamente lo que va a suceder, vos que me adorás las explicaciones como todo hijo de los cinco mil años. Apenas me salté encima llevado por tu amistad y tu diagnóstico, yo me voy a hacer a un lado, porque no sé si te acordás de cuando practicaba judo con los muchachos de la calle Anchorena, y el resultado es que vas a seguir viaje por esta ventana y te vas a hacer moco en la casilla cuatro, y eso si tenés suerte porque lo más probable es que no pases de la dos.

Traveler lo miraba, y Oliveira vio que se le llenaban los ojos de lágrimas. Le hizo un gesto como si le acariciara el pelo desde lejos.

Traveler esperó todavía un segundo, y después fue a la puerta y la abrió. Apenas quiso entrar Remorino (detrás se veía a otros dos enfermeros) lo agarró por los hombros y lo echó atrás.

—Déjenlo tranquilo —mandó—. Va a estar bien dentro de un rato. Hay que dejarlo solo, qué tanto joder.

Prescindiendo del diálogo rápidamente ascendido a tetrálogo, exálogo y dodecálogo, Oliveira cerró los ojos y pensó que todo estaba tan bien así, que realmente Traveler era su hermano. Oyó el golpe de la puerta al cerrarse, las voces que se alejaban. La puerta se volvió a abrir coincidiendo con sus párpados que trabajosamente se levantaban.

—Metele la falleba —dijo Traveler—. No les tengo mucha confianza.

—Gracias —dijo Oliveira—. Bajá al patio, Talita está muy afligida.

Pasó por debajo de los pocos piolines sobrevivientes y corrió la falleba. Antes de volverse a la ventana metió la cara en el agua del lavatorio y bebió como un animal, tragando y lamiendo y resoplando. Abajo se oían las órdenes de Remorino que mandaba a los enfermos a sus cuartos. Cuando volvió a asomarse, fresco y tranquilo, vio que Traveler estaba al lado de Talita y que le había pasado el brazo por la cintura. Después de lo que acababa de hacer Traveler, todo era como un maravilloso sentimiento de conciliación y no se podía violar esa armonía insensata pero vívida y presente, ya no se la podía falsear, en el fondo Traveler era lo que él hubiera debido ser con un poco menos de maldita imaginación, era el hombre del territorio, el incurable error de la especie descaminada, pero cuánta hermosura en el error y en los cinco mil años de territorio falso y precario, cuánta hermosura en esos ojos que se habían llenado de lágrimas y en esa voz que le había aconsejado: «Metele la falleba, no les tengo mucha confianza», cuánto amor en ese brazo que apretaba la cintura de una mujer. «A lo mejor», pensó Oliveira mientras respondía a los gestos amistosos del doctor Ovejero y de Ferraguto (un poco menos amistoso), «la única manera posible de escapar del territorio era metiéndose en él hasta las cachas». Sabía que apenas insinuara eso (una vez más, eso) iba a entrever la imagen de un hombre llevando del brazo a una vieja por unas calles lluviosas y heladas. «Andá a saber», se dijo. «Andá a saber si no me habré quedado al borde, y a lo mejor había un pasaje. Manú lo hubiera encontrado, seguro, pero lo idiota es que Manú no lo buscará nunca y yo, en cambio...»

—Che Oliveira, ¿por qué no baja a tomar café? —proponía Ferraguto con visible desagrado de Ovejero—. Ya ganó la apuesta, ¿no le parece? Mírela a la Cuca, está más inquieta...

—No se aflija, señora —dijo Oliveira—. Usted, con su experiencia del circo, no se me va a achicar por pavadas.

—Ay, Oliveira, usted y Traveler son terribles —dijo la Cuca—. ¿Por qué no hace como dice mi esposo? Justamente yo pensaba que tomáramos el café todos juntos.

—Sí, che, vaya bajando —dijo Ovejero como casualmente—. Me gustaría consultarle un par de cosas sobre unos libros en francés.

—De aquí se oye muy bien —dijo Oliveira.

—Está bien, viejo —dijo Ovejero—. Usted baje cuando quiera, nosotros nos vamos a desayunar.

—Con medialunas fresquitas —dijo la Cuca—. ¿Vamos a preparar el café, Talita?

—No sea idiota —dijo Talita, y en el silencio extraordinario que siguió a su admonición, el encuentro de las miradas de Traveler y Oliveira fue como si dos pájaros chocaran en pleno vuelo y cayeran enredados en la casilla nueve, o por lo menos así lo disfrutaron los interesados. A todo esto la Cuca y Ferraguto respiraban agitadamente, y al final la Cuca abrió la boca para chillar: «¿Pero qué significa esa insolencia?», mientras Ferraguto sacaba pecho y medía de arriba abajo a Traveler que a su vez miraba a su mujer con una mezcla de admiración y censura, hasta que Ovejero encontró la salida

científica apropiada y dijo secamente: «Histeria matinensis
yugulata, entremos que les voy a dar unos comprimidos», a
tiempo que el 18, violando las órdenes de Remorino, salía al
patio para anunciar que la 31 estaba descompuesta y que
llamaban por teléfono de Mar del Plata. Su expulsión violenta
a cargo de Remorino ayudó a que los administradores y
Ovejero evacuaran el patio sin excesiva pérdida de prestigio.

—Ay, ay, ay —dijo Oliveira, balanceándose en la ventana—,
y yo que creía que las farmacéuticas eran tan educadas.

—¿Vos te das cuenta? —dijo Traveler—. Estuvo gloriosa.

—Se sacrificó por mí —dijo Oliveira—. La otra no se lo va
a perdonar ni en el lecho de muerte.

—Para lo que me importa —dijo Talita—. «Con medialunas
fresquitas», date cuenta un poco.

—¿Y Ovejero, entonces? —dijo Traveler—. ¡Libros en francés! Che, pero lo único que faltaba era que te quisieran tentar
con una banana. Me asombra que no los hayas mandando al
cuerno.

Era así, la armonía duraba increíblemente, no había palabras para contestar a la bondad de esos dos ahí abajo, mirándolo y hablándole desde la rayuela, porque Talita estaba
parada sin darse cuenta en la casilla tres, y Traveler tenía un
pie metido en la seis, de manera que lo único que él podía
hacer era mover un poco la mano derecha en un saludo tímido
y quedarse mirando a la Maga, a Manú, diciéndose que al fin
y al cabo algún encuentro había, aunque no pudiera durar más
que ese instante terriblemente dulce en el que lo mejor sin
lugar a dudas hubiera sido inclinarse apenas hacia afuera y
dejarse ir, paf se acabó.

***

(-135)

De otros lados

(Capítulos prescindibles)

—Estoy refrescando algunas nociones para cuando llegue Adgalle. ¿Qué te parece si la llevo una noche al Club? A Étienne y a Ronald les va encantar, es tan loca.

—Llevala.

—A vos también te hubiera gustado.

—¿Por qué hablás como si me hubiera muerto?

—No sé, —dijo Ossip—. La verdad, no sé. Pero tenés una facha.

—Esta mañana le estuve contando a Etienne unos sueños muy bonitos. Ahora mismo se me estaban mezclando con otros recuerdos mientras vos disertabas sobre el entierro con palabras tan sentidas. Realmente debe haber sido una ceremonia emotiva, che. Es muy raro poder estar en tres partes a la vez, pero esta tarde me pasa eso, debe ser la influencia de Morelli. Sí, sí, ya te voy a contar. En cuatro partes a la vez, ahora que lo pienso. Me estoy acercando a la ubicuidad, de ahí a volverse loco... Tenés razón, probablemente no conoceré a Adgalle, me voy a ir al tacho mucho antes.

—Justamente el Zen explica las posibilidades de una preubicuidad, algo como lo que vos has sentido, si lo has sentido.

—Clarito, che. Vuelvo de cuatro partes simultáneas: El sueño de esta mañana, que sigue vivito y coleando. Unos interludios con Pola que te ahorro, tu descripción tan vistosa del sepelio del chico, y ahora me doy cuenta de que al mismo tiempo yo le estaba contestando a Traveler, un amigo de Buenos Aires que en su puta vida entendió unos versos míos que empezaban así, fijate un poco: «Yo entresueño, buzo de lavabos.» Y es tan fácil, si te fijás un poco, a lo mejor vos lo comprendés. Cuando te despertás, con los restos de un paraíso entrevisto en sueños, y que ahora te cuelgan como el pelo de un ahogado: una náusea terrible, ansiedad, sentimiento de lo precario, lo falso, sobre todo lo inútil. Te caés hacia adentro, mientras te cepillás los dientes sos verdaderamente un buzo de lavabos, es como si te absorbiera el lavatorio blanco, te fueras resbalando por ese agujero que se te lleva el sarro, los mocos, las lagañas, las costras de caspa, la saliva, y te vas dejando ir con la esperanza de quizá volver a lo otro, a eso que eras antes de despertar y que todavía flota, todavía está en vos, en vos mismo, pero empieza a irse... Sí, te caés por un momento hacia adentro, hasta que las defensas de la vigilia, oh la bonita expresión, oh lenguaje, se encargan de detener.

—Experiencia típicamente existencial —dijo Gregorovius, petulante.

—Seguro, pero todo depende de la dosis. A mí el lavabo me chupa de verdad, che.

(-70)

—Hiciste muy bien en venir —dijo Gekrepten, cambiando la yerba—. Aquí en casa estás mucho mejor, cuantimás que allá el ambiente, qué querés. Te tendrías que tomar dos o tres días de descanso.

—Ya lo creo —dijo Oliveira—. Y mucho más que eso, vieja. Las tortas fritas están sublimes.

—Qué suerte que te gustaron. No me comas muchas que te vas a empachar.

—No hay problema —dijo Ovejero, encendiendo un cigarrillo—. Usted ahora me va a dormir una buena siesta, y esta noche ya está en condiciones de mandarse una escalera real y varios póker de ases.

—No te muevas —dijo Talita—. Es increíble cómo no sabés quedarte quieto.

—Mi esposa está tan disgustada —dijo Ferraguto.

—Servite otra torta frita —dijo Gekrepten.

—No le den más que jugo de frutas —mandó Ovejero.

—Corporación nacional de los doctos en ciencias de lo idóneo y sus casas de ciencias —se burló Oliveira.

—En serio, che, no me coma nada hasta mañana —dijo Ovejero.

—Esta que tiene mucho azúcar —dijo Gekrepten.

—Tratá de dormir —dijo Traveler.

—Che Remorino, quedate cerca de la puerta y no dejés que el 18 venga a fastidiarlo —dijo Ovejero—. Se ha agarrado un camote[1] bárbaro y no habla más que de una pistola no sé cuántos.

—Si querés dormir entorno la persiana —dijo Gekrepten—, así no se oye la radio de don Crespo.

---

[1] *camote:* 'enamoramiento intenso y que debilita la voluntad'.

—No, dejala —dijo Oliveira—. Están pasando algo de Falú[2].

—Ya son las cinco —dijo Talita—. ¿No querés dormir un poco?

—Cambiale otra vez la compresa —dijo Traveler—, se ve que eso lo alivia.

—Ya está medio lavado —dijo Gekrepten—. ¿Querés que baje a comprar *Noticias Gráficas*?

—Bueno —dijo Oliveira—. Y un atado de cigarrillos.

—Le costó dormirse —dijo Traveler— pero ahora va a seguir viaje toda la noche, Ovejero le dio una dosis doble.

—Portate bien, tesoro —dijo Gekrepten—, yo vuelvo en seguida. Esta noche comemos asado de tira, ¿querés?

—Con ensalada mixta —dijo Oliveira.

—Respira mejor —dijo Talita.

—Y te hago un arroz con leche —dijo Gekrepten—. Tenías tan mala cara cuando llegaste.

—Me tocó un tranvía completo —dijo Oliveira—. Vos sabés lo que es la plataforma a las ocho de la mañana y con este calor.

—¿De veras creés que va a seguir durmiendo, Manú?

—En la medida en que me animo a creer algo, sí.

—Entonces subamos a ver al Dire que nos está esperando para echarnos.

—Mi esposa está tan disgustada —dijo Ferraguto.

—¡¿Pero qué significa esa insolencia?! —gritó la Cuca.

—Eran unos tipos macanudos —dijo Ovejero.

—Gente así se ve poca —dijo Remorino.

—No me quiso creer que necesitaba una Heftpistole —dijo el 18.

—Rajá a tu cuarto o te hago dar un enema —dijo Ovejero.

—Muera el perro —dijo el 18.

(-131)

[2] Sobre el músico hispanoamericano puede verse el libro de León Benarós: *Eduardo Falú*, Madrid, ed. Júcar, Col. Los Juglares, 1975.

59

Entonces, para pasar el tiempo, se pescan peces no comestibles; para impedir que se pudran, a lo largo de las playas se han distribuido carteles en los cuales se ordena a los pescadores que los entierren en la arena apenas sacados del agua.

CLAUDE LÉVI-STRAUSS[1], *Tristes tropiques*.

(-41)

---

[1] *Claude Lévi-Strauss*: sociólogo, etnógrafo y filósofo, nacido en Bruselas en 1908. Con sus trabajos etnológicos ha influido profundamente en todo el pensamiento contemporáneo. Obras: *Les structures elementaires de la parenté, Anthropologie structurale, La pensée sauvage, Le Cru et le cuit. Tristes tropiques* es de 1955.

60

Morelli había pensado una lista de acknowledgments que nunca llegó a incorporar a su obra publicada. Dejó varios nombres: Jelly Roll Morton, Robert Musil[1], Dasetz Teitaro Suzuki, Raymond Roussel[2], Kurt Schwitters, Vieira da Silva, Akutagawa, Anton Webern, Greta Garbo, José Lezama Lima[3], Buñuel[4], Louis Armstrong, Borges, Michaux[5], Dino Buzzati[6], Max Ernst, Pevsner[7], Gilgamesh (?)[8], Garcilaso,

---

[1] *Robert Musil* (1880-1942): austriaco, uno de los grandes renovadores de la novela contemporánea con su obra en varios volúmenes *El hombre sin cualidades* (editada en castellano por Seix Barral).

[2] *Raymond Roussel* (1877-1933): uno de los principales precursores del surrealismo. Obras: *Impréssions d'Afrique* (1910). *Locus solus* (1914).

[3] *José Lezama Lima* (1910-1976): poeta, novelista y ensayista cubano; autor de *La expresión americana* (1957) y *Paradiso* (1966; edición de Eloísa Lezama Lima en esta colección). Varias veces he mencionado juicios de Lezama sobre *Rayuela*. Cortázar también escribió sobre él: «Para llegar a Lezama Lima», en *La vuelta,* págs. 134-156.

[4] Luis *Buñuel* (1900-1983).

[5] Henri *Michaux* (1899-1984): poeta y pintor. Una parte de su obra la compuso bajo la influencia de alucinógenos. Hay traducción española de Jorge Luis Borges de *Un bárbaro en Asia* (ed. Tusquets).

[6] *Dino Buzzati:* escritor italiano, nacido en 1906, famoso sobre todo por su novela *El desierto de los tártaros* (1940).

[7] *Pevsner* (1866-1962): uno de los creadores del constructivismo ruso.

[8] *Gilgamesh:* la primera de las grandes epopeyas, en torno al rey sumerio de ese nombre, compuesta hacia el 2750 a. C. La descubrió en 1872 George Smith. Véase la reciente edición de Federico Lara Peinado, Madrid, Editora Nacional, 1983.

Arcimboldo[9], René Clair[10], Piero di Cosimo[11], Wallace Stevens[12], Izak Dinesen[13]. Los nombres de Rimbaud, Picasso, Chaplin, Alban Berg y otros habían sido tachados con un trazo muy fino, como si fueran demasiado obvios para citarlos. Pero todos debían serlo al fin y al cabo, porque Morelli no se decidió a incluir la lista en ninguno de los volúmenes.

(-26)

---

[9] *Arcimboldo* (1527-1593): pintor italiano al servicio de los Habsburgos. Se especializó en «Caprichos» alegóricos, amontonando flores, frutas, peces, etc., que componen figuras simbólicas. Hoy se le considera un antecedente del surrealismo.

[10] *René Clair:* director de cine francés, el primero que fue elegido miembro de la Academia. Películas: *Entreacto* (1924), *Un sombrero de paja de Italia* (1927), *El millón* (1931), *Me casé con una bruja* (1942), *El silencio es oro* (1947), *Puerta de las lilas* (1957).

[11] *Piero di Cosimo:* pintor del Quattrocento italiano, cercano a las mitologías de Botticelli.

[12] *Wallace Stevens:* poeta norteamericano contemporáneo. En castellano puede verse su *Poesía esencial,* traducida por Hernán Galilea (Rialp).

[13] *Izak Dinesen:* la baronesa Karen Blixen de Rungsteldund, nacida en Dinamarca en 1885, inició su carrera literaria en 1935. Este llegó a ser su definitivo seudónimo literario, al volver a Europa, después de una vida aventurera en África. Sus relatos han fascinado, entre otros, a Orson Welles y Mario Vargas Llosa. Obras: *Carnaval* y *Anécdotas del destino.* Alcanza ahora amplia popularidad por la película *Memorias de África.*

61

Nota inconclusa de Morelli:

No podré renunciar jamás al sentimiento de que ahí, pegado a mi cara, entrelazado en mis dedos, hay como una deslumbrante explosión hacia la luz, irrupción de mí hacia lo otro o de lo otro en mí, algo infinitamente cristalino que podría cuajar y resolverse en luz total sin tiempo ni espacio. Como una puerta de ópalo y diamante desde la cual se empieza a ser eso que verdaderamente se es y que no se quiere y no se sabe y no se puede ser.

Ninguna novedad en esa sed y esa sospecha, pero sí un desconcierto cada vez más grande frente a la ersatz[1] que me ofrece esta inteligencia del día y de la noche, este archivo de datos y recuerdos, estas pasiones donde voy dejando pedazos de tiempo y de piel, estos asomos tan por debajo y lejos de ese otro asomo ahí al lado, pegado a mi cara, previsión mezclada ya con la visión, denuncia de esa libertad fingida en que me muevo por las calles y los años.

Puesto que soy solamente este cuerpo ya podrido en un punto cualquiera del tiempo futuro, estos huesos que escriben anacrónicamente, siento que ese cuerpo está reclamándose, reclamándole a su conciencia esa operación todavía inconcebible por la que dejaría de ser podredumbre. Ese cuerpo que soy yo tiene la presciencia de un estado en que al negarse a sí mismo como tal, y al negar simultáneamente el correlato objetivo como tal, su conciencia accedería a un estado fuera del cuerpo y fuera del mundo que sería el verdadero acceso al ser. Mi cuerpo será, no el mío Morelli, no yo que en mil novecientos cincuenta ya estoy podrido en mil novecientos ochenta, mi cuerpo será porque detrás de la puerta de luz

---

[1] *ersatz:* 'sustitución, reemplazo'.

(cómo nombrar esa asediante certeza pegada a la cara) el ser será cosa que cuerpos *y*, que cuerpos y almas *y*, que yo y lo otro, que ayer y mañana. Todo depende de... (una frase tachada).

Final melancólico: Un *satori* es instantáneo y todo lo resuelve. Pero para llegar a él habría que desandar la historia de fuera y la de dentro. Trop tard pour moi. Crever en italien, voire en occidental, c'est tout ce qui me reste. Mon petit café-crème le matin, si agréable...

(-33)

62

En un tiempo Morelli había pensado un libro que se quedó
en notas sueltas. La que mejor lo resumía es ésta: «Psicología,
palabra con aire de vieja. Un sueco trabaja en una teoría
química del pensamiento*. Química, electromagnetismo, flujos

---

* *L'Express,* París, sin fecha.

Hace dos meses un neurobiólogo sueco, Holger Hyden, de la Universidad de Göteborg, presentó a los especialistas más destacados del
mundo, reunidos en San Francisco, sus teorías sobre la naturaleza
química de los procesos mentales. Para Hyden el hecho de pensar, de
recordar, de sentir o de adoptar una decisión se manifiesta por la
aparición en el cerebro y en los nervios que vinculan a éste con los
otros órganos, de ciertas moléculas particulares que las células nerviosas elaboran en función de la excitación exterior. (...) El equipo sueco
logró la delicada separación de las dos clases de células en tejidos
todavía vivientes de conejos, las pesó (en millonésimos de millonésimo
de gramo) y determinó por análisis de qué manera esas células utilizan
su combustible en diversos casos.

Una de las funciones esenciales de las neuronas es la de transmitir
los impulsos nerviosos. Esa transmisión se opera por medio de reacciones electroquímicas casi instantáneas. No es fácil sorprender a una
célula nerviosa en funcionamiento, pero parece que los suecos lo han
conseguido mediante el acertado empleo de diversos métodos.

Se ha comprobado que el estímulo se traduce por un incremento, en
las neuronas, de ciertas proteínas cuya molécula varía según la naturaleza del mensaje. Al mismo tiempo la cantidad de proteínas de las
células satélites disminuye, como si sacrificaran sus reservas en beneficio de la neurona. La información contenida en la molécula de proteína se convierte, según Hyden, en el impulso que la neurona envía a
sus vecinos.

Las funciones superiores del cerebro —la memoria y la facultad de
razonar— se explican, para Hyden, por la forma particular de las
moléculas de proteína que corresponde a cada clase de excitación.
Cada neurona del cerebro contiene millones de moléculas de ácidos

secretos de la materia viva, todo vuelve a evocar extrañamente la noción del *mana;* así, al margen de las conductas sociales, podría sospecharse una interacción de otra naturaleza, un billar que algunos individuos suscitan o padecen, un drama sin Edipos[1], sin Rastignacs[2], sin Fedras[3], drama *impersonal* en la medida en que la conciencia y las pasiones de los personajes no se ven comprometidas más que a posteriori. Como si los niveles subliminales fueran los que atan y desatan el ovillo del grupo comprometido en el drama. O para darle el gusto al sueco: como si ciertos individuos incidieran sin proponérselo

---

ribonucleicos diferentes, que se distinguen por la diposición de sus elementos constituyentes simples. Cada molécula particular de ácido ribonucleico (RNA) corresponde a una proteína bien definida, a la manera como una llave se adapta exactamente a una cerradura. Los ácidos nucleicos dictan a la neurona la forma de la molécula de proteína que va a formar. Esas moléculas son, según los investigadores suecos, la traducción química de los pensamientos.

La memoria correspondería, pues, a la ordenación de las moléculas de ácidos nucleicos en el cerebro, que desempeñan el papel de las tarjetas perforadas en las computadoras modernas. Por ejemplo, el impulso que corresponde a la nota «mi» captada por el oído, se desliza rápidamente de una neurona a otra hasta alcanzar a todas aquellas que contienen las moléculas de ácido RNA correspondiente a esta excitación particular. Las células fabrican de inmediato moléculas de la proteína correspondiente regida por este ácido, y realizamos la audición de dicha nota.

La riqueza, la variedad del pensamiento se explican por el hecho de que un cerebro medio contiene unos diez mil millones de neuronas, cada una de las cuales encierra varios millones de moléculas de distintos ácidos nucleicos; el número de combinaciones posibles es astronómico. Esta teoría tiene, por otra parte, la ventaja de explicar por qué en el cerebro no se han podido descubrir zonas netamente definidas y particulares de cada una de las funciones cerebrales superiores; como cada neurona dispone de varios ácidos nucleicos, puede participar en procesos mentales diferentes, y evocar pensamientos y recuerdos diversos.

[1] *Edipo:* la figura central del ciclo legendario tebano. Le da forma definitiva Sófocles. Luego, tratan el tema Séneca, el *Roman de Thèbes,* Corneille, Voltaire, Hölderlin, Martínez de la Rosa, Hoffmannsthal, Cocteau, Gide y Eliot, además de Sigmund Freud y Stravinski.

[2] *Rastignac* es el joven pobre y ambicioso que es tentado por Vautrin, en *Le père Goriot,* de Balzac. Al final de la novela, contemplando París desde el cementerio del Père Lachaise, desafía a la sociedad: «A nous deux, maintenant.»

[3] *Fedra:* escribieron sobre este tema Eurípides, Séneca, Racine, Zola, D'Annunzio, Unamuno, Gide...

en la química profunda de los demás y viceversa, de modo que se operaran las más curiosas e inquietantes reacciones en cadena, fisiones y transmutaciones.

»Así las cosas, basta una amable extrapolación para postular un grupo humano que cree reaccionar psicológicamente en el sentido clásico de esa vieja, vieja palabra, pero que no representa más que una instancia de ese flujo de la materia animada, de las infinitas interacciones de lo que antaño llamábamos deseos, simpatías, voluntades, convicciones, y que aparecen aquí como algo irreductible a toda razón y a toda descripción: fuerzas habitantes, extranjeras, que avanzan en procura de su derecho de ciudad; una búsqueda superior a nosotros mismos como individuos y que nos usa para sus fines, una oscura necesidad de evadir el estado de homo sapiens hacia... ¿qué homo? Porque sapiens es otra vieja, vieja palabra, de esas que hay que lavar a fondo antes de pretender usarla con algún sentido.

»Si escribiera ese libro, las conductas standard (incluso las más insólitas, su categoría de lujo) serían inexplicables con el instrumental psicológico al uso. Los actores parecerían insanos o totalmente idiotas. No que se mostraran incapaces de los *challenge and response* corrientes: amor, celos, piedad y así sucesivamente, sino que en ellos algo que el homo sapiens guarda en lo subliminal se abriría penosamente un camino como si un tercer ojo* parpadeara penosamente debajo del hueso frontal[4]. Todo sería como una inquietud, un desasosiego, un desarraigo continuo, un territorio donde la causalidad psicológica cedería desconcertada, y esos fantoches se destrozarían o se amarían o se reconocerían sin sospechar demasiado que la vida trata de cambiar la clave en y a través y por ellos, que una tentativa apenas concebible nace en el hombre como en otro tiempo fueron naciendo la clave-razón, la clave-sentimiento, la clave-pragmatismo. Que a cada sucesiva derrota hay un acercamiento a la mutación final, y que el hombre no es sino que busca ser, proyecta ser, manoteando entre palabras y conducta y alegría salpicada de sangre y otras retóricas como esta»[5].

(-23)

* Nota de Wong (con lápiz): «Metáfora elegida deliberadamente para insinuar la dirección a que apunta.»

[4] Ha popularizado esta noción entre nosotros Lobsang Rampa: *El tercer ojo*, Barcelona, Destino, 10.ª ed., 1976.

[5] Este capítulo da origen a la novela *62*.

63

—No te muevas —dijo Talita—. Parecería que en vez de una compresa fría te estuviera echando vitriolo.

—Tiene como una especie de electricidad —dijo Oliveira.

—No digas pavadas.

—Veo toda clase de fosforescencias, parece una de Norman McLaren[1].

—Levantá un momento la cabeza, la almohada es demasiado baja, te la voy a cambiar.

—Mejor sería que dejaras tranquila la almohada y me cambiaras la cabeza —dijo Oliveira—. La cirugía está en pañales, hay que admitirlo.

(-88)

---

[1] *Norman McLaren:* realizador de dibujos animados, con interesantes experiencias de imagen y sonido. Ha trabajado en la Oficina del Film Canadiense.

64

Una de las veces en que se encontraron en el barrio latino, Pola estaba mirando la vereda y medio mundo miraba la vereda. Hubo que pararse y contemplar a Napoleón de perfil, al lado una excelente reproducción de Chartres, y un poco más lejos una yegua con su potrillo en un campo verde. Los autores eran dos muchachos rubios y una chica indochina. La caja de tizas estaba llena de monedas de diez y veinte francos. De cuando en cuando uno de los artistas se agachaba para perfeccionar algún detalle, y era fácil advertir que en ese momento aumentaba el número de dádivas.

—Aplican el sistema Penélope[1], pero sin destejer antes —dijo Oliveira—. Esa señora, por ejemplo, no aflojó los cordones de la faltriquera hasta que la pequeña Tsong Tsong se tiró al suelo para retocar a la rubia de ojos azules. El trabajo los emociona, es un hecho.

—¿Se llama Tsong Tsong? —preguntó Pola.

—Qué se yo. Tiene lindos tobillos.

—Tanto trabajo y esta noche vendrán los barrenderos y se acabó.

—Justamente ahí está lo bueno. De las tizas de colores como figura escatológica, tema de tesis. Si las barredoras municipales no acabaran con todo eso al amanecer, Tsong Tsong vendría en persona con un balde de agua. Sólo termina de veras lo que recomienza cada mañana. La gente echa monedas sin saber que la están estafando, porque en realidad estos cuadros no se han borrado nunca. Cambian de vereda o de color, pero ya están hechos en una mano, una caja de tizas, un astuto sistema de movimientos. En rigor, si uno de estos muchachos se pasara la mañana agitando los brazos al aire,

---

[1] Tejer y destejer. Véase la Introducción: «La tela de Penélope.»

merecería diez francos con el mismo derecho que cuando dibuja a Napoleón. Pero necesitamos pruebas. Ahí están. Echales veinte francos, no seas tacaña.

—Ya les di antes que llegaras.

—Admirable. En el fondo esas monedas las ponemos en la boca de los muertos, el óbolo propicitario. Homenaje a lo efímero, a que esa catedral sea un simulacro de tiza que un chorro de agua se llevará en un segundo. La moneda está ahí, y la catedral renacerá mañana. Pagamos la inmortalidad, pagamos la duración. *No money, no cathedral.* ¿Vos también sos de tiza?

Pero Pola no le contestó, y él le puso el brazo sobre los hombros y caminaron Boul'Mich' abajo y Boul'Mich' arriba, antes de irse vagando lentamente hacia la rue Dauphine. Un mundo de tiza de colores giraba en torno y los mezclaba en su danza, papas fritas de tiza amarilla, vino de tiza roja, un pálido y dulce cielo de tiza celeste con algo de verde por el lado del río. Una vez más echarían la moneda en la caja de cigarros para detener la fuga de la catedral, y con su mismo gesto la condenarían a borrarse para volver a ser, a irse bajo el chorro de agua para retornar tizas tras tizas negras y azules y amarillas. La rue Dauphine de tiza gris, la escalera aplicadamente tizas pardas, la habitación con sus líneas de fuga astutamente tendidas con tiza verde claro, las cortinas de tiza blanca, la cama con su poncho donde todas las tizas ¡viva México!, el amor, sus tizas hambrientas de un fijador que las clavara en el presente, amor de tiza perfumada, boca de tiza naranja, tristeza y hartura de tizas sin color girando en un polvo imperceptible, posándose en las caras dormidas, en la tiza agobiada de los cuerpos.

—Todo se deshace cuando lo agarrás, hasta cuando lo mirás —dijo Pola—. Sos como un ácido terrible, te tengo miedo.

—Hacés demasiado caso de unas pocas metáforas.

—No es solamente que lo digas, es una manera de... No sé, como un embudo. A veces me parece que me voy a ir resbalando entre tus brazos y que me voy a caer en un pozo. Es peor que soñar que uno se cae en el vacío.

—Tal vez —dijo Oliveira— no estás perdida del todo.

—Oh, dejame tranquila. Yo sé vivir, entendés. Yo vivo muy bien como vivo. Aquí, con mis cosas y mis amigos.

—Enumerá, enumerá. Eso ayuda. Sujetate a los nombres, así no te caés. Ahí está la mesa de luz, la cortina no se ha movido de la ventana, Claudette sigue en el mismo número,

DAN-ton 34 no sé cuántos, y tu mamá te escribe desde Aix-en-
Provence. Todo va bien.

—Me das miedo, monstruo americano —dijo Pola apretándose contra él—. Habíamos quedado en que en mi casa no se
iba a hablar de...

—De tizas de colores.

—De todo eso. .

Oliveira encendió un Gauloise y miró el papel doblado
sobre la mesa de luz.

—¿Es la orden para los análisis?

—Sí, quiere que me los haga hacer en seguida. Tocá aquí,
está peor que la semana pasada.

Era casi de noche y Pola parecía una figura de Bonnard[2],
tendida en la cama que la última luz de la ventana envolvía en
un verde amarillento. «La barredora del amanecer», pensó
Oliveira inclinándose para besarla en un seno, exactamente
donde ella acababa de señalar con un dedo indeciso. «Pero no
suben hasta el cuarto piso, no se ha sabido de ninguna barredora ni regadora que suba hasta un cuarto piso. Aparte de que
mañana vendría el dibujante y repetiría exactamente lo mismo, esa curva tan fina en la que algo...» Consiguió dejar de
pensar, consiguió por apenas un instante besarla sin ser más
que su propio beso.

(-155)

---

[2] *Bonnard:* en el *Libro de Manuel,* «la marca de la patada merecía
la firma de Bonnard, toda en oros viejos, rojos perversos y azules de
papagayos» (pág. 282). En *62* se trata de otro desnudo femenino:
«había tirado lentamente de la sábana hasta ver asomar el pelo de
Celia, su perfil pegado a la almohada, los ojos cerrados, el cuello y los
hombros, desde ahí algo como una diosa niña saliendo lentamente del
agua mientras la sábana seguía bajando y el misterio se volvía sombra
azul y rosa bajo las manchas de sol de la claraboya, un cuerpo
Bonnard naciendo trazo a trazo bajo mi mano...» (pág. 222).

Modelo de ficha del Club.
Gregorovius, Ossip.
Apátrida.
Luna llena (lado opuesto, invisible en ese entonces presputnik): ¿cráteres, mares, cenizas?
Tiende a vestir de negro, de gris, de pardo. Nunca se lo ha visto con un traje completo. Hay quienes afirman que tiene tres pero que combina invariablemente el saco de uno con el pantalón de otro. No sería difícil verificar esto.
Edad: dice tener cuarenta y ocho años.
Profesión: intelectual. Tía abuela envía módica pensión.
Carte de séjour AC 3456923 (por seis meses, renovable. Ya ha sido renovada nueve veces, cada vez con mayor dificultad).
País de origen: nacido en Borzok (partida de nacimiento probablemente falsa, según declaración de Gregorovius a la policía de París. Las razones de su presunción constan en el prontuario).
País de origen: en el año de su nacimiento, Borzok formaba parte del imperio austrohúngaro. Origen magyar evidente. A él le gusta insinuar que es checo.
País de origen: probablemente Gran Bretaña. Gregorovius habría nacido en Glasgow, de padre marino y madre terrícola, resultado de una escala forzosa, un arrumaje precario, *stout ale*[1] y complacencias xenofílicas excesivas por parte de Miss Marjorie Babington, 22 Stewart Street.
A Gregorovius le agrada establecer una picaresca prenatal y difama a sus madres (tiene tres, según la borrachera) atribuyéndoles costumbres licenciosas. La Herzogin Magda Razenswill, que aparece con el whisky o el coñac, era una lesbiana

---

[1] *stout ale* (inglés): 'cerveza fuerte'.

autora de un tratado seudocientífico sobre la *carezza* (traducción a cuatro idiomas). Miss Babington, que se ectoplasmiza con el gin, acabó de puta en Malta. La tercera madre es un constante problema para Etienne, Ronald y Oliveira, testigos de su esfumada aparición vía Beaujolais, Côtes du Rhône o Bourgogne Aligote[2]. Según los casos se llama Galle, Adgalle o Minti, vive libremente en Herzegovina o Nápoles, viaja a Estados Unidos con una compañía de vaudeville, es la primera mujer que fuma en España, vende violetas a la salida de la Ópera de Viena, inventa métodos anticonceptivos, muere de tifus, está viva pero ciega en Huerta, desaparece junto con el chofer del Zar en Tsarskoie-Selo, extorsiona a su hijo en los años bisiestos, cultiva la hidroterapia, tiene relaciones sospechosas con un cura de Pontoise, ha muerto al nacer Gregorovius, que además sería hijo de Santos Dumont[3]. De manera inexplicable los testigos han notado que estas sucesivas (o simultáneas) versiones de la tercera madre van siempre acompañadas de referencias a Gurdiaeff[4], a quien Gregorovius admira y detesta pendularmente.

(-11)

---

[2] Famosos vinos franceses.
[3] Alberto *Santos Dumont:* aeronauta y aviador brasileño. Construyó varios globos y aviones con los que realizó arriesgados viajes, decisivos para la historia de la aviación.
[4] *Gurdiaeff:* filósofo ruso, célebre escritor ocultista. Sus doctrinas esotéricas atrajeron, en Francia y Estados Unidos, a no pocos intelectuales de extrema derecha.

66

Facetas de Morelli, su lado Bouvard et Pécuchet[1], su lado compilador de almanaque literario (en algún momento llama «Almanaque» a la suma de su obra).

Le gustaría *dibujar* ciertas ideas, pero es incapaz de hacerlo. Los diseños que aparecen al margen de sus notas son pésimos. Repetición obsesiva de una espiral temblorosa, con un ritmo semejante a las que adornan la *stupa* de Sanchi[2].

Proyecta uno de los muchos finales de su libro inconcluso, y deja una maqueta. La página contiene una sola frase: «En el fondo sabía que no se puede ir más allá porque no lo hay.» La frase se repite a lo largo de toda la página, dando la impresión de un muro, de un impedimento. No hay puntos ni comas ni márgenes. De hecho un muro de palabras ilustrando el sentido de la frase, el choque contra una barrera detrás de la cual no hay nada. Pero hacia abajo y a la derecha, en una de las frases falta la palabra *lo*. Un ojo sensible descubre el hueco entre los ladrillos, la luz que pasa.

(-149)

---

[1] La novela de Flaubert significa, entre otras cosas, un inventario de la necedad humana, como el *Dictionmaire des idées reçues*.

[2] *stupa de Sanchi:* La puerta septentrional del recinto arquitectónico de Sanchi, campo de ruinas en la India Central.

67

Me estoy atando los zapatos, contento, silbando, y de pronto la infelicidad. Pero esta vez te pesqué, angustia, te sentí *previa* a cualquier organización mental, al primer juicio de negación. Como un color gris que fuera un dolor y fuera el estómago. Y *casi* a la par (pero después, esta vez no me engañás) se abrió paso el repertorio inteligible, con una primera idea explicatoria: «Y ahora vivir otro día, etc.» De donde se sigue: «Estoy angustiado *porque*... etc.»

Las ideas a vela, impulsadas por el viento primordial que sopla desde abajo (pero abajo es sólo una localización física). Basta un cambio de brisa (*¿pero qué es lo que la cambia de cuadrante?*) y al segundo están aquí las barquitas felices, con sus velas de colores. «Después de todo no hay razón pra quejarse, che», ese estilo.

Me desperté y vi la luz del amanecer en las mirillas de la persiana. Salía de tan adentro de la noche que tuve como un vómito de mí mismo, el espanto de asomar a un nuevo día con su misma presentación, su indiferencia mecánica de cada vez: conciencia, sensación de luz, abrir los ojos, persiana, el alba.

En ese segundo, con la omnisciencia del semisueño, medí el horror de lo que tanto maravilla y encanta a las religiones: la perfección eterna del cosmos, la revolución inacabable del globo sobre su eje. Náusea, sensación insoportable de coacción. *Estoy obligado a tolerar que el sol salga todos los días.* Es monstruoso. *Es inhumano.*

Antes de volver a dormirme imaginé (vi) un universo plástico, cambiante, lleno de maravilloso azar, un cielo elástico, un sol que de pronto falta o se queda fijo o cambia de forma.

Ansié la dispersión de las duras constelaciones, esa sucia propaganda luminosa del Trust Divino Relojero.

(-83)

68

Apenas él le amalaba el noema[1], a ella se le agolpaba el clémiso y caían en hidromurias, en salvajes ambonios, en sustalos exasperantes. Cada vez que él procuraba relamar las incopelusas, se enredaba en un grimado quejumbroso y tenía que envulsionarse de cara al nóvalo, sintiendo cómo poco a poco las arnillas se espejunaban, se iban apeltronando, reduplimiendo, hasta quedar tendido como el trimalciato de ergomanina al que se le han dejado caer unas fílulas de cariaconcia. Y sin embargo era apenas el principio, porque en un momento dado ella se tordulaba los hurgalios, consintiendo en que él aproximara suavemente sus orfelunios. Apenas se entreplumaban, algo como un ulucordio los encrestoriaba, los extrayuxtaba y paramovía, de pronto era el clinón, la esterfurosa convulcante de las mátricas, la jadehollante embocapluvia del orgumio, los esproemios del merpasmo en una sobrehumítica agopausa. ¡Evohé! ¡Evohé![2]. Volposados en la cresta del murelio, se sentían balparamar, perlinos y márulos. Temblaba el troc, se vencían las marioplumas, y todo se resolviraba en un profundo pínice, en niolamas de argutendidas gasas, en carinias casi crueles que los ordopenaban hasta el límite de las gunfias.

(-9)

---

[1] Este capítulo es el ejemplo más llamativo, en la novela, del «glíglico» o lenguaje musical.

[2] *¡Evohé!:* grito de las bacantes para aclamar o invocar a Baco.

69

(Renovigo, Nº 5)

Otro suisida

Ingrata sorpresa fue leer en «Ortográfiko» la notisia de aber fayesido en San Luis Potosí el 1º de marso último, el teniente koronel (asendido a koronel para retirarlo del serbisio), Adolfo Abila Sanhes. Sorpresa fue porke no teníamos notisia de ke se ayara en kama. Por lo demás, ya ase tiempo lo teníamos katalogado entre nuestros amigos los suisidas, i en una okasión se refirió «Renovigo» a siertos síntomas en él obserbados. Solamente ke Abila Sanhes no eskojió el rebólber komo el eskritor antiklerikal Giyermo Delora, ni la soga como el esperantista francés Eujenio Lanti.

Abila Sanhes fue un ombre meresedor de atensión i de apresio. Soldado pundonoroso onró a su institusión en la teoría i en la práktica. Tubo un alto konsepto de la lealtad i fue asta el kampo de bataya. Ombre de kultura, enseñó siensias a jóbenes i adultos. Pensador, eskribió bastante en periódikos i dejó algunas obras inéditas, entre eyas «Máximas de Kuartel». Poeta, bersifikaba kon gran fasilidad en distintos jéneros. Artista del lápis y la pluma, nos regaló barias beses kon sus kreasiones. Linguista, era muy afekto a tradusir sus propias produksiones al inglés, esperanto i otros idiomas.

En konkreto, Abila Sanhes fue ombre de pensamiento y aksión, de moral i de kultura. Esto son las partidas de su aber.

En la otra kolumna de su kuenta, ai kargadas barias, i es natural titubear antes de lebantar el belo de su bida pribada. Pero komo no la tiene el ombre públiko i Abila Sanhes lo fue, inkuriríamos en la falta ke antes señalamos okultando el reberso de la medaya. En nuestro karákter de biógrafos e istoriadores debemos romper kon los eskrúpulos.

Konosimos personalmente a Abila Sanhes ayá por 1936 en Linares, N. L., i luego en Monterei lo tratamos en su ogar, ke paresía próspero y felis. Años después ke lo bisitamos en Samora, la impresión fue totalmente opuesta, nos dimos kuenta de ke el ogar se derumbaba, i asi fue semanas más tarde, lo abandonó la primera esposa i después se dispersaron los ijos. Posteriormente en San Luis Potosí, enkontró a una joben bondadosa ke le tubo simpatía y aseptó kasarse kon él: por eso kreó una segunda familia, ke abnegadamente soportó más ke la primera i no yegó a abandonarlo.

Ké ubo primero en Abila Sanhes, el desarreglo mental o el alkoolismo? No lo sabemos, pero ambos, kombinados, fueron la ruina de su bida y la kausa de su muerte. Un enfermo en sus últimos años, lo abíamos desausiado sabiendo ke era un suisida kaminando rápidamente asia su inebitable fin. El fatalismo se impone kuando obserba uno a personas tan klaramente dirijidas asia un serkano y trájico okaso.

El desaparesido kreía en la bida futura. Si lo konfirmó, ke aya en eya la felisidad ke, aunke kon distintas karakterísticas, anelamos todos los umanos.

(-52)

70

«Cuando estaba yo en mi causa primera, no tenía a Dios...; me quería a mí mismo y no quería nada más; era lo que quería, y quería lo que era, y estaba libre de Dios y de todas las cosas... Por eso suplicamos a Dios que nos libre de Dios, y que concibamos la verdad y gocemos eternamente de ella, allí donde los ángeles supremos, la mosca y el alma son semejantes, allí donde yo estaba y donde quería eso que era y era eso que quería...»

Meister Eckhardt[1], sermón *Beati pauperes spiritu*

(-147)

---

[1] El maestro *Eckhardt* de Hocheim (1260-1327): filósofo místico alemán.

71

Morelliana

¿Qué es en el fondo esa historia de encontrar un reino milenario, un edén, un otro mundo? Todo lo que se escribe en estos tiempos y que vale la pena leer está orientado hacia la nostalgia. Complejo de la Arcadia, retorno al gran útero, back to Adam, le bon sauvage (y van...), *Paraíso perdido, perdido por buscarte, yo, sin luz para siempre...* Y dale con las islas (cfr. Musil) o con los gurús (si se tiene plata para el avión París-Bombay) o simplemente agarrando una tacita de café y mirándola por todos lados, no ya como una taza sino como un testimonio de la inmensa burrada en que estamos metidos todos, creer que ese objeto es nada más que una tacita de café cuando el más idiota de los periodistas encargados de resumirnos los quanta, Planck [1] y Heisenberg [2], se mata explicándonos a tres columnas que todo vibra y tiembla y está como un gato a la espera de dar el enorme salto de hidrógeno o de cobalto que nos va a dejar a todos con las patas para arriba. Grosero modo de expresarse, realmente.

La tacita de café es blanca, el buen salvaje es marrón, Planck era un alemán formidable. Detrás de todo eso (siempre es detrás, hay que convencerse de que es la idea clave del pensamiento moderno) el Paraíso, el otro mundo, la inocencia

---

[1] **Max** *Planck* (1858-1947): físico alemán, Premio Nobel en 1918, creador de la teoría cuántica.

[2] **Werner** *Heisenberg:* físico alemán, Premio Nobel en 1923. Enunció el principio de la indeterminación, que pone en cuestión la filosofía determinista del universo. Escribió eso a Pauli en una larga carta, en febrero de 1927, y Pauli le contestó: «Por fin amanece el día en la mecánica cuántica.»

hollada que oscuramente se busca llorando, la tierra de Hur-qalyã. De una manera u otra todos la buscan, todos quieren abrir la puerta para ir a jugar. Y no por el Edén, no tanto por el Edén en sí, sino solamente por dejar a la espalda los aviones a chorro, la cara de Nikita[3] o de Dwight[4] o de Charles[5] o de Francisco[6], el despertar a campanilla, el ajustarse a termómetro y ventosa, la jubilación a patadas en el culo (cuarenta años de fruncir el traste para que duela menos, pero lo mismo duele, lo mismo la punta del zapato entra cada vez un poco más, a cada patada desfonda un momentito más el pobre culo del cajero o del subteniente o del profesor de literatura o de la enfermera), y decíamos que el homo sapiens no busca la puerta para entrar en el reino milenario (aunque no estaría nada mal, nada mal realmente) sino solamente para poder cerrarla a su espalda y menear el culo como un perro contento sabiendo que el zapato de la puta vida se quedó atrás, reventándose contra la puerta cerrada, y que se puede ir aflojando con un suspiro del pobre botón del culo, enderezarse y empezar a caminar entre las florcitas del jardín y sentarse a mirar una nube nada más que cinco mil años, o veinte mil si es posible y si nadie se enoja y si hay una chance de quedarse en el jardín mirando las florcitas.

De cuando en cuando entre la legión de los que andan con el culo a cuatro manos hay alguno que no solamente quisiera cerrar la puerta para protegerse de las patadas de las tres dimensiones tradicionales, sin contar las que vienen de las categorías del entendimiento, del más que podrido principio de razón suficiente y otras pajolerías infinitas, sino que además estos sujetos creen con otros locos que no estamos en el mundo, que nuestros gigantes padres nos han metido en un corso a contramano del que habrá que salir si no se quiere acabar en una estatua ecuestre o convertido en abuelo ejemplar, y que nada está perdido si se tiene por fin el valor de proclamar que todo está perdido y que hay que empezar de nuevo, como los famosos obreros que en 1907 se dieron cuenta una mañana de agosto de que el túnel del Monte Brasco estaba mal enfilado y que acabarían saliendo a más de quince metros del túnel que excavaban los obreros yugoslavos vinien-

---

[3] Kruschef.
[4] Eisenhower.
[5] De Gaulle.
[6] Franco.

do de Dublivna. ¿Qué hicieron los famosos obreros? Los famosos obreros dejaron como estaba su túnel, salieron a la superficie, y después de varios día y noches de deliberación en diversas cantinas del Piemonte, empezaron a excavar por su cuenta y riesgo en otra parte del Brasco, y siguieron adelante sin preocuparse de los obreros yugoslavos, llegando después de cuatro meses y cinco días a la parte sur de Dublivna, con no poca sorpresa de un maestro de escuela jubilado que los vio aparecer a la altura del cuarto de baño de su casa. Ejemplo loable que hubieran debido seguir los obreros de Dublivna (aunque preciso es reconocer que los famosos obreros no les habían comunicado sus intenciones) en vez de obstinarse en empalmar con un túnel inexistente, como es el caso de tantos poetas asomados con más de medio cuerpo a la ventana de la sala de estar, a altas horas de la noche.

Y así uno puede reírse, y creer que no está hablando en serio, pero sí se está hablando en serio, la risa ella sola ha cavado más túneles útiles que todas las lágrimas de la tierra, aunque mal les sepa a los cogotudos empecinados en creer que Melpómene[7] es más fecunda que Queen Mab[8]. De una vez por todas sería bueno ponernos de desacuerdo en esta materia.

---

[7] *Melpómene:* su nombre, en griego, significa 'la cantora'. Es la musa griega del canto y de la tragedia. Se la representa coronada de pámpanos y con máscara trágica.

[8] *Queen Mab* (1813) es el título del poema de Shelley. Este personaje es la reina de las hadas, en la literatura fantástica inglesa. Rubén Darío escribió el relato «El velo de la reina Mab», en *Azul.* Y Shakespeare, en *Romeo y Julieta,* le dedica ese hermoso canto, por boca de Mercutio: «Ya veo, pues, que ha estado con vos la reina Mab. Es la partera de las ilusiones, y llega, bajo un tamaño no más grueso que el ágata que brilla en el dedo índice de un regidor, arrastrada por un tronco de atomísticos corceles, a pasearse por las narices de los hombres mientras están dormidos. Los radios de las ruedas de su carroza están fabricados de largas patas de araña; la cubierta, de alas de saltamontes; las riendas, de finísimas telerañas; los arneses, de húmedos rayos de Luna (...) Y en ese tren galopa, noche tras noche, por los cerebros de los enamorados, que en seguida sueñan con amores; sobre las rodillas de los cortesanos, que al punto sueñan con reverencias; por los dedos de los abogados, que al instante sueñan con minutas; sobre los labios de las damas, que acto seguido sueñan con besos (...) Es verdad, hablo de sueños, que son los vástagos de una mente ociosa, engendrados únicamente por la vana fantasía, tan insustancial como el aire y más mudable que el viento...» (acto I, escena IV, ed. cit., págs. 123-24).

Hay quizá una salida, pero esa salida debería ser una entrada. Hay quizá un reino milenario, pero no es escapando de una carga enemiga que se toma por asalto una fortaleza. Hasta ahora este siglo se escapa de montones de cosas, busca las puertas y a veces las desfonda. Lo que ocurre después no se sabe, algunos habrán alcanzado a ver y han perecido, borrados instantáneamente por el gran olvido negro, otros se han conformado con el escape chico, la casita en las afueras, la especialización literaria o científica, el turismo. Se planifican los escapes, se los tecnologiza, se los arma con el Modulor o con la Regla de Nylon. Hay imbéciles que siguen creyendo que la borrachera puede ser un método, o la mescalina o la homosexualidad, cualquier cosa magnífica o inane *en sí* pero estúpidamente exaltada a sistema, a llave del reino. Puede ser que haya otro mundo dentro de éste[9], pero no lo encontraremos recortando su silueta en el tumulto fabuloso de los días y las vidas, no lo encontraremos ni en la atrofia ni en la hipertrofia. Ese mundo no existe, hay que crearlo como el fénix. Ese mundo existe en éste, pero como el agua existe en el oxígeno y el hidrógeno, o como en las páginas 78, 457, 3, 271, 688, 75 y 456 del diccionario de la Academia Española está lo necesario para escribir un cierto endecasílabo de Garcilaso. Digamos que el mundo es una figura, hay que leerla. Por leerla entendamos generarla. ¿A quién le importa un diccionario por el diccionario mismo? Si de delicadas alquimias, ósmosis y mezclas de simples surge por fin Beatriz[10] a orillas del río, ¿cómo no sospechar maravillosamente lo que a su vez podría nacer de ella? Qué inútil tarea la del hombre, peluquero de sí mismo, repitiendo hasta la náusea el recorte quincenal, tendiendo la misma mesa, rehaciendo la misma cosa, comprando el mismo diario, aplicando los mismos principios a las mismas coyunturas. Puede ser que haya un reino milenario, pero si alguna vez llegamos a él, si somos él, ya no se llamará

---

[9] De aquí surgirá *La vuelta al día en ochenta mundos*.

[10] Un día, Dante vio a *Beatriz:* «Tanto gentile e tanto onesta pare / la donna mia quando ella altrui saluta / ch'ogni lingua diven tremando muta / e li occhi non l'ardiscon di guardare.» Comenta Dámaso Alonso: «Eterna Beatrice, eterna meta ideal, amada de tantos desde la profundidad de las edades: Y el espíritu suave y lleno de amor que de ella emana, siglo tras siglo, va diciendo al alma del hombre: *suspira*» (*Poesía española. Ensayo de métodos y límites estilísticos,* 3 edición, Madrid, Gredos, Col. Biblioteca Románica Hispanica, 1957, página 43).

así. Hasta no quitarle al tiempo su látigo de historia, hasta no acabar con la hinchazón de tantos *hasta,* seguiremos tomando la belleza por un fin, la paz por un desiderátum, siempre de este lado de la puerta donde en realidad no siempre se está mal, donde mucha gente encuentra una vida satisfactoria, perfumes agradables, buenos sueldos, literatura de alta calidad, sonido estereofónico, y por qué entonces inquietarse si probablemente el mundo es finito, la historia se acerca al punto óptimo, la raza humana sale de la edad media para ingresar en la era cibernética. Tout va très bien, madame la Marquise, tout va très bien, tout va très bien[11].

Por lo demás hay que ser imbécil, hay que ser poeta, hay que estar en la luna de Valencia para perder más de cinco minutos con estas nostalgias perfectamente liquidables a corto plazo. Cada reunión de gerentes internacionales, de hombres-de-ciencia, cada nuevo satélite artificial, hormona o reactor atómico aplastan un poco más estas falaces esperanzas. El reino será de material plástico, es un hecho. Y no que el mundo haya de convertirse en una pesadilla orwelliana[12] o huxleyana[13]; será mucho peor, será un mundo delicioso, a la medida de sus habitantes, sin ningún mosquito, sin ningún analfabeto, con gallinas de enorme tamaño y probablemente dieciocho patas, exquisitas todas ellas, con cuartos de baño telecomandados, agua de distintos colores según el día de la semana, una delicada atención del servicio nacional de higiene,

con televisión en cada cuarto, por ejemplo grandes paisajes tropicales para los habitantes de Reijavik, vistas de igloos para los de La Habana, compensaciones sutiles que conformarán todas las rebeldías,

etcétera.

Es decir un mundo satisfactorio para gentes razonables.

¿Y quedará en él alguien, uno solo, que no sea razonable?

En algún rincón, un vestigio del reino olvidado. En alguna muerte violenta, el castigo por haberse acordado del reino. En alguna risa, en alguna lágrima, la sobrevivencia del reino. En

---

[11] Canción irónica, muy popular desde comienzos de siglo. Se suele aplicar siempre que las cosas van mal en algún país —no hay peligro de que falten ocasiones. En los años 30, la cantaban «Ray Ventura et ses collégiens». Letra y música: Misraki.

[12] Orwell: *1984.*

[13] Aldous Huxley: *Brave New World* y *Brave New World Revisited.*

el fondo no parece que el hombre acabe por matar al hombre. Se le va a escapar, le va a agarrar el timón de la máquina electrónica, del cohete sideral, le va a hacer una zancadilla y después que le echen un galgo. Se puede matar todo menos la nostalgia del reino, la llevamos en el color de los ojos, en cada amor, en todo lo que profundamente atormenta y desata y engaña. *Wishful thinking*[14], quizá; pero ésa es otra definición posible del bípedo implume.

(-5)

---

[14] Expresión inglesa equivalente al español 'pensar como querer'.

—Hiciste bien en venir a casa, amor, si estabas cansado.

—There's not a place like home —dijo Oliveira.

—Tomá otro matecito, está recién cebado.

—Con los ojos cerrados parece todavía más amargo, es una maravilla. Si me dejaras dormir un rato mientras leés alguna revista.

—Sí, querido —dijo Gekrepten secándose las lágrimas y buscando *Idilio* por pura obediencia, aunque hubiera sido incapaz de leer nada.

—Gekrepten.

—Sí, amor.

—No te preocupes por esto, vieja.

—Claro que no, monono. Esperá que te pongo otra compresa fría.

—Dentro de un rato me levanto y nos vamos a dar una vuelta por Almagro. A lo mejor dan alguna musical en colores.

—Mañana, amor, ahora mejor descansá. Viniste con una cara...

—Es la profesión, qué le vas a hacer. No te tenés que preocupar. Oí cómo canta Cien Pesos ahí abajo.

—Le estarán cambiando la sepia, animalito de Dios —dijo Gekrepten—. Es más agradecido...

—Agradecido —repitió Oliveira—. Mirá que agradecerle al que lo tiene enjaulado.

—Los animales no se dan cuenta.

—Los animales —repitió Oliveira.

Sí, pero quién nos curará del fuego sordo, del fuego sin color que corre al anochecer por la rue de la Huchette, saliendo de los portales carcomidos, de los parvos zaguanes, del fuego sin imagen que lame las piedras y acecha en los vanos de las puertas, cómo haremos para lavarnos de su quemadura dulce que prosigue, que se aposenta para durar aliada al tiempo y al recuerdo, a las sustancias pegajosas que nos retienen de este lado, y que nos arderá dulcemente hasta calcinarnos. Entonces es mejor pactar como los gatos y los musgos, trabar amistad inmediata con las porteras de roncas voces, con las criaturas pálidas y sufrientes que acechan en las ventanas jugando con un rama seca. Ardiendo así sin tregua, soportando la quemadura central que avanza como la madurez paulatina en el fruto, ser el pulso de una hoguera en esta maraña de piedra interminable, caminar por las noches de nuestra vida con la obediencia de la sangre en su circuito ciego.

Cuántas veces me pregunto si esto no es más que escritura, en un tiempo en que corremos al engaño entre ecuaciones infalibles y máquinas de conformismos. Pero preguntarse si sabremos encontrar el otro lado de la costumbre o si más vale dejarse llevar por su alegre cibernética, ¿no será otra vez literatura? Rebelión, conformismo, angustia, alimentos terrestres, todas las dicotomías: el Yin y el Yang, la contemplación o la *Tatigkeit,* avena arrollada o perdices *faisandées,* Lascaux[1] o Mathieu[2], qué hamaca de palabras, qué dialéctica de bolsi-

---

[1] *Lascaux:* cueva del departamento francés de la Dordogne, descubierta en 1940 por el abbé Breuil. Se supone que es del periodo magdaleniense, hacia 1400 a. C. Sus pinturas son una obra única del arte rupestre franco-cantábrico.

[2] Georges *Mathieu:* pintor francés nacido en 1912, alcanzó una

llo con tormentas en piyama y cataclismos de living room. El solo hecho de interrogarse sobre la posible elección vicia y enturbia lo elegible. *Que sí, que no, que en ésta está...* Parecería que una elección no puede ser dialéctica, que su planteo la empobrece, es decir la falsea, es decir la transforma en otra cosa. Entre el Yin y el Yang, ¿cuántos eones?[3]. Del sí al no, ¿cuántos quizá? Todo es escritura, es decir fábula. ¿Pero de qué nos sirve la verdad que tranquiliza al propietario honesto? Nuestra verdad posible tiene que ser *invención*, es decir escritura, literatura, pintura, escultura, agricultura, piscicultura, todas las turas de este mundo. Los valores, turas, la santidad, una tura, la sociedad, una tura, el amor, pura tura, la belleza, tura de turas. En uno de sus libros Morelli habla del napolitano que se pasó años sentado a la puerta de su casa mirando un tornillo en el suelo. Por la noche lo juntaba y lo ponía debajo del colchón. El tornillo fue primero risa, tomada de pelo, irritación comunal, junta de vecinos, signo de violación de los deberes cívicos, finalmente encogimiento de hombros, la paz, el tornillo fue la paz, nadie podía pasar por la calle sin mirar de reojo el tornillo y sentir que era la paz. El tipo murió de un síncope, y el tornillo desapareció apenas acudieron los vecinos. Uno de ellos lo guarda, quizá lo saca en secreto y lo mira, vuelve a guardarlo y se va a la fábrica sintiendo algo que no comprende, una oscura reprobación. Sólo se calma cuando saca el tornillo y lo mira, se queda mirándolo hasta que oye pasos y tiene que guardarlo presuroso. Morelli pensaba que el tornillo debía ser otra cosa, un dios o algo así. Solución demasiado fácil. Quizá el error estuviera en aceptar que ese objeto era un tornillo por el hecho de que tenía la forma de un tornillo. Picasso toma un auto de juguete y lo convierte en el mentón de un cinocéfalo. A lo mejor el napolitano era un idiota pero también pudo ser el inventor de un mundo. Del tornillo a un ojo, de un ojo a una estrella... ¿Por qué entregar-

rápida popularidad —y, pronto, un cierto descrédito— por su grafismo llamativo. Creó en 1947 la «no figuración psíquica». Pintó algún cuadro de gran tamaño en público, usando como pincel un florete.

[3] *eón*, en griego, signfica 'eternidad'. En la doctrina de los neoplatónicos y los gnósticos, los eones son emanaciones de la divinidad que han presidido las sucesivas formaciones del universo y que, al final, se confundirán de nuevo en el Principio Supremo o Pleroma. De Leibnitz toma esta noción Eugenio d'Ors y la convierte en uno de los ejes esenciales de su filosofía y su estética, como he estudiado en mi libro *Eugenio d'Ors, crítico literario*, Madrid, Prensa Española, 1971.

se a la Gran Costumbre? Se puede elegir la tura, la invención, es decir el tornillo o el auto de juguete. Así es cómo París nos destruye despacio, deliciosamente, triturándonos entre flores viejas y manteles de papel con manchas de vino, con su fuego sin color que corre al anochecer saliendo de los portales carcomidos. Nos arde un fuego inventado, una incandescente tura, un artilugio de la raza, una ciudad que es el Gran Tornillo, la horrible aguja con su ojo nocturno por donde corre el hilo del Sena, máquina de torturas como puntillas, agonía en una jaula atestada de golondrinas enfurecidas. Ardemos en nuestra obra, fabuloso honor mortal, alto desafío del fénix. Nadie nos curará del fuego sordo, el fuego sin color que corre al anochecer por la rue de la Huchette. Incurables, perfectamente incurables, elegimos por tura el Gran Tornillo, nos inclinamos sobre él, entramos en él, volvemos a inventarlo cada día, a cada mancha de vino en el mantel, a cada beso del moho en las madrugadas de la Cour de Rohan, inventamos nuestro incendio, ardemos de dentro afuera, quizá eso sea la elección, quizá las palabras envuelvan esto como la servilleta el pan y dentro esté la fragancia, la harina esponjándose, el sí sin el no, o el no sin el sí, el día sin Manes, sin Ormuz o Arimán[4], de una vez por todas y en paz y basta.

(-1)

---

[4] *Ormuz y Arimán* eran los principios del Bien y el Mal, respectivamente, en la religión iraní, dualista. Subrayando la *o* disyuntiva, Cortázar expresa su rechazo de ese dualismo.

El inconformista visto por Morelli, en una nota sujeta con un alfiler de gancho a una cuenta de lavandería: «Aceptación del guijarro y de Beta del Centauro [1], de lo puro-por-anodino a lo puro-por-desmesura. Este hombre se mueve en las frecuencias más bajas y las más altas, desdeñando deliberadamente las intermedias, es decir la zona corriente de la aglomeración espiritual humana. Incapaz de liquidar la circunstancia, trata de darle la espalda; inepto para sumarse a quienes luchan por liquidarla, pues cree que esa liquidación será una mera sustitución por otra igualmente parcial e intolerable, se aleja encogiéndose de hombros. Para sus amigos, el hecho de que encuentre su contento en lo nimio, en lo pueril, en un pedazo de piolín o en un solo de Stan Getz, indica un lamentable empobrecimiento; no saben que también está el otro extremo, los arrimos a una suma que se rehúsa y se va ahilando y escondiendo, pero que la cacería no tiene fin y que no acabará ni siquiera con la muerte de ese hombre, porque su muerte no será la muerte de la zona intermedia, de las frecuencias que se escuchan con los oídos que escuchan la marcha fúnebre de Sigfrido» [2].

Quizá para corregir el tono exaltado de esa nota, un papel amarillo garabateado con lápiz: «Guijarro y estrella: imágenes absurdas. Pero el comercio íntimo con los cantos rodados acerca a veces a un pasaje; entre la mano y el guijarro vibra un acorde fuera del tiempo. Fulgurante... (palabra ilegible)... de que también eso es Beta del Centauro; los nombres y las magnitudes ceden, se disuelven, dejan de ser lo que la ciencia

---

[1] *Beta de Centauro:* segunda estrella, en magnitud, de la constelación de Centauro.
[2] Ya se refirió Cortázar a esta música, con motivo de la muerte de Rocamadour (capítulo 28).

pretende que sean. Y así se está en algo que puramente es (¿qué?, ¿qué?): una mano que tiembla envolviendo una piedra trasparente que también tiembla.» (Más abajo, con tinta: «No se trata de panteísmo, ilusión deliciosa, caída hacia arriba en un cielo incendiado al borde del mar.»)

En otra parte, esta aclaración: «Hablar de frecuencias bajas y altas es ceder una vez más a los *idola fori* y al lenguaje científico, ilusión de Occidente. Para mi inconformista, fabricar alegremente un barrilete y remontarlo para alegría de los chicos presentes no representa una ocupación menor (bajo con respecto a alto, poco con respecto a mucho, etc), sino una coincidencia con elementos puros, y de ahí una momentánea armonía, una satisfacción que lo ayuda a sobrellevar el resto. De la misma manera los momentos de extrañamiento, de enajenación dichosa que lo precipitan a brevísimos tactos de algo que podría ser su paraíso, no representan para él una experiencia más alta que el hecho de fabricar el barrilete; es como un fin, pero no por encima o más allá. Y tampoco es un fin entendido temporalmente, una accesión en la que culmina un proceso de despojamiento enriquecedor; le puede ocurrir sentado en el WC, y sobre todo le ocurre entre muslos de mujeres, entre nubes de humo y a la mitad de lecturas habitualmente poco cotizadas por los cultos rotograbados del domingo.»

«En un plano de hechos cotidianos, la actitud de mi inconformista se traduce por su rechazo de todo lo que huele a idea recibida, a traición, a estructura gregaria basada en el miedo y en las ventajas falsamente recíprocas. Podría ser Robinson sin mayor esfuerzo. No es misántropo, pero sólo acepta de hombres y mujeres la parte que no ha sido plastificada por la superestructura social: él mismo tiene medio cuerpo metido en el molde y lo sabe, pero ese saber es activo y no la resignación del que marca el paso. Con su mano libre se abofetea la cara la mayor parte del día, y en los momentos libres abofetea la de los demás, que se lo retribuyen por triplicado. Ocupa así su tiempo con líos monstruosos que abarcan amantes, amigos, acreedores y funcionarios, y en los pocos ratos que le quedan libres hace de su libertad un uso que asombra a los demás y que acaba siempre en pequeñas catástrofes irrisorias, a la medida de él y de sus ambiciones realizables; otra libertad más secreta y evasiva lo trabaja, pero solamente él (y eso apenas) podría dar cuenta de sus juegos.»

(-6)

Había sido tan hermoso, en viejos tiempos, sentirse instalado en un estilo imperial de vida que autorizaba los sonetos, el diálogo con los astros, las meditaciones en las noches bonaerenses, la serenidad goethiana[1] en la tertulia del Colón o en las conferencias de los maestros extranjeros. Todavía lo rodeaba un mundo que vivía así, que se quería así, deliberadamente hermoso y atildado, arquitectónico. Para sentir la distancia que lo aislaba ahora de ese columbario, Oliveira no tenía más que remedar, con una sonrisa agria, las decantadas frases y los ritmos lujosos del ayer, los modos áulicos de decir y de callar. En Buenos Aires, capital del miedo, volvía a sentirse rodeado por ese discreto allanamiento de aristas que se da en llamar buen sentido y, por encima, esa afirmación de suficiencia que engolaba las voces de los jóvenes y los viejos, su aceptación de lo inmediato como lo verdadero, de lo vicario como lo, como lo, como lo (delante del espejo, con el tubo de dentrífico en el puño cerrándose. Oliveira una vez más se soltaba la risa en la cara y en vez de meterse el cepillo en la boca lo acercaba a su imagen y minuciosamente le untaba la falsa boca de pasta rosa, le dibujaba un corazón en plena boca, manos, pies, letras, obscenidades, corría por el espe-

---

[1] Escribió Goethe: «Y así se inició en mí la orientación de que en toda mi vida no he podido desviarme, en el sentido de trasformar en imagen o poema cuanto me alegraba y atormentaba o me ocupaba en algún modo, para rectificar con ello mis nociones de las cosas externas y, al propio tiempo, serenarme internamente.»

jo con el cepillo y a golpe de tubo, torciéndose de risa,
hasta que Gekrepten entraba desolada con una esponja,
etcétera)[2].

(-43)

---

[2] Declaró Cortázar a Luis Harss: «Incluso hay un capítulo (el 75)
en que se comienza a hablar con un lenguaje sumamente elegante.
Oliveira se acuerda de su pasado en Buenos Aires, y lo hace con un
lenguaje pulido y acicalado. En un momento dado, después de media
página, Oliveira empieza a reírse. Como había estado pensando todo
eso delante del espejo, ahora toma el jabón de afeitar y empieza a
hacer marcas y dibujos en el espejo, tomándose el pelo. Creo que ese
pasaje resume bastante bien la tentativa del libro» (pág. 286).

Lo de Pola fueron las manos[1], como siempre. Hay el atardecer, hay el cansancio de haber perdido el tiempo en los cafés, leyendo diarios que son siempre el mismo diario, hay como una tapa de cerveza apretando suavemente a la altura del estómago. Se está disponible para cualquier cosa, se podría caer en las peores trampas de la inercia y el abandono, y de golpe una mujer abre el bolso para pagar un café-crème, los dedos juegan un instante con el cierre siempre imperfecto del bolso. Se tiene la impresión de que el cierre defiende el ingreso a una casa zodiacal, que cuando los dedos de esa mujer encuentren la manera de deslizar el fino vástago dorado y que con una media vuelta imperceptible se suelte la traba, una

---

[1] Las manos son una verdadera obsesión para Cortázar. Dedica un poema a «El país de la palma de tu mano (...) Todo nace en tu mano (...) allí donde al fin bebo» *(Último Round,* II, págs. 138-141). Otro poema comienza así: «Mira, no pido mucho,/ solamente tu mano,/ tenerla / como un sapito que duerme así contento» *(Pameos,* pág. 19). También dijo a González Bermejo: «La mano ha sido una cosa muy mágica para mí. Las manos funcionan mucho en mis cuentos. Incluso hay uno, *Estación de la mano,* en que una mano entra por una ventana y se hace amiga de un individuo, pero él, de tanto verla jugar con un puñalito, le toma miedo y la mano se da cuenta y se va. Ahí aparece ya la obsesión de la mano. Quizás venga del hecho de que una vez una de esas primeras mujeres que uno tiene en la vida me dijo que 'lo único verdaderamente interesante en ti son las manos; tus manos tienen más personalidad que tu cara'. Y me marcó eso» (pág. 141). En *62* existe un largo párrafo sobre las manos: «Calac ha insistido muchas veces en que mi sensibilidad para con las manos es enfermiza, y que un psicoanalista, etc.» (pág. 79). Malva E. Filer ha estudiado «La ambivalencia de la mano en la narrativa de Cortázar» (en *La isla final,* págs. 323-335).

irrupción va a deslumbrar a los parroquianos embebidos en pernod y Vuelta de Francia, o mejor se los va a tragar, un embudo de terciopelo violeta arrancará al mundo de su quicio, a todo el Luxembourg, la rue Soufflot, la rue Gay-Lussac[2], el café Capoulade[3], la Fontaine de Médicis[4], la rue Monsieur-le-Prince, va a sumirlo todo en un gorgoteo final que no dejará más que una mesa vacía, el bolso abierto, los dedos de la mujer que sacan una moneda de cien francos y la alcanzan al Père Ragon, mientras naturalmente Horacio Oliveira, vistoso sobreviviente de la catástrofe, se prepara a decir lo que se dice en ocasión de los grandes cataclismos.

—Oh, usted sabe —contestó Pola—. El miedo no es mi fuerte.

Dijo: *Oh, vous savez,* un poco como debió hablar la esfinge antes de plantear el enigma, excusándose casi, rehusando un prestigio que sabía grande. Habló como las mujeres de tantas novelas en las que el novelista no quiere perder tiempo y pone lo mejor de la descripción en los diálogos, uniendo así lo útil a lo agradable.

—Cuando yo digo miedo —observó Oliveira, sentado en la misma banqueta de peluche rojo, a la izquierda de la esfinge— pienso sobre todo en los reversos. Usted movía esa mano como si estuviera tocando un límite, y después de eso empezaba un mundo a contrapelo en el que por ejemplo yo podía ser su bolso y usted el Père Ragon.

Esperaba que Pola se riera y que las cosas renunciaran a ser tan sofisticadas, pero Pola (después supo que se llamaba Pola) no encontró demasiado absurda la posibilidad. Al sonreír mostraba unos dientes pequeños y muy regulares contra los que se aplastaban un poco los labios pintados de un naranja intenso, pero Oliveira estaba todavía en las manos, como siempre le atraían las manos de las mujeres, sentía la necesidad de tocarlas, de pasear sus dedos por cada falange, explorar con un movimiento como de kinesiólogo japonés la ruta imperceptible de las venas, enterarse de la condición de las uñas, sospechar quirománticamente líneas nefastas y montes

---

[2] *rue Gay-Lussac:* nace del Bd. Saint Michel a la altura del Luxemburgo, cruza la rue Saint-Jacques y va a dar junto a Val-de-Grâce. En ella está situado el Museo Pedagógico.

[3] Lo vuelve a citar en la lista de cafés recordados (capítulo 132).

[4] *Fontaine de Médicis:* fuente barroca situada en los jardines del Luxemburgo, en la zona más cercana a las calles Médicis, Vaugirard y Monsieur le Prince.

propicios, oír el fragor de la luna apoyando contra su oreja la
palma de una pequeña mano un poco húmeda por el amor o
por una taza de té.

(-101)

—Comprenderá que después de esto...

—Res, non verba —dijo Oliveira—. Son ocho días a unos setenta pesos diarios, ocho por setenta, quinientos sesenta, digamos quinientos cincuenta y con los otros diez les paga una cola-cola a los enfermos.

—Me hará el favor de retirar inmediatamente sus efectos personales.

—Sí, entre hoy y mañana, más bien mañana que hoy.

—Aquí está el dinero. Firme el recibo, por favor.

—Por favor no. Se lo firmo nomás. *Ecco.*

—Mi esposa está tan disgustada —dijo Ferraguto, dándole la espalda y removiendo el cigarro entre los dientes.

—Es la sensibilidad femenina, la menopausia, esas cosas.

—Es la dignidad, señor.

—Exactamente lo que yo estaba pensando. Hablando de dignidad, gracias por el conchabo en el circo. Era divertido y había poco que hacer.

—Mi esposa no alcanza a comprender —dijo Ferraguto, pero Oliveira ya estaba en la puerta. Uno de los dos abrió los ojos, o los cerró. La puerta tenía también algo de ojo que se abría o se cerraba. Ferraguto encendió de nuevo el cigarro y se metió las manos en los bolsillos. Pensaba en lo que iba a decirle a ese exaltado inconsciente apenas se presentara. Oliveira se dejó poner la compresa en la frente (o sea que era él quien cerraba los ojos) y pensó en lo que iba a decirle Ferraguto cuando lo mandara llamar.

(-131)

La intimidad de los Traveler. Cuando me despido de ellos en el zaguán o en el café de la esquina, de golpe es como un deseo de quedarme cerca, viéndolos vivir, *voyeur* sin apetitos, amistoso, un poco triste. Intimidad, qué palabra, ahí nomás dan ganas de meterle la hache fatídica. Pero qué otra palabra podría *intimar* (en primera acepción) la piel misma del conocimiento, la razón epitelial de que Talita, Manolo y yo seamos amigos. La gente se cree amiga porque coincide algunas horas por semana en un sofá, una película, a veces una cama, o porque le toca hacer el mismo trabajo en la oficina. De muchacho, en el café, cuántas veces la ilusión de la identidad con los camaradas nos hizo felices. Identidad con hombres y mujeres de los que conocíamos apenas una manera de ser, una forma de entregarse, un perfil. Me acuerdo, con una nitidez fuera del tiempo, de los cafés porteños en que por unas horas conseguimos librarnos de la familia y las obligaciones, entramos en un territorio de humo y confianza en nosotros y en los amigos, accedimos a algo que nos confortaba en lo precario, nos prometía una especie de inmortalidad. Y ahí, a los veinte años, dijimos nuestra palabra más lúcida, supimos de nuestros afectos más profundos, fuimos como dioses del medio litro cristal y del cubano seco. Cielito del café, cielito lindo[1]. La calle, después, era como una expulsión, siempre, el ángel con la espada flamígera dirigiendo el tráfico en Corrientes y San Martín. A casa que es tarde, a los expedientes, a la cama conyugal, al té de tilo para la vieja, al examen de pasado mañana, a la novia ridícula que lee a Vicki Baum y con la que nos casaremos, no hay remedio.

---

[1] El *cielito* es un baile y tonada de la Pampa. (Agradezco la información a Leda Schiavo.)

(Extraña mujer, Talita. Da la impresión de andar llevando una vela encendida en la mano, mostrando un camino. Y eso que es la modestia misma, cosa rara en una diplomada argentina, aquí donde basta un título de agrimensor para que culquiera se la piye en serio. Pensar que atendía una farmacia, es ciclópeo, es verdaderamente aglutinante. Y se peina de una manera tan bonita.)

Ahora vengo a descubrir que Manolo se llama Manú en la intimidad. A Talita le parece tan natural eso de llamarle Manú a Manolo, no se da cuenta de que para sus amigos es un escándalo secreto, una herida que sangra. Pero yo, con qué derecho... El del hijo pródigo, en todo caso. Dicho sea al pasar, el hijo pródigo va a tener que buscar trabajo, el último arqueo ha sido verdaderamente espeleológico. Si acepto los requiebros de la pobre Gekrepten, que haría cualquier cosa por acostarse conmigo, tendré una pieza asegurada y camisas, etc. La idea de salir a vender cortes de género es tan idiota, como cualquier otra, cuestión de ensayar, pero lo más divertido sería entrar en el circo con Manolo y Talita. Entrar en el circo, bella fórmula. En el comienzo fue un circo, y ese poema de Cummings[2] donde se dice que para la creación el Viejo juntó tanto aire en los pulmones como una carpa de circo. No se puede decir en español. Sí se puede, pero habría que decir: junto una carpa de circo de aire. Aceptaremos la oferta de Gekrepten, que es una excelente chica, y eso nos permitirá vivir más cerca de Manolo y Talita, puesto que topográficamente apenas estaremos separados por dos paredes y una fina rebanada de aire. Con un clandestino al alcance de la mano, el almacén cerca, la feria ahí nomás. Pensar que Gekrepten *me ha esperado*. Es increíble que cosas así les ocurran a otros. Todos los actos heroicos deberían quedar por lo menos en la familia de uno, y heakí que esa chica se ha estado informando en casa de los Traveler de mis derrotas ultramarinas, y entre tanto tejía y destejía el mismo pulóver violeta esperando a su Odiseo y trabajando en una tienda de la calle Maipú. Sería innoble no aceptar las proposiciones de Gekrepten, negarse a su infelicidad total. Y de cinismo en cinismo / te vas volviendo vos mismo. Hodioso Hodiseo.

No, pero pensándolo francamente, lo más absurdo de estas

---

[2] E. E. *Cummings* (1894-1962): poeta norteamericano contemporáneo.

vidas que pretendemos vivir es su falso contacto. Órbitas aisladas, de cuando en cuando dos manos que se estrechan, una charla de cinco minutos, un día en las carreras, una noche en la ópera[3], un velorio donde todos se sienten un poco más unidos (y es cierto, pero se acaba a la hora de la soldadura). Y al mismo tiempo uno vive convencido de que los amigos están ahí, de que el contacto existe, de que los acuerdos o los desacuerdos son profundos y duraderos. Cómo nos odiamos todos, sin saber que el cariño es la forma presente de ese odio, y cómo la razón del odio profundo es esta excentración, el espacio insalvable entre yo y vos, entre esto y aquello. Todo cariño es un zarpazo ontológico, che, una tentativa para apoderarse de lo inapoderable, y a mí me gustaría entrar en la intimidad de los Traveler so pretexto de conocerlos mejor, de llegar a ser verdaderamente el amigo, aunque en realidad lo que quiero es apoderarme del maná de Manú, del duende de Talita, de sus maneras de ver, de sus presentes y sus futuros diferentes de los míos. ¿Y por qué esa manía de apoderamientos espirituales, Horacio? ¿Por qué esa nostalgia de anexiones, vos que acabás de romper cables, de sembrar la confusión y el desánimo (tal vez debí quedarme un poco más en Montevideo, buscando mejor) en la ilustre capital del espíritu latino? He aquí que por una parte te has desconectado deliberadamente de un vistoso capítulo de tu vida, y que ni siquiera te concedés el derecho a pensar en la dulce lengua que tanto te gustaba chamuyar hace unos meses; y a la vez, oh hidiota contradictorio, te rompés literalmente para entrar en la hintimidad de los Traveler, ser los Traveler, hinstalarte en los Traveler, circo hincluido (pero el Director no va a querer darme trabajo, de modo que habrá que pensar seriamente en disfrazarse de marinero y venderles cortes de gabardina a las señoras). Oh pelotudo. A ver si de nuevo sembrás la confusión en las filas, si te aparecés para estropearles la vida a gentes tranquilas. Aquella vez que me contaron del tipo que se creía Judas, razón por la cual llevaba una vida de perro en los mejores círculos sociales de Buenos Aires. No seamos vanidosos. Inquisidor cariñoso, a lo sumo, como tan bien me lo dijeron una noche. Vea señora qué corte. Sesenta y cinco pesos el metro por ser usted. Su ma... su esposo, perdona, va a estar tan

---

[3] Intercala los títulos de dos de las más famosas películas de los hermanos Marx.

contento cuando vuelva del la... del empleo, perdone. Se va a subir por las paredes, créamelo, palabra de marinero del Río Belén. Y sí, un pequeño contrabando para hacerme un sobresueldo, tengo al pibe con raquitismo, mi mu... mi señora cose para una tienda, hay que ayudar un poco, usted me interpreta.

(-40)

Nota pedantísima de Morelli: «Intentar el 'roman comique' en el sentido en que un texto alcance a insinuar otros valores y colabore así en esa antropofanía[1] que seguimos creyendo posible. Parecería que la novela usual malogra la búsqueda al limitar al lector a su ámbito, más definido cuanto mejor sea el novelista. Detención forzosa en los diversos grados de lo dramático, psicológico, trágico, satírico o político. Intentar en cambio un texto que no agarre al lector pero que lo vuelva obligadamente cómplice al murmurarle, por debajo del desarrollo convencional, otros rumbos más esotéricos. Escritura demótica para el lector-hembra (que por lo demás no pasará de las primeras páginas, rudamente perdido y escandalizado, maldiciendo lo que le costó el libro), con un vago reverso de escritura hierática[2].

»Provocar, asumir un texto desaliñado, desanudado, incongruente, minuciosamente antinovelístico (aunque no antinovelesco). Sin vedarse los grandes efectos del género cuando la situación lo requiera, pero recordando el consejo gidiano, *ne jamais profiter de l'élan acquis*. Como todas las criaturas de elección del Occidente, la novela se contenta con un orden cerrado. Resueltamente en contra, buscar también aquí la apertura y para eso cortar de raíz toda construcción sistemática de caracteres y situaciones. Método: la ironía, la autocrítica

---

[1] *antropofanía:* 'manifestación o revelación del hombre'.
[2] En general, la *escritura demótica* representa el estado popular de una lengua, en oposición a un estado culto *(escritura hierática)*. Especialmente se dice de la lengua hablada por los egipcios de la Baja Época y su sistema de escritura: a partir de los siglos VII-VIII a. C., los egipcios simplifican la escritura hierática ligando más los signos y esquematizando los grupos con enlaces.

incesante, la incongruencia, la imaginación al servicio de nadie.

»Una tentativa de este orden parte de una repulsa de la literatura; repulsa parcial puesto que se apoya en la palabra, pero que debe velar en cada operación que emprendan autor y lector. Así, usar la novela como se usa un revólver para defender la paz, cambiando su signo. Tomar de la literatura eso que es puente vivo de hombre a hombre, y que el tratado o el ensayo sólo permite entre especialistas. Una narrativa que no sea pretexto para la trasmisión de un 'mensaje' (no hay mensaje, hay mensajeros y eso es el mensaje, así como el amor es el que ama); una narrativa que actúe como coagulante de vivencias, como catalizadora de nociones confusas y mal entendidas, y que incida en primer término en el que la escribe, para lo cual hay que escribirla como antinovela porque todo orden cerrado dejará sistemáticamente afuera esos anuncios que pueden volvernos mensajeros, acercarnos a nuestros propios límites de los que tan lejos estamos cara a cara.

»Extraña autocreación del autor por su obra. Si de ese magma que es el día, la sumersión en la existencia, queremos potenciar valores que anuncien por fin la antropofanía, ¿qué hacer ya con el puro entendimiento, con la altiva razón razonante? Desde los eleatas hasta la fecha el pensamiento dialéctico ha tenido tiempo de sobra para darnos sus frutos. Los estamos comiendo, son deliciosos, hierven de radiactividad. Y al final del banquete, ¿por qué estamos tan tristes, hermanos de mil novecientos cincuenta y pico?»

Otra nota aparentemente complementaria:

«Situación del lector. En general todo novelista espera de su lector que lo comprenda, participando de su propia experiencia, o que recoja un determinado mensaje y lo encarne. El novelista romántico quiere ser comprendido por sí mismo a través de sus héroes; el novelista clásico quiere enseñar, dejar una huella en el camino de la historia.

»Posibilidad tercera: la de hacer un cómplice, una camarada de camino. Simultaneizarlo, puesto que la lectura abolirá el tiempo del lector y lo trasladará al del autor. Así el lector podría llegar a ser copartícipe y copadeciente de la experiencia por la que pasa el novelista, *en el mismo momento y en la misma forma*. Todo ardid estético es inútil para lograrlo: sólo vale la materia en gestación, la inmediatez vivencial (trasmitida por la palabra, es cierto, pero una palabra lo menos estética posible; de ahí la novela 'cómica', los *anticlímax*, la ironía, otras tantas flechas indicadoras que apuntan hacia lo otro).

»Para ese lector, *mon semblable, mon frère*[3], la novela cómica (¿y qué es *Ulysses?*)[4] deberá trascurrir como esos sueños en los que al margen de un acaecer trivial presentimos una carga más grave que no siempre alcanzamos a desentrañar. En ese sentido la novela cómica debe ser de un pudor ejemplar; no engaña al lector, no lo monta a caballo sobre cualquier emoción o cualquier intención, sino que le da algo así como una arcilla significativa, un comienzo de modelado, con huellas de algo que quizá sea colectivo, humano y no individual. Mejor, le da como una fachada, con puertas y ventanas detrás de las cuales se está operando un misterio que el lector cómplice deberá buscar (de ahí la complicidad) y quizá no encontrará (de ahí el copadecimiento). Lo que el autor de esa novela haya logrado para sí mismo, se repetirá (agigantándose, quizá, y eso sería maravilloso) en el lector cómplice. En cuanto al lector-hembra, se quedará con la fachada y ya se sabe que las muy bonitas, muy *trompe l'oeil*, y que delante de ellas se pueden seguir representando satisfactoriamente las comedias y las tragedias del *honnête homme*. Con lo cual todo el mundo sale contento, y a los que protesten que los agarre el beriberi.»

(-22)

---

[3] Cita de Baudelaire: *Les fleurs du mal*.
[4] Aludirá también a Joyce en los capítulos 95, 97. Declaró Cortázar a Evelyn Picon: «Bueno, hay un libro, esto es prosa, que yo salvaría, y es el *Ulises*. Yo pienso que *Ulises* en alguna medida resume toda la literatura universal» (pág. 41).

80

Cuando acabo de cortarme las uñas o lavarme la cabeza, o simplemente ahora que, mientras escribo, oigo un gorgoteo en mi estómago,

me vuelve la sensación de que mi cuerpo se ha quedado atrás de mí (no reincido en dualismos pero distingo entre yo y mis uñas)

y que el cuerpo empieza a andarnos mal, que nos falta o nos sobra (depende).

De otro modo: nos mereceríamos ya una máquina mejor. El psicoanálisis muestra cómo la contemplación del cuerpo crea complejos tempranos. (Y Sartre, que en el hecho de que la mujer esté «agujereada» ve implicaciones existenciales que comprometen toda su vida.) Duele pensar que vamos delante de este cuerpo, pero que la delantera es ya error y rémora y probable inutilidad, porque estas uñas, este ombligo,

quiero decir otra cosa, casi inasible: que el «alma» (mi yo-no-uñas) es el alma de un cuerpo que no existe. El alma empujó quizá al hombre en su evolución corporal, pero está cansada de tironear y sigue sola adelante. Apenas da dos pasos

se rompe el alma ay porque su verdadero cuerpo no existe y la deja caer plaf.

La pobre se vuelve a casa, etc., pero esto no es lo que yo. En fin.

Larga charla con Traveler sobre la locura. Hablando de los sueños, nos dimos cuenta casi al mismo tiempo que ciertas estructuras soñadas serían formas corrientes de locura a poco que continuaran en la vigilia. Soñando nos es dado ejercitar gratis nuestra aptitud para la locura. Sospechamos al mismo tiempo que toda locura es un sueño que se fija.

Sabiduría del pueblo: «Es un pobre loco, un soñador...»

(-46)

81

Lo propio del sofista, según Aristófanes[1], es inventar razones nuevas.

Procuremos inventar pasiones nuevas, o reproducir las viejas con pareja intensidad.

Analizo una vez más esta conclusión, de raíz pascaliana: la verdadera creencia está entre la superstición y el libertinaje.

José Lezama Lima, *Tratados en La Habana*.

(-74)

---

[1] *Aristófanes (c.* 445-386 a. C.): es el más célebre comediógrafo griego: Obras: *Los acarneos, La Paz, Los caballeros, Las nubes, Las avispas, Las aves, Lisistrata.* Tenaz defensor de las tradiciones, se enfrentó con Sócrates y los sofistas.

Morelliana.

¿Por qué escribo esto? No tengo ideas claras, ni siquiera tengo ideas. Hay jirones, impulsos, bloques, y todo busca una forma, entonces entra en juego el ritmo y yo escribo dentro de ese ritmo, escribo por él, movido por él y no por eso que llaman el pensamiento y que hace la prosa, literaria u otra. Hay primero una situación confusa, que sólo puede definirse en la palabra; de esa penumbra parto, y si lo que quiero decir (si lo que quiere *decirse*) tiene suficiente fuerza, inmediatamente se inicia el *swing,* un balanceo rítmico que me saca a la superficie, lo ilumina todo, conjuga esa materia confusa y el que la padece en una tercera instancia clara y como fatal: la frase, el párrafo, la página, el capítulo, el libro. Ese balanceo, ese *swing* en el que se va informando la materia confusa, es para mí la única certidumbre de su necesidad, porque apenas cesa comprendo que no tengo ya nada que decir. Y también es la única recompensa de mi trabajo: sentir que lo que he escrito es como un lomo de gato bajo la caricia, con chispas y un arquearse cadencioso. Así por la escritura bajo al volcán, me acerco a las Madres[1], me conecto con el Centro —sea lo que sea. Escribir es dibujar mi mandala[2] y a la vez recorrerlo,

---

[1] Quizás hay una alusión al *Fausto* de Goethe y su noción de «lo eterno femenino» (das Ewige Weibliche). Dice el Coro Místico, al final de la II.ªParte: «lo temporal y lo perecedero no son más que un símbolo, que una mera fábula. Sólo lo Incomprensible, lo Inenarrable, lo Infinito, lo Eterno Femenino nos conduce al Cielo».

[2] *mandala:* laberinto místico de los budistas, que suele ser un cuadro o dibujo dividido en casillas, como la rayuela. Ha dicho Cortázar: «Cuando pensé el libro estaba obsesionado con la idea del mandala, en parte porque había estado leyendo muchas obras de la

inventar la purificación purificándose; tarea de pobre shamán[3] blanco con calzoncillos de nylon[4].

(-99)

religión tibetana. Además, había visitado la India, donde pude ver cantidad de mandalas hindúes y japoneses.» Según Kathleen Genover, el primer título que pensó para esta novela fue *Mandala* (pág. 36).

[3] *shamán* o chamán: 'nombre que se da a los hechiceros del Asia septentrional y, por extensión, a los de cualquier sociedad primitiva'.

[4] Ha declarado Cortázar a Evelyn Picon algo muy semejante a lo que expone este capítulo: «El jazz me enseñó cierta sensibilidad de *swing,* de ritmo, en mi estilo de escribir. Para mí las frases tienen un *swing* como lo tienen los finales de mis cuentos, un ritmo que es absolutamente necesario para entender el significado del cuento» (página 130).

83

La invención del alma por el hombre se insinúa cada vez que surge el sentimiento del cuerpo como parásito, como gusano adherido al yo. Basta sentirse vivir (y no solamente vivir como aceptación, como cosa-que-está-bien-que-ocurra) para que aun lo más próximo y querido del cuerpo, por ejemplo la mano derecha, sea de pronto un objeto que participa repugnantemente de la doble condición de no ser yo y de estarme adherido.

Trago la sopa. Después, en medio de una lectura, pienso: «La sopa está en mí, la tengo en esa bolsa que no veré jamás, mi estómago.» Palpo con dos dedos y siento el bulto, el removerse de la comida ahí dentro. Y yo soy eso, un saco con comida adentro.

Entonces nace el alma: «No, yo no soy eso.»

Ahora que (seamos honestos por una vez)

sí, yo soy eso. Con una escapatoria muy bonita para uso de delicados: «Yo soy *también eso*.» O un escaloncito más: «Yo soy *en* eso.»

Leo *The Waves*[1], esa puntilla cineraria, fábula de espumas. A treinta centímetros por debajo de mis ojos, una sopa se mueve lentamente en mi bolsa estomacal, un pelo crece en mi muslo, un quiste sebáceo surge imperceptible en mi espalda.

Al final de lo que Balzac hubiese llamado una orgía, cierto individuo nada metafísico me dijo, creyendo hacer un chiste, que defecar le causaba una impresión de irrealidad. Me acuerdo de sus palabras: «Te levantás, te das vuelta y mirás, y entonces decís: *¿Pero esto lo hice yo?*»

(Como el verso de Lorca: «Sin remedio, hijo mío, ¡vomita!

---

[1] *Las olas* (1931), de Virginia Woolf, es quizá la cumbre de la novela impresionista.

No hay remedio.» Y creo que también Swift[2], loco: «Pero, Celia, Celia, Celia defeca.»

Sobre el dolor físico como aguijón metafísico abunda la escritura. A mí todo dolor me ataca con arma doble: hace sentir como nunca el divorcio entre mi yo y mi cuerpo (y su falsedad, su invención consoladora) y a la vez me acerca mi cuerpo, *me lo pone* como dolor. Lo siento más mío que el placer o la mera cenestesia. Es realmente un *lazo*. Si supiera dibujar mostraría alegóricamente el dolor ahuyentando al alma del cuerpo, pero a la vez daría la impresión de que todo es falso: meros modos de un complejo cuya unidad está en no tenerla.

(-142)

---

[2] *Swift* (1667-1745): el gran satírico cayó en la demencia los tres últimos años de su vida.

Vagando por el Quai des Célestins[1] piso unas hojas secas y cuando levanto una y la miro bien la veo llena de polvo de oro viejo, con por debajo unas tierras profundas como el perfume musgoso que se me pega en la mano. Por todo eso traigo las hojas secas a mi pieza y las sujeto en la pantalla de una lámpara. Viene Ossip, se queda dos horas y ni siquiera mira la lámpara. Al otro día aparece Etienne, y todavía con la boina en la mano, *Dis donc, c'est épatant, ça!,* y levanta la lámpara, estudia las hojas, se entusiasma, Durero[2], las nervaduras, etcétera.

Una misma situación y dos versiones... Me quedo pensando en todas las hojas que no veré yo, el juntador de hojas secas, en tanta cosa que habrá en el aire y que no ven estos ojos, pobres murciélagos de novelas y cines y flores disecadas. Por todos lados habrá lámparas, habrá hojas que no veré.

Y así, *de feuille en aiguille,* pienso en esos estados excepcionales en que por un instante se adivinan las hojas y las lámparas invisibles, se las siente en un aire que está fuera del espacio. Es muy simple, toda exaltación o depresión me empuja a un estado propicio a

lo llamaré paravisiones

es decir (lo malo es eso, decirlo)

una aptitud instantánea para salirme, para de pronto desde fuera aprehenderme, o de dentro pero en otro plano,

como si yo fuera alguien que me está mirando

---

[1] *Quai des Célestins:* en la orilla derecha del Sena, a la altura de la isla St. Louis.

[2] Alude a los dibujos y grabados de Alberto *Durero* (1471-1528). En concreto, el de una hoja se encuentra en la Albertina de Viena.

(mejor todavía —porque en realidad no me veo—: como alguien que me está viviendo).

No dura nada, dos pasos en la calle, el tiempo de respirar profundamente (a veces al despertarse dura un poco más, pero entonces es fabuloso)

y en ese instante sé *lo que soy* porque estoy exactamente sabiendo *lo que no soy* (eso que ignoraré luego astutamente). Pero no hay palabras para una materia entre palabra y visión pura, como un bloque de evidencia. Imposible objetivar, precisar esa defectividad que aprehendí en el instante y que era *clara ausencia* o claro error o clara insuficiencia, pero

sin saber *de qué, qué*.

Otra manera de tratar de decirlo: Cuando es eso, ya no estoy mirando hacia el mundo, de mí a lo otro, sino que por un segundo soy el mundo, el plano de fuera, *lo demás mirándome*. Me veo como pueden verme los otros. Es inapreciable: por eso dura apenas. Mido mi defectividad, advierto todo lo que por ausencia o defecto no nos vemos nunca. Veo lo que no soy. Por ejemplo (esto lo armo de vuelta, pero sale de ahí): hay enormes zonas a las que no he llegado nunca, y lo que no se ha conocido es lo que no se es. Ansiedad por echar a correr, entrar en una casa, en esa tienda, saltar a un tren, devorar todo Jouhandeau[3], saber alemán, conocer Aurangabad... Ejemplos localizados y lamentables pero que pueden dar una idea (¿una *idea*?).

Otra manera de querer decirlo: Lo defectivo se siente más como una pobreza intuitiva que como una mera falta de experiencia. Realmente no me aflige gran cosa no haber leído todo Jouhandeau, a lo sumo la melancolía de una vida demasiado corta para tantas bibliotecas, etc. La falta de experiencia es inevitable, si leo a Joyce estoy sacrificando automáticamente otro libro y viceversa, etc. La sensación de falta es más aguda en

Es un poco así: hay líneas de aire a los lados de tu cabeza, de tu mirada,

zonas de detención de tus ojos, tu olfato, tu gusto,

es decir que andás con tu límite *por fuera*

y más allá de ese límite no podés llegar cuando creés que has aprehendido plenamente cualquier cosa, la cosa lo mismo

---

[3] *Marcel Jouhandeau:* nacido en 1888, narrador y ensayista francés de tendencia ética. Sitúa sus novelas en un pueblo soñado. *Chaminadour* (1934-41).

que un iceberg tiene un pedacito por fuera y te lo muestra, y el resto enorme está más allá de tu límite y así es como se hundió el *Titanic*. Heste Holiveira siempre con sus hejemplos.

Seamos serios. Ossip no vio las hojas secas en la lámpara simplemente porque su límite está más acá de lo que significaba esa lámpara. Etienne las vio perfectamente, pero en cambio su límite no le dejó ver que yo estaba amargo y sin saber qué hacer por lo de Pola. Ossip se dio inmediatamente cuenta, y me lo hizo notar. Así vamos todos.

Imagino al hombre como una ameba que tira seudópodos para alcanzar y envolver su alimento. Hay seudópodos largos y cortos, movimientos, rodeos. Un día eso *se fija* (lo que llaman la madurez, el hombre hecho y derecho). Por un lado alcanza lejos, por otro no ve una lámpara a dos pasos. Y ya no hay nada que hacer, como dicen los reos, uno es favorito de esto o de aquello. En esa forma el tipo va viviendo bastante convencido de que no se le escapa nada interesante, hasta que un instantáneo corrimiento a un costado le muestra por un segundo, sin por desgracia darle tiempo a *saber qué,*

le muestra su parcelado ser, sus seudópodos irregulares,
la sospecha de que más allá, donde ahora veo el aire limpio,
o en esta indecisión, en la encrucijada de la opción,
yo mismo, en el resto de la realidad que ignoro
me estoy esperando inútilmente.

(Suite)

Individuos como Goethe[4] no debieron abundar en experiencias de este tipo. Por aptitud o decisión (el genio es elegirse genial y *acertar*) están con los seudópodos tendidos al máximo en todas direcciones. Abarcan con un diámetro uniforme, su límite es su piel proyectada espiritualmente a enorme distancia. No parece que necesiten desear lo que empieza (o continúa) más allá de su enorme esfera. Por eso son clásicos, che.

A la ameba *uso nostro* lo desconocido se le acerca por todas partes. Puedo saber mucho o vivir mucho en un sentido dado, pero entonces *lo otro* se arrima por el lado de mis carencias y me rasca la cabeza con su uña fría. Lo malo es que me rasca cuando no me pica, y a la hora de la comezón —cuando quisiera conocer—, todo lo que me rodea está tan plantado, tan ubicado, tan completo y macizo y etiquetado, que llego a

---

[4] Escribió *Goethe:* «Conocí, sentí del modo más vivo que mi existencia se ensanchaba en infinita medida».

creer que soñaba, que estoy bien así, que me defiendo bastante
y que no debo dejarme llevar por la imaginación.

(Última suite).
Se ha elogiado en exceso la imaginación. La pobre no puede
ir un centímetro más allá del límite de los seudópodos. Hacia
acá, gran variedad y vivacidad. Pero en el otro espacio, donde
sopla el viento cósmico que Rilke sentía pasar sobre su cabeza, Dame Imagination no corre. *Ho detto*.

(-4)

85

Las vidas que terminan como los artículos literarios de periódicos y revistas, tan fastuosos en la primera plana y rematando en una cola desvaída, allá por la página treinta y dos, entre avisos de remate y tubos de dentífrico.

(-150)

86

Los del Club, con dos excepciones, sostenían que era más fácil entender a Morelli por sus citas que por sus meandros personales. Wong insistió hasta su partida de Francia (la policía no quiso renovarle la *carta de séjour*) que no valía la pena seguir molestándose en champollionizar las rosettas[1] del viejo, una vez localizadas las dos citas siguientes, ambas de Pauwels y Bergier[2].

«Quizá haya un lugar en el hombre desde donde pueda percibirse la realidad entera. Esta hipótesis parece delirante. Auguste Comte[3] declaraba que jamás se conocería la composición química de una estrella. Al año siguiente, Bunsen inventaba el espectroscopio.

. . . .

«El lenguaje, al igual que el pensamiento, procede del funcionamiento aritmético binario de nuestro cerebro. Clasificamos en sí y no, en positivo y negativo. (...) Lo único que prueba mi lenguaje es la lentitud de una visión del mundo limitada a lo binario. Esta insufi-

---

[1] A propósito de las salas egipcias del Louvre, anoté ya que Champollion, el gran egiptólogo, fue el que logró descifrar la piedra de Rosetta, que hoy se conserva en el British Museum de Londres. Es autor de *Gramática egipcia, Diccionario jeroglífico.*

[2] *Pauwels y Bergier* se han hecho famosos en el mundo entero por su obra *El retorno de los brujos,* que ha contribuido a la moda del nuevo esoterismo.

[3] *Auguste Comte* (1798-1857): filósofo francés. Obra principal: *Curso de filosofía positiva* (1830-1842). Divide la filosofía en tres estadios: teológico, metafísico y positivo. Ha ejercido una gran influencia cultural; también en la literatura de creación: por ejemplo, en nuestro Galdós, según Joaquín Casalduero.

ciencia del lenguaje es evidente, y se la deplora vivamente. ¿Pero qué decir de la insuficiencia de la inteligencia binaria en sí misma? La existencia interna, la esencia de las cosas se le escapa. Puede descubrir que la luz es continua y discontinua a la vez, que la molécula de la bencina establece entre sus seis átomos relaciones dobles y que sin embargo se excluyen mutuamente; lo admite, pero no puede comprenderlo, no puede incorporar a su propia estructura la realidad de las estructuras profundas que examina. Para conseguirlo, debería cambiar de estado, sería necesario que otras máquinas que las usuales se pusieran a funcionar en el cerebro, que el razonamiento binario fuese sustituido por una conciencia analógica que asumiera las formas y asimilara los ritmos inconcebibles de esas estructuras profundas...»

Le matin des magiciens.

(-78)

En el 32, Ellington grabó *Baby when you ain't there,* uno de sus temas menos alabados y al que el fiel Barry Ulanov[1] no dedica mención especial. Con voz curiosamente seca canta Cootie Williams[2] los versos:

> I get the blues down North,
> The blues down South,
> Blues anywhere,
> I get the blues down East,
> Blues down West,
> Blues anywhere.
> I get the blues very well
> O my baby when you ain't there
> ain't there ain't there—

¿Por qué, a ciertas horas, es tan necesario decir: «Amé esto?» Amé unos blues, una imagen en la calle, un pobre río seco del norte. Dar testimonio, luchar contra la nada que nos barrerá. Así quedan todavía en el aire del alma esas pequeñas

---

[1] Autor de uno de los estudios clásicos sobre *Duke Ellington.*

[2] *Cootie Williams:* trompetista y director, nacido en 1908. Después de tocar con Fletcher Henderson, en la primavera de 1929 entró en la orquesta de Duke Ellington: el suyo era uno de los sonidos que la distinguían. Interpretaciones más conocidas: *Echoes of Harlem* y *Concert for Cootie,* grabada por primera vez en 1940, que luego se llamó *Do nothing till you hear from me.* En noviembre de 1940 se fue de esa orquesta para pasar a la de Benny Goodmann. Fue una marcha tan sonada que se hizo la canción *When Cootie left the Duke.* Luego, formó ya su propia banda.

cosas, un gorrioncito que fue de Lesbia [3], unos blues que ocupan en el recuerdo el sitio menudo de los perfumes, las estampas y los pisapapeles.

(-105)

---

[3] Una parte importante de los poemas de Catulo está dedicada a su amada Lesbia (en realidad, Claudia, esposa de Q. Cecilio Metelo). Ha tenido una larga influencia en la literatura universal. Dice uno de los poemas: «Llorad, Venus y Cupidos, y cuantos hombres seais algo sensibles a la belleza. Ha muerto el gorrión de mi amada, el gorrión, delicias de mi amada, a quien ella quería más que a las niñas de sus ojos (...) Pobrecito gorrión. Por ti, ahora, el llanto enrojece los dulces ojos de mi amada» *(Poesías* de Catulo, traducción de Juan Petit, Barcelona, Los Libros de la Frontera, 1981, pág. 44).

88

—Che, pero si movés así la pierna te voy a clavar la aguja en las costillas —dijo Traveler.

—Seguime contando eso del colorado del amarillo —dijo Oliveira—. Con los ojos tapados es como un calidoscopio.

—El colorado del amarillo —dijo Traveler, frotándole el muslo con un algodón—, está a cargo de la corporación nacional de agentes comisionados en las especies correspondientes.

—Animales de pelaje amarillo, vegetales de flor amarilla y minerales de aspecto amarillo —recitó obedientemente Oliveira—. ¿Por qué no? Al fin y al cabo aquí el jueves es el día de moda, el domingo no se trabaja, las metamorfosis entre la mañana y la tarde del sábado son extraordinarias, y la gente tan tranquila. Me estás haciendo doler que da miedo. ¿Es algún metal de aspecto amarillo, o qué?

—Agua destilada —dijo Traveler—. Para que te creas que es morfina, Tenés mucha razón, el mundo de Ceferino sólo les puede parecer raro a los tipos que creen en sus instituciones con prescindencia de las ajenas. Si se piensa en todo lo que cambia apenas dejás el cordón de la vereda y das tres pasos en la calzada...

—Como pasar del colorado del amarillo al colorado del pampa —dijo Oliveira—. Esto da un poco de sueño, che.

—El agua es soporífera. Si fuera por mí te hubiera inyectado nebiolo y estarías lo más despierto.

—Explicame una cosa antes de que me duerma.

—Dudo de que te duermas, pero darle no más.

Había dos cartas del licenciado Juan Cuevas, pero era materia de polémica el orden en que debían leerse. La primera constituía la exposición poética de lo que él llamaba «soberanía mundial»; la segunda, también dictada a un mecanógrafo del portal de Santo Domingo, se desquitaba del obligado recato de la primera:

Pueden sacar de la presente carta todas las copias que deseen, especialmente para los miembros de la ONU y gobiernos del mundo, que son puros cerdos y chacalazos internacionales. Por otra parte, el portal de Santo Domingo es la tragedia de los ruidos, pero por otra parte me gusta, porque aquí vengo a tirar las piedras más grandes de la historia.

Entre las piedras figuraban las siguientes:

El Papa Romano es el cerdo más grande de la historia, pero de ninguna manera el representante de Dios; el clericalismo romano es la pura mierda de Satanás; todos los templos clericales romanos deben ser arrasados por completo, para que esplenda la luz del Cristo, no solamente en lo profundo de los corazones humanos, sino transparentada en la luz universal de Dios, y digo todo esto, porque la carta anterior la hice delante de una señorita muy amable, en donde no pude decir ciertos disparates, que me miraba con una mirada muy lánguida.

¡Caballeresco licenciado! Enemigo acérrimo de Kant, insistía en «humanizar la filosofía actual del mundo», tras de lo cual decretaba:

Y que la novela sea más bien psicopsiquiátrica, es decir, que los elementos realmente espirituales del alma, se constituyan como elementos científicos de la verdadera psiquiatría universal...

Abandonando por momentos un arsenal dialéctico considerable, entreveía el reino de la religión mundial:

Pero siempre que la humanidad se encarrile por los dos mandamientos universales; y hasta las piedras duras del mundo, tórnanse cera sedosa de luz iluminada...

Poeta, y de los buenos.

Las voces de todas las piedras del mundo resuenan en todas las cataratas y barrancas del mundo, con hilillos de voces de plata, ocasión infinita de amar a las mujeres y a Dios...

De golpe, la visión arquetípica invadiendo y derramándose:

El Cosmos de la Tierra, interior como la imagen mental universal de Dios, que más tarde se había de tornar materia condensada, está simbolizado en el Antiguo Testamento por aquel arcángel que voltea la cabeza y ve un mundo obscuro de luces, claro que literalmente no puedo recordar párrafos del Antiguo Testamento, pero más o menos ahí va la cosa: es como si el rostro del Universo se tornara la misma luz de la Tierra, y quedara como órbita de energía universal, alrededor del sol... Del mismo modo la Humanidad entera y sus pueblos, han de voltear sus cuerpos, sus almas y sus cabezas... Es el universo y toda la Tierra que se vuelven al Cristo, poniendo a sus pies todas las leyes de la Tierra...

Y entonces,

...solamente queda como una luz universal de lámparas iguales, iluminando el corazón más profundo de los pueblos...

Lo malo era que, de golpe,

Señoras y señores: La presente carta la estoy haciendo en medio de un ruido espantoso. Y sin embargo aquí le vamos dando; es que ustedes todavía no se dan cuenta de que para que la SOBERANÍA MUNDIAL se escriba (?) de una manera más perfecta y que tenga realmente alcances universales de entendimiento, por lo menos he de merecer de ustedes que me ayuden amplísimamente para que cada renglón y cada letra esté en su lugar, y no este relajo de hijos de hijos de hijo de la chingada madre de todas las madres; chinguen a su madre todos los ruidos.

¿Pero qué importaba? A renglón seguido era otra vez el éxtasis:

¡Qué prestancia de universos! Que florecen como luz espiritual de rosas encantadoras en el corazón de todos los pueblos...

Y la carta iba a terminar floralmente, aunque con curiosos injertos de último minuto:

...Parece que se clarifica todo el universo, como luz de Cristo universal, en cada flor humana, de pétalos infinitos que alumbran eternamente por todos los caminos de la tierra; así queda clarificada en la luz de la SOBERANÍA MUNDIAL, dicen que tú ya no me quieres, porque tienes otras mañas. —Muy atentamente. México, D. F., 20 septiembre 1956—. 5 de mayo 32, int. 111 —Edif. París. LIC. JUAN CUEVAS.

(-53)

En esos días andaba caviloso, y la mala costumbre de rumiar largo cada cosa se le hacía cuesta arriba pero inevitable. Había estado dándole vueltas al gran asunto, y la incomodidad en que vivía por culpa de la Maga y de Rocamadour lo incitaba a analizar con creciente violencia la encrucijada en que se sentía metido. En esos casos Oliveira agarraba una hoja de papel y escribía las grandes palabras por las que iba resbalando su rumia. Escribía, por ejemplo: «El gran hasunto», o «la hencrucijada». Era suficiente para ponerse a reír y cebar otro mate con más ganas. «La hunidad», hescribía Holiveira. «El hego y el hotro.» Usaba las haches como otros la penicilina. Después volvía más despacio al asunto, se sentía mejor. «Lo himportante es no hinflarse», se decía Holiveira. A partir de esos momentos se sentía capaz de pensar sin que las palabras le jugaran sucio. Apenas un progreso metódico porque el gran asunto seguía invulnerable. «¿Quién te iba a decir, pibe, que acabarías metafísico?», se interpelaba Oliveira. «Hay que resistirse al ropero de tres cuerpos, che, conformate con la mesita de luz del insomnio cotidiano.» Ronald había venido a proponerle que lo acompañara en unas confusas actividades políticas, y durante toda la noche (la Maga no había traído todavía a Rocamadour del campo) habían discutido como Arjuna y el Cochero, la acción y la pasividad, las razones de arriesgar el presente por el futuro, la parte de chantaje de toda acción con un fin social, en la medida en que el riesgo corrido sirve por lo menos para paliar la mala conciencia individual, las canallerías personales de todos los días. Ronald había acabado por irse cabizbajo, sin convencer a Oliveira de que era necesario apoyar con la acción a los rebeldes argelinos. El mal gusto en la boca le había durado todo el día a Oliveira, porque había sido más fácil decirle que no a Ronald que a sí mismo.

De una cosa estaba bastante seguro, y era que no podía renunciar sin traición a la pasiva espera a la que vivía entregado desde su venida a París. Ceder a la generosidad fácil y largarse a pegar carteles clandestinos en las calles le parecía una explicación mundana, un arreglo de cuentas con los amigos que apreciarían su coraje, más que una verdadera respuesta a las grandes preguntas. Midiendo la cosa desde lo temporal y lo absoluto, sentía que erraba en el primer caso y acertaba en el segundo. Hacía mal en no luchar por la independencia argelina, o contra el antisemitismo o el racismo. Hacía bien en negarse al fácil estupefaciente de la acción colectiva y quedarse otra vez solo frente al mate amargo, pensando en el gran asunto, dándole vueltas como a un ovillo donde no se ve la punta o donde hay cuatro o cinco puntas.

Estaba bien, sí, pero además había que reconocer que su carácter era como un pie que aplastaba toda dialéctica de la acción al modo de la *Bhagavadgita*[1]. Entre cebar el mate y que se lo cebara la Maga no había duda posible. Pero todo era escindible y admitía en seguida una interpretación antagónica: a carácter pasivo correspondía una máxima libertad y disponibilidad, la perezosa ausencia de principios y convicciones lo volvía más sensible a la condición axial de la vida (lo que se llama un tipo veleta), capaz de rechazar por haraganería pero a la vez de llenar el hueco dejado por el rechazo con un contenido libremente escogido por una conciencia o un instinto más abiertos, más ecuménicos por decirlo así.

«Más hecuménicos», anotó prudentemente Oliveira.

Además, ¿cuál era la verdadera moral de la acción? Una acción social como la de los sindicalistas se justificaba de sobra en el terreno histórico. Felices los que vivían y dormían en la historia. Una abnegación se justificaba casi siempre como una actitud de raíz religiosa. Felices los que amaban al prójimo como a sí mismos. En todos los casos Oliveira rechazaba esa salida del yo, esa invasión magnánima del redil ajeno, bumerang ontológico destinado a enriquecer en última instancia al que lo soltaba, a darle más humanidad, más santidad. Siempre se es santo a costa de otro, etc. No tenía nada que

---

[1] *Bhagavadgita:* episodio del *Mahabarata* de unos 700 versos. En él, el dios Krisna, convertido en cochero de Arjuna, da a éste enseñanzas sobre filosofía y yoga, que constituyen una síntesis de los sistemas anteriores. Es el más recordado de los textos sagrados de la India. En esta novela se alude repetidas veces a él.

objetar a esa acción en sí, pero la apartaba desconfiado de su conducta personal. Sospechaba la traición apenas cediera a los carteles en las calles o a las actividades de carácter social; una traición vestida de trabajo satisfactorio, de alegrías cotidianas, de conciencia satisfecha, de deber cumplido. Conocía de sobra a algunos comunistas de Buenos Aires y de París, capaces de las peores vilezas pero rescatados en su propia opinión por «la lucha», por tener que levantarse a mitad de la cena para correr a una reunión o completar una tarea. En esas gentes la acción social se parecía demasiado a una coartada, como los hijos suelen ser la coartada de las madres para no hacer nada que valga la pena en esta vida, como la erudición con anteojeras sirve para no enterarse de que en la cárcel de la otra cuadra siguen guillotinando a tipos que no deberían ser guillotinados. La falsa acción era casi siempre la más espectacular, la que desencadenaba el respeto, el prestigio y las hestatuas hecuestres. Fácil de calzar como un par de zapatillas, podía incluso llegar a ser meritoria («al fin y al cabo estaría tan bien que los argelinos se independizaran y que todos ayudáramos un poco», se decía Oliveira); la traición era de otro orden, era como siempre la renuncia al centro, la instalación en la periferia, la maravillosa alegría de la hermandad con otros hombres embarcados en la misma acción. Allí donde cierto tipo humano podía realizarse como héroe, Oliveira se sabía condenado a la peor de las comedias. Entonces valía más pecar por omisión que por comisión. Ser actor significaba renunciar a la platea, y él parecía nacido para ser espectador en fila uno. «Lo malo», se decía Oliveira, «es que además pretendo ser un espectador activo y ahí empieza la cosa».

Hespectador activo. Había que hanalizar despacio el hasunto. Por el momento ciertos cuadros, ciertas mujeres, ciertos poemas, le daban una esperanza de alcanzar alguna vez una zona desde donde le fuera posible aceptarse con menos asco y menos desconfianza que por el momento. Tenía la ventaja nada despreciable de que suspeores defectos tendían a servirle en eso que no era un camino sino la búsqueda de un alto previo a todo camino. «Mi fuerza está en mi debilidad», pensó Oliveira. «Las grandes decisiones las he tomado siempre como máscaras de fuga.» La mayoría de sus empresas (de sus hempresas) culminaban not with a bang but a whimper[2], las

---

[2] 'no con un golpe sino con un gemido'.

grandes rupturas, los bang sin vuelta eran mordiscos de rata acorralada y nada más. Lo otro giraba ceremoniosamente, resolviéndose en tiempo o en espacio o en comportamiento, sin violencia, por cansancio —como el fin de sus aventuras sentimentales— o por una lenta retirada como cuando se empieza a visitar cada vez menos a un amigo, leer cada vez menos a un poeta, ir cada vez menos a un café, dosando suavemente la nada para no lastimarse.

«A mí en realidad no me puede suceder ni medio», pensaba Oliveira. «No me va a caer jamás una maceta en el coco.» ¿Por qué entonces la inquietud, si no era la manida atracción de los contrarios, la nostalgia de la vocación y la acción? Un análisis de la inquietud, en la medida de lo posible, aludía siempre a una descolocación, a una excentración con respecto a una especie de orden que Oliveira era incapaz de precisar. Se sabía espectador al margen del espectáculo, como estar en un teatro con los ojos vendados: a veces le llegaba el sentido segundo de alguna palabra, de alguna música, llenándolo de ansiedad porque era capaz de intuir que ahí estaba el sentido primero. En esos momentos se sabía más próximo al centro que muchos que vivían convencidos de ser el eje de la rueda, pero la suya era una proximidad inútil, un instante tantálico[3] que ni siquiera adquiría calidad de suplicio. Alguna vez había creído en el amor como enriquecimiento, exaltación de las potencias intercesoras. Un día se dio cuenta de que sus amores eran impuros porque presuponían esa esperanza, mientras que el verdadero amante amaba sin esperar nada fuera del amor, aceptando ciegamente que el día se volviera más azul y la noche más dulce y el tranvía menos incómodo. «Hasta de la sopa hago una operación dialéctica», pensó Oliveira. De sus amantes acababa por hacer amigas, cómplices en una especial contemplación de la circunstancia. Las mujeres empezaban por adorarlo (realmente lo hadoraban), por admirarlo (una hadmiración hilimitada), después algo les hacía sospechar el vacío, se echaban atrás y él les facilitaba la fuga, les abría la puerta para que se fueran a jugar a otro lado. En dos ocasiones había estado a punto de sentir lástima y dejarles la ilusión

---

[3] En la mitología griega, Tántalo, rey de Lidia, fue castigado por los dioses a suplicios terribles. Según algunas versiones, atormentado por la sed y el hambre, veía escapar el agua de sus labios y las ramas con frutos elevarse, cuando quería cogerlas.

de que lo comprendían, pero algo le decía que su lástima no era auténtica, más bien un recurso barato de su egoísmo y su pereza y sus costumbres. «La Piedad está liquidando», se decía Oliveira y las dejaba irse, se olvidaba pronto de ellas.

(-20)

Los papeles sueltos en la mesa. Una mano (de Wong). Una voz lee despacio, equivocándose, las *l* como ganchos, las *e* incalificables. Apuntes, fichas donde hay una palabra, un verso en cualquier idioma, la cocina del escritor. Otra mano (Ronald). Una voz grave que sabe leer. Saludos en voz baja a Ossip y a Oliveira que llegan contritos (Babs ha ido a abrirles, los ha recibido con un cuchillo en cada mano). Coñac, luz de oro, la leyenda de la profanación de la hostia[1], un pequeño De Stäel. Las gabardinas se pueden dejar en el dormitorio. Una escultura de (quizá) Brancusi[2]. En el fondo del dormitorio, perdida entre un maniquí vestido de húsar y una pila de cajas donde hay alambres y cartones. Las sillas no alcanzan, pero Oliveira trae dos taburetes. Se produce uno de esos silencios comparables, según Gênet[3], al que observan las gen-

---

[1] Serie de escenas pintadas por Paolo Ucello (1397-1475) en una predella que hoy se encuentra en la Galería Nacional delle Marche de Urbino. Esta es su última obra segura (1469), pintada, en la vejez, para la Cofradía del Corpus Domini de Urbino. Cuenta la historia de una Hostia consagrada, vendida por una mujer a un mercader hebreo, que la profanó poniéndola en una sartén, pero la Hostia sangró tanto que los culpables fueron descubiertos y llevados al suplicio.

[2] Constantin *Brancusi*, rumano, escultor cercano a la renovación cubista y surrealista. Cortázar lo ha recordado a propósito del arte griego primitivo: «una serie de pequeños ídolos de mármol de una belleza extraordinaria, salvaje, tremenda, figuras femeninas» (Evelyn Picon, pág. 106). En *62*, Heléne le recuerda al narrador a Brancusi y a la Dama de Elche (pág. 77).

[3] Jean *Genet:* nacido en 1910, autor de novelas y obras de teatro. Sartre le dedicó su ensayo *Saint Genet, comédien et martyr*. Nuria Espert obtuvo uno de sus mayores éxitos al representar *Las criadas*. Declaró Cortázar a Evelyn Picon: «La franqueza de Jean Genet en materia de erotismo homosexual es algo que yo siempre he admirado

tes bien educadas cuando perciben de pronto, en un salón, el olor de un pedo silencioso. Recién entonces Etienne abre el portafolios y saca los papeles.

—Nos pareció mejor esperarte para clasificarlos —dice—. Entre tanto estuvimos mirando algunas hojas sueltas. Esta bruta tiró un huevo hermosísimo a la basura.

—Estaba podrido —dice Babs.

Gregorovius pone una mano que tiembla visiblemente sobre una de las carpetas. Debe hacer mucho frío en la calle, entonces un coñac doble. El color de la luz los calienta, y la carpeta verde, el Club. Oliveira mira el centro de la mesa, la ceniza de su cigarrillo empieza a sumarse a la que llena el cenicero.

(-82)

---

profundamente. Y creo que han hecho de él uno de nuestros grandes poetas novelistas, porque es las dos cosas a la vez, de nuestros tiempos» (pág. 102). En otra ocasión ha escrito: «Hay que llegar a Jean Genet, cosa que disgusta siempre a los heterosexuales pero qué le vamos a hacer; en nuestros tiempos no sé de otro escritor que haya extremado más la casi imposible resolución del erotismo en lo que antes llamé delicadeza por falta de mejor término». (*Último Round,* II, pág. 70). En el *Libro de Manuel* cita a «el viejo Miller o el viejo Genet, esos que dieron su empujón y ganaron la puerta de la calle y ya nadie puede atajar aunque los prohíban en un montón de países» (pág. 234).

Ahora se daba cuenta de que en los momentos más altos del
deso no había sabido meter la cabeza en la cresta de la ola y
pasar a través del fragor fabuloso de la sangre. Querer a la
Maga había sido como un rito del que ya no se espera la
iluminación; palabras y actos se habían sucedido con una
inventiva monotonía, una danza de tarántulas sobre un piso
lunado, una viscosa y prolongada manipulación de ecos.
Y todo el tiempo él había esperado de esa alegre embriaguez
algo como un despertar, un ver mejor lo que lo circundaba, ya
fueran los papeles pintados de los hoteles o las razones de
cualquiera de sus actos, sin querer comprender que limitarse a
esperar abolía toda posibilidad real, como si por adelantado se
condenara a un presente estrecho y nimio. Había pasado de
la Maga a Pola en un solo acto, sin ofender a la Maga ni
ofenderse, sin molestarse en acariciar la rosada oreja de Pola
con el nombre excitante de la Maga. Fracasar en Pola era la
repetición de innúmeros fracasos, un juego que se pierde al
final pero que ha sido bello jugar, mientras que de la Maga
empezaba a salirse resentido, con una conciencia de sarro y un
pucho oliendo a madrugada en un rincón de la boca. Por eso
llevó a Pola al mismo hotel de la rue Valette[1], encontraron a
la misma vieja que los saludó comprensivamente, qué otra
cosa se podía hacer con ese sucio tiempo. Seguía oliendo a
blando, a sopa, pero habían limpiado la mancha azul en la
alfombra y había sitio para nuevas manchas.

—¿Por qué aquí? —dijo Pola, sorprendida. Miraba el cobertor amarillo, la pieza apagada y mohosa, la pantalla de flecos
rosa colgando en lo alto.

---

[1] *Rue Valette:* el mismo hotel donde llevó a la Maga y a Pola es el
que ofreció a Berthe Trépat, la noche de su concierto.

—Aquí, o en otra parte...

—Si es por una cuestión de dinero, no había más que decirlo, querido.

—Si es por una cuestión de asco, no hay más que mandarse mudar, tesoro.

—No me da asco. Es feo, simplemente. A lo mejor...

Le había sonreído, como si tratara de comprender. A lo mejor... Su mano encontró la de Oliveira cuando al mismo tiempo se agachaban para levantar el cobertor. Toda esa tarde él asistió otra vez, una vez más, una de tantas veces más, testigo irónico y conmovido de su propio cuerpo, a las sorpresas, los encantos y las decepciones de la ceremonia. Habituado sin saberlo a los ritmos de la Maga, de pronto un nuevo mar, un diferente oleaje lo arrancaba a los automatismos, la confrontaba, parecía denunciar oscuramente su soledad enredada de simulacros. Encanto y desencanto de pasar de una boca a otra, de buscar con los ojos cerrados un cuello donde la mano ha dormido recogida, y sentir que la curva es diferente, una base más espesa, un tendón que se crispa brevemente con el esfuerzo de incorporarse para besar o morder. Cada momento de su cuerpo frente a un desencuentro delicioso, tener que alargarse un poco más, o bajar la cabeza para encontrar la boca que antes estaba ahí tan cerca, acariciar una cadera más ceñida, incitar a una réplica y no encontrarla, insistir, distraído, hasta darse cuenta de que todo hay que inventarlo otra vez, que el código no ha sido estatuido, que las claves y las cifras van a nacer de nuevo, serán diferentes, responderán a otra cosa. El peso, el olor, el tono de una risa o de una súplica, los tiempos y las precipitaciones, nada coincide siendo igual, todo nace de nuevo siendo inmortal, el amor juega a inventarse, huye de sí mismo para volver en su espiral sobrecogedora, los senos cantan de otro modo, la boca besa más profundamente o como de lejos, y en un momento donde antes había como cólera y angustia es ahora el juego puro, el retozo increíble, o al revés, a la hora en que antes se caía en el sueño, el balbuceo de dulces cosas tontas, ahora hay una tensión, algo incomunicado pero presente que exige incorporarse, algo como una rabia insaciable. Sólo el placer en su aletazo último es el mismo; antes y después el mundo se ha hecho pedazos y hay que nombrarlo de nuevo, dedo por dedo, labio por labio, sombra por sombra.

La segunda vez fue en la pieza de Pola, en la rue Dauphine. Si algunas frases habían podido darle una idea de lo que iba a

encontrar, la realidad fue mucho más allá de lo imaginable.
Todo estaba en su lugar y había un lugar para cada cosa. La
historia del arte contemporáneo se inscribía módicamente en
tarjetas postales: un Klee, un Poliakoff[2], un Picasso (ya con
cierta condescendencia bondadosa), un Manessier[3] y un Fautrier[4]. Clavados artísticamente, con un buen cálculo de distancias. En pequeña escala ni el David de la Signoria[5] molesta.
Una botella de pernod y otra de coñac. En la cama un poncho
mexicano. Pola tocaba a veces la guitarra, recuerdo de un
amor de altiplanicies. En su pieza se parecía a **Michèle Mor-**
gan[6], pero era resueltamente morocha. Dos estantes de libros
incluían el cuarteto alejandrino de Durrell, muy leído y anota-
do, traducciones de Dylan Thomas manchadas de rouge, números de *Two Cities,* Christiane Rochefort[7], Blondin[8], Sarraute (sin cortar) y algunas NRF. El resto gravitaba en torno
a la cama, donde Pola lloró un rato mientras se acordaba de
una amiga suicida (fotos, la página arrancada a un diario
íntimo, una flor seca). Después a Oliveira no le pareció extraño que Pola se mostrara perversa, que fuese la primera en
abrir el camino a las complacencias, que la noche los encontrara como tirados en una playa donde la arena va cediendo
lentamente al agua llena de algas. Fue la primera vez que la

---

[2] Serge *Poliakoff:* nacido en 1906 en Moscú; pintor abstracto.
Pinta amplias superficies de colores simples.

[3] Alfred *Manessier:* fue mencionado ya en el capítulo 26, dentro de
la lista de pintores de la escuela de París.

[4] Jean *Fautrier* (1897-1964): francés, cultiva una pintura matérica
con grumos de color superpuestos.

[5] En la Piazza de la *Signoria,* en Florencia, existe una gran reproducción del *David* de Miguel Ángel, que se encuentra en la Galería de
la Academia de la misma ciudad.

[6] *Michèle Morgan:* actriz de cine francesa. Películas: *El muelle de
las brumas* (1938), *El ídolo caído* (1948), *Los orgullosos* (1953), *Las
maniobras del amor* (1955). Vive hoy en París, en la isla Saint Louis,
en la zona tantas veces citada en esta novela.

[7] *Cristiane Rochefort:* nacida en París en 1917, novelista, autora de
Le repos du guerriere (1958), *Les petis enfants du siècle* (1961), *Les
stances à Sophie* (1963).

[8] Antoine *Blondin:* nacido en 1922, novelista humorístico, autor de
L'école buissonnière (1949), *Les enfants de Bon Dieu* (1952) y *Un mono
en invierno* (1959), popularizada por el cine. Gran apasionado del
ciclismo. Nótese que Cortázar nos está dando la visión un poco
irónica de una joven francesa de cultura media, con ciertas pretensiones, pero que no abre el libro de la Sarraute.

llamó Pola París, por jugar, y que a ella le gustó y lo repitió, y le mordió la boca murmurando Pola París, como si asumiera el nombre y quisiera merecerlo, polo de París, París de Pola, la luz verdosa del neón encendiéndose y apagándose contra la cortina de rafia amarilla, Pola París, Pola París, la ciudad desnuda con el sexo acordado a la palpitación de la cortina, Pola París, Pola París, cada vez más suya, senos sin sorpresa, la curva del vientre exactamente recorrida por la caricia, sin el ligero desconcierto al llegar al límite antes o después, boca ya encontrada y definida, lengua más pequeña y más aguda, saliva más parca, dientes sin filo, labios que se abrían para que él le tocara las encías, entrara y recorriera cada repliegue tibio donde se olía un poco el coñac y el tabaco.

(-103)

Pero el amor, esa palabra... Moralista Horacio, temeroso de pasiones sin una razón de aguas hondas, desconcertado y arisco en la ciudad donde el amor se llama con todos los nombres de todas las calles, de todas las casas, de todos los pisos, de todas las habitaciones, de todas las camas, de todos los sueños, de todos los olvidos o los recuerdos. Amor mío, no te quiero por vos ni por mí ni por los dos juntos, no te quiero porque la sangre me llame a quererte, te quiero porque no sos mía, porque estás del otro lado, ahí donde me invitás a saltar y no puedo dar el salto, porque en lo más profundo de la posesión no estás en mí, no te alcanzo, no paso de tu cuerpo, de tu risa, hay horas en que me atormenta que me ames (cómo te gusta usar el verbo amar, con qué cursilería lo vas dejando caer sobre los platos y las sábanas y los autobuses), me atormenta tu amor que no me sirve de puente porque un puente no se sostiene de un solo lado, jamás Wright[1] ni Le Corbusier[2] van a hacer un puente sostenido de un solo lado, y no me mires con esos ojos de pájaro, para vos la operación del amor es tan sencilla, te curarás antes que yo y eso que me querés como yo no te quiero. Claro que te curarás, porque vivís en la salud, después de mí será cualquier otro, eso se cambia como los corpiños. Tan triste oyendo al cínico Horacio que quiere

---

[1] Frank Lloyd *Wright* (1869-1959): uno de los fundadores de la arquitectura orgánica en los Estados Unidos, con su idea de la «planta libre» que se despliega desde dentro y armoniza con el paisaje, como la Casa de la cascada. En su figura se inspiró vagamente la película *El manantial,* de King Vidor, basada en una novela de Ayn Rand. El papel del arquitecto revolucionario lo hacía Gary Cooper.

[2] *Le Corbusier* (1887-1965): uno de los grandes maestros de la arquitectura contemporánea, en la línea purista.

un amor pasaporte, amor pasamontañas, amor llave, amor revólver, amor que le dé los mil ojos de Argos[3], la ubicuidad, el silencio desde donde la música es posible, la raíz desde donde se podría empezar a tejer una lengua. Y es tonto porque todo eso duerme un poco en vos, no habría más que sumergirte en un vaso de agua como una flor japonesa y poco a poco empezarían a brotar los pétalos coloreados, se hincharían las formas combadas, crecería la hermosura[4]. Dadora de infinito, yo no sé tomar, perdoname. Me estás alcanzando una manzana y yo he dejado los dientes en la mesa de luz. Stop, ya está bien así. También puedo ser grosero. Fijate. Pero fijate bien, porque no es gratuito.

¿Por qué stop? Por miedo de empezar las fabricaciones, son tan fáciles. Sacás una idea de ahí, un sentimiento del otro estante, los atás con ayuda de palabras, perras negras, y resulta que te quiero. Total parcial: te quiero. Total general: te amo. Así viven muchos amigos míos, sin hablar de un tío y dos primos, convencidos del amor-que-sienten-por-sus-esposas. De la palabra a los actos, che; en general sin verba no hay res. Lo que mucha gente llama amar consiste en elegir a una mujer y casarse con ella. La eligen, te lo juro, los he visto. Como si se pudiese elegir en el amor, como si no fuera un rayo que te parte los huesos y te deja estaqueado en la mitad del patio. Vos dirás que la eligen porque-la-aman, yo creo que es al vesre. A Beatriz no se la elige, a Julieta no se la elige. Vos no elegís la lluvia que te va a calar hasta los huesos cuando salís de un concierto. Pero estoy solo en mi pieza, caigo en

---

[3] *Argos:* príncipe argivo que tenía cien ojos, en la mitología griega, por eso Hera le confió la custodia de Io, pero Hermes lo durmió con su flauta (escena que pinta Velázquez en el cuadro del museo del Prado). Hera cubrió con sus ojos la cola del pavo real.

[4] La metáfora de las flores japonesas la inmortalizó Marcel Proust: «Y como ese juego en que los japoneses se divierten echando en una vasija de porcelana llena de agua pequeños trozos de papel que, apenas se han mojado, se estiran, adquieren forma, se colorean, se diferencian, se convierten en flores o casas o personajes consistentes o reconocibles, así ahora todas las flores de nuestro jardín y las del parque de monsieur Swann, y las ninfeas de la Vivonne, y las buenas gentes del pueblo y sus casas y la iglesia y todo Combray y sus alrededores, todo lo que cobra forma y solidez, ha salido, ciudad y jardines, de mi taza de té» («*Du côté de chez Swann*, París, Gallimard, 1954, pág. 68).

artilugios de escriba[5], las perras negras se vengan como pueden, me mordisquean desde abajo de la mesa. ¿Se dice abajo o debajo? Lo mismo te muerden. ¿Por qué, por qué, pourquoi, why, warum, perchè este horror a las perras negras? Míralas ahí en ese poema de Nashe[6], convertidas en abejas. Y ahí, en dos versos de Octavio Paz[7], muslos del sol, recintos del verano. Pero un mismo cuerpo de mujer es María y la Brinvilliers[8], los ojos que se nublan mirando un bello ocaso son la misma óptica que se regala con los retorcimientos de un ahorcado. Tengo miedo de ese proxenetismo, de tinta y de voces, mar de lenguas lamiendo el culo del mundo. Miel y leche hay debajo de tu lengua[9]... Sí, pero también está dicho que las moscas muertas hacen heder el perfume del perfumista. En guerra con la palabra, en guerra, todo lo que sea necesario aunque haya que renunciar a la inteligencia, quedarse en el mero pedido de papas fritas y los telegramas Reuter, en las cartas de mi noble hermano y los diálogos del cine. Curioso, muy curioso que Puttenham[10] sintiera las palabras como si fueran objetos, y hasta criaturas con vida propia. También a mí, a veces, me parece estar engendrando ríos de hormigas feroces que se comerán el mundo. Ah, si en el silencio empollara el Roc[11]... Logos, *faute éclatante!* Concebir

---

[5] Me parece que recuerda Cortázar la famosa distinción de Roland Barthes: écrivant/écrivain = escriba/escritor.

[6] **Thomas** *Nashe:* escritor inglés, autor de *The Anatomie of Absurditie* (1589).

[7] *Octavio Paz:* poeta y ensayista mejicano, nacido en 1914. Poemas: *Libertad bajo palabra.* Ensayos: *El laberinto de la soledad, El arco y la lira, Cuadrivio, El mono gramático.* Cortázar se refiere a él muchas veces y le ha dedicado el poema «Jardín para Octavio Paz» (en *Último Round,* págs. 104-108).

[8] *La Marquesa de Brinvilliers* (1630-1676): famosa envenenadora francesa. Envenenó a su padre, a sus hermanas y a otras personas más. Fue decapitada el 16 de julio de 1676. Sobre este personaje han escrito obras Scribe *(La marquise de Brinvilliers)* y Sardou *(L'affaire des poisons).*

[9] Cita Cortázar la descripción de la Esposa hecha por el Esposo en el *Cantar de los Cantares,* IV, 11. Recuérdese que, en la *Biblia,* de Canaán se dice, también, que es «la tierra que mana leche y miel» (Éxodo, III, 8).

[10] Georges *Puttenham* (1529-1590): tratadista inglés. Su obra principal es *The Art of English Poetry* (1589).

[11] Recuérdese la historia de Simbad el marino. Cortázar ha dedicado un poema a «La hija del roc». Y otro, titulado «Poema», concluye

una raza que se expresara por el dibujo, la danza, el macramé[12] o una mímica abstracta. ¿Evitarían las connotaciones,
raíz del engaño? *Honneur des hommes,* etc. Sí, pero un honor
que se deshonra a cada frase, como un burdel de vírgenes si la
cosa fuera posible.

Del amor a la filología, estás lucido, Horacio. La culpa la
tiene Morelli que te obsesiona, su insensata tentativa te hace
entrever una vuelta al paraíso perdido, pobre preadamita de
snack-bar, de edad de oro envuelta en celofán. *This is a
plastic's age, man, a plastic's age.* Olvidate de las perras. Rajá,
jauría, tenemos que pensar, lo que se llama pensar, es decir
sentir, situarse y confrontarse antes de permitir el paso de la
más pequeña oración principal o subordinada. París es un
centro, entendés, un mandala que hay que recorrer sin dialéctica, un laberinto donde las fórmulas pragmáticas no sirven
más que para perderse. Entonces un *cogito* que sea como
repirar París, entrar en él dejándolo entrar, neuma y no logos.
Argentino compadrón, desembarcando con la suficiencia de
una cultura de tres por cinco, entendido en todo, al día en
todo, con un buen gusto aceptable. la historia de la raza bien
sabida, los periodos artísticos, el románico y el gótico, las
corrientes filosóficas, las tensiones políticas, la Shell Mex[13], la
acción y la reflexión, el compromiso y la libertad, Piero della
Francesca[14] y Anton Webern, la tecnología bien catalogada,
Lettera 22[15], Fiat 1600, Juan XXIII. Qué bien, qué bien. Era
una pequeña librería de la rue du Cherche-Midi, era un aire
suave de pausados giros[16], era la tarde y la hora[17], era del

---

así: «Pregunto por la nada que nos mueve / en esos cementerios
conjeturo / que crece poco a poco el miedo / y que allí empolla el
Roc» *(Pameos y meopas,* págs. 85 y 117).

[12] *macramé:* forma de tejido reticular de origen árabe, con figuras
geométricas y franjas de colores o de seda. Fue introducida en Europa
por Grecia en el siglo XVII.

[13] Famosa empresa petrolífera.

[14] *Piero della Francesca* (1416-1492): pintor del Quattrocento florentino. Su obra maestra son los frescos sobre la leyenda de la Cruz en
la Iglesia de San Francisco, en Arezzo.

[15] Un modelo de máquina de escribir, de la firma italiana Olivetti.

[16] Es el comienzo de un famoso poema de Rubén Darío, escrito
en 1893 *(Antología poética,* prólogo y selección de Guillermo de Torre,
Buenos Aires, Losada, 1966, pág. 54).

[17] Cita al escritor hispanoamericano Esteban Echevarría (1805-
1851), considerado el introductor del romanticismo en su país, Argen-

año la estación florida[18], era el Verbo (en el principio)[19], era
un hombre que se creía un hombre. Qué burrada infinita,
madre mía. Y ella salió de la librería (recién ahora me doy
cuenta de que era como una metáfora, ella saliendo nada
menos que de una librería) y cambiamos dos palabras y nos
fuimos a tomar una copa de *pelure d'oignon* a un café de
Sèvres-Babylone[20] (hablando de metáforas. yo delicada porcelana recién desembarcada, HANDLE WITH CARE, y ella Babilonia,
raíz de tiempo, cosa anterior, *primeval being,* terror y delicia
de los comienzos, romanticismo de Atala[21] pero con un tigre
auténtico esperando detrás del arbol). Y así Sèvres se fue con
Babylone a tomar un vaso de *pelure d'oignon,* nos mirábamos
y yo creo que ya empezábamos a desearnos (pero eso fue más
tarde, en la rue Réaumur) y sobrevino un diálogo memorable,
absolutamente recubierto de malentendidos. de desajustes que
se resolvían en vagos silencios, hasta que las manos empezaron a tallar, era dulce acariciarse las manos mirándose y
sonriendo, encendíamos los Gauloises el uno en el pucho del
otro, nos frotábamos con los ojos, estábamos tan de acuerdo
en todo que era una vergüenza, París danzaba afuera esperán-
donos, apenas habíamos desembarcado, apenas vivíamos,

tina, y en toda Hispanoamérica. Obras: *La cautiva* (poesía) y *El
matadero* (narración).
[18] Es el primer verso de la *Soledad primera* de Góngora. Expresa
culteranamente que es abril, la estación en que el Sol entra en la
constelación sideral de Tauro (véase la edición de John Beverley en
esta colección, 1979, pág. 75).
[19] Son las palabras iniciales del Evangelio de San Juan.
[20] La calle *Sèvres* y la calle *Babylone* coinciden en la esquina del
Boulevard Raspail (estación de metro Sèvres-Babylone). La rue de
Babylone fue mencionada ya en el capítulo 9. En cuanto a la de
Sèvres, juega el narrador con el nombre de la famosa fábrica de
porcelana. En ella están los almacenes Bon Marché. Se refiere también
a ella en el *Libro de Manuel* (pág. 321) y en *La vuelta* (pág. 161).
[21] *Atala* (1801), de Chateaubriand (1768-1848) fue incluida en la
edición inglesa de *El genio del cristianismo* para ilustrar «las armonías
de la religión cristiana con las escenas de la naturaleza y las pasiones
del corazón humano». Es una historia de amor entre dos salvajes,
situada en el ambiente exótico del Mississipi. Tuvo un gran éxito y
significó el comienzo del romanticismo francés. En *62,* «Juan había
abierto el libro para enterarse sin mayor interés de que en 1791 el autor
de *Atala* y de *René* se había dignado contemplar las cataratas del
Niágara, de las que dejaría una descripción ilustre» (pág. 21). Comenta ese episodio Curutchet, pág. 108.

todo estaba ahí sin nombre y sin historia (sobre todo para Babylone, y el pobre Sèvres hacía un enorme esfuerzo, fascinado por esa manera Babylone de mirar lo gótico sin ponerle etiquetas. de andar por las orillas del río sin ver remontar los drakens[22] normandos). Al despedirnos éramos como dos chicos que se han hecho estrepitosamente amigos en una fiesta de cumpleaños y se siguen mirando mientras los padres los tiran de la mano y los arrastran, y es un dolor dulce y una esperanza, y se sabe que uno se llama Tony y la otra Lulú, y basta para que el corazón sea como una frutilla, y...

Horacio, Horacio.

Merde, alors. ¿Por qué no? Hablo de entonces, de Sèvres-Babylone, no de este balance elegiaco en que ya sabemos que el juego está jugado.

(-68)

_____

[22] *drakens:* 'draque, aguardiente aguado'.

Morelliana.

Una prosa puede corromperse como un bife de lomo. Asisto hace años a los signos de podredumbre en mi escritura. Como yo, hace sus anginas, sus ictericias, sus apendicitis, pero me excede en el camino de la disolución final. Después de todo podrirse significa terminar con la impureza de los compuestos y devolver sus derechos al sodio, al magnesio, al carbono químicamente puros. Mi prosa se pudre sintácticamente y avanza —con tanto trabajo— hacia la simplicidad. Creo que por eso ya no sé escribir «coherente»; un encabritamiento verbal me deja de a pie a los pocos pasos. *Fixer des vertiges,* qué bien. Pero yo siento que debería fijar elementos. El poema está para eso, y ciertas situaciones de novela o cuento o teatro. Lo demás es tarea de relleno y me sale mal.

—Sí, pero los elementos, ¿son lo esencial? Fijar el carbono vale menos que fijar la historia de los Guermantes[1].

—Creo oscuramente que los elementos a que apunto son un término de la *composición.* Se invierte el punto de vita de la química escolar. Cuando la composición ha llegado a su extremo límite, se abre el territorio de lo elemental. Fijarlos y, si es posible, serlos.

(-91)

---

[1] Alusión a *Du coté des Guermantes* (1920), de Marcel Proust.

En una que otra nota, Morelli se había mostrado curiosamente explícito acerca de sus intenciones. Dando muestra de un extraño anacronismo, se interesaba por estudios o desestudios tales como el budismo Zen, que en esos años era la urticaria de la *beat generation*. El anacronismo no estaba en eso sino en que Morelli parecía mucho más radical y más joven en sus exigencias espirituales que los jóvenes californianos borrachos de palabras sánscritas y cerveza en lata. Una de las notas aludía suzukianamente [1] al lenguaje como una especie de exclamación o grito surgido directamente de la experiencia interior. Seguían varios ejemplos de diálogo entre maestros y discípulos, por completo ininteligibles para el oído racional y para toda lógica dualista y binaria, así como de respuestas de los maestros a las preguntas de sus discípulos, consistentes por lo común en descargarles un bastón en la cabeza, echarles un jarro de agua, expulsarlos a empellones de la casa o, en el mejor de los casos, repetirles la pregunta en la cara. Morelli parecía moverse a gusto en ese universo aparentemente demencial, y dar por supuesto que esas conductas magistrales constituían la verdadera lección, el único *modo* de abrir el ojo espiritual del discípulo y revelarle la verdad. Esa violenta irracionalidad le parecía *natural,* en el sentido de que abolía las estructuras que constituyen la especialidad del Occidente, los ejes donde pivota el entendimiento histórico del hombre y que tienen en el pensamiento discursivo (e incluso en el sentimiento estético y hasta poético) su instrumento de elección.

---

[1] *Suzuki:* Debe de referirse al tratadista de budismo Zen, más que al pintor.

El tono de las notas (apuntes con vistas a una mnemotecnia o a un fin no bien explicado) parecía indicar que Morelli estaba lanzado a una aventura análoga en la obra que penosamente había venido escribiendo y publicando en esos años. Para algunos de sus lectores (y para él mismo) resultaba irrisoria la intención de escribir una especie de novela prescindiendo de las articulaciones lógicas del discurso. Se acababa por adivinar como una transacción, un procedimiento (aunque quedara en pie el absurdo de elegir una narración para fines que no parecían narrativos)*.

* ¿Por qué no? La pregunta se la hacía el mismo Morelli en un papel cuadriculado en cuyo margen había una lista de legumbres, probablemente un *memento buffandi*. Los profetas, los místicos, la noche oscura del alma: utilización frecuente del relato en forma de apólogo o visión. Claro que una novela... Pero ese escándalo nacía más de la manía genérica y clasificatoria del mono occidental que de una verdadera contradicción interna**.

** Sin contar que cuanto más violenta fuera la contradicción interna, más eficacia podría dar a una, digamos, técnica al modo Zen. A cambio del bastonazo en la cabeza, una novela absolutamente antinovelesca, con el escándalo y el choque consiguiente, y quizá con una apertura para los más avisados***.

*** Como esperanza de esto último, otro papelito continuaba la cita suzukiana en el sentido de que la comprensión del extraño lenguaje de los maestros significa la comprensión de sí mismo por parte del discípulo y no la del sentido de ese lenguaje. Contrariamente a lo que podría deducir el astuto filósofo europeo, el lenguaje del maestro Zen transmite ideas y no sentimientos o intuiciones. Por eso no sirve en cuanto lenguaje en sí, pero como la elección de las frases proviene del maestro, el misterio se cumple en la región que le es propia y el discípulo se abre a sí mismo, se comprende, y la frase pedestre se vuelve llave****.

**** Por eso Etienne, que había estudiado analíticamente los trucos de Morelli (cosa que a Oliveira le hubiera parecido una garantía de fracaso) creía reconocer en ciertos pasajes del libro, incluso en capítulos enteros, una especie de gigantesca amplificación *ad usum homo sapiens* de ciertas bofetadas Zen. A esas partes del libro Morelli las llamaba «arquepítulos», y «capetipos», adefesios verbales donde se adivinaba una mezcla no por nada joyciana[2]. En cuanto a lo que

---

[2] Son típicos de Joyce esos juegos lingüísticos, combinando dos palabras. Quizá por influencia suya los utiliza Luis Martín Santos en *Tiempo de silencio*.

tuvieran que hacer ahí los arquetipos, era tema de desasosiego para Wong y Gregorovius*****.

***** Observación de Etienne: De ninguna manera Morelli parecía querer treparse al árbol bodhi, al Sinaí o a cualquier plataforma revelatoria. No se proponía actitudes magistrales desde las cuales guiar al lector hacia nuevas y verdes praderas. Sin servilismo (el viejo era de origen italiano y se encaramaba fácilmente al do de pecho, hay que decirlo) escribía como si él mismo, en una tentativa desesperada y conmovedora, imaginara al maestro que debería iluminarlo. Soltaba su frase Zen, se quedaba escuchándola —a veces a lo largo de cincuenta páginas, el muy monstruo—, y hubiera sido absurdo y de mala fe sospechar que esas páginas estaban orientadas a un lector. Si Morelli las publicaba era en parte por su lado italiano («Ritorna vincitor!»)[3] y en parte porque estaba encantado de lo vistosas que le resultaban******.

****** Etienne veía en Morelli al perfecto occidental, al colonizador. Cumplida su modesta cosecha de amapolas búdicas, se volvía con las semillas al Quartier Latin. Si la revelación última era lo que quizá lo esperanzaba más, había que reconocer que su libro constituía ante todo una empresa literaria, precisamente porque se proponía como una destrucción de formas (de fórmulas) literarias*******.

******* También era occidental, dicho sea en su alabanza, por la convicción cristiana de que no hay salvación individual posible, y que las faltas del uno manchan a todos y viceversa. Quizá por eso (pálpito de Oliveira) elegía la forma novela para sus andanzas, y además publicaba lo que iba encontrando o desencontrando.

(-146)

---

[3] Eso le gritan a Radamés en el acto primero, escena primera de *Aida*, la ópera de Verdi con libreto de Antonio Ghislanzoni *(Tutti i libretti di Verdi*, Milán, ed. Garzanti, 1978, pág. 454). No olvidemos la parodia española: *La corte del Faraón*.

La noticia corriócomounreguerodepólvora, y prácticamente
todo el Club estaba allí a las diez de la noche. Etienne portador de la llave, Wong inclinándose hasta el suelo para con-
trarrestar la furiosa recepción de la portera, mais que'est-
ce que'ils viennent fiche, non mais vraiment ces étrangers,
écoutez, je veux bien vous laisser monter puisque vous dites
que vous êtes des amis du vi... de monsieur Morelli, mais
quand même il aurait fallu prévenir, quoi, une bande qui
s'amène à dix heures du soir, non, vraiment, Gustave, tu
devrais parler au syndic, ça devient trop con, etc., Babs armada de lo que Ronald llamaba the alligator's smile, Ronald
entusiasmado y golpeando a Etienne en la espalda, empuján-
dolo para que se apurara, Perico Romero maldiciendo la
literatura, primer piso RODEAU, FOURRURES, segundo piso DOC-
TEUR, tercer piso HUSSENOT, era demasiado increíble, Ronald
metiendo un codo en las costillas de Etienne y hablando mal
de Oliveira, the bloody bastard, just another of his practical
jokes I imagine, dis donc, tu vas me foutre la paix, toi, París
no es más que esto, coño, una puñetera escalera atrás de otra,
ya está uno más harto de ellas que del quinto carajo. Si tous
les gars du monde[1]... Wong cerrando la marcha, Wong sonrisa para Gustave, sonrisa para la portera, bloody bastard,
coño, ta gueule, salaud. En el cuarto piso la puerta de la

---

[1] Comienzo del poema de Paul Fort «La ronde autour du monde»:
«Si toutes les filles du monde / voulaient se donner la main / tout
autour de la mer / elles pourraient faire une ronde. / Si tous les gars
du monde / voudraient bien être marins / ils feraient avec leurs
barques / un joli pont sur l'onde. / Alors, on pourrait faire / une ronde
autour du monde / si tous les gens du monde / voulaient se donner la
main.» (Del libro *Ballades françaises*.)

derecha se abrió unos tres centímetros y Perico vio una gigantesca rata de camisón blanco que espiaba con un ojo y toda la
nariz. Antes de que pudiera cerrar otra vez la puerta, calzó un
zapato adentro y le recitó aquello de entre las serpientes, el
basilisco crió la natura tan ponzoñoso y conquistador de todas
las otras, que con su silbo las asombra y con su venida las
ahuyenta y desparce, con su vista las mata[2]. Madame René
Lavalette, née Francillon, no entendió gran cosa pero contestó
con un bufido y un empujón. Perico sacó el zapato 1/8 de
segundo antes, PLAF. En el quinto se pararon a mirar cómo
Etienne introducía solemnemente la llave.

—No puede ser —repitió por última vez Ronald—. Estamos
soñando, como dicen las princesas de la Tour et Taxis. ¿Trajiste la bebida, Babsie? Un óbolo a Caronte[3], sabés. Ahora se va
abrir la puerta y empezarán los prodigios, yo espero cualquier
cosa de esta noche, hay como una atmósfera de fin del mundo.

—Casi me destroza el pie la puñetera bruja —dijo Perico
mirándose el zapato—. Abre de una vez, hombre, ya estoy de
escaleras hasta la coronilla.

Pero la llave no andaba, aunque Wong insinuó que en
las ceremonias iniciáticas los movimientos más sencillos se
ven trabados por Fuerzas que hay que vencer con Paciencia
y Astucia. Se apagó la luz. Alguno que saque el yesquero,
coño. Tu pourrais quand même par-
Babs   ler français, non? Ton copain l'argen-
cul n'est pas là pour piger ton cha-

---

[2] Anotando el romance de Quevedo al basilisco, dice González de
Salas: «La cualidad venenosa consiste en el exceso de calor o frialdad.
Es, pues, la sentencia de esta copla que tiene la ponzoña del basilisco
fuerza para ofender a todos los otros animales ponzoñosos, así sea su
veneno excesivamente frío o caliente con exceso, como es el propio
basilisco. Ansí lo enseñan los scriptores naturales» (Francisco de
Quevedo, *Poesía original completa*, edición de José Manuel Blecua,
Barcelona, Planeta, 1981, pág. 829). Es un término muy habitual
de metáforas e imágenes en la literatura clásica. Por dar un solo
ejemplo, en esta maldición shakespeariana: «¡Oh, maldita seas, mere-
triz, lecho de muerte, que lanzaste al mundo un basilisco de mortífera
mirada» *(La tragedia de Ricardo III,* acto IV, escena II). Feijoo
combatió, entre otros muchos, este «error común».
[3] *Caronte:* en la mitología griega, cargaba en su barca las almas de
los muertos, a las que previamente exigía un óbolo, y cruzaba los ríos
de los infiernos. A su intención se colocaba un óbolo en la boca de los
muertos.

Ronald Etienne	rabia. Un fósforo, Ronald. Maldita llave, se ha herrumbrado, el viejo la guardaba dentro de un vaso con agua.
Etienne Wong	Mon copain, mon copain, c'est pas mon copain. No creo que venga. No lo conocés. Mejor que vos. Qué va.
PERICO Ronald PERICO	Wanna bet something? Ah merde, mais c'est la tour de Babel, ma parole. Amène ton briquet, Fleuve Jaune de mon cul, la poisse, quoi. Los
Wong Babs ETIENNE ETIENNE Babs Ronald Babs Babs Ronald Ronald ETIENNE & chorus	días del Yin hay que armarse de Paciencia. Dos litros pero del bueno. Por Dios, que no se te caigan por la escalera. Me acuerdo de una noche en Alabama. Eran las estrellas, mi amor. How funny, you ought to be in the radio. Ya está, empieza a dar vueltas, estaba atascada, el Yin, por supuesto, stars fell in Alabama, me ha dejado el pie hecho una mierda, otro fósforo, no se ve nada, où qu'elle est, la minuterie? No funciona. Alguien me está tocando el culo, amor

mío... Sh... Sh... Que entre primero Wong para exorcizar a los demonios. Oh, de ninguna manera. Dale un empujón, Perico, total es chino.

—A callarse —dijo Ronald—. Esto es otro territorio, lo digo en serio. Si alguien vino a divertirse, que se mande mudar. Dame las botellas, tesoro, siempre acaban por caérsete cuando estás emocionada.

—No me gusta que me anden sobando en la oscuridad —dijo Babs mirando a Perico y a Wong.

Etienne paseó lentamente la mano por el marco interior de la puerta. Esperaron callados a que encontrara la llave de la luz. El departamento era pequeño y polvoriento, las luces bajas y domesticadas lo envolvían en un aire dorado donde el Club primero suspiró con alivio y después se fue a mirar el resto de la casa y se comunicó impresiones en voz baja: la reproducción de la tableta de Ur, la leyenda de la profanación de la hostia (Paolo Uccello *pinxit*), la foto de Pound y de Musil, el cuadrito de De Stäel, la enormidad de libros por las paredes, en el suelo, las mesas, en el water, en la minúscula cocina donde había un huevo frito entre podrido y petrificado.

hermosísimo para Etienne, cajón de basura para Babs, ergo discusión sibilada mientras Wong abría respetuoso el *Disserta-tio de morbis a fascino et fascino contra morbos*, de Zwinger, Perico subido en un taburete como era su especialidad recorría una ringlera de poetas españoles del siglo de oro, examinaba un pequeño astrolabio de estaño y marfil, y Ronald ante la mesa de Morelli se quedaba inmóvil, una botella de coñac debajo de cada brazo, mirando la carpeta de terciopelo verde, exactamente el lugar para que se sentara a escribir Balzac y no Morelli. Entonces era cierto, el viejo había estado viviendo ahí, a dos pasos del Club, y el maldito editor que lo declaraba en Austria o la Costa Brava cada vez que se le pedían las señas por teléfono. Las carpetas a la derecha y a la izquierda, entre veinte y cuarenta, de todos colores, vacías o llenas, y en el medio un cenicero que era como otro archivo de Morelli, un amontonamiento pompeyano de ceniza y fósforos quemados.

—Tiró la naturaleza muerta a la basura —dijo Etienne, rabioso—. Si llega a estar la Maga no le deja un pelo en la cabeza. Pero vos, el marido...

—Mira —dijo Ronald, mostrándole la mesa para calmar-lo—. Y además Babs dijo que estaba podrido, no hay razón para que te empecines. Queda abierta la sesión. Etienne preside, qué le vamos a hacer. ¿Y el argentino?

—Faltan el argentino y el transilvanio, Guy que se ha ido al campo, y la Maga que anda vaya a saber por dónde. De todos modos hay quórum. Wong, redactor de actas.

—Esperamos un rato a Oliveira y a Ossip. Babs, revisora de cuentas.

—Ronald, secretario. A cargo del bar. Sweet, get some glasses, will you?

—Se pasa a cuarto intermedio —dijo Etienne, sentándose a un lado de la mesa—. El Club se reúne esta noche para cumplir un deseo de Morelli. Mientras llega Oliveira, si llega, bebamos porque el viejo vuelva a sentarse aquí uno de estos días. Madre mía, qué espectáculo penoso. Parecemos una pesadilla que a lo mejor Morelli está soñando en el hospital. Horrible. Que conste en acta.

—Pero entre tanto hablemos de él —dijo Ronald que tenía los ojos llenos de lágrimas naturales y luchaba con el corcho del coñac—. Nunca habrá otra sesión como ésta, hace años que yo estaba haciendo el noviciado y no lo sabía. Y vos, Wong, y Perico. Todos. Damn it, I could cry. Uno se debe sentir así cuando llega a la cima de una montaña o bate un récord, ese tipo de cosas. Sorry.

Etienne le puso la mano en el hombro. Se fueron sentando alrededor de la mesa. Wong apagó las lámparas, salvo la que iluminaba la carpeta verde. Era casi una escena para Eusapia Paladino, pensó Etienne que respetaba el espiritismo. Empezaron a hablar de los libros de Morelli y a beber coñac.

(-94)

A Gregorovius, agente de fuerzas heteróclitas, le había interesado una nota de Morelli: «Internarse en una realidad o en un modo posible de una realidad, y sentir cómo aquello que en una primera instancia parecía el absurdo más desaforado, llega a valer, a articularse con otras formas absurdas o no, hasta que del tejido divergente (con relación al dibujo estereotipado de cada día) surge y se define un dibujo coherente que sólo por comparación temerosa con aquel parecerá insensato o delirante o incomprensible. Sin embargo, ¿no peco por exceso de confianza? Negarse a hacer *psicologías* y osar al mismo tiempo poner a un lector —a un cierto lector, es verdad— en contacto con un mundo *personal,* con una vivencia y una meditación personales... Ese lector carecerá de todo puente, de toda ligazón intermedia, de toda articulación causal. Las cosas en bruto: conductas, resultantes, rupturas, catástrofes, irrisiones. Allí donde debería haber una despedida hay un dibujo en la pared; en vez de un grito, una caña de pescar; una muerte se resuelve en un trío para mandolinas. Y eso es despedida, grito y muerte, pero, ¿quién está dispuesto a desplazarse, a desaforarse, a descentrarse, a descubrirse? Las formas exteriores de la novela han cambiado, pero sus héroes siguen siendo los avatares de Tristán [1], de Jane Eyre [2], de Lafcadio [3], de Leopold

---

[1] *Tristán:* uno de los temas básicos de la literatura universal, con su unión de muerte y amor. Entre otros muchos, recordemos los tratamientos de nuestro romancero, Wagner, Bédier, Mathew Arnold...

[2] *Jane Eyre* (1847) es la protagonista y el título de la novela de Charlotte Brontë (1816-1855).

[3] *Lafcadio* es uno de los personajes de *Les caves du Vatican* (1914), la novela de André Gide (1869-1951): un ser libre, que realiza «actos gratuitos». En castellano puede leerse la traducción de Emma Calata-

Bloom[4], gente de la calle, de la casa. de la alcoba, *caracteres*. Para un héroe como Ulrich (*more* Musil) o Molloy (*more* Beckett), hay quinientos Darley *(more* Durrell)[5]. Por lo que me toca, me pregunto si alguna vez conseguiré hacer sentir que el verdadero y único personaje que me interesa es el lector, en la medida en que algo de lo que escribo debería contribuir a mutarlo, a desplazarlo, a extrañarlo, a enajenarlo.» Pese a la tácita confesión de derrota de la última frase, Ronald encontraba en esta nota una presunción que le desagradaba.

(-18)

―――――――――
yud (Alianza Editorial). Cortázar tradujo *El inmoralista*, de Gide. En otra ocasión elogia la obra «desgarrada y contradictoriamente, pero de una manera admirable precisamente por ese desgarramiento y esas contradicciones, en un André Gide» *(Último Round,* II, pág. 279).

[4] *Leopold Bloom* es el protagonista del *Ulises* de James Joyce.

[5] Ya se han mencionado las novelas de las que estos personajes son protagonistas, respectivamente: *El hombre sin cualidades, Molloy* y el *Cuarteto de Alejandría.*

Y así es cómo los que nos iluminan son los ciegos.

Así es cómo alguien, sin saberlo, llega a mostrarte irrefutablemente un camino que por su parte sería incapaz de seguir. La Maga no sabrá nunca cómo su dedo apuntaba hacia la fina raya que triza el espejo, hasta qué punto ciertos silencios, ciertas atenciones absurdas, ciertas carreras de ciempiés deslumbrado eran el santo y seña para mi bien plantado[1] estar en mí mismo, que no era estar en ninguna parte. En fin, eso de la fina raya... Si quieres ser feliz como me dices / No poetices, Horacio, no poetices[2].

Visto objetivamente: Ella era incapaz de mostrarme nada dentro de mi terreno, incluso en el suyo giraba desconcertada, tanteando, manoteando. Un murciélago frenético, el dibujo de la mosca en el aire de la habitación. De pronto, para mí sentado ahí mirándola, un indicio, un barrunto. Sin que ella lo supierta, la razón de sus lágrimas o el orden de sus compras o su manera de freír las palas eran *signos*. Morelli hablaba de algo así cuando escribía: «Lectura de Heisenberg hasta mediodía, anotaciones, fichas. El niño de la portera me trae el correo, y hablamos de un modelo de avión que está armando en la cocina de su casa. Mientras me cuenta, da dos saltitos sobre el pie izquierdo, tres sobre el derecho, dos sobre el izquierdo. Le pregunto por qué dos y tres, y no dos y dos o tres y tres. Me mira sorprendido, no comprende. Sensación de que Heisenberg y yo estamos del otro lado de un territorio. mientras

---

[1] Quizás alude a *La bien plantada*, de Eugenio d'Ors.
[2] Modifica el consejo final del poema «Fabulita», de Joaquín Bartrina (1850-1880), incluido en las páginas de su libro *Algo* (1876): «Si quieres ser feliz, como me dices, / no analices, muchacho, no analices.»

que el niño sigue todavía a caballo, con un pie en cada uno, sin saberlo, y que pronto no estará más que de nuestro lado y toda comunicación se habrá perdido. ¿Comunicación con qué, para qué? En fin, sigamos leyendo; a lo mejor Heisenberg...»

(-38)

—No es la primera vez que alude al empobrecimiento del lenguaje —dijo Etienne—. Podría citar varios momentos en que los personajes desconfían de sí mismos en la medida en que se sienten como dibujados por su pensamiento y su discurso, y temen que el dibujo sea engañoso. Honneur des hommes, Saint Langage... Estamos lejos de eso.

—No tan lejos —dijo Ronald—. Lo que Morelli quiere es devolverle al lenguaje sus derechos. Habla de expurgarlo, castigarlo, cambiar «descender» por «bajar» como medida higiénica; pero lo que él busca en el fondo es devolverle al verbo «descender» todo su brillo, para que pueda ser usado como yo uso los fósforos y no como un fragmento decorativo, un pedazo de lugar común.

—Sí, pero ese combate se cumple en varios planos —dijo Oliveira saliendo de un largo mutismo—. En lo que acabás de leernos está bien claro que Morelli condena en el lenguaje el reflejo de una óptica y de un *Organum* falsos o incompletos, que nos enmascaran la realidad, la humanidad. A él en el fondo no le importa demasiado el lenguaje, salvo en el plano estético. Pero esa referencia al *ethos* es inequívoca. Morelli entiende que el mero escribir estético es un escamoteo y una mentira, que acaba por suscitar al lector-hembra, al tipo que no quiere problemas sino soluciones, o falsos problemas ajenos que le permiten sufrir cómodamente sentado en su sillón, sin comprometerse en el drama que también debería ser el suyo. En la Argentina, si puedo incurrir en localismos con permiso del Club, ese tipo de escamoteo nos ha tenido de lo más contentos y tranquilos durante un siglo.

—Feliz del que encuentra sus pares, los lectores activos —recitó Wong—. Está en ese papelito azul, en la carpeta 21. Cuando leí por primera vez a Morelli (en Meudon, una película secreta, amigos cubanos) me pareció que todo el libro era la Gran Tortuga patas arriba. Difícil de entender. Morelli es un filósofo extraordinario, aunque sumamente bruto a ratos.

—Como tú —dijo Perico bajándose del taburete y entrando a codazos en el círculo de la mesa—. Todas esas fantasías de corregir el lenguaje son vocaciones de académico, chico, por no decirte de gramático. Descender o bajar, la cuestión es que el personaje se largó escalera abajo y se acabó.

—Perico —dijo Etienne— nos salva de un excesivo confinamiento, de remontar a las abstracciones que a veces le gustan demasiado a Morelli.

—Te diré —dijo Perico conminatorio—. A mí eso de las abstracciones...

El coñac le quemó la garganta a Oliveira, que resbalaba agradecido a la discusión donde por un rato todavía podría perderse. En algún pasaje (no sabía exactamente cuál, tendría que buscarlo) Morelli daba algunas claves sobre un método de composición. Su problema previo era siempre el resecamiento, un horror mallarmeano[1] frente a la página en blanco, coincidente con la necesidad de abrirse paso a toda costa. Inevitable que una parte de su obra fuese una reflexión sobre el problema de escribirla. Se iba alejando así cada vez más de la utilización profesional de la literatura, de ese tipo de cuentos o poemas que le habían valido su prestigio inicial. En algún otro pasaje Morelli decía haber releído con nostalgia y hasta con asombro textos suyos de años atrás. ¿Cómo habían podido brotar esas invenciones, ese desdoblamiento maravilloso pero tan cómodo y tan simplificante de un narrador y su narración? En aquel tiempo había sido como si lo que escribía estuviese ya tendido delante de él, escribir era pasar una Lettera 22 sobre palabras invisibles pero presentes, como el diamante por el surco del disco. Ahora sólo podía escribir laboriosamente, examinando a cada paso el posible contrario, la escondida falacia (habría que releer, pensó Oliveira, un curioso pasaje que hacía las

---

[1] Stephane Mallarmé (1842-1848): Ha escrito Cortázar: «De la Argentina se alejó un escritor para quien la realidad, como lo imaginaba Mallarmé, debía culminar en un libro; en París nació un hombre para quien los libros deberán culminar en la realidad» *(Cinco miradas,* pág. 102). A Ernesto González Bermejo declaró que le había influido «la actitud de un Mallarmé: de una severidad extrema frente a la escritura y de no dejar más que lo medular» (pág. 21). Recuérdese también su artículo «Tombeau de Mallarmé» *(Vuelta,* pág. 171).

delicias de Etienne), sospechando que toda idea clara era siempre error o verdad a medias, desconfiando de las palabras que tendían a organizarse eufónica, rítmicamente, con el ronroneo feliz que hipnotiza al lector después de haber hecho su primera víctima en el escritor mismo. («Sí, pero el verso...» «Sí, pero esta nota en que habla del 'swing' que pone en marcha el discurso...») Por momentos Morelli optaba por una conclusión amargamente simple: no tenía ya nada que decir, los reflejos condicionados de la profesión confundían necesidad con rutina, caso típico de los escritores después de los cincuenta años y los grandes premios. Pero al mismo tiempo sentía que jamás había estado tan deseoso, tan urgido de escribir. ¿Reflejo, rutina, esa ansiedad deliciosa al entablar la batalla consigo mismo, línea a línea? ¿Por qué, en seguida, un contragolpe, la carrera descendente del pistón, la duda acezante, la sequedad, la renuncia?

—Che —dijo Oliveira— ¿dónde estaba el pasaje de la sola palabra que te gustaba tanto?

—Lo sé de memoria —dijo Etienne—. Es la preposición *si* seguida de una llamada al pie, que a su vez tiene una llamada al pie que a su vez tiene otra llamada al pie. Le estaba diciendo a Perico que las teorías de Morelli no son precisamente originales. Lo que lo hace entrañable es su práctica, la fuerza con que trata de desescribir, como él dice, para ganarse el derecho (y ganárselo a todos) de entrar de nuevo con el buen pie en la casa del hombre. Uso sus mismas palabras, o muy parecidas.

—Para surrealistas ya ha habido de sobra —dijo Perico.

—No se trata de una empresa de liberación verbal —dijo Etienne—. Los surrealistas creyeron que el verdadero lenguaje y la verdadera realidad estaban censurados y relegados por la estructura racionalista y burguesa del occidente. Tenían razón, como lo sabe cualquier poeta, pero eso no era más que un momento en la complicada peladura de la banana. Resultado, más de uno se la comió con la cáscara. Los surrealistas se colgaron de las palabras en vez de despegarse brutalmente de ellas, como quisiera hacer Morelli desde la palabra misma. Fanáticos del verbo en estado puro, pitonisos frenéticos, aceptaron cualquier cosa mientras no pareciera excesivamente gramatical. No sospecharon bastante que la creación de todo un lenguaje, aunque termine traicionando su sentido, muestra irrefutablemente la estructura humana, sea la de un chino o la de un piel roja. Lenguaje quiere decir residencia en una realidad, vivencia en una realidad. Aunque sea cierto que el lenguaje que usamos nos traiciona (y Morelli no es el único en gritarlo a todos los vientos) no basta con querer liberarlo de sus tabúes. Hay que re-vivirlo, no re-animarlo.

—Suena solemnísimo —dijo Perico.

—Está en cualquier buen tratado de filosofía —dijo tímidamente Gregorovius, que había hojeado entomológicamente las carpetas y parecía medio dormido—. No se puede revivir el lenguaje si no se empieza por intuir de otra manera casi todo lo que constituye nuestra realidad. Del ser al verbo, no del verbo al ser.

—Intuir —dijo Oliveira— es una de esas palabras que lo mismo sirven para un barrido que para un fregado. No le atribuyamos a Morelli los problemas de Dilthey[2], de Husserl[3] o de Wittgenstein. Lo único claro en todo lo que ha escrito el viejo es que si seguimos utilizando el lenguaje en su clave corriente, con sus finalidades corrientes, nos moriremos sin haber sabido el verdadero nombre del día. Es casi tonto repetir que nos venden la vida, como decía Malcolm Lowry[4], que nos la dan prefabricada. También Morelli es casi tonto al insistir en eso, pero Etienne acierta en el clavo: por la práctica el viejo se muestra y nos muestra la salida. ¿Para qué sirve un escritor si no para destruir la literatura? Y nosotros, que no queremos ser lectores-hembra, ¿para qué servimos si no para ayudar en lo posible a esa destrucción?

—¿Pero y después, qué vamos a hacer después? —dijo Babs.

—Me pregunto —dijo Oliveira—. Hasta hace unos veinte años había la gran respuesta: la Poesía, ñata, la Poesía. Te tapaban la boca con la gran palabra. Visión poética del mundo, conquista de una realidad poética. Pero después de la última guerra, te habrás dado cuenta de que se acabó. Quedan poetas, nadie lo niega, pero no los lee nadie.

---

[2] **Wilhelm** *Dilthey* (1833-1911): filósofo idealista alemán, autor de *Introducción a las ciencias del espíritu.*
[3] *Husserl* (1859-1937): creador de la fenomenología. Para él, la significación se encuentra entre la palabra y el objeto. Su método fenomenológico parte de la intuición, dirigida de una manera inmediata al objeto.
[4] *Malcolm Lowry:* novelista inglés. Es el autor de una de las grandes novelas de nuestro siglo: *Bajo el volcán.* John Huston acab de rodar su versión cinematográfica.

—No digas tonterías —dijo Perico—. Yo leo montones de versos.

—Claro, yo también. Pero no se trata de los versos, che, se trata de eso que anunciaban los surrealistas y que todo poeta desea y busca, la famosa realidad poética. Creeme, querido, desde el año cincuenta estamos en plena realidad tecnológica, por lo menos estadísticamente hablando. Muy mal, una lástima, habrá que mesarse los cabellos, pero es así.

—A mí se me importa un bledo la tecnología —dijo Perico—. Fray Luis, por ejemplo...

—Estamos en mil novecientos cincuenta y pico[5].

—Ya lo sé, coño.

—No parece.

—¿Pero es que te crees que yo me voy a colocar en una puñetera posición historicista?

—No, pero deberías leer los diarios. A mí me gusta tan poco la tecnología como a vos, solamente que siento lo que ha cambiado el mundo en los últimos veinte años. Cualquier tipo con más de cuarenta abriles tiene que darse cuenta, y por eso la pregunta de Babs nos pone a Morelli y a nosotros contra la pared. Está muy bien hacerle la guerra al lenguaje emputecido, a la literatura por llamarla así, en nombre de una realidad que creemos verdadera, que creemos alcanzable, que creemos en alguna parte del espíritu, con perdón de la palabra. Pero el mismo Morelli no ve más que el lado negativo de su guerra. Siente que tiene que hacerla, como vos y como todos nosotros. ¿Y?

—Seamos metódicos —dijo Etienne—. Dejemos tranquilo tu «¿y?». La lección de Morelli basta como primera etapa.

—No podés hablar de etapas sin presuponer una meta.

—Llamele hipótesis de trabajo, cualquier cosa así. Lo que Morelli busca es quebrar los hábitos mentales del lector. Como ves, algo muy modesto, nada comparable al cruce de los Alpes por Aníbal. Hasta ahora, por lo menos, no hay gran cosa de metafísica en Morelli, salvo que vos, Horacio Curiacio[6], sos capaz de encontrar metafísica en una lata de tomates.

---

[5] Una de las frases fundamentales para averiguar la fecha interna del relato.

[6] Juega con el nombre del protagonista y la leyenda de los hermanos Horacios, naturales de Roma, que lucharon con los tres Curiacios, naturales de Alba Longa, para dirimir la cuestión de la supremacía del Lacio, a favor de una de las dos ciudades.

Morelli es un artista que tiene una idea especial del arte, consistente más que nada en echar abajo las formas usuales, cosa corriente en todo buen artista. Por ejemplo, le revienta la novela rollo chino. El libro que se lee del principio al final como un niño bueno. Ya te habrás fijado que cada vez le preocupa menos la ligazón de las partes, aquello de que una palabra trae la otra... Cuando leo a Morelli tengo la impresión de que busca una interacción menos mecánica, menos causal de los elementos que maneja; se siente que lo ya escrito condiciona apenas lo que está escribiendo, sobre todo que el viejo, después de centenares de páginas, ya ni se acuerda de mucho de lo que ha hecho.

—Con lo cual —dijo Perico— le ocurre que una enana de la página veinte tiene dos metros cinco en la página cien. Me he percatado más de una vez. Hay escenas que empiezan a las seis de la tarde y acaban a las cinco y media. Un asco.

—¿Y a vos no te ocurre ser enano o gigante según andés de ánimo? —dijo Ronald.

—Estoy hablando del soma —dijo Perico.

—Cree en el soma —dijo Oliveira—. El soma en el tiempo. Cree en el tiempo, en el antes y en el después. El pobre no ha encontrado en algún cajón una carta suya escrita hace veinte años, no la ha releído, no se ha dado cuenta de que nada se sostiene si no lo apuntalamos con miga de tiempo, si no inventamos el tiempo para no volvernos locos.

—Todo eso es oficio —dijo Ronald—. Pero detrás, detrás...

—Un poeta —dijo Oliveira, sinceramente conmovido—. Vos te deberías llamar Behind o Beyond, americano mío. O Yonder[7], que es tan bonita palabra.

—Nada de eso tendría sentido si no hubiera un detrás —dijo Ronald—. Cualquier best-seller escribe mejor que Morelli. Si lo leemos, si estamos aquí esta noche, es porque Morelli tiene lo que tenía el Bird, lo que de golpe tienen Cummings o Jackson Pollock, en fin, basta de ejemplos. ¿Y por qué basta de ejemplos? —gritó Ronald enfurecido, mientras Babs lo miraba admiraba y bebiendosuspalabrasdeunsolotrago—. Citaré todo lo que me dé la gana. Cualquiera se da cuenta de que Morelli no se complica la vida por gusto, y además su libro es una provocación desvergonzada como todas las cosas que valen la pena. En ese mundo tecnológico de que hablas, Morelli quiere salvar algo que se está muriendo, pero para

---

[7] *Behind:* 'detrás'. *Beyond, Yonder:* 'más allá'.

salvarlo hay que matarlo antes o por lo menos hacerle tal
transfusión de sangre que sea como una resurrección. El error
de la poesía futurista —dijo Ronald, con inmensa admiración
de Babs— fue querer comentar el maquinismo, creer que así se
salvarían de la leucemia. Pero no es con hablar literariamente
de lo que ocurre en el Cabo Cañaveral[8] que vamos a entender
mejor la realidad, me parece.

—Te parece muy bien —dijo Oliveira—. Sigamos en busca
del Yonder, hay montones de Yonders que ir abriendo uno
detrás de otro. Yo diría para empezar que esta realidad tecnológica que aceptan hoy los hombres de ciencia y los lectores de
France-Soir[9], este mundo de cortisona, rayos gamma y elu-
ción del plutonio, tiene tan poco que ver con la realidad como
el mundo del *Roman de la Rose*[10]. Si se lo mencioné hace un
rato a nuestro Perico, fue para hacerle notar que sus criterios
estéticos y su escala de valores están más bien liquidados y que
el hombre, después de haberlo esperado todo de la inteligencia
y el espíritu, se encuentra como traicionado, oscuramente
consciente de que sus armas se han vuelto contra él, que la
cultura, la *civiltà*, lo han traído a este callejón sin salida
donde la barbarie de la ciencia no es más que una reacción
muy comprensible. Perdón por el vocabulario.

—Eso ya lo dijo Klages —dijo Gregorovius.

—No pretendo ningún copyright —dijo Oliveira—. La idea
es que la realidad, aceptes la de la Santa Sede, la de René
Char[11] o la de Oppenheimer[12], es siempre una realidad convencional, incompleta y parcelada. La admiración de algunos

---

[8] *Cabo Cañaveral:* estación norteamericana de lanzamientos espa-
ciales.
[9] *France-Soir:* periódico de París y símbolo del periodismo más
popular.
[10] *Roman de la Rose:* obra maestra de la literatura alegórica medieval francesa, compuesta por Guillermo de Lorris y Juan de Meung
en el siglo XIII.
[11] *René Char:* poeta lírico cercano a la segunda ola surrealista,
autor de *El martillo sin amo* (1934), *La palabra en archipiélago* (1962).
[12] *Robert Oppenheimer* (1904-1967): físico norteamericano. Dirigió
los laboratorios donde se investigó y construyó la bomba atómica,
pero luego luchó en favor del control internacional de su fabricación.
Igual que Einstein, cayó en la «caza de brujas» del senador McCarthy,
siendo calificado de «ciudadano leal, pero no una persona de fiar en
caso de riesgo».

tipos frente a un microscopio electrónico no me parece más fecunda que la de las porteras por los milagros de Lourdes. Creer en lo que llaman materia, creer en lo que llaman espíritu, vivir en Emmanuel o seguir cursos de Zen, plantearse el destino humano como un problema económico o como un puro absurdo, la lista es larga, la elección múltiple. Pero el mero hecho de que pueda haber elección y que la lista sea larga basta para mostrar que estamos en la prehistoria y en la prehumanidad. No soy optimista, dudo mucho de que alguna vez accedamos a la verdadera historia de la verdadera humanidad. Va a ser difícil llegar al famoso Yonder de Ronald, porque nadie negará que el problema de la realidad tiene que plantearse en términos colectivos, no en la mera salvación de algunos elegidos. Hombres realizados, hombres que han dado el salto fuera del tiempo y se han integrado en una suma, por decirlo así... Sí, supongo que los ha habido y los hay. Pero no basta, yo siento que mi salvación, suponiendo que pudiera alcanzarla, tiene que ser también la salvación de todos, hasta el último de los hombres. Y eso, viejo... Ya no estamos en los campos de Asís, ya no podemos esperar que el ejemplo de un santo siembre la santidad, que cada gurú sea la salvación de todos los discípulos.

—Volvé de Benarés[13] —aconsejó Etienne—. Hablábamos de Morelli, me parece. Y para empalmar con lo que decías se me ocurre que ese famoso Yonder no puede ser imaginado como futuro en el tiempo o en el espacio. Si seguimos ateniéndonos a categorías kantianas, parece querer decir Morelli, no saldremos nunca del atolladero. Lo que llamamos realidad, la verdadera realidad que también llamamos Yonder (a veces ayuda darle muchos nombres a una entrevisión, por lo menos se evita que la noción se cierre y se acartone), esa verdadera realidad, repito, no es algo por venir, una meta, el último peldaño, el final de una evolución. No, es algo que ya está aquí, en nosotros. Se la siente, basta tener el valor de estirar la mano en la oscuridad. Yo la siento mientras estoy pintando.

—Puede ser el Malo —dijo Oliveira—. Puede ser una mera exaltación estética. Pero también podría ser ella. Sí, también podría ser ella.

—Está aquí —dijo Babs, tocándose la frente—. Yo la siento cuando estoy un poco borracha, o cuando...

---

[13] *Benarés:* aquí aparece como símbolo de la sabiduría oriental y meta de la peregrinación de muchos jóvenes del mundo.

Soltó una carcajada y se tapó la cara. Ronald le dio un empujón cariñoso.

—No está —dijo Wong, muy serio—. Es.

—No iremos muy lejos por ese camino —dijo Oliveira—. ¿Qué nos da la poesía sino esa entrevisión? Vos, yo, Babs... El reino del hombre no ha nacido por unas pocas chispas aisladas. Todo el mundo ha tenido su instante de visión, pero la malo es la recaída en el *hinc* y el *nunc*.

—Bah, vos no entendés nada si no es en términos de absoluto —dijo Etienne—. Dejame terminar lo que quería decir. Morelli cree que si los liróforos[14], como dice nuestro Perico, se abrieran paso a través de las formas petrificadas y periclitadas, ya sea un adverbio de modo, un sentido del tiempo o lo que te dé la gana, harían algo útil por primera vez en su vida. Al acabar con el lector-hembra, o por lo menos al menoscabarlo seriamente, ayudarían a todos los que de alguna manera trabajan para llegar al Yonder. La técnica narrativa de tipos como él no es más que una incitación a salirse de las huellas.

—Sí, para meterse en el barro hasta el cogote —dijo Perico, que a las once de la noche estaba contra cualquier cosa.

—Heráclito —dijo Gregorovius— se enterró en la mierda hasta el cogote y se curó de la hidropesía.

—Dejá tranquilo a Heráclito —dijo Etienne—. Ya me empieza a dar sueño tanto macaneo, pero de todos modos voy a decir lo siguiente, dos puntos: Morelli parece convencido de que si el escritor sigue sometido al lenguaje que le han vendido junto con la ropa que lleva puesta y el nombre y el bautismo y la nacionalidad, su obra no tendrá otro valor que el estético, valor que el viejo parece despreciar cada vez más. En alguna parte es bastante explícito: según él no se puede denunciar nada si se lo hace dentro del sistema al que pertenece lo denunciado. Escribir en contra del capitalismo con el bagaje mental y el vocabulario que se derivan del capitalismo, es perder el tiempo. Se lograrán resultados históricos como el marxismo y lo que te guste, pero el Yonder no es precisamente historia, el Yonder es como las puntas de los dedos que sobresalen de las aguas de la historia, buscando dónde agarrarse.

—Pamemas —dijo Perico.

---

14 Rubén Darío, en su «Responso a Verlaine» le llama: «Padre y maestro mágico, *liróforo* celeste.» Equivale a 'portador de la lira', es decir, 'poeta'.

—Y por eso el escritor tiene que incendiar el lenguaje, acabar con las formas coaguladas e ir todavía más allá, poner en duda la posibilidad de que este lenguaje esté todavía en contacto con lo que pretende mentar. No ya las palabras en sí, porque eso importa menos, sino la estructura total de una lengua, de un discurso.

—Para todo lo cual se sirve de una lengua sumamente clara —dijo Perico.

—Por supuesto, Morelli no cree en los sistemas onomatopéyicos ni en los letrismos. No se trata de sustituir la sintaxis por la escritura automática o cualquier otro truco al uso. Lo que él quiere es transgredir el hecho literario total, el libro, si querés. A veces en la palabra, a veces en lo que la palabra transmite. Procede como un guerrillero, hace saltar lo que puede, el resto sigue su camino. No creas que no es un hombre de letras.

—Habría que pensar en irse —dijo Babs que tenía sueño.

—Tú dirás lo que quieras —se emperró Perico— pero ninguna revolución de verdad se hace contra las formas. Lo que cuenta es el fondo, chico, el fondo.

—Llevamos decenas de siglos de literatura de fondo —dijo Oliveira— y los resultados ya los estás viendo. Por literatura entiendo, te darás cuenta, todo lo hablable y lo pensable.

—Sin contar que el distingo entre fondo y forma es falso —dijo Etienne—. Hace años que cualquiera lo sabe. Distingamos más bien entre elemento expresivo, o sea el lenguaje en sí, y la cosa expresada, o sea la realidad haciéndose conciencia [15].

—Como quieras —dijo Perico—. Lo que me gustaría saber es si esa ruptura que pretende Morelli, es decir la ruptura de eso que llamas elemento expresivo para alcanzar mejor la cosa expresable, tiene verdaderamente algún valor a esta altura.

—Probablemente no servirá para nada —dijo Oliveira— pero nos hace sentirnos un poco menos solos en este callejón sin salida al servicio de la Gran-Infatuación-Idealista-Realista-Espiritualista-Materialista del Occidente, S.R.L.

—¿Creés que algún otro hubiera podido abrirse paso a través del lenguaje hasta tocar las raíces? —preguntó Ronald.

—Tal vez. Morelli no tiene el genio o la paciencia que se necesitan. Muestra un camino, da unos golpes de pico... Deja un libro. No es mucho.

---

[15] Resume el personaje lo que es habitual en la lingüística moderna desde Ferdinand de Saussure y su *Curso de lingüística general*.

—Vámonos —dijo Babs—. Es tarde, se ha acabado el coñac.

—Y hay otra cosa —dijo Oliveira—. Lo que él persigue es absurdo en la medida en que nadie sabe sino lo que sabe, es decir una circunscripción antropológica. Wittgensteinianamente, los problemas se eslabonan *hacia atrás*, es decir que lo que un hombre sabe es el saber de un hombre, pero del hombre mismo ya no se sabe todo lo que se debería saber para que *su* noción de la realidad fuera aceptable. Los gnoseólogos se plantearon el problema y hasta creyeron encontrar un terreno firme desde donde reanudar la carrera hacia adelante, rumbo a la metafísica. Pero el higiénico retroceso de un Descartes se nos aparece hoy como parcial y hasta insignificante, porque en este mismo minuto hay un señor Wilcox, de Cleveland, que con electrodos y otros artefactos está probando la equivalencia del pensamiento y de un circuito electromagnético (cosas que a su vez cree conocer muy bien porque conoce muy bien el lenguaje que las define, etc.). Por si fuera poco, un sueco acaba de lanzar una teoría muy vistosa sobre la química cerebral. Pensar es el resultado de la interacción de unos ácidos de cuyo nombre no quiero acordarme. *Acido, ergo sum.* Te echás una gota en las meninges y a lo mejor Oppenheimer o el doctor Petiot, asesino eminente. Ya ves cómo el *cogito*, la Operación Humana por excelencia se sitúa hoy en una región bastante vaga, entre electromagnética y química, y probablemente no se diferencia tanto como pensábamos de cosas tales como una aurora boreal o una foto con rayos infrarrojos. Ahí va tu *cogito*, eslabón del vertiginoso flujo de fuerzas cuyos peldaños en 1950 se llaman *inter alia* impulsos eléctricos, moléculas, átomos, neutrones, protones, potirones, microbotones, isótopos radiactivos, pizcas de cinabrio, rayos cósmicos: Words, words, words, *Hamlet*, acto segundo, creo. Sin contar —agregó Oliveira suspirando— que a lo mejor es al revés, y resulta que la aurora boreal es un fenómeno *espiritual*, y entonces sí que estamos como queremos...

—Con semejante nihilismo, harakiri —dijo Etienne.

—Pues claro, manito —dijo Oliveira—. Pero para volver al viejo, si lo que él persigue es absurdo, puesto que es como pegarle con una banana a Sugar Ray Robinson[16], puesto que

---

[16] *Sugar Ray Robinson:* uno de los boxeadores más técnicos y elegantes de la historia. Cortázar lo menciona reiteradas veces, con enorme admiración: «Es estéticamente muy hermoso cuando son dos

es una insignificante ofensiva en medio de la crisis y la quiebra total de la idea clásica del homo sapiens, no hay que olvidarse de que vos sos vos y yo soy yo, o que por lo menos nos parece, y que aunque no tengamos la menor certidumbre sobre todo lo que nuestros gigantes padres aceptaban como irrefutable, nos queda la amable posibilidad de vivir y de obrar *como si,* eligiendo hipótesis de trabajo, atacando como Morelli lo que nos parece más falso en nombre de alguna oscura sensación de certidumbre, que probablemente será tan incierta como el resto, pero que nos hace levantar la cabeza y contar las Cabritas, o buscar una vez más las Pléyades, esos bichos de infancia, esas luciérnagas insondables. Coñac.

—Se acabó —dijo Babs—. Vamos, me estoy durmiendo.

—Al final, como siempre, un acto de fe —dijo Etienne, riendo—. Sigue siendo la mejor definición del hombre. Ahora, volviendo al asunto del huevo frito...

(-35)

---

grandes boxeadores. Se ve que tú nunca viste boxear a Sugar Ray Robinson. No me vas a decir que estéticamente no es una maravilla.» Al querer convencerlo de que vaya a dar una conferencia a Nueva York y presentarle la lista de famosos escritores que habían hablado allí, contestó: «Si Sugar Robinson o Charlie Parker estuvieran en la lista, tal vez» (Evelyn Picon, págs. 108 y 10). En el artículo «El noble arte» cita entre «los caballeros dignos de este nombre» a «el gran Sugar Ray Robinson» *(Vuelta,* pág. 69).

100

Puso la ficha en la ranura, marcó lentamente el número. A esa hora Etienne debía estar pintando y le reventaba que le telefonearan en mitad del trabajo, pero lo mismo tenía que llamarlo. El teléfono empezó a sonar del otro lado, en un taller cerca de la Place d'Italie[1], a cuatro kilómetros de la oficina de correos de la rue Danton. Una vieja con aire de rata se había apostado delante de la casilla de vidrio, miraba disimuladamente a Oliveira sentado en el banco con la cara pegada al aparato telefónico, y Oliveira sentía que la vieja lo estaba mirando, que implacablemente empezaba a contar los minutos. Los vidrios de la casilla estaban limpios, cosa rara: la gente iba y venía en el correo, se oía el golpe sordo (y fúnebre, no se sabía por qué) de los sellos inutilizando las estampillas. Etienne dijo algo del otro lado, y Oliveira apretó el botón niquelado que abría la comunicación y se tragaba definitivamente la ficha de veinte francos.

—Te podías dejar de joder —rezongó Etienne que parecía haberlo reconocido en seguida—. Sabés que a esta hora trabajo como un loco.

—Yo también —dijo Oliveira—. Te llamé porque justamente mientras trabajaba tuve un sueño.

—¿Cómo mientras trabajabas?

—Sí, a eso de las tres de la mañana. Soñé que iba a la cocina, buscaba pan y me cortaba una tajada. Era un pan diferente de los de aquí, un pan francés como los de Buenos Aires, entendés, que no tienen nada de franceses pero se llaman panes franceses. Date cuenta de que es un pan más

---

[1] *Place d'Italie:* era una de las puertas de París, en la zona sudeste, cerca de la célebre manufactura de Gobelinos.

«Sí, pero esto sucedía en la cocina de la rue de la tombe Issoire, antes de que yo me mudara con la Maga.»

bien grueso, de color claro, con mucha miga. Un pan para untar con manteca y dulce, comprendés.

—Ya sé —dijo Etienne—. En Italia los he comido.

—Estás loco. No tienen nada que ver. Un día te voy a hacer un dibujo para que te des cuenta. Mira, tiene la forma de un pescado ancho y corto, apenas quince centímetros pero bien gordo en el medio. Es el pan francés de Buenos Aires.

—El pan francés de Buenos Aires —repitió Etienne.

—Sí, pero esto sucedía en la cocina de la rue de la Tombe Issoire, antes de que yo me mudara con la Maga. Tenía hambre y agarré el pan para cortarme una tajada. Entonces oí que el pan lloraba. Sí, claro que era un sueño, pero el pan lloraba cuando yo le metía el cuchillo. Un pan francés cualquiera y lloraba. Me desperté sin saber qué iba a pasar, yo creo que todavía tenía el cuchillo clavado en el pan cuando me desperté.

—*Tiens* —dijo Etienne.

—Ahora vos te das cuenta, uno se despierta de un sueño así, sale al pasillo a meter la cabeza debajo del agua, se vuelve a acostar, fuma toda la noche... Qué sé yo, era mejor que hablara con vos, aparte de que nos podríamos citar para ir a ver al viejito ese del accidente que te conté.

—Hiciste bien —dijo Etienne—. Parece un sueño de chico. Los chicos todavía pueden soñar cosas así, o imaginárselas. Mi sobrino me dijo una vez que había estado en la luna. Le pregunté qué había visto. Me contestó: «Había un pan y un corazón.» Te das cuenta que después de estas experiencias de panadería uno ya no puede mirar a un chico sin tener miedo.

—Un pan y un corazón —repitió Oliveira—. Sí, pero yo solamente veo un pan. En fin. Ahí afuera hay una vieja que me empieza a mirar de mala manera. ¿Cuántos minutos se puede hablar en estas casillas?

—Seis. Después te va a golpear el vidrio. ¿Hay solamente una vieja?

—Una vieja, una mujer bizca con un chico, y una especie de viajante de comercio. Debe ser un viajante de comercio porque aparte de una libreta que está hojeando como un loco, le salen tres puntas de lápiz por el bolsillo de arriba.

—También podría ser un cobrador.

—Ahora llegan otros dos, un chico de unos catorce años

que se hurga la nariz, y una vieja con un sombrero extraordinario, como para un cuadro de Cranach[2].

—Te vas sintiendo mejor —dijo Etienne.

—Sí, esta casilla no está mal. Lástima que haya tanta gente esperando. ¿Te parece que ya hemos hablado seis minutos?

—De ninguna manera —dijo Etienne—. Apenas tres, y ni siquiera eso.

—Entonces la vieja no tiene ningún derecho de golpearme el vidrio, ¿no creés?

—Que se vaya al diablo. Por supuesto que no tiene derecho. Vos disponés de seis minutos para contarme todos los sueños que te dé la gana.

—Era solamente eso —dijo Oliveira— pero lo malo no es el sueño. Lo malo es que eso que llaman despertarse... ¿A vos no te parece que en realidad es ahora que yo estoy soñando?

—¿Quién lo dice? Pero es un tema trillado, viejo, el filósofo y la mariposa, son cosas que se saben.

—Sí, pero disculpame si insisto un poco. Yo quisiera que te imaginaras un mundo donde podés cortar un pan en pedazos sin que se queje.

—Es difícil de creer, realmente —dijo Etienne.

—No, en serio, che. ¿A vos no te pasa que te despertás a veces con la exacta conciencia de que en ese momento empieza una increíble equivocación?

—En medio de esa equivocación —dijo Etienne— yo pinto magníficos cuadros y poco me importa si soy una mariposa o Fu-Manchú[3].

—No tiene nada que ver. Parece que gracias a diversas equivocaciones Colón llegó a Guanahani o como se llamara la isla. ¿Por qué ese criterio griego de verdad y de error?

—Pero si no soy yo —dijo Etienne, resentido—. Fuiste vos el que habló de una increíble equivocación.

—También era una figura —dijo Oliveira—. Lo mismo que llamarle sueño. Eso no se puede calificar, precisamente la

---

[2] Lucas *Cranach* (1472-1553): es el pintor alemán más directamente comprometido con el protestantismo. No es raro que pinte mujeres con tocados llamativos: por ejemplo, su *Venus* de la Galería Borghese, de Roma luce, a la vez, el cuerpo desnudo y «un sombrero extraordinario».

[3] *Fu-Manchú*: un sabio y malvado doctor, encarnación del «peligro amarillo», creado por Sax Rohmer, seudónimo del irlandés Arthur Saxfield Ward (1883-1959). Además de en numerosas novelas, ha aparecido también en muchas películas.

equivocación es que no se puede decir siquiera que es una equivocación.

—La vieja va a romper el vidrio —dijo Etienne—. Se oye desde aquí.

—Que se vaya al demonio —dijo Oliveira—. No puede ser que hayan pasado seis minutos.

—Más o menos. Y además está la cortesía sudamericana, tan alabada siempre.

—No son seis minutos. Me alegro de haberte contado el sueño, y cuando nos veamos...

—Vení cuando quieras —dijo Etienne—. Ya no voy a pintar más esta mañana, me has reventado.

—¿Vos te das cuenta cómo me golpea el vidrio? —dijo Oliveira—. No solamente la vieja con cara de rata, sino el chico y la bizca. De un momento a otro va a venir un empleado.

—Te vas a agarrar a trompadas, claro.

—No, para qué. El gran sistema es hacerme el que no entiendo ni una palabra en francés.

—En realidad vos no entendés mucho —dijo Etienne.

—No. Lo triste es que para vos eso es una broma, y en realidad no es una broma. La verdad es que no quiero entender nada, si por entender hay que aceptar eso que llamábamos la equivocación. Che, han abierto la puerta, hay un tipo que me golpea en el hombro. Chau, gracias por escucharme.

—Chau —dijo Etienne.

Arreglándose el saco, Oliveira, salió de la casilla. El empleado le gritaba en la oreja el repertorio reglamentario. «Si ahora tuviera el cuchillo en la mano», pensó Oliveira, sacando los cigarrillos, «a lo mejor este tipo se pondría a cacarear o se convertiría en un ramo de flores». Pero las cosas se petrificaban, duraban terriblemente, había que encender el cigarrillo, cuidando de no quemarse porque le temblaba bastante la mano, y seguir oyendo los gritos del tipo que se alejaba, dándose vuelta cada dos pasos para mirarlo y hacerle gestos, y la bizca y el viajante de comercio lo miraban con un ojo y con el otro ya se habían puesto a vigilar a la vieja para que no se pasara de los seis minutos, la vieja dentro de la casilla era exactamente una momia quechua del Museo del Hombre[4], de

---

[4] *Museo del Hombre:* está situado en el Palais de Chaillot, en la Plaza del Trocadero. Posee una de las mejores colecciones del mundo

esas que se iluminan si uno aprieta un botoncito. Pero era al revés como en tantos sueños, la vieja desde dentro apretaba el botoncito y empezaba a hablar con alguna otra vieja metida en cualquiera de las bohardillas del inmenso sueño.

(-76)

de antropología, etnología y prehistoria. De la momia que menciona el relato se dice que inspiró a Eduard Munch su cuadro *El grito*.

101

Alzando apenas la cabeza Pola veía el almanaque del PTT[1], una vaca rosa en un campo verde con un fondo de montañas violetas bajo un cielo azul, jueves 1, viernes 2, sábado 3, domingo 4, lunes 5, martes 6, Saint Mamert, Sainte Solange, Saint Achille, Saint Servais, Saint Boniface, lever 4 h.12, coucher 19 h.23, lever 4 h.10, coucher 19 h.24, lever coucher, lever coucher, levercoucher, coucher, coucher, coucher.

Pegando la cara al hombro de Oliveira besó una piel transpirada, tabaco y sueño. Con una mano lejanísima y libre le acariciaba el vientre, iba y venía por los muslos, jugaba con el vello, enredaba los dedos y tiraba un poco, suavemente, para que Horacio se enojara y la mordiera jugando. En la escalera se arrastraban unas zapatillas, Saint Ferdinand, Sainte Pétronille, Saint Fortuné, Sainte Blandine, un, deux, un, deux, derecha, izquierda, derecha, izquierda, bien, mal, bien, mal, adelante, atrás, adelante, atrás. Una mano andaba por su espalda, bajaba lentamente, jugando a la araña, un dedo, otro, otro, Saint Fortuné, Sainte Blandine, un dedo aquí, otro más allá, otro encima, otro debajo. La caricia la penetraba despacio, desde otro plano. La hora del lujo, del surplus, morderse despacio, buscar el contacto con delicadeza de exploración, con titubeos fingidos, apoyar la punta de la lengua contra una piel, clavar lentamente una uña, murmurar, coucher 19 h.24, Saint Ferdinand. Pola levantó un poco la cabeza y miró a Horacio que tenía los ojos cerrados. Se preguntó si también haría eso con su amiga, la madre del chico. A él no le gustaba hablar de la otra, exigía como un respeto al no referirse más que obligadamente a ella. Cuando se lo preguntó, abriéndole un ojo con dos dedos y besándolo rabiosa en la boca que se

---

[1] *PTT:* Correos y Telégrafos (Postes Télégraphes Téléphones).

negaba a contestar, lo único consolador a esa hora era el silencio, quedarse así uno contra otro, oyéndose respirar, viajando de cuando en cuando con un pie o una mano hasta el otro cuerpo, emprendiendo blandos itinerarios sin consecuencias, restos de caricias perdidas en la cama, en el aire, espectros de besos, menudas larvas de perfumes o de costumbre. No, no le gustaba hacer eso con su amiga, solamente Pola podía comprender, plegarse tan bien a sus caprichos. Tan a la medida que era extraordinario. Hasta cuando gemía, porque en un momento había gemido, había querido librarse pero ya era demasiado tarde, el lazo estaba cerrado y su rebelión no había servido más que para ahondar el goce y el dolor, el doble malentendido que tenían que superar porque era falso, no podía ser que en un abrazo, a menos que sí, a menos que tuviera que ser así.

(-144)

102

Sumamente hormiga, Wong acabó por descubrir en la biblioteca de Morelli un ejemplar dedicado de *Die Verwirrungen des Zöglings Törless* [1], de Musil, con el siguiente pasaje enérgicamente subrayado:

¿Cuáles son las cosas que me parecen extrañas? Las más triviales. Sobre todo, los objetos inanimados. ¿Qué es lo que parece extraño en ellos? Algo que no conozco. ¡Pero es justamente eso! ¿De dónde diablos saco esa noción de «algo»? Siento que está ahí, que existe. Produce en mí un efecto, como si tratara de hablar. Me exaspero, como quien se esfuerza por leer en los labios torcidos de un paralítico, sin conseguirlo. Es como si tuviera un sentido adicional, uno más que los otros, pero que no se ha desarrollado del todo, un sentido que está ahí y se hace notar, pero que no funciona. Para mí el mundo está lleno de voces silenciosas. ¿Significa eso que soy un vidente, o que tengo alucinaciones?

Roland encontró esta cita de *La carta de Lord Chandos*, de Hofmannsthal [2]:

Así como había visto cierto día con un vidrio de aumento la piel de mi dedo meñique, semejante a una llanura con surcos y hondonadas, así veía ahora a los hombres y sus acciones. Ya no conseguía percibir-

---

[1] *Las tribulaciones del estudiante Törless,* otra gran novela de Musil, de ambiente colegial, comparable a *La ciudad y los perros,* de Vargas Losa, o *A. M. D. G.,* de Pérez de Ayala. Dio lugar a uno de los triunfos del nuevo cine alemán.

[2] Hugo von *Hofmannsthal* (1847-1929): vienés. Esta imaginaria *Carta* (1901) significa algo así como la despedida de su juventud y es uno de los textos que expresan mejor la crisis de nuestro siglo.

los con la mirada simplificadora de la costumbre. Todo se descomponía en fragmentos que se fragmentaban a su vez; nada conseguía por medio de una noción definida.

(-45)

103

Tampoco Pola hubiera comprendido por qué de noche él retenía el aliento para escucharla dormir, espiando los rumores de su cuerpo. Boca arriba, colmada, alentaba pesadamente y apenas si alguna vez, desde algún sueño incierto, agitaba una mano o soplaba alzando el labio inferior y proyectando el aire contra la nariz. Horacio se mantenía inmóvil, la cabeza un poco levantada o apoyada en el puño, el cigarrillo colgando. A las tres de la mañana la rue Dauphine callaba, la respiración de Pola iba y venía, entonces había como un leve corrimiento, un menudo torbellino instantáneo, un agitarse interior como de segunda vida, Oliveira se enderezaba lentamente y acercaba la oreja a la piel desnuda, se apoyaba contra el curvo tambor tenso y tibio, escuchaba. Rumores, descensos y caídas, ludiones[1] y murmullos, andar de cangrejos y babosas, un mundo negro y apagado deslizándose sobre felpa, estallando aquí y allá y disimulándose otra vez (Pola suspiraba, se movía un poco). Un cosmos líquido, fluido, en gestación nocturna, plasmas subiendo y bajando, la máquina opaca y lenta moviéndose a desgano, y de pronto un chirrido, una carrera vertiginosa casi contra la piel, una fuga y un gorgoteo de contención o de filtro, el vientre de Pola un cielo negro con estrellas gordas y pausadas, cometas fulgurantes, rodar de inmensos planetas vociferantes, el mar con un plancton de susurro, sus murmuradas medusas, Pola microcosmo, Pola resumen de la noche

---

[1] *ludión:* 'aparatito destinado a hacer palpable la teoría del equilibrio de los cuerpos sumergidos en los líquidos. Es una bolita hueca y lastrada, con un orificio muy pequeño en su parte inferior, por donde penetra más o menos cantidad de líquido, cuando se sumerge en agua, según la presión que se ejerce en la superficie de ésta.

universal en su pequeña noche fermentada donde el yoghourt y el vino blanco se mezclaban con la carne y las legumbres, centro de una química infinitamente rica y misteriosa y remota y contigua.

(-108)

104

La vida, como un *comentario* de otra cosa que no alcanzamos, y que está ahí al alcance del salto que no damos.

La vida, un ballet sobre un tema histórico, una historia sobre un hecho vivido, un hecho vivido sobre un hecho real.

La vida, fotografía del número, posesión en las tinieblas (¿mujer, monstruo?), la vida, proxeneta de la muerte, espléndida baraja, tarot de claves olvidadas que unas manos gotosas rebajan a un triste solitario.

(-10)

Morelliana.

Pienso en los gestos olvidados, en los múltiples ademanes y palabras de los abuelos, poco a poco perdidos, no heredados, caídos uno tras otro del árbol del tiempo. Esta noche encontré una vela sobre una mesa, y por jugar la encendí y anduve con ella en el corredor. El aire del movimiento iba a apagarla, entonces vi levantarse sola mi mano izquierda, ahuecarse, proteger la llama con una pantalla viva que alejaba el aire. Mientras el fuego se enderezaba otra vez alerta, pensé que ese gesto había sido el de todos nosotros (pensé *nosotros* y pensé bien, o sentí bien) durante miles de años, durante la Edad del Fuego, hasta que nos la cambiaron por la luz eléctrica. Imaginé otros gestos, el de las mujeres alzando el borde de las faldas, el de los hombres buscando el puño de la espada. Como las palabras perdidas de la infancia, escuchadas por última vez a los viejos que se iban muriendo. En mi casa ya nadie dice «la cómoda de alcanfor», ya nadie habla de «las trebes» —las trébedes. Como las músicas del momento, los valses del año veinte, las polkas que enternecían a los abuelos.

Pienso en esos objetos, esas cajas, esos utensilios que aparecen a veces en graneros, cocinas o escondrijos, *y cuyo uso ya nadie es capaz de explicar*. Vanidad de creer que comprendemos las obras del tiempo: él entierra sus muertos y guarda las llaves. Sólo en sueños, en la poesía, en el juego —encender una vela, andar con ella por el corredor— nos asomamos a veces a lo que fuimos antes de ser esto que vaya a saber si somos.

(-96)

106

Johnny Temple:

Between midnight and dawn, baby we may ever have to part.
But there's one thing about it, baby, please remember I've
[always been your heart.

The Yas Yas Girl:

Well it's blues in my house, from the roof to the ground,
And it's blues everywhere since muy good man left town.
Blues in my mail-box cause I cain't get no mail,
Says blues in my bread-box 'cause my bread got stale.
Blues in my meal-barrel and there's blues upon my shelf
And there's blues in my bed, 'cause I'm sleepin' by myself.

(-13)

107

Escrito por Morelli en el hospital:

La mejor cualidad de mis antepasados es la de estar muertos; espero modesta pero orgullosamente el momento de heredarla. Tengo amigos que no dejarán de hacerme una estatua en la que me representarán tirado boca abajo en el acto de asomarme a un charco con ranitas auténticas. Echando una moneda en una ranura se me verá escupir en el agua, y las ranitas se agitarán alborozadas y croarán durante un minuto y medio, tiempo suficiente para que la estatua pierda todo interés.

(-113)

—La cloche, le clochard, la clocharde, clocharder. Pero si hasta han presentado una tesis en la Sorbona sobre la psicología de los clochards.

—Puede ser —dijo Oliveira—. Pero no tienen ningún Juan Filloy[1] que les escriba *Caterva*. ¿Qué será de Filloy, che?

Naturalmente la Maga no podía saberlo, empezando porque ignoraba su existencia. Hubo que explicarle por qué Filloy, por qué *Caterva*. A la Maga le gustó muchísimo el argumento del libro, la idea de que los linyeras criollos estaban en la línea de los clochards. Se quedó firmemente convencida de que era un insulto confundir a un linyera con un mendigo, y su simpatía por la clocharde del Pont des Arts se arraigó en razones que ahora le parecían científicas. Sobre todo en esos días en que habían descubierto, andando por las orillas, que la clocharde estaba enamorada, la simpatía y el deseo de que todo terminara bien era para la Maga algo así como el arco de los puentes, que siempre la emocionaban, o esos pedazos de latón o de alambre que Oliveira juntaba cabizbajo al azar de los paseos.

—Filloy, carajo —decía Oliveira mirando las torres de la Conserjería[2] y pensando en Cartouche[3]—. Qué lejos está mi

---

[1] *Juan Filloy,* narrador argentino, nacido en 1894. Obras: *Op Oloop* (1934), *Caterva* (1937). Según Alfonso Reyes, es «el progenitor de una nueva literatura americana», adelantado de experiencias vanguardistas posteriores.

[2] *la Conserjería* está situada en la isla de la Cité, al lado del Palacio de Justicia. Es la antigua prisión, lugar de muerte y tortura. En ella murió Ravaillac, el asesino de Enrique IV, y estuvo presa María Antonieta. Durante la Revolución, salieron de ella para ser ejecutados cientos de prisioneros. Sus cuatro torres son la parte más

país, che, es increíble que pueda haber tanta agua salada en este mundo de locos.

—En cambio hay menos aire —decía la Maga—. Treinta y dos horas, nada más.

—Ah. Cierto. Y qué me decís de la menega[4].

—Y de las ganas de ir. Porque yo no tengo.

—Ni yo. Pero ponele. No hay caso, irrefutablemente.

—Vos nunca hablabas de volver —dijo la Maga.

—Nadie habla, cumbres borrascosas[5], nadie habla. Es solamente la conciencia de que todo va como la mona para el que no tiene guita.

—París es gratis —citó la Maga—. Vos lo dijiste el día que nos conocimos. Ir a ver la clocharde es gratis, hacer el amor es gratis, decirte que sos malo es gratis, no quererte... ¿Por qué te acostaste con Pola?

—Una cuestión de perfumes —dijo Oliveira sentándose en el riel al borde del agua—. Me pareció que olía a cantar de los cantares, a cinamomo, a mirra, esas cosas. Era cierto, además.

—La clocharde no va a venir esta noche. Ya tendría que estar aquí, no falta casi nunca.

—A veces los meten presos —dijo Oliveira—. Para despiojarlos, supongo, o para que la ciudad duerma tranquila a orillas de su río impasible. Un clochard es más escándalo que un ladrón, es sabido; en el fondo no pueden contra ellos, tienen que dejarlos en paz.

—Contame de Pola. A lo mejor entre tanto vemos a la clocharde.

---

antigua del Palacio de los Capetos: Tour d'Argent (que ha dado nombre a un famoso restaurante cuya especialidad es el pato «numerado»), Tour Bombec, Tour de César y Tour de l'Horloge, que recibió en 1370 el primer reloj público de París.

[3] *Cartouche* (Louis-Dominique): famoso criminal, nacido en 1693 y ejecutado en París el 27 de noviembre de 1721. De él se cuenta que mostró sus malos instintos desde la más tierna infancia. Formó la Banda de Bohemios, con otros niños, que llegó a ser el terror de los parisinos; su lema era: «¡Audacia!, ¡habilidad!» El Parlamento puso precio a su cabeza (2.000 libras) y fue detenido en octubre de 1721. Como intentó escapar, se le llevó a la Conciergerie, donde lo evoca Oliveira. Fue sometido al suplicio de la rueda y descuartizado vivo.

[4] *menega:* en lunfardo, 'dinero'.

[5] Aplica cariñosamente a la Maga el título de la famosa novela de Emily Brontë (1818-1848), publicada en 1847 y popularizada todavía más por varias versiones cinematográficas.

—Va cayendo la noche, los turistas americanos se acuerdan de sus hoteles, les duelen los pies, han comprado cantidad de porquerías, ya tienen completos sus Sade[6], sus Miller, sus *Onze mille verges*[7], las fotos artísticas, las estampas libertinas, los Sagan[8] y los Buffet. Mirá cómo se va despejando el paisaje por el lado del puente. Y dejala tranquila a Pola, eso no se cuenta. Bueno, el pintor está plegando el caballete, ya nadie se para a mirarlo. Es increíble cómo se ve de nítido, el aire está lavado como el pelo de esa chica que corre allá, mirala, vestida de rojo.

—Contame de Pola —repitió la Maga, golpeándole el hombro con el revés de la mano.

—Pura pornografía —dijo Oliveira—. No te va a gustar.

—Pero a ella seguramente que le contaste de nosotros.

—No. En líneas generales, solamente. ¿Qué le puedo contar? Pola no existe, lo sabés. ¿Dónde está? Mostrámela.

—Sofismas —dijo la Maga, que había aprendido el término en las discusiones de Ronald y Etienne—. No estará aquí, pero está en la rue Dauphine, eso es seguro.

—¿Pero dónde está la rue Dauphine? —dijo Oliveira—. Tiens, la clocharde qui s'amène. Che, pero está deslumbrante.

Bajando la escalinata, tambaleándose bajo el peso de un enorme fardo de donde sobresalían mangas de sobretodos deshilachados, bufandas rotas, pantalones recogidos en los tachos de basura, pedazos de género y hasta un rollo de alambre ennegrecido, la clocharde llegó al nivel del muelle más bajo y soltó una exclamación entre berrido y suspiro. Sobre un fondo indescifrable donde se acumularían camisones pegados a la piel, blusas regaladas y algún corpiño capaz de contener unos senos ominosos, se iban sumando, dos, tres,

---

[6] Recuerda Evelyn Picon: «Fuimos en plan de excursión por las colinas a Lacoste para ver las ruinas del castillo del *Marqués de Sade*. Acabábamos de discutir las correspondencias entre las ideas de Sade y las de Freud. Julio me proponía que éste tal vez no habría podido escribir sus teorías și no hubiera vivido antes aquél» (pág. 10). En cambio, escribe en *Último Round:* «Sade enlaza demasiado mecánicamente crueldad y erotismo» (II, pág. 67). Margery A. Safir ha estudiado la influencia de Sade sobre Cortázar *(Isla final,* pág. 225).

[7] *Onze mille verges:* obra clásica del erotismo, escrita por Apollinaire. Puede leerse en castellano, hoy, en las traducciones de Rafael Macau Nadal (ed. Icaria) y Xavier Aleixandre (ed. Laertes).

[8] Françoise *Sagan;* novelista sentimental, nacida en 1935. Se hizo famosa en 1954 por el escándalo de *Bonjour Tristesse.*

quizá cuatro vestidos, el guardarropas completo, y por encima
un saco de hombre con una manga casi arrancada, una bufanda sostenida por un broche de latón con una piedra verde y
otra roja, y en el pelo increíblemente teñido de rubio una
especie de vincha verde de gasa, colgando de un lado.

—Está maravillosa —dijo Oliveira—. Viene a seducir a los
del puente.

—Se ve que está enamorada —dijo la Maga—. Y cómo se
ha pintado, mirale los labios. Y el rimmel, se ha puesto todo
lo que tenía.

—Parece Grock[9] en peor. O algunas figuras de Ensor[10]. Es
sublime. ¿Cómo se las arreglarán para hacer el amor esos dos?
Porque no me vas a decir que se aman a distancia.

—Conozco un rincón cerca del hotel de Sens[11] donde los
clochards se juntan para eso. La policía los deja. Madame
Léonie me dijo que siempre hay algún soplón de la policía
entre ellos, a esa hora aflojan los secretos. Parece que los
clochards saben muchas cosas del hampa.

—El hampa, qué palabra —dijo Oliveira—. Sí, claro que
saben. Están en el borde social, en el filo del embudo. También deben saber muchas cosas de los rentistas y los curas.
Una buena ojeada a los tachos de basura...

—Allá viene el clochard. Está más borracho que nunca.
Pobrecita, cómo lo espera, mirá cómo ha dejado el paquete en
el suelo para hacerle señas, está tan emocionada.

—Por más hotel de Sens que digas, me pregunto cómo se las
arreglan —murmuró Oliveira—. Con toda esa ropa. che. Porque ella no se saca más que una o dos cosas cuando hace
menos frío, pero debajo tiene cinco o seis más, sin hablar de lo
que llaman ropa interior. ¿Vos te imaginás lo que puede ser
eso, y en un terreno baldío? El tipo es más fácil, los pantalones
son tan manejables.

---

[9] *Grock* (1880-1950): uno de los más famosos payasos de la historia. Su verdadero nombre era Adrien Wettach. Era suizo, pero actuó
sobre todo en París, asociado a Marius Galante, como compañero y
rival de Antonet.

[10] James *Ensor* (1860-1949): pintor belga de estilo expresionista.
Con frecuencia pinta máscaras.

[11] *hotel de Sens:* está situado en el extremo sur del Marais, en
frente de la isla Saint Louis, en la orilla derecha. Es uno de los
edificios más antiguos de París, construido en el siglo xv. Hoy alberga
la Biblioteca Científica Fornay.

—No se desvisten —conjeturó la Maga—. La policía no los dejaría. Y la lluvia, pensá un poco. Se meten en los rincones, en ese baldío hay como unos pozos de medio metro, con cascotes en los bordes, donde los obreros tiran basuras y botellas. Me imagino que hacen el amor parados.

—¿Con toda esa ropa? Pero es inconcebible. ¿Quiere decir que el tipo no la ha visto nunca desnuda? Eso tiene que ser una porquería.

—Mira cómo se quieren —dijo la Maga—. Se miran de una manera.

—Al tipo se le sale el vino por los ojos, che. Ternura a once grados y bastante tanino.

—Se quieren, Horacio, se quieren. Ella se llama Emmanuèle, fue puta en las provincias. Vino en una péniche, se quedó en los muelles. Una noche que yo estaba triste hablamos. Huele que es un horror, al rato tuve que irme. ¿Sabés qué le pregunté? Le pregunté cuándo se cambiaba de ropa. Qué tontería preguntarle eso. Es muy buena, está bastante loca, esa noche creía ver las flores del campo en los adoquines, las iba nombrando.

—Como Ofelia —dijo Horacio—. La naturaleza imita el arte.

—¿Ofelia?

—Perdoná, soy un pedante. ¿Y qué te contestó cuando le preguntaste lo de la ropa?

—Se puso a reír y se bebió medio litro de un trago. Dijo que la última vez que se había sacado algo había sido por abajo, tirando desde las rodillas. Todo iba saliendo a pedazos. En invierno tienen mucho frío, se echan encima todo lo que encuentran.

—No me gustaría ser enfermero y que me la trajeran en camilla alguna noche. Un prejuicio como cualquier otro. Pilares de la sociedad. Tengo sed, Maga.

—Andá a lo de Pola —dijo la Maga, mirando a la clocharde que se acariciaba con su enamorado debajo del puente—. Fijate, ahora va a bailar, siempre baila un poco a esta hora.

—Parece un oso.

—Es tan feliz —dijo la Maga juntando una piedrita blanca y mirándola por todos lados.

Horacio le quitó la piedra y la lamió. Tenía gusto a sal y a piedra.

—Es mía —dijo la Maga, queriendo recuperarla.

—Sí, pero mirá qué color tiene cuando está conmigo. Conmigo se ilumina.

—Conmigo está más contenta. Dámela, es mía.

Se miraron. Pola.

—Y bueno —dijo Horacio—. Lo mismo da ahora que cualquier otra vez. Sos tan tonta, muchachita, si supieras lo tranquila que podés dormir.

—Dormir sola, vaya la gracia. Ya ves, no lloro. Podés seguir hablando, no voy a llorar. Soy como ella, mirala bailando, mirá, es como la luna, pesa más que una montaña y baila, tiene tanta roña y baila. Es un ejemplo. Dame la piedrita.

—Tomá. Sabés, es tan difícil decirte: te quiero. Tan difícil, ahora.

—Sí, parecería que a mí me das la copia con papel carbónico.

—Estamos hablando como dos águilas —dijo Horacio.

—Es para reírse —dijo la Maga—. Si querés te la presto un momentito, mientras dure el baile de la clocharde.

—Bueno —dijo Horacio, aceptando la piedra y lamiéndola otra vez—. ¿Por qué hay que hablar de Pola? Está enferma y sola, la voy a ver, hacemos el amor todavía, pero basta, no quiero convertirla en palabras, ni siquiera con vos.

—Emmanuèle se va a caer al agua —dijo la Maga—. Está más borracha que el tipo.

—No, todo va a terminar con la sordidez de siempre —dijo Oliveira, levantándose del riel—. ¿Ves al noble representante de la autoridad que se acerca? Vámonos, es demasiado triste. Si la pobre tenía ganas de bailar...

—Alguna vieja puritana armó un lío ahí arriba. Si la encontramos vos le pegás una patada en el traste.

—Ya está. Y vos me disculpás diciendo que a veces se me dispara la pierna por culpa del obús que recibí defendiendo Stalingrado.

—Y entonces vos te cuadrás y hacés la venia.

—Eso me sale muy bien, che, lo aprendí en Palermo. Vení, vamos a beber algo. No quiero mirar para atrás, oí cómo el cana la putea. Todo el problema está en eso. ¿No tendría que volver y encajarle a él la patada? Oh Arjuna, aconséjame. Y debajo de los uniformes está el olor de la ignominia de los civiles. *Ho detto.* Vení, rajemos una vez más. Estoy más sucio que tu Emmanuèle, es una roña que empezó hace tantos siglos, *Persil lave plus blanc,* haría falta un detergente padre, muchachita, una jabonada cósmica. ¿Te gustan las palabras bonitas? Salut, Gaston.

—Salut messieurs dames —dijo Gaston—. Alors, deux petits blanc secs comme d'habitude, hein?

—Comme d'habitude, mon vieux, comme d'habitude. Avec du Persil dedans.

Gaston lo miró y se fue moviendo la cabeza. Oliveira se apoderó de la mano de la Maga y le contó atentamente los dedos. Después colocó la piedra sobre la palma, fue doblando los dedos uno a uno, y encima de todo puso un beso. La Maga vio que había cerrado los ojos y parecía como ausente. «Comediante», pensó enternecida.

(-64)

En alguna parte Morelli procuraba justificar sus incoheren-
cias narrativas, sosteniendo que la vida de los otros, tal como
nos llega en la llamada realidad, no es cine sino fotografía, es
decir que no podemos aprehender la acción sino tan sólo sus
fragmentos eleáticamente recortados. No hay más que los
momentos en que estamos con ese otro cuya vida creemos
entender, o cuando nos hablan de él, o cuando él nos cuenta
lo que le ha pasado o proyecta ante nosotros lo que tiene
intención de hacer. Al final queda un álbum de fotos, de
instantes fijos; jamás el devenir realizándose ante nosotros, el
paso del ayer al hoy, la primera aguja del olvido en el recuerdo. Por eso no tenía nada de extraño que él hablara de sus
personajes en la forma más espasmódica imaginable; dar coherencia a la serie de fotos para que pasaran a ser cine (como
le hubiera gustado tan enormemente al lector que él llamaba el
lector-hembra) significaba rellenar con literatura, presuncio-
nes, hipótesis e invenciones los hiatos entre una y otra foto.
A veces las fotos mostraban una espalda, una mano apoyada en
una puerta, el final de un paseo por el campo, la boca que se
abre para gritar, unos zapatos en el ropero, personas andando
por el Champ de Mars[1], una estampilla usada, el olor de *Ma
Griffe,* cosas así. Morelli pensaba que la vivencia de esas
fotos, que procuraba presentar con toda la acuidad posible,
debía poner al lector en condiciones de aventurarse, de participar casi en el destino de sus personajes. Lo que él iba sabiendo
de ellos por vía imaginativa, se concretaba inmediatamente en
acción, sin ningún artificio destinado a integrarlo en lo ya

---

[1] *Champ de Mars:* el jardín que se encuentra a espaldas de la torre
Eiffel, creado en el siglo XVIII como plaza de armas de la Escuela
Militar.

escrito o por escribir. Los puentes entre una y otra instancia de esas vidas tan vagas y poco caracterizadas, debería presumirlos o inventarlos el lector, desde la manera de peinarse, si Morelli no la mencionaba, hasta las razones de una conducta o una inconducta, si parecía insólita o excéntrica. El libro debía ser como esos dibujos que proponen los psicólogos de la Gestalt, y así ciertas líneas inducirían al observador a trazar imaginativamente las que cerraban la figura. Pero a veces las líneas ausentes eran las más importantes, las únicas que realmente contaban. La coquetería y la petulancia de Morelli en este terreno no tenían límite.

Leyendo el libro, se tenía por momentos la impresión de que Morelli había esperado que la acumulación de fragmentos cristalizara bruscamente en una realidad total. Sin tener que inventar los puentes, o coser los diferentes pedazos del tapiz, que de golpe hubiera ciudad, hubiera tapiz, hubiera hombres y mujeres en la perspectiva absoluta de su devenir, y que Morelli, el autor, fuese el primer espectador maravillado de ese mundo que ingresaba en la coherencia.

Pero no había que fiarse, porque coherencia quería decir en el fondo asimilación al espacio y al tiempo, ordenación a gusto del lector-hembra. Morelli no hubiera consentido en eso, más bien parecía buscar una cristalización[2] que, sin alterar el desorden en que circulaban los cuerpos de su pequeño sistema planetario, permitiera la comprensión ubicua y total de sus razones de ser, fueran éstas el desorden mismo, la inanidad o la gratuidad. Una cristalización en la que nada quedara subsumido, pero donde un ojo lúcido pudiese asomarse al calidoscopio y entender la gran rosa policroma, entenderla como una figura, *imago mundi* que por fuera del calidoscopio se resolvía en living room de estilo provenzal, o concierto de tías tomando té con galletitas Bagley.

(-27)

[2] Quizá recuerda Cortázar el uso del término que hace Stendhal en su ensayo *De l' amour*.

110

El sueño estaba compuesto como una torre formada por
capas sin fin que se alzaran y se perdieran en el infinito, o
bajaran en círculos perdiéndose en las entrañas de la tierra.
Cuando me arrastró en sus ondas la espiral comenzó, y esa
espiral era un laberinto. No había ni techo ni fondo, ni
paredes ni regreso. Pero había temas que se repetían con
exactitud.

ANAÏS NIN[1], *Winter of Artifice*.

(-48)

---

[1] *Anaïs Nin:* hija del compositor catalán Joaquín Nin, nació en
París en 1903. Vivió en Barcelona hasta 1914; luego, en París y Nueva
York. Fue amiga de Henry Miller y Artaud, discípula de Otto Rank.
Se dedicó también a la danza. Murió en Los Ángeles en 1977. Obras:
*La casa del incesto, Un espía en la casa del amor, La seducción del
Minotauro, Delta de Venus, Diario, La novela del futuro*.

111

Esta narración se la hizo su protagonista, Ivonne Guitry, a Nicolás Díaz, amigo de Gardel en Bogotá.

«Mi familia pertenecía a la clase intelectual húngara. Mi madre era directora de un seminario femenino donde se educaba la *élite* de una ciudad famosa cuyo nombre no quiero decirle. Cuando llegó la época turbia de la posguerra, con el desquiciamiento de tronos, clases sociales y fortunas, yo no sabía que rumbo tomar en la vida. Mi familia quedó sin fortuna, víctima de las fronteras del Trianón (*sic*) como otros miles y miles. Mi belleza, mi juventud y mi educación no me permitían convertirme en una humilde dactilógrafa. Surgió entonces en mi vida el príncipe encantador, un aristócrata del alto mundo cosmopolita, de los *resorts* europeos. Me casé con él con toda la ilusión de la juventud, a pesar de la oposición de mi familia, por ser yo tan joven y él extranjero.

Viaje de bodas. París, Niza, Capri. Luego, el fracaso de la ilusión. No sabía adónde ir ni osaba contar a mis gentes la tragedia de mi matrimonio. Un marido que jamás podría hacerme madre. Ya tengo dieciséis años y viajo como una peregrina sin rumbo, tratando de disipar mi pena. Egipto, Java, Japón, el Celeste Imperio, todo el Lejano Oriente, en un carnaval de champagne y de falsa alegría, con el alma rota.

Corren los años. En 1927 nos radicamos definitivamente en la Côte d'Azur. Yo soy una mujer de alto mundo y la sociedad cosmopolita de los casinos, de los dancings, de las pistas hípicas, me rinde pleitesía.

Un bello día de verano tomé una resolución definitiva: la separación. Toda la naturaleza estaba en flor: el mar, el cielo, los campos se abrían en una canción de amor y festejaban la juventud.

La fiesta de las mimosas en Cannes, el carnaval florido de Niza, la primavera sonriente de París. Así abandoné hogar, lujo y riquezas, y me fui sola hacia el mundo...

Tenía entonces dieciocho años y vivía sola en París, sin rumbo definido. París de 1928. París de las orgías y el derroche de champán. París de los francos sin valor. París, paraíso del extranjero. Impregnado de yanquis y sudamericanos, pequeños reyes del oro. París de 1928, donde cada día nacía un nuevo cabaret, una nueva sensación que hiciese aflojar la bolsa al extranjero.

Dieciocho años, rubia, ojos azules. Sola en París.

Para suavizar mi desgracia me entregué de lleno a los placeres. En los cabarets llamaba la atención porque siempre iba sola, a derrochar champaña con los bailarines y propinas fabulosas a los sirvientes. No tenía noción del valor del dinero.

Alguna vez, uno de aquellos elementos que merodean siempre en aquel ambiente cosmopolita, descubre mi pena secreta y me recomienda el remedio para el olvido... Cocaína, morfina, drogas. Entonces empecé a buscar lugares exóticos, bailarines de aspecto extraño, sudamericanos de tinte moreno y opulentas cabelleras.

En aquella época cosechaba éxitos y aplausos un recién llegado, cantante de cabaret. Debutaba en el Florida y cantaba canciones extrañas en un idioma extraño.

Cantaba en un traje exótico, desconocido en aquellos sitios hasta entonces, tangos, rancheras y zambas argentinas. Era un muchacho más bien delgado, un tanto moreno, de dientes blancos, a quien las bellas de París colmaban de atenciones. Era Carlos Gardel. Sus tangos llorones, que cantaba con toda el alma, capturaban al público sin saberse por qué. Sus canciones de entonces —*Caminito, La chacarera, Aquel tapado de armiño, Queja indiana, Entre sueños*— no eran tangos modernos, sino canciones de la vieja Argentina, el alma pura del gaucho de las pampas. Gardel estaba de moda. No había comida elegante o recepción galante a que no se le invitase. Su cara morena, sus dientes blancos, su sonrisa fresca y luminosa, brillaba en todas partes. Cabarets, teatros, music-hall, hipódromos. Era un huésped permanente de Auteuil y de Longchamps[1].

Pero a Gardel le gustaba más que todo divertirse a su manera, entre los suyos, en el círculo de sus íntimos.

Por aquella época había en París un cabaret llamado «Palermo», en la calle Clichy[2], frecuentado casi exclusivamente por sudamerica-

---

[1] *Auteuil* y *Longchamps* son los dos principales hipódromos de París. Los dos están situados en el Bois de Boulougne. El primero se dedica a carreras de obstáculos.

[2] *La rue de Clichy* desciende desde la famosa Place de Clichy hasta el sq. de la Trinité, junto a la iglesia del mismo nombre. En ella, efectivamente, existen muchos cabarets de cierto tono: allí el Casino de París y, al lado, los teatros Moderne y de París.

nos... Allí lo conocí. A Gardel le interesaban todas las mujeres, pero a mí no me interesaba más que la cocaína... y el champán. Cierto que halagaba mi vanidad femenina el ser vista en París con el hombre del día, con el ídolo de las mujeres, pero nada decía a mi corazón.

Aquella amistad se reafirmó en otras noches, otros grandes paseos, otras confidencias, bajo la pálida luna parisién, a través de los campos floridos. Pasaron muchos días de un interés romántico. Ese hombre se me iba entrando en el alma. Sus palabras eran de seda, sus frases iban cavando la roca de mi indiferencia. Me volví loca. Mi pisito lujoso pero triste estaba ahora lleno de luz. No volví a los cabarets. En mi bella sala gris, al fulgor de las farolas eléctricas, una cabecita rubia se acoplaba a un firme rostro de morenos matices. Mi alcoba azul, que conoció todas las nostalgias de un alma sin rumbo, era ahora un verdadero nido de amor. Era mi primer amor.

Voló el tiempo raudo y fugaz. No puedo decir cuánto tiempo pasó. La rubia exótica que deslumbraba a París con sus extravagancias, con sus toiletts derniere cri (*sic*), con sus fiestas galantes en que el caviar ruso y la champaña formaban el plato de resistencia cotidiana, había desaparecido.

Meses después, los habitués eternos de Palermo, de Florida y de Garón, se enteraban por la prensa de que una bailarina rubia, de ojos azules que ya tenía veinte años, enloquecía a los señoritos de la capital platense con sus bailes etéreos, con su desfachatez inaudita, con toda la voluptuosidad de su juventud en flor.

Era Ivonne Guitry.

(Etc.)

La escuela gardeleana, Editorial Cisplatina, Montevideo[3].

(-49)

---

[3] Un par de veces ha dicho Traveler a Oliveira que le ha de dejar la confesión de Ivonne Guitry, para que la lea, a la vez que oyen las antología de Carlos Gardel (capítulos 40 y 46). La reproduce Cortázar como ejemplo claro de su fascinación por la mala literatura: en este caso, un perfecto ejemplo de relato sentimental, edulcorado.

Morelliana.

Estoy revisando un relato que quisiera lo menos literario posible. Empresa desesperada desde el vamos, en la revisión saltan en seguida las frases insoportables. Un personaje llega a una escalera: «Ramón emprendió el descenso...» Tacho y escribo: «Ramón empezó a bajar...» Dejo la revisión para preguntarme una vez más las verdaderas razones de esta repulsión por el lenguaje «literario». *Emprender el descenso* no tiene nada de malo como no sea su facilidad; pero *empezar a bajar* es exactamente lo mismo salvo que más crudo, *prosaico* (es decir, mero vehículo de información), mientras que la otra forma parece ya combinar lo útil con lo agradable. En suma, lo que me repele en «emprendió el descenso» es el uso decorativo de un verbo y un sustantivo que no empleamos casi nunca en el habla corriente; en suma, me repele el lenguaje literario (en mi obra, se entiende). ¿Por qué?

De persistir en esa actitud, que empobrece vertiginosamente casi todo lo que he escrito en los últimos años, no tardaré en sentirme incapaz de formular la menor idea, de intentar la más simple descripción. Si mis razones fueran las del Lord Chandos de Hofmannsthal, no habría motivo de queja, pero si esta repulsión a la retórica (porque en el fondo es eso) sólo se debe a un desecamiento verbal, correlativo y paralelo a otro vital, entonces sería preferible renunciar de raíz a toda escritura. Releer los resultados de lo que escribo en estos tiempos me aburre. Pero a la vez, detrás de esa pobreza deliberada, detrás de ese «empezar a bajar» que sustituye a «emprender el descenso», entreveo algo que me alienta. Escribo muy mal, pero algo pasa a través. El «estilo» de antes era un espejo para lectores-alondra; se miraban, se solazaban, se reconocían, como ese público que espera, reconoce y goza las réplicas de los personaje de un Salacrou[1] o un Anouilh[2]. Es mucho más fácil escribir así que escribir («desescribir», casi) como quisiera hacerlo ahora, porque ya no hay diálogo o encuentro con el lector, hay solamente esperanza de un cierto diálogo con un cierto y remoto lector. Por supuesto, el problema se sitúa en un plano *moral*. Quizá la arteriosclerosis, el avance de la edad acentúan esta tendencia —un poco misantrópica, me temo— a exaltar el *ethos* y descubrir (en mi caso es un descubrimiento bien tardío) que los órdenes estéticos son más un espejo que un pasaje para la ansiedad metafísica.

Sigo tan sediento de absoluto como cuando tenía veinte años, pero la delicada crispación, la delicia ácida y mordiente del acto creador o de la simple contemplación de la belleza, no me parecen ya un premio, un acceso a una realidad absoluta y satisfactoria. Sólo hay una belleza que todavía puede darme ese acceso: aquella que es un fin y no un medio, y que lo es porque su creador ha identificado en sí mismo su sentido de la condición humana con su sentido de la condición de artista. En cambio el plano meramente estético me parece eso: meramente. No puedo explicarme mejor.

(-154)

---

[1] Armand *Salacrou:* popular dramaturgo francés, que ha triunfado tanto en lo cómico como en lo dramático. Obras: *La desconocida de Arras* (1935), *La tierra es redonda* (1938), *Historia de risa* (1939).

[2] Jean *Anouilh:* maestro del teatro francés contemporáneo, nacido en 1910. Sus obras están publicadas, en castellano, por la editorial Losada, de Buenos Aires. Las dividió en grupos: Piezas negras, rosas, brillantes... Entre ellas, *La salvaje* (1938), *La alondra* (1953), *Beckett o el honor de Dios* (1959).

113

Nódulos de un viaje a pie de la rue de la Glaciere[1] hasta la rue du Sommerard:

—¿Hasta cuándo vamos a seguir fechando «d.J.C.»?

—Documentos literarios vistos dentro de doscientos años: coprolitos.

—Klages tenía razón.

—Morelli y su lección. De a ratos inmundo, horrible, lastimoso. Tanta palabra para lavarse de otras palabras, tanta suciedad para dejar de oler a Piver, a Caron, a Carven[2], a d.J.C. Quizá haya que pasar por todo eso para recobrar un derecho perdido, el uso original de la palabra.

—El uso original de la palabra (?). Probablemente una frase hueca.

—Pequeño ataúd, caja de cigarros. Caronte soplará apenas y cruzarás el charco balanceándote como una cuna. La barca es para adultos solamente. Damas y niños gratis, un empujón y ya del otro lado. Una muerte mexicana, calavera de azúcar; *Totenkinder lieder*[3]...

---

[1] *rue de la Glacière:* está situada al Sur del Panteón. Va desde el Bd. Auguste Blanqui al Bd. de Port Royal. Está cerca, quizá, del estudio de Etienne.

[2] Famosos perfumes franceses.

[3] *Totenkinder lieder:* «Canciones a los niños muertos», de Gustav Mahler (1860-1911). Es un ciclo de cinco canciones sobre poemas de Rückert. Se ha puesto en relación con la muerte de su hija. La versión modélica es la de Kathleen Ferrier, dirigida por Bruno Walter, el amigo de Mahler. Otras grabaciones famosas, de K. Flagstadt, Ç. Ludwig y hasta cantantes de *blues* y jazz. En este ciclo, explica Federico Sopeña, el mejor conocedor español, «lo autobiográfico se funde misteriosamente con el signo patético más buscado por los

—Morelli mirará a Caronte. Un mito frente al otro. ¡Qué viaje imprevisible por las aguas negras!

—Una rayuela en la acera: tiza roja, tiza verde. CIEL. La vereda, allá en Burzaco, la piedrita tan amorosamente elegida, el breve empujón con la punta del zapato, despacio, despacio, aunque el Cielo esté cerca, toda la vida por delante.

—Un ajedrez infinito, tan fácil postularlo. Pero el frío entra por una suela rota, en la ventana de ese hotel una cara como de payaso hace muecas detrás del vidrio. La sombra de una paloma roza un excremento de perro: París.

—Pola París. ¿Pola? Ir a verla, faire l'amour. *Carezza*. Como larvas perezosas. Pero larva también quiere decir máscara, Morelli lo ha escrito en alguna parte.

(-30)

---

mejores de la época. Mahler ha compuesto, anticipadamente, la música para la muerte de su hija y eso, el dolor de los inocentes, la muerte de los niños, es el grande y doloroso tema de Tolstoi, de Dostoiewski... Pocas veces podemos encontrar en las canciones con orquesta una unidad más cerrada y más tensa, a la vez» *(Introducción a Mahler,* Madrid, Rialp, 1960, pág. 68).

114

4 de mayo de 195... (A.P.) A pesar de los esfuerzos de sus abogados, y de un último recurso de apelación interpuesto el 2 del corriente, Lou Vincent fue ejecutado esta mañana en la cámara de gas de la prisión de San Quintín, estado de California.

...las manos y los tobillos atados a la silla. El carcelero jefe ordenó a los cuatro ayudantes que salieran de la cámara, y luego de palmear a Vincent en el hombro, salió a su vez. El condenado quedó solo en la habitación, mientras cincuenta y tres testigos observaban a través de las ventanillas.

...echó la cabeza hacia atrás y aspiró profundamente.

...dos minutos más tarde su rostro se cubrió de sudor, mientras los dedos se movían como queriendo librarse de las correas...

...seis minutos, las convulsiones se repitieron, y Vincent echó hacia adelante y hacia atrás la cabeza. Un poco de espuma empezó a salirle de la boca.

...ocho minutos, la cabeza cayó sobre el pecho, después de una última convulsión.

...A las diez y doce minutos, el doctor Reynolds anunció que el condenado acababa de morir. Los testigos, entre los que se contaban tres periodistas de...[1]

(-117)

---

[1] De la tortura china (capítulo 14) hemos pasado a la ejecución, en el mundo occidental (117).

115

Morelliana.

Basándose en una serie de notas sueltas, muchas veces contradictorias, el Club dedujo que Morelli veía en la narrativa contemporánea un avance hacia la mal llamada abstracción. «La música pierde melodía, la pintura pierde anécdota, la novela pierde descripción.» Wong, maestro en *collages* dialécticos, sumaba aquí este pasaje: «La novela que nos interesa no es la que va colocando los personajes en la situación, sino la que instala la situación en los personajes. Con lo cual éstos dejan de ser personajes para volverse personas. Hay como una extrapolación mediante la cual ellos saltan hacia nosotros, o nosotros hacia ellos. El K. de Kafka se llama como su lector[1], o al revés.» Y a esto debía agregarse una nota bastante confusa, donde Morelli tramaba un episodio en el que dejaría en blanco el nombre de los personajes, para que en cada caso esa supuesta abstracción se resolviera obligadamente en una atribución hipotética[2].

(-14)

---

[1] Y como el U. de Unamuno, en *Cómo se hace una novela.*
[2] Algo semejante ha hecho Cortázar en el capítulo 96 de esta novela: da los nombres de los personajes y sus frases, entremezcladas. Al lector le corresponde la atribución de cada una. Julio Sáenz me recuerda que Cortázar experimentaba esta técnica en un capítulo luego suprimido de *Rayuela*, el llamado capítulo de la Araña.

116

En un pasaje de Morelli, este epígrafe de *L'Abbé C,* de Georges Bataille[1]: «Il souffrait d'avoir introduit des figures décharnées, qui se déplaçaient dans un monde dément, qui jamais ne pourraient convaincre.»

Una nota con lápiz, casi ilegible: «Sí, se sufre de a ratos, pero es la única salida decente. Basta de novelas hedónicas, premasticadas, con *psicologías.* Hay que tenderse al máximo, ser *voyant* como quería Rimbaud. El novelista hedónico no es más que un *voyeur.* Por otro lado, basta de técnicas puramente descriptivas, de novelas 'del comportamiento', meros guiones de cine sin el rescate de las imágenes.»

Al relacionar con otro pasaje: «¿Cómo *contar* sin cocina, sin maquillaje, sin guiñadas de ojo al lector? Tal vez renunciando al supuesto de que una narración es una obra de arte. Sentirla como sentiríamos el yeso que vertemos sobre un rostro para hacerle una mascarilla. Pero el rostro debería ser el nuestro.»

Y quizá también esta nota suelta: «Lionello Venturi[2], hablando de Manet y su *Olimpia,* señala que Manet prescinde de la naturaleza, la belleza, la acción y las intenciones morales, para concentrarse en la imagen plástica. Así, sin que él lo sepa, está operando como un retorno del arte moderno a la

---

[1] *Georges Bataille* (1897-1962): ha roto con la literatura tradicional en sus ensayos de estética, filosofía y relatos. *El cura C.* lo ha traducido al castellano Antonio Desmont (ed. Icaria). Otra cita de Bataille, en el capítulo 136. Severo Sarduy ha relacionado a Bataille con Cortázar, tema que han estudiado, luego, Emir Rodríguez Monegal (en Pedro Lastra, págs. 142 y ss.) y Margery A. Safir *(Isla final,* páginas 230 y ss.).

[2] *Lionello Venturi:* famoso crítico de arte contemporáneo. Es el autor de una muy usada *Historia de la crítica de arte.*

Edad Media. Ésta había entendido el arte como una serie de imágenes, sustituidas durante el Renacimiento y la época moderna por la representación de la realidad. El mismo Venturi (¿o es Giulio Carlo Argan?)[3] agrega: 'La ironía de la historia ha querido que en el mismo momento en que la representación de la realidad se volvía objetiva, y por ende fotográfica y mecánica, un brillante parisiense que quería hacer realismo haya sido impulsado por su formidable genio a devolver el arte a su función de creador de imágenes...'»

Morelli añade: «Acostumbrarse a emplear la expresión *figura* en vez de *imagen*, para evitar confusiones. Sí, todo coincide. Pero no se trata de una vuelta a la Edad Media ni cosa parecida. Error de postular un tiempo histórico absoluto: Hay tiempos diferentes *aunque* paralelos. En ese sentido, uno de los tiempos de la llamada Edad Media puede coincidir con uno de los tiempos de la llamada Edad Moderna. Y ese tiempo es el percibido y habitado por pintores y escritores que rehúsan apoyarse en la circunstancia, ser 'modernos' en el sentido en que lo entienden los contemporáneos, lo que no significa que opten por ser anacrónicos; sencillamente están al margen del tiempo superficial de su época, y desde ese otro tiempo donde todo accede a la condición de *figura,* donde todo vale como signo y no como tema de descripción, intentan una obra que puede parecer ajena o antagónica a su tiempo y a su historia circundantes, y que sin embargo los incluye, los explica, y en último término los orienta hacia una trascendencia en cuyo término está esperando el hombre.»

(-3)

---

[3] *Giulio Carlo Argan:* otro famoso crítico de arte actual. Obras: *El arte moderno, El pasado en el presente.* Ha llevado a cabo también una importante labor como Alcalde de Roma.

117

He visto a un tribunal apremiado y hasta amenazado para que condenara a muerte a dos niños, en contra de la ciencia, en contra de la filosofía, en contra del humanitarismo, en contra de la experiencia, en contra de las ideas más humanas y mejores de la época.

¿Por qué razón mi amigo Mr. Marshall, que exhumó entre las reliquias del pasado precedentes que harían enrojecer de vergüenza a un salvaje, no leyó esta frase de Blackstone:

«Si un niño de menos de catorce años, aunque sea juzgado incapaz de culpa prima facie es, en opinión del tribunal y el jurado, capaz de culpa y de discernimiento entre el bien y el mal, puede ser convicto y condenado a muerte.»?

Así, una niña de trece años fue quemada por haber muerto a su maestra.

Un niño de diez y otro de once años que habían matado a sus compañeros, fueron condenados a muerte, y el de diez ahorcado[1].

¿Por qué?

Porque sabía la diferencia que hay entre lo que está bien y lo que está mal. Lo había aprendido en la escuela dominical.

CLARENCE DARROW, *Defensa de Leopold y Loeb*, 1924.

(-15)

---

[1] De la ejecución de un adulto (capítulo 114) pasamos, en este ciclo de la violencia, a la de unos niños.

118

¿Cómo convencerá el asesinado a su asesino de que no ha de aparecérsele?

MALCOLM LOWRY, *Under the Volcano*.

(-50)

119

¡COTORRITA AUSTRALIANA IMPOSIBILITADA DE TENDER SUS ALAS![1]

¡Un inspector de la R.S.P.C.A. entró en una casa y encontró al pájaro en una jaula de apenas 8 pulgadas de diámetro! El dueño del pájaro tuvo que pagar una multa de 2 libras. Para proteger a las criaturas indefensas necesitamos algo más que su ayuda moral. La R.S.P.C.A., precisa ayuda económica. Dirigirse a la Secretaría, etc.

The Observer, Londres.

(-51)

---

[1] De la presentación del manicomio (capítulo 50) pasamos a esta visión humorística de los que no están locos.

a la hora de la siesta todos dormían, era fácil bajarse de la cama sin que se despertara su madre, gatear hasta la puerta, salir despacio oliendo con avidez la tierra húmeda del piso, escaparse por la puerta hasta los pastizales del fondo; los sauces estaban llenos de bichos-canasto, Ireneo elegía uno bien grande, se sentaba al lado de un hormiguero y empezaba a apretar poco a poco el fondo del canasto hasta que el gusano asomaba la cabeza por la golilla sedosa, entonces había que tomarlo delicadamente por la piel del cuello como a un gato, tirar sin mucha fuerza para no lastimarlo, y el gusano ya estaba desnudo, retorciéndose cómicamente en el aire; Ireneo lo colocaba al lado del hormiguero y se instalaba a la sombra, boca abajo, esperando[1]; a esa hora las hormigas negras trabajaban furiosamente, cortando pasto y acarreando bichos muertos o vivos de todas partes, en seguida una exploradora avistaba el gusano, su mole retorciéndose grotescamente, lo palpaba con las antenas como si no pudiera convencerse de tanta suerte, corría a un lado y a otro rozando las antenas de las otras hormigas, un minuto después el gusano estaba rodeado, montado, inútilmente se retorcía queriendo librarse de las pinzas que se clavaban en su piel mientras las hormigas tiraban en dirección del hormiguero, arrastrándolo, Ireneo gozaba sobre todo de la perplejidad de las hormigas cuando no podían hacer entrar el gusano por la boca del hormiguero, el juego estaba en elegir un gusano más grueso que la entrada del hormiguero, las hormigas eran estúpidas y no entendían, tiraban de todos lados queriendo meter el gusano pero el gusano

---

[1] Dentro del ciclo de la violencia, la historia de la violación de la Maga por el negro Ireneo se continúa en la crueldad ejercida sobre un animalillo.

se retorcía furiosamente, debía ser horrible lo que sentía, las patas y las pinzas de las hormigas en todo el cuerpo, en los ojos y la piel, se debatía queriendo librarse y era peor porque venían más hormigas, algunas realmente rabiosas que le clavaban las pinzas y no soltaban hasta conseguir que la cara del gusano se fuera enterrando un poco en el pozo del hormiguero, y otras que venían del fondo debían estar tirando con todas sus fuerzas para meterlo, Ireneo hubiera querido poder estar también dentro del hormiguero para ver cómo las hormigas tiraban del gusano metiéndole las pinzas en los ojos y en la boca y tirando con todas sus fuerzas hasta meterlo del todo, hasta llevárselo a las profundidades y matarlo y comérselo

(-16)

121

Con tinta roja y manifiesta complacencia, Morelli había copiado en una libreta el final de un poema de Ferlinghetti[1]:

Yet I have slept with beauty
                    in my own weird way
and I have made a hungry scene or two
                    with beauty in my bed
and so spilled out another poem or two
and so spilled out another poem or two
                    upon the Bosch-like world[2]

(-36)

---

[1] Lawrence *Ferlinghetti:* poeta norteamericano «de la calle», nacido en 1919. Obras: *Pictures of the gone world, A Coney Island of the Mind.*

[2] Un mundo cercano al de *El Bosco* (Jerónimo Van Aeken, 1450-1516) estaría poblado por monstruos y figuras fantásticas, mezcladas con las cotidianas.

Las enfermeras iban y venían hablando de Hipócrates[1]. Con un mínimo de trabajo, cualquier pedazo de realidad podía plegarse a un verso ilustre. Pero para qué plantearle enigmas a Etienne que había sacado su carnet y dibujaba alegremente una fuga de puertas blancas, camillas adosadas a las paredes y ventanales por donde entraba una materia gris y sedosa, un esqueleto de árbol con dos palomas de buches burgueses. Le hubiera gustado contarle el otro sueño, era tan curioso que toda la mañana hubiera estado obsesionado por el sueño del pan, y zás, en la esquina de Raspail y Montparnasse el otro sueño se le había caído encima como una pared, o más bien como si toda la mañana hubiera estado aplastado por la pared del pan quejándose y de golpe, como en una película al revés, la pared se hubiera salido de él, enderezándose de un salto para dejarlo frente al recuerdo del otro sueño.

—Cuando vos quieras —dijo Etienne, guardando el carnet—. Cuando te venga bien, no hay ningún apuro. Todavía espero vivir unos cuarenta años, de modo que...

—Time present and time past —recitó Oliveira— are both perhaps present in time future[2]. Está escrito que hoy todo va a parar a los versos de T.S. Estaba pensando en un sueño, che, disculpá. Ahora mismo vamos.

---

[1] Me aclara Juan Iriarte Jurado que se trata de una cita encubierta de T. S. Eliot: «In the room the women come and go /Talking of Michelangelo» (versos 13-14 y 35-36 de *The love song of J. Alfred Prufock*). La segunda frase del capítulo alude a que en la primera había una cita disimulada. Y, más abajo, Oliveira corrobora: «Está escrito que hoy todo va a parar a los versos de T. S.»

[2] Es el comienzo de «Burnt Norton», la primera parte de los *Cuatro cuartetos* de T. S. Eliot, al que ha citado también en el capítulo 18.

—Sí, porque con lo del sueño ya está bien. Uno aguanta, aguanta, pero al final...

—En realidad se trata de otro sueño.

—Misère! —dijo Etienne.

—No te lo conté por teléfono porque en ese momento no me acordaba.

—Y estaba el asunto de los seis minutos —dijo Etienne—. En el fondo las autoridades son sabias. Uno se caga todo el tiempo en ellas, pero hay que decir que saben lo que hacen. Seis minutos...

—Si me hubiera acordado en ese momento, no tenía más que salir de la cabina y meterme en la de al lado.

—Está bien —dijo Etienne—. Vos me contás el sueño, y después bajamos por esa escalera y nos vamos a tomar un vinito a Montparno[3]. Te cambio a tu famoso viejo por un sueño. Las dos cosas son demasiado.

—Diste justo en el clavo —dijo Oliveira, mirándolo con interés—. El problema es saber si esas cosas se pueden cambiar. Lo que me decías justamente hoy: ¿mariposa o Chang-Kai-Chek? A lo mejor al cambiarme al viejo por por un sueño, lo que me estás cambiando es un sueño por el viejo.

—Para decirte la verdad, maldito lo que me importa.

—Pintor —dijo Oliveira.

—Metafísico —dijo Etienne—. Y ya que estamos, ahí hay una enfermera que empieza a preguntarse si somos un sueño o un par de vagos. ¿Qué va a pasar? Si viene a echarnos, ¿es una enfermera que nos echa o un sueño que echa a dos filósofos que están soñando con un hospital donde entre otras cosas hay un viejo y una mariposa enfurecida?

—Era mucho más sencillo —dijo Oliveira, resbalando un poco en el banco y cerrando los ojos—. Mirá, no era más que la casa de mi infancia y la pieza de la Maga, las dos cosas juntas en el mismo sueño. No me acuerdo cuándo lo soñé, me lo había olvidado completamente y esta mañana, mientras iba pensando en lo del pan...

—Lo del pan ya me lo contaste.

—De golpe es otra vez lo otro y el pan se va al demonio, porque no se puede comparar. El sueño del pan me lo puedo haber inspirado... Inspirado, mirá qué palabra.

—No tengas vergüenza de decirlo, si es lo que me imagino.

[3] Montparnasse, mencionado también en los capítulos 1 y 155.

—Pensaste en el chico, claro. Una asociación forzosa. Pero yo no tengo ningún sentimiento de culpa, che. Yo no lo maté.

—Las cosas no son tan fáciles —dijo Etienne, incómodo—. Vamos a ver al viejo, basta de sueños idiotas.

—En realidad casi no te lo puedo contar —dijo Oliveira, resignado—. Imaginate que al llegar a Marte un tipo te pidiera que le describas la ceniza. Más o menos eso.

—¿Vamos o no a ver al viejo?

—Me da absolutamente lo mismo. Ya que estamos... La cama diez, creo. Le podríamos haber traído alguna cosa, es estúpido venir así. En todo caso regalale un dibujito.

—Mis dibujos se venden —dijo Etienne.

(-112)

El verdadero sueño se situaba en una zona imprecisa, del lado del despertar pero sin que él estuviera verdaderamente despierto; para hablar de eso hubiera sido necesario valerse de otras referencias, eliminar esos rotundos *soñar* y *despertar* que no querían decir nada, situarse más bien en esa zona donde otra vez se proponía la casa de infancia, la sala y el jardín en un presente nítido, con colores como se los ve a los diez años, rojos tan rojos, azules de mamparas de vidrios coloreados, verde de hojas, verde de fragancia, olor y color una sola presencia a la altura de la nariz y los ojos y la boca. Pero en el sueño, la sala con las dos ventanas que daban al jardín era a la vez la pieza de la Maga; el olvidado pueblo bonaerense y la rue du Sommerard se aliaban sin violencia, no yuxtapuestos ni imbricados sino fundidos, y en la contradicción abolida sin esfuerzo había la sensación de estar en lo propio, en lo esencial, como cuando se es niño y no se duda de que la sala va a durar toda la vida: una pertenencia inalienable. De manera que la casa de Burzaco y la pieza de la rue du Sommerard eran *el lugar*, y en el sueño había que elegir la parte más tranquila del lugar, la razón del sueño parecía ser solamente ésa, elegir una parte tranquila. En el lugar había otra persona, su hermana que lo ayudaba sin palabras a elegir la parte tranquila, como se interviene en algunos sueños sin siquiera estar, dándose por sentado que la persona o la cosa están ahí e intervienen; una potencia sin manifestaciones visibles, algo que es o hace a través de una presencia que puede pasarse de apariencia. Así él y su hermana elegían la sala como la parte más tranquila del lugar, y estaba bien elegido porque en la pieza de la Maga no se podía tocar el piano o escuchar radio después de las diez de la noche, inmediatamente el viejo de arriba empezaba a golpear en el techo o los del cuarto piso delegaban a una enana bizca para que subiera a quejarse. Sin una sola palabra, puesto que ni siquiera parecían estar ahí, él y su hermana elegían la sala que daba al jardín, descartando la pieza de la Maga. En ese momento del sueño Oliveira se había despertado, tal vez porque la Maga había pasado una pierna por entre las suyas. En la oscuridad lo único sensible era el haber estado hasta ese instante en la sala de la infancia con su hermana, y además unas ganas terribles de orinar. Empujando sin ceremonias la pierna de la Maga, se levantó y salió al rellano, encendió a tientas la mala luz del water, y sin molestarse en cerrar la puerta se puso a mear apoyado con una mano en la pared, luchando por no quedarse dormido y caerse en esa porquería de water, completamente metido en el aura del sueño, mirando sin ver el chorro que le salía por entre los dedos y se perdía en el agujero o erraba vagamente por los bordes de loza negruzca. Tal vez el verdadero sueño se le apareció en ese momento cuando se sintió despierto y meando a las cuatro de la mañana en un quinto piso de la rue deu Sommerard y supo que la sala que daba al jardín en Burzaco era la realidad, lo supo como se saben unas pocas cosas indesmentibles, como se sabe que se es uno mismo, que nadie sino uno mismo está pensando eso, supo sin ningún asombro ni escándalo que su vida de hombre despierto era un fantaseo al lado de la solidez y la permanencia de la sala aunque después al volverse a la cama no hubiera ninguna sala y solamente la pieza de la rue du Sommerard, supo que el lugar era la sala de Burzaco con el olor de los jazmines del Cabo que entraba por las dos ventanas, la sala con el viejo piano Bluthner, con su alfombra rosa y sus sillitas enfundadas y su hermana también enfundada. Hizo un violento esfuerzo para salirse del aura, renunciar al lugar que lo estaba engañando, lo bastante despierto como para dejar entrar la noción de engaño, de sueño y vigilia, pero mientras sacudía unas últimas gotas y apagaba la luz y frotándose los ojos cruzaba el rellano para volver a meterse en la pieza, todo era menos, era signo menos, menos rellano, menos puerta, menos luz, menos cama, menos Maga. Respirando con esfuerzo murmuró: «Maga», murmuró: «París», quizá murmuró: «Hoy.» Sonaba todavía a lejano, a hueco, a realmente no vivido. Se volvió a dormir como quien busca su lugar y su casa después de un largo camino bajo el agua y el frío.

Había que proponerse, según Morelli, un movimiento al margen de toda *gracia*. En lo que él llevaba cumplido de ese movimiento, era fácil advertir el casi vertiginoso empobrecimiento de su mundo novelístico, no solamente manifiesto en la inopia casi simiesca de los personajes sino en el mero transcurso de sus acciones y sobre todo de sus inacciones. Acababa por no pasarles nada, giraban en un comentario sarcástico de su inanidad, fingían adorar ídolos ridículos que presumían haber descubierto. A Morelli eso debía parecerle importante porque había multiplicado las notas sobre una supuesta exigencia, un recurso final y desesperado para arrancarse de las huellas de la ética inmanente y trascendente, en busca de una desnudez que él llamaba axial y a veces *el umbral*. ¿Umbral de qué, a qué? Se deducía una incitación a algo como darse vuelta al modo de un guante, de manera de recibir desolladamente un contacto con una realidad sin interposición de mitos, religiones, sistemas y reticulados. Era curioso que Morelli abrazaba con entusiasmo las hipótesis de trabajo más recientes de la ciencia física y la biología, se mostraba convencido de que el viejo dualismo se había agrietado ante la evidencia de una común reducción de la materia y el espíritu a nociones de energía. En consecuencia, sus monos sabios parecían querer retroceder cada vez más hacia sí mismos, anulando por una parte las quimeras de una realidad mediatizada y traicionada por los supuestos instrumentos cognoscitivos, y anulando a la vez su propia fuerza mitopoyética, su «alma», para acabar en una especie de encuentro *ab ovo,* de encogimiento al máximo, a ese punto en que va a perderse la última chispa de (falsa) humanidad. Parecía proponer —aunque no llegaba a formularlo nunca— un camino que empezara a partir de esa liquidación externa e interna. Pero había quedado casi sin palabras, sin gente, sin cosas, y potencialmente, claro, sin lectores. El Club suspiraba, entre deprimido y exasperado, y era siempre la misma cosa o casi.

(-128)

La noción de ser como un perro entre los hombres: materia de desganada reflexión a lo largo de dos cañas y una caminata por los suburbios, sospecha creciente de que sólo el alfa da el omega, de que toda obstinación en una etapa intermedia —épsilon, lambda— equivale a girar con un pie clavado en el suelo. La flecha va de la mano al blanco: no hay mitad de camino, no hay siglo xx entre el x y el xxx. Un hombre debería ser capaz de aislarse de la especie dentro de la especie misma, y optar por el perro o el pez original como punto inicial de la marcha hacia sí mismo. No hay pasaje para el doctor en letras, no hay apertura para el alergólogo eminente. Incrustados en la especie, serán lo que deben ser y si no no serán nada. Muy me_itorios, ni qué hablar, pero siempre épsilon, lambda o pi, nunca alfa y nunca omega. El hombre de que se habla no acepta esas seudo realizaciones, la gran máscara podrida de Occidente. El tipo que ha llegado vagando hasta el puente de la Avenida San Martín y fuma en una esquina, mirando a una mujer que se ajusta una media, tiene una idea completamente insensata de lo que él llama realización, y no lo lamenta porque algo le dice que en la insensatez está la semilla, que el ladrido del perro anda más cerca del omega que una tesis sobre el gerundio en Tirso de Molina. Qué metáforas estúpidas. Pero él sigue emperrado, es el caso de decirlo. ¿Qué busca? ¿Se busca? No se buscaría si ya no se hubiera encontrado. Quiere decir que se ha encontrado (pero esto ya no es insensato, ergo hay que desconfiar. Apenas la dejás suelta, La Razón te saca un boletín especial, te arma el primer silogismo de una cadena que no te lleva a ninguna parte como no sea a un diploma o a un chalecito californiano y los nenes jugando en la alfombra con enorme encanto de mamá). A ver, vamos despacio: ¿Qué es lo que busca ese tipo?

¿Se busca? ¿Se busca en tanto que individuo? ¿En tanto que individuo pretendidamente intemporal, o como ente histórico? Si es esto último, tiempo perdido. Si en cambio se busca al margen de toda contingencia, a lo mejor lo del perro no está mal. Pero vamos despacio (le encanta hablarse así, como un padre a su hijo, para después darse el gran gusto de todos los hijos y patearle el nido al viejo), vamos piano piano, a ver qué es eso de la búsqueda. Bueno, la búsqueda no *es*. Sutil, eh. No es búsqueda porque ya se ha encontrado. Solamente que el encuentro no cuaja. Hay carne, papas y puerros, pero no hay puchero. O sea que ya no estamos con los demás, que ya hemos dejado de ser un ciudadano (por algo me sacan carpiendo de todas partes, que lo diga Lutecia), pero tampoco hemos sabido salir del perro para llegar a eso que no tiene nombre, digamos a esa conciliación, a esa reconciliación.

Terrible tarea la de chapotear en un círculo cuyo centro está en todas partes y su circunferencia en ninguna, por decirlo escolásticamente. ¿Qué se busca? ¿Qué se busca? Repetirlo quince mil veces, como martillazos en la pared. ¿Qué se busca? ¿Qué es esa conciliación sin la cual la vida no pasa de una oscura tomada de pelo? No la conciliación del santo, porque si en la noción de bajar al perro, de recomenzar desde el perro o desde el pez o desde la mugre y la fealdad y la miseria y cualquier otro disvalor, hay siempre como una nostalgia de santidad, parecería que se añora una santidad no religiosa (y ahí empieza la insensatez), un estado *sin diferencia*, sin santo (porque el santo es siempre de alguna manera el santo y los que no son santos, y eso escandaliza a un pobre tipo como el que admira la pantorrilla de la muchacha absorta en arreglarse la media torcida), es decir que si hay conciliación tiene que ser otra cosa que un estado de santidad, estado excluyente desde el vamos. Tiene que ser algo inmanente, sin sacrificio del plomo por el oro, del celofán por el cristal, del menos por el más; al contrario, la insensatez exige que el plomo valga el oro, que el más esté en el menos. Una alquimia, una geometría no euclidiana, una indeterminación *up to date* para las operaciones del espíritu y sus frutos. No se trata de *subir,* viejo ídolo mental desmentido por la historia, vieja zanahoria que ya no engaña al burro. No se trata de perfeccionar, de decantar, de rescatar, de escoger, de librealbedrizar, de ir del alfa hacia el omega. *Ya se está.* Cualquiera ya está. El disparo está en la pistola; pero hay que apretar un gatillo y resulta que el dedo está haciendo señas para parar el ómnibus, o algo así.

Cómo habla, cuánto habla este vago fumador de suburbio. La chica ya se acomodó la media, listo. ¿Ves? Formas de la conciliación. *Il mio supplizio*[1]... A lo mejor todo es tan sencillo, un tironcito a las mallas, un dedito mojado con saliva que pasa sobre la parte corrida. A lo mejor bastaría agarrarse la nariz y ponérsela a la altura de la oreja, desacomodar una nada la circunstancia. Y no, tampoco así. Nada más fácil que cargarle la romana a lo de afuera, como si se estuviera seguro de que afuera y adentro son las dos vigas maestras de la casa. Pero es que todo está mal, la historia te lo está diciendo, y el hecho mismo de estarlo pensando en vez de estarlo viviendo te prueba que está mal, que nos hemos metido en una desarmonía total que todos nuestros recursos disfrazan con el edificio social, con la historia, con el estilo jónico, con la alegría del Renacimiento, con la tristeza superficial del romanticismo, y así vamos y que nos echen un galgo.

(-44)

---

[1] Verso de Ungaretti citado en el capítulo 42.

126

—Por qué, con tus encantamientos infernales, me has arrancado a la tranquilidad de mi primera vida... El sol y la luna brillaban para mí sin artificio; me despertaba entre apacibles pensamientos, y al amanecer plegaba mis hojas para hacer mis oraciones. No veía nada de malo, pues no tenía ojos; no escuchaba nada de malo, pues no tenía oídos; ¡pero me vengaré!

> Discurso de la mandrágora, en *Isabel de Egipto,* de ACHIM VON ARNIM[1].

(-21)

[1] *Achim von Arnim* (1781-1831): dramaturgo romántico alemán, casado con Bettina Brentano. Su relato *Isabel de Egipto* (1811) utiliza elementos de magia y misterio.

Así los monstruos le pateaban el nido a la Cuca para que se fuera de la farmacia y los dejara tranquilos. De paso y mucho más en serio, discutían el sistema de Ceferino Piriz y las ideas de Morelli. Como a Morelli se lo conocía mal en la Argentina, Oliveira les pasó los libros y les habló de algunas notas sueltas que había conocido en otro tiempo. Descubrieron que Remorino, que seguiría trabajando como enfermero y que se aparecía a la hora del mate y de la caña, era un gran entendido en Roberto Arlt, y eso les produjo una conmoción considerable, por lo cual durante una semana no se habló más que de Arlt y de cómo nadie le había pisado el poncho en un país donde se preferían las alfombras. Pero sobre todo hablaban de Ceferino con gran seriedad, y cada tanto les ocurría mirarse de una manera especial, por ejemplo levantando la vista al mismo tiempo y dándose cuenta de que los tres hacían lo mismo, es decir mirarse de una manera especial e inexplicable, como ciertas miradas en el truco o cuando un hombre que ama desesperadamente tiene que sobrellevar un té con masas[1] y varias señoras y hasta un coronel retirado que explica las causas de que todo ande mal en el país, y metido en su silla el hombre mira por igual a todos, al coronel y a la mujer que ama y a las tías de la mujer, los mira afablemente porque en realidad sí, es una vergüenza que el país esté en manos de una pandilla de criptocomunistas, entonces de la masa de crema, la tercera a la izquierda de la bandeja, y de la cucharita boca arriba sobre el mantel bordado por las tías, la mirada afable se alza un instante y por encima de los criptocomunistas se enlaza en el aire con la otra mirada que ha subido desde la

---

[1] *masas:* 'pastel de masa de harina azucarado y con algún ingrediente'.

azucarera de material plástico verde nilo, y ya no hay nada, una consumación fuera del tiempo se vuelve secreto dulcísimo, y si los hombres de hoy fueran verdaderos hombres, joven, y no unos maricas de mierda («¡Pero Ricardo!» «Está bien, Carmen, pero es que me subleva, me su-ble-va lo que pasa con el país»), *mutatis mutandis* era un poco la mirada de los monstruos cuando alguna que otra vez les ocurría mirarse con una mirada a la vez furtiva y total, secreta y mucho más clara que cuando se miraban largo tiempo, pero no por nada se es un monstruo, como le decía la Cuca a su marido, y los tres soltaban la risa y se avergonzaban enormemente de haberse mirado así sin estar jugando al truco y sin tener amores culpables. A menos que.

(-56)

128

Nous sommes quelques-uns à cette époque à avoir voulu attenter aux choses, créer en nous des espaces à la vie, des espaces qui n'étaient pas et ne semblaient pas devoir trouver place dans l'espace.

ARTAUD, *Le Pèse-nerfs*.

(-24)

129

Pero Traveler no dormía, después de una o dos tentativas la pesadilla lo seguía rondando y al final se sentó en la cama y encendió la luz. Talita no estaba, esa sonámbula, esa falena de insomnios, y Traveler se bebió un vaso de caña y se puso el saco del piyama. El sillón de mimbre parecía más fresco que la cama, y era una buena noche para seguir estudiando a Ceferino Piriz[1].

Dans cet annonce ou carte —decía textualmente Ceferino— ye reponds devant ou sur votre demande de suggérer idées pour UNESCO et écrit en el journal «El Diario» de Montevideo.

¡Afrancesado Ceferino! Pero no había peligro, «La Luz de la Paz del Mundo», cuyos extractos poseía preciosamente

---

[1] Escribe Luis Harss: «Siempre ha sido un gran carterista intelectual. Saber aprovechar la casualidad y la coincidencia, dice, es una de las formas del arte. Cita como ejemplo de este principio un pasaje alarmante llamado 'La luz de la paz del mundo' que ha intercalado en el apéndice de *Rayuela,* apropiándose en efecto de un texto que nació de la pluma ingenua de un tal Ceferino Piriz, un 'loco genial' residente en alguna parte del Uruguay, que lo presentó a un concurso de la Unesco como su contribución para revolver los problemas del mundo. Propone una Gran Fórmula para dividir el globo en zonas de color y distribuir los armamentos de acuerdo con la superfiecie y la población. A Cortázar le gustó porque le pareció un ejemplo perfecto de los extremos de sinrazón a que puede llegar la razón pura —lo último que pierde el loco es su facultad de razonar, dijo Chesterton— y lo copió sin cambiar una palabra. Y la verdad es que calza perfectamente en un paisaje novelesco en el que la farsa y la metafísica se unen para abrirse paso hacia los confines de lo conocido entre linderos apocalípticos que parecen los productos de una monstruosa liquidación en un bazar turco o un mercado de las pulgas» (pág. 260).

Traveler, estaba escrito en admirable castellano, como por ejemplo la introducción:

En este anuncio presento a algunas partes extractadas de una obra recientemente escrita por mí y titulada «La Luz de la Paz del Mundo». Tal obra ha sido o está presentada a un concurso internacional... pero sucede de que a cuya obra no la puedo enviar entera a vosotros, ya que cuya Revista no permite por cierto tiempo de que cuya obra sea entregada en su formación completa, a ninguna persona ajena a cuya Revista...

Así que yo en este anuncio me limito solamente a enviar algunos extractos de cuya obra, los cuales, éstos que irán a continuación, no deben ser publicados por ahora.

Muchísimo más claro que un texto equivalente de Julián Marías, por ejemplo. Con dos copas de caña se establecía el contacto, y vamos allá. A Traveler le empezó a gustar el haberse levantado, y que Talita anduviera por ahí prodigando romanticismo. Por décima vez se internó lentamente en el texto de Ceferino.

En este libro se hace la presentación de lo que pudiéramos llamar «gran fórmula en pro de la paz mundial». Tanto es así que en cuya fórmula grande entran una Sociedad de Naciones o una U.N., donde esta Sociedad es de tendencia hacia valores (preciosos, etc.), y razas humanas; y finalmente, como ejemplo indiscutido en lo internacional, entre un país que es verdadero ejemplar, ya que el cual está compuesto por 45 CORPORACIONES NACIONALES o ministerios de lo simple, y de 4 Poderes nacionales.

Tal cual: un ministerio de lo simple. Ah, Ceferino, filósofo natural, herborista de paraísos uruguayos, nefelibata...

Por otra parte esta fórmula grande, en su medida de ella, no es ajena, respectivamente, al mundo de los videntes; a la naturaleza de los principios NIÑOS; de las medidas naturales que, en una fórmula que se dé de por sí, no admiten ninguna alteración en la cuya fórmula dada de por sí; etc.

Como siempre, el sabio parecía añorar la videncia y la intuición, pero a las primeras de cambio la manía clasificatoria del homo occidentalis entraba a saco en el ranchito de

Ceferino, y entre mate y mate le organizaba la civilización en tres etapas:

Etapa primera de civilización

Se puede concebir a una etapa primera de civilización a contar desde tiempos desconocidos en el pasado, hasta el año 1940. Etapa que consistía en que todo se inclinaba hacia la guerra mundial de allá por el año 1940.

Etapa segunda de civilización

También se puede concebir a una etapa segunda de civilización, a contar desde el año 1940, hasta el año 1953. Etapa que ha consistido en que todo se ha inclinado hacia la paz mundial o reconstrucción mundial.

(Reconstrucción mundial: hacer de que en el mundo, cada cual quede con lo que es suyo; reconstruir eficazmente, a todo lo ya deshecho antes: edificios, derechos humanos, equilibrios universales de precios; etc; etc.)

Etapa tercera de civilización

También hoy día o actualmente se puede concebir a una etapa tercera de civilización, contando desde el año 1953, hasta el futuro año 2000. Etapa que consiste en que todo marche firmemente hacia el arreglo eficaz de las cosas.

Evidentemente, para Toynbee[2]... Pero la crítica enmudecía ante el planteo antropológico de Ceferino:

Ahora bien, he aquí los humanos ante las mencionadas etapas:

A) Los humanos vivientes en la etapa segunda mismamente, en aquellos mismos días, no atinaban mayormente de pensar de la etapa primera.

B) Los humanos vivientes, o que somos vivientes en esta etapa tercera de hoy día, en estos mismos tiempos no atinan, o no atinamos mayormente de pensar de la etapa segunda. Y

---

[2] Arnold Joseph *Toynbee:* el gran historiador inglés, autor de *A Study of history* (6 vols. 1934-1936).

C) En la mañana que ha de estar después, o ha de partir del año 2000, los humanos de esos días, y en esos días, ellos no atinarán mayormente de pensar de la etapa tercera: la de hoy día.

Lo de no pensar mayormente era bastante cierto, *beati pauperes spiritu,* y ya Ceferino se largaba a lo Paul Rivet[3] cuesta abajo de una clasificación que había sido la delicia de las tardes en el patio de don Crespo, a saber:

En el mundo se pueden contar hasta seis razas humanas: la blanca, la amarilla, la parda, la negra, la roja y la pampa.

RAZA BLANCA: son de tal raza, todos los habitantes de piel blanca, tales, los de los países bálticos, nórdicos, europeos, americanos, etc.

RAZA AMARILLA: son de tal raza, todos los habitantes de piel amarilla, tales, chinos, japoneses, mongoles, hindúes en su mayoría de ellos, etc.

RAZA PARDA: son de tal raza, todos los habitantes de piel parda por naturaleza, tales, los rusos pardos propiamente, los turcos de piel parda, los árabes de piel parda, los gitanos, etc.

RAZA NEGRA: son de tal raza, todos los habitantes de piel negra, tales los habitantes del África Oriental en su gran mayoría de ellos, etc.

RAZA ROJA: son de tal raza, todos los habitantes de piel roja, tales una gran parte de etíopes de piel rojiza oscura, y donde el NEGUS o rey de Etiopía es un ejemplar rojo; una gran parte de hindúes de piel rojiza oscura o de «color café»; una gran parte de egipcios de piel rojiza oscura; etc.

RAZA PAMPA: son de tal raza, todos los habitantes de piel de color vario o pampa, tales como todos los indios de las tres Américas.

—Aquí tendría que estar Horacio —se habló Traveler—. Esta parte él la comentaba muy bien. Al fin y al cabo, ¿por qué no? El pobre Cefe tropieza con las clásicas dificultades de le Etiqueta Engomada, y hace lo que puede, como Linneo[4] o los cuadros sinópticos de las enciclopedias. Lo de la raza parda es una solución genial, hay que reconocerlo.

---

[3] *Paul Rivet* (1876-1958): antropólogo y etnólogo francés, autor de *Les origines de l'homme américain* (Montreal, 1943).

[4] *Linneo:* naturalista y médico sueco del siglo XVIII, autor de una clasificación de las plantas y creador del método científico en el estudio de la Historia Natural.

Se oía caminar en el pasillo, y Traveler se asomó a la puerta, que daba sobre el ala administrativa. Como hubiera dicho Ceferino, la primera puerta, la segunda puerta y la tercera puerta estaban cerradas. Talita se habría vuelto a su farmacia, era increíble cómo la entusiasmaba su reingreso en la ciencia, en las balancitas y los sellos antipiréticos.

Ajeno a esas nimiedades, Ceferino pasaba a explicar su Sociedad de Naciones modelo:

Una sociedad que sea fundada en cualquier parte del mundo, aun siendo el mejor lugar la Europa. Una Sociedad que funcione permanentemente, y por ende todos los días hábiles. Una sociedad donde su gran local o palacio, disponga al menos de siete (7) cámaras o recintos bien grandes. Etc.

Ahora bien; de las siete mencionadas cámaras del palacio de cuya Sociedad una primera cámara ha de ser ocupada por los Delegados de los países de raza blanca, y su Presidente de igual color; una segunda cámara ha de ser ocupada por los Delegados de los países de raza amarilla, y su Presidente de igual color; una tercer...

Y así todas las razas, o sea que se podía saltar la enumeración, *pero no era lo mismo* después de cuatro copitas de caña (Mariposa y no Ancap, lástima, porque el homenaje patriótico hubiera valido la pena); no era en absoluto lo mismo, porque el pensamiento de Ceferino era cristalográfico, cuajaba con todas las aristas y los puntos de intersección, regido por la simetría y el *horror vacui,* o sea que

...una tercer cámara ha de ser ocupada por los Delegados de los países de raza parda, y su Presidente de igual color; una cuarta cámara ha de ser ocupada por los Delegados de los países de raza negra, y su Presidente de igual color; una quinta cámara ha de ser ocupada por los Delegados de los países de raza roja, y su Presidente de igual color; una sexta cámara ha de ser ocupada por los Delegados de los países de raza pampa, y su Presidente de igual color; y una —la— séptima cámara ha de ser ocupada por el «Estado Mayor» de toda cuya Sociedad de Naciones.

A Traveler lo había fascinado siempre ese «—la—» que interrumpía la rigurosa cristalización del sistema, como el misterioso *jardín* del zafiro, ese misterioso punto de la gema que quizá determinaba la coalescencia del sistema y que en los zafiros irradiaba su transparente cruz celeste como una energía congelada en el corazón de la piedra. (¿Y por qué se llamaba *jardín,* a menos de imaginar los jardines de pedrerías de las fábulas orientales?)

Cefe, mucho menos delicuescente, explicaba en seguida la importancia de la cuestión:

Más detalles sobre la mencionada séptima cámara: en cuya séptima cámara del palacio de la Sociedad de las Naciones, han de estar el Secretario General de toda cuya Sociedad, y el Presidente General, también de toda cuya Sociedad, pero tal Secretario General al mismo tiempo también ha de ser el Secretario directo del mencionado Presidente General.

Más detalles aun: bien; en la cámara primera ha de estar su correspondiente Presidente, el cual siempre ha de presidir a cuya cámara primera; si hablamos con respecto a la cámara segunda, ídem; si hablamos con respecto a la cámara tercera, ídem; si hablamos con respecto a la cámara cuarta, ídem; si hablamos con respecto a la cámara quinta, ídem; y si hablamos con respecto a la cámara sexta, ídem.

A Traveler lo enternecía pensar que ese «ídem» le debía haber costado bastante a Ceferino. Era una condescendencia extraordinaria hacia el lector. Pero ya estaba en el fondo del asunto, y procedía a enumerar lo que él llamaba: «Primoroso cometido de la Sociedad de Naciones modelo», *i.e.*:

1) Ver (por no decir fijar) al o a los valores del dinero en su circulación internacional; 2) designar a los jornales de obreros, a los sueldos de empleados, etc.; 3) designar valores en pro de lo internacional (dar o fijar precio a todo artículo de los vendibles, y dar valor o mérito a otras cosas: cuántas armas de guerra ha de tener un país; cuántos niños ha de dar a luz, por convención internacional, una mujer, etc.); 4) designar de cuánto deban percibir monetariamente por concepto de jubilación un jubilado, un pensionado, etc.; 5) de hasta cuántos niños ha de dar a luz toda respectiva mujer en el mundo; 6) de las distribuciones equitativas en el terreno internacional; etc.

¿Por qué se preguntaba sagazmente Traveler, esa repetición en materia de libertad de vientres y demografía? Bajo 3) se lo entendía como un valor, y bajo 5) como cuestión concreta de competencia de la Sociedad. Curiosas infracciones a la simetría, al rigor implacable de la enumeración consecutiva y ordenada, que quizá traducían una inquietud, la sospecha de que el orden clásico era como siempre un sacrificio de la verdad a la belleza. Pero Ceferino se reponía de ese romanticismo que le sospechaba Traveler, y procedía a una distribución ejemplar:

Distribución de las armas de guerra:

Ya es sabido que cada respectivo país del mundo cuenta con sus correspondientes kilómetros cuadrados de territorio.

Ahora bien, he aquí un ejemplo:

A) El país que en un suponer tiene 1000 kilómetros cuadrados, ha de tener 1000 cañones; el país que en un suponer tiene 5000 kilómetros cuadrados, ha de tener 5000 cañones, etc.

(En esto se ha de comprender 1 cañón por cada kilómetro cuadrado);

B) El país que en un suponer tiene 1000 kilómetros cuadrados, ha de tener 2000 fusiles; el país que en un suponer tiene 5000 kilómetros cuadrados, ha de tener 10.000 fusiles; etc.

(En esto se han de comprender 2 fusiles por cada kilómetro cuadrado); etc.

Este ejemplo ha de comprender a todos los respectivos países que existen: Francia tiene 2 fusiles por cada kilómetro suyo; España, ídem; Bélgica, ídem; Rusia, ídem; Norteamérica, ídem; Uruguay, ídem; China, ídem; etc.; y también ha de comprender a todas las clases de armas de guerra que existen: a) tanques; b) ametralladoras; c) bombas terroríficas; fusiles; etc.

(-139)

130

Riesgos del cierre relámpago [1]

El British Medical Journal informa sobre una nueva clase de accidente que pueden sufrir los niños. Dicho accidente es causado por el empleo de cierre relámpago en lugar de botones en la bragueta de los pantalones (escribe nuestro corresponsal de medicina).

El peligro está en que el prepucio quede atrapado por el cierre. Ya se han registrado dos casos. En ambos hubo que practicar la circuncisión para liberar al niño.

El accidente tiene más probabilidades de ocurrir cuando el niño va solo al retrete. Al tratar de ayudarlo, los padres pueden empeorar las cosas tirando del cierre en sentido equivocado, pues el niño no está en condiciones de explicar si el accidente se ha producido al tirar del cierre hacia arriba o hacia abajo. Si el niño ya ha sido circuncidado, el daño puede ser mucho más grave.

El médico sugiere que cortando la parte inferior del cierre con alicates o tenazas se pueden separar fácilmente las dos mitades. Pero habrá que practicar una anestesia local para extraer la parte incrustada en la piel.

The Observer, Londres.

(-151)

---

[1] Juego de contrastes: después del capítulo 28, largo y trágico, en el que se narra la muerte de Rocamadour, aparecen, en brusco contraste, estos riesgos del cierre relámpago.

131

—Qué te parece si ingresamos en la corporación nacional de los monjes de la oración del santiguamiento.

—Entre eso y entrar en el presupuesto de la nación...

—Tendríamos ocupaciones formidables —dijo Traveler, observando la respiración de Oliveira—. Me acuerdo perfectamente, nuestras obligaciones serían las de rezar o santiguar a personas, a objetos, y a esas regiones tan misteriosas que Ceferino llama lugares de parajes.

—Este debe ser uno —dijo Oliveira como desde lejos—. Es un lugar de paraje clavado, hermanito.

—Y también santiguaríamos a los sembrados de vegetales, y a los novios mal afectados por un rival.

—Llamalo a Cefe —dijo la voz de Oliveira desde algún lugar del paraje—. Cómo me gustaría... Che, ahora que lo pienso, Cefe es uruguayo.

Traveler no le contestó nada, y miró a Ovejero que entraba y se inclinaba para tomar el pulso de la histeria matinensis yugulata.

—Monjes que han de combatir siempre todo mal espiritual —dijo distintamente Oliveira.

—Ahá —dijo Ovejero para alentarlo.

(-58)

132

Y mientras alguien como siempre explica alguna cosa, yo no sé por qué estoy en el café, en todos los cafés[1], en el

---

[1] Recuerda Cortázar algunos de los cafés, de todo el mundo, que le son más queridos: un *café Dupont* es mencionado en *El perseguidor* (pág. 168), pero está en el Barrio Latino; en cambio, el Bd. Barbes nace del Bd. Rochechouart hacia el Norte, un poco a la derecha de la Basílica del Sagrado Corazón de Montmartre.

El *Sacher* está en Viena, como el hotel del mismo nombre, y son famosos los dos por la tarta Sacher, de chocolate.

El *Pedrocchi* está en Padua, junto a la plaza del mercado.

El *Gijón* es el café literario madrileño, en el Paseo de Recoletos.

El *Greco* está en Roma, en la Vía Condotti: desde fines del siglo XVIII es lugar de reunión de escritores de toda Europa; en la puerta, una placa recuerda la visita de Goethe.

El *Café de la Paix* está en París, en el Bd. des Capucines, al lado de la Ópera, cuyo arquitecto, Charles Garnier, diseñó su decoración original. Por su situación privilegiada es lugar habitual de turistas ricos. En él estuvieron, entre otros, Émile Zola, Oscar Wilde, Hemingway, Scott Fitzgerald.

El *Café Mozart* está en Viena.

El *Florian* es el más famoso café de la plaza de San Marcos en Venecia. Por las noches, una orquesta tocas viejas melodías. Lo elogiaron, entre otros, Jean-Paul Sartre e Igor Strawinsky.

El *Capoulade* ha sido citado también en el capítulo 76.

Les Deux Magots está en París, al lado del Flore, en el centro del barrio de Saint Germain des Prés. En los dos cafés —se suele decir— nació el existencialismo. Han sido sus clientes; Jarry Giraudoux, Barrès, Maurrás, Breton, Sartre, Camus, Simon de Beauvoir, Juliette Greco y Brigitte Bardot.

En la plaza del Colleone, en Venecia, está también la iglesia de San Giovanni e Paolo.

La Giudecca es una de las islas de la laguna de Venecia, separada del centro de la ciudad por el canal del mismo nombre. Hay varios

Elephant & Castle, en el Dupont Barbès, en el Sacher, en el
Pedrocchi, en el Gijón, en el Greco, en el Café de la Paix, en el
Café Mozart, en el Florian, en el Capoulade, en Les Deux
Magots, en el bar que saca las sillas a la plaza del Colleone, en
el café Dante a cincuenta metros de la tumba de los Escalígeros y la cara como quemada por las lágrimas de Santa María
Egipciaca en un sarcófago rosa, en el café frente a la Giudecca, con ancianas marquesas empobrecidas que beben un té
minucioso y alargado con falsos embajadores plovorientos, en
el Jandilla, en el Floccos, en el Cluny, en el Richmond de
Suipacha, en El Olmo, en la Closerie des Lilas, en el Stéphane

---

cafés en los muelles frente a esta isla: en los Zattere al Ponte Lungo, ai
Jesuati, allo Spírito Santo y ai Saloni, que concluyen en la iglesia de la
Salute, pintada por tantos artistas a lo largo de los siglos. Un día al
año, para las fiestas de la Giudecca, un puente de barcas la une al
centro de la ciudad.

El *Cluny* está en París, en el cruce de los bulevares Saint Michel y
Saint Germain, al lado del museo de Cluny. Es uno de los centros del
Barrio Latino, muy frecuentado por estudiantes. Puede ser el citado en
el capítulo I. Lo menciona también Cortázar en muchos relatos: por
ejemplo, al comienzo de *62,* pág. 12.

El *Richmond de Suipacha* era una vieja confitería y café de Buenos
Aires, con orquesta. Cortázar habla de la calle Suipacha en el capítulo 36; en *Carta a una señorita en París (Los relatos: 1,* pág. 32); en el
Libro de Manuel (pág. 123)... Hoy existe un café Richmond, de tipo
tradicional, en la calle Florida, entre Corrientes y Lavalle.

La *Closerie des Lilas* es un café, restaurante y cervecería del Bd. de
Montparnasse, en París, predilecto de artistas y escritores como Hemingway. En él beben vino blanco Calac y Helen: ella dice que sus
lámparas «seguían siendo las más dulces de todos los restaurantes de
París» *(62,* pág. 79).

Cortázar fue profesor en *Chivilcoy* y recuerda esta ciudad argentina
varias veces. Allí conoció, por ejemplo, a Francisco Musitani, un
«piantado», precursor de los cronopios: «armado de victrolas con
bocinas infaltablemente verdes, nuestro amigo recorría las estancias en
un sulky verde tirado por un caballo verde» *(Vuelta)*.

Au Chien qui Fume está en París, en la rue de Pont Neuf, muy cerca
del Forum des Halles y el Centro Beaubourg. Es un café y restaurante,
especializado en ostras y mariscos. Es mencionado también en el
capítulo 155.

El *Opern Café* está en Viena.

El *Dôme,* en Montparnasse, fue el lugar favorito de Modigliani,
Strawinsky y Picasso. Lo han redecorado, hoy, en estilo belle-epoque.
Cortázar le ha dedicado un poema: «Le Dôme» (en *Pameos y meopas,*
pág. 131).

(que está en la rue Mallarmé), en el Tokio (que está en Chivilcoy), en el café Au Chien qui Fume, en el Opern Café, en el Dôme, en el Café du Vieux Port, en los cafés de cualquier lado donde

> We make our meek adjustments,
> Contented with such random consolations
> As the wind deposits
> In slithered and too ample pockets.

Hart Crane [2] *dixit*. Pero son más que eso, son el territorio neutral para los apátridas del alma, el centro inmóvil de la rueda desde donde uno puede alcanzarse a sí mismo en plena carrera, verse entrar y salir como un maniaco, envuelto en mujeres o pagarés o tesis epistemológicas, y mientras revuelve el café en la tacita que va de boca en boca por el filo de los días, puede desapegadamente intentar la revisión y el balance, igualmente alejado del yo que entró hace una hora en el café y del yo que saldrá dentro de otra hora. Autotestigo y autojuez, autobiógrafo irónico entre dos cigarrillos.

En los cafés me acuerdo de los sueños, un *no man's land* suscita el otro; ahora me acuerdo de uno, pero no, solamente me acuerdo de que debí soñar algo maravilloso y que al final me sentía como expulsado (o yéndome, pero a la fuerza) del sueño que irremediablemente quedaba a mis espaldas. No sé si incluso se cerraba una puerta detrás de mí, creo que sí; de hecho se establecía una separación entre lo ya soñado (perfecto, esférico, concluido) y el ahora. Pero yo seguía durmiendo, lo de la expulsión y la puerta cerrándose también lo soñé. Una certidumbre sola y terrible dominaba ese instante de tránsito dentro del sueño: saber que irremisiblemente esa expulsión comportaba el olvido total de la maravilla previa. Supongo que la sensación de puerta cerrándose era eso, el olvido fatal e instantáneo. Lo más asombroso es acordarme también de haber soñado que me olvidaba del sueño anterior, y de que ese sueño *tenía* que ser olvidado (yo expulsado de su esfera concluida).

Todo eso tendrá, me imagino, una raíz edénica. Tal vez el Edén, como lo quieren por ahí, sea la proyección mitopoyética de los buenos ratos fetales que perviven en el inconsciente. De

---

[2] *Hart Crane* (1889-1932), poeta norteamericano, autor de *Edificios blancos, El puente*.

golpe comprendo mejor el espantoso gesto del Adán de Masaccio[3]. Se cubre el rostro para proteger su visión, lo que fue
suyo; guarda en esa pequeña noche manual el último paisaje
de su paraíso. Y llora (porque el gesto es también el que
acompaña el llanto) cuando se da cuenta de que es inútil, que
la verdadera condena es eso que ya empieza: el olvido del
Edén, es decir la conformidad vacuna, la alegría barata y sucia
del trabajo y el sudor de la frente y las vacaciones pagas.

(-61)

---

[3] *Masaccio* (1401-1428): uno de los grandes pintores florentinos. La
escena de la expulsión de Adán y Eva forma parte de la maravillosa
serie de frescos de la Capilla Brancacci, en la iglesia del Carmine, en
Florencia, en el barrio sobre el que ha escrito Vasco Pratolini. Vuelve
a ser mencionado en el capítulo 142. Le dedica Cortázar un poema,
«Masaccio» *(Pameos y meopas,* págs. 100-106).

Claro que, como lo pensó en seguida Traveler, lo que contaba eran los resultados. Sin embargo, ¿por qué tanto pragmatismo? Cometía una injusticia con Ceferino, puesto que su sistema geopolítico no había sido ensayado como muchos otros igualmente insensatos (y por tanto promisorios, eso había que reconocerlo). Impertérrito, Cefe se mantenía en el terreno teórico, y casi de inmediato entraba en otra demostración aplastante:

Los jornales obreros en el mundo:

De acuerdo con la Sociedad de las Naciones será o ha de ser que si por ejemplo un obrero francés, un herrero pongamos por caso, gana un jornal diario y basado entre una *base mínima* de $ 8,00 y una *base máxima* de $ 10,00, entonces ha de ser que un herrero italiano también ha de ganar igual, entre $ 8,00 y $ 10,00 por jornada; más: si un herrero italiano gana lo mismo dicho, entre $ 8,00 y $ 10,00 por jornada, entonces un herrero español también ha de ganar entre $ 8,00 y $ 10,00 por jornada; más: si un herrero español gana entre $ 8,00 y $ 10,00 por jornada, entonces un herrero ruso también ha de ganar entre $ 8,00 y $ 10,00 por jornada; más: si un herrero ruso gana entre $ 8,00 y $ 10,00 por jornada, entonces un herrero norteamericano también ha de ganar entre $ 8,00 y $ 10,00 por jornada; etc.

—¿Cuál es la razón —monologó Traveler— de ese «etc.», de que en un momento dado Ceferino se pare y opte por ese etcétera tan penoso para él? No puede ser solamente el cansancio de la repetición, porque es evidente que le encanta (se le estaba pegando el estilo). El hecho era que el «etc.» lo dejaba un poco nostálgico a Ceferino, cosmólogo obligado a conceder un reader's digest irritante. El pobre se desquitaba agregando a continuación de su lista de herreros:

(Por lo demás, en esta tesis, de seguir hablando, caben o cabrían desde luego todos los países respectivamente, o bien todos los herreros de todo respectivo país.)

«En fin», pensó Traveler sirviéndose otra caña y rebajándola con soda, «es raro que Talita no vuelva». Habría que ir a ver. Le daba lástima salirse del mundo de Ceferino en pleno arreglo, justamente cuando Cefe se ponía a enumerar las 45 Corporaciones Nacionales que debían componer un país ejemplar:

1) Corporación nacional de ministerio del interior (todas las dependencias y empleados en general del Ministerio del Interior). (Ministración de toda estabilidad de todo establecimiento, etc.); 2) Corporación nacional de ministerio de hacienda (todas las dependencias y empleados en general de Ministerio de Hacienda). (Ministración a modo de patrocinio, de todo bien (todo propiedad) dentro de territorio nacional, etc.); 3)

Y así, corporaciones en número de 45, entre las que se destacaban por derecho propio la 5, la 10, la 11 y la 12:

5) Corporación nacional de ministerio de la privanza civil (todas las dependencias y empleados en general de cuyo Ministerio). (Instrucción, Ilustración, Amor de un prójimo para con otro, Control, Registro (libros de), Salud, Educación Sexual, etc.) (Ministración o Control y Registro (letrado...) que ha de suplir a «Juzgados de Instrucción», a «Juzgados de lo Civil», a «Consejo del Niño», a «Juez de Menores», a «Registros»: nacimientos, defunciones, etc.) (Ministración que ha de comprender a todo lo que sea de la Privanza Civil: matrimonio, padre, hijo, vecino, domicilio, individuo, individuo de buena o mala conducta, individuo de inmoralidad pública, individuo con malas enfermedades, hogar (familia y), persona indeseable, jefe de familia, niño, menor de edad, novio, concubinato, etc.)

. . . .

10) Corporación nacional de estancias (todos los establecimientos rurales de la Cría Mayor de animales y todos los empleados en general de cuyos establecimientos). (Cría Mayor o cría de animales corpulentos: bueyes, caballos, avestruces, elefantes, camellos, jirafas, ballenas, etc.);

11) Corporación nacional de granjas (todas las granjas agrícolas o chacras grandes, y todos los empleados en general de cuyos establecimientos). (Plantíos de toda clase respectiva de vegetales, menos hortalizas y árboles frutales);

12) Corporación nacional de casas-criaderos de animales (todos los establecimientos de la Cría Menor de animales y todos los empleados en general de cuyos establecimientos). (Cría Menor o cría de animales no corpulentos: cerdos, ovejas, chivos, perros, tigres, leones, gatos, liebres, gallinas, patos, avejas, peces, mariposas, ratones, insectos, microbios, etc.)

Enternecido, Traveler se olvidaba de la hora y de cómo bajaba la botella de caña. Los problemas se le planteaban como caricias: ¿Por qué exceptuar las hortalizas y los árboles frutales? ¿Por qué la palabra *aveja* tenía algo de diabólico? Y esa visión casi edénica de una chacra donde los chivos se criaban al lado de los tigres, los ratones, las mariposas, los leones y los microbios... Ahogándose de risa, salió al pasillo. El espectáculo casi tangible de una estancia donde los empleados-de-cuyo-establecimiento se debatían tratando de criar una ballena, se superponía a la austera visión del pasillo nocturno. Era una alucinación digna del lugar y de la hora, parecía perfectamente tonto preguntarse qué andaría haciendo Talita en la farmacia o en el patio, cuando la ordenación de las Corporaciones se seguía ofreciendo como una lámpara.

25) Corporación nacional de hospitales y casas afines (todos los hospitales de toda clase, los talleres de arreglos y composturas, casas de curados de cueros, caballerizas de las de componer caballos, clínicas dentales, peluquerías, casas de podado de vegetales, casas de arreglado de expedientes intrincados. etc., y también todos los empleados en general de cuyos establecimientos).

—Ahí está —dijo Traveler—. Una ruptura que prueba la perfecta salud central de Ceferino. Horacio tiene razón, no hay por qué aceptar los órdenes tal como nos los alcanza papito. A Cefe le parece que el hecho de componer alguna cosa vincula al dentista con los expedientes intrincados; los accidentes valen tanto como las esencias... Pero es la poesía misma, hermano. Cefe rompe la dura costra mental, como decía no sé quién, y empieza a ver el mundo desde un ángulo diferente. Claro que a eso es lo que le llaman estar piantado.

Cuando entró Talita, estaba en la Corporación vigesimoctava:

28) CORPORACIÓN NACIONAL DE LOS DETECTIVES CIENTÍFICOS EN LO ANDANTE Y SUS CASAS DE CIENCIAS (todos los locales de detectives y/o policías de la investigación, todos los locales de exploradores (recorredores) y todos los locales de exploradores científicos, y todos los empleados en general de cuyos mismos establecimientos). (Todos los mencionados empleados han de pertenecer a una clase que se ha denominado como «ANDANTE».)

A Talita y a Traveler les gustaba menos esta parte, era como si Ceferino se abandonara demasiado pronto a una inquietud persecutoria. Pero quizá los detectives científicos en lo andante no eran meros pesquisas, lo de «andante» los investía de un aire quijotesco que Cefe, a lo mejor dándolo por sentado, no se había molestado en subrayar.

29) CORPORACIÓN NACIONAL DE LOS DETECTIVES CIENTÍFICOS EN LO PERTENECIENTE A LA PETICIÓN Y A SUS CASAS DE CIENCIAS (todos los locales de detectives y/o policía de la Investigación, y todos los locales de exploradores, y todos los empleados en general de cuyos mismos establecimientos). (Todos los mencionados empleados han de pertenecer a una clase que se ha de denominar como «PETICIÓN», y los locales y empleados de esta clase han de ser aparte de los de otras clases como la ya mencionada «ANDANTE».)

30) CORPORACIÓN NACIONAL DE LOS DETECTIVES CIENTÍFICOS EN LO PERTENECIENTE A LA ACOTACIÓN A FIN Y SUS CASAS DE CIENCIAS (todos los locales de detectives y/o policías de la Investigación, y todos los locales de exploradores, y todos los empleados en general de cuyos mismos establecimientos). (Todos los mencionados empleados han de pertenecer a una clase que se ha de denominar como «ACOTACIÓN», y los locales y empleados de esta clase han de ser aparte de los de otras clases como las ya mencionadas «ANDANTE» y «PETICIÓN».)

—Es como si hablara de órdenes de caballería —dijo Talita convencida—. Pero lo raro es que en estas tres corporaciones de detectives, lo único que se menciona son los locales.
—Por un lado eso, y por otro, ¿qué quiere decir «acotación a fin»?
—Debe ser una sola palabra, *afín*. Pero no resuelve nada. Qué importa.

—Qué importa —repitió Traveler—. Tenés mucha razón. Lo hermoso es que exista la posibilidad de un mundo donde haya detectives andantes, de petición y de acotación. Por eso me parece bastante natural que ahora Cefe pase de la caballería a las órdenes religiosas, con un intermedio que viene a ser una concesión al espíritu cientificista (algún nombre hay que darle, che) de estos tiempos. Te leo:

31) CORPORACIÓN NACIONAL DE LOS DOCTOS EN CIENCIAS DE LO IDÓNEO Y SUS CASAS DE CIENCIAS (todas las casas o locales de comunidad de doctos en ciencias de lo idóneo, y todos cuyos mismos doctos). Doctos en ciencias de lo idóneo: médicos, homeópatas, curanderos (todo cirujano), parteras, técnicos, mecánicos (toda clase de técnicos), ingenieros de segundo orden o arquitectos en toda respectiva rama (todo ejecutor de planes ya trazados de antemano, tal como lo sería un ingeniero de segundo orden), clasificadores en general, astrónomos, astrólogos, espiritistas, doctores completos en toda rama de la ley o leyes (todo perito), clasificadores en especies genéricas, contadores, traductores, maestros de escuelas de las Primarias (todo compositor), rastreadores —hombres— de asesinos, baquianos o guías, injertadores de vegetales, peluqueros, etc.

—¡Qué me contás! —dijo Traveler, bebiéndose una caña de un trago—. ¡Es absolutamente genial!
—Sería un gran país para los peluqueros —dijo Talita, tirándose en la cama y cerrando los ojos—. Qué salto que dan en el escalafón. Lo que no entiendo es que los rastreadores de asesinos tengan que ser hombres.
—Nunca se oyó hablar de una rastreadora —dijo Traveler— y a lo mejor a Cefe le parece poco apropiado. Ya te habrás dado cuenta de que en materia sexual es un puritano terrible, se nota todo el tiempo.
—Hace calor, demasiado calor —dijo Talita—. ¿Te fijaste con qué gusto incluye a los clasificadores, y hasta repite el nombre? Bueno, a ver el salto místico que ibas a leerme.
—Carpeteá —dijo Traveler.

32) CORPORACIÓN NACIONAL DE LOS MONJES DE LA ORACIÓN DE SANTIGUAMIENTO Y SUS CASAS DE CIENCIAS (todas las casas de comunidad de monjes, y todos los monjes). (Monjes u hombres santiguadores, que han de pertenecer fuera de todo culto extraño, únicamente y solamente al mundo de la palabra y los misterios curativos y de «vencimiento» de ésta.) (Monjes que han de combatir siempre a todo mal espiritual, a

todo daño ganado o metido dentro de bienes o cuerpos, etc.) (Monjes penitentes, y anacoretas que han de orar o santiguar, ya a personas, ya a objetos, ya a lugares de parajes, ya a sembrados de vegetales, ya a un novio mal afectado por un rival, etc.)

33) CORPORACIÓN NACIONAL DE LOS BEATOS GUARDADORES DE COLEC-CIONES Y SUS CASAS DE COLECCIÓN (todas las casas de colección, e ídem, casas —depósitos, almacenes, archivos, museos, cementerios, cárceles, asilos, institutos de ciegos, etc., y también todos los empleados en general de cuyos establecimientos). (Colecciones: ejemplo: un archivo guarda expedientes en colección; un cementerio guarda cadáveres en colección; una cárcel guarda presos en colección, etc.)

—Lo del cementerio no se le ocurrió ni a Espronceda —dijo Traveler—. No me vas a negar que la analogía entre la Chaca-rita y un archivo... Ceferino adivina las relaciones, y eso en el fondo es la verdadera inteligencia, ¿no te parece? Después de semejantes proemios, su clasificación final no tiene nada de extraño, muy al contrario. Habría que ensayar un mundo así.

Talita no dijo nada, pero levantó el labio superior como un festón y proyectó un suspiro que venía de eso que llaman el primer sueño. Traveler se tomó otra caña y entró en las Corporaciones finales y definitivas:

40) CORPORACIÓN NACIONAL DE AGENTES COMISIONADOS EN ESPECIES COLORADAS DEL COLORADO DEL ROJO Y CASAS DE LABOR ACTIVA PRO ESPECIES COLORADAS DEL ROJO (todas las casas de comunidad de agen-tes comisionados en especies genéricas del colorado del rojo, u Ofici-nas grandes de cuyos agentes, y también todos cuyos mismos agentes). (Especies genéricas del colorado del rojo: animales de pelaje colorado del rojo; vegetales de flor colorada del rojo, y minerales de aspecto colorado del rojo.)

41) CORPORACIÓN NACIONAL DE AGENTES COMISIONADOS EN ESPECIES COLORADAS DEL NEGRO Y CASAS DE LABOR ACTIVA PRO ESPECIES COLORA-DAS DEL NEGRO (todas las casas de comunidad de agentes comisiona-dos en especies genéricas del negro, u Oficinas grandes de cuyos agentes, y también todos cuyos mismos agentes). (Especies genéricas del colorado del negro o del negro simplemente: animales de pelaje negro, vegetales de flor negra, y minerales de aspecto negro.)

42) CORPORACIÓN NACIONAL DE AGENTES COMISIONADOS EN ESPECIES COLORADAS DEL PARDO Y CASAS DE LABOR ACTIVA PRO ESPECIES GENÉRI-CAS DEL PARDO (todas las casas de comunidad de agentes comisiona-

dos en especies genéricas del colorado del pardo, u Oficinas grandes de cuyos agentes, y también todos cuyos mismos agentes). (Especies genéricas del colorado del pardo o del pardo simplemente: animales de pelaje pardo, vegetales de flor parda, y minerales de aspecto pardo.)

43) CORPORACIÓN NACIONAL DE AGENTES COMISIONADOS EN ESPECIES COLORADAS DEL AMARILLO Y CASAS DE LABOR ACTIVA PRO ESPECIES COLORADAS DEL AMARILLO (todas las casas de comunidad de agentes comisionados en especies genéricas del colorado del amarillo, u Oficinas grandes de cuyos agentes, y también todos cuyos mismos agentes). (Especies genéricas del colorado del amarillo o del amarillo simplemente: animales de pelaje amarillo, vegetales de flor amarilla, y minerales de aspecto amarillo.)

44) CORPORACIÓN NACIONAL DE AGENTES COMISIONADOS EN ESPECIES GENÉRICAS DEL BLANCO Y CASAS DE LABOR ACTIVA PRO ESPECIES GENÉRICAS DEL COLORADO DEL BLANCO (todas las casas de comunidad de agentes comisionados en especies genéricas del colorado del blanco, u Oficinas grandes de cuyos agentes, y también todos cuyos mismos agentes). (Especies genéricas del colorado del blanco: animales de pelaje blanco, vegetales de flor blanca, y minerales de aspecto blanco.)

45) CORPORACIÓN NACIONAL DE AGENTES COMISIONADOS EN ESPECIES GENÉRICAS DEL PAMPA Y CASAS DE LABOR ACTIVA PRO ESPECIES GENÉRICAS DEL COLORADO DEL PAMPA (todas las casas de comunidad de agentes comisionados en especies genéricas del colorado del pampa, u Oficinas grandes de cuyos agentes, y también todos cuyos mismos agentes). (Especies genéricas del colorado del pampa o del pampa simplemente: animales de pelaje pampa, vegetales de flor pampa, y minerales de aspecto pampa.)

Romper la dura costra mental... ¿Cómo *veía* Ceferino lo que había escrito? ¿Qué realidad deslumbrante (o no) le mostraba escenas donde los osos polares se movían en inmensos escenarios de mármol, entre jazmines del Cabo? O cuervos anidando en acantilados de carbón, con un tulipán negro en el pico... ¿Y por qué «colorado del negro», «colorado del blanco»? ¿No sería «coloreado»? Pero entonces, ¿por qué: «colorado del amarillo o del amarillo simplemente»? ¿Qué colores eran esos, que ninguna marihuana michauxina o huxleyana[1] traducía?

---

[1] Michaux y Huxley hicieron experiencias de escribir bajo el efecto de las drogas.

Las notas de Ceferino, útiles para perderse un poco más (sí eso era útil) no iban muy lejos. De todos modos:

Sobre el ya mencionado color pampa: el color pampa es todo aquel color que sea vario, o que esté o sea formado por dos o más pintas.

Y una aclaración eminentemente necesaria:

Sobre los ya aludidos o mencionados agentes en especies genéricas: cuyos agentes han de ser Gobernadores, que por medio de ellos nunca llegue a extinguirse del mundo ninguna de las especies genéricas; que las especies genéricas, dentro de sus clases, no se crucen, ya una clase con otra, ya un tipo con otro, ya una raza con otra raza, ya un color de especie con otro color de otra especie, etc.

¡Purista, racista Ceferino Piriz! ¡Un cosmos de colores puros, mondrianesco a reventar! ¡Peligroso Ceferino Piriz, siempre posible candidato a diputado, tal vez a presidente! ¡En guardia, Banda Oriental! Y otra caña antes de irse a dormir mientras Cefe, borracho de colores, se concedía un último poema donde como en un inmenso cuado de Ensor estallaba todo lo estallable en materia de máscaras y antimáscaras. Bruscamente irrumpía el militarismo en su sistema, y había que ver el tratamiento entre macarrónico y trismegístico que le reservaba el filósofo uruguayo. O sea:

En cuanto a la anunciada obra «La Luz de la Paz del Mundo», se trata de que en ella se explica algo detallado sobre el militarismo, pero ahora, en breve explicación, diremos la o las siguientes versiones sobre militarismo:

La Guardia (tipo «Metropolitana») *para los militares nacidos bajo el signo zodiacal Aries; los Sindicatos del antigobierno fundamental, para los militares nacidos bajo el signo zodiacal Tauro; la Dirección y auspicios de festejos y reuniones sociales* (bailes, reuniones de veladas, conciertos de noviazgos: hacer parejas de novios, etc.) *para los militares nacidos bajo el signo zodiacal Géminis; la Aviación* (militar) *para los militares nacidos bajo el signo zodiacal Cáncer; la Pluma pro gobierno fundamental* (periodismo militar, y de las magias políticas en pro de todo el Gobierno fundamental y nacional) *para los militares nacidos bajo el signo zodiacal Leo; la Artillería* (armas pesadas en general y bombas) *para los militares nacidos bajo el signo zodiacal Virgo; Auspicios y representaciones prácticas de fiestas públicas y/o patrias* (usos de disfraces adecuados por parte de militares, en los momentos de encarnar, ya un desfile militar, ya un desfile de carnaval, ya una comparsa carnavalesca, ya una fiesta de las de «vendimia», etc.) *para los militares nacidos bajo el signo zodiacal Escorpión; la Caballería* (caballerías comunes y caballerías motorizadas, con las respectivas participaciones, ya de fusileros, ya de lanceros, ya de macheteros: caso común: «Guardia Republicana», ya de espadachineros, etc.) *para los militares nacidos bajo el signo zodiacal Capricornio; y la Servidumbre militar práctica* (chasquis[2], propios, bomberos, misioneros prácticos, sirvientes de lo práctico, etc.) *para los militares nacidos bajo el signo zodiacal Acuario.*

Sacudiendo a Talita, que se despertó indignada, Traveler le leyó la parte del militarismo y los dos tuvieron que meter la cabeza debajo de la almohada para no despertar a toda la clínica. Pero antes se pusieron de acuerdo en que la mayoría de los militares argentinos eran nacidos bajo el signo zodiacal Tauro. Tan borracho estaba Traveler, nacido bajo el signo zodiacal Escorpión, que se declaró dispuesto a apelar de inmediato a su condición de subteniente de la reserva a fin de que le permitieran hacer uso de disfraces adecuados por parte de militares.

—Organizaremos enormes fiestas de las de vendimia —decía Traveler, sacando la cabeza de debajo de la almohada y volviéndola a meter apenas terminaba la frase—. Vos vendrás con todas tus congéneres de la raza pampa, porque no hay la menor duda de que sos una pampa, o sea que estás formada por dos o más pintas.

—Yo soy blanca —dijo Talita—. Y es una lástima que vos no hayas nacido bajo el signo zodiacal Capricornio, porque me encantaría que fueras un espadachinero. O por lo menos un chasqui o un propio.

—Los chasquis son Acuario, che. Horacio es Cáncer, ¿no?

—Si no lo es, lo merece —dijo Talita cerrando los ojos.

—Le toca modestamente la aviación. No hay más que imaginárselo piloteando un Bang-Bang de esos y ya te lo está escrachando en la Confitería del Águila a la hora del té con masitas. Sería fatal.

Talita apagó la luz y se apretó un poco contra Traveler[3]

---

[2] *chasqui* (voz quechua): 'indio que sirve de correo'.
[3] A partir de aquí, repite lo dicho en el capítulo 55.

que sudaba y se retorcía, envuelto por diversos signos del zodiaco, corporaciones nacionales de agentes comisionados y minerales de aspecto amarillo.

—Horacio vio a la Maga esta noche —dijo Talita, como dormida—. La vio en el patio, hace dos horas, cuando vos estabas de guardia.

—Ah —dijo Traveler, tendiéndose de espaldas y buscando los cigarrillos sistema Braille—. Habría que meterlo entre los beatos guardadores de colecciones.

—La Maga era yo —dijo Talita, apretándose más contra Traveler—. No sé si te das cuenta.

—Más bien sí.

—Alguna vez tenía que ocurrir. Lo que me asombra es que se haya quedado tan sorprendido por la confusión.

—Oh, vos sabés, Horacio arma los líos y después los mira con el mismo aire de los cachorros cuando han hecho caca y se quedan contemplándola estupefactos.

—Yo creo que empezó el mismo día en que lo fuimos a buscar al puerto —dijo Talita—. No se puede explicar, porque ni siquiera me miró, y entre los dos me echaron como a un perro, con el gato abajo del brazo.

—Cría de animales no corpulentos —dijo Traveler.

—Me confundió con la Maga —insistió Talita—. Todo lo demás tenía que seguir como si lo enumerara Ceferino, una cosa detrás de la otra.

—La Maga —dijo Traveler, chupando del cigarrillo hasta que se le iluminó la cara en la oscuridad— también es uruguaya. Ya ves que hay un cierto orden.

—Dejame hablar, Manú.

—Mejor no. Para qué.

—Primero vino el viejo con la paloma, y entonces bajamos al sótano. Horacio hablaba todo el tiempo del descenso, de esos huecos que lo preocupan. Estaba desesperado, Manú, daba miedo ver lo tranquilo que parecía, y entre tanto... Bajamos en el montacargas, y él fue a cerrar una de las heladeras, era tan horrible.

—De manera que bajaste —dijo Traveler—. Está bueno.

—Era diferente —dijo Talita—. No era como bajar. Hablábamos, pero yo sentía como si Horacio estuviera desde otra parte, hablándole a otra, a una mujer ahogada, por ejemplo. Ahora se me ocurre eso, pero él todavía no había dicho que la Maga se había ahogado en el río.

—No se ahogó en lo más mínimo —dijo Traveler— Me

consta, aunque admito que no tengo la menor idea. Basta con
conocerlo a Horacio.

—Cree que está muerta, Manú, y al mismo tiempo la siente
cerca y esta noche fui yo. Me dijo que también la había visto
en el barco, y debajo del puente de la Avenida San Martín...
No lo dice como si hablara de una alucinación, y tampoco
pretende que le creas. Lo dice, nomás, y es verdad, es algo que
está ahí. Cuando cerró la heladera y yo tuve miedo y dije no sé
qué, me empezó a mirar y era a la otra que miraba. Yo no soy
el zombie de nadie, Manú, no quiero ser el zombie de nadie.

Traveler le pasó la mano por el pelo, pero Talita lo rechazó
con impaciencia. Se había sentado en la cama y él la sentía
temblar. Con ese calor, temblando. Le dijo que Horacio la
había besado, y trató de explicar el beso y como no encontraba las palabras iba tocando a Traveler en la oscuridad, sus
manos caían como trapos sobre su cara, sobre sus brazos, le
resbalaban por el pecho, se apoyaban en sus rodillas, y de
todo eso nacía como una explicación que Traveler era incapaz
de rechazar, un contagio que venía desde más allá, desde
alguna parte en lo hondo o en lo alto o en cualquier parte que
no fuera esa noche y esa pieza, un contagio que a través de
Talita lo poseía a su vez, un balbuceo como un anuncio
intraducible, la sospecha de que estaba delante de algo que
podía ser un anuncio, pero la voz que lo traía estaba quebrada
y cuando decía el anuncio lo decía en un idioma ininteligible,
y sin embargo eso era lo único necesario ahí al alcance de la
mano, reclamando el reconocimiento y la aceptación, debatiéndose contra una pared esponjosa, de humo y de corcho,
inasible y ofreciéndose, desnudo, entre los brazos pero como
de agua yéndose entre lágrimas.

«La dura costra mental», alcanzó a pensar Traveler. Oía
confusamente que el miedo, que Horacio, que el montacargas, que la paloma; un sistema comunicable volvía a entrar
poco a poco en el oído. De manera que el pobre infeliz tenía
miedo de que él lo matara, era para reírse.

—¿Te lo dijo así, che? Cuesta creerlo, vos sabés el orgullo
que tiene.

—Es otra cosa —dijo Talita, quitándole el cigarrillo y chupando con una especie de avidez de cine mudo—. Yo creo que
el miedo que siente es como un último refugio, el barrote
donde tiene las manos prendidas antes de tirarse. Está tan
contento de tener miedo esta noche, yo sé que está contento en
el fondo.

—Eso —dijo Traveler, respirando como un verdadero yogi— no lo entendería la Cuca, podés estar segura. Y yo debo estar de lo más inteligente esta noche, porque lo del miedo alegre es medio duro de tragar, vieja.

Talita se corrió un poco en la cama y se apoyó contra Traveler. Sabía que estaba otra vez de su lado, que no se había ahogado, que él la estaba sosteniendo a flor de agua y que en el fondo era una lástima, una maravillosa lástima. Los dos lo sintieron en el mismo instante, y resbalaron el uno hacia el otro como para caer en ellos mismos, en la tierra común donde las palabras y las caricias y las bocas los envolvían como la circunferencia al círculo, esas metáforas tranquilizadoras, esa vieja tristeza satisfecha de volver a ser el de siempre, de continuar, de mantenerse a flote contra viento y marea, contra el llamado y la caída.

(-140)

134

EL JARDÍN DE FLORES

Conviene saber que un jardín planeado de manera muy rigurosa, en el estilo de los «parques a la francesa», compuesto de macizos, canteros y arriates dispuestos geométricamente, exige gran competencia, y muchos cuidados.

Por el contrario, en un jardín de tipo «inglés»[1], los fracasos del aficionado se disimularán con más facilidad. Algunos arbustos, un cuadro de césped, y una sola platabanda de flores mezcladas que se destaquen netamente, al abrigo de una pared o un seto bien orientados, son los elementos esenciales de un conjunto muy decorativo y muy práctico.

Si por desgracia algunos ejemplares no dan los resultados previstos, será fácil reemplazarlos por medio de trasplantes; no por ello se advertirá imperfección o descuido en el conjunto, pues las demás flores, dispuestas en manchas de superficie, altura y color distintos, formarán siempre un grupo satisfactorio para la vista.

Esta manera de plantar, muy apreciada en Inglaterra y los Estados Unidos, se designa con el nombre de *mixed border,* es decir, «cantero mezclado». Las flores así dispuestas, que se mezclan, se confunden y desbordan unas sobre otras como si hubieran crecido espontáneamente, darán a su jardín un aspecto campestre y natural, mientras que las plantaciones alineadas, en cuadrados y en círculos, tienen siempre un carácter artificial y exigen una perfección absoluta.

Así, por razones tanto prácticas como estéticas, cabe aconsejar el arreglo en *mixed border* al jardinero aficionado.

Almanaque Hachette.

(-25)

---

[1] Después de la necesidad de crear espacios a la vida (capítulo 124), el desorden del jardín inglés.

135

—Están riquísimas —dijo Gekrepten—. Ya me comí dos mientras las freía, son una verdadera espuma, creeme.

—Cebá otro amargo, vieja —dijo Oliveira.

—En seguida, amor. Esperá que primero te cambio la compresa de agua fría.

—Gracias. Es muy raro comer tortas fritas con los ojos tapados, che. Así deben entrenar a los puntos que van a descubrirnos el cosmos.

—¿Los que van volando a la luna en esos aparatos, no? Los meten en una cápsula o algo así, ¿verdad?

—Sí, y les dan tortas fritas con mate.

(-63)

136

La manía de las citas en Morelli:

«Me costaría explicar la publicación, en un mismo libro, de poemas y de una denegación de la poesía, del diario de un muerto y de las notas de un prelado amigo mío...»

GEORGES BATAILLE, *Haine de la poésie*.

(-12)

Morelliana.

Si el volumen o el tono de la obra, pueden llevar a creer que el autor intentó una suma, apresurarse a señalarle que está ante la tentativa contraria, la de una *resta* implacable.

(-17)

A la Maga y a mí nos ocurre a veces profanar nuestros recuerdos. Depende de tan poco, el malhumor de una tarde, la angustia de lo que puede ocurrir si empezamos a mirarnos en los ojos. Poco a poco, al azar de un diálogo que es como un trapo en jirones, empezamos a acordarnos. Dos mundos distantes, ajenos, casi siempre inconciliables, entran en nuestras palabras, y como de común acuerdo nace la burla. Suelo empezar yo, acordándome con desprecio de mi antiguo culto ciego a los amigos, de lealtades mal entendidas y peor pagadas, de estandartes llevados con una humilde obstinación a las ferias políticas, a las palestras intelectuales, a los amores fervorosos. Me río de una honradez sospechosa que tantas veces sirvió para la desgracia propia o ajena, mientras por debajo las traiciones y las deshonestidades tejían sus telas de araña sin que pudiera impedirlo, simplemente consintiendo que otros, delante de mí, fueran traidores o deshonestos sin que yo hiciera nada por impedirlo, doblemente culpable. Me burlo de mis tíos de acrisolada decencia, metidos en la mierda hasta el pescuezo donde todavía brilla el cuello duro inmaculado. Se caerían de espaldas si supieran que están nadando en plena bosta, convencidos el uno en Tucumán, y el otro en Nueve de Julio de que son un dechado de argentinidad acrisolada (son las palabras que usan). Y sin embargo tengo buenos recuerdos de ellos. Y sin embargo pisoteo esos recuerdos en los días en que la Maga y yo tenemos la mufa de París y queremos hacernos daño.

Cuando la Maga deja de reírse para preguntarme por qué digo esas cosas de mis dos tíos, me gustaría que estuvieran allí, escuchando detrás de la puerta como el viejo del quinto piso. Preparo con cuidado la explicación, porque no quiero ser injusto ni exagerado. Quiero también que le sirva para algo a

la Maga, que jamás ha sido capaz de entender las cuestiones
morales (como Etienne, pero de una manera menos egoísta;
simplemente porque sólo cree en la responsabilidad en presente, en el momento mismo en que hay que ser bueno, o noble;
en el fondo, por razones tan hedónicas y egoístas como las de
Etienne).

Entonces le explico que mis dos honradísimos tíos son unos
argentinos perfectos como se entendía en 1915, época cenital
de sus vidas entre agropecuarias y oficinescas. Cuando se
habla de esos «criollos de otros tiempos», se habla de antise-
mitas, de xenófobos, de burgueses arraigados a una nostalgia
de la estanzuela con chinitas cebando mate por diez pesos
mensuales, con sentimientos patrios del más puro azul y blanco, gran respeto por todo lo militar y expedición al desierto,
con camisas de plancha por docenas aunque no alcance el
sueldo para pagarle a fin de mes a ese ser abyecto que toda la
familia llama «el ruso» y a quien se trata a gritos, amenazas,
y en el mejor de los casos con frases de perdonavidas. Cuando
la Maga empieza a compartir esta visión (de la que personalmente no ha tenido jamás la menor idea) me apresuro a
demostrarle que dentro de ese cuadro general mis dos tíos y
sus respectivas familias son gentes llenas de excelentes cualidades. Abnegados padres e hijos, ciudadanos que concurren a los
comicios y leen los diarios más ponderados, funcionarios diligentes y muy queridos por sus jefes y compañeros, gente capaz
de velar noches enteras al lado de un enfermo, o hacer una
gauchada a cualquiera. La Maga me mira perpleja, temiendo
que me burle de ella. Tengo que insistir, explicarle por qué
quiero tanto a mis tíos, por qué sólo a veces, cuando estamos
hartos de las calles o del tiempo, me ocurre sacarles los trapos
a la sombra y pisotear los recuerdos que todavía me quedan de
ellos. Entonces la Maga se anima un poco y empieza a hablar-
me mal de su madre, a la que quiere y detesta en proporciones
dependientes del momento. A veces me aterra cómo puede
volver a referirse a un episodio de infancia que otras veces me
ha contado riéndose como si fuera muy gracioso, y que de
golpe es un nudo siniestro, una especie de pantano de sangui-
juelas y garrapatas que se persiguen y se chupan. En esos
momentos la cara de la Maga se parece a la de un zorro, se le
afinan las aletas de la nariz, palidece, habla entrecortadamente, retorciéndose las manos y jadeando, y como de un globo de
chewing-gum enorme y obsceno empieza a asomar la cara fofa
de la madre, el cuerpo mal vestido de la madre, la calle

suburbana donde la madre se ha quedado como una escupidera vieja en un baldío, la miseria donde la madre es una mano
que pasa un trapo grasiento por las cacerolas. Lo malo es que
la Maga no puede seguir mucho rato, en seguida se larga a
llorar, esconde la cara contra mí, se acongoja a un punto
increíble, hay que preparar té, olvidarse de todo, irse por ahí o
hacer el amor, sin los tíos ni la madre hacer el amor, casi
siempre eso o dormir, pero casi siempre eso.

(-127)

139

Las notas del piano (la, re, mi bemol, do, si , si bemol, mi, sol), las del violín (la, mi, si bemol, mi), las del corno (la, si bemol, la, si bemol, mi, sol), representan el equivalente musical de los nombres de ArnolD SCHoenberg, Anton WEBErn, y ALBAn BErG (según el sistema alemán por el cual H representa el si, B el si Bemol y S (ES) el mi bemol). No hay ninguna novedad en esta especie de anagrama musical. Se recordará que Bach utilizó su propio nombre de manera similar y que el mismo procedimiento era propiedad común de los maestros polifonistas del siglo XVI (...) Otra analogía significativa con el futuro Concierto para violín consiste en la estricta simetría del conjunto. En el Concierto para violín el número clave es dos: dos movimientos separados, dividido cada uno de ellos en dos partes, además de la división violín-orquesta en el conjunto instrumental. En el «Kammerkonzert» se destaca, en cambio, el número tres: la dedicatoria representa al Maestro y a sus dos discípulos; los instrumentos están agrupados en tres categorías: piano, violín y una combinación de instrumentos de viento; su arquitectura es una construcción en tres movimientos encadenados, cada uno de los cuales revela en mayor o menor medida una composición tripartita.

Del comentario anónimo sobre el Concierto de Cámara para violín, piano y 13 instrumentos de viento, de ALBAN BERG (grabación Pathé Vox PL 8660).

140

A la espera de algo más excitante, ejercicios de profanación y extrañamiento en la farmacia, entre medianoche y dos de la mañana, una vez que la Cuca se ha ido a dormir-un-sueño--reparador (o antes, para que se vaya: La Cuca persevera, pero el trabajo de resistir con una sonrisa sobradora y como de vuelta las ofensivas verbales de los monstruos, la fatiga atrozmente. Cada vez se va más temprano a dormir, y los monstruos sonríen amablemente al desearle las buenas noches. Más neutral, Talita pega etiquetas o consulta el Index Pharmacorum Gottinga).

Ejercicios tipo: Traducir con inversión maniquea un famoso soneto:

> El desflorado, muerto y espantoso pasado,
> ¿habrá de restaurarnos con su sobrio aletazo?

Lectura de una hoja de la libreta de Traveler: «Esperando turno en la peluquería, caer sobre una publicación de la UNESCO y enterarse de los nombres siguientes: Opintotoveri/ Työläisopiskelija/Työväenopisto. Parece que son títulos de otras tantas revistas pedagógicas finlandesas. Total irrealidad para el lector. ¿Eso existe? Para millones de rubios, Opintotoveri significa el Monitor de la Educación Común. Para mí... (Cólera). Pero ellos no saben lo que quiere decir "cafisho"[1] (satisfacción porteña). Multiplicación de la irrealidad. Pensar que los tecnólogos prevén que por el hecho de llegar en unas horas a Helsinki gracias al Boeing 707... Consecuencias a extraer personalmente. Me hace una media americana, Pedro.»

---

[1] *cafisho* (lunfardo): 'rufián, chulo'.

Formas lingüísticas del extrañamiento. Talita pensativa frente a Genshiryoku Kokunai Jijo, que en modo alguno le parece el desarrollo de las actividades nucleares en el Japón. Se va convenciendo por superposición y diferenciación cuando su marido, maligno proveedor de materiales recogidos en peluquerías, le muestra la variante Genshiryoku Kaigai Jijo, al parecer desarrollo de las actividades nucleares en el extranjero. Entusiasmo de Talita, convencida analíticamente de que Kokunai = Japón y Kaigai = extranjero. Desconcierto de Matsui, tintorero de la calle Lascano, ante una exhibición poliglótica de Talita que se vuelve, pobre, con la cola entre las piernas.

Profanaciones: partir de supuestos tales como el famoso verso: «La perceptible homosexualidad de Cristo», y alzar un sistema coherente y satisfactorio. Postular que Beethoven era coprófago, etc. Defender la innegable santidad de Sir Roger Casement[2], tal como se desprende de *The Black Diaries*. Asombro de la Cuca, confirmada y comulgante.

De lo que se trata en el fondo es de alienarse por pura abnegación profesional. Todavía se ríen demasiado (no puede ser que Atila juntara estampillas) pero ese *Arbeit macht Frei* dará sus resultados, créame Cuca. Por ejemplo, la violación del obispo de Fano viene a ser un caso de...

(-138)

[2] *Sir Roger Casement* (1864-1916): político nacionalista irlandés, miembro del grupo Sinn Feier. Durante la primera guerra mundial intentó que los alemanes apoyasen la causa irlandesa. Estuvo en Berlín en 1916. Un submarino alemán le desembarco en Irlanda para permitirle participar en la insurrección de Pascua. Las autoridades británicas lo detuvieron y ahorcaron.

No llevaba muchas páginas darse cuenta de que Morelli apuntaba a otra cosa. Sus alusiones a las capas profundas del *Zeitgeist*[1], los pasajes donde la ló(gi)ca acababa ahorcándose con los cordones de las zapatillas, incapaz hasta de rechazar la incongruencia erigida en ley, evidenciaban la intención espeleológica de la obra. Morelli avanzaba y retrocedía en una tan abierta violación del equilibrio y los principios que cabría llamar *morales* del espacio, que bien podía suceder (aunque de hecho no sucedía, pero nada podía asegurarse) que los acaecimientos que relatara sucedieran en cinco minutos capaces de enlazar la batalla de Actium con el *Anschluss*[2] de Austria (las tres A tendrían posiblemente algo que ver en la elección o más probablemente la aceptación de esos momentos históricos), o que la persona que apretaba el timbre de una casa de la calle Cochabamba al mil doscientos franqueara el umbral para salir a un patio de la casa de Menandro en Pompeya. Todo eso era más bien trivial y Buñuel, y a los del Club no se les escapaba su valor de mera incitación o de parábola abierta a otro sentido más hondo y escabroso. Gracias a esos ejercicios de volatinería, semejantísimos a los que vuelven tan vistosos los Evangelios, los Upanishads[3], y otras materias cargadas de trinitrotolueno shamánico, Morelli se daba el gusto de seguir fingiendo una literatura que en el fuero interno minaba, contraminaba y escarnecía. De golpe las palabras, toda una lengua, la superestructura de un estilo, una semántica, una psico-

---

[1] *Zeitgeist:* 'espíritu del tiempo'.
[2] *Anschluss:* el 12 de marzo de 1938, Hitler lanza sus carros sobre Austria, que cede, sin combatir. Al día siguiente, el país queda oficialmente *anexionado* al Reich alemán.
[3] *Upanishads:* textos sagrados hindúes, compuestos en sánscrito. Oscilan entre las 36 líneas y las 200 páginas. Mezclan prosa y verso, exposiciones herméticas y alegóricas, mitos y preceptos.

logía y una facticidad se precipitaban a espeluznantes harakiris. ¡Banzai![4]. Hasta nueva orden, o sin garantía alguna: al final había siempre un hilo tendido más allá, saliéndose del volumen, apuntando a un tal vez, a un a lo mejor, a un quién sabe, que dejaba en suspenso toda visión petrificante de la obra. Y esto que desesperaba a Perico Romero, hombre necesitado de certezas, hacía temblar de delicia a Oliveira, exaltaba la imaginación de Etienne, de Wong y de Ronald, y obligaba a la Maga a bailar descalza con un alcaucil en cada mano.

A lo largo de discusiones manchadas de calvados y tabaco, Etienne y Oliveira se habían preguntado por qué odiaba Morelli la literatura, y por qué la odiaba desde la literatura misma en vez de repetir el *Exeunt* de Rimbaud o ejercitar en su temporal izquierdo la notoria eficacia de un Colt 32. Oliveira se inclinaba a creer que Morelli había sospechado la naturaleza demoniaca de toda escritura recreativa (¿y qué literatura no lo era, aunque sólo fuese como excipiente para hacer tragar una gnosis, una praxis o un ethos de los muchos que andaban por ahí o podían inventarse?). Después de sopesar los pasajes más incitantes, había terminado por volverse sensible a un tono especial que teñía la escritura de Morelli. La primera calificación posible de ese tono era el desencanto, pero por debajo se sentía que el desencanto no estaba referido a las circunstancias y acaecimientos que se narraban en el libro, sino a la manera de narrarlos que —Morelli lo había disimulado todo lo posible— revertía en definitiva sobre lo contado. La eliminación del seudo conflicto del fondo y la forma volvía a plantearse en la medida en que el viejo denunciaba, utilizándolo a su modo, el material formal; al dudar de sus herramientas, descalificaba en el mismo acto los trabajos realizados con ellas. Lo que el libro contaba no servía de nada, no era nada, porque estaba mal contado, porque simplemente estaba contado, era literatura. Una vez más se volvía a la irritación del autor contra su escritura y la escritura en general. La paradoja aparente estaba en que Morelli acumulaba episodios imaginados y enfocados en las formas más diversas, procurando asaltarlos y resolverlos con todos los recursos de un escritor dueño de su oficio. No parecía proponerse una teoría, no era nada fuerte para la reflexión intelectual, pero de todo lo que llevaba escrito se desprendía con una eficacia infinitamen-

---

[4] *¡Banzai!:* palabra japonesa que equivale a nuestro '¡viva!' o '¡hurra!'

te más grande que la de cualquier enunciado o cualquier
análisis, la corrosión profunda de un mundo denunciado como
falso, el ataque por acumulación y no por destrucción, la
ironía casi diabólica que podía sospecharse en el éxito de los
grandes trozos de bravura, los episodios rigurosamente cons-
truidos, la aparente sensación de felicidad literaria que desde
hacía años venía haciendo su fama entre los lectores de cuentos y novelas. Un mundo suntuosamente orquestado se resolvía, para los olfatos finos, en la nada; pero el misterio empezaba allí porque al mismo tiempo que se presentía el nihilismo
total de la obra, una intuición más demorada podía sospechar
que no era ésa la intención de Morelli, que la autodestrucción
virtual en cada fragmento del libro era como la búsqueda del
metal noble en plena ganga. Aquí había que detenerse, por
miedo de equivocar las puertas y pasarse de listo. Las discusiones más feroces de Oliveira y Etienne se armaban a esta
altura de su esperanza, porque tenían el pavor de estarse
equivocando, de ser un par de perfectos cretinos empecinados
en creer que no se puede levantar la torre de Babel para que al
final no sirva de nada. La moral de occidente se les aparecía a
esa hora como una proxeneta, insinuándoles una a una todas
las ilusiones de treinta siglos inevitablemente heredados, asi-
milados y masticados. Era duro renunciar a creer que una flor
puede ser hermosa para la nada; era amargo aceptar que se
puede bailar en la oscuridad. Las alusiones de Morelli a la
inversión de los signos, a un mundo visto con otras y desde
otras dimensiones, como preparación inevitable a una visión
más pura (y todo esto en un pasaje resplandecientemente
escrito, y a la vez sospechoso de burla, de helada ironía frente
al espejo) los exasperaba al tenderles la percha de una casi
esperanza, de una justificación, pero negándoles a la vez la
seguridad total, manteniéndolos en una ambigüedad insoportable. Si algún consuelo les quedaba era pensar que también
Morelli se movía en esa misma ambigüedad, orquestando una
obra cuya legítima primera audición debía ser quizá el más
absoluto de los silencios. Así avanzaban por las páginas, maldiciendo y fascinados, y la Maga terminaba siempre por en-
roscarse como un gato en un sillón, cansada de incertidum-
bres, mirando cómo amanecía sobre los techos de pizarra, a
través de todo ese humo que podía caber entre unos ojos y una
ventana cerrada y una noche ardorosamente inútil.

(-60)

142

1. —No sé cómo era —dijo Ronald—. No lo sabremos nunca. De ella conocíamos los efectos en los demás. Éramos un poco sus espejos, o ella nuestro espejo. No se puede explicar.

2. —Era tan tonta —dijo Etienne—. Alabados sean los tontos, etcétera. Te juro que hablo en serio, que cito en serio. Me irritaba su tontería, Horacio porfiaba que era solamente la falta de información, pero se equivocaba. Hay una diferencia bien conocida entre el ignorante y el tonto, y cualquiera lo sabe menos el tonto, por suerte para él. Creía que el estudio, ese famoso estudio, le daría inteligencia. Confundía saber con entender. La pobre entendía tan bien muchas cosas que ignorábamos a fuerza de saberlas.

3. —No incurras en ecolalia —dijo Ronald—. Toda esa baraja de antinomias, de polarizaciones. Para mí su tontería era el precio de ser tan vegetal, tan caracol, tan pegada a las cosas más misteriosas. Ahí está, fíjate: no era capaz de creer en los nombres, tenía que apoyar el dedo sobre algo y sólo entonces lo admitía. No se va muy lejos así. Es como ponerse de espaldas a todo el occidente, a las Escuelas. Es malo para vivir en una ciudad, para tener que ganarse la vida. Eso la iba mordiendo.

4. —Sí, sí, pero en cambio era capaz de felicidades infinitas, yo he sido testigo de algunas. La forma de un vaso, por ejemplo. ¿Qué otra cosa busco yo en la pintura, decime? Matándome, exigiéndome itinerarios abrumadores para desembocar en un tenedor, en dos aceitunas. La sal y el centro del mundo tienen que estar ahí, en ese pedazo del mantel. Ella llegaba y lo sentía. Una noche subí a mi taller, la encontré delante de un cuadro terminado esa mañana. Lloraba como lloraba ella, con toda la cara, horrible y maravillosa. Miraba

mi cuadro y lloraba. No fui bastante hombre para decirle que
por la mañana yo también había llorado. Pensar que eso le
hubiera dado tanta tranquilidad, vos sabés cuánto dudaba,
cómo se sentía poca cosa rodeada de nuestras brillantes as-
tucias.

5. —Se llora por muchas razones —dijo Ronald—. Eso no
prueba nada.

6. —Por lo menos prueba un contacto. Cuántos otros, delante de esa tela, la apreciaron con frases pulidas, recuento de
influencias, todos los comentarios posibles *en torno*. Ves, había
que llegar a un nivel donde fuera posible reunir las dos cosas.
Yo creo estar ya allí, pero soy de los pocos.

7. —De pocos será el reino —dijo Ronald—. Cualquier cosa
te sirve para que te des bombo.

6. —Sé que es así —dijo Etienne—. Eso sí lo sé. Pero me ha
llevado la vida juntar las dos manos, la izquierda con su
corazón, la derecha con su pincel y su escuadra. Al principio
era de los que miraban a Rafael pensando en Perugino[1], saltando como una langosta sobre Leo Battista Alberti[2], conectando, soldando, Pico[3] por aquí, Lorenzo Valla[4] por allá, pero
fíjate, Burckhardt[5] dice, Berenson[6] niega, Argan cree, esos
azules son sieneses, esos paños vienen de Masaccio. No me

---

[1] En las obras juveniles de *Rafael* se suele señalar la influencia de
su maestro, el *Perugino* (1446-1524): por ejemplo, en *Los desposorios
de la Virgen*, de la Pinacoteca Brera de Milán.

[2] *Leo Battista Alberti:* muerto en 1472, es uno de los «hombres
universales» del Quattrocento italiano: defensor de la lengua italiana
(*Della famiglia*), arquitecto (San Andrés de Mantua). Esta última
iglesia es alabada en *62*, pág. 74.

[3] *Pico* della Mirandola (1463-1494): humanista neoplatónico del
Quattrocento.

[4] *Lorenzo Valla* (1407-1457): humanista italiano. En Nápoles fue
protegido por Alfonso V de Aragón. Contribuyó a dar a conocer los
textos griegos y latinos. Uno de los primeros renacentistas que intentó
conciliar la sabiduría antigua con la fe cristiana. Obras: *Disputationes
dialecticae, Elegantiae Linguae Latinae*.

[5] Jacob *Burckhardt* (1818-1897), el gran historiador alemán, autor
de *Historia de la cultura griega* y *La cultura del Renacimiento en Italia*.

[6] Bernard *Berenson:* cambió la interpretación de la pintura del Renacimiento italiano, especialmente en sus obras *Florentine painters*
(1899) e *Italian pictures of the Renaissance* (1932). Según él, la historia
del arte italiano se comprende como el descubrimiento de los valores
táctiles, gracias a las leyes de la perspectiva.

acuerdo cuándo, fue en Roma, en la galería Barberini, estaba analizando un Andrea del Sarto[7], lo que se dice analizar, y en una de esas lo vi. No me pidas que explique nada. Lo vi (y no todo el cuadro, apenas un detalle del fondo, una figurita en un camino). Se me saltaron las lágrimas, es todo lo que te puedo decir.

5. —Eso no prueba nada —dijo Ronald—. Se llora por muchas razones.

4. —No vale la pena que te conteste. Ella hubiera comprendido mucho mejor. En realidad vamos todos por el mismo camino, sólo que unos empezamos por la izquierda y otros por la derecha. A veces, en el justo medio, alguien ve el pedazo de mantel con la copa, el tenedor, las aceitunas.

3. —Habla con figuras —dijo Ronald—. Es siempre el mismo.

2. —No hay otra manera de acercarse a todo lo perdido, lo extrañado. Ella estaba más cerca y lo sentía. Su único error era querer una prueba de que esa cercanía valía todas nuestras retóricas. Nadie podía darle esa prueba, primero porque somos incapaces de concebirla, y segundo porque de una manera u otra estamos bien instalados y satisfechos en nuestra ciencia colectiva. Es sabido que el Littré[8] nos hace dormir tranquilos, está ahí al alcance de la mano, con todas las respuestas. Y es cierto, pero solamente porque ya no sabemos hacer las preguntas que lo liquidarían. Cuando la Maga preguntaba por qué los árboles se abrigaban en verano... pero es inútil, mejor callarse.

1. —Sí, todo eso no se puede explicar —dijo Ronald.

(-34)

---

[7] *Andrea del Sarto* (1486-1531): pintor florentino del Renacimiento. El cuadro al que se refiere es la famosa «Madonna Barberini».

[8] Émile *Littré* (1801-1881): es famoso sobre todo por su *Diccionario de la Lengua Francesa* (1863-1872), al que dedicó quince años de esfuerzos, con jornadas de 18 horas de trabajo. Su manuscrito tenía más de 400.000 folios.

143

Por la mañana, obstinados todavía en la duermevela que el chirrido horripilante del despertador no alcanzaba a cambiarles por la filosa vigilia, se contaban fielmente los sueños de la noche. Cabeza contra cabeza, acariciándose, confundiendo las piernas y las manos, se esforzaban por traducir con palabras del mundo de fuera todo lo que habían vivido en las horas de tiniebla. A Traveler, un amigo de juventud de Oliveira, lo fascinaban los sueños de Talita, su boca crispada o sonriente según el relato, los gestos y exclamaciones con que lo acentuaba, sus ingenuas conjeturas sobre la razón y el sentido de sus sueños. Después le tocaba a él contar los suyos, y a veces a mitad de un relato sus manos empezaban a acariciarse y pasaban de los sueños al amor, se dormían de nuevo, llegaban tarde a todas partes.

Oyendo a Talita, su voz un poco pegajosa de sueño, mirando su pelo derramado en la almohada, Traveler se asombraba de que todo eso pudiera ser así. Estiraba un dedo, tocaba la sien, la frente de Talita. («Y entonces mi hermana era mi tía Irene, pero no estoy segura»), comprobaba la barrera a tan pocos centímetros de su propia cabeza («Y yo estaba desnudo en un pajonal y veía el río lívido que subía, una ola gigantesca...»). Habían dormido con las cabezas tocándose y ahí, en esa inmediatez física, en la coincidencia casi total de las actitudes, las posiciones, el aliento, la misma habitación, la misma almohada, la misma oscuridad, el mismo tictac, los mismos estímulos de la calle y la ciudad, las mismas radiaciones magnéticas, la misma marca de café, la misma conjunción estelar, la misma noche para los dos, ahí estrechamente abrazados, habían soñado sueños distintos, habían vivido aventuras disímiles, el uno había sonreído mientras la otra huía aterrada, el uno había vuelto a rendir un examen de álgebra mientras la otra llegaba a una ciudad de piedras blancas.

En el recuento matinal Talita ponía placer o congoja, pero Traveler se obstinaba secretamente en buscar las correspondencias. ¿Cómo era posible que la compañía diurna desembocara inevitablemente en ese divorcio, esa soledad inadmisible del soñante? A veces su imagen formaba parte de los sueños de Talita, o la imagen de Talita compartía el horror de una pesadilla de Traveler. Pero *ellos* no lo sabían, era necesario que el otro lo contara al despertar: «Entonces vos me agarrabas de la mano y me decías...» Y Traveler descubría que mientras en el sueño de Talita él le había agarrado la mano y le había hablado, en su propio sueño estaba acostado con la mejor amiga de Talita o hablando con el director del circo «Las Estrellas» o nadando en Mar del Plata. La presencia de su fantasma en el sueño ajeno lo rebajaba a un mero material de trabajo, sin prevalencia alguna sobre los maniquíes, las ciudades desconocidas, las estaciones de ferrocarril, las escalinatas, toda la utilería de los simulacros nocturnos. Unido a Talita, envolviéndole la cara y la cabeza con los dedos y los labios, Traveler sentía la barrera infranqueable, la distancia vertiginosa que ni el amor podía salvar. Durante mucho tiempo esperó un milagro, que el sueño que Talita iba a contarle por la mañana fuese también lo que él había soñado. Lo esperó, lo incitó, lo provocó apelando a todas las analogías posibles, buscando semejanzas que bruscamente lo llevaran a un reconocimiento. Sólo una vez, sin que Talita le diera la menor importancia, soñaron sueños análogos. Talita habló de un hotel al que iban ella y su madre y al que había que entrar llevando cada cual su silla. Traveler recordó entonces su sueño: un hotel sin baños, que lo obligaba a cruzar una estación de ferrocarril con una toalla para ir a bañarse a algún lugar impreciso. Se lo dijo: «Casi soñamos el mismo sueño, estábamos en un hotel sin sillas y sin baños.» Talita se rió divertida, ya era hora de levantarse, una vergüenza ser tan haraganes.

Traveler siguió confiando y esperando cada vez menos. Los sueños volvieron, cada uno por su lado. Las cabezas dormían tocándose y en cada una se alzaba el telón sobre un escenario diferente. Traveler pensó irónicamente que parecían los cines contiguos de la calle Lavalle, y alejó del todo su esperanza. No tenía ninguna fe en que ocurriera lo que deseaba, y sabía que sin fe no ocurriría. Sabía que sin fe no ocurre nada de lo que debería ocurrir, y con fe casi siempre tampoco.

(-100)

Los perfumes, los himnos órficos, las algalias[1] en primera y
en segunda acepción... Aquí olés a sardónica[2]. Aquí a crisoprasio[3]. Aquí, esperá un poco, aquí es como perejil pero
apenas, un pedacito perdido en una piel de gamuza. Aquí
empezás a oler a vos misma. Qué raro, verdad, que una mujer
no pueda olerse como la huele el hombre. Aquí exactamente.
No te muevas, dejame. Olés a jalea real, a miel en un pote de
tabaco, a algas aunque sea tópico decirlo. Hay tantas algas, la
Maga olía a algas frescas, arrancadas al último vaivén del
mar. A la ola misma. Ciertos días el olor a alga se mezclaba
con una cadencia más espesa, entonces yo tenía que apelar a la
perversidad —pero era una perversidad palatina, entendé, un
lujo de bulgaróctono, de senescal rodeado de obediencia nocturna—, para acercar los labios a los suyos, tocar con la
lengua esa ligera llama rosa que titilaba rodeada de sombra, y
después, como hago ahora con vos, le iba apartando muy
despacio los muslos, la tendía un poco de lado y la respiraba
interminablemente, sintiendo cómo su mano, sin que yo se lo
pidiera, empezaba a desgajarme de mí mismo como la llama
empieza a arrancar sus topacios de un papel de diario arruga-
do. Entonces cesaban los perfumes, maravillosamente cesaban

---

[1] *algalia:* 'sustancia untuosa de consistencia de miel, blanca, que
luego pardea, de olor fuerte y sabor acre. Se saca de la bolsa que cerca
del ano tiene el gato de Álgalia y se emplea en perfumería'. La
segunda acepción, según el *Diccionario de la Real Academia,* remite
en Botánica al avelmosco, una planta de la familia de las malváceas,
que procede de la India, tiene olor a almizcle y se usa también en
perfumería.
[2] *sardónica:* 'ágata amarillenta'.
[3] *Crisoprasio:* 'ágata de color verde maduro'.

y todo era sabor, mordedura, jugos esenciales que corrían por
la boca, la caída en esa sombra, the primeval darkness, el cubo
de la rueda de los orígenes. Sí, en el instante de la animalidad
más agachada, más cerca de la excreción y sus aparatos indescriptibles, ahí se dibujan las figuras iniciales y finales, ahí en la
caverna viscosa de tus alivios cotidianos está temblando Aldebarán[4], saltan los genes y las constelaciones, todo se resume
alfa y omega, coquille, cunt, concha, con, coño, milenio,
Armagedón, terramicina, oh callate, no empecés allá arriba
tus apariencias despreciables, tus fáciles espejos. Qué silencio
tu piel, qué abismos donde ruedan dados de esmeralda, cínifes
y fénices y cráteres...

(-92)

---

[4] *Aldebarán:* 'estrella principal de la constelación de Tauro'. Recuérdese el poema de Unamuno.

Morelliana.
Una cita:

Esas, pues, son las fundamentales, capitales y filosóficas razones que me indujeron a edificar la obra sobre la base de partes sueltas —conceptuando la obra como una partícula de la obra— y tratando al hombre como una fusión de partes de cuerpo y partes de alma —mientras a la Humanidad entera la trato como a un mezclado de partes. Pero si alguien me hiciese tal objeción: que esta parcial concepción mía no es, en verdad, ninguna concepción, sino una mofa, chanza, fisga y engaño, y que yo, en vez de sujetarme a las severas reglas y cánones del Arte, estoy intentando burlarlas por medio de irresponsables chungas, zumbas y muecas, contestaría que sí, que es cierto, que justamente tales son mis propósitos. Y, por Dios —no vacilo en confesarlo— yo deseo esquivarme tanto de vuestro Arte, señores, como de vosotros mismos, ¡pues no puedo soportaros junto con aquel Arte, con vuestras concepciones, vuestra actitud artística y con todo vuestro medio artístico!

GOMBROWICZ[1], *Ferdydurke,* Cap. IV. Prefacio al Filidor forrado de niño.

(-122)

---

[1] Witold *Gombrowicz* (1904-1969): escritor polaco contemporáneo, autor de novelas como *La seducción* y dramas como *Ivonne, la princesa de Borgoña*. En 1967 se le concedió el Prix International de Littérature.

146

Carta al *Observer:*

Estimado señor:

¿Ha señalado alguno de sus lectores la escasez de mariposas este año? En esta región habitualmente prolífica casi no las he visto, a excepción de algunos enjambres de papilios. Desde marzo sólo he observado hasta ahora un Cigeno, ninguna Etérea, muy pocas Teclas, una Quelonia, ningún Ojo de Pavorreal, ninguna Catocala, y ni siquiera un Almirante Rojo en mi jardín, que en verano pasado estaba lleno de mariposas.

Me pregunto si esta escasez es general, y en caso afirmativo, ¿a qué se debe?

M. Washbourn.
Pitchcombe, Glos.

(-29)

147

¿Por qué tan lejos de los dioses? Quizá por preguntarlo.

¿Y qué? El hombre es el animal que pregunta. El día en que verdaderamente sepamos preguntar, habrá diálogo. Por ahora las preguntas nos alejan vertiginosamente de las respuestas. ¿Qué *epifanía* podemos esperar si nos estamos ahogando en la más falsa de las libertades, la dialéctica judeocristiana? Nos hace falta un Novum Organum de verdad, hay que abrir de par en par las ventanas y tirar todo a la calle, pero sobre todo hay que tirar también la ventana, y nosotros con ella. Es la muerte, o salir volando. Hay que hacerlo, de alguna manera hay que hacerlo. Tener el valor de entrar en mitad de las fiestas y poner sobre la cabeza de la relampagueante dueña de casa un hermoso sapo verde, regalo de la noche, y asistir sin horror a la venganza de los lacayos.

(-31)

148

De la etimología que da Gabino Basso a la palabra *persona*.

Sabia e ingeniosa explicación, a fe mía, la de Gabio Basso, en su tratado *Del origen de los vocablos*, de la palabra *persona*, máscara. Cree que este vocablo toma origen del verbo *personare*, retener. He aquí cómo explica su opinión: «No teniendo la máscara que cubre por completo el rostro más que una abertura en el sitio de la boca, la voz, en vez de derramarse en todas direcciones, se estrecha para escapar por una sola salida, y adquiere por ello sonido más penetrante y fuerte. Así, pues, porque la máscara hace la voz humana más sonora y vibrante, se le ha dado el nombre de *persona*, y por consecuencia de la forma de esta palabra, es larga la letra *o* en ella.»

AULIO GELIO [1], *Noches áticas*.

(-42)

---

[1] *Aulio Gelio:* escritor latino posterior a Augusto, autor de los veinte libros que tituló *Noches Áticas*, en atención al año en que cursó Filosofía en Atenas. Es una obra llena de citas y noticias curiosas para los historiadores.

149

Mis pasos en esta calle
Resuenan En otra calle
Donde Oigo mis pasos
Pasar en esta calle
Donde.
Sólo es real la niebla.

OCTAVIO PAZ.

(-54)

150

Inválidos.

Del Hospital del Condado de York informan que la Duquesa viuda de Grafton, que se rompió una pierna el domingo último, pasó ayer un día bastante bueno.

The Sunday Times, Londres.

(-95)

151

Morelliana.

Basta mirar un momento con los ojos de todos los días el comportamiento de un gato o de una mosca para sentir que esa nueva visión a que tiende la ciencia, esa des-antropomorfización que proponen urgentemente los biólogos y los físicos como única posibilidad de enlace con hechos tales como el instinto o la vida vegetal, no es otra cosa que la remota, aislada, insistente voz con que ciertas líneas del budismo, del vedanta, del sufismo, de la mística occidental, nos instan a renunciar de una vez por todas a la mortalidad.

(-152)

152

Abuso de conciencia

Esta casa en que vivo se asemeja en todo a la mía: disposición de las habitaciones, olor del vestíbulo, muebles, luz oblicua por la mañana, atenuada a mediodía, solapada por la tarde; todo es igual, incluso los senderos y los árboles del jardín, y esa vieja puerta semiderruida y los adoquines del patio.

También las horas y los minutos del tiempo que pasa son semejantes a las horas y a los minutos de mi vida. En el momento en que giran a mi alrededor, me digo: «Parecen de veras. ¡Cómo se asemejan a las verdaderas horas que vivo en este momento!»

Por mi parte, si bien he suprimido en mi casa cualquier superficie de reflexión, cuando a pesar de todo el vidrio inevitable de una ventana se empeña en devolverme mi reflejo, veo en él a alguien que se me parece. ¡Sí, que se me parece mucho, lo reconozco!

¡Pero no se vaya a pretender que soy yo! ¡Vamos! Todo es falso aquí. Cuando me hayan devuelto *mi* casa y *mi* vida, entonces encontraré mi verdadero rostro.

Jean Tardieu [1].

(-143)

[1] *Jean Tardieu:* poeta francés de lirismo clásico, nacido en 1903. También es autor de teatro satírico, con obras cortas cercanas al cabaret: *Il y avait foule au manoir, Ce que parler veut dire.*

153

—Porteño y todo, lo han de poner overo, si se descuida.
—Trataré de no descuidarme, entonces.
—Hará bien.

CAMBACERES, *Música sentimental*.

(-19)

De todas maneras l)s zapatos estaban pisando una materia linoleosa, las narices olían una agridulce aséptica pulverización, en la cama estaba el viejo muy instalado contra dos almohadas, la nariz como un garfio que se prendiera en el aire para sostenerlo sentado. Lívido, con ojeras mortuorias. Zigzag extraordinario de la hoja de temperatura. ¿Y por qué se molestaban?

Se habló de que no era nada, el amigo argentino había sido testigo casual del accidente, el amigo francés era manchista, todos los hospitales la misma infinita porquería. Morelli, sí, el escritor.

—No puede ser —dijo Etienne.

Por qué no, ediciones-piedra-en-el-agua: plop, no se vuelve a saber nada. Morelli se molestó en decirles que se habían vendido (y regalado) unos cuatrocientos ejemplares. Eso sí, dos en Nueva Zelandia, detalle emocionante.

Oliveira sacó un cigarrillo con una mano que temblaba, y miró a la enfermera que le hizo una seña afirmativa y se fue, dejándolos metidos entre los dos biombos amarillentos. Se sentaron a los pies de la cama, después de recoger algunos de los cuadernillos y rollos de papel.

—Si hubiéramos visto la noticia en los diarios... —dijo Etienne.

—Salió en el *Figaro* —dijo Morelli—. Debajo de un telegrama sobre el abominable hombre de las nieves.

—Vos te das cuenta —alcanzó a murmurar Oliveira—. Pero por otro lado es mejor, supongo. Habría venido cada vieja culona con el álbum de los autógrafos y un tarro de jalea hecha en casa.

—De ruibarbo —dijo Morelli—. Es la mejor. Pero vale más que no vengan.

—En cuanto a nosotros —engranó Oliveira, realmente preocupado—, si lo estamos molestando no tiene más que decirlo.
Ya habrá otras oportunidades, etcétera. Nos entendemos, ¿no?

—Ustedes vinieron sin saber quién era yo. Personalmente
opino que vale la pena que se queden un rato. La sala es
tranquila, y el más gritón se calló anoche a las dos. Los
biombos son perfectos, una atención del médico que me vio
escribiendo. Por un lado me prohibió que siguiera, pero las
enfermeras pusieron los biombos y nadie me fastidia.

—¿Cuándo podrá volver a su casa?

—Nunca —dijo Morelli—. Los huesos se quedan aquí, muchachos.

—Tonterías —dijo respetuosamente Etienne.

—Será cuestión de tiempo. Pero me siento bien, se acabaron
los problemas con la portera. Nadie me trae la correspondencia, ni siquiera la de Nueva Zelandia, con sus estampillas tan
bonitas. Cuando se ha publicado un libro que nace muerto, el
único resultado es un correo pequeño pero fiel. La señora de
Nueva Zelandia, el muchacho de Sheffield. Francmasonería
delicada, voluptuosidad de ser tan pocos que participan de
una aventura. Pero ahora, realmente...

—Nunca se me ocurrió escribirle —dijo Oliveira—. Algunos
amigos y yo conocemos su obra, nos parece tan... Ahórreme
ese tipo de palabras, creo que se entiende lo mismo. La verdad
es que hemos discutido noches enteras, y sin embargo nunca
pensamos que usted estuviera en París.

—Hasta hace un año vivía en Vierzon. Vine a París porque
quería explorar un poco algunas bibliotecas. Vierzon, claro...
El editor tenía órdenes de no dar mi domicilio. Vaya a saber
cómo se enteraron esos pocos admiradores. Me duele mucho
la espalda, muchachos.

—Usted prefiere que nos vayamos —dijo Etienne—. Volveremos mañana, en todo caso.

—Lo mismo me va a doler sin ustedes —dijo Morelli—.
Vamos a fumar, aprovechando que me lo han prohibido.

Se trataba de encontrar un lenguaje que no fuera literario.

Cuando pasaba la enfermera, Morelli se metía el pucho
dentro de la boca con una habilidad diabólica y miraba a
Oliveira con un aire de chiquilín disfrazado de viejo que era
una delicia.

...partiendo un poco de las ideas centrales de un Ezra Pound, pero sin la pedantería y la confusión entre símbolos periféricos y significaciones primordiales.

Treinta y ocho dos. Treinta y siete cinco. Treinta y ocho tres. Radiografía (signo incomprensible).

...saber que unos pocos podían acercarse a esas tentativas sin creerlas un nuevo juego literario. *Benissimo*. Lo malo era que todavía faltaba tanto y se iba a morir sin terminar el juego.

—Jugada veinticinco, las negras abandonan —dijo Morelli, echando la cabeza hacia atrás. De golpe parecía mucho más viejo—. Lástima, la partida se estaba poniendo interesante. ¿Es cierto que hay un ajedrez indio con sesenta piezas de cada lado?

—Es postulable —dijo Oliveira—. La partida infinita.

—Gana el que conquista el centro. Desde ahí se dominan todas las posibilidades, y no tiene sentido que el adversario se empeñe en seguir jugando. Pero el centro podría estar en una casilla lateral, o fuera del tablero.

—O en un bolsillo del chaleco.

—Figuras —dijo Morelli—. Tan difícil escapar de ellas, con lo hermosas que son. Mujeres mentales, verdad. Me hubiera gustado entender mejor a Mallarmé, un sentido de la ausencia y del silencio era mucho más que un recurso extremo, un *impasse* metafísico. Un día, en Jerez de la Frontera, oí un cañonazo a veinte metros y descubrí otro sentido del silencio. Y esos perros que oyen el silbato inaudible para nosotros... Usted es pintor, creo.

Las manos andaban por su lado, recogiendo, uno a uno los cuadernillos, alisando algunas hojas arrugadas. De cuando en cuando, sin dejar de hablar, Morelli echaba una ojeada a una de las páginas y la intercalaba en los cuadernillos sujetos con clips. Una o dos veces sacó un lápiz del bolsillo del piyama y numeró una hoja.

—Usted escribe, supongo.

—No —dijo Oliveira—. Qué voy a escribir, para eso hay que tener alguna certidumbre de haber vivido.

—La existencia precede a la esencia —dijo Morelli sonriendo.

—Si quiere. No es exactamente así, en mi caso.

—Usted se está cansando —dijo Etienne—. Vámonos, Horacio, si te largás a hablar... Lo conozco, señor, es terrible.

Morelli seguía sonriendo, y juntaba las páginas, las miraba, parecía identificarlas y compararlas. Resbaló un poco, buscando mejor apoyo para la cabeza. Oliveira se levantó.

—Es la llave del departamento —dijo Morelli—. Me gustaría, realmente.

—Se va a armar un lío bárbaro —dijo Oliveira.

—No, es menos difícil de lo que parece. Las carpetas los ayudarán, hay un sistema de colores, de números y de letras. Se comprende en seguida. Por ejemplo, este cuadernillo va a la carpeta azul, a una parte que yo llamo el mar, pero eso es al margen, un juego para entenderme mejor. Número 52: no hay más que ponerlo en su lugar, entre el 51 y el 53. Numeración arábiga, la cosa más fácil del mundo.

—Pero usted podrá hacerlo en persona dentro de unos días —dijo Etienne.

—Duermo mal. Yo también estoy fuera de cuadernillo. Ayúdenme, ya que vinieron a verme. Pongan todo esto en su sitio y me sentiré tan bien aquí. Es un hospital formidable.

Etienne miraba a Oliveira, y Oliveira, etcétera. La sorpresa imaginable. Un verdadero honor, tan inmerecido.

—Después hacen un paquete con todo, y se lo mandan a Pakú. Editor de libros de vanguardia, rue de l'Arbre Sec.[1] ¿Sabían que Pakú es el nombre acadio de Hermes? Siempre me pareció... Pero hablaremos otro día.

—Póngale que metamos la pata —dijo Oliveira— y que le armemos una confusión fenomenal. En el primer tomo había una complicación terrible, éste y yo hemos discutido horas sobre si no se habrían equivocado al imprimir los textos.

—Ninguna importancia —dijo Morelli—. Mi libro se puede leer como a uno le dé la gana. Liber Fulguralis, hojas mánticas, y así va. Lo más que hago es ponerlo como a mí me gustaría releerlo. Y en el peor de los casos, si se equivocan, a lo mejor queda perfecto. Una broma de Hermes Pakú, alado hacedor de triquiñuelas y añagazas. ¿Le gustan esas palabras?

—No —dijo Oliveira—. Ni triquiñuela ni añagaza. Me parecen bastante podridas las dos.

---

[1] *rue de l'Arbre Sec:* en la orilla derecha, junto al Pont Neuf y la iglesia de Saint Germain l'Auxerrois.

—Hay que tener cuidado —dijo Morelli, cerrando los
ojos—. Todos andamos detrás de la pureza, reventando las
viejas vejigas pintarrajeadas. Un día José Bergamín casi se cae
muerto cuando me permití desinflarle dos páginas, probándole
que... Pero cuidado, amigos, a lo mejor lo que llamamos
pureza...

—El cuadrado de Malevich[2] —dijo Etienne.

—*Ecco*. Decíamos que hay que pensar en Hermes, dejarlo
que juegue. Tomen, ordenen todo esto, ya que vinieron a
verme. Tal vez yo pueda ir por allá y echar un vistazo.

—Volveremos mañana, si usted quiere.

—Bueno, pero ya habré escrito otras cosas. Los voy a volver
locos, piénsenlo bien. Tráiganme Gauloises.

Etienne le pasó un paquete. Con la llave en la mano,
Oliveira no sabía qué decir. Todo estaba equivocado, eso no
tendría que haber sucedido ese día, era una inmunda jugada
del ajedrez de sesenta piezas, la alegría inútil en mitad de la
peor tristeza, tener que rechazarla como a una mosca, preferir
la tristeza cuando lo único que le llegaba hasta las manos era
esa llave a la alegría, un paso a algo que admiraba y necesitaba, una llave que abría la puerta de Morelli, del mundo de
Morelli, y en mitad de la alegría sentirse triste y sucio, con la
piel cansada y los ojos legañosos, oliendo a noche sin sueño, a
ausencia culpable, a falta de distancia para comprender si
había hecho bien todo lo que había estado haciendo o no
haciendo esos días, oyendo el hipo de la Maga, los golpes en el
techo, aguantando la lluvia helada en la cara, el amanecer
sobre el Pont Marie[3], los eructos agrios de un vino mezclado
con caña y con vodka y con más vino, la sensación de llevar
en el bolsillo una mano que no era suya, una mano de Rocamadour, un pedazo de noche chorreando baba, mojándole los
muslos, la alegría tan tarde o a lo mejor demasiado pronto (un
consuelo: a lo mejor demasiado pronto, todavía inmerecida,
pero entonces, tal vez, vielleicht, maybe, forse, peut-être, ah

---

[2] Kasimir *Malevich* (1878-1935): dentro del constructivismo ruso,
funda el suprematismo al pintar su *Cuadrado negro sobre fondo blanco*
(1913), y llega al máximo de la depuración geométrica en su *Cuadrado
blanco sobre fondo blanco* (1918).

[3] *Pont Marie:* une la isla Saint Louis con la orilla derecha, el Quai
des Celestins y el Hôtel de Ville. Después del Pont Neuf, es el más
viejo de París, Frente a él se ha construido la Cité Internationale des
Arts, que da alojamiento y taller a artistas.

mierda, mierda, hasta mañana maestro, mierda mierda infinitamente mierda, sí, a la hora de visita, interminable obstinación de la mierda por la cara y por el mundo, mundo de mierda, le traeremos fruta, archimierda de contramierda, supermierda de inframierda, remierda de recontramierda, dans cet hôpital Laennec[4] découvrit l'auscultation: a lo mejor todavía... Una llave, figura inefable. Una llave. Todavía, a lo mejor, se podía salir a la calle y seguir andando, una llave en el bolsillo. A lo mejor todavía, una llave Morelli, una vuelta de llave y entrar en otra cosa, a lo mejor todavía.

—En el fondo es un encuentro póstumo, días más o menos —dijo Etienne en el café.
—Andate —dijo Oliveira—. Está muy mal que te deje caer así, pero mejor andate. Avisales a Ronald y a Perico, nos encontramos a las diez en casa del viejo.
—Mala hora —dijo Etienne—. La portera no nos va a dejar pasar.
Oliveira sacó la llave, la hizo girar bajo un rayo de sol, se la entregó como si rindiera una ciudad.

(-85)

---

[4] *Laennec* (1781-1826): médico francés que descubrió y vulgarizó el método de la auscultación.

155

Es increíble, de un pantalón puede salir cualquier cosa, pelusas, relojes, recortes, aspirinas carcomidas, en una de esas metés la mano para sacar el pañuelo y por la cola sacás una rata muerta, son cosas perfectamente posibles. Mientras iba a buscar a Etienne, todavía perjudicado por el sueño del pan y otro recuerdo de sueño que de golpe se le presentaba como se presenta un accidente callejero, de golpe zás, nada que hacerle, Oliveira había metido la mano en el bolsillo de su pantalón de pana marrón, justo en la esquina del boulevard Raspail y Montparnasse, medio mirando al mismo tiempo el sapo gigantesco retorcido en su robe de chambre, Balzac Rodin[1] o Rodin Balzac, mezcla inextricable de dos relámpagos en su broncosa helicoide, y la mano había salido con un recorte de farmacias de turno en Buenos Aires y otro que resultó una lista de anuncios de videntes y cartománticas. Era divertido enterarse de que la señora Colomier, vidente húngara (que a lo mejor era una de las madres de Gregorovius) vivía en la rue des Abbesses[2] y que poseía *secrets des bohèmes pour retour d'affections perdues.* De ahí se podía pasar gallardamente a la gran promesa: *Désenvoûtements,* tras de lo cual la referencia a la *voyance sur photo* parecía ligeramente irrisoria. A Etienne, orientalista amateur, le hubiera interesado saber que el profesor Mihn *vs offre le vérit. Talisman de l'Arbre Sacré de l'Inde. Broch. c. 1 NF timb. B.P.27, CAnnes.* Cómo no asombrarse de

---

[1] *Rodin* (1840-1917): escultor francés contemporáneo de estilo impresionista. Su monumento a Balzac es del año 1897.

[2] *rue des Abbesses:* está situada entre Pigalle y el Sagrado Corazón en Montmartre. Tiene un pintoresco mercado. Esta zona conserva recuerdos de personajes tan dispares como San Ignacio, Antoine (aquí nació su Teatro Libre) y Verlaine.

la existencia de Mme. Sanson, *Medium-Tarots, prédict, étonnantes, 23 rue Hermel*[3] (sobre todo porque Hermel, que a lo mejor había sidð un zoólogo, tenía nombre de alquimista), y descubrir con orgullo sudamericano la rotunda proclama de Anita, *cartes, dates précises,* de Joana-Jopez (sic), *secrets indiens, tarots espagnols,* y de Mme. Juanita, *voyante par domino, coquillage, fleur.* Había que ir sin falta con la Maga a ver a Mme. Juanita. Coquillage, fleur! Pero no con la Maga, ya no. A la Maga le hubiera gustado conocer el destino por las flores. *Seule* MARZAK *prouve retour affection.* ¿Pero qué necesidad de probar nada? Eso se sabe en seguida. Mejor el tono científico de Jane de Nys, *reprend ses* VISIONS *exactes sur photogr. cheveux, écrit. Tour magnétiste intégral.* A la altura del cementerio de Montparnasse, después de hacer una bolita, Oliveira calculó atentamente y mandó a las adivinas a juntarse con Baudelaire del otro lado de la tapia, con Devéria, con Aloysius Bertrand[4], con gentes dignas de que las videntes les miraran las manos, que Mme. Frédérika, *la voyante de l'élite parisienne et internationale, célèbre par ses prédictions dans la presse et la radio mondiales, de retour de Cannes.* Che, y con Barbey d'Aurevilly, que las hubiera hecho quemar a todas si hubiera podido, y también, claro que sí, también Maupassant[5], ojalá que la bolita de papel hubiera caído sobre la tumba de Maupassant o de Aloysius Bertrand, pero eran cosas que no podían saberse desde afuera.

A Etienne le parecía estúpido que Oliveira fuera a jorobarlo a esa hora de la mañana, aunque lo mismo lo esperó con tres cuadros nuevos que tenía ganas de mostrarle, pero Oliveira dijo inmediatamente que lo mejor era que aprovecharan el sol fabuloso que colgaba sobre el boulevard de Montparnasse, y que bajaran hasta el hospital Necker[6] para visitar al viejito. Etienne juró en voz baja y cerró el taller. La portera, que los

---

[3] *rue Hermel:* al orte de Montmartre, desemboca en la Place Jules Joffrin, al lado de Clignancourt.

[4] *Aloysius Bertrand* (1807-1841): poeta romántico francés. Al comienzo de sus *Poemas en prosa,* Baudelaire sitúa su intento en la línea de Aloysius Bertrand y los que le han precedido en su búsqueda de una prosa poética. Su obra más famosa es *Gaspar de la noche* (1842).

[5] Guy de *Maupassant* (1850-1893): narrador realista. Luis Ruiz Contreras tradujo al español sus obras completas (ed. Aguilar).

[6] *hospital Necker,* para niños enfermos. Está situado en el número 149 de la rue de Sévres, junto al Bd. Montparnasse y la rue Vaugirard: la zona en que habitualmente se mueve Morelli.

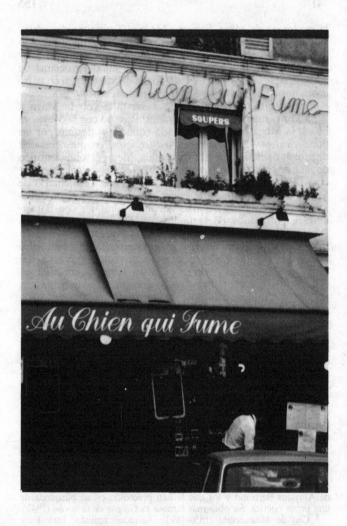

«Al llegar al *Chien qui fume* se tomaron dos vinos blancos, discutiendo los sueños y la pintura como posibles recursos contra el OTAN y otros incordios del momento.»

quería mucho, les dijo que los dos tenían cara de desenterrados, de hombres del espacio, y por esto último descubrieron que madame Bobet leía *science-fiction* y les pareció enorme. Al llegar al *Chien qui fume* se tomaron dos vinos blancos, discutiendo los sueños y la pintura como posibles recursos contra el OTAN y otros incordios del momento. A Etienne no le parecía excesivamente raro que Oliveira fuese a visitar a un tipo que no conocía, estuvieron de acuerdo en que resultaba más cómodo, etcétera. En el mostrador una señora hacía una vehemente descripción del atardecer en Nantes, donde según dijo vivía su hija. Etienne y Oliveira escuchaban atentamente palabras tales como sol, brisa, césped, luna, urracas, paz, la renga, Dios, seis mil quinientos francos, la niebla, rododendros, vejez, tu tía, celeste, ojalá no se olvide, macetas. Después admiraron la noble placa: DANS CET HÔPITAL, LAENNEC DECOUVRIT L'AUSCULTATION, y los dos pensaron (y se lo dijeron) que la auscultación debía ser una especie de serpiente o salamandra escondidísima en el hospital Necker, perseguida vaya a saber por qué extraños corredores y sótanos hasta rendirse jadeante al joven sabio. Oliveira hizo averiguaciones, y los encaminaron hacia la sala Chauffard, segundo piso a la derecha.

—A lo mejor no viene nadie a verlo —dijo Oliveira—. Y mirá si no es coincidencia que se llame Morelli.

—Andá a saber si no se ha muerto —dijo Etienne, mirando la fuente con peces rojos del patio abierto.

—Me lo hubieran dicho. El tipo me miró, nomás. No quise preguntarle si nadie había venido antes.

—Lo mismo pueden visitarlo sin pasar por la oficina de guardia.

Etcétera. Hay momentos en que por asco, por miedo o porque hay que subir dos pisos y huele a fenol, el diálogo se vuelve prolijísimo, como cuando hay que consolar a alguien al que se le ha muerto un hijo y se inventan las conversaciones más estúpidas, sentado junto a la madre se le abotona la bata que estaba un poco suelta, y se dice: «Ahí está, no tenés que tomar frío.» La madre suspira: «Gracias.» Uno dice: «Parece que no, pero en esta época empieza a refrescar temprano.» La madre dice: «Sí, es verdad.» Uno dice «¿No querrías una pañoleta?» No. Capítulo abrigo exterior, terminado. Se ataca el capítulo abrigo interior: «Te voy a hacer un té.» Pero no, no tiene ganas. «Sí, tenés que tomar algo. No es posible que pasen tantas horas sin que tomés nada.» Ella no sabe qué hora

es. «Más de las ocho. Desde las cuatro y media no tomás
nada. Y esta mañana apenas quisiste probar bocado. Tenés
que comer algo, aunque sea una tostada con dulce.» No tiene
ganas. «Hacelo por mí, ya vas a ver que todo es empezar.» Un
suspiro, ni sí ni no. «Ves, claro que tenés ganas. Yo te voy a
hacer el té ahora mismo.» Si eso falla, quedan los asientos.
«Estás tan incómoda ahí, te vas a acalambrar.» No, está bien.
«Pero no, si debés tener la espalda envarada, toda la tarde en
ese sillón tan duro. Mejor te acostás un rato.» Ah, no, eso no.
Misteriosamente, la cama es como una traición. «Pero sí, a lo
mejor te dormís un rato.» Doble traición. «Te hace falta, ya
vas a ver que descansás. Yo me quedo con vos.» No, está muy
bien así. Bueno, pero entonces te traigo una almohada para la
espalda.» Bueno. «Se te van a hinchar las piernas, te voy a
poner un taburete para que tengas los pies más altos.» Gracias. «Y dentro de un rato, a la cama. Me lo vas a prometer.»
Suspiro. «Sí, sí, nada de hacerse la mimosa. Si te lo dijera el
doctor, tendrías que obedecer.» En fin. «Hay que dormir,
querida.» Variantes ad libitum.

—*Perchance to dream*[7] —murmuró Etienne, que había ru-
miado las variantes a razón de una por peldaño.

—Le debíamos haber comprado una botella de coñac —dijo
Oliveira—. Vos, que tenés plata.

—Si no lo conocemos. Y a lo mejor está realmente muerto.
Mirá esa pelirroja, yo me dejaría masajear con un gusto.
A veces tengo fantasías de enfermedad y enfermeras. ¿Vos no?

—A los quince años, che. Algo terrible. Eros armado de una
inyección intramuscular a modo de flecha, chicas maravillosas
que me lavaban de arriba abajo, yo me iba muriendo en sus
brazos.

—Masturbador, en una palabra.

—¿Y qué? ¿Por qué tener vergüenza de masturbarse? Un
arte menor al lado del otro, pero de todos modos con su
divina proporción, sus unidades de tiempo, acción y lugar, y
demás retóricas. A los nueve años yo me masturbaba debajo
de un ombú, era realmente patriótico.

—¿Un ombú?

—Como una especie de baobab —dijo Oliveira— pero te

---

[7] Fragmento del más famoso monólogo de *Hamlet* (acto III, escena I): «To die, to sleep; to sleep, perchance to dream» ('morir, dormir;
dormir, quizá soñar').

voy a confiar un secreto, si jurás no decírselo a ningún otro francés. El ombú no es un árbol: es un yuyo.

—Ah, bueno, entonces no era tan grave.

—¿Cómo se masturban los chicos franceses, che?

—No me acuerdo.

—Te acordás perfectamente. Nosotros allá tenemos sistemas formidables. Martillito, paragüita... ¿Captás? No puedo oír ciertos tangos sin acordarme cómo los tocaba mi tía, che.

—No veo la relación —dijo Etienne.

—Porque no ves el piano. Había un hueco entre el piano y la pared, y yo me escondía ahí para hacerme la paja. Mi tía tocaba *Milonguita* o *Flores negras,* algo tan triste, me ayudaba en mis sueños de muerte y sacrificio. La primera vez que salpiqué el parquet fue horrible, pensé que la mancha no iba a salir. Ni siquiera tenía un pañuelo. Me saqué rápido una media y froté como un loco. Mi tía tocaba *La Payanca,* si querés te lo silbo, es de una tristeza...

—No se silba en el hospital. Pero la tristeza se te siente lo mismo. Estás hecho un asco, Horacio.

—Yo me las busco, ñato. A rey muerto rey puesto. Si te creés que por una mujer... Ombú o mujer, todos son yuyos en el fondo, che.

—Barato —dijo Etienne—. Demasiado barato. Mal cine, diálogos pagados por centímetro, ya se sabe lo que es eso. Segundo piso, stop. Madame...

—*Por là* —dijo la enfermera.

—Todavía no hemos encontrado la auscultación —le informó Oliveira.

—No sea estúpido —dijo la enfermera.

—Aprendé —dijo Etienne—. Mucho soñar con un pan que se queja, mucho joder a todo el mundo, y después ni siquiera te salen los chistes. ¿Por qué no te vas al campo un tiempo? De verdad tenés una cara para Soutine [8], hermano.

—En el fondo —dijo Oliveira— a vos lo que te revienta es que te haya ido a sacar de entre tus pajas cromáticas, tu cincuenta puntos cotidiano, y que la solidaridad te obligue a vagar conmigo por París al otro día del entierro. Amigo triste, hay que distraerlo. Amigo telefonea, hay que resignarse. Amigo habla de hospital, y bueno, vamos.

—Para decirte la verdad —dijo Etienne— cada vez se me

---

[8] *Chaïm Soutine* (1911-1943): pintor expresionista ruso, amigo, en París, de Chagall y Modigliani.

importa menos de vos. Con quien yo debería estar paseando es con la pobre Lucía. Esa sí lo necesita.

—Error —dijo Oliveira, sentándose en un banco—. La Maga tiene a Ossip, tiene distracciones, Hugo Wolf, esas cosas. En el fondo la Maga tiene una vida personal, aunque me haya llevado tiempo darme cuenta. En cambio yo estoy vacío, una libertad enorme para soñar y andar por ahí, todos los juguetes rotos, ningún problema. Dame fuego.

—No se puede fumar en el hospital.

—*We are the makers of manners,* che. Es muy bueno para la auscultación.

—La sala Chauffard está ahí —dijo Etienne—. No nos vamos a quedar todo el día en este banco.

—Esperá que termine el pitillo.

(-123)

Chapter 1

The Science Fair Project

The bell rang for the first class of the day at West Orange Middle School. Students began to file into their homerooms. Aiko removed her headphones and turned off her CD player. Then she headed inside with her friends, Paco and Scott.

"I cannot believe Yolanda is running late for school again," she said, tossing the CD player into her backpack.

"Neither can I," said Scott. "I even called her house this morning to make sure she was awake. Her mom said she had already left for school."

"Well, that's strange," said Paco. "She lives closer to school than you do. I wonder how slowly she would have to travel to arrive at school later than you." Paco smiled as he thought about it. He loved math and dreamed about it all the time.

*"Paco, it is too early for math problems," said Aiko, who enjoyed giving orders. Her father called her a leader, but her younger sisters just called her bossy. "I hope Yolanda gets here soon. She's been tardy four times already this term. She'll get a detention if she's late again."

At that moment, just as the tardy bell rang, Yolanda burst into the classroom and slid into her seat.

"Wow, that was close!" whispered Aiko.

"Where were you, Yolanda?" asked Scott.

"If she were running that fast the entire way, she could have made it the two miles to town and back," Paco figured.

"Right," Yolanda said, looking at her perfectly painted fingernails. She flashed Paco a smile. She admired his mathematical mind. "I went all the way to the dry cleaner and back, to be exact. You *know* we're taking class pictures tomorrow, and I needed to have my* baby-blue sweater cleaned." Yolanda prided herself on always looking her best.

"You ran a mile for style," laughed Scott. Scott liked to go out of his way to dress down. If it annoyed Yolanda, that was a bonus. He was wearing what he normally wore (unless his mom forced him to wear something else). He had on blue coveralls from his father's auto shop. His name was stitched on the front pocket. Scott was a good mechanic. He spent most of his time thinking about cars and trucks and how they worked.

"Now, listen up, class," said Ms. Ecker, one of the most popular teachers in the West Orange schools. "I have some exciting news."

"Are we going on a field trip?" Aiko blurted out. She was so excited that she had forgotten to raise her hand. "I can help collect permission slips. I could also make a seating chart for the bus," she volunteered. Aiko loved to organize things and people.

"A field trip!" Yolanda exclaimed, and then she turned to Paco, giggling, "What do you think I should wear? Maybe I should run by the mall and pick up something new. Will we need jackets?"

4

"What day is the trip, Ms. Ecker?" Paco asked, trying to ignore Yolanda. "I hope it's not next Friday! That's when the Math and Computer Club meets, and I'm hoping to find at least one more person to join!"

Scott pointed at Paco and started laughing. "Oh, yeah. Is it still called a club if there is only one member?"

"Excuse me, class," said Ms. Ecker. "I appreciate your interest. But I never said anything about a field trip. If you recall, I asked you to listen up, not speak up."

"We're sorry, Ms. Ecker," said Aiko.

Ms. Ecker continued. "This is the exciting news—West Orange Middle will be sending a team to the New Jersey State Science Fair!"

Paco perked up. "Cool!" he said. "Finally something I enjoy." Yolanda smiled at him again.

Ms. Ecker went on. "We'll be holding our own science fair in two months to select our winning team. I want you to make four-person teams and begin thinking about some interesting project ideas."

Aiko raised her hand. "Here's a list of the students I'd like to have on my team, Ms. Ecker," she said, handing the teacher a slip of paper.

"Wow, that was quick. Let's see, 'Paco, Yolanda, Scott, and Aiko,'" Ms. Ecker read. "Well, there's no rule saying friends can't work together on the science fair, just as long as you focus on the project."

"Don't worry, Ms. Ecker," Paco said, rolling his eyes. "Aiko will keep us all in line." Aiko smiled and nodded. She didn't get the joke.

"Yes," Scott added. "She might even get all of us to school on time." He patted Yolanda on the shoulder.

Yolanda turned away, pretending to be annoyed. Then she raised her hand.

"Yes, Yolanda," Ms. Ecker said.

"I was wondering," she said, "do we have to wear those ugly white lab coats when we present our projects?"

The class laughed. Even Ms. Ecker smiled and said, "No, Yolanda, you don't have to wear them, unless you are working with chemicals."

"Well, chemicals are out for my team," Yolanda said, smiling her perfect smile.

****

The four team members began talking about ideas for their project. It was not easy to see why the four students were such good friends. They had quite different likes and dislikes.

First, Scott offered to bring a car engine to school. "I could teach you guys about it, and then we could show how it works," he said.

"Are you kidding me?" asked Aiko. "I can't think of anything more boring."

"Or greasy," added Yolanda, wrinkling her nose.

Next, Paco suggested they pick a famous mathematician and present his or her most famous formula. Aiko, Scott, and Yolanda just stared at him blankly. Then they burst into laughter.

Then Yolanda suggested they present the history of fabrics—where they were from, how they were made, and how they changed the way people dressed.

"For example," she explained excitedly, "Aiko could explain how silk was first created. Scott could report on cotton, and Paco on linen. I could model something made from each fabric."

Scott pretended to gag. Aiko was nicer. She said, "I agree that clothing is important, but that project sounds more like a social studies report than a science fair project."

"Well," she continued, "we are all smart people with different skills and interests. Let's think of a project that we can all work on."

"Yeah, I agree," Scott said. "But what?"

"Let's define a problem," suggested Paco, "and then come up with an idea to solve it."

They all thought quietly for a minute, and then Aiko suddenly got excited. "I've got it! What's a problem that students have at every school?"

"Terrible food," offered Scott.

"Poor dress codes," said Yolanda.

"Not enough computer courses," answered Paco.

"Good ideas," Aiko told her team. "But think about what almost happened to Yolanda today."

"Detention," Yolanda groaned.

"Right," Aiko said. "Tardiness is a big problem in schools. Students miss important things. Teachers waste time starting lessons over."

"So, you want to do a study on tardiness?" Paco asked.

"No way," Yolanda said. "That's lame!"

"No," Aiko replied to Paco, "I am thinking of something much more exciting than that! We should create a Get-To-School-On-Time Machine!"

"Is that possible?" Scott asked Paco, who was the math whiz.

"Hmmm. It's an interesting idea," Paco said. He began writing some figures in his notebook.

Aiko wanted support for her idea. "Paco can do all the math and program the computers."

Paco looked up from his notebook. "I'd really have to crunch some numbers, but I guess I could do it."

"Great!" Aiko said. "Yolanda can design the machine and draw up the plans."

She turned to Scott. "Because you're such a great mechanic, you can put the machine together from the plans—with our help, of course."

"Cool!" said Scott. "We can use the tools and spare parts from my dad's shop."

"Perfect," said Aiko. "I'll write the report for the science fair."

"Fair enough," said Paco.

"Oh," Aiko added, "I will keep everyone in line and make sure things are done on time. That's really important since we're making an 'on-time' machine."

"Now, there's a surprise," said Yolanda. "Aiko wants to be the boss!" They all laughed so loudly that Ms. Ecker walked over and asked them to keep it down.

Chapter 2

The On-Time Machine

The next few weeks were really crazy for the On-Time team. Paco worked on the math and computer programming, while the other three gathered the important parts for the project.

Aiko's parents gave the team an electric alarm clock. It would control the "time" part of the Get-To-School-On-Time Machine. Paco researched how to wire the clock into the machine's onboard computer.

Yolanda convinced Aiko that the machine should be made from an old clothing cupboard that Yolanda had in her attic. "The main reason I'm always late is that I can't decide what to wear," she explained. "We can stock the cupboard with school clothes for each day of the week. The computer will be programmed to pick the right outfit for the right event."

Scott didn't like the clothing idea. For one thing, he never worried about what he was going to wear. He liked wearing his shop coveralls. Also, he had hoped to build the On-Time machine from an old shopping cart he had found in his father's garage. It was shiny and could be made to look like a dragster.

"Let's do both," Aiko told him. "Why don't we use the shopping cart as the wheels and frame for the machine? Then we can just attach the cupboard to the top of it."

"That's a good idea," Scott said. "I guess it will hold more stuff—and students—that way."

****

A few days before the science fair, the On-Time team went over how the machine would work. First, they would set the alarm clock for their wake-up time. When the alarm sounded, the students would hit the snooze button and go back to sleep. The snooze button would start the computer of the On-Time machine.

Next, the machine would pick an outfit for that day. Mechanical arms would dress the students for school as they snoozed.

Meanwhile, an onboard breakfast machine would prepare a healthful meal from tiny packets and squeeze tubes of food, like the meals astronauts eat in space. It wouldn't be bacon and eggs, but it would be better than not eating breakfast at all.

As all this was happening, the machine would drive itself and the students to school. After the first "snooze," the alarm would sound again. Then the students would grab their breakfast packets, and the cupboard doors would swing open. When the students stood up, they'd be at school with plenty of time to eat before the first bell rang.

"Wow! That sounds fantastic," said Aiko. "Good work, team!"

"Well, there's still one problem," Paco said. "We need power to run the computer, the clock, and the wheels."

"How about an extension cord?" Yolanda suggested.

"That would work only if you already lived at school," Scott said. "But then you wouldn't need an On-Time machine."

*"It would work if you had a two-mile extension cord," Yolanda said defensively, even though she knew there was no such thing.

"I have an idea. We have an old phonograph in my garage. It has a motor that might work," Paco began.

Scott stopped him. "What's a phonograph?"

"It's an old *record* player," said Aiko. "You know records—the big round things before CDs?"

"Everybody knows that," Yolanda said with a sneer. It made her feel a little better about her extension cord idea. "The phonograph was invented by Thomas Edison, the same man who made the first movie house in the world, right here in Orange, New Jersey."

"I know, I know. He invented the lightbulb too," Scott said. "I just didn't know the word *phonograph*. Why didn't you just say *record player?*"

Paco rolled his eyes. "Anyway, this old phonograph has a pretty strong motor. We* might be able to use it to power the On-Time machine."

15

"That's a great idea!" said Scott. "We just need a strong battery. I'll bet my dad would let us borrow a car battery or something from his shop."

"Won't that be dangerous?" asked Aiko.

"It could be," Scott answered. "But I'll get my dad to help me."

"Okay, that's settled," Aiko announced. "That leaves us just three days to finish the On-Time machine and give it a test run before the science fair. Do you all know what you need to do?"

"Yes, boss," said the others, all at the same time.

****

When the afternoon of the test run arrived, the team gathered at the auto shop. A white sheet covered the On-Time machine. Aiko passed out juice boxes to all and then made a toast. "Here's to being on time!"

When she yanked the sheet off the machine, the entire team gasped. Yolanda had worked late all week painting the machine, and the effort was well worth it. The Get-To-School-On-Time Machine looked like a cross between a box of markers and a race car. It was beautiful!

The main body of the machine was painted in bright colors. On each side was a large blue circle with the letters "O-T" painted in orange. The shiny frame had been polished, and each wheel was painted with a design that looked like the inside of a tornado. On the very top was a luggage rack to hold their backpacks.

The team members were impressed with Yolanda's paint job. "Great colors, Yolanda!" Paco said. She grinned at him, running her fingers along the edge of the On-Time machine.

"I love the 'O-T' on the side," Scott said, tossing his empty juice box into the recycling bin. "It's like the number on a race car."

"I thought you would like that," said Yolanda. "Just wait till you see your new school clothes."

"What do you mean?" Scott asked. "I wear the same thing every day."

Yolanda smiled mysteriously and dropped her juice box into the recycling. Scott started to ask her to tell him what she meant when a shrill sound interrupted him.

Aiko was sitting on a crate, holding a clipboard. She had a whistle hanging from a string around her neck.

"Okay, guys, it's time to gather around and be a team," she said.

"Oh, no, where did she get that whistle?" Yolanda asked, rolling her eyes.

"She must have bought it while the three of us were working," Scott answered.

"One of the tough things about being the boss is that you don't have time for things like work," said Paco.

Aiko took a pencil from behind her ear and began reading from the checklist on her clipboard. "Okay, let's make sure that everything is ready for the test run. Scott, are the battery and phonograph motor installed and working?"

Scott looked at the rack under the shopping cart frame. "Check. Battery and phonograph motor are installed and working!" he called.

Aiko checked that off her list and continued. "Yolanda, are the school clothes stocked, and is the clothing-selection software installed?"

Yolanda opened a drawer and clicked the computer mouse a few times. "Check. The school clothes are stocked, and the clothing-selection software is installed!" she called out.

"Paco, are the time and position systems installed and ready to go?"

"Check," said Paco. "The time and position systems are installed and ready to go."

Aiko called out, "Aiko, are the breakfast meals sorted and stored?" She ran over to the O-T machine and opened a drawer.

"You have to be kidding," Paco sighed. "She even orders herself around!"

"Let's get on with it," Scott groaned.

"Shh, let her finish," Paco said, laughing.

"Check. The breakfast meals are sorted and stored," Aiko called to herself. Then she ran back to her crate.

"All right," she said to her friends. "It's time to synchronize our watches with the alarm clock."

Aiko continued, "It's exactly 7:00 P.M. now. That's nineteen hundred hours."

Scott opened a drawer on the O-T and looked at the clock. It read 19:00. "Nineteen hundred hours," he said.

"Let's set the alarm for five minutes from now," Aiko ordered.

Scott set the alarm to 19:05. "Alarm set!" he called.

Aiko smiled. "Five minutes and counting until takeoff!" she shouted. "All aboard!

Chapter 3

Right Place, Wrong Time

The On-Time team felt something was wrong as soon as they shut the doors. "I didn't think it would be so dark in here," Aiko said.

"Me, neither," said Yolanda. "Is this normal?"

"I guess I should have installed a night-light," Scott answered. "Add that to your list, Aiko."

"I will," she answered, "as soon as I can see."

"Only a minute to go before the alarm sounds," Paco said.

"Time really seems to stand still when you're waiting for something," Scott said.

"Especially when you're waiting in the dark," Aiko added.

"I'm just glad I'm not here by myself," Yolanda said.

At last the alarm clock sounded. BEEP! BEEP! BEEP! "Hit the snooze button, Scott," Aiko instructed. "Then the On-Time computer will start."

The beeping stopped, and a whirlwind of sounds came from the machine. The team felt a jolt as O-T's wheels began to turn.

"All right! We're moving!" Scott shouted.

"I wish we could see where we're going," Paco complained. "As soon as we get out of here, make a note to add a window, Aiko."

"Wait, everybody," Scott said suddenly. "Doesn't it feel like we're going backward?" Before anyone could answer, the mechanical arms started grabbing them. The clothing selector had started, and it was dressing each of the team members in the school clothes that were picked for that day. Because there wasn't much room in the O-T, the mechanical arms didn't work very well.

"Watch it! Ouch! Let go!" the team yelled. The clothing selector had managed to get them dressed, even though it had switched Yolanda and Aiko's shirts.

"What's this?" Yolanda said, pulling at her shirt and wrinkling her nose. "I can't wear this. I never wear turtlenecks!"

Aiko said, "Ooh, this silk shirt feels great. What color is it? I wonder if it's *my* color."

Yolanda ignored her. "I think there are still some problems with this part of the O-T. I think I'm going to be black and blue."

"Me too," Paco agreed.

"Hey, this doesn't feel like my shop coveralls!" Scott complained.

They heard a loud rushing sound in the distance. The O-T rolled faster and faster. Its sides began to creak as the roar outside grew louder.

"It feels like we're moving in a circle now," Aiko yelled over the noise. She was right. The O-T was spinning like a skater on the ice.

BEEP! BEEP! BEEP! The alarm sounded again, and at last the spinning slowed.

"Get ready!" Scott said. "Here comes breakfast!" As soon as the beeping stopped, the breakfast packets dropped into their laps.

"At least the meal system seems to be working fine," Aiko said hopefully.

"Yeah," said Yolanda. "But who could eat after all that? My stomach is still spinning!"

"I wish the doors would open," Aiko moaned. "I really need some air."

"Look," Scott said, "they're opening now. Get ready. I don't think I've ever been so happy to see the school!"

The On-Time team gently stepped down into a big grassy field. They stared ahead at a few oak trees where their school should have been.

"This is really strange," Scott said. "We programmed the O-T to travel just the two miles to school."

"We must be a long way off course," Yolanda responded. "I can't recall where there's this much open space within 25 miles of West Orange."

Paco did some quick figuring. "Twenty-five miles in five minutes would mean we were traveling about 500 miles an hour. That's faster than most airplanes. Can a shopping cart go that fast?"

"The wind seemed loud from inside," Scott said.

"Well, wherever we are," Yolanda pointed out, "we had better start looking for a phone. It'll be dark soon."

Aiko grabbed her clipboard. "I'll add *bring a cell phone* to our checklist."

"Don't worry," Scott reassured her. "When we reach a phone, I'll call my dad. He'll send his truck to take us and O-T back to the shop."

"I need to call my mom," Aiko said. "She'll be worried if I'm not home soon."

"I see a road in that direction," said Yolanda. "Let's walk that way. I just hope I don't get my new shoes muddy."

"Why are you always so worried about how you look, Yolanda?" Scott asked.

Suddenly, Aiko, Paco, and Yolanda burst out laughing. "What's so funny?" Scott asked.

"Ha!" Paco said, holding his sides. "Man, you look like you stepped out of the 1970s."

*Scott looked at his clothes. He wasn't wearing coveralls from his father's auto shop. He was wearing a jumpsuit! The jumpsuit was made from a shiny white fabric with gold stripes down the sides. Scott had on a matching gold belt buckle and white boots with gold heels.

"WHAT DID YOU DO TO ME?" he yelled. He began to chase Yolanda in a circle around the O-T. "I look like Elvis. Come on, where are my clothes?"

"Well, you like one-piece clothing so much, I thought you'd like this." Yolanda started laughing again. She didn't even notice that Aiko's green turtleneck clashed with her purple silk skirt.

"Come on, guys," Aiko said, even though she was still laughing. "We should hurry."

"Scott," Paco laughed, "may I have your autograph for my mom? She's a huge Elvis fan."

Scott just stomped off in the direction of the road. The other* members of the On-Time team followed a few feet behind him.

Just as they reached the dirt road, an antique car rumbled by. The driver was wearing goggles. Aiko tried to flag him down, but he sped up and kept going.

"We must be in the south part of New Jersey," said Scott. "I think there's a car show there this month."

"Look," said Paco. "There's a gate ahead. I'll bet it leads to a big house. Let's see if anyone is home."

The students walked down the long driveway until they reached a big lawn surrounded by trees. A large three-story house sat in the middle of the lawn. There were two antique cars parked out front. "You know, for some reason," Aiko said, "this place looks familiar to me."

"Not to me," Yolanda said. "It must be ten or fifteen times bigger than my house. I wonder who lives here."

"We're about to find out," said Aiko. She walked up the front steps and knocked on the door.

A dark-haired woman in a long dress opened the door. "Hello," she said. "May I help you?"

"I hope so," Aiko answered. "My name's Aiko. My friends and I were on our way to our school in West Orange, and we are lost."

"Oh, my!" the woman responded. "It's getting dark too. Please come in. My name is Mina."

The students stepped inside and looked around in wonder. The house was like a museum. Antique furniture filled the rooms. Paintings and tapestries hung on the walls. Some of the windows shone with colorful stained glass.

Mina looked at Scott curiously. Then she said, "That's an interesting outfit. Are you an actor?"

Paco burst out laughing. Scott blushed.

"Excuse me, Mina," Paco said. "Could we use your telephone to call our parents?"

"Why, certainly," Mina said. "It's right this way."

They followed her down a narrow hallway. The On-Time team saw that there were many pictures hanging on the walls. The pictures had been taken a long time ago. They thought that the owner of the house must collect antiques.

"Here is the telephone," Mina said, pointing to a very strange-looking object.

Paco didn't know how to use it, so he asked Mina, "Could you please call for me?"

"Certainly," Mina answered. She lifted a little cup to her ear, turned a crank, and then spoke into the horn. "Hello, operator? Please connect me with . . . oh, excuse me." She turned to Paco. "What is your family name?"

"It's listed under Margarita Pérez, my mom's name, in West Orange."

Mina looked at Paco curiously but then spoke to the operator. Aiko pulled the On-Time team aside. "Something about this place seems a little weird," she whispered.

"A little weird? A lot weird is more like it!" Scott whispered. "It's like she's living in another time. And what about those antique cars?"

Aiko shrugged. "I don't know. You don't think that we went back . . ."

Mina stopped them. "I am sorry, but the operator doesn't show any phone numbers listed for the name *Pérez* in West Orange."

Paco turned to his friends. "How can there be no Pérez listings in West Orange? My entire family lives here."

"Let me find something for you to eat, and then we'll see about getting you home," Mina said, shaking her head. Then she hurried toward the kitchen.

"Maybe this will explain everything," Yolanda said. She was looking at a newspaper that lay on a side table. Her friends looked over her shoulder.

"The Orange Dispatch," Aiko read aloud, "April 23, 1905."

"1905!" Scott and Paco gasped.

Yolanda looked at them. "Well, it looks like the On-Time machine works. I won't be late for class for a hundred years."

—Chapter 4—

Mina Who?

The On-Time team sat at a long, narrow table in Mina's dining room. Mina had made a huge meal for them. She seemed happy to have company so late at night. As they ate, she told them about her six children, who were sleeping upstairs. Her husband, she explained, was working late as usual.

But Mina didn't tell the students what she thought about them. She thought they were orphans who had run away from a children's home. After all, they were dressed oddly, and Mina had never heard of their parents. She also hadn't heard of the school they claimed to attend.

Mina felt sorry for them. She decided not to call the authorities that evening. First she would let the children get a good night's sleep. She would give a nice breakfast in the morning. They ate their dinners as if they hadn't eaten in a hundred years!

*Aiko insisted that Mina let them wash the dishes. Mina agreed, and she went upstairs to fix rooms for them. Scott rolled up his sleeves and began washing the plates. "Wow, I'm glad she fed us. Those breakfast packs were starting to sound awfully good to me."

"Me too," Paco said, taking a plate from him and rinsing it. "I'm glad she's giving us a place to sleep. I need some rest before I try to reprogram the O-T tomorrow."

Yolanda took the plate from him and dried it. "I can hardly keep my eyes open. I feel like I haven't slept in . . ."

"A hundred years?" Aiko added, putting the plate away. "I hope our parents aren't worried."

"I know they aren't," Paco said. "They haven't even been born yet!"

"That seems so weird to think about," Scott said, shaking his head.

Aiko looked around the kitchen, and then she* turned to her friends. "Guys, I don't think it's a good idea to say something about the future to Mina."

The O-T team members nodded their heads in agreement.

Then Paco said, "This house is pretty modern for 1905. Most families probably didn't have electric lights or phones then. We're lucky we found this place."

"I wouldn't call us lucky yet," Scott warned. "What do you think will happen to us if we can't fix the O-T? Mina already has six children. She's not going to take us too. And her husband might not be as nice as Mina."

"We'll find out when he gets home later," Paco said.

"That's another good reason to turn in as soon as our rooms are ready," Yolanda said, yawning.

Scott yawned also. "I don't need a reason. I'm beat."

"Don't worry about the O-T," Paco said. "I have all the plans on board. We'll figure out the problem in no time. Right, Scott?"

"Sure," Scott answered. "But what if we need parts that haven't been invented yet?"

"Which ones are those?" Aiko asked.

Paco sighed. "Almost all of them."

****

The smell of breakfast woke the On-Time team. They had slept late. Mina's husband had gone to work, and her children had already gone to school. Mina was waiting for them at the table when they came downstairs. "Good morning," she said as they entered the dining room. "I hope you are hungry. I didn't know what you liked, so I made a little of everything."

The dining table was piled high with bacon, pancakes, eggs, toast, and oatmeal. "I'm starving!" Scott said, heaping a stack of pancakes onto his plate.

"It sure beats eating those breakfast packets," Yolanda laughed, forgetting that she wasn't supposed to talk about the future.

"Is that how they fed you at the orphanage?" Mina asked. The team looked at each other. They weren't sure how to respond.

"It is all right," Mina said. "There's no shame in being orphans. There is a very nice home for children like you in town. I am sure it is nicer than the one you left."

Aiko did not want to lie to Mina, but she did not want to be carted away to an orphanage either. Then they might never return home again.

"But we're not orphans, Mina," she said. "We just haven't located our parents yet. We can't find them right now. But we'll find them by the end of the century."

"By the end of the day, that is," Scott quickly chimed in.

"Yes," Aiko corrected herself. "We're sure that by the end of the day we'll be safe in our own homes."

Mina replied, "I certainly can understand why you wouldn't want to return to an orphanage. But I can't let you just wander around forever."

Paco pleaded, "We all have family nearby, Mina. We just need one more day to locate them. Please!"

37

Mina smiled. She seemed relieved. "Well, if you are going to track down your families today, you'll need to do it on a full stomach. So finish breakfast."

"That was way too close!" Aiko sighed, after Mina left the room.

"Especially the 'end of the century' part," Yolanda said, giving Aiko a dirty look.

"Like I meant to do that, Yolanda," Aiko started to explain.

"But it doesn't leave us much time to fix the O-T," Paco interrupted her. "We should get to that field right away."

"You know, that was the first time I ever walked in a field," said Scott. "I've always lived in the city. We're lucky we weren't attacked by a flock of wild cows."

"A HERD of cows!" Paco laughed so hard that milk spurted from his nose.

"What's so funny?" Scott asked. "Herd, flock—What's the difference?"

"Yuck!" Aiko said, tossing a napkin at Paco. "Maybe we should leave you at the orphanage to learn some manners."

Just then, Mina walked back into the dining room with four packed lunches. She was standing right behind Yolanda, but Yolanda didn't know it.

"No way am I staying in 1905!" she insisted. The others tried to signal her to hush, but she kept talking. "Can you imagine me wearing those terrible clothes? You guys just have to fix the On-Time machine today. I want to get back to the twenty-first century!"

"Now *that* makes everything even more interesting," Mina said, smiling.

Yolanda jumped. "Wait! I didn't mean that! What I meant was . . ."

"A few years ago," said Mina, "I would have laughed at what you just said. But I've seen so many odd things since I married my husband Thomas. I've seen telephones, electric lights, recorded voices, and moving pictures. But I must say that I did not expect to add time travelers to the list."

"Believe me, we didn't expect to be time travelers, either!" the team agreed.

"We were just trying to get to school *on* time, not in a *different* time," Aiko said. "It was for a school project."

"But something went wrong," Paco added. "We have to fix the machine, or we'll never see home again!"

"You believe us, don't you?" Scott asked Mina.

"I want to believe you. But you must fix your machine and find a way home today. If you don't, I will have to call the authorities. I hope you understand."

"I guess we do," Aiko said. "Thanks for your help."

"One more thing," Mina said. "I think that I know someone who might be able to help you."

"Are you kidding? That would be great! Who?" Scott asked her.

"My husband Thomas," Mina told him.

"I don't mean to be rude," Yolanda said, "but unless he is way ahead of his time, he probably can't help us."

"That's exactly what many people say about him—that he's ahead of his time," Mina replied. "In fact, if you really are from the future, you might have read about him in school. His name is Thomas Edison."

"*The* Thomas Edison? The guy who invented the lightbulb?" Scott asked in amazement.

"Yes, that's him," Mina said with a laugh. "He's invented a thing or two so far."

"You're right, Mina," Paco said. "If anyone could help us now, it would be Thomas Edison!"

—Chapter 5—

Mr. Edison Lends a Hand

*With or without Thomas Edison's help, time was running out for the On-Time team. Mina had given them only one day to fix their machine and get home. Aiko called a team meeting.

Scott and Paco agreed to return to the field where the O-T had stopped. They would try to figure out what went wrong and find a way to repair the O-T. Meanwhile, Aiko and Yolanda would go to Mr. Edison's laboratory to see if he would help them.

"Let's meet in the field at two o'clock," Aiko suggested. "If the O-T is repaired, we can head back home before dark. If it's not, there might still be enough time for Mr. Edison to work on it. Okay, let's synchronize our watches."

"Oh, no," Paco groaned. "My watch is dead."

"Mine has stopped too," Yolanda said.

"And mine," Aiko joined them. "I guess the time change was* too much for them."

"I'm glad I didn't wear one," Scott said. "Don't worry. Paco and I will be waiting for you. Just get back as soon as you can."

The four friends headed for the front door. Mina was waiting there with the packed lunches. Scott pointed down the road and described where they'd left the O-T.

"Well, it seems as if you were only a mile or so up Oak Bend Road, in a field northeast of here," Mina told them. "You should have no trouble finding your way back."

"Oak Bend Road!" Scott exclaimed. "Hey, I ride the bus down Oak Bend Road every day on my way to school—or I will a hundred years from now!"

"I programmed the O-T to travel down Oak Bend Road to get us to school," Paco said.

Aiko sounded excited. "So we probably stopped in the field where our school will be!"

"And that means that our positioning system is working correctly," Scott added. "That's *one* program we won't need to check for problems."

"I must say," Mina told them all, "if you aren't from the future, you are very good actors."

Paco and Scott said good-bye and headed down the driveway. Mina gave Yolanda a piece of paper with directions to Mr. Edison's laboratory. "It's only a mile or so in that direction." Then she handed a letter to Aiko. "This letter will make sure that you get to speak to Thomas," she said. "I am sure that when he hears your story, he will do everything he can to help you. But remember to speak up when you talk to him. Thomas is hard of hearing."

"Don't worry. Aiko *always* speaks up," said Yolanda. "Thanks for all your help, Mina."

"You're welcome. I hope that you have a safe trip home," Mina said, waving good-bye.

****

Thirty minutes later, Scott saw the colorful markings of the On-Time machine. "Look, Paco! There's O-T, just past those trees. And no sign of any wild cows," he laughed, as he took off running up the hill.

"Okay, Elvis, whatever you say," Paco said, following his friend.

****

"Hello, we are here to see Mr. Thomas Edison," Aiko told the man who answered the door at the laboratory.

"Mr. Edison doesn't see people without an appointment," the man said, eyeing their strange clothes.

"But Mrs. Edison gave us this letter for him," Aiko explained, handing it to the man.

"Oh, that's different then," the man replied, taking the letter. "Please come in and have a seat. I'll let Mr. Edison know you're here."

They followed the man through the huge rooms, where lots of people were working. At last, the man led Yolanda and Aiko into a large and very beautiful library. Bookshelves covered the walls. In the middle of the floor stood a stone figure holding a lightbulb. The students were offered chairs next to a large wooden desk. "Mr. Edison will see you shortly," the man said as he left.

"Good morning," said a tired Thomas Edison as he entered the room a few minutes later. He looked as if he had been working very hard. His eyes were red, and his hair was a mess. He sat down and opened the letter Mina had given Aiko. As he read it, he kept glancing at Aiko and Yolanda. After he read the letter he laid it on his desk and spoke.

"So, Mina sent you to speak to me. What can I do for you?" He did not sound very pleased to meet them.

"My friends and I were running a test on a machine we had made for a science project, Mr. Edison. It was supposed to help us get to school on time," Aiko explained. "But we ended up in a field near your house."

"I see. And was anyone hurt?" he asked.

"No one was hurt, but we don't know how to get back home," Yolanda told him.

"That should be no problem. If you'll just tell me where you live, I'll have someone drive you home right away."

"It's not that we can't go *where* we live, Mr. Edison. It's that we can't get back to *when* we live."

The inventor stood up and looked at them closely. He leaned over and examined the cloth of Yolanda's shirt. He sat back down and stared for a while at Aiko's sneakers. "My wife wrote that you claim to have traveled through time. You don't expect me to believe that, do you?"

"But it's true," Aiko said. "Please believe us."

"You just looked at our clothes," Yolanda added. "Can't you tell that our clothing is different from yours?"

"This is just the kind of joke my competitors would like me to fall for," Edison said. "They are always trying to destroy my work."

"Mr. Edison," Aiko pleaded, "we would never do that. We are big fans of your work, aren't we, Yolanda? We love lightbulbs. And movies. And the phonograph."

"There's no future in the phonograph," Edison said, leaning against his desk. "It was a useless invention."

"Oh, no, you're wrong, Mr. Edison," Aiko insisted, pulling her CD player from her backpack.

"What is that? It's not a phonograph," Edison frowned, scratching his head.

"No," she told him, "it's a CD player, but your phonograph inspired it. Listen for yourself."

Edison turned around. He looked curiously at the CD player in her hands. Aiko switched on the power and held the headphones to his ears. Nothing happened.

"Oh, no. I put new batteries in here before we left," she said. She opened the CD player and four little batteries rolled into her hand. Edison raised an eyebrow.

"Well," said Yolanda, "that wasn't a very good idea. What's next?"

Aiko dropped the batteries onto Edison's desk. "We had better go. Maybe Scott and Paco have found a way to fix our On-Time machine."

They turned to leave. "Sorry to bother you, Mr. Edison," said Aiko.

"Wait!" Edison called out. "Where did you get these?" He was looking at the tiny batteries on his desk.

"You wouldn't believe me if I told you," she said.

"The design is so useful, and they are made perfectly and so small," Edison said. "Tell me, is that really a CD player in your hand?"

"Yes, but it's useless now," Aiko answered.

"When you traveled back in time, as you claim," he asked, "did you bring anything else that uses batteries?"

"Our watches have batteries," Yolanda answered. "But they stopped running in the On-Time machine."

"A battery in a watch would have to be very tiny! Would you mind if I looked at one of yours?"

Yolanda handed over her watch. "Do you believe us now?"

"Maybe." Edison pulled a tiny screwdriver from his desk and opened the back of Yolanda's watch. He lifted the tiny battery and looked at it closely. "Amazing!" he said.

"I'm sorry, Mr. Edison, but we need to go now," Aiko said, looking at a clock on the wall. "We're supposed to meet our friends at two o'clock. They'll be waiting for us—and for you."

"One last question," Edison said, standing up and reaching for his coat. "Tell me, were any batteries used to run your On-Time machine?"

"There is one large battery," Yolanda told him. "It's the kind we use in modern cars."

"Interesting. Very interesting," Edison said. He looked over at the clock. "You need to meet your friends at two o'clock. That gives us half an hour. I'd like to pick up a few things from one of my labs. They might help fix the machine. Then we could ride over in my truck. What do you think?"

"That rocks!" Yolanda shouted.

"Excuse me?" Edison asked.

"She said, 'That rocks!' That means 'It's really cool,'" Aiko explained.

"Hmm. That rocks, cool." Edison thought about that a moment before moving on. "Well, would you two like to take a tour of my lab before we leave?"

They nodded happily and followed Edison out the door.

****

Scott and Paco sat beside the O-T, looking at the ground. They were both too upset to talk. It wasn't long before a truck pulled up. Aiko and Yolanda spilled out of the door and introduced Scott and Paco to Edison.

"I am very impressed with what you've done," he told the team. "No one else I know has become lost in time."

"Thank you," Scott said. "Now if we could get 'unlost,' I'd be impressed too!"

"Did you find the problem?" asked Aiko.

"We found *two* problems," Paco answered. Then he described the first problem in scientific terms that Aiko and Yolanda couldn't follow at all.

But Mr. Edison seemed to understand. He kept nodding his head and rubbing his chin.

"So, after all that," Paco said, "Scott and I realized at last that we just have to switch two of the wires that connect the alarm clock to the computer. That should reverse our travel through time."

"If you recall," Scott said to Aiko and Yolanda, "we had set the alarm for nineteen-point-zero-five hours. For reasons we don't fully understand, the machine took us to the year 1905 instead."

"And now that you have reversed the wires," Edison said, "you can set the clock for 20:05, and the machine should return you to the date you left. Good work!"

"Not quite. We aren't going back," Paco said.

"What do you mean? Didn't you fix it?" Yolanda said.

"They fixed one problem," Edison explained. "But there might be a problem with power."

"Wow, now that's great!" Paco said. "You haven't even looked at the machine yet."

Edison continued, "As you know, batteries are very time-sensitive. That's why your watches stopped. They cannot run on hundred-year-old batteries. And I am guessing that your On-Time machine can't either."

"You're exactly right. Without a battery, we're going nowhere," said Scott.

"Except to the orphanage," Paco said.

"Oh, I don't think you'll be here much longer," Edison said. "Scott, if you'll look in the back of my truck, I think you'll find that one of those batteries should be about the right size."

The students cheered. "I didn't know batteries had been invented in 1905," Paco admitted. "I'm going to do some reading on that when I get home."

"Batteries have been around for almost 100 years," Edison told him. "But I've been working to make them stronger and better.

"They now power many of my inventions. In fact, I use them to run my phonographs. I see that you're doing something similar here," Edison said, pointing to the phonograph motor beside the battery Scott was installing.

Edison pulled the batteries from Aiko's CD player and Yolanda's watch from his pocket. "I must admit that I didn't think about how small and well made batteries would be in the future. These batteries will teach me a lot," he said proudly. "And they rock!"

When everyone stopped laughing, Scott set the alarm for 20:05. The students climbed into their seats and waved good-bye to the inventor as the doors closed.

Edison carefully studied the odd-looking machine. First he heard an alarm beep a few times. Then he heard someone yelling something about a jumpsuit. A few minutes later the alarm beeped three more times. And then the O-T shone brightly and disappeared. The inventor returned the tiny batteries to his pocket and walked back to his truck.

—Chapter 6—

Back to Today

It was the morning of the science fair. The first bell had already rung. Three members of the On-Time team were seated. Aiko looked at Yolanda's empty seat. "Don't tell me she's running late today of all days," Aiko said.

"Where is she?" Paco asked. "We parked the new and improved O-T *at her house.* How can she still be late?"

Aiko said, "She knows she has to bring the O-T today for the science fair."

"Are you talking about me?" Yolanda asked, sliding into her desk just as the bell rang. She had a large sack with her.

"You should have been here really early today, Yolanda," Paco scolded her. "Where is the O-T?"

"Sorry, but I have some bad news about that," Yolanda told them, playing with the sleeves of her new shirt.

56

"What?" Scott asked. "That's our entire project!"

"Good morning, class," Ms. Ecker called. "I hope you are ready to present your projects for the science fair."

"Yolanda, you'd better be kidding," Aiko hissed. "Especially after all we've been through."

Ms. Ecker said, "Excuse me, Aiko, would you keep it down until I am finished, please? Okay, class, our first science fair team is Aiko, Yolanda, Paco, and Scott."

Yolanda stood up and carried the sack to the front of the room. She signaled her friends to join her. They had no idea what they were going to do without the O-T, but they walked to the front of the room anyway.

"Good morning," Yolanda said. "Our team had originally made a Get-To-School-On-Time Machine."

The entire class laughed. Yolanda smiled at her friends. "For those of you who know me, I guess that is a little funny.

*"Anyway, when I tried to start the machine this morning, it wouldn't start. Not a peep. And what do you think the problem was?"

No one said anything. Suddenly Scott understood what he was supposed to do. He reached into the sack. "Perhaps this is the problem," he said. "A one-hundred-year-old battery." The class laughed again. "Yes, this battery was made 100 years ago, just a few miles from here in our very own West Orange, New Jersey."

Now Aiko stepped forward. "Even though batteries had been invented an entire century before this 1905 battery was made," she said, "they still weren't very powerful or easy to use. Thomas Alva Edison worked very hard to make a battery that people could depend on. It powered many household appliances and a few other items." She thought back to her tour of the laboratory. "This battery could have supplied* power for many different things, such as a fan, a movie projector, a sewing machine, or a phonograph."

"She means a record player," Paco said to the class. He gave Yolanda a thumbs-up. "Now," he continued, "we had the chance to examine and test this well-preserved battery before it died, and it had a voltage of . . ."

Aiko leaned over and whispered to Scott, "Good old Yolanda. Better late than never, I guess." Scott smiled and nodded. But really, he was thinking about the grease on his hands from lifting the battery and wishing he hadn't worn the white jumpsuit today.

And Paco just kept talking and talking. After they had come home from 1905, he had read everything about that old battery. In truth, only Thomas Alva Edison himself could have said much more about it.